Christine Sylvester

Muschebubu

krimikahl

Dies ist ein Roman, ein Werk reiner Fiktion.
Figuren und Handlung sind frei erfunden.

1. Auflage Oktober 2008

Umschlagfoto: Olaf Schubert, www.olafschubert.de
Satz: Gunhild Röth, www.werkgrafik.de
Druck und Bindung: Ebner & Spiegel, Ulm
ISBN 978-3-938916-13-1

www.kahl-verlag.de

Das Mitbringsel

Zügig sprang Lale in den ICE und huschte durch den Großraumwagen. Sie warf ihre kleine Reisetasche auf einen Sitz und ließ sich auf den Platz daneben sinken. Seufzend blickte sie aus dem Fenster auf das Treiben des Leipziger Bahnsteigs. Sie wollte nur noch in Ruhe nach Hause fahren, doch sie hatte sich zu früh gefreut.

»Na, da sind Sie ja«, verkündete eine vertraute Frauenstimme fröhlich. »Warum laufen Sie denn einfach weg? Ich fahre doch auch nach Dresden.«

Genau das hatte Lale befürchtet. Unwillkürlich stöhnte sie leise auf, als die blond gelockte Frau ihr gegenüber Platz nahm. Seit Hamburg Altona hatte sie nun schon ihr haltloses Geplapper über sich ergehen lassen müssen. Warum lernte man in Polizeiseminaren eigentlich nie, wie man erfolgreich Nervensägen abschüttelte?

Ihre selbst ernannte Reisebekanntschaft kramte in der Handtasche. »Wissen Sie, so schnell entkommen Sie mir nicht.« Sie zog Kaugummis aus der Tasche und hielt ihr die Packung hin. »Möchten Sie auch einen?« Als Lale nur matt den Kopf schüttelte, fuhr die fremde Frau unbeirrt fort. »Es ist doch einfach schön, auf Reisen so nette Bekanntschaften zu machen. Also wir haben uns ja so schön unterhalten.«

Lale räusperte sich und grinste schief. Sie selbst hatte eigentlich kaum etwas gesagt. Es war doch immer wieder faszinierend, dass Menschen ihre eigenen Monologe als die besten Gespräche empfanden.

Das schien die selbst ernannte Bekannte auch gerade zu bemerken. »Sie haben mir eigentlich noch kaum etwas von sich erzählt. Sie haben mir zum Beispiel noch gar nicht verraten, ob Sie Kinder haben.«

»Stimmt«, sagte Lale knapp.

»Und?« Die fremde Frau riss ihre stark geschminkten Augen weit auf. »Haben Sie welche?«

»Ja.« Lale unterdrückte nur notdürftig ein Gähnen.

»Und? Wie viele?« Die Frau ließ nicht locker.

»Einen Sohn«, sagte Lale. Die Zugbegleiter machten Zeichen. Kurz darauf setzte sich der Zug in Bewegung.

»Ach, wie süß«, freute sich ihre Reisebekannte. »Wie alt ist er denn, der kleine Scheißer?«

Lale grinste breit. »Oh, der kleine Scheißer macht demnächst seinen Führerschein.«

»Was?« Die Frau riss erneut die bemalten Äuglein auf. »Das hätte ich jetzt nicht gedacht, dass Sie schon so einen Großen haben.« Sie musterte Lale neugierig von oben bis unten. »So alt sehen Sie gar nicht aus!«

Lale gähnte verhalten und schielte in den Gang. Am anderen Ende des Großraumwagens entdeckte sie den Getränkeservice.

»Wie alt sind Sie denn?«, begehrte die Frau zu wissen und sah sie aufmerksam an.

Lale reckte den Hals nach dem Servicemann, der sein Getränkewägelchen zwischen Taschen und Beinen hindurchbugsierte. Die Aussicht auf einen Kaffee tröstete sie ein bisschen. »Oh, so langsam nähert sich mein Alter meiner Konfektionsgröße an«, erklärte sie grinsend.

Ihre Reisebekannte lachte. »Na, die habe ich längst überschritten.« Sie schwieg einen Augenblick, um dann erneut Anlauf zur Konversation zu nehmen. »Ich hätte ja auch so gerne Kinder gehabt, aber erst war ich beruflich eingespannt und dann kam die Wende.« Sie seufzte. »Da überlegt man ja doch, ob man Kinder in die Welt setzt. Und dann diese Sache mit meinem Mann…« Sie sah Lale herausfordernd an. »Was ist denn mit Ihrem Mann?«

Lale beobachtete immer noch aufmerksam den Zugbegleiter, der eifrig Getränke ausschenkte. »Was soll mit ihm sein?«

»Nun, was macht Ihr Mann denn so?«, insistierte die Frau.

Lale warf einen Blick auf die Uhr. »Im Moment baggert er vermutlich irgendeine Frau an«, sagte sie trocken.

»Wie?« Ihre Reisebekannte machte ein bestürztes Gesicht. »Ehrlich?«

»Geschieden«, erklärte Lale knapp und konnte sich ein weiteres Gähnen nicht verkneifen.

»Ach so.« Die Frau lächelte wissend. »Und? Sind Sie glücklich mit dieser Situation?«

»Ja, sehr«, erwiderte Lale und beobachtete den sich nähernden Kaffeeboten. »Besonders, wenn ich nicht über meinen Ex-Mann sprechen muss!«

Die fremde Frau nickte betrübt. »Männer!«, stieß sie hervor. »Meiner hat sich ja auch aus dem Staub gemacht, gleich nach der Wende!«

Lale setzte sich aufrecht hin und nahm den Zugbegleiter ins Visier.

Ihre Reisebekanntschaft nestelte erneut in der Tasche herum. »Leben Sie in Dresden?«

»Ja, ja«, sagte Lale lahm. Sie konzentrierte sich weiter auf das nahende Getränkewägelchen.

»Ich bin ja in Dresden geboren«, erklärte die Frau. »Aber dann habe ich ein paar Jahre in Leipzig gelebt. Auch sehr schön.« Sie wühlte in der Tasche und zog ein buntes Halstuch hervor. »Das ist aus Paris«, verkündete sie stolz und legte sich das Tuch um den Hals. »Von Hermès.«

Lale warf einen skeptischen Blick auf das schrillbunte Seidentuch. Es sah ebenso teuer wie aufdringlich aus. Sie winkte den Zugbegleiter heran.

»Dann bin ich aber zurück nach Dresden gezogen«, erklärte die Frau. »Wegen der Eltern. Sind ja nicht mehr die Jüngsten.« Sie kramte weiter in ihrer Tasche.

»Einen Kaffee bitte«, verlangte Lale und suchte in ihrer Lederjacke nach dem Portemonnaie.

»Kaffee ist aus«, sagte der Zugbegleiter schulterzuckend.

»Wie? Sie haben keinen Kaffee?«, fragte Lale entsetzt.

»O-Saft, A-Saft, Mineralwasser«, zählte der Servicemann auf. »Und Tee.«

»Nee.« Lale schüttelte den Kopf und ließ sich resigniert tiefer in den Sitz sinken. Sie gähnte.

»Ich muss mich ja um sie kümmern«, erklärte ihre selbst ernannte Bekannte.

»Wie?«, Lale sah sie verdutzt an.

»Na, um meine Eltern«, sagte die Frau. »Ich muss mich um sie kümmern. Sie zog ein Foto aus der Tasche und reichte es Lale. »Das da ist die Mutti, und das ist der Vati«, erklärte sie überflüssigerweise.

Lale blickte auf das Foto. Ein altes Ehepaar saß auf irgendeiner Bank in irgendeinem Garten. Sie gab das Foto der fremden Tochter zurück.

»Haben Sie auch Fotos dabei?«, fragte die Frau, während sie

ihre Eltern wieder in der Tasche verstaute. »Vielleicht eins von Ihrem Sohn?«

»Nö«, sagte Lale. »Ich brauche gar kein Foto von meinem Sohn. Ich erkenne ihn auch so immer wieder.« Sie gähnte.

»Familie ist doch einfach wichtig«, sagte die Frau und sah aus dem Fenster. »Ich weiß nicht, was ich ohne meine Familie täte.«

»Sicher.« Lale gähnte erneut und dachte an die Woche, die hinter ihr lag. Es schien irgendein menschliches Bedürfnis zu sein, Fotos von Kindern, Haustieren und Lebenspartnern herumzuzeigen. Die Seminarteilnehmer in Hamburg hatten sich auch unentwegt irgendwelche Fotos vor die Nase gehalten. Allerdings waren es vorwiegend Fotos von Frauen gewesen, da das Polizeiseminar fast ausschließlich von Männern besucht gewesen war. Von ausgesprochen langweiligen Männern. Lale gähnte erneut. »Maßnahmen zur Korruptionsprävention nach dem Hamburger Konzept der Korruptionsbekämpfung« – was für eine zähe Veranstaltung! Eine Woche lang hatte sie sich mit öden Leuten ohne jedes wirkliche Interesse am Thema herumgeschlagen. Und dann dieser Dozent. Er hatte wirklich erfolgreich jedes spannende Detail zum Thema abgetötet und ständig nur mit Statistiken um sich geworfen. Lales Augenlider wurden schwer. Sie vernahm von dem Plappern ihrer selbst ernannten neuen Bekannten nur mehr ein monotones Rauschen. Oder waren das die Fahrgeräusche des Zuges? Was für ein überflüssiges Seminar das doch gewesen war, mit lauter kleinen doofen Langweilern. In diesem schrecklich durchschnittlichen Hotel. Im Geiste sah sie noch immer den Seminarleiter vor sich, der ihr eine lahme Gardinenpredigt hielt, weil sie zwei Abende lang sein blödes Statistikgefasel geschwänzt hatte. Eine Woche Hamburg, eine Woche alte Heimat, da konnte man sich doch nicht nur mit Korruptionsstatistiken und polizeilichen Dunkelziffern beschäftigen. Oh, wie sie sich auf Dresden freute. Endlich keine Dozenten mehr und sie hatte noch zwei Tage frei, zwei Tage Urlaub. Endlich mal richtig ausschlafen, im eigenen Bett, wie gemütlich, weich, warm und kuschelig. Voll freudiger Erwartung träumte sich Lale hinein in Bilder vom sonnigen Elbtal, von einem abendlichen Glas Rotwein mit Brigitte auf ihrem kleinen Hinterhofbalkon, von

Biergartenbesuchen mit ihren völlig korruptionsunverdächtigen Polizeikollegen.

»Hallo, junge Frau!«

Lale schreckte auf und sah ein mürrisches Schaffnergesicht vor sich.

»Fahrkartenkontrolle!«, stieß der Schaffner unfreundlich hervor. »Nun?«

»Einen Moment bitte«, sagte Lale verschlafen. Sie griff in die linke Innentasche ihrer Lederjacke, zog allerhand Zettel hervor und kramte darin. »Moment, ich hab´s gleich.«

Das mürrische Gesicht musterte sie ungeduldig. »Wird´s denn wohl heute noch was?«

Lale zog nun Papiere aus der rechten Innentasche ihrer Jacke hervor. Kassenbons kamen zum Vorschein, ein Bibliotheksausweis, ein paar alte Straßenbahnfahrkarten und ein bekritzelter Bierdeckel. »Ich hatte sie vorhin erst in der Hand…« Lale fingerte in weiteren Taschen ihrer Lederjacke. Da, ihr Portemonnaie, das fühlte sich an wie… Nein. »Moment noch! Da! Da ist sie!« Erleichtert hielt Lale den länglichen Pappstreifen der Bahnfahrkarte vor die mürrische Nase des Schaffners.

»Und die andere?«, maulte es hinter der Fahrkarte vor. »Das ist nur eine.«

»Natürlich ist das nur eine«, sagte Lale und stopfte ihre Fahrkarte zurück in irgendeine beliebige Jackentasche. »Ich bin ja auch nur eine.«

Der Schaffner deutete mit einem Kopfnicken auf die blond gelockte Frau, die Lale gegenüber im Sitz saß; sie schlief offenbar tief und fest. »Was ist mit ihr?«, fragte der Schaffner missbilligend.

»Was soll denn mit ihr sein?«, Lale betrachtete ihre unfreiwillige Reisebekanntschaft. So friedlich schlummernd und sprachlos wirkte sie doch gleich sehr viel sympathischer. »Ich nehme an, dass sie schläft.«

»Genau.« Der Schaffner nickte. »Ich muss die Fahrkarte kontrollieren.«

»Nur zu«, sagte Lale und seufzte bei dem Gedanken daran, dass vermutlich mit Blondlockes Erwachen der nächste Wortschwall einhergehen würde.

»Ich krieg sie nicht wach«, sagte der Schaffner.

Lale sah ihn kopfschüttelnd an. »Na, dann geben Sie sich mal ein bisschen Mühe! Bei mir waren Sie ja auch nicht so zimperlich.« Sie grinste, lehnte sich im Sitz zurück und warf einen Blick aus dem Fenster. Es wurde bereits dunkel.

»Meine Damen und Herren, in wenigen Minuten erreichen wir Dresden Neustadt«, krächzte es aus den Lautsprechern.

Der Schaffner sah zögernd auf die im Sitz zusammengesunkene Frau. Dann stieß er sie so unsanft an der Schulter, dass sie zur Seite kippte und sich ihre blonden Locken über den Sitz ergossen. »Huch!« Er zuckte zurück.

Lale sah ihn böse an. »Sagen Sie mal, was soll denn das?« Sie beugte sich über die Frau und berührte sie vorsichtig am Arm. »Wir sind gleich da«, sagte sie. Nichts. Sie gab keinen Mucks von sich. Lale griff nach ihrem Handgelenk. »Kommen Sie, wir sind schon in Dresden.« Der Arm der fremden Frau sackte kraftlos zurück auf den Sitz. »Hallo?« Lale befühlte das kühle Handgelenk. Kein Puls. Sie hatte keinen Puls! Lale richtete die Frau im Sitz auf, um den Puls an ihrem Hals zu ertasten. In diesem Moment glitt das buntgoldene Seidentuch herunter und gab einen hässlichen tiefroten Striemen an ihrem Hals frei. Automatisch glitten Lales Finger an den Hals, doch sie wusste bereits, was sie erwartete: Die Frau war tot. Erschöpft ließ sie die Hand sinken und starrte in das leblose Gesicht.

»Was ist denn nun?«, fragte der Schaffner unwirsch.

Lale sah ihn grimmig an. »Nichts ist. Die Frau ist tot.«

»Wie? Ich will die Fahrkarte sehen«, sagte der Schaffner stur.

»Sie braucht keine Fahrkarte mehr«, sagte Lale tonlos. Sie ließ sich wieder auf ihren Platz sinken und begann erneut in ihren Jackentaschen zu stöbern. Wo war denn nur das verflixte Telefon?

Der Schaffner stand wie angewurzelt vor ihr und warf abwechselnd einen Blick auf Lale und auf die Tote. »Wo ist denn nun ihre Fahrkarte?«, fragte er blöde.

»Woher soll ich das wissen?«, schnaubte Lale kramend. »Das ist doch nun völlig egal!«

»Nein«, beharrte der Schaffner.

»Doch.« Lale zog ihr Mobiltelefon aus einer ihrer vielen Jackentaschen. »Die Frau ist tot«, wiederholte sie nachdrücklich. »T-O-T. Tot, Sie verstehen?«

»Das berechtigt sie nicht, ohne Fahrkarte zu fahren«, erklärte der Schaffner stumpfsinnig. »Das ist Beförderungserschleichung.«

Lale tippte die Nummer der Dresdner Mordkommission. »Sagen Sie mal, haben Sie eigentlich ein Rad ab?«, fragte sie den Schaffner ungläubig und begann dann ins Telefon zu sprechen. »Petersen, hallo. Wir haben eine Tote im ICE... ähm... aus Leipzig... Ja. Am Hauptbahnhof. Ende... Was machen Sie denn da?« Lale sprang auf und riss dem Schaffner die Handtasche der toten Frau aus der Hand. »Nichts anfassen!«

»Aber ich muss doch die Fahrkarte kontrollieren.« Der Schaffner sah sie verständnislos an. Dann richtete er sich zu voller Kontrolleurgröße auf. »Was geht Sie das überhaupt an? Sie haben mir überhaupt nichts zu sagen!«

»Schnauze«, sagte Lale, als sie bemerkte, dass der Zug gerade wieder anfuhr. »Mist! Das war der Neustädter Bahnhof.« Sie starrte wie gebannt hinaus auf den langsam vorbeiziehenden Bahnsteig, konnte jedoch aufgrund der Innenbeleuchtung des Zuges draußen kaum etwas erkennen. In der Scheibe spiegelten sich nur ihre eigene hoch aufragende Gestalt und der trotzig glotzende Schaffner.

»Wie viele Leute haben Sie seit Leipzig in diesem Waggon kontrolliert?«, fragte Lale streng.

Der Schaffner zuckte beleidigt die Achseln.

»Wie? Sie wissen nicht mehr, wen Sie alles kontrolliert haben?«, fragte Lale ungläubig. »Ausgerechnet Sie?«

»Natürlich weiß ich das«, sagte der Schaffner. »Aber was geht Sie das an?«

»Polizei«, sagte Lale streng. »Mordkommission.«

»Ja, klar«, entgegnete der Schaffner. »Und ich bin der Kaiser von China.« Er räusperte sich. »Ihren Dienstausweis bitte!«

Lale stöhnte auf und begann nach ihrem Dienstausweis zu kramen. Erneut landeten Kassenbons, der bekritzelte Bierdeckel, Notizzettel, alte Straßenbahnfahrkarten, Restaurantquittungen, der Bibliotheksausweis und ihre aktuelle Bahnfahrkarte auf dem Sitz neben ihr. »Übrigens ist der Spruch alt«, schimpfte sie vor sich hin. »Uralt, um nicht zu sagen: zu alt.« Einige Taschentücher, einen Kugelschreiber, ein Pflaster und einen winzigen Schraubenzieher brachte sie außerdem aus ihren

Jackentaschen zum Vorschein. »China ist kommunistisch«, grummelte sie. »Schon seit, seit... Eben schon lange!« Und da war noch ein Stück Würfelzucker aus dem langweiligen Hamburger Hotel, ein alter Ausweis vom Fitnessstudio und drei Hustenbonbons aus einer schwer zu datierenden Vergangenheit. Ihr Dienstausweis blieb verschwunden... »Verdammt!«

Als der Zug jetzt langsam in den Dresdner Hauptbahnhof einfuhr, machte der Schaffner sich erneut an der Handtasche der toten Frau zu schaffen.

»Finger weg!«, rief Lale erbost und schnappte sich die Tasche.

»Erst will ich die Fahrkarte sehen!«, schnauzte der Schaffner. »Das muss alles seine Ordnung haben.«

»Sie, Sie, Sie...« Lale holte tief Luft. »Sie kleiner Korinthenkacker!«

»Vorsicht«, ermahnte der Schaffner sie ungerührt. »Beamtenbeleidigung.«

Lale musterte ihn von oben herab. »Ihnen ist wohl kein noch so seichter Spruch zu blöde, was? Beamtenbeleidigung... So was gibt es überhaupt nicht!« Sie schnaubte verächtlich. »Der Grundsatz der Gleichheit aller steht im Grundgesetz. Allerdings gibt es die Behinderung von polizeilichen Ermittlungen. Also Vorsicht, mein Freundchen! Sie bewegen sich auf sehr dünnem Eis.«

»Ich mache nur meine Arbeit«, sagte der Schaffner.

»Na, dann passen Sie mal auf, dass ich meine Arbeit nicht genauso pedantisch mache wie Sie«, sagte Lale erbost. »Dann könnte ich Sie erst mal einbuchten wegen dringenden Tatverdachts.« Sie sah sich in dem Großraumwagen um. »Hier ist schließlich außer uns niemand.«

In diesem Moment betrat Mandy mit einigen Leuten von der Spurensicherung den Großraumwagen. »Schönen guten Abend allerseits«, sagte sie fröhlich. »Schön, dass du wieder da bist, Lale.«

Lale grinste schräg. »Ja, und ich habe euch sogar was mitgebracht!« Sie deutete auf die Tote und drückte einem der Spurensicherer die fremde Handtasche in die Hand. »Ich würde sagen, erdrosselt.«

Der Schaffner schaute verwirrt von einem zum anderen.

Lale griff nach ihrer Reisetasche. »Ach ja, und nehmt den da gleich mit. Ein wichtiger Zeuge.« Sie grinste den Schaffner frech an.

»Muss ich jetzt zum Verhör?«, fragte der Schaffner verdattert.

Lale grinste noch immer. »Sie sehen wirklich zu viele schlechte Filme. Zur Vernehmung. Sie müssen zur Vernehmung.« Dann sah sie Mandy eindringlich an. »Und bitte zeigt ihm die Fahrkarte der Toten. Er braucht das für seinen Seelenfrieden.« Sie warf sich die Reisetasche über die Schulter und schickte sich an zu gehen.

»Warte, Lale!«, rief Mandy. »Ich fahre dich nach Hause.«

»Danke, nein«, entgegnete Lale über die Schulter hinweg. »Ich nehme die Straßenbahn. Ich muss heute unbedingt noch schwarzfahren!«

Abgang Petersen

Mit Schwung klopfte Lale an Gerstes Bürotür und trat sofort ein. »Moin, moin!«, rief sie und nahm Kurs auf die Tür zu ihrem und Mandys Büro, als Gerste sie erstaunt ansah.

Der Chef erhob sich, reichte Lale über den Schreibtisch hinweg die Hand, nickte gemessen, setzte sich wieder und sagte dann: »Raus! Sie haben noch zwei Tage Urlaub.«

»Wie bitte?«, fragte Lale ungläubig. »Ich denke, unter den gegebenen Umständen…«

Gerste warf ihr einen strengen Blick zu, der Lale verstummen ließ. »Die Umstände sind keine so ungewöhnlichen, dass wir auf Sie nicht verzichten könnten«, sagte er sachlich. »Es geht hier alles seinen geregelten Gang. Ab übermorgen haben Sie wieder Gelegenheit, mir mit Ihren chaotischen Ermittlungsmethoden auf die Nerven zu gehen.« Gerste räusperte sich. Er wandte sich erneut seinen Unterlagen zu und sagte nachdrücklich: »Ab übermorgen, Frau Petersen! Ihr Urlaub ist auch für mich eine Schonfrist. Soll heißen: Ich brauche Ihren Urlaub.«

»Aber ich bin schließlich dabei gewesen, als die Frau ermordet wurde!«, rief Lale empört. Woher nahm der Chef nur so viel Ignoranz?

Gerste stützte in aufreizender Langsamkeit die Ellenbogen auf den Schreibtisch und faltete seine Hände. »Sie meinen wohl, weil Sie mal wieder selbst eine Leiche mitbringen, sind Sie unentbehrlich?«

»Nein, natürlich nicht«, sagte Lale widerwillig. »Oder eben doch.« Sie kramte in ihren Gehirnwindungen. »Ich kann doch in so einem Fall nicht zu Hause sitzen und Däumchen drehen«, erklärte sie. »Das werden Sie doch wohl verstehen!«

Gerste schüttelte fast unmerklich den Kopf. »Und Sie werden verstehen, dass Ihre Freizeitgestaltung allein Ihre Sache ist. Soll heißen: Das ist mir wurscht!«

Lale zwang sich dazu, tief durchzuatmen. »Aber ich bin doch eine wichtige Zeugin«, erklärte sie.

Gerste lächelte milde. »Na, dann…« Er warf einen Blick auf seine Armbanduhr. »Bis zur Besprechung um Neun habe ich noch etwas Zeit. Setzen Sie sich.« Er deutete mit einer Handbewegung auf den leeren Stuhl am Fenster. »Beschränken Sie sich bitte auf das Wesentliche.«

Lale ignorierte seine Aufforderung und pflanzte sich zu vollen 1,80 vor Gerstes Schreibtisch auf. »Nun, das Wesentliche ist, dass diese Tote mit mir seit Hamburg im Zug saß und mir ihr halbes Leben erzählt hat«, sagte Lale. »Und als ich in Leipzig umsteigen musste, hat sie mich verfolgt, um mir auch noch den Rest zu berichten. Leider bin ich darüber eingeschlafen.«

»Und?« Gerste machte eine ungeduldige Handbewegung. »Was hat sie denn erzählt?«

»Eine Menge«, sagte Lale seufzend. »Ich habe ihr nicht wirklich zugehört.«

Gerste sah sie stirnrunzelnd an. »Na, das ist ja wirklich aufschlussreich«, bemerkte er lakonisch. »Und dann?«

»Als ich wieder wach wurde, war sie tot«, sagte Lale. »Sie muss in meiner geistig abwesenden Anwesenheit umgebracht worden sein.«

Über Gerstes Gesichtszüge huschte der Anflug eines Schmunzelns. »Na, Sie scheinen mir ja die reinste Kronzeugin zu sein.« Er wandte sich wieder seinen Unterlagen zu. »Abgang, Petersen.«

Lale seufzte vernehmlich und nahm erneut Kurs auf ihre Bürotür. Kaum hatte sie die Klinke in der Hand, hörte sie

Gerstes Stimme: »Andere Tür.« Lale ignorierte seine Bemerkung und betrat ihr Büro. Sie erwartete ihre Assistentin Mandy hinter einer großen Kaffeetasse zwischen zahlreichen Grünpflanzen und schmetterte gerade »Moin, moin«, als sie abrupt innehielt. Mitten im Raum saß ein Mann, der ihr irgendwie bekannt vorkam. Er sah sie mit zusammengekniffenen Augen an. »Die da war das«, sagte er und zeigte mit dem Finger auf Lale. Als sie die mürrische Stimme vernahm, erinnerte sie sich wieder. Es war dieser Bahnmensch, dieser Schaffner mit dem nervtötenden Fahrkartenkontrollzwang. Ohne seine Arbeitskleidung hatte sie ihn nicht gleich erkannt. Sie musterte ihn abschätzend von oben herab und ging dann langsam um ihn herum. Als sie Mandys Schmunzeln bemerkte, legte Lale die Stirn in Falten und sah dem Bahnmenschen direkt ins Gesicht. Sein Blick flackerte verunsichert. »Hat er endlich gestanden?«, blaffte Lale in den Raum.

Mandy hustete verhalten. »Nein, Chefin«, sagte sie mit belegter Stimme und zwinkerte Lale amüsiert zu. Sie stand auf und stellte sich ebenfalls vor den sitzenden Bahnmenschen. »Er ist ein ganz harter Brocken!«

»So, so.« Lale stemmte die Hände in die Hüften. »Ein harter Brocken also.«

»Ein ganz harter«, sagte Mandy mit verdächtigem Glucksen in der Stimme.

»Na, da haben wir doch schon ganz andere harte Brocken weich geklopft«, verkündete Lale.

Der Zugschaffner sah nervös von einer zur anderen. Dann öffnete er den Mund, als wolle er etwas sagen, klappte ihn jedoch gleich wieder zu.

»Karpfen«, murmelte Lale unwillkürlich.

»Wie…ähm…was?« Der Bahnmensch schien silbenweise seine Sprache wiederzufinden.

»Ach nichts«, sagte Lale und sah zu Mandy, deren breites Grinsen jetzt nicht mehr zu übersehen war. Offenbar hatte dieser Schaffner auch sie schon gehörig genervt. »Er hat meine Ermittlungen behindert«, sagte Lale betont grimmig.

»Aber, aber, sie hatte keinen Dienstausweis«, sagte der Bahnmensch beleidigt zu Mandy. »Da kann ich doch nicht…«

»Mund halten«, kommandierte Lale und ging durch den Raum zu ihrem Schreibtisch. Dienstausweis war ein gutes Stichwort.

Sie war sich zwar ziemlich sicher, dass sie ihn in Hamburg noch bei sich gehabt hatte, aber seit gestern war er verschwunden, und man konnte ja nie wissen. Sie öffnete eine Schreibtischschublade nach der anderen. Doch was sie fand, waren nur eine Keksdose mit Mandys Selbstgebackenem, Taschentücher, eine Handvoll Kugelschreiber und ihre eingestaubte Dienstwaffe mit der jungfräulichen Farbmarkierungsmunition. Von ihrem Dienstausweis fehlte jede Spur.

»Was suchst du?«, fragte Mandy grinsend. »Den Elektroschocker?«

Lale musste ebenfalls grinsen. »Nein, die Daumenschrauben.« Sie war inzwischen bei einer weiteren Schublade angekommen, in der ein Set Handschellen lag; leider unbrauchbar geworden, da sie den Schlüssel verbummelt hatte. »Na, was haben wir denn da?« Grinsend holte Lale die Handschellen hervor und ließ sie an ihrem Zeigefinger baumeln.

Der Bahnmensch sprang mit hochrotem Kopf von seinem Stuhl auf. »Mir reichts!«, schimpfte er. »Sie können mir gar nichts! Ich lasse mir doch nichts anhängen!« Er schnaufte, stürzte zur Tür, riss sie auf und lief laut schimpfend hinaus.

»Aber, aber«, rief Lale hinter ihm her. »Sie haben doch immer noch nicht die Fahrkarte unserer Leiche kontrolliert! Das ist aber nicht korrekt!«

Mandy und Lale sahen sich an und kicherten.

In diesem Moment erschien Gerste in der Tür. »Hatte ich mich undeutlich ausgedrückt?«, fragte er streng. »Ab übermorgen können Sie hier wieder Ihr Chaos verbreiten, Petersen.« Mit einem Kopfnicken wies er auf die hintere Bürotür, die direkt auf den Gang hinausführte. »Keinen Moment früher. Und lassen Sie gefälligst die Handschellen hier.«

Lale warf mit Schwung die Handschellen auf einen der Papierstapel auf dem Aktenschrank. Sie wusste genau, dass das Gerste mit seinem ausgeprägten Sinn für Ordnung maßlos ärgern musste. »Schade, Chef, Sie haben mich natürlich wieder sofort durchschaut«, sagte Lale feixend. »Eigentlich wollte ich mich vor dem Präsidium anketten, um für mein Recht auf Urlaubsverkürzung zu protestieren.«

Gerste schien sich ein Lachen zu verkneifen. »Und übermorgen erwarte ich um Punkt Neun einen umfassenden Bericht über Ihr Seminar in Hamburg«, sagte er und zog mit einem energischen Ruck die Tür hinter sich zu.

»Er hat schon seit einer Woche schlechte Laune«, sagte Mandy schulterzuckend. »Wie war es denn in Hamburg? Habt ihr richtig die Sau rausgelassen?«

Lale seufzte. »Oh ja, diese Kriminalisten sind wirklich wahre Stimmungskanonen. Aber du hast es ja selbst gehört: Der ausführliche Bericht folgt übermorgen. So long!«

Sie trat hinaus auf den Flur und machte sich auf den Weg zum Aufzug, als sie Krokowszic am Kopierer stehen sah. Der junge Kollege schien mal wieder gewissenhaft der Archivierung von Notizen, Mutmaßungen und Ergebnissen zu frönen. Er war und blieb ein hingebungsvoller Aktenhengst. Konzentriert bediente er die Tasten des Kopiergerätes, als Lale hinter ihn trat. »Nun aber flott, Kroko! In wenigen Minuten ist Besprechung beim Chef!«

Krokowszic fuhr herum und erstarrte für einen Moment. »Frau Petersen! Na, das ist ja eine Überraschung!«, rief er fröhlich. »Was machen Sie denn hier? Sie stehen gar nicht im Dienstplan.«

»Ach du Schreck«, sagte Lale grinsend. »Was machen wir denn nun?«

Kroko grinste ebenfalls. Dann reckte er sich auf die Zehenspitzen und winkte Lale näher zu sich. »Haben Sie schon gehört?«, flüsterte er im Verschwörerton. »Wir haben eine neue Leiche. Eine Frau, sie wurde erdrosselt. Im ICE!«

»Nein, ehrlich?«, rief Lale. Dann senkte sie ihre Stimme und legte geheimnisvoll den Zeigefinger auf ihre Lippen. »Psst! Nicht weitersagen, aber die Leiche habe ich selbst mitgebracht.«

Kroko sah sie verständnislos an. »Ach…«

Lale nickte. »Was kopieren Sie da eigentlich?«, fragte sie so beiläufig wie möglich.

»Das sind erste Ergebnisse von der Spurensicherung«, erklärte Kroko beflissen. »Ich muss doch die Akte anlegen.«

»Sicher«, sagte Lale. »Weiß man denn schon Näheres?«

»Ist alles noch nicht vollständig«, sagte Kroko. »Sie schicken nur faxweise etwas herüber.«

»Ach, so ist das«, sagte Lale und lugte Kroko über die Schulter.

»Sagen Sie, sind Sie noch einen Moment hier?«, fragte Kroko. »Ich müsste nämlich mal auf die Toilette.«

»Klar, kein Problem.«

Kroko drückte ihr einen Stapel Unterlagen in die Hand. »Bitte nur einzeln nachlegen«, erklärte er. »Sonst gibt es Papierstau.«

»Kein Problem«, sagte Lale lächelnd und beobachtete, wie Kroko um die Ecke verschwand. Ob sie Zeit genug hatte, alle diese Papiere doppelt zu kopieren? Das war unwahrscheinlich. Schnell warf Lale prüfende Blicke über den Flur. Dann drückte sie den grünen Knopf am Kopierer zwei Mal, wechselte die Vorlage und wiederholte das Prozedere. Die zweite Kopie legte sie zur Seite. Offenbar ging es hier um den Handtascheninhalt ihrer ermordeten Reisebekanntschaft. Lale warf einen kurzen Blick auf die Unterlagen. Hier, ein Personalausweis, dort Abbildungen von irgendwelchen Kosmetikartikeln. In diesem Moment hörte sie Stimmen. Einige Mitarbeiter aus dem Rauschgiftdezernat kamen den Flur herunter und wollten offenbar zu Gerste. Es war wohl besser, wenn sie ihre Zusatzkopien verschwinden ließ. Schnell faltete Lale die wenigen aussortierten Papiere zusammen und steckte sie in die Innentasche ihrer Lederjacke. Als die Rauschgiftheinis vorbeikamen, tauschte sie ganz konzentriert die Kopiervorlage und ordnete demonstrativ die Papiere. »Moin, moin!«

»Morgen, Kollegin«, sagte einer der Rauschgiftler. »Immer der lästige Papierkram, was?«, sagte ein anderer und deutete auf Krokos Unterlagen.

Lale nickte nur vage und war froh, als sie Kroko herbei eilen sah. Dankbar ergriff er seine Papierstapel und schenkte Lale ein seliges Lächeln. »Ach, Frau Petersen, Sie haben mir sehr geholfen. Vielen Dank!«

»Da nicht für«, sagte Lale grinsend und tippte sich zum Gruß an die Stirn. »Ich mache mich dann mal auf den Weg in meine dienstfreie Zeit.«

»Erholen Sie sich gut«, rief Kroko hinter Lale her, doch die hatte schon die Tür zum Treppenhaus aufgestoßen und verschwand, immer zwei Stufen auf einmal nehmend, nach unten. Sie schlitterte eilig durch die Eingangshalle und war mit wenigen großen Schritten drüben auf dem Parkplatz bei ihrem alten klapprigen Audi. Kaum saß sie im Auto, zog Lale die Zettel hervor. Viele waren es nicht, doch sie war gespannt auf ihre Ausbeute. Irgendwas musste doch damit anzufangen sein.

Katinka

»Verdammter Mist!«, schimpfte Lale und sprang mit dem rechten Fuß auf die Bremse ihres klapprigen Audis. Wie ein Erdrutsch ergoss sich ein wackliger Stapel alter Zeitungen vom Rücksitz in den Fond des Wagens. Schnell griff Lale nach dem Papier, um zu halten, was noch zu halten war, und schubste mit aller Wucht einige der verirrten Zeitungsausgaben zurück nach hinten. Sie fluchte leise vor sich hin. Na, immerhin hatte sie das Auto gerade noch an der roten Ampel zum Stehen gebracht. Vor lauter Suchen nach Straßennamen und Hausnummern war ihr die Ampel an dieser kleinen Kreuzung überhaupt nicht aufgefallen. Wo war sie hier eigentlich? Lale wuchtete den Zeitungsstapel, der sich zwischen den Vordersitzen breit machte auf den Beifahrersitz. Man wusste schließlich nie so recht, wann man die Handbremse brauchte, und hin und wieder tat Schalten ebenfalls Not.

In diesem Moment ertönte hinter ihr ein mehrstimmiges Hupkonzert. Die Ampel musste gerade erst grün geworden sein. Lale schubste einen weiteren Papierhügel zur Seite, um an den Schaltknüppel zu kommen. So gemütlich die Dresdner auch waren, vor allem im Vergleich zu den spröden Hanseaten ihrer alten Heimat, beim Autofahren kannten sie keine Sekunde Geduld; eine Beobachtung, die Lale stets aufs Neue überraschte. So, da war der erste Gang, Kupplung und Gas und los! Schon wieder rot! Lale bremste erneut, und wiederum machte ein Teil ihrer Altpapierfracht einen Satz nach vorne. Leise schimpfend schaufelte sie ein weiteres Mal Zeitungen auf den Beifahrersitz und ließ sie in den Fußraum gleiten. Seufzend betrachtete Lale den Papiersegen um sich herum. Es war wohl doch bald mal Zeit, einen Papiercontainer anzufahren, oder zwei oder drei... Vermutlich würde sie mit ihrer Wagenladung mehrere dieser Exemplare füllen.

Erneutes Gehupe riss sie aus ihrer Entsorgungsprognose. »Ja, ja«, sagte Lale, schielte auf die grüne Ampel und fuhr los.

War das hier die richtige Straße? Pfoten-, Pfotenirgendwas… Die kopierten Zettel waren natürlich ebenfalls längst unter Altpapier begraben. Aber Pfotenhauerstraße klang zumindest ähnlich. Und die niedrigen Hausnummern waren hier bei den ganzen Hochhäusern. Und dort war auch eine Parklücke. Sie blinkte, hielt an, suchte den Rückwärtsgang und fuhr in einer einzigen fließenden Bewegung hinein. Hatte das verrutschte Papier also doch etwas Gutes: Endlich gab es wieder freie Sicht durch die Heckscheibe.

Sie schubste weitere Zeitungen vom Beifahrersitz und kramte ihre Kopien hervor. Da war auch die Kopie mit der Vorder- und Rückseite des Personalausweises. Eva Schmitt, geboren am 20.02.1960 in Radebeul, wohnhaft in Dresden, Pfotenhauerstraße 5. Lale lugte aus dem Fenster. Dort vorne hatte sie eine Drei gelesen, also war sie hier wohl richtig.

Schnell fand sie den Eingang zur Nummer 5. Der Aufzug brachte sie in den sechsten Stock, in dem Eva Schmitt offenbar wohnte oder besser gewohnt hatte. Einen Moment lang starrte Lale auf die langen Flure und entschied sich dann für den linken Flur. Schon beim Näherkommen sah sie, dass sie richtig entschieden hatte. Vor einer Tür saß ein Uniformierter auf einem Klappstuhl und döste vor sich hin. Leise schlich Lale sich an die Wohnungstür heran. Sie war natürlich versiegelt.

»Kann ich Ihnen helfen?«, fragte der Beamte unvermittelt.

»Hallo, Kollege«, sagte Lale. »Ja, Sie könnten mir bitte die Tür öffnen. Ich ermittle im Mordfall Eva Schmitt.«

Der Uniformierte lächelte. »Sicher, wenn Sie mir sagen, wer Sie sind.«

»Lale Petersen, Mordkommission Dresden«, sagte Lale.

Er streckte die Hand aus, die Lale ergriff und freundlich schüttelte. »Und Sie sind?« Sie warf einen Blick auf seinen Aufnäher. »Kollege Möller. Angenehm.«

Der Beamte Möller räusperte sich. »Ich wollte eigentlich Ihren Dienstausweis«, sagte er mit schiefem Grinsen.

»Oh.« Lale kramte eilfertig in ihren Jackentaschen. »Ich glaube, den habe ich gerade nicht zur Hand. Kriminalhauptkommissarin Petersen. Sie können das ja per Funk abrufen.«

Möller lächelte. »Sicher kann ich abrufen, ob es diesen Namen gibt.« Er setzte sich wieder auf seinen Klappstuhl. »Aber Sie kennen ja die Vorschriften.«

»Sicher kenne ich die Vorschriften, als Kommissarin.« Lale bemühte sich um Gelassenheit. Dann kramte sie ihr Mobiltelefon aus der Tasche und reichte es Möller. »Hier, fragen Sie nach! Kurzwahl 3.«

Der Beamte sah sie verdutzt an, nahm jedoch das Telefon und tippte. »Möller, Objektschutz Pfotenhauerstraße, Mordfall Intercity-Express«, sagte er, wandte sich ab und ging ein Stück den Flur hinunter. Lale beobachtete ihn ungeduldig. »Ja, sie gehört also zu Ihrer Abteilung? Ich muss mich schließlich... Sie verstehen?« Möller machte sich auf den Rückweg und schien intensiv zu lauschen. »Ach, Urlaub... Also keine Ermittlungen in diesem Fall... Gut. Danke.« Er kam auf Lale zu und reichte ihr das Telefon mit den Worten: »Tut mir leid, ich darf Sie nicht hineinlassen.«

Lale atmete tief durch. Das hätte sie sich ja denken können, dass Gerste ihr einen Strich durch die Rechnung machte! Sie hätte sich sonst wohin beißen können, nahm jedoch mit ihrer Unterlippe vorlieb. »Hören Sie, die Wohnung ist doch versiegelt. Warum sitzen Sie denn überhaupt hier, wenn Sie niemanden reinlassen dürfen?«

Möller lächelte. »Ich soll Sie nicht hineinlassen«, sagte er geduldig. »Vermutlich hat die Spurensicherung heißes Material gefunden.«

Lale seufzte. »Wissen Sie was, Kollege Möller? Ich sage Ihnen das aber im Vertrauen: Ich bin nicht nur Kommissarin, sondern auch eine Freundin der Toten.« Sie hörte, dass hinter ihr eine Tür klappte. »Ich bin sogar eine sehr gute Freundin der armen Eva Schmitt. Wir saßen zusammen im ICE, als sie...«

Der Beamte Möller nickte verständnisvoll. »Deshalb hat Ihr Chef Sie also vorsichtshalber in Urlaub geschickt«, erklärte er. »Weil Sie mit dem Opfer befreundet sind.«

»Hallo?« rief eine Frauenstimme aus dem Hintergrund. Als Lale sich umdrehte, sah sie eine ältere Frau in der Tür stehen. »Sie sind eine Freundin von Frau Schmitt?«

Lale nickte. Jetzt musste sie diese Nummer wohl durchziehen.

»Entschuldigen Sie, wenn ich mich einmische«, sagte die Frau und trat heraus auf den Flur. »Aber ist die Frau Schmitt denn noch länger weg?«

Lale und Möller warfen sich einen bedeutsamen Blick zu. »Ja, so könnte man wohl sagen«, meinte Lale vage.

»Ach, dann schickt Sie ja der Himmel, junge Frau«, rief die Nachbarin. »Ich habe da etwas für Sie.« Sie verschwand kurz in der Wohnung und kam kurz darauf mit einem Korb zurück, der an einer Seite vergittert war. Er gab jämmerliche Klagelaute von sich. Sie drückte Lale den Korb in die Hand. »Wissen Sie, mein Mann ist ja so allergisch! Und ich weiß gar nicht, wohin mit dem armen Tier.« Dann verschwand sie erneut in der Wohnung.

Lale lugte durch das Gitter in den Korb. Tief ins Innere des Korbes kuschelte sich etwas, das aussah wie eine kleine Katze. Sie jammerte vor sich hin. »Was haben Sie denn mit dem armen Tier gemacht?«, rief Lale in die Wohnung der Nachbarin hinein.

Die kam schnaufend mit einer großen Plastiktüte an. »Hier, alles Futter für die Kleine«, sagte sie. »Und nicht, dass Sie denken, ich hätte das arme Kätzchen schlecht behandelt. Wirklich nicht!« Sie machte eine Atempause. »Aber sie frisst einfach nicht, wenn Frau Schmitt nicht da ist. Vielleicht haben Sie ja mehr Glück!«

Lale stellte den Korb auf den Boden und kniete sich davor. Langsam schien die kleine Katze näher zu kommen. Da, ein Pfötchen! Huch, mit ausgefahrenen Krallen! Lale wich zurück, als das Tier jetzt ein wildes Fauchen von sich gab.

»Sehen Sie, Sie haben mehr Glück als ich«, sagte die Nachbarin strahlend.

Lale sah sie zweifelnd an. »Wie heißt die kleine Bestie denn?«

»Na, Katinka«, sagte die Nachbarin erstaunt. »Ich dachte, Sie kennen Frau Schmitt.«

»Ja, sicher«, beeilte sich Lale zu sagen. »Aber Katinka kannte ich bisher noch nicht.«

»Sie nehmen sie doch mit?« Die Stimme der Nachbarin hatte plötzlich einen ängstlichen Unterton.

»Wir können sie ja ins Tierheim bringen«, schlug Möller diensteifrig vor.

Lale sah den Beamten böse an. »Ach, halten Sie sich doch da raus, Sie Wachhund!«

»Da bin ich aber froh«, sagte die Nachbarin. »Warten Sie, ich habe da auch noch die Post für Frau Schmitt.« Sie verschwand ein weiteres Mal kurz in der Wohnung und kehrte mit einem kleinen Stapel an Briefen zurück, den sie Lale reichte. Auch Möller wollte danach greifen, so dass Lale sich schnell die Post schnappte und in die Futtertüte gleiten ließ. »Das ist doch wohl eher für die SpuSi«, sagte Lale schnell.

»Für wen ist das?« Die Nachbarin sah sie erstaunt an.

Möller schüttelte unwirsch den bemützten Beamtenkopf. »Sie meint die Spurensicherung.«

»Quatsch!«, ging Lale schnell dazwischen. »Spusi, ein Spitzname für meine gute alte Freundin. Sie wurde in der Schule immer Spusi genannt.« Sie richtete sich auf und griff nach dem Korb mit der fauchenden Katze. »So, Katinka und ich müssen jetzt aber dringend nach Hause. Frau, ähm...« Sie warf einen Blick auf das Klingelschild. »Frau Winkler, haben Sie recht schönen Dank und einen schönen Tag noch. Herr Möller.« Sie nickte dem Beamten zu, ließ die beiden auf dem Flur stehen und machte sich mit Futtertüte und Katzenkorb auf den Weg.

Einkaufen, dachte Lale, als sie mit ihrem Gepäck im Aufzug stand. Einkaufen sollte sie wohl auch noch, wenn sie nicht selbst heute Katzenfutter essen wollte.

Erkenntnisaustausch bei Fisch im Brötchenmantel

Müde klammerte sich Lale am nächsten Morgen an ihre Kaffeetasse. Vor ihr auf dem Tisch lagen die Notizen, die sie sich gestern Abend gemacht hatte: alle Erkenntnisse, die sie über Eva Schmitt bisher hatte sammeln können. Es war eine ausgesprochen lückenhafte Liste. Lückenlos dagegen war die schriftliche Kommunikation mit Pit verlaufen, seit sie wieder in Dresden war. Gesehen hatte sie ihren Sohn bisher noch nicht. Sie warf einen langen Blick auf Pits Mitteilungen: »Hallo Lala-

Mama, willkommen zu Hause, ich komme später«, und »Guten Morgen, liebes Muttertier, ich musste schon los« sowie »Du bist ja schon wieder nicht da, und ich muss auch gleich weg, viele Grüße«.

Lale seufzte, trank ihre Tasse leer und klopfte an Pits Zimmertür. »Guten Morgen! Ich bin es, deine Mutter.« Schweigen. »Du erinnerst dich vielleicht nicht an mich... Ich bin die, die die Pizza verdient und die Waschmaschine bedienen kann!« Lale öffnete behutsam Pits Zimmertür. Ihre Augen mussten sich erst an die Dunkelheit im Raum gewöhnen. Sie lauschte auf ein leises Grummeln und Rascheln im Bett. »Pit? Ich bin´s, deine Mutter, und ich vermisse meinen einzigen Sohn. Vielleicht weißt du noch, dass wir vor drei Tagen miteinander telefoniert haben? Ich wohne auch hier.« Sie rümpfte die Nase. Was war das für ein seltsamer Geruch?

Im Dämmerlicht sah Lale, dass Pit sich im Bett aufrichtete. »Moin«, gähnte er durchs Zimmer. »Brennt es?«

»Nö, aber es stinkt bestialisch«, sagte Lale. Sie tastete sich mit vorsichtigen Schritten durch das Zimmer, zog die Jalousie hoch und kippte das Fenster an.

»Stimmt. Puh, das ist ja eklig.« Pit sprang aus dem Bett.

»Das kommt von deinem Schreibtisch«, sagte Lale. »Du hast doch wohl nicht...?«

»Was?« Pit warf sich einen Bademantel über. »Aua, so ein Mist!« Er ließ den Bademantel wieder sinken.

»Wie siehst du denn aus?« Lale starrte entsetzt auf ihren fast zwei Meter langen Nachwuchs. »Du bist ja völlig zerkratzt?« Dann hielt sie sich die Nase zu. »Wir reden nebenan weiter. Der Gestank macht mich ganz irre.«

Während Lale eine zweite Tasse mit Kaffee füllte und sich selbst welchen nachschenkte, kam Pit aus seinem Zimmer. Erst jetzt konnte sie das ganze Ausmaß seiner Verletzungen erkennen. Seine Arme und Schultern waren völlig zerkratzt und auch durch sein Gesicht zogen sich lange Striemen. Er lächelte etwas gequält. »Tut mir leid, aber ich kann nichts anziehen. Das brennt alles.« Er ließ sich vor seiner Kaffeetasse nieder. »Gibt's keine Milch?«

»Du trinkst deinen Kaffee mit Milch?«, fragte Lale grinsend. »Seit wann denn das?«

»Schon immer.« Pit runzelte die Stirn. »Das weißt du doch.«

Lale ging zum Kühlschrank und holte eine Tüte Vollmilch heraus. »Ach weißt du, es ist so lange her, dass wir zusammen Kaffee getrunken haben.« Sie schmunzelte. »Wie ist es dir denn in den letzten Jahren so ergangen?«

»Sehr witzig«, sagte Pit. »Frag mich lieber, wie es mir in der letzten Nacht ergangen ist!«

Lale stellte die Milch auf den Tisch. »Also gut: Wie ist es dir in der letzten Nacht so ergangen?«

»Bestens.« Pit goss einen großen Schluck Milch in seine Tasse. »Doch irgendwann kam ich nach Hause und wollte ins Bett.«

»Und das hast du mit der Messerschublade verwechselt?«, fragte Lale.

Pit lächelte gequält. »Nein. In meinem Bett hatte sich ein Tiger breit gemacht und wollte es auf keinen Fall mit mir teilen.«

»Ach du Schreck, Katinka!«, rief Lale. Sie sprang auf und lief hinüber ins Wohnzimmer, wo sie am Abend zuvor den geöffneten Katzenkorb abgestellt hatte. Das Tier hatte sich jedoch den ganzen Abend nicht blicken lassen. Jetzt sah Lale, dass das Schälchen mit Katzenfutter leer war. Und der Katzenkorb auch. Doch wo war die Katze? »Katinka?«, rief Lale vorsichtig. »Katinka, wo steckst du denn?«

»Katinka?«, fragte Pit. »Ich glaube, Kalaschnikow wäre passender.«

»Ach was«, winkte Lale ab. »Das ist eine ganz kleine, verängstigte Katze.«

»Wer sagt das?«, fragte Pit. »Und woher hast du sie überhaupt? Aus Hamburg?«

»Längere Geschichte.« Lale ließ sich wieder am Tisch nieder und nippte an ihrem Kaffee.

»Ich hoffe, dein Stubentiger ist geimpft«, sagte Pit und betrachtete seine zerkratzten Unterarme. »Schließlich hat mich die Bestie angefallen.«

»Ruhe! Das ist mein Text. Ich bin die Mutter«, sagte Lale. »Und da wir gerade beim Mutterinstinkt sind. Das Schuljahr ist vorbei. Zu meiner Zeit gab es um den Dreh immer Zeugnisse.«

Pit lächelte verschmitzt. »Ja, zu deiner Zeit gab es auch noch Tanzstunde, Röhrenbildschirme und Telefone mit Kabel.«

»Na, dann mail mir doch mal deinen Bewertungscode, Captain Future«, sagte Lale.

Pit erhob sich stöhnend und ging in sein Zimmer. Kurz darauf hörte man einen Schrei und: »Das darf doch nicht wahr sein! Verdammte Sauerei!«

Lale verließ ihre Kaffeetasse und schaute ins Zimmer ihres Sohnes. Der stand am Schreibtisch und raufte sich die blonden Haare. »Was ist denn los?«, fragte sie.

»Mein Zen-Garten.« Pit hielt ein schuhkartongroßes Metallgebilde in der Hand. »Der blöde Tiger hat in meinen Zen-Garten geschissen!«

Lale trat näher und warf einen Blick auf den Kasten voller Kiesel. In einer Ecke prangte ein ansehnliches Häufchen. Sie grinste unwillkürlich. »Meinst du, Katinka hat etwas gegen Zen-Buddhismus? Katzen sollen ja so was wie einen siebten Sinn besitzen?«

Mit angewidertem Blick trug Pit seine kleine Zen-Toilette in die Küche, schüttete ihren gesamten Inhalt gewissenhaft in eine Tüte und ließ diese im Mülleimer verschwinden. Dann spülte er hingebungsvoll den kleinen Metallkasten.

»Also, man kann nicht behaupten, dass Katinka unkultiviert wäre«, sagte Lale. »Irgendwie hat das doch Stil.«

»Ich glaube kaum, dass du das sagen würdest, wenn sie in deine Hydrokultur geschissen hätte«, sagte Pit, der nun sein Metallkästchen gewissenhaft abtrocknete.

»In meine was?«, fragte Lale lachend.

»In deine Hydrokultur«, erwiderte Pit.

»Was ist das denn?«, fragte Lale amüsiert. »Ein Zen-Garten mit Wasserspülung?«

»Das sind die Pflanzen mit den vielen kleinen Steinen, die das Wasser speichern«, erklärte Pit. »Aber vergiss es! Auch solchen Pflanzen müsstest du ja erst einmal Wasser geben.«

»Sagte der Mann, der sich einen Garten aus Steinen bastelte«, stellte Lale fest, als es an der Wohnungstür klingelte. »Erwartest du Besuch, Steinbeißer?«

»Nö, bestimmt einer von deiner Trachtentruppe«, sagte Pit grinsend. »Guck mal auf die Uhr. Es ist nach Zehn.«

»Ich habe Urlaub«, erklärte Lale. »Und du auch. Und ich habe immer noch nicht dein Zeugnis zu Gesicht bekommen.«

Es klingelte erneut an der Wohnungstür und Lale ging öffnen.

»Na, endlich«, sagte Mandy und drückte Lale eine kleine Tüte in die Hand. »Ich habe etwas zu essen mitgebracht. Hallo Pit!«

»Sag ich doch: deine Trachtentruppe«, freute sich Pit, trat näher und reichte Mandy die Hand.

»Wie siehst du denn aus, um Himmels Willen!« Mandy starrte entsetzt auf Pits Kratzspuren.

»Tja, wenn ich zu viel Freizeit habe, fange ich immer an, meinen Sohn zu misshandeln.« Lale nahm Mandy die Tüte aus der Hand und schnüffelte daran. »Sind das echt Fischbrötchen? Du bist ein Schatz!« Schnell holte sie Teller aus dem Küchenschrank und begann, den Inhalt der Tüte auszuwickeln und auf zwei Teller zu verteilen. »Kaffee?«

»Gerne.« Mandy ließ sich auf einen Stuhl plumpsen. Dann wandte sie sich wieder Pit zu. »Du siehst schlimm aus! Machst du gerade ein Praktikum bei Sarrasani?«

Pit grinste schief. »Nein. Ich wollte mich einfach nur in mein Bett legen.«

»Das muss behandelt werden«, stellte Mandy fest. »Habt ihr Alkohol im Haus?«

»Sicher«, sagte Lale und stellte die Teller mit den Fischbrötchen auf den Tisch. »Aber ich kann dem Jungen doch nicht am frühen Vormittag schon einen Schnaps geben.« Dann überlegte sie kurz. »Allerdings würde ihm das vielleicht ein bisschen Mut machen. Er hat mir nämlich immer noch nicht sein Zeugnis gezeigt.«

Mandy lächelte schief. »Ich dachte eher an die äußere Anwendung.«

Lale biss genüsslich in ein Fischbrötchen. »Hmh, die sind aber gut.«

Auch Mandy kaute bereits. »Los, Pit! Die sind wirklich gut.«

»Nee, danke.« Pit verzog das Gesicht.

Lale kaute. »Weißt du Mandy, von Fisch bekommt der Junge immer Schuppen.«

Mandy kaute genießerisch, als plötzlich eine grau-schwarz getigerte Katze mitten auf den Tisch sprang und versuchte, Mandys Teller abzulecken. »Ja, wen haben wir denn da?«, fragte Mandy und sah Lale verblüfft an.

»Oh, das ist Katinka Kalaschnikowa«, erklärte Lale und musterte die Katze eingehend. »Eigentlich sehe ich sie auch zum ersten Mal. Ich dachte, sie wäre viel kleiner.«

»Na, du bist aber frech«, sagte Mandy zu der Katze. Dann riss sie ein Stück Hering von ihrem Brötchenbelag und hielt es zu Boden. »Na, komm, meine Kalaschnikowa, hol es dir!«

Pit hielt sich demonstrativ die Nase zu. »Sagt mit Bescheid, wenn die Luft wieder rein ist«, näselte er und verschwand im Badezimmer.

Mit einem lautlos eleganten Satz war Katinka auf dem Fußboden und fraß Mandy aus der Hand.

»Und?«, fragte Lale. »Hat Gerste dich geschickt? Damit du aufpasst, dass ich nicht heimlich arbeite?«

Mandy grinste. »Nee. Nicht direkt.« Sie biss erneut in ihr Fischbrötchen.

»Und er hat dich trotzdem weggelassen?« Lale beobachtete Katinka, die um Mandys Stuhl schlich und leise maunzte.

Mandy schüttelte kauend den Kopf. »Ompfischell bönsch bei Koölschkkii n' Ächtsmetziztinn, bwänn är Obbuckjoohn.«

»Wie? Du machst eine Fortbildung in Indisch?«, Lale hielt Katinka den Rest von ihrem Fischbrötchen hin und wartete. Doch die Tigerkatze näherte sich nur vorsichtig und mit abenteuerlustig wippender Schwanzspitze.

Mandy lachte und hustete. Dann räusperte sie sich kurz. »Ich meinte: Offiziell bin ich bei Kowalski, also in der Rechtsmedizin wegen der Obduktion. Aber er konnte noch gar nicht anfangen. Ich habe mit dem Doktorchen telefoniert. Er darf noch nicht tranchieren. Er wartet noch auf die Freigabe der Leiche durch den Staatsanwalt.« Sie fuhr sich mit der Zunge über die Lippen. »Lecker, diese Fischbrötchen. Ich esse noch eins.«

»Na, da überschlagen sich ja mal wieder alle vor Arbeitseifer«, sagte Lale, als sie plötzlich einen stechenden Schmerz spürte und ihre Hand wegzog. Katinka hatte sich nun doch dazu herabgelassen, Lales Brötchenrest zu jagen. Und als dieser sich jetzt mitsamt der Hand nach oben bewegte, dachte Katinka überhaupt nicht daran, diesen Plan zu verwerfen. Sie sprang auf Lales Schoß und begann ihre Hand zu bearbeiten. Zack und zack und zack bekam Lale immer wieder eine von der

Katzenpfote gewischt, bis sie den Brötchenrest fallen ließ. Dann stürzte Katinka sich gierig auf die Beute. Lale rieb sich den Handrücken. »Aua! Du bist ganz schön groß und hinterhältig für eine kleine verängstigte Katze!«

Mandy lachte. »Dann passt sie doch bestens zu euch.«

»Schönen Dank auch«, sagte Lale schmunzelnd. »Kommen wir also zu unserer Eva.«

»Welche Eva?«, Mandy sah sie verwirrt an.

»Na, Eva Schmitt, unser Mordopfer«, erklärte Lale.

»Oh, ich darf eigentlich nicht darüber sprechen«, sagte Mandy.

Lale winkte ab. »Müssen wir nicht.« Sie schob ihre Notizen über den Tisch. »Ich habe alle meine Erkenntnisse aufgeschrieben. Lies!«

Mandy warf einen Blick auf Lales Notizensammlung. »Die Personalien haben wir auch«, sagte Mandy.

»Klar.« Lale klang etwas ungehalten. »Die habe ich ja auch aus den Ermittlungsakten.«

»Ach?« Mandy sah sie erstaunt an. »Wie das?«

»Das willst du gar nicht so genau wissen«, erklärte Lale. »Lies weiter!«

»Und woher willst du wissen, dass das auf dem Foto in der Tasche ihre Eltern sind?«, fragte Mandy.

»Ich weiß es eben«, sagte Lale. »Sie hat mir das Foto selbst gezeigt. Aber dieses andere Foto… Ich kenne nur diese ganz miese gefaxte Kopie. Das Foto hat sie mir nicht gezeigt. Was meinst du, ist das ein Mann oder eine Frau?«

»Schwer zu sagen«, meinte Mandy. »Wir sollten wohl besser die Originale abwarten.«

»Sie erwähnte irgendwann einen Ex-Mann«, sagte Lale. »Vielleicht ist er das.«

Mandy wedelte mit dem obersten Blatt von Lales Notizen. »Mehr hast du nicht über den Tascheninhalt?«, fragte sie stirnrunzelnd.

»Nein«, gab Lale zu. »Sollte ich?«

»Och, ich dachte nur«, meinte Mandy vage und sah Lale argwöhnisch an. »Auf der Handtasche der Toten waren deine Fingerabdrücke!«

»Ach so«, winkte Lale ab. »Ich weiß. Die Handtasche habe ich diesem Bahnkontrolletti aus der Hand gerissen. Der Typ wollte sich einfach bedienen.«

»Und was ist dann das hier alles?«, fragte Mandy und deutete auf den nächsten Zettel. »Hast du noch andere Quellen?«

Lale nickte. »Evas Post.« In ihrer Stimme schwang leiser Triumph. Als sie Mandys große Augen sah, hob sie abwehrend eine Hand. »Nicht fragen, einfach nicht fragen! Schließlich sollst du nicht darüber reden.«

»O. K.«, murmelte Mandy. Sie widmete sich erneut Lales Notizen. »Telefonrechnung, hmh…«

»Ja, und irgendeine Einladung zu einer Ausstellungseröffnung«, sagte Lale ungeduldig und zog die Einladung aus dem Papierstapel. Sie warf einen Blick auf die bunt bedruckte Faltkarte und legte sie zur Seite. »Irgend so ein Kunstkram. Aber da!« Sie deutete auf ihre Liste. »Das ist interessant.«

»Postkarte aus Paris«, las Mandy vor. »Und ein Brief aus Hamburg. Was denn für ein Brief?«

»Er liegt dazwischen.« Lale zog ein Blatt Papier zwischen den Notizen hervor. Die Katze sprang auf den Tisch und kam neugierig näher. »Da ist von zwei Männern die Rede… hier, mit Namen und Adressen in Dresden… Es geht um irgendein Klassentreffen, zu dem die beiden eingeladen werden sollen.« Lale kramte weiter und zog ein Briefkuvert hervor. »Hier, der Brief ist aus Hamburg von einer Susanne oder so… Verflixte Sauklaue. Und einen Absender gibt es auch nicht.« Katinka beschnüffelte das Kuvert und rieb ihren Kopf an einer Kante. »Lass das, verrückte Katze«, sagte Lale.

»Saß diese Eva nicht mit dir im Zug aus Hamburg?«, fragte Mandy.

Lale nickte und nahm den Poststempel genauer in Augenschein.

»Dann hatte sie den Brief dabei?«, fragte Mandy.

Lale schüttelte den Kopf. »Nein. Der Brief war hier in Dresden in der Post. Und schau, der Poststempel ist erst drei Tage alt.« Sie verscheuchte Katinka, die sich auf den Briefbogen gelegt hatte und hingebungsvoll ihre Vorderpfote leckte. »Weg da, du dreistes kleines Vieh!«

»Lass sie doch«, meinte Mandy. »Sag mal, weißt du eigentlich, was sie in Hamburg gemacht hat?«

Lale legte die Stirn in Falten. »Vermutlich hat sie mir das erzählt. Schließlich hat sie stundenlang auf mich eingequatscht.« Sie seufzte. »Sie hat von allen möglichen Leuten gequatscht, und viel von ihren Eltern.« Lale hielt inne. »Wer war eigentlich bei den Angehörigen? Was sagen die denn?«

Mandy zuckte die Achseln. »Ich habe keine Ahnung. Ich glaube, Angehörige konnten bisher noch nicht ausfindig gemacht werden... Kroko wollte sich darum kümmern.«

»Na prima«, sagte Lale. »Der kopiert wahrscheinlich noch den Stadtplan und die Bedienungsanleitung seines Autos, bevor er in die Gänge kommt!«

»Oh je.« Mandy sah voller Sorge auf ihre Uhr. »Ich muss dringend zurück in die Schießgasse, sonst macht mir Gerste die Hölle heiß.«

»Gut, ich werde mal mein Gehirn wecken und sehen, ob ich noch verborgene Erinnerungsfetzen aus Evas Wortsalven finde«, versprach Lale und begleitete Mandy zur Tür.

»Mach keinen Unsinn«, verlangte Mandy streng.

»Bis morgen!«, flötete Lale und schloss die Wohnungstür hinter ihrer Kollegin, während Katinka sich vorsichtig an das letzte Fischbrötchen auf dem Tisch herantastete.

»Pfoten weg!«, schimpfte Lale, schnappte sich das Brötchen und biss herzhaft hinein.

Die Katze maunzte beleidigt und starrte sie vorwurfsvoll an. Ihr Schwanz schwang in gleichmäßigen Bögen hin und her. Sie gab ein leises Fauchen von sich, ohne den Blick von Lale zu wenden.

»Ist ja schon gut«, sagte Lale und begann, kleine Stücke von ihrem Brötchen abzureißen. »Dann teilen wir eben.« Sie legte Katinka einige Stückchen Fisch mit Gurke auf den Teller, auf den Katinka sich gierig stürzte. Die Katze verputzte ihre Bissen in erstaunlicher Geschwindigkeit.

Lale wollte ihr gerade noch ein weiteres Stück geben, als sich die Badezimmertür öffnete und sie mit offenem Mund Pit anstarrte.

»Wenn ihr beide euch so sehen könntet«, sagte Pit lachend und deutete auf Katinka, die ihn ebenfalls mit starrem Blick musterte.

Lale grinste breit, denn Pit war über und über mit Pflastern bedeckt. Er hatte offenbar voller Akribie jeden Kratzer einzeln verklebt. »Todschick«, lobte sie den Sohnemann.

»Morbides Muttertier«, entgegnete Pit. »Du hast schon wieder nur Leichen im Kopf.« Er ließ sich am Tisch nieder. »Oh, was ist das?« Er nahm die bunt bedruckte Faltkarte zur Hand. »Ich wusste gar nicht, dass du dich für Kunst interessierst.«

»Tue ich auch gar nicht«, sagte Lale leichthin und streichelte Katinka über den Kopf.

»Und warum hast du dann eine Einladung von dieser Galerie?« Er betrachtete die Karte eingehend. »Vernissage von Gola Gronski.« Er nickte anerkennend. »So eine Einladung bekommt bestimmt nicht jeder.«

»Ach so?« Lale zog die Augenbrauen hoch.

»Na, ja, Henry Moore, A.R. Penck...« Pit warf die Einladung wieder auf den Tisch. »Mein Kunstlehrer würde töten, um dort eingeladen zu werden.«

»Ach, so ist das.« Lale betrachtete die Karte eingehend. »Töten also. Dann wäre etwas Polizeipräsenz wohl nicht schlecht. Hey, das ist ja heute!« Sie sah Pit unternehmungslustig an. »Hast du nicht Lust, mit deiner alten Mutter einen flotten Abend in hoher Kultur zu machen?«

Pit sah zweifelnd auf seine zahlreichen Pflaster. »So?«

Lale lächelte verschmitzt. »Nun ja, wir werden sicher als künstlerisch wertvoll wahrgenommen, mit dir als Patchwork-Mumie.«

Ausflug in die Kunst

»Aua, Mist!« Lale stolperte mühsam über das Dresdner Pflaster. Immer wieder verhakte sich einer ihrer hohen Absätze zwischen den Pflastersteinen. Unsicher wankte sie auf ihren steilen Highheels weiter. Sie kam sich vor, als wäre sie auf Stelzen unterwegs. »Nun lauf doch mal etwas langsamer«, verlangte sie genervt.

Pit grinste belustigt. »Du hast etwas von einer steppenden Giraffe«, stellte er fest. »Warum ziehst du denn diese Gestelle an, wenn man damit nicht laufen kann?«

»Eigentlich wollte ich damit ja nur gelangweilt zwischen Kunstwerken herumstehen«, entgegnete Lale, weiter um ihr Gleichgewicht bemüht. »Ich habe ja nicht ahnen können, dass ich mit diesem Höllenschuhwerk durch halb Dresden wackeln muss!«

»Stimmt«, sagte Pit. »Wir hätten auch mit dem Auto fahren können, wenn du dein Auto nicht in einen Altpapiertransporter verwandelt hättest. Für mich jedenfalls war da kein Platz mehr.«

Sie sah ihren Sohn vorwurfsvoll an. »Du wolltest doch unbedingt, dass ich mich in Schale werfe! Hätte ich zu diesem schwarzen Fummel etwa Turnschuhe anziehen sollen?« Sie knickte zur Seite weg und hielt sich schnell an einem Laternenmast fest. »Ich frage mich, warum du überhaupt so herumtönst. Schließlich gehst du im Hochsommer im Rollkragenpulli aus!«

»Das verstehst du natürlich nicht, das ist Avantgarde«, erklärte er. »Außerdem weiß man nie, wo die nächste Katze lauert.« Pit bot ihr fürsorglich seinen Arm an. »Komm, hak dich lieber bei mir unter. Sonst ist die Vernissage vorbei, bevor wir dort angekrochen kommen.«

»Danke, Sohn.« Lale klammerte sich an Pits Arm fest. »Gleich morgen gründe ich eine Initiative zur Freiheit für Frauenfüße.« Sie sah sich um. »Wo sind wir hier eigentlich?«

»Na, im Kunstviertel«, erklärte Pit. »Kennst du das gar nicht?«

»Ich kenne nur Tatorte«, sagte Lale gepresst und bemühte sich, mit Pit Schritt zu halten.

»Da vorne ist schon die Galerie.« Er deutete auf einen beleuchteten Eingang, über dem ein Transparent die Ausstellungseröffnung ankündigte. »Spuren von Menschlichkeit« prangte in aufstrebenden dicken Lettern auf dem Transparent.

Lale nestelte die Einladung aus der kleinen Handtasche. Und richtig, am Eingang wurden von zwei schrankformatigen Türstehertypen penibel die Einladungen kontrolliert. Die befrackten Herren waren offenbar eigens dafür aufgestellt.

»Deutschland, deine Kontrollen«, zischte Lale Pit zu, als sie ins Foyer der Galerie traten, wo schon diverse illustre Gestalten einer tiefen Stimme lauschten, die irgendwo aus den hinteren Räumlichkeiten kam.

»... Und so freuen wir uns, Ihnen mit dieser abstrakten sowie semi-abstrakten Formaussage der konstruktivistisch geprägten Überlebenskunst das Oeuvre von Gola Gronski in diesem Rahmen präsentieren zu dürfen.«

Lale sah sich um. Offenbar hatten die hohen Schuhe auch ihre Vorteile. Sie konnte sich ohne viel Mühe einen Überblick verschaffen. Nur den Sprecher der Eröffnungsrede konnte sie noch immer nicht ausmachen. Er stand vermutlich zwischen diesen seltsamen weißen Plastikgebilden.

»... Dieses andere, gleichsam schnellere Bild des Menschen als besondere Situation des Menschen, und jene zutiefst menschlichen Spuren des Menschen stehen für eine neue, eine wahrhaft humanistische Kunst.«

»Was faselt der denn da?«, flüsterte Lale Pit zu.

»Sie«, sagte Pit leise. »Es ist eine Sie, die spricht. Sie erklärt, was Gola Gronski mit seiner Kunst sagen will.«

Lale seufzte. »Na, wenn man das extra erklären muss, hat er wohl seinen Beruf verfehlt.«

»Mama!« In Pits Flüstern schwang leise Empörung.

»...wünsche ich Ihnen einen wunderbaren Abend mit Gola Gronski.« Allgemeiner Applaus erhob sich. Dann kam Bewegung in die Menschengrüppchen, die zuvor mehr oder weniger andächtig gelauscht hatten. Alle bewegten sich in eine Richtung durch die Galerieräume.

»Ha, guck sie dir an«, sagte Lale schadenfroh. »Die wollen alle nur möglichst schnell etwas zu trinken. Ich wette, da hinten ist die Bar.«

»Und das Büffet.« Pit nickte. »Ist doch eine gute Gelegenheit, sich ein bisschen umzusehen.« Er drehte sich um und deutete auf ein weißes Plastikgebilde mit einem großen roten Kreuz.

»Der Erste-Hilfe-Kasten?« Lale beäugte das Plastikgebilde. »Es scheint hier öfter mal größere Notfälle zu geben.«

»Quatsch«, sagte Pit. »Das ist ›Der Meineid des Hippokrates‹, eines seiner älteren Werke. Wir haben in Kunst darüber gesprochen.«

Erst bei näherer Betrachtung bemerkte Lale, dass das rote Kreuz nicht den Vorder-, sondern den Hintergrund des Kunstwerks bildete. Davor war ein großer durchsichtiger Kasten, in dem allerhand seltsame Utensilien lagen. Es waren medizinische

Instrumente, die miteinander verschmolzen waren und irgendwie an Folterinstrumente erinnerten. Lale schüttelte den Kopf. Eine Nierenschale sah aus dieser Perspektive aus wie ein Embryo. Erst jetzt entdeckte sie, dass auch das rote Kreuz im Hintergrund je nach Blickwinkel seine Form veränderte; schräg betrachtet erinnerte es an ein Hakenkreuz. Sie sah Pit verwundert an. »Sind solche Symbole nicht verboten?«, fragte sie erstaunt.

»Die Aussage ist doch unmissverständlich«, sagte Pit. »Ich glaube nicht, dass das verboten ist. Ein Neonazi würde das Kunstwerk doch gar nicht verstehen!«

»Stimmt auch wieder.« Lale wandte sich um. »Was ist denn das da vorne?« Sie zeigte auf eine mannshohe Figur, die an einem seltsamen Gestänge hing, das wiederum ein Kreuz bildete aus einem Infusionsständer, an den rechts und links zwei Gelenklampen geschweißt waren. »In Vitro«, las sie auf dem Schild. »Der Bausatz Mensch aus dem Labor.«

»Irre, guck doch mal!« Pit wirkte ganz begeistert. »Die Figur besteht aus lauter Reagenzgläsern und Petrischalen und lauter solchem Kram!«

»Hätte man die vorher nicht mal sauber machen können?«, fragte Lale und verzog das Gesicht. »Guck dir diese blutverschmierten Schläuche und Spritzen an.«

»Aber das ist doch das Interessante an Gronskis Überlebenskunst«, erklärte Pit. »Das ist doch das Prinzip! Er verwendet nur authentische Materialien aus der Medizin, quasi die Abfälle des Überlebens.«

»Aha?« Lale sah Pit von der Seite an. »Darauf muss man erst einmal kommen. Woher weißt du denn das alles?«

»Na, aus dem Kunstunterricht«, sagte Pit ungeduldig. »Ich habe dir doch erzählt, dass mein Kunstlehrer Gronski-Fan ist.«

»Meinst du, du könntest uns mal etwas zu trinken holen, großer Kunstkenner?«, fragte Lale.

Pit schmunzelte. »Klar, was möchtest du denn? Wein?«

Lale nickte. »Hauptsache keine Urinprobe des Künstlers oder irgendeines anderen Überlebenden.«

Pit verschwand sofort zwischen den Vernissage-Besuchern und Lale hatte Gelegenheit, sich ein bisschen umzusehen. Schließlich war sie hergekommen, um einer Spur zu folgen. Sie musterte aufmerksam die Leute, die in kleinen Gruppen herumstanden und offenbar ganz dringend ganz viel zu besprechen hatten. Am meisten zog eine große korpulente Dame im schwarzen Kaftan mit einem auffälligen bunten Turban ihren Blick auf sich. Sie stand mitten im Raum, umringt von diversen, auf den ersten Blick nicht ganz so illustren Gestalten, redete auf ihre Zuhörer ein und gestikulierte wild. Fasziniert beobachtete Lale die Frau. Sie hatte etwas Monumenthaftes…

»Armer Gronski, Sie stehlen seinen Werken komplett die Show«, sagte eine dunkle Stimme.

Lale fuhr herum und stand vor einem kleinen rundlichen Herrn, der sie freundlich anlächelte. Er reichte ihr ein Glas Rotwein. »Ich habe mir erlaubt, Ihnen selbst einen Wein zu kredenzen«, säuselte er. »Was macht das für einen Eindruck, Ihrem Sprössling Alkohol auszuhändigen.«

»Oh, danke«, sagte Lale verwundert. »Wo ist er denn, mein Sprössling?«

»In guter Gesellschaft, machen Sie sich keine Sorgen.« Der kleine rundliche Herr lächelte noch immer zu Lale auf. »Sie sind wirklich ein viel entzückenderes Phänomen als jedes dieser Kunstwerke, meine Liebe. So viel sinnlicher!«

»Eben eine Spur menschlicher«, sagte Lale grinsend. »Was ist los? Brauchen Sie Geld?«

»Aber nein.« Der kleine Runde sah sie erstaunt an. »Wie kommen Sie denn darauf?«

»Na, weil Sie hier so herumsülzen.« Lale nahm einen Schluck Rotwein. Er war sehr trocken und sehr gut.

»Aber nicht doch.« Der kleine Runde wirkte immer noch erstaunt. »Ich möchte nur ein wenig mit Ihnen plaudern.«

»Na, dann müssen Sie doch nicht so viel Süßholz raspeln«, erklärte Lale amüsiert. »Ein Glas Rotwein reicht für ein bisschen Konversation völlig aus.« Sie prostete ihm zu. »Ist übrigens ein guter Tropfen.«

Der kleine Runde trank und nahm dann erneut Anlauf. »Verraten Sie mir, warum wir uns noch nicht kennen?«

»Ich nehme an, weil wir uns bisher noch nicht über den Weg gestolpert, äh, gelaufen sind«, sagte Lale.

»Oh, ich habe mich Ihnen ja noch gar nicht vorgestellt«, sagte der kleine Runde schnell. »Pfisterer. Heribert Pfisterer. Import-Export.«

Lale ergriff die dargebotene schwitzige Hand und drückte sie kräftig. »Lale Petersen. Mord & Totschlag.« Sie grinste breit, als sie seinen entsetzten Blick sah. »Und was importieren Sie, um es dann zu exportieren? Oder läuft es andersherum?«

»Ähm, Kunst«, stammelte der kleine Runde. »Ich exportiere Kunst, genauer gesagt: zeitgenössische Kunst.« Er sah sie neugierig an. »Und Sie…?«

»Oh, ich schlage tot – meistens die Zeit«, sagte Lale ironisch und nahm einen letzten kräftigen Schluck Rotwein. »Meinen Sie, Sie könnten mir noch etwas von dem guten Tropfen in mein Glas importieren?«

»Aber sicher doch, meine Liebe«, versprach der rundliche Kunsthändler und eilte beflissen in Richtung Bar davon.

Lale sah sich amüsiert um. Die korpulente Turbanmatrone hatte ihren Zuhörerkreis inzwischen weiter in die Tiefen der Galerie dirigiert. Vorsichtig tat Lale ein paar Schritte hinüber in den nächsten Raum. Sie wollte ihr neu erworbenes Gleichgewicht keinesfalls zu sehr strapazieren und entschied, besser dekorativ vor einem der Objekte herumzustehen. Als sie genauer hinsah, bemerkte sie, dass es gar kein richtiges Kunstwerk war, sondern vielmehr das Modell einer Installation.

»Ach, hier bist du.« Pit gesellte sich, einen Orangensaft in der einen und einen Teller in der anderen Hand, zu ihr. Er hielt ihr den halb leeren Teller vor die Nase. »Hier, probier mal, echt lecker!«

Lale schnappte sich ein Canapé und ließ sich irgendeine edle Pastete auf der Zunge zergehen. »Stimmt.« Dann griff sie erneut zu und erwischte ein raffiniert gerolltes Stück aus Käsescheiben. »So langsam verstehe ich, dass die Leute zum Essen und Trinken herkommen.«

»Ja, ja«, sagte Pit. Er schien ihr nicht wirklich zuzuhören, sondern hatte sich längst in das Modell vor ihnen vertieft. »Hey, das ist gar nicht weit weg!«, rief er begeistert und zog seine Mutter mit sich um das Modell herum. Er deutete auf ein paar Skizzen an der Wand und eine Reihe von schwarz-weißen Fotografien. »Schau doch mal!«

Lale folgte ihm widerstrebend. »Nicht so schnell, sonst knicke ich wieder um.«

»Guck mal, Gronskis neues Projekt.« Pit war sichtlich erfreut.

»Die Transplantage – ein Projekt im Rahmen der Sommerakademie der HfBK Dresden«, las er. »Guck dir das an!«

»Mache ich ja die ganze Zeit«, sagte Lale. »Und?« Sie betrachtete weiter die Skizzen und Fotos. »Ein paar Leute stapeln irgendwelchen Plastikmüll. Man kann ja nicht mal richtig etwas erkennen.« Lale runzelte die Stirn. »Ich finde es ausgesprochen ungünstig, das auch noch in Schwarz-Weiß abzulichten. Da kann man wirklich gar nichts mehr sehen.«

»Och, Mama«, sagte Pit vorwurfsvoll. »Das ist doch der Sinn der Sache! Sonst muss sich ja keiner mehr die fertige Installation anschauen. Das soll doch Appetit auf mehr machen!« Er vertiefte sich in die schriftlichen Erläuterungen.

»Appetit auf mehr«, warf Lale lakonisch ein. »Wie diese Schnittchen. Wirklich satt wird man davon nicht.« Sie seufzte. »Jetzt hätte ich gerne richtig was zu essen.«

»Hier, sie haben gerade erst angefangen, und im Laufe der nächsten Wochen soll die gesamte Installation auf den Elbwiesen am Käthe-Kollwitz-Ufer entstehen.« Pit war ganz aufgeregt. »Da wäre ich gerne dabei!«

»Dazu musst du aber noch etwas älter werden, junger Mann.« Das war der runde Kunsthändler, der Lale nun ein weiteres Glas Rotwein in die Hand drückte. »Die Sommerakademie ist keine Bastelrunde für Grünschnäbel.«

»Ja, ich weiß«, sagte Pit zerknirscht. »Aber ich wäre trotzdem gerne dabei.«

»Um mit Blutkonserven und Urinbeuteln zu hantieren?«, fragte Lale und verzog das Gesicht. »Dazu brauchst du keine Kunstakademie. Mach nach dem Abi einfach Zivildienst.«

Pit winkte ab und widmete sich erneut der Fotodokumentation an der Wand, während Lale an ihrem Rotwein nippte. Sie prostete dem rundlichen Kunsthändler zu.

»Einen aufgeweckten Jungen haben Sie«, lobte er und beobachtete Pit. »Kinder sind doch was Schönes. Und wie niedlich, dass er schon versucht sich zu rasieren.«

Lale sah ihn erstaunt an. »Rasieren? Wieso rasieren?«

»Na, die Pflaster in seinem Gesicht.« Der kleine Kunsthändler lächelte verschmitzt. »So sah das bei mir in seinem Alter auch immer aus. Kein Barthaar, aber scharfe Klingen!«

Lale stellte sich den kleinen dicken Mann mit verpflasterten

Pausbacken vor und wandte schnell den Blick zur Seite. Die korpulente Turbanmatrone konnte sie nirgendwo sehen, doch sie hatte das unbestimmte Gefühl beobachtet zu werden. Als sie sich umwandte, bemerkte sie einen Typ mittleren Alters. Er sah sie kurz an, murmelte »Guten Abend« und ging in Begleitung einer sehr blonden Frau an ihr vorbei. Lale grüßte knapp und fragte sich, woher sie den Mann kannte. Sie war sich ziemlich sicher, ihn schon mehrfach getroffen zu haben, konnte ihn jedoch nirgendwo einordnen. Trotzdem, allein seine eigenartige Frisur kam ihr bekannt vor. Sie erinnerte vage an Prinz Eisenherz, war jedoch sehr grau, fast schon weiß. Den Typ hatte sie auf jeden Fall schon mal gesehen.

»Haben Sie ›In Vitro‹ schon bewundert?«, fragte der runde Kunsthändler und lächelte sie aufmunternd an.

Lale zuckte die Achseln und nahm einen weiteren Schluck Rotwein.

»Kommen Sie«, sagte der kleine Dicke. »Es ist gleich vorne am Eingang der Galerie. Es ist mein Lieblingsstück von Gronski.«

Lale gab Pit ein Zeichen und folgte dem kleinen Kunsthändler. Sie beobachtete ihre Umgebung aus den Augenwinkeln, doch das bekannte Gesicht mit der Prinz-Eisenherz-Frisur konnte sie nicht mehr entdecken.

Der runde Kunsthändler stellte sich breitbeinig und zufrieden grinsend vor das Kunstwerk. Es war eines von den Objekten, die Lale bereits betrachtet hatte; das mit dem Menschen als Bausatz aus Reagenzgläsern, Kolben und Petrischalen, der an einem zum Kreuz verfremdeten Infusionstropf hing.

»Ich habe es heute erworben.« Der Kunsthändler lächelte selbstzufrieden.

»Aha?« Lale runzelte die Stirn. Die Tatsache, dass jemand solche Kunstobjekte herstellte, erschien ihr ein bisschen seltsam. Die Tatsache jedoch, dass jemand Geld ausgab, um es zu erwerben, erschien ihr höchst befremdlich.

»Fünfzigtausend«, raunte der kleine dicke Kunstmensch ihr zu. »Das ist es doch, was Sie wissen wollen.«

Lale sah ihn erstaunt an. Eigentlich wollte sie gar nichts über die Kunstwerke wissen. Eigentlich war sie hier, um vielleicht etwas über Eva Schmitt in Erfahrung zu bringen. Diese Kunstleute waren wirklich eigenartig.

Der kleine Runde deutete ihr erstauntes Gesicht offenbar als Erklärungsaufforderung. »Fünfzigtausend Euro...« Er senkte wiederum kurz die Stimme. »Das ist kein Geld für einen echten Gronski. Es ist quasi ein Schnäppchen. ›In Vitro‹ verkaufe ich, sagen wir mal, für das Dreifache.«

»So, so.« Lale unterdrückte ein Gähnen und nahm schnell noch einen Schluck Wein.

Der kleine Kunsthändler zwinkerte ihr zu. »Sie glauben nicht, was diese fanatischen Sammler mal eben aus der Portokasse nehmen, nur um auf der nächsten Party angeben zu können.« Er wackelte mit dem Kopf. »Sie können es Verschwendung nennen oder Dämlichkeit oder falsche Eitelkeit.« Er seufzte zufrieden. »Aber ich lebe gut davon. Und glauben Sie mir, Gronski auch.« Dann sah er Lale forschend an. »Was halten Sie eigentlich von seinen Plastiken und Installationen?«

»Ach wissen Sie, ich bin ja nicht wegen der Kunst hier«, sagte Lale.

In diesem Moment betrat eine Gruppe von Leuten die Galerie. Lale sah sie aufmerksam an, bis ihr ein Mann auffiel, der hier absolut nicht hereinpasste. Er folgte der Gruppe, schien aber nicht wirklich dazuzugehören. Er sah ungepflegt und schmutzig aus und auch seine Kleidung wirkte abgerissen. Er machte den Eindruck, als sei er gerade nach einer langen Nacht unter einer der Elbbrücken erwacht. Lale musterte ihn interessiert. Sein Gesicht war etwas aufgedunsen, doch seine Augen blickten ausgesprochen klar und intelligent. Der Typ war trotz seiner verwahrlosten Aufmachung irgendwie sympathisch. Er sah sich offensichtlich verwirrt um.

Der kleine runde Kunsthändler faselte weiter über sein Lieblingskunstobjekt und rechnete mit horrenden Ertragssummen, als die Turbanmatrone sich der Gruppe neuer Gäste in den Weg walzte und sie wortreich begrüßte. Jetzt erkannte Lale ihre Stimme als die tiefe Stimme der Eröffnungsrede. Offenbar war sie die Galeristin. Auch sie faselte von »Gronskis grandiosem Genie« und prognostizierte »glorreiche Zeiten für die bildende Kunst der Postmoderne...«

Lale nahm einen weiteren Schluck aus ihrem Glas, als plötzlich die beiden schrankformatigen Eingangswächter herantraten und den verwahrlosten Typ in ihre Mitte nahmen.

»Das ist hier wohl nicht die richtige Party!«, sagte einer der Muskelmänner. Sein Kollege griff nach dem Arm des Fremden.

»Lass das!«, protestierte der Fremde lautstark. »Was soll denn das?«

»Immer schön entspannt bleiben«, sagte der andere Muskelmann. »Und jetzt gehen Sie bitte.«

»Ich denke nicht daran!« Der verwahrloste Fremde versuchte, sich aus dem festen Griff des Eingangswächters loszumachen. »Lass mich los! Ich will zu…«

Nun packte auch der erste Türsteher beherzt nach dem unwillkommenen Galeriegast. »Arividerci«, sagte er mit Nachdruck. »Suchen Sie sich eine andere Veranstaltung!«

»Ich denke gar nicht daran!« Der Fremde versuchte weiter vergeblich, sich gegen die Muskelmänner zu behaupten. »Ihr Erbsenhirne! Lasst mich endlich los! Ich muss zu ihr!«

Inzwischen waren die ersten Gäste der Galerie auf die Szene aufmerksam geworden. Lale bemerkte, wie sie mehr oder weniger beiläufig einen Blick auf die Auseinandersetzung warfen. Die meisten Gesichter zeigten einen peinlich berührten Ausdruck.

»So, das reicht jetzt aber.« Die Türsteher hoben den Fremden an, so dass seine Füße über dem Boden hingen.

Er strampelte wild ins Leere. »Ihr Dreckskerle! Ihr Hurensöhne!«, schrie er. »Ich mache euch alle fertig! Lasst mich endlich zu ihr! Ich will zu Eva!«

Die beiden Schrankformate setzten den tobenden Fremden kurzerhand vor die Tür und bezogen ungerührt wieder Position, während der geschmähte Gast sich allerlei Unfreundlichkeiten ausstoßend trollte.

Zu Eva…? Lale war alarmiert. Schnell wandte sie sich zur Tür. Sie musste mit diesem Mann reden. Doch schon nach drei Schritten knickte sie um. Mit diesen Schuhen war nicht nur normales Gehen schwierig; schnelles Laufen oder gar Rennen waren vollkommen ausgeschlossen. Eilig streifte Lale sich die Schuhe von den Füßen. Doch als sie endlich den Eingang erreichte, sah sie von dem ungeliebten Gast nur noch einen Schatten über die Straße huschen. Es blieb keine Zeit für Überlegungen. Sie drückte einem der Schrankformate ihre Schuhe in die Hand, zog ihr enges Kleid hoch, um mehr Beinfreiheit zu haben, und rannte los. Doch als sie an die Straßenecke kam, um die der

Fremde verschwunden war, konnte sie ihn nicht mehr entdecken. Der Mann war weg. Das Einzige, was blieb, war seine Frage nach Eva.

Ob er Eva Schmitt gemeint hatte? Aber was wollte dieser offensichtlich obdachlose Typ von ihr? Und warum suchte er sie ausgerechnet in dieser versnobten Kunsthütte? Gab es hier doch Hinweise auf Eva Schmitt, die sie nur bislang übersehen hatte?

Derart grübelnd und mit schmerzenden Fußsohlen vom buckligen Pflaster schlenderte sie zurück zum Eingang der Galerie. Dort erwarteten sie nicht nur die missbilligenden Blicke der beiden Schrankformate, sondern auch ein kopfschüttelnder Pit. Er winkte ihr mit ihrer kleinen Handtasche. »Was machst du denn schon wieder?«, fragte er vorwurfsvoll. »Mit dir kann man aber auch nirgendwo hingehen.«

»Jedenfalls nicht mit solchen Schuhen«, ergänzte Lale und deutete auf die Highheels in Pits Hand. »Gib mir doch mal das Handy aus der Tasche. Zurück nehmen wir ein Taxi.«

Inge, Ilse oder Ines?

»Guten Morgen!«, dröhnte Gerste in die kleine Runde, die sich Punkt neun Uhr in seinem Büro versammelte.

Mandys zahlreiche Armreifen klapperten aufgeregt, als sie sich einen Stuhl heranzog.

»Morgen, Chef.« Kroko raschelte diensteifrig mit seinen Notizzetteln. »Ich mache das Protokoll.«

Lale warf ihm einen abschätzenden Blick zu. Warum kündigte er das nur so streberhaft an? Er machte das Protokoll schließlich immer.

»Frau Petersen, wir sind ganz Ohr«, versprach Gerste und nickte Lale knapp zu.

Ach ja, der Bericht von ihrem Seminar. Umständlich wurschtelte sie einige völlig zerknickte Zettel aus der Jeanstasche und versuchte, sie in eine Reihenfolge zu bringen.

»Nun?« Gerste sah sie durchdringend an. »Wir harren gespannt Ihrer Erkenntnisse in Sachen Korruptionsprävention.«

Er räusperte sich. »Wenn wir Sie schon auf Kosten der Steuerzahler in den Bildungsurlaub schicken.«

Lale seufzte. Gerste hatte offenbar den Tiefpunkt seiner schlechten Laune erreicht, wenn er schon mit Steuerzahlern um sich warf. Sie gab sich einen Ruck. »Nun, in dem Seminar ging es eine Woche lang um Maßnahmen zur Korruptionsprävention nach dem Hamburger Konzept der Korruptionsbekämpfung.«

»Moment! Nicht so schnell!«, verlangte Kroko, während er eilig vor sich hin kritzelte.

»Aber Kroko«, wies Gerste ihn zurecht und warf einen strengen Blick auf Lales zerknickte Zettel. »Frau Petersen liefert uns doch einen schriftlichen Bericht. Da müssen Sie nicht mitschreiben.«

»Ach so«, sagte Kroko und kritzelte unverdrossen weiter.

»Ach so?«, sagte Lale ungläubig. »Nun gut. Also, im Jahr 2005 gab es in Deutschland 14.689 Korruptionsstraftaten, wohingegen die Korruption im Folgejahr, also 2006 um 53 Prozent zurückging.«

Lale sah Mandy, die herzhaft gähnte, aufmunternd an. »Na, wie viel Korruptionsstraftaten gab es also 2006?«

»Weniger«, sagte Mandy prompt. »Mehr als die Hälfte weniger.

»Wie, soviel weniger?«, fragte Kroko, aufgeregt vor sich hin kritzelnd.

»Ja, soviel.« Lale nickte. »Genau 6.895. Damit war es 2006 eigentlich so ähnlich wie 2003 und 2004.« Sie schmunzelte. »Ich muss das sicher nicht näher ausführen. Die Zahlen haben wir ja alle im Kopf.«

Gerste runzelte die Stirn, sagte aber nichts.

»So gab es 2006 in der Tat 3.547 Tatverdächtige«, dozierte Lale. »Das sind sogar 57 Prozent weniger als 2005. Und es gab 1.609 Ermittlungsverfahren, das sind allerdings nur 40 weniger als im Vorjahr.« Sie sah, dass Mandy sich erneut die Hand vor den Mund hielt und Kroko weiter hektisch mitschrieb. »Einen Rückgang der Korruption verzeichnet die öffentliche Verwaltung, wenngleich die Zahl der Korruptionsfälle immer noch höher ist als in der Privatwirtschaft, die eine Zunahme an Korruption verzeichnet.«

»Hä?« Kroko starrte Lale an. »Wie denn nun?«

»Ich erläutere Ihnen das gerne anhand konkreter Zahlen«, sagte Lale mit nur wenig versteckter Ironie. »In der Vergabe öffentlicher Aufträge wurden 970 Fälle von Korruption aktenkundig, bei behördlichen Dienstleistungen waren es 842 Fälle und in weiteren Verwaltungshandlungen wurden 504 Fälle bekannt.«

»Ach so.« Mandy grinste.

Kroko sah bestürzt in die Runde. »Und das alles in Sachsen?«

»Aber nein«, erklärte Lale. »Das sind die allgemeinen Zahlen zur Korruption in Deutschland. Selbstverständlich exklusive Dunkelziffern.«

»Heißt das, dass es noch mehr gibt?«, fragte Kroko.

»Ja, das heißt es wohl.« Gerste klang leicht gereizt.

»Und wie viel?«, fragte Kroko alarmiert.

»Das weiß keiner«, erklärte Mandy gelangweilt. »Dunkel-Ziffer heißt: Ziffern, die im Dunklen liegen.«

»Besser hätte ich das jetzt auch nicht sagen können.« Lale feixte.

»Und was bedeutet das nun alles?«, fragte Gerste.

»Das bedeutet, dass es in Deutschland keine großartigen Veränderungen in Sachen Korruption gibt«, erklärte Lale. »Alles beim alten. Die Nation ist und bleibt latent korrupt, aber das Interesse nimmt zu.«

»Das heißt, immer mehr Leute interessieren sich für Korruption?«, fragte Kroko. »So eine Art Modeverbrechen?«

»Nein.« Lale warf Kroko einen mitleidigen Blick zu. »Die Leute werden immer sensibler für Korruption und zeigen…« Sie warf einen Blick in ihre schlampige Mitschrift. »Sie zeigen ›zunehmende Bereitschaft zur Anzeige‹ von Korruptionsstraftaten.«

»Ach so.« Kroko sah sie verständnislos an.

»Es gibt immer mehr Hinweise auf Korruption«, schaltete sich Gerste ein. »Es gibt in fast allen Bundesländern Sondertelefone, an denen Bürger anonyme Hinweise hinterlassen können.«

»Genau«, rief Lale. »Die beliebte Denunzianten-Hotline, direkt ins Innenministerium.«

»Höre ich da etwa Kritik?«, fragte Gerste lauernd.

»Aber nicht doch.« Lale stopfte einen ihrer Zettel zurück in die Hosentasche. »Keine Branche kommt mehr ohne Callcenter aus!«

»Und dafür sind Sie jetzt zuständig?« Kroko sah Lale interessiert an.

Lale stutzte. »Ich? Wieso ich?«

»Na, weil Sie doch auf dieser Fortbildung waren«, folgerte Kroko.

»Nö.« Lale schüttelte energisch den Kopf. Dann warf sie einen Blick auf ihren Zettel. »Das macht Inge.«

»Inge?« fragte Mandy. »Wer ist Inge?«

»Ein Akronym«, erklärte Lale. »Das steht für ›Interne gewisse Ermittlungen‹ oder so.« Sie kniff die Augen zusammen. Wenn sie ihre Schrift doch nur hätte lesen können.

»Klar, Inge – ›Indärne Gorrubbtions-Ermittlungen‹.« Mandy kicherte.

Gerste grinste.

»Na, dann eben Ilse…« Lale starrte auf das Gewirr von Buchstaben auf ihrem Zettel. »Interne landesspezifische Ermittlungen… oder so ähnlich.«

Gerstes Grinsen wurde breiter. Er verschränkte die Arme vor der Brust und sah Lale mit unverhohlener Genugtuung an. »Sie meinen vermutlich Ines, die ›Integrierte Ermittlungseinheit Sachsen‹ der Dresdner Staatsanwaltschaft.« Gerste ließ sich die Worte förmlich auf der Zunge zergehen.

»Oder eben Ines.« Lale stopfte ihren Zettel energisch zurück in die Hosentasche. »Irgendein I-Dings… Aber da Sie gerade die Staatsanwaltschaft erwähnen. Besinnen wir uns doch auf unser Kerngeschäft: Wie ist denn der Stand der Ermittlungen im Mordfall Eva Schmitt?«

»Ja, wie ist er denn, der Stand der Ermittlungen?« Gerste warf Mandy einen forschenden Blick zu. »Was sagt denn die Rechtsmedizin?«

»Nichts.« Mandy zuckte hilflos die Achseln. »Die Staatsanwaltschaft hat die Leiche noch nicht zur Obduktion freigegeben.«

Lale zog die Augenbrauen hoch. »Na, dann waren das wohl doch zu viele Petzanrufe für Inge. Da ist für popelige Leichen natürlich keine Zeit mehr.«

»Ines, nicht Inge«, korrigierte Gerste. »Irgendwelche Hinweise bei den Angehörigen?« Er sah Kroko durchdringend an.

»Ich weiß doch gar nicht, wer alles zu diesen Sonderermittlern gehört«, entgegnete Kroko schmollend.

»Ich spreche nicht von Ermittlungseinheiten, sondern von Familie Schmitt, den Angehörigen des Mordopfers«, sagte Gerste betont ruhig.

»Ach, die«, sagte Kroko patzig. »Bisher waren es immer die falschen...«

»Was denn für falsche?«, fragte Mandy.

»Na die falschen Eltern«, erwiderte Kroko. »Die einen hatten keine Tochter, die anderen sind vor kurzem ausgewandert, und wieder andere hießen gar nicht Schmitt, sondern Schmidt, also mit ›dt‹...«

»Ach, du Scheiße«, entfuhr es Lale. »Sind Sie eigentlich nicht in der Lage, die Angehörigen unseres Mordopfers zu finden?«

»Doch«, erklärte Kroko stur. »Heute fahre ich zu den letzten Schmitts, die ich finden konnte...«

»Frau Petersen wird Sie begleiten«, ordnete Gerste an.

»Aber...«, hob Lale an.

»Schluss jetzt!«, zischte Gerste. »Sie begleiten den Kollegen Krokowszic. Ende der Durchsage.«

»Ja doch.« Lale verdrehte die Augen. »Aber jetzt mache ich erstmal diesem Staatsanwalt Feuer unterm Hintern!«

Aussagen beim Staatsanwalt!

Das Altpapier rutschte erneut von den Sitzen des Autos, als Lale schwungvoll in die Lothringer Straße einbog und mit einem unangenehmen Rumpeln halb auf dem Bürgersteig hielt. Sie sprang aus dem Auto und hastete in das Justizgebäude. Dann spurtete sie die große Treppe hinauf und über den Gang. Beinahe hätte sie die Tür zum Büro des zuständigen Staatsanwaltes verpasst. Sie bremste schlitternd und drückte die Klinke herunter.

Eine Frau mittleren Alters mit angeketteter Brille schreckte hoch und sah sie erstaunt an. Lale grüßte knapp und steuerte schnurstracks an ihr vorbei zur eigentlichen Höhle des Löwen. Doch sie hatte die Kettenbrillenträgerin unterschätzt. »Halt!«, rief diese energisch und wieselte erstaunlich schnell hinter ihrem Schreibtisch hervor. »Zu wem wollen Sie?«

Blöde Frage... Lale seufzte. So viele Möglichkeiten gab es da wohl nicht. »Zum Staatsanwalt«, sagte sie knapp. Dann rang sie sich ein wohl dosiertes Lächeln ab und nickte grüßend. »Ähm, Petersen.«

»Und Sie sind?« Die Vorzimmerdame schob ihre Brille zurecht.

»Na, Petersen, ähm, Mordkommission«, sagte Lale. Hoffentlich wollte diese Vorhöhlenwächterin jetzt nicht auch noch ihren Dienstausweis sehen.

»Verstehe ich nicht.« Sie zwinkerte hinter ihrer angeketteten Brille hervor. »Haben Sie einen Termin?«

»Nein«, sagte Lale wahrheitsgemäß. »Hat er denn einen?« Sie deutete mit einem Kopfnicken auf die Tür des Staatsanwaltes.

Die Vorzimmerdame nahm zunächst die Brille von der Nase und dann einen Tischkalender vom Schreibtisch, den sie mit angestrengtem Blick kontrollierte. »Nein, ähm, ich glaube nicht...«

»Na dann haben wir ja beide Zeit füreinander«, stellte Lale fest, wandte sich zur Tür des Staatsanwalts und klopfte energisch. Ohne eine Antwort abzuwarten, betrat sie das fremde Büro und wetterte gleich los: »Hören Sie mal, so geht das nicht! Sie müssen sofort die Leiche freigeben und die Wohnung der Toten!« Sie schloss geräuschvoll die Tür hinter sich. »Sie behindern die Ermitt...« Lale brach ab und starrte mit offenem Mund auf den Staatsanwalt.

»Moin, moin, meine Liebe«, sagte dieser fröhlich grinsend.

»Du?«, fragte Lale ungläubig. »Was tust du hier?«

Er musterte sie wohlwollend von oben bis unten. »Ich sehe, du hast dich kaum verändert. Immer noch dieses energische Auftreten. Immer noch dieses mitreißende Temperament. Und immer noch wenig Respekt vor Autoritäten.«

»Oh, wenn ich Autoritäten treffe, bringe ich ihnen durchaus Respekt entgegen«, sagte Lale schnippisch. »Aber ich sehe hier niemanden, den ich als Autorität bezeichnen würde.« Sie zog die Augenbrauen hoch. »Genau genommen sehe ich hier nur dich, Jobst.«

»Hey, warum so bissig?« Jobst zeigte lächelnd makellose Zahnreihen. »Freust du dich gar nicht, mich zu sehen?«

Lale verdrehte die Augen. »Unbändig«, sagte sie. »So unbändig, dass ich gar nicht weiß, wohin mit soviel Freude.«

»Oh, ich weiß deinen romantischen Gefühlsausbruch durchaus zu schätzen, glaub mir.« Er lächelte herablassend. »Wollen wir uns nicht setzen?« Jobst deutete auf den Besucherstuhl vor seinem Schreibtisch.

»Nein«, sagte Lale spitz. »Ich meine, ich weiß nicht, ob du dich nicht setzen willst… Ich weiß überhaupt nicht, was du willst, vor allem, was du hier in Dresden willst!«

Jobst ließ sich lässig in seinen dicken Schreibtischsessel sinken. »Ich bin der neue Staatsanwalt. Man hat mir die Stelle angeboten, und ich habe zugegriffen.« Er grinste breit. »Und ich sehe schon, dass es mir in Dresden ganz gut gefällt.«

»Haben sie dich in Hamburg vom Gerichtshof gejagt?«, fragte Lale. »Oder flüchten inzwischen tatsächlich alle Frauen auf die Bäume, wenn du kommst.«

»Das wäre doch kein Grund, es gibt in Hamburg doch viel mehr Frauen als Bäume.«

»Sieh dich besser vor«, erklärte Lale nüchtern. »In Dresden ist das Baum-Frau-Verhältnis sehr viel ausgewogener.«

»Oh, dann muss ich wohl auf Bewährtes zurückgreifen«, antwortete Jobst süffisant. »Wie wär's? Geht meine Ex-Frau mal mit mir essen?«

Lale grinste breit. »Woher soll ich wissen, welche von deinen Ex-Frauen Hunger hat?«

»Ich dachte da eigentlich an eine bestimmte Ex-Frau.« Jobst zwinkerte ihr zu. »An eine, die immer Appetit hat.«

»Fragt sich nur, worauf«, sagte Lale gedehnt. »Mir ist so gar nicht nach charakterlosem Schwein in Lügenmarinade.«

»Aber Lale«, sagte er mit Schmusestimme. »Wer wird denn so nachtragend sein?«

»Ich«, erklärte Lale trocken. »Aber vielleicht könntest du ja mal mit deinem Sohn Essen gehen. Ihr habt schließlich ein paar Jahre Gesprächsstoff nachzuholen.«

»Pit ist wirklich ein prima Junge«, sagte Jobst anerkennend.

»Stimmt«, sagte Lale. »Die Frage ist nur, woher du das wissen willst!«

»Ich meine das nicht nur wegen seiner guten Noten«, erklärte Jobst lächelnd.

»Was weißt du denn von Pits Noten?« Lales Tonfall triefte vor Hohn.

»Nun, sein Zeugnis war durchaus beeindruckend«, erklärte Jobst. »Meines war in der elften Klasse nicht so gut.«

»Ach ja?« Lale dachte daran, dass sie Pits Zeugnis noch immer nicht gesehen hatte. Warum eigentlich, wenn es doch so gut war? Und warum kannte Jobst seine Noten? »Du hast dich mit Pit getroffen?«, fragte sie argwöhnisch.

»Sicher.« Jobst nickte und seine blonden Haarsträhnen fielen ihm ins Gesicht. »Hat er dir denn nichts davon erzählt?«

»Ähm, ich war in Hamburg zum Seminar«, beeilte Lale sich zu erklären. Innerlich loderte eine kleine Stichflamme auf: Pit wusste also längst, dass sein Vater hier in Dresden war. Wieso hatte er kein Wort gesagt?

»Jedenfalls habe ich sein Zeugnis gleich unterschrieben«, erklärte Jobst zufrieden. »Ich meine, so kann ich dir ein bisschen von diesem lästigen Alltagskram abnehmen.«

»Sicher, immer diese anstrengenden Unterschriften«, konterte Lale bissig. »Die machen mich auch ganz fertig. Als Alleinerziehende bekommt man davon regelrechte Tennisarme.« Sie sah Jobst mit zusammengekniffenen Augen an. »Was willst du hier?«

Jobst überhörte ihre Frage geflissentlich. »Ich nehme an, dass wir uns nun öfter über den Weg laufen«, plauderte er. »Ich meine, es wird wirklich höchste Zeit, dass ich mich mal um den Jungen ein bisschen kümmere. So ein Bengel braucht schließlich eine männliche Bezugsperson.«

»Na klar, so ein abschreckendes Beispiel ist doch Gold wert.« Lale verdrehte erneut die Augen. »Sag mal, was ist denn jetzt mit meiner Leiche? Ich brauche die Freigabe für die Rechtsmedizin, und ich will in ihre Wohnung.«

»Du bekommst deine Leiche mit allem Drum und Dran, sobald ich soweit bin«, sagte Jobst. »Versprochen. Aber jetzt erzähl doch mal, wie es dir so geht, hier im tiefen Osten. Du siehst wirklich fabelhaft aus! Du hast dich in den letzten Jahren überhaupt nicht verändert.«

»Du offenbar auch nicht.« Lale biss sich auf die Unterlippe. Jobst sah blendend aus wie immer. Aber sie hatte nicht die geringste Lust, ihm das auf die Nase zu binden. Er war der Typ Mann, der selbst am besten um seine Wirkung Bescheid wusste.

»Wann gehst du mit mir essen?« Er stand auf und kam um den Schreibtisch herum.

»Wenn du deine Arbeit erledigt hast«, erklärte Lale streng. »Liefere mir alles Nötige für den Fall Eva Schmitt. Dann können wir darüber reden, wann ich vermutlich irgendwann mal Hunger haben werde.«

Jobst zückte lässig eine Visitenkarte. »Hier, damit du mich jederzeit erreichen kannst.«

Lale nahm die Karte und warf einen Blick darauf. »Du hast schon eine feste Adresse in Dresden?«

Jobst winkte ab. »Ist nur vorübergehend. Ich wohne bei einem Freund.«

Sie stopfte die Visitenkarte in die Gesäßtasche ihrer Jeans. »Na, das ist ja mal etwas ganz Neues.«

»Was? Dass ich eine Adresse habe?«, fragte Jobst erstaunt.

Lale hatte bereits die Hand an der Türklinke. »Nein. Dass du Freunde hast.«

Rabeneltern

Als Lale eine Stunde später neben Kroko im Auto saß, kramte sie in seinen Unterlagen. »Und Sie sind sicher, dass das jetzt die Eltern von Eva Schmitt sind?«, fragte sie.

»Aber ja«, sagte Kroko und brachte den Dienstwagen an einer roten Ampel zum Stehen. »Schauen Sie nach, da ist auch der Auszug vom Einwohnermeldeamt.« Er deutete auf die Unterlagen. »Sie ist 1960 in Radebeul geboren, deshalb hat es so lange gedauert.«

»Weshalb?« fragte Lale. »Was dauert denn in Radebeul so lange?«

»Na, die Beschaffung der Unterlagen«, sagte Kroko. »Radebeul ist immer schwierig.«

»Warum ist Radebeul immer schwierig?«, bohrte Lale nach. Sie verstand überhaupt nicht, wovon der Kollege sprach.

»Unterlagen auf dem Dienstweg zu besorgen, ist in Radebeul immer schwierig«, erklärte Kroko und fuhr an.

»Ach, Sie meinen Unterlagen aus DDR-Zeiten.« Lale nahm

den Auszug des Einwohnermeldeamtes zur Hand. Es war ein stinknormaler Computerausdruck. Man hatte die alten Formulare doch ohnehin längst elektronisch erfasst.

»Ach was, DDR-Unterlagen findet man sofort«, winkte Kroko ab. »Da wurde ja alles genau festgehalten! Schwierig mit den Unterlagen ist das erst seit der Wende«, erklärte er. »In den 90er Jahren gab es mehrere Kreisreformen. Mal gehörte Radebeul zu Dresden, dann wurde es Große Kreisstadt und gehörte zum Landkreis Meißen. Das ging immer so hin und her.« Er seufzte. »Und natürlich auch die ganzen Unterlagen.«

»Ach so.« Lale blätterte weiter. Da war auch eine Kopie des Fotos, das Eva Schmitt ihr im Zug gezeigt hatte. Natürlich konnte man darauf noch weniger erkennen als auf dem alten Foto. »Hey, wo ist denn das Original?«

»Na, im Kommissariat, bei den Beweismitteln«, sagte Kroko.

»Aber auf dieser blöden Schwarz-Weiß-Kopie ist doch überhaupt nichts zu erkennen«, regte Lale sich auf. »Wie soll ich denn die Schmitts da wiedererkennen?«

Kroko zuckte die Achseln, setzte den Blinker und bog nach rechts in eine Seitenstraße ein. »Ich kann schließlich nicht Beweismittel entwenden. Außerdem haben wir doch alle amtlichen Daten.«

Lale sah ihn ungläubig an. »Wann, wenn nicht zu Ermittlungszwecken, sollen wir denn Beweismittel nutzen?« Sie warf die Unterlagen schwungvoll auf den Rücksitz. »Amtliche Daten! Wenn ich so was schon höre«, grummelte sie vor sich hin. »Sie würden auch einen Affen verhaften, wenn die amtlichen Daten stimmen!«

Kroko zog ein beleidigtes Gesicht. »Hier muss es sein«, sagte er und parkte den Wagen vor einem kleinen gelben Haus mit üppigem Garten.

Lale zögerte kurz. Wenn sie etwas hasste, dann war es, Angehörigen eine Todesnachricht zu überbringen. Ganz besonders, wenn sie Eltern erklären musste, dass ihr Kind tot ist. Sie gab sich einen kräftigen Ruck, stieg aus, öffnete das Gartentor, lief ein paar Stufen hinauf und drückte auf den Klingelknopf. Uff, geschafft.

Kroko kam schnaufend, die Ermittlungspapiere unter dem Arm, hinter ihr her. »Sie haben es wohl immer eilig, was?«

Eine kleine alte Frau öffnete die Tür und sah erstaunt von einem zum anderen. »Ja, bitte?«

»Guten Tag«, hob Lale an. »Sind Sie Frau Schmitt?«

»Gerda Schmitt?«, ergänzte Kroko diensteifrig. »Geboren unter dem Namen Gerda Maria Holzer 1937 in… Moment, ähm, Riesa?«

Die alte Frau sah ihn erstaunt an. »Ja.«

»Frau Schmitt, mein Name ist Petersen«, sagte Lale freundlich. »Das ist mein Kollege Krokowszic. Wir sind von der Dresdner Kriminalpolizei.«

Kroko hatte bereits seinen Dienstausweis gezückt und hielt ihn der Frau vor die Nase.

»Kriminalpolizei?«, fragte Frau Schmitt. »Um Gottes Willen! Ist etwas mit Oliver?«

»Mit Oliver?« Lale sah die Frau verdutzt an. »Nein, mit Oliver ist nichts.«

»Na, dann ist es ja gut«, sagte sie. »Kommen Sie bitte herein.«

»Es geht um Ihre Tochter Eva«, sagte Lale, während Frau Schmitt sie durch eine kleine Diele in ein Wohnzimmer mit Blick auf den Garten führte.

Die Frau sah sie mit großen Augen an. »Carlo!«, rief sie mit einem leichten Zittern in der Stimme. »Carlo, komm doch mal! Hier sind ein paar Herrschaften von der Polizei.« Sie zupfte nervös an ein paar Sofakissen herum. »Bitte, nehmen Sie doch Platz.«

In diesem Moment betrat ein stolz wirkender alter Mann das Wohnzimmer. »Was ist los?«, rief er in den Raum. »Hat Oliver schon wieder Mist gebaut?«

»Nein. Es geht nicht um Oliver«, sagte Lale und nahm auf der Sofakante Platz. »Es geht um Ihre Tochter Eva.«

Das Gesicht des Mannes verdüsterte sich. »Ich habe keine Tochter namens Eva. Ich habe überhaupt keine Tochter.«

»Wie bitte?« Kroko raschelte aufgeregt mit seinen Papieren. »Aber aus unseren Akten geht doch hervor, dass Ihre Tochter Eva am 20. Februar 1960 geboren ist.«

»Ich habe keine Tochter«, wiederholte der alte Mann streng. Dann ging er zum Fenster und blickte hinaus in den Garten.

Hilflos sah Kroko Lale an. Dann wandte er sich an Frau Schmitt. »Sie sind doch Gerda Schmitt, geborene Holzer?«

Die alte Frau starrte mit Tunnelblick vor sich hin. Lale beobachtete sie aufmerksam. »Frau Schmitt, Eva ist Ihre Tochter«, sagte sie sanft. »Sie hat mir von Ihnen erzählt.«

Einen Moment lang sah die kleine Frau auf. Ihr Blick flackerte unsicher. Sie öffnete die Lippen, um etwas zu sagen, schloss sie jedoch gleich wieder.

»Ich habe keine Tochter«, sagte der alte Mann mit Nachdruck. »Also gehen Sie wieder!«

»Das verstehe ich jetzt aber nicht«, jammerte Kroko. »Ich war mir diesmal ganz sicher…«

Lale bedeutete ihm mit einer Geste zu schweigen. Dann erhob sie sich.

»Nun gehen Sie doch endlich!«, verlangte der alte Mann barsch. »Ich habe Ihnen doch gesagt, dass wir keine Tochter haben!«

Frau Schmitt warf Lale einen angsterfüllten Blick zu. »Mein Mann hat Recht«, sagte sie mit zitternder Stimme. »Ich bringe Sie zur Tür.«

Kroko wühlte noch immer kopfschüttelnd in seinen Unterlagen. »Ich verstehe das nicht«, murmelte er.

Lale schob ihn einfach vor sich her aus dem Zimmer.

Gerda Schmitt öffnete die Haustür. Dann gab sie Lale die Hand und drückte sie heftig. Sie sah sich kurz um. Ihr Mann stand noch immer im Wohnzimmer und starrte in den Garten hinaus. Sie hielt Lale einen kleinen Zettel hin. »Kommen Sie da hin, heute Abend um Acht«, flüsterte sie und drückte erneut Lales Hand. »Bitte… Auf Wiedersehen!«

Während sie zum Dienstwagen ging, stopfte Lale den Zettel zu ihren Korruptionsnotizen in die Hosentasche.

Kroko saß mit hängenden Schultern hinter dem Steuer. »Ich verstehe das einfach nicht«, jammerte er. »Dabei war ich mir so sicher.«

»Halten Sie doch endlich den Mund«, verlangte Lale.

»Aber jetzt müssen wir nach Texas«, jaulte Kroko auf.

»Was?« Lale sah ihn an. »Was faseln Sie denn da? Wieso Texas?«

»Na, nun bleiben uns doch nur noch die anderen Eltern«, sagte Kroko. »Die, die ausgewandert sind. Und die leben jetzt in Texas.«

Lale fasste sich an den Kopf. »Nun fahren Sie schon los! Wir müssen ins Präsidium. Und denken Sie dran: Dresden, nicht Dallas.«

Kantinenplausch

»Ich bin gleich da. Ende.« Lale drückte die rote Taste ihres Mobiltelefons.

Kroko sah sie fragend an. »Soll ich Sie irgendwo absetzen?«, fragte er, während sie das Präsidium in der Schießgasse durch den Hintereingang betraten.

»Nicht nötig«, meinte Lale. »Das war Mandy. Sie wartet in der Kantine auf mich.«

»Gibt es Neuigkeiten?« Kroko war bemüht, mit Lales Laufschritt mitzuhalten. »Soll ich mitkommen?«

»Nein, nein«, sagte Lale eilig. »Gehen Sie lieber schon mal hinauf zum Chef.« Sie bog ab zur Kantine, die am Nachmittag wie üblich gut besucht war. Ratlos blickte sie auf die vielen Leute. Dann sah sie eine winkende Hand und machte sich auf den Weg in eine der hinteren Ecken.

»Hey, hey, Frau Hauptkommissarin«, hörte sie eine bekannte sonore Stimme neben sich.

Jobst! Entsetzt fuhr Lale herum. An einem der Tische saß ihr Ex-Mann, der neue Staatsanwalt. »Was machst du hier?«, fragte sie. »Mit dir habe ich nun wirklich nicht gerechnet!«

»Tja, mit mir solltest du immer rechnen.« Er erhob sich und schmunzelte. »Aber bitte, meine Liebe, nimm doch Platz.«

»Ich, ähm...« Lale winkte Mandy aus der hinteren Ecke heran und setzte sich. »Was tust du hier?«

»Oh, ich trinke hervorragenden Kaffee«, erklärte Jobst und tippte an seine Tasse. »Möchtest du auch einen?«

»Danke, mein Blutdruck ist schon ganz oben.« Lale seufzte.

»Mache ich dich nervös?«, fragte Jobst grinsend.

Lale beobachtete wie Mandy ein Tablett zwischen den Tischen hindurch bugsierte. »Du überschätzt dich«, sagte sie zu Jobst.

»Du unterschätzt mich«, verkündete Jobst im Gegenzug.

»Na, dann kommen wir ja auf einen realistischen Durchschnitt.« Lale verdrehte die Augen. »Was willst du, Petersen?«

Bevor Jobst antworten konnte, hatte Mandy den Tisch erreicht und schob vorsichtig ein Tablett mit zwei Tassen und Kuchentellern auf den Kantinentisch. »Hallöchen!«, rief sie fröhlich. Dann sah sie Jobst an, riss die Augen weit auf und stammelte: »Ähm, störe ich, ich, ähm, ich kann auch... Ich meine, wir können ja später...« Ihr Blick schien sich an Jobst festzusaugen.

»Aber nein, Mandy, setz dich«, verlangte Lale und schob ihr einen Stuhl zurecht.

»Bitte, setzen Sie sich doch!« Jobst machte eine einladende Geste. »Wenn hier einer stört, so bin ich das wohl.« Er lachte. »Sie gehören zum Team von Frau Petersen?«

Mandy nickte stumm und setzte sich, Jobst noch immer unverwandt anstarrend, auf einen Stuhl.

»Mandy?« Lale stupste ihre sonst so wortgewaltige Assistentin leicht in die Seite. »Darf ich vorstellen, das ist der neue zuständige Staatsanwalt... Dr. Jobst Petersen.«

Mandy erhob sich erneut und reichte Jobst die Hand. Auch Jobst stand auf, um ihre Hand zu ergreifen.

»Und das ist Frau Schneider, meine Kollegin«, sagte Lale und nahm sich eine Tasse vom Tablett.

»Sehr angenehm«, freute sich Jobst freundlich. »Sie arbeiten also mit meiner Frau zusammen?«

Mandy riss mühsam ihren erstaunten Blick von Jobst los und sah Lale an. »Ihre Frau?«

Lale fuchtelte unwirsch mit der Kuchengabel in der Luft herum. »Ex-Frau«, sagte sie mit Nachdruck. »Er ist der ehemaligste Ex-Mann, den ich je hatte.«

»Stimmt«, sagte Jobst schmunzelnd. »Darauf legt sie weitaus mehr Wert als ich.«

Mandy sah erstaunt von einem zur anderen. Dann blieb ihr Blick wieder an Jobst hängen. Sie legte prüfend den Kopf schief, kniff die Augen zusammen und runzelte die Stirn. »Lale, wenn ER dein Ex-Mann ist...«

»Ja?« Lale schob sich ein Stück Kuchen in den Mund.

»Wenn ER dein Ex-Mann ist«, hob Mandy erneut an. »Wie sieht dann der Typ aus, für den du ihn verlassen hast?«

Lale verschluckte sich und hustete kurz.

»Oh, sie hat mich nicht wegen eines Mannes verlassen«, erklärte Jobst grinsend. »Sie hat mich wegen einer Frau verlassen.«

Mandy riss erneut die Augen weit auf. »Lale, gibt es da etwas, was du mir nicht erzählt hast?!«

Lale würgte ihren Kuchenbrocken herunter. »Blödsinn!« Sie holte tief Luft. »Ich habe ihn nicht wegen einer Frau verlassen, sondern wegen vieler Frauen!« Sie schluckte. »Eigentlich wegen einer unüberschaubaren Menge von Frauen… seiner Frauen!«

»So viele waren es nun auch wieder nicht«, protestierte Jobst.

»Zu viele«, konstatierte Lale und schob Mandy den Kuchenteller hin. »Los, iss Kuchen!« Dann sah sie Jobst argwöhnisch an. »Warum bist du hier?«

Jobst nahm einen kräftigen Schluck aus seiner Kaffeetasse. »Eigentlich wollte ich dir nur sagen, dass deine Leiche jetzt für die Rechtsmedizin freigegeben ist.«

»Na, das sind doch mal erfreuliche Nachrichten«, sagte Lale. »Warum hat das denn so lange gedauert? Gehörst du etwa auch zu dieser Inge?«

»Nicht Inge«, sagte Mandy. »Ilse!«

»Ach, ihr meint wohl Ines?«, fragte Jobst lachend. »Ja, ich gehöre auch zu dieser Sonderermittlungseinheit.« Er lachte. »Inge! Ilse! Ihr seid gut. Und dann werden mir wieder Affären mit irgendwelchen Frauen angedichtet.«

»Mich interessiert eigentlich nur Eva«, sagte Lale und nahm einen Schluck aus ihrer Tasse. »Igitt, ist ja kalt.«

»Gibt es denn Neuigkeiten?«, fragte Mandy und betrachtete Jobst noch immer neugierig. »Ich meine, du warst doch mit Kroko…«

»Aber sicher!« Lale stand auf und griff in die Hosentasche ihrer Jeans. »Das hätte ich ja fast vergessen.« Sie zog den zerknüllten kleinen Zettel von Gerda Schmitt hervor. Darauf standen eine Adresse und eine Uhrzeit. »Ich habe noch eine Verabredung.«

Kleine Frau im Kleinen Haus

»Kleines Haus, Glacisstraße, 20:10 Uhr.« Zum wiederholten Mal las Lale den Zettel, den ihr Gerda Schmitt in die Hand gedrückt hatte. Sie stand in der Glacisstraße und sah sich um. Es musste diese Straße sein, denn es war die Einzige in Dresden mit diesem Namen. Doch alle Häuser hier waren groß oder zumindest nicht auffallend klein. Ob sie noch einmal die Straße hinunter gehen sollte? Vielleicht handelte es sich ja wirklich um ein sehr kleines Haus, und sie hatte es übersehen?

Ein Blick auf die Uhr sagte ihr, dass es bereits 20:15 Uhr war. Sie sollte sich beeilen. Vielleicht würde Frau Schmitt nicht lange warten. Erneut sah Lale sich um und bemerkte eine Frau, die einen Hund ausführte.

»Entschuldigung.« Lale trat auf die Frau zu. »Können Sie mir vielleicht helfen? Ich suche eine Adresse, hier in der Straße.«

»Nu gloar, was suchen mer denn?«, fragte sie.

»Leider habe ich keine Hausnummer«, erklärte Lale. »Aber es muss in dieser Straße sein, irgendein kleines Haus.« Sie hielt der Frau den Zettel unter die Nase.

»N gleenes Haus…« Sie überlegte kurz. »Nu gloar, des Gleene Haus. Das is da vorrne. Das Deader.«

»Ein Theater?«, fragte Lale unsicher.

»Nu, nu.« Die Frau nickte eifrig und deutete quer über die Straße zu einem modernen Gebäude, zu dem Treppen hinaufführten. »Es war lange Baustelle, aber vor een oder zwee Jahren sin se endlisch fertsch gewordn. Das war ja ooch so'n Heggmegg, nu.«

»Danke! Sie haben mir sehr geholfen!«, rief Lale und schoss im Eilschritt über die Straße und die Stufen hinauf. Vor dem Eingang und im Foyer herrschte gähnende Leere. Man spürte jedoch, dass hier gerade noch viele Menschen gewesen waren. Der Duft von Abendgarderobe und Konversation hing noch in der Luft. Unschlüssig stand Lale im leeren Foyer.

»Hallo, Frau ähm…«, hörte Lale eine zaghafte Stimme rufen. Sie drehte sich um und gewahrte die kleine Frau Schmitt hinter dem Garderoben-Tresen. »Hallo, hier bin ich!«, rief sie erneut.

»Hallo.« Lale ging schnell zu ihr hinüber. Die einsame kleine

Frau zwischen den wenigen Jacken und Sommermänteln war ein geradezu trostloser Anblick.

Frau Schmitt ergriff Lales Hand. »Sagen Sie mir, was mit Eva ist«, bat sie inständig. »Hören Sie? Ich muss es wissen!«

Lale nickte. »Können wir irgendwo in Ruhe reden?« Sie sah sich kurz um. Außer ihnen war kein Mensch im Foyer, und es gab wohl nur wenige Orte in Dresden, an denen man zu dieser Zeit mehr Ruhe hatte als hier.

Doch ihre dämliche Floskel hatte das Ziel nicht verfehlt. Frau Schmitt machte ein sorgenvolles Gesicht und nickte demütig, so, als wüsste sie schon, was für eine Nachricht sie erwartete. »Wir können hinüber gehen in die Bar.«

Lale bestellte zwei Glas Rotwein und blickte in die angsterfüllten Augen von Gerda Schmitt. »Eva ist tot«, sagte sie leise.

»Oh.« Frau Schmitt starrte auf die Tischplatte.

»Sie ist…« Lale brach ab und beobachtete die Frau. Sie erschien jetzt noch kleiner und geradezu greisenhaft alt.

»Das ist schrecklich«, sagte sie tieftraurig. »Wissen Sie, wie schrecklich das ist, wenn man sein Kind überlebt?«

Lale nickte stumm. Sie wusste zwar nicht wirklich, wie das war. Aber allein der Gedanke daran, dass sie länger leben könnte als Pit war unvorstellbar grausam.

»Eva war immer so, so, so unglaublich froh…« Gerda Schmitt schien zu sich selbst zu sprechen. »Sie war so zufrieden, trotz allem, und irgendwie so positiv.« Sie schluchzte leise. »Sie hat keinem etwas nachgetragen. Sie hat alle irgendwie verstanden, weil sie sie gemocht hat.« Frau Schmitt strich mit der Hand über die Tischplatte. »Sie hat einfach alle Menschen gemocht, alle.« Sie klang jetzt fast trotzig.

Als die Kellnerin den Rotwein brachte, nahm Lale einen kräftigen Schluck, um den Kloß in ihrem Hals herunter zu spülen. Das Leid der kleinen, alten Frau ging ihr ziemlich an die Nieren. Und sie hatte das unangenehme Gefühl, dass hinter dieser ganzen Geschichte noch sehr viel mehr Leid steckte.

»Wenn Sie sie gekannt hätten, würden Sie verstehen, was ich meine«, sagte Gerda Schmitt und sah Lale aus traurigen Augen an. »Ganz bestimmt.«

»Ich habe sie gekannt«, sagte Lale und stockte.

»Sie kennen Eva?« Ein Hoffnungsschimmer flackerte über das Gesicht der alten Frau, so, als sei der Tod ihrer Tochter weit weniger tragisch, weil Lale sie gekannt hatte.

»Flüchtig«, gestand Lale. »Wir haben uns auf einer Zugfahrt kennen gelernt, vor ein paar Tagen… zufällig.«

»Wie ist es denn passiert?«, fragte Gerda Schmitt mit plötzlicher Heftigkeit. »War es ein Unfall?«

Lale schüttelte den Kopf. »Nein, ein Unfall kann es nicht gewesen sein.«

»Hören Sie! Meine Tochter hat sich nicht umgebracht!« Gerda Schmitt erhob die Stimme. »Was immer es war, es war kein Selbstmord! Nicht bei meiner Eva!«

Lale sah sie an. »Nein, es war mit Sicherheit kein Selbstmord.«

»Na, dann ist es ja gut«, sagte Frau Schmitt und ließ die Schultern hängen. »Ich möchte nicht, dass jemand an Selbstmord auch nur denkt.«

»Es war…« Lale zögerte kurz. »Nun, nach allem, was wir bislang wissen, muss es Mord gewesen sein.«

Gerda Schmitt ließ den Kopf hängen. »Das musste ja irgendwann passieren«, murmelte sie. »Ich wusste es, dass irgendwann so etwas passieren musste.«

»Was wussten Sie?« Lale sah sie aufmerksam an.

»Nichts.« Gerda Schmitt blickte ausdruckslos vor sich hin. »Nichts Bestimmtes. Aber ich habe es geahnt. Ich habe es kommen sehen.«

»Sie haben noch einen Sohn«, sagte Lale. »Oliver. Richtig?«

Gerda Schmitt nickte.

»Können Sie mir sagen, wo ich ihn finden kann?«, fragte Lale sanft. »Hatte er Kontakt zu Eva?«

»Ich weiß es nicht.« Frau Schmitt hauchte die Worte fast über den Tisch.

»Wann haben Sie Eva denn zum letzten Mal gesehen?« Lale atmete tief durch.

Gerda Schmitt zuckte die Achseln. Dann richtete sie sich mühsam ein Stück auf. »Es muss vor etwa zwei Wochen gewesen sein«, sagte sie leise. »Sie kam manchmal abends hier vorbei, und wir haben ein Schwätzchen gehalten.« Sie seufzte. »So wie wir jetzt. Aber wir saßen immer dort drüben am Fenster.« Sie deutete auf einen der leeren Tische an der verglasten Wand. »Sie mochte immer so gerne Kakao!«

»Und Eva hat Sie nie zu Hause besucht?«, bohrte Lale weiter.

Frau Schmitt schüttelte den Kopf. Sie sah müde aus. »Sie haben meinen Mann doch erlebt.«

Lale nickte. »Warum verhält er sich so?«

»Weil er ein alter, verbohrter Idiot ist«, erwiderte Gerda Schmitt tonlos. »Er ist kein Deut besser als diese ganzen Idioten damals. Aber das will er nicht wahr haben.«

Lale runzelte die Stirn. »Hatte Eva Streit mit ihm?«

»Nein. Eva hatte nie mit jemandem Streit«, erklärte Frau Schmitt. »Sie hat sich eben angepasst. Anpassung – das ist eine wichtige Form von Intelligenz. Soziale Intelligenz, verstehen Sie?«

»Ja, sicher«, sagte Lale und verstand wenig bis gar nichts.

»Er hat ihr das übel genommen«, stieß die kleine Frau grimmig hervor. »Er hat ihr immer alles übel genommen. Nichts hat sie richtig gemacht in seinen Augen! Wenn es nach ihm ging, konnte sie gar nichts richtig machen.« Sie lachte bitter. »Er hat sie vor 25 Jahren einfach aus seinem Leben radiert.« Dann ergriff sie ihr Rotweinglas und trank es in einem kräftigen Zug aus. »Danke, für Ihre Offenheit. Kann ich Eva noch einmal sehen?«

»Ich könnte Sie morgen früh abholen«, schlug Lale vor.

»Lieber nicht.« Gerda Schmitt wirkte jetzt erstaunlich gefasst. »Wo muss ich hinkommen?«

»Wir können uns am Haupteingang des Uniklinikums treffen«, schlug Lale vor. »Dort ist die Rechtsmedizin.«

»Gut.« Frau Schmitt räusperte sich. »Um neun?«

Lale wollte schon zustimmen, besann sich dann jedoch Herstes heiliger Morgenbesprechung. »Besser um zehn«, sagte sie.

»Gut«, sagte Gerda Schmitt. »Ich muss jetzt wieder an meinen Arbeitsplatz. Gleich ist Pause.«

Versonnen sah Lale der kleinen Frau nach, die jetzt energisch durch das Foyer schritt. Sie trank seufzend ihren Rotwein. Warum hatte Eva Schmitt nur solche Rührgeschichten über ihre Eltern erzählt?

Kurz darauf füllten sich schlagartig Foyer und Bar mit zahlreichen Theaterbesuchern. Erstaunt sah Lale sich um. Wie schnell ein Raum sich doch verwandeln konnte. Sie zahlte den Rotwein und schob sich eilig durch die Menschenmenge. Auch der kleine Vorplatz des Theaters war voller Leute.

»Guten Abend.« Ein Mann mittleren Alters nickte ihr höflich zu.

Automatisch grüßte Lale zurück. Dieser Mann war ihr doch kürzlich erst begegnet. Diese seltsame Frisur. Natürlich, der stark ergraute, fast schon weiße »Prinz Eisenherz«. Sie hatte ihn in dieser Galerie gesehen. Wer war das nur? Lale konnte ihn noch immer nicht einordnen. Sie sah sich kurz um. Wieder war er in Begleitung einer ausgesprochen blonden Frau, doch sie konnte nicht sagen, ob es dieselbe war wie in der Galerie. Zumindest war es derselbe Typ Frau. Lale legte die Stirn in Falten, dann wischte sie ihre Bedenken mit einer raschen Handbewegung weg. Das war doch nun wirklich egal! Sie wollte endlich nach Hause. Schließlich musste sie ihren neuen Stubentiger füttern. Schnell bahnte sie sich seitlich einen Weg zur Treppe und lief die Stufen hinunter. Unten angekommen wäre sie beinahe mit einem Mann zusammengeprallt, der offenbar die Treppe hinauf wollte.

»Hey, passen Sie doch auf!«, meckerte Lale. Sie blickte in erschreckt aufgerissene Augen inmitten eines ungepflegten schmutzigen Gesichts. Der Mann strömte einen strengen Geruch aus. Er war irgendwie bemitleidenswert, wie er so verschreckt vor ihr stand und schwieg. »Ist ja schon gut«, sagte Lale versöhnlich. »Ist ja nichts passiert.«

Er murmelte eine leise Entschuldigung. Dann duckte er sich und hastete die Treppe hinauf. Lale sah ihm verwundert nach. Auch dieser Typ kam ihr bekannt vor. Sie hatte diese Augen schon mal gesehen. Sie kannte diesen klaren und intelligenten Blick.

Erst als sie längst im Auto saß und ihr beim Anhalten an einer Ampel mal wieder ein Stapel alter Zeitungen in den Rücken rutschte, fiel ihr plötzlich ein, woher sie den verwahrlosten Mann kannte. Es musste dieser Typ gewesen sein, den die Türsteher an jenem Abend aus der Galerie geworfen hatten. Dieser Penner, der irgendwas von ›Eva‹ gesagt hatte. Der, der ihr entwischt war, als sie ihn nach Eva hatte fragen wollen. Ob er wirklich obdachlos war? Aber was tat er dann abends im Theater? Komisch, dass sie innerhalb so kurzer Zeit gleich zwei Mal auf ihn traf…

Frühstück mit ohne

Lale versetzte ihrem jammernden Wecker einen kräftigen Schlag und schob sich ächzend aus dem Bett. Müde stolperte sie ins Bad und blinzelte sich feindselig im Spiegel an. Sie wischte die wirren Traumfetzen der Nacht mit viel Wasser aus dem Gesicht und putzte sich ausgiebig den schalen Nachgeschmack ihrer Träume von den Zähnen. Sie versuchte es mit einem Grinsen. Es misslang.

Verwundert stand sie kurz darauf vor einem liebevoll gedeckten Frühstückstisch, neben dem Katinka thronte, als habe sie diesen Luxus persönlich veranlasst. Sie leckte sich selbstgefällig das Katzenfell und ignorierte Lale demonstrativ.

»Pit?« Lale goss sich eine Tasse Kaffee ein und spülte genussvoll die Schlaftrunkenheit herunter. »Pit? Bist du da?«

Ihre Augen wanderten über Käse, Wurst, Marmeladengläser, frisch gepressten Orangensaft und einen Korb herrlich duftender Brötchen. Es gab nur ein Gedeck. Dann bemerkte Lale einen Zettel neben dem Teller und erkannte Pits steile Handschrift: »Liebe Lala-Mama, ich muss dringend weg. Warte heute nicht auf mich. Ich habe am Abend Probe mit meiner Band. Lass dir das Frühstück schmecken! Viele Grüße und Küsse von Pit.«

Lale runzelte die Stirn, legte Pits Schrieb zur Seite und nahm noch einen Schluck Kaffee.

»Was sagst du dazu?«, fragte sie die Katze, die sich nun dazu herabließ näher zu kommen, um sich ein paar morgendliche Streicheleinheiten abzuholen. »Hat er dir gesagt, wohin er am frühen Morgen so dringend muss?« Katinka wandte sich ab und stolzierte elegant über den Tisch. Offensichtlich waren solche menschlichen Banalitäten unter ihrer Würde.

Lale warf erneut einen Blick auf den Zettel. Eine Band? Was denn für eine Band? Sie kramte in ihrem Gedächtnis, konnte sich jedoch nicht erinnern, dass Pit jemals eine Band erwähnt hatte. Sie goss sich Kaffee nach. Pit spielte doch nicht einmal ein Instrument. Was wollte er denn mit einer Band proben? Unwillkürlich schüttelte Lale den Kopf und biss in eines der frischen Vollkornbrötchen. Wenn Pit so dringend weg musste, warum zauberte er dann ein so opulentes Frühstück? Er wusste doch, dass sie nicht vor halb acht aufstand und eigentlich gar keine Zeit zum Frühstücken hatte. Was hatte er überhaupt um diese unglaubliche Uhrzeit so Dringendes vor?

Seufzend schraubte Lale den Deckel von der Kirschmarmelade auf, zögerte kurz und tunkte dann kurzerhand einen Finger in das Glas. Als sie ihn gerade voll Inbrunst abschleckte, polterte es heftig gegen die Wohnungstür. Stöhnend nahm Lale noch einen Schluck Kaffee. Es polterte erneut ungeduldig.

»Ich komme ja schon«, maulte Lale.

Draußen stand Brigitte, ihre Nachbarin, lächelnd bis zu den Ohren und trällerte fröhlich: »Hallöchen!«

»Warum klingelst du denn nicht?«, fragte Lale und leckte noch einen Marmeladenrest von ihrem Finger.

»Ich dachte, du schläfst vielleicht noch«, sagte Brigitte. »Mit der Klingel hätte ich dich doch vielleicht geweckt.«

»Klar, und wenn du die Tür eintrittst, kann ich beruhigt weiterschlafen.« Lale seufzte. »Komm rein! Aber mach es kurz. Ich habe nicht viel Zeit. Kaffee?« Ohne eine Antwort abzuwarten, holte Lale eine weitere Tasse aus der Küche und schenkte Kaffee ein, während Brigitte munter los plapperte.

»Du glaubst nicht, was mir passiert ist!«, triumphierte Brigitte und ergriff gierig die dampfende Tasse.

»Stimmt«, sagte Lale und beobachtete Katinka, die einigen Sicherheitsabstand hielt und ihren Schwanz antennenhaft in die Höhe reckte. Nur die Schwanzspitze wippte abenteuerlustig hin und her.

Brigittes Blick folgte Lales Blick. »Oh, wer ist das denn?«, rief sie entzückt. Dann machte sie seltsam gurrende Laute und säuselte: »Ja, wer bist du denn? Ja, wo kommst du denn her?« Sie ging ein paar Schritte auf Katinka zu, was diese zur Flucht ins Wohnzimmer veranlasste. »Ja, wo ist denn das Kätzchen? Miezmiez! Ja, was machst du denn da?« Brigitte folgte dem Stubentiger in demütigem Kriechgang. »Du bist aber eine hübsche kleine Mieze.«

Lale sah Brigitte zweifelnd an. Warum redeten die Leute eigentlich immer so einen haltlosen Schwachsinn, wenn sie auf Haustiere trafen? Schmunzelnd ahmte Lale Brigittes Tonfall nach: »Ja, wo ist denn die nette Nachbarin? Ja, wo kommst du denn her? Und was machst du denn hier?« Sie grinste breit über Brigittes erstauntes Gesicht. »Und wo hast du denn dein süßes Hundchen gelassen? Den lieben kleinen Wauwau.«

Brigitte kam aufrechten Ganges zurück an den Tisch. »Pit Bull? Oh, der schläft noch tief und fest und träumt von feschen Pudeldamen.«

»Tja, siehst du, unsere beiden Pits unterscheidet doch einiges«, warf Lale grinsend ein. »Pit Mensch hat heute schon dieses fabelhafte Frühstück gezaubert und ist längst unterwegs, um wichtige Dinge zu erledigen… in den Ferien!« Lale nippte an ihrem Kaffee. »Kannst du mir sagen, was ein 17-Jähriger morgens um diese Zeit so dringend erledigen muss?«

Brigitte lächelte verträumt und nickte dann wissend. »Nun ja, gestern habe ich ihn in der Stadt getroffen. Da hat er Pralinen gekauft. Er wusste nicht recht, ob mit oder ohne Alkohol, und ich habe ihm zu Alkohol geraten.«

Lale sah Brigitte mit hochgezogenen Brauen an. »Klar, die will er jetzt wahrscheinlich umtauschen«, meinte sie spöttisch.

»Ach was! Doch nicht um diese Zeit!«, rief Brigitte bestimmt. Dann fing sie an zu kichern. »Pit hat bestimmt eine Freundin.«

»Na, ich weiß nicht«, sagte Lale. Sie dachte an Jobst, und dass Pit sich mit ihm heimlich treffen könnte. Der Gedanke versetzte ihr einen leichten Stich in der Brust. Ob er mit seinem Vater verabredet war und hier Frühstück gemacht hatte, weil er ein schlechtes Gewissen hatte? »Ich weiß nicht, ich weiß nicht«, wiederholte Lale grübelnd.

»Aber ich!« Brigitte hatte schon wieder diesen triumphalen Unterton in der Stimme.

»Wieso?«, fragte Lale. »Hat er dir etwas erzählt?«

Brigitte schüttelte grinsend den Kopf. »Das nicht, aber ich bin eine Frau. Weibliche Intuition, verstehst du? Ich merke so etwas sofort.«

»Aha.« Lale stellte die Kaffeetasse ab und warf einen prüfenden Blick auf die Uhr.

»Ja, er war ganz verlegen, als ich plötzlich vor ihm stand«, berichtete Brigitte begeistert. »Ganz rot ist er geworden und wusste gar nicht, was er sagen sollte! Süß!«

»Und?«, fragte Lale. »Was hat er gesagt?«

»Nichts natürlich.« Brigitte lächelte versonnen. »Aber das liegt doch auf der Hand: Er hat ein Geschenk für seine Freundin gekauft.«

Lale nickte geistesabwesend. »Bestimmt. Du, Brigitte, ich muss jetzt wirklich mal unter die Dusche hüpfen.« Sie deutete mahnend auf die Uhr. »Ich muss gleich los.«

»Sicher.« Brigitte sprang prompt auf und griff beherzt nach Käseteller und Marmelade. »Geh du nur duschen. Dann kann ich in der Zeit doch alles wegräumen.« Sie lächelte ein wenig dümmlich, während sie mit ihrer Fracht in Richtung Kühlschrank tänzelte.

Lale fischte ihre Jeans vom Stuhl und betrachtete Brigitte argwöhnisch. »Sag mal, willst du unbedingt Hausfrau des Jahres werden? Du wirkst so schrecklich aufgeräumt. Oder hast du im Maggi-Kochstudio angeheuert?«

»Aber nein«, flötete Brigitte und beförderte beschwingt Tassen und Butterdose in die Küche. »Ich fühle mich nur einfach so, so, so…«

»Nun spuck's schon aus!« verlangte Lale leicht gereizt. »Du platzt ja gleich.«

»Vor Glück«, jodelte Brigitte durch die Küche.

»Nun sag schon!« Lale wurde ungeduldig. Sie wollte endlich in Ruhe duschen.

»Ich habe mich verliebt.« Brigitte grinste bis in die Haarwurzeln. »Er ist ein gaaanz toller Typ!«

Lale grinste ebenfalls. »Na, dann…«

»Er ist einfach mein Traummann«, erklärte Brigitte voller Begeisterung. »Er hat mich angelächelt und alles war klar!« Sie deutete ein paar Walzerschritte an.

»Aha, Traummann also.« Lale zog die Augenbrauen hoch. »Welche Sorte Traummann denn? Die verheiratete mit zwei Kindern, Eigenheim und gut dotierter Führungsposition ohne Freizeit?« Sie kannte Brigittes Beuteschema.

Brigitte zog einen Schmollmund. »Also bitte, was denkst du denn von mir?!« rief sie betont empört.

»Dass ich dich ziemlich gut kenne«, konterte Lale. »Und bisher hattest du immer ein besonderes Talent, dir solche bescheuerten Typen an Land zu ziehen.«

»Na, du musst es ja wissen«, sagte Brigitte schnippisch und nahm die Brötchen vom Tisch. »Nach einer gescheiterten Ehe und so ganz ohne Liebesleben.« Sie umarmte liebevoll den Brotkorb und sah Lale dann fürsorglich an. »Warte nur ab, du triffst schon noch den Richtigen.«

»Na klar.« Lale warf sich ein frisches Handtuch über die Schulter. »Vermutlich hat er dann prompt einen Herzinfarkt oder einen Gehirntumor.«

»Das ist nicht lustig!«, ermahnte Brigitte sie und macht ein bestürztes Gesicht. »Oh Gott! Wenn er nun totkrank ist! Ich habe ihn noch gar nicht danach gefragt! Ich muss das dringend herausfinden!«

Lale stand bereits auf der Schwelle zum Badezimmer. »Sieht er denn irgendwie blass aus oder atmet er ab und zu komisch?«, rief sie grinsend.

Doch sie bekam keine Antwort mehr. Die Wohnungstür fiel hinter Brigitte und Brotkorb scheppernd ins Schloss.

Weg ist weg!

Als Lale um kurz nach zehn Uhr am Haupteingang des Uniklinikumgeländes ankam, wartete Gerda Schmitt bereits an der Schranke auf sie. Die kleine alte Frau wirkte gefasst und schien nicht im Geringsten ungeduldig zu sein. Lale schluckte bei der Begrüßung. Schweigend gingen sie gemeinsam die wenigen Meter zum Gebäude der Rechtsmedizin.

»Alles O. K.?«, fragte Lale, als sie den alten Bau betraten. Gerda Schmitt nickte nur.

»Warten Sie bitte hier«, sagte Lale und schob Frau Schmitt behutsam zu einer Sitzgruppe auf dem Flur. »Ich muss erst mal mit Dr. Kowalski sprechen. Ich hole Sie dann.« Frau Schmitt nickte so gottergeben, dass Lale ein »Es-wird-nicht-lange-dauern« hinzufügte. Dann lief sie schnell den Flur hinunter und klopfte an die Tür eines Sektionssaals.

Ein junger Mann im blütenweißen Kittel sortierte gerade

verschiedene Instrumente, als sie eintrat. Die Sektionstische glänzten im morgendlichen Sonnenlicht, das durch die hohen alten Fenster fiel.

»Sie wünschen?«, fragte der junge Mann mit einem verbindlichen Lächeln und kam auf sie zu.

»Ähm, Petersen, Mordkommission. Ich möchte zu Dr. Kowalski«, sagte Lale und wandte sich schon zum Gehen. »Er ist wohl in seinem Büro.«

»Nein.« Der junge Mann schüttelte den Kopf. »Dr. Kowalski hat heute Spätdienst. Solange müssen Sie mit mir vorlieb nehmen.« Er reichte ihr lächelnd die Hand. »Dr. Wurm«, sagte er. »Wurm wie Made.«

Lale grinste gequält. »Wie passend bei Ihrem Beruf«, sagte sie und erwiderte seinen Händedruck. »Es geht um die Tote Eva Schmitt. Ihre Mutter sitzt draußen und möchte die Tote noch einmal sehen.«

Dr. Wurm nickte und nahm einen Aktenordner zur Hand. »Eva Schmitt, Eva Schmitt…« Er fuhr mit seinem sehr gepflegten Zeigefinger über einige Seiten. »Die Tote aus dem ICE Leipzig-Dresden. Tod durch Erdrosseln.«

»Ja, ja«, sagte Lale leicht ungeduldig. »Ich war dabei.«

Dr. Wurm lächelte sie herzlich an. »Ich auch«, erklärte er und legte den Ordner zurück auf den Tisch. »Ich hatte Spätdienst und war vor Ort.«

»Hören Sie mal, dort draußen sitzt eine Mutter, die zum letzten Mal ihr totes Kind sehen will!« Ihre Augen verengten sich zu Schlitzen. »Also holen Sie mir endlich die Leiche aus dem Kühlfach!«

Dr. Wurm sah sie betrübt an und schüttelte dann bedauernd den Kopf. »Das geht leider nicht«, sagte er. »Die Leiche wurde vor zwanzig Minuten abgeholt.«

»Abgeholt?« Lale starrte ihn ungläubig an. »Wer holt denn eine Leiche ab? Und wem geben Sie einfach so ein Mordopfer heraus?«

»Der Polizei«, erklärte Dr. Wurm. »Genauer gesagt der Polizei aus Leipzig.«

»Wie bitte?« Lale keuchte. »Hier spazieren ein paar Leipziger Polizisten herein und sacken UNSERE Leichen ein?«

Der Rechtsmediziner nickte. »Der Fall wurde an die Leipziger

Ermittlungsbehörden übergeben«, erklärte er. »Sie hatten ein Schreiben der dortigen Staatsanwaltschaft bei sich.«

Lale schnappte nach Luft. »Und warum um Himmels willen?«

Dr. Wurm griff erneut nach dem Aktenordner und blätterte darin. »Der Todeszeitpunkt«, sagte er. »Vermutlich wurde sie noch im Leipziger Zuständigkeitsbereich ermordet…«

»Das ist ja unglaublich«, schnaufte Lale. »Aber die Leiche wurde doch in Dresden entdeckt!«

»Das spielt bei bewegten Leichen offenbar keine Rolle.« Dr. Wurm zuckte die Achseln. »Ich fürchte, ich kann Ihnen da auch nicht mehr zu sagen.«

»Was sage ich der armen Frau Schmitt denn jetzt?«

»Die Wahrheit«, rief Dr. Wurm hinter ihr her, als Lale schon an der Tür war. »Und grüßen Sie doch bitte Paul Winter von mir.«

»Müssen Sie jetzt auch noch diese Dumpfbacke erwähnen?«, maulte Lale und zog mit einem kräftigen Ruck die Tür hinter sich zu. Paul Winter! Dieser aufgeblähte Pressesprecher fehlte ihr gerade noch. Wütend stapfte sie über den Flur bis zu der Sitzecke, in der sie Gerda Schmitt vorhin abgeliefert hatte.

Sie wollte sie keinesfalls noch länger umsonst warten lassen. Doch als sie ankam, war die kleine alte Dame nicht da. Sie sah sich um. Alle Türen waren verschlossen und kein Mensch war auf dem langen Flur zu sehen. »Frau Schmitt?«, rief Lale verhalten. Nichts. Auch als sie zum Eingang kam und sich vor dem Gebäude umsah, konnte sie Gerda Schmitt nicht finden. Von Evas Mutter fehlte jede Spur.

Eva Schmitt ist gestorben!

Keuchend betrat Lale Gerstes Büro. »Was ist hier los?«, herrschte sie ihren Chef an.

Gerste sah missbilligend von seinem Schreibtisch auf. »Das frage ich Sie, Frau Petersen!«, sagte er streng.

»Eva Schmitt«, keuchte Lale. »Man hat einfach ihre Leiche abgeholt. Angeblich ist Leipzig zuständig.«

Gerste nickte. »Ja. Ich weiß.«

»Und?«, rief Lale aufgebracht. »Das lassen Sie sich einfach so gefallen?!«

Gerste runzelte die Stirn. »Die Staatsanwaltschaft hat mich vorhin angerufen.«

»Und dann sagen Sie einfach so Ja und Amen, oder wie?« Lale stemmte angriffslustig die Hände in die Hüften. »Das ist doch mal wieder typisch!«

»Na, na, na.« Gerste erhob leicht die Stimme. »Ich weiß gar nicht, worüber Sie sich so aufregen. Man hat mich lediglich informiert.« Er machte eine kleine Pause. »Die Untersuchungen der Gerichtsmediziner haben ergeben, dass die Frau höchstwahrscheinlich noch innerhalb des Leipziger Regierungsbezirkes getötet wurde.« Er räusperte sich. »Nun übernehmen die Leipziger Kollegen den Fall.«

»Und wer hat sich das ausgedacht?«, fragte Lale grimmig.

»Der Oberstaatsanwalt«, erklärte Gerste sachlich. »Er hat mich selbst angerufen.«

»Ha, die trauen uns also die Ermittlungen nicht zu!«. stieß Lale hervor. »Wahrscheinlich hält man uns für zu blöde.«

»Hören Sie doch mit diesem Unsinn auf!«, unterbrach Gerste sie streng. »Sie wissen, dass Brenzlig sehr viel von Ihren Fähigkeiten hält.«

»Brenzlig?«, fragte Lale erstaunt. »Dr. Egon Brenzlig? Unser Staatsanwalt?«

»Genau der.« Gerste nickte. »Er ist jetzt allerdings Oberstaatsanwalt.« Er grinste schief. »Es dürfte Ihnen nicht entgangen sein, dass sein Posten neu besetzt wurde.«

Lale biss sich auf die Unterlippe. Sie hatte bisher immer mal wieder mit Brenzlig zu tun gehabt in der Zeit, in der sie nun bei der Dresdner Mordkommission war. Also war es sein Posten, den Jobst übernommen hatte. Lale seufzte. »Und da kann man gar nichts machen?«, fragte sie, schon sehr viel zahmer.

In diesem Moment betrat Mandy das Chefbüro. »Ich habe hier die Liste aller Telefonate von Eva Schmitt in den letzten vier Wochen.« Sie wedelte fröhlich mit einem Zettel. »Sie muss eine echte Plaudertasche gewesen sein.«

»Eva Schmitt ist gestorben«, sagte Lale düster.

»Ja, sicher.« Mandy nickte und ihre Ohrgehänge klimperten leise. »Sie ist ja unser Mordopfer.«

»Der Fall«, sagte Lale gereizt. »Der ganze Fall ist für uns gestorben.«

»Och nö.« Mandy zog eine Schnute.

Gerste schüttelte den Kopf. »Sie, Frau Petersen, sollten diesen Fall ohnehin besser nicht bearbeiten.«

»Wie?«, rief Lale entsetzt. »Wieso das denn?«

»Nun«, hob Gerste an. »Der ermittelnde Staatsanwalt ist Ihr Mann.«

»Ex!«, rief Lale dazwischen. »Ex-Mann!«

»Wie dem auch sei«, fuhr Gerste fort. »Das ist gar nicht der Hauptpunkt. Sie kannten die Frau und sind befangen.«

»Na, so ein Quatsch.« Lale sah Gerste böse an. »Ich bin doch nur zufällig im selben Zug gefahren.«

»Eben«, pflichtete ihr Mandy bei. »Ein Flugzeug wäre natürlich viel praktischer gewesen.«

»Ein Flugzeug?« fragte Gerste.

»Na ja, mit dem Flugzeug ist man nicht nur schneller da«, erklärte Mandy. »So ein Mörder kann im Flugzeug auch nicht einfach unterwegs aussteigen.«

Lale schluckte. Allein die Vorstellung daran, in einen Flieger gepfercht zu sein, jagte ihr Schauer über den Rücken. Dazu bedurfte es gar nicht erst des Gedankens an einen Mörder. Nie wieder würde sie in ein Flugzeug steigen.

Gerste schüttelte kurz den Kopf und sah dann wieder Lale an. »Warum sind Sie denn auf einmal so blass?«, fragte er.

»Ach nichts«, sagte Lale. »Ich habe nur schreckliche Flugangst.«

Gerste sah sie mit einem Ausdruck von Mitgefühl an. »Tun Sie lieber etwas dagegen«, schlug er vor. Gegen Ängste muss man vorgehen, bevor sie zu viel Macht erhalten.« Er zog einen Handzettel mit Polizeilogo hervor und reichte ihn Lale. »Hier, der Polizeisportverein sucht noch Leute, vor allem für die Sektion Fallschirmspringer.«

Schnapsideen

Kurz vor Ladenschluss stürmte Lale in die Bäckerei gegenüber des Uniklinikums und kaufte sämtliche Reste Dresdner Eierschecke auf. Dr. Kowalski war heute offenbar noch nicht hier gewesen, denn es gab noch acht Stück von seinem Lieblingskuchen. Sie klemmte sich ihre Kladde mit Unterlagen unter den Arm und trug den eingewickelten Stapel Kuchen wie eine Jagdtrophäe vor sich her bis hinüber in die kleine Küche des Rechtsmedizinischen Instituts.

»Ah, eine gewaltige Portion Glück, transportiert von der großen Kommissarin«, freute sich der Rechtsmediziner. »Naschwerk und Lebendiges! Was braucht ein Mensch mehr?« Er nahm ihr den Kuchen ab. »Bitte, nehmen Sie doch Ihren Platz ein, Sie Botschafterin der Gaumenfreuden.« Seine riesige Nase schnupperte verzückt am Kuchenpaket.

Lale warf ihre Kladde auf den Tisch und ließ sich seufzend auf einen Stuhl fallen. »Die Leiche ist weg, der Fall ist weg, und meine gute Laune ist auch weg.«

Sie sah Dr. Kowalski großväterlich lächeln. »Na, wer wird denn so traurig in die Zukunft blicken?« Er nahm seine große Brille ab und blinzelte kurzsichtig in den Raum. »Das kann man ja gar nicht mit ansehen.« Dann griff er zu einem Küchenhandtuch und putzte hingebungsvoll die dicken Brillengläser.

Unwillkürlich musste Lale grinsen. Sie mochte diesen kleinen, fast kahlköpfigen Mann mit dem starken Akzent und seiner manchmal recht ungewöhnlichen Ausdrucksweise.

»Sie wissen doch, dass wir uns über einen Mangel an Arbeit nie beschweren müssen.« Er setzte sich die Brille wieder auf die markante Nase. »Die nächste Leiche kommt bestimmt. Wenn nicht heute, dann morgen.« Er schob ihr einen Teller mit Kuchen hin. »Essen Sie! Essen ist gut für die Seele.«

Lale lächelte schief. Sie hatte tatsächlich seit dem Frühstück heute Morgen nur ein Brötchen aus der Polizeikantine geholt und schnell im Büro heruntergeschlungen. Sie hatte sich nicht in die Kantine setzen wollen. Zu nahe lag die Möglichkeit, dass Jobst wieder dort auftauchte. Und der hatte ihr an einem Tag wie heute gerade noch gefehlt! Missmutig stieß sie ihren Löffel in das Stück Kuchen und mampfte schweigend vor sich hin.

»Verehrte Madame Kommissarin«, Kowalski sah sie aufmerksam an. »Trauern Sie eigentlich um die Tote, oder trauern Sie um ihre Leiche?«

»Gute Frage. Wohl doch eher um die Leiche«, räumte Lale ein. »Aber…«

»Aber das ist gar nicht die wahre Bedrohung Ihres frohen Gemüts«, stellte Kowalski sachlich fest.

Lale nickte langsam. Sie fühlte sich ein bisschen ertappt.

»Dann tut eine medizinische Indikation not.« Kowalski erhob sich und öffnete einen Küchenschrank. Er kramte zwei Wassergläser hervor und stellte sie auf den Tisch. Dann holte er eine Flasche aus dem Schrank und goss eine durchsichtige Flüssigkeit in die Gläser. »Trinken Sie! Trinken Sie!« Er griff zum randvollen Glas.

Lale roch argwöhnisch an dem Glas. »Schnaps?« Sie schüttelte sich leicht.

Kowalski nickte. »Selbst gebrannt, nach einem alten Rezept meines Großvaters. Gott gönne seiner Seele Frieden.« Er nickte Lale aufmunternd zu. »Eine himmlische Tinktur. Na sdarowje - auf die Gesundheit!« Er nahm einen kräftigen Schluck.

Lale nippte zunächst vorsichtig an ihrem randvollen Glas, murmelte »Ach, was soll's« und trank tapfer. Kowalskis Selbstgebrannter schien ihr den Kehlkopf wegzuätzen. Sie keuchte kurz.

»Trinken Sie!«, forderte Kowalski sie lachend auf. »Es ist die einzige Medizin, die von Dosis zu Dosis besser mundet.« Er leerte sein Glas.

Folgsam tat Lale es ihm gleich. Es ging schon viel besser. Der erste Schluck hatte ihre Kehle offenbar hinreichend betäubt.

Kaum hatte Lale ihr Glas abgestellt, füllte Kowalski es erneut bis zum Rand. »Der erste war für das Herz. Nun kommt der Schluck für die Seele.« Er prostete ihr zu und trank. »Und dann verraten Sie mir, welche Laus Ihnen auf der Leber herumtanzt!«

Lale grinste breit. »Ach, eigentlich ist es nur ein lästiger kleiner Staatsanwalt.« Sie winkte lässig ab. »Erfahrungsgemäß gibt es immer früher oder später Ärger, wenn er auftaucht.«

»Meine große Frau Petersen…« Kowalski schwang seine Arme zu einer umfassenden Geste. »Gibt es für Sie denn nur dieses Universum aus Mord, Tod und Verbrechen?«

»Justiz.« Lale unterdrückte ein Bäuerchen. »Sie vergessen die Justiz.«

»Nein, ich sagte doch: Verbrechen!«, entgegnete Kowalski amüsiert. »Mord und Tod, das sind Sie und ich.«

Lale kicherte leise. »Ähm, ich meinte das mehr so privat. Mein Mann, also besser gesagt, mein Ex, quasi mein Ex-Mann ist jetzt hier.«

»Ah, Dr. Petersen«, kombinierte Kowalski. »Der neue Staatsanwalt.«

»Genau.« Lale nickte. »Ein richtiger… Blödmann.«

»Dann darf ich wohl die Vermutung hegen, dass Sie ihn dereinst verlassen haben?« Kowalski befüllte erneut die Gläser.

»Darauf können Sie Gift nehmen!« Lale deutete auf die vollen Gläser. »Was wir ja hiermit tun. Prost!«

Er griff zum Glas. »Dann darf ich wohl des Weiteren die Vermutung verkünden, dass Sie Ihre Entscheidung nie bereut haben?«

»Sie vermuten wirklich sensationell!«, lobte Lale grinsend. »Habe ich schon erwähnt, dass mein Ex-Mann ein Blödmann ist?«

Kowalski nickte. »Ja, das kommt mir sehr bekannt vor.«

»Sie müssen sich aber keine Sorgen machen«, versprach Lale. »Er ist nur privat ein Blödmann.« Sie unterdrückte erneut einen Rülpser. »Beruflich nicht… glaub ich.« Sie stellte ihr Glas ab. »Kennen Sie ihn eigentlich?«

Kowalski schüttelte den kahlen Kopf. »Nur vom Telefon«, erklärte er. »Er rief mich gestern an, um mir sogleich mitzuteilen, er habe die Freigabe der toten Eva Schmitt veranlasst. Es war mir eine reine Freude, denn Dr. Petersen besitzt wirklich eine vortreffliche Artikulation.«

»Stimmt.« Lale legte die Stirn in Falten. »Quatschen kann er. Aber muss er ja wohl, als Staatsanwalt.« Sie überlegte einen Moment lang und seufzte dann. »Ich habe keine Lust mehr auf das Thema. Jobst ist so langweilig.« Sie beugte sich über den Tisch, sah Kowalski eindringlich an und flüsterte im Verschwörerton: »Wollen wir nicht lieber ein bisschen ermitteln?«

»Sie meinen die Mordsache Eva?«, fragte Kowalski.

Lale nickte und griff zu ihrer Kladde. »Ich habe hier einige Puzzleteile zusammengetragen…« Sie verteilte die Ansichtskarte aus Paris, eine Telefonrechnung und den Brief aus Hamburg auf dem Tisch. Dann zog sie die reichlich verknickte Einladung zur Vernissage von Gola Gronski aus der Kladde. Dann fischte sie noch eine Klarsichthülle hervor. »Hier sind die neuesten Kopien, die ich heute noch in die Hände bekommen habe«, erklärte Lale und fingerte nach den fest in der Hülle sitzenden Papieren. »Mist, nun komm schon!«

»Lassen Sie mich das in die Hand nehmen«, schlug Kowalski vor und nahm ihr die Klarsichthülle aus der Hand. »Ich frage eine große Kommissarin nicht, woher sie ihre Erkenntnisse gewinnt.« Er zwinkerte ihr hinter den dicken Brillengläsern zu. »Ah, ja… sehen Sie nur!«

»Was?« Lale lehnte sich neugierig über den Tisch.

»Unsere arme Leiche war zu Lebzeiten in der Immobilienbranche tätig«, stellte Kowalski fest und blätterte weiter in den Papieren.

»Na, das ist ja nicht so ganz aufregend«, sagte Lale lahm. »Bestimmt hat sie mir das auf der Zugfahrt erzählt. Kein Wunder, dass ich nicht zugehört habe!«

»Das scheint mir doch etwas ungewöhnlich«, murmelte Kowalski und zog einige amtlich aussehende Ausdrucke hervor. »Schauen Sie, von Berufs wegen ist sie als Immobilienmaklerin eingetragen. Doch was hier zu lesen ist, weist sie nur mehr als Immobilienbesitzerin aus.«

»Wie?« Lale nahm Kowalski die Papiere aus der Hand und starrte darauf. »Stimmt, sie ist Maklerin. Aber anscheinend makelt sie nicht im Geringsten. Der Frau gehört ja die halbe Leipziger Innenstadt!« Lale gönnte sich noch einen Schluck Selbstgebrannten. »Wollten die deshalb unbedingt die Leiche haben? Meinen Sie, es gibt da einen Zusammenhang?«

»Man begründete diesen Wechsel mit dem Zeitpunkt ihres Dahinscheidens. Es ist nicht klar ersichtlich, ob der Zug sich noch im Leipziger Regierungsbezirk befand, als sie starb, oder doch schon nahe Dresden.« Kowalski strich sich nachdenklich über den kahlen Kopf. »Ich schicke Ihnen einfach eine Kopie des Berichts.« Er deutete auf einen weiteren Zettel. »Wissen Sie, wer Oliver Schmitt ist?«

»Oliver Schmitt, das könnte ihr Bruder sein«, sagte sie. »Die Eltern sprachen von einem Oliver.«

»Hier erwähnt man einen Oliver Schmitt als Verwalter jener Leipziger Immobilien«, erklärte Kowalski.

»Mmh«, machte Lale. »Ich habe noch diesen Brief aus Hamburg. Darin werden zwei Namen erwähnt, von einer gewissen Susanne.« Sie zeigte Kowalski den Brief. »Nun schauen Sie sich diese Sauklaue an. »Eva sollte diese beiden Männer zu einem Klassentreffen einladen.«

»Oh, das scheint mir doch ein vager Anhaltspunkt zu sein«, sagte Kowalski. »Haben Sie etwas über diese Männer herausfinden können?«

»Mandy hat die Angaben durch den Computer gejagt«, sagte Lale. »Die Adressen stimmen. Der eine ist Ingenieur und lebt mit Frau, zwei Kindern und der Schwiegermutter in Weißig.« Sie kramte weiter. »Und der andere ist Polizist, geschieden, ebenfalls zwei Kinder, die bei der Mutter leben. Er selbst wohnt in der Nähe des Flughafens.« Lale unterdrückte einen Schluckauf und griff erneut zum Schnapsglas. »Aber Klassentreffen?« Sie runzelte die Stirn. »Nun sehen Sie sich das an! Eva ist Jahrgang '60, der Ingenieur ist fast zehn Jahre jünger, und der Polizist ist erst 1978 geboren.«

»Ha!« Kowalski nahm einen kräftigen Schluck und füllte erneut beide Gläser. Dann sah er Lale fragend an. »Sagen Sie, große Ermittlerin, sind Sie wirklich ganz sicher, dass diese arme Leiche erst 1960 zur Welt kam?«

Lale trank schlürfend. »Ich hatte keinen Grund, das bisher ansusweiwln… ähm, ansuzweiweln, na, ich meine: warum nicht, wenn es in den Unterlagen steht?«

Kowalski fuhr sich schon wieder mit der Hand über den kahlen Kopf. »Als ich zunächst die äußere Besichtigung unternahm, fand ich ihr Alter nicht ungewöhnlich. Doch als ich dann eine innere Besichtigung durchführte, fand ich lebenswichtige Organe in fortgeschrittenem Alterungsstadium vor.«

»Wie bitte?« Lale machte große Augen. »Sie haben obdus-, obduz-… Sie haben sie schon zerlegt?«

Kowalski lächelte nachdenklich. »Ja, gestern Abend hat doch Ihr… Staatsanwalt die Leiche freigegeben.«

»Und ihre Organe sind älter als Eva selbst?«, fragte Lale ungläubig. »Wie geht das denn?«

»Ich habe da eine Vermutung, über die ich noch nichts

veräußern darf«, sagte Kowalski ernst. »Es stehen noch Untersuchungsergebnisse aus der Toxikologie aus.«

»Ach, so ist das!« Lale strahlte. »Na, dann Prost!« Sie erhob das Glas.

»Auf gute Zusammenarbeit!«, rief Kowalski und zwinkerte spitzbübisch.

»Wissen Sie was?« Lale hatte eine Idee. »Ich habe hier noch eine Liste mit den Anrufen, die die Tote in den letzten vier Wochen getätigt hat. Sollen wir die Nummern mal durchtelefonieren?«

In diesem Moment ertönte eine schaurige elektronische Tonfolge, die nur noch entfernt an Tschaikowsky erinnerte. Kowalski stöhnte auf und zog ein Mobiltelefon aus der Tasche seines Jacketts. »Ja!«

Lale fuhr voller Übermut mit dem Finger über die kopierte Telefonliste. Ihr war irgendwie wohlig und ein bisschen wattehaft im Kopf. Dieser Selbstgebrannte war gar nicht so schlecht. Sie amüsierte sich köstlich über die vielen Ziffernfolgen. Wenn man die Telefonnummern von oben nach unten las, konnte man verschiedene Muster ausmachen. Hier eine sehr krumme Linie aus Nullen, dort diverse kurze Zickzack-Figuren aus Vieren, und die Dreien formten sich gelegentlich sogar zu geometrischen Figuren. Lale freute sich über soviel kreatives Zahlenwirrwarr und spielte schon mit dem Gedanken, einige Zahlenreihen spaßeshalber zu addieren, als Kowalski offenbar sein Telefonat beendet hatte und ihr sanft auf die Schulter tippte. Huch, sie hatte ihn fast vergessen.

»Ich bedaure sehr, meine große Frau Kommissarin, aber wir müssen unser gepflegtes Beisammentreffen leider verschieben«, sagte er. »Man hat mich zur Besichtigung einer armen Leiche beordert.«

»Och, schade«, sagte Lale lächelnd. »Was hat sie denn, die arme Leiche?«

»Es ist vermutlich ein Drogenopfer«, fügte er seufzend hinzu. »Und sie ist leider Gottes in umfassender Gesellschaft. Diese Woche ist es schon unsere zweite Drogentote. Es ist eine Schande!« Er nahm noch einen tiefen Schluck aus seinem Glas. »Crystal«, knurrte er. »Ein echtes Teufelszeug…«

»Wollen Sie etwa noch Auto fahren?« Lale deutete auf die fast leere Flasche.

»Aber nein, Madame Kommissarin«, sagte Kowalski. »Ich habe doch gar keinen Führerschein.«

Na, herzlichen Glückwunsch!

Reihen von Zahlen sausten um Lales Kopf herum... Nullen, Vieren, Dreien. Sie wurden immer schneller und Lale versuchte vergeblich, eine der vielen Ziffern zu fassen und festzuhalten. Ihr wurde ganz schwindelig. Und dann stand da Gerste und machte einen ohrenbetäubenden Lärm. Was hatte er da in der Hand? Es sah aus wie ein Messer, oder nein, es war ein Skalpell. Er schlug es immer wieder gegen eine riesige leere Schnapsflasche. Dong, Dingdong, Dongdong! »Aufhören«, stöhnte Lale und hielt sich den Kopf. Er schien jeden Moment zu platzen. Jetzt kam die riesige Flasche immer näher. Lale warf sich zur Seite...

»Aua«, quengelte sie und sah sich um. Sie kauerte vor ihrem Sofa auf dem Boden und blickte in zwei vorwurfsvoll starrende Katzenaugen. Da, wieder dieser schrille Ton! Sie presste sich die Hände auf die Ohren und kniff die Augen zusammen, bis sie merkte, dass der Ton von der Türklingel kam. »Oje«, stöhnte sie leise und rappelte sich mühsam auf. In ihrem Kopf schien eine ganze Armee von Füßen zu steppen. Es knirschte, klopfte und klapperte. Sie rieb sich die schmerzenden Schläfen.

Es klingelte erneut. »Miau«, sagte Lale zu Katinka. »Ich habe einen Kumpel für dich«, murmelte sie. »Einen großen dicken Kater...Aua!« Sie hielt sich den Kopf und machte mühsam ein paar schleppende Schritte. »Ich komme ja schon«, jammerte sie über den Flur und hielt sich an einem Stuhl fest. Ihr Kopf schien ihr jeden Moment vom Hals zu kullern. Also hielt sie ihn sicherheitshalber mit einer Hand fest, während sie die Tür öffnete. »Ja?«

»Einen schönen guten Morgen, Frau Petersen!«, klang es dynamisch aus dem Hausflur. »Sie sind doch Frau Petersen? Lale Petersen?«

»Also, ganz sicher bin ich nicht«, sagte Lale gequält. »Bitte! Nicht so laut.« Sie riskierte einen mühsamen Blick auf ihren Besuch. Vor der Tür standen eine junge Frau und ein älterer

Mann. Sie sahen nicht aus, als wollten sie ihr eine Versicherung oder Schlimmeres andrehen. Die Frau plapperte unentwegt und Lale hatte Schwierigkeiten, ihrem rasanten Vokabelausstoß zu folgen. Sie hörte nur immer wieder Wörter wie Zeitung und Glückwunsch und Preisausschreiben und Gewinn. Lale zwinkerte verwirrt vor sich hin, bis der Wortschwall abrupt in einem »Und, was meinen Sie?«, endete.

»Wie jetzt?« Lale sah erstaunt von der Frau zu dem Mann.

»Kann ich Ihnen jetzt schon ein paar Fragen stellen?«, fragte die Frau in einem Tonfall, in dem man Dreijährigen zum vierten Mal etwas erklärt. »Mein Kollege könnte auch gleich ein paar Fotos schießen.«

»Warum denn?«, fragte Lale und rieb sich den schweren Kopf.

»Na, unsere Leser wollen doch mehr wissen über die glückliche Gewinnerin unseres Dresden-Wettbewerbs.« Die Frau schien um Geduld bemüht. »Das habe ich doch alles schon erklärt.«

»Und was habe ich damit zu tun?«, fragte Lale gereizt. »Ich habe doch…«

»Sie haben doch gewonnen«, schaltete sich der Mann ein und kramte eine Kamera aus seiner Umhängetasche. »Es geht auch ganz schnell. Zwei, drei Fotos und ein paar Fragen zur Person«

Lale verdrehte die Augen. »Na gut.« Sie bat die beiden mit einer Handbewegung herein und deutete auf den Esstisch. »Bitte.«

»Sie sind aber nicht von hier«, stellte die Frau fest, während sie den angebotenen Platz am Tisch einnahm.

»Stimmt«, knurrte Lale und bemühte sich, ihren schweren Kopf aufrecht zu halten.

»Um so erstaunlicher«, sagte die Zeitungsfrau. »Haben Sie ein Faible für Unterwäsche? Oder kommen Sie gar aus der Branche?«

»Unterwäsche?« Lale stutzte. »Wieso sollte ich etwas mit Unterwäsche zu tun haben?« Sie dachte an ihre betont praktische Garderobe, mit Ausnahme dieser High Heels, in denen sie zur Vernissage gestöckelt war. »Schade«, sagte der Fotograf grinsend. »Und ich hatte gehofft, wir bekommen ein paar spektakuläre Fotos.« Er musterte Lale von oben bis unten. »Die Figur dazu hätten Sie ja.«

Lale sah kurz an sich herunter. Jogginghose und verbeultes T-Shirt. Der Mann musste Hellseher sein. Schnell brachte sie ihren schmerzenden Kopf wieder in Position und zuckte mit den Achseln.

»Ein Scherz«, versprach die Zeitungsfrau eilig. »Wussten Sie denn gleich die richtige Antwort, oder mussten Sie nachlesen?«

Lale zuckte erneut die Achseln und sah die beiden Zeitungsmenschen ratlos an. »Darf ich fragen, wovon Sie eigentlich sprechen?«

»Na, von der Preisfrage unseres Dresden-Wettbewerbs«, erklärte die Frau unermüdlich. »Was wurde in Dresden erfunden? Der Bademantel, der String-Tanga oder der Büstenhalter?« Sie grinste. »Sie werden nicht glauben, wie viele Leute auf den String-Tanga getippt haben!«

»Oder auf den Bademantel«, ergänzte der Fotograf seufzend.

Lale rieb sich verwirrt die Schläfen. Sie war sich nicht ganz sicher, ob sie nicht vielleicht doch noch träumte.

»Erzählen Sie mir doch ein bisschen was über sich«, schlug die muntere Zeitungstante vor. »Sind Sie verheiratet? Haben Sie Kinder? Was machen Sie so beruflich?« Sie sah Lale nachdenklich an. »Sie kommen mir irgendwie bekannt vor.«

Lale seufzte leise. »Ich habe einen Sohn«, sagte sie. »Er wird im Herbst 18.« Die Zeitungsfrau machte sich schnell ein paar Notizen. »Und ich bin geschieden, seit fast zehn Jahren«, sagte Lale mit Nachdruck.

»Und beruflich? Was machen Sie beruflich?« Die Zeitungstante bekam einen gierigen Saugnapfblick. »Sind Sie in der Politik?«

»Aber nein.« Lale verzog das Gesicht. In ihrem Kopf legten die fiesen Füße eine weitere Stepp-Nummer ein. »Ich bin bei der Polizei, genauer bei der Kripo.«

»Ach, so ist das!«, rief die Zeitungsfrau begeistert.

»Psst, bitte«, flehte Lale und verzog schmerzerfüllt das Gesicht.

»Ach? Sie arbeiten als V-Mann, ähm, V-Frau?«, flüsterte die Zeitungstante verschwörerisch. »Das ist ja aufregend.« Sie schrieb wild auf ihrem kleinen Notizblock herum. Dann sah sie

Lale plötzlich triumphierend an. »Sie sind die Frau, die diese mysteriöse Wessi-Mordserie aufgeklärt hat.«

»Lassen Sie das mit dem Beruf einfach weg«, sagte Lale unwirsch. »Das gibt nur wieder Ärger.«

»Schade«, sagte der Fotograf gedehnt. »Kein Sex, kein Crime. Wie sieht es denn mit Ihren Hobbys aus? Haben Sie mal eine Weltreise gemacht oder betreiben Sie Extremsportarten?«

»Oder engagieren Sie sich irgendwie im sozialen Bereich?« setzte die Frau hinzu.

»Hmh.« Lale rieb sich die Stirn. »Eigentlich bin ich beruflich ziemlich ausgelastet«, sagte sie. »Ich habe ja nicht gerade einen Neun-bis-Fünf-Job.«

»Also doch die Arbeit«, sagte die Zeitungsfrau zufrieden. »Was ist denn so Ihr Steckenpferd? Haben Sie besondere Aufgaben? Ich meine, bei diesen Serienmorden war von Profiling die Rede gewesen.«

Lale nickte vorsichtig, um ihren gemarterten Kopf nicht unnötig zu erschüttern. »Zuletzt war ich auf einer Fortbildung zur Korruptionsbekämpfung«, erklärte sie.

»Korruption ist Klasse!« Der Fotograf nickte anerkennend. »Nicki, schreib auf, dass sie gegen den Korruptionssumpf in Sachsen antritt!« Er legte die Kamera an, nahm Lale ins Visier und drückte mehrfach auf den Auslöser.

»Na ja.« Lale versucht es mit einem Grinsen, das sogleich wieder ein Steppen im Hinterkopf nach sich zog.

»Supersache«, sagte die Zeitungsfrau fröhlich. »Da können wir ein bisschen Wortspiel mit hineinbringen. ›Den Überblick behalten‹, ›Die Sache von oben betrachten‹… »

Lale sah sie verwirrt an. »Warum denn von oben betrachten?«, fragte sie.

»Na, die Ballonfahrt«, erklärte die Zeitungsfrau lächelnd. »Sie haben doch eine Ballonfahrt gewonnen!«

Lale riss die Augen entsetzt auf und schüttelte energisch den Kopf. Sie musste ein Jaulen unterdrücken. »Ich soll in einem Ballon fliegen? Ausgeschlossen!«

»Fahren«, korrigierte die Frau und erhob sich. »Ballon fahren!«

Lale wurde noch eine Spur blasser. »Sie meinen, da oben in der Luft?«

Die Zeitungsfrau nickte. »Toll, was?! Sie dürfen auch jemanden mitnehmen.«

Lale fühlte unvermittelt Übelkeit aufkommen.

»Hauptsache, Sie sind dabei«, erklärte der Fotograf. »Wir machen dann natürlich noch ein paar aktuelle Fotos nach der Landung.«

»Genau.« Die Zeitungsfrau wollte sich schon zum Gehen wenden, hielt jedoch inne. »Wir brauchen übrigens noch ein Statement für die Wochenendausgabe«, sagte sie freundlich. »Wo wir gerade so nett plaudern... Sind Sie eigentlich für oder gegen die Waldschlösschenbrücke?«

Der Fotograf drückte erneut auf den Auslöser. »Oder sind Sie für einen Tunnel?«

Lale starrte die beiden entgeistert an. Dann bündelte sie ihre letzten Kräfte, öffnete die Wohnungstür und sagte leise, aber bestimmt: »Es reicht. Raus hier.«

Auf eigene Faust

Eine Flasche Mineralwasser und zwei Kopfschmerztabletten später saß Lale an ihrem Schreibtisch in der Schießgasse und wühlte in den Daten des Polizeicomputers. Oliver Schmitt, geboren 1970 in Radebeul, stand in der Personenfahndung des LKA. Er war seit mehreren Monaten als vermisst gemeldet. »Na also«, murmelte Lale, starrte gebannt auf den Monitor und griff blind zur Kaffeetasse. Als sie einen Schluck nehmen wollte, verzog sie das Gesicht. Die Tasse war leer. »Ist noch Kaffee da?«, rief Lale zu Mandy hinüber, die über irgendwelchen Unterlagen brütete.

»Mhm, in der Dose da.« Sie deutete geistesabwesend auf die Engelsdose neben der Kaffeemaschine.

Lale stellte seufzend die Kaffeetasse ab. Sie blickte einen Moment lang sehnsüchtig auf die leere Kanne, um sich dann wieder Oliver Schmitt zuzuwenden. Sie hatte überhaupt keine Lust, ihren müden Körper von diesem Schreibtischstuhl zu erheben. Das würde sie erst wieder tun, um ihn dann später zu Hause auf dem Sofa zu parken. Bis dahin musste es eben auch ohne Kaffee gehen. Aufmerksam ging sie noch einmal alle Angaben zum vermissten Oliver Schmitt durch. Ein Foto war nicht dabei. Ob Kowalski vielleicht etwas wusste? Vielleicht war Evas Bruder ebenfalls tot und seine Leiche war bisher noch nicht identifiziert worden.

Lale wählte die Telefonnummer der Rechtsmedizin. Ob Kowalski auch einen solchen Kater hatte?

Der Hörer wurde abgenommen und sogleich folgte die ganze Abteilungslitanei. Lale hörte erst richtig hin, als ein Ende der Abteilungs- und Zuständigkeitserklärungen absehbar war. »...Sie sprechen mit Dr. Wurm. Was kann ich für Sie tun?«, säuselte es aus dem Telefonhörer.

Lale stöhnte leise. Natürlich, Kowalski konnte ja seinen Rausch in Ruhe ausschlafen. Er hatte ja Spätdienst. Lale räusperte sich. »Hallo, Petersen hier, von der Mordkommission.«

»Hallo, Frau Petersen«, sagte Dr. Wurm freundlich. »Was kann ich für Sie tun?«

»Ich wollte mal hören, ob Sie in den letzten Monaten eine nicht identifizierte männliche Leiche hatten«, erklärte Lale. »Der Mann müsste Ende Dreißig sein und... Moment.« Sie öffnete ein weiteres Dateifenster auf ihrem Monitor. »Also, Ende Dreißig, 1,85 groß, schlank, sportlicher Typ, blaue Augen...«

»Nein, mit Sicherheit nicht.«

»Vielen Dank, Herr Dr. Wurm. Wenn bei Ihnen noch ein unbekannter Toter hereinkommt, geben Sie mir bitte Bescheid, ja?« Als Dr. Wurm ihr wortreich versicherte, er würde sich sogleich eine Notiz machen, würgte Lale ihn kurzerhand ab. »Ja, ja, nochmals Danke.« Sie legte auf.

In diesem Moment klopfte es kurz an der Tür und Kroko trat ein. Er hielt geradezu liebevoll ein großes Kuvert im Arm. »Post für Kollegin Petersen«, rief er. »Für Frau Petersen persönlich – von der Rechtsmedizin.« Er hielt Lale den Umschlag vor die Nase. Doch als sie danach greifen wollte, zog Kroko den Umschlag wieder an sich. »Moment.«

»Nun geben Sie schon her!« verlangte Lale mürrisch.

»Wieso bekommen Sie persönliche Post aus der Rechtsmedizin?«, fragte Kroko neugierig.

»Woher soll ich das wissen, wenn Sie mich nicht nachsehen lassen«, sagte Lale und griff erneut nach dem Kuvert. Sie griff wieder ins Leere. Sie verdrehte genervt die Augen und widmete sich wieder der Anzeige ihres Monitors.

Kroko verzog beleidigt das Gesicht. »Sie sind aber empfindlich«, maulte er, legte den Umschlag auf ihren Schreibtisch und verschwand wortlos.

Mandy schüttelte den Kopf und seufzte vernehmlich. »Ich komme irgendwie nicht weiter«, schimpfte sie leise vor sich hin. »So ein Mist…«

»Was machst du da eigentlich?«, fragte Lale.

»Och, nichts«, erwiderte Mandy und steckte die Nase in die vor ihr liegenden Papiere.

»Du machst doch nicht die ganze Zeit nichts«, stellte Lale fest. »Du liest und machst Notizen und bist mit irgendwelchen Datenbanken beschäftigt. Das ist doch nicht Nichts.«

»Na ja«, murmelte Mandy. »Aber warum willst du das wissen?«

»Weil ich mich unbändig für meine Mitmenschen interessiere«, sagte Lale grinsend. »Nee, mal im Ernst: Was treibst du da?«

Mandy seufzte. »Ich recherchiere.«

»Aha«, machte Lale. »Und was, wenn ich fragen darf?«

Mandy drehte sich zu Lale um und legte den Zeigefinger auf die Lippen. »Es ist wegen Eva Schmitt«, flüsterte sie.

»Bitte?« Lale sah sie mit gefurchter Stirn an.

Mandy rollte ihr ein Stück mit dem Bürostuhl entgegen. »Eva Schmitt«, zischte sie. »Die Telefonliste… Ich komme nicht wirklich weiter.« Sie rollte zurück zu ihrem Schreibtisch und nahm einen Computerausdruck zur Hand. Dann rollte sie wieder durch den Raum, diesmal bis vor Lales Schreibtisch. »Hier.« Sie deutete auf lange Zahlenkolonnen. Daneben waren handschriftliche Notizen in unterschiedlichen Farben und Größen vermerkt. »Ich überprüfe, wer hinter diesen Nummern steckt.«

»Hey, sehr gut«, freute sich Lale. »Ich dachte schon, ich müsste alleine weitermachen, seit Eva in Leipzig ist.«

Mandy grinste komplizenhaft. »Aber nicht doch. Allerdings komme ich hier an einigen Stellen nicht weiter«, erklärte sie. »Zu vielen Handynummern finde ich einfach keine Namen.«

»Wie?« Lale sah sie erstaunt an. »Du durchsuchst Telefonbücher nach den Besitzern der Handynummern?«

Mandy nickte eifrig. »Mühsames Geschäft…«

Lale schüttelte den Kopf. »Das ist jetzt nicht dein Ernst!« Sie nahm Mandy den Zettel aus der Hand und warf einen genauen Blick darauf. Da war eine Handynummer, die Eva offensichtlich immer wieder angewählt hatte.

»Was hast du vor?«, fragte Mandy und sah Lale aufmerksam an.

»Na, was wohl?!« Lale kramte ihr Mobiltelefon aus der Tasche und tippte die Nummer ein. »Ich rufe an. Dann höre ich ja, wer sich meldet!« Sie sah Mandy mit hochgezogenen Augenbrauen an.

»Oh«, sagte Mandy tonlos. »Darauf bin ich gar nicht…«

»Psst!« Lale bedeutete ihr zu schweigen. Sie lauschte aufmerksam, als sich eine Mailbox einschaltete. »Sie sind verbunden mit dem Anschluss von Heribert Pfisterer, Kunst & Krempel, Im- & Export. Bitte hinterlassen Sie Ihren Namen und Ihre Rufnummer nach dem Signalton.« Lale beendete die Verbindung und wählte erneut. Wieder meldete sich die Mailbox von Heribert Pfisterer. Sie warf einen Blick auf die Telefonliste von Eva Schmitt. Sie hatte in den vergangenen vier Wochen bis zu ihrem Tod nahezu täglich diese Nummer gewählt. Im- & Export, dieser seltsame Name… Das war doch der kleine dicke Kunstkenner, der sie auf der Vernissage von dem Überlebenskünstler angesprochen hatte. Natürlich, Heribert Pfisterer… Schnell drückte Lale die Verbindung weg.

Mandy sah sie gespannt an, ihre Wangen glühten. »Wir ermitteln also weiter?«

Lale nickte entschlossen. »Unbedingt!«

Liebe & Leidenschaft

Kaum hatte Lale den Hausflur betreten, riss sie ungeduldig den großen Umschlag auf. Er enthielt den versprochenen Obduktionsbericht von Kowalski. Der Rechtsmediziner hatte ihn an diversen Stellen auf gelben Klebezetteln kommentiert. Zügig erklomm Lale die Treppen zum zweiten Stock. Sie brannte auf weitere Informationen über Eva und war froh, endlich in Ruhe den Bericht lesen zu können.

»Na endlich kommst du!«, rief Brigitte. Sie zappelte aufgeregt vor Lales Wohnungstür herum. »Ich warte schon ewig auf dich«, sagte sie vorwurfsvoll und hielt eine Flasche Rotwein in die Höhe. »Wo steckst du denn nur die ganze Zeit?«

»Entschuldige diese Unverfrorenheit, aber neben meiner Existenz als Nachbarin habe ich auch noch einen Beruf, dem ich hin und wieder nachkommen muss«, entgegnete Lale schnippischer als notwendig. »Ich werde aber einen Rundbrief an alle Mörder und Totschläger veranlassen, dass sie doch bitte in Zukunft Rücksicht nehmen auf deine Gesprächsbedürfnisse.« Sie schloss die Wohnungstür auf.

»Rennt denn schon wieder so ein irrer Killer durch Dresden, oder was?«, fragte Brigitte entsetzt, während sie eintrat. »Musst du etwa gleich wieder los?«

Lale schüttelte den Kopf. »Nein. Offen gestanden habe ich den Nachmittag mit Berichtetippen verbracht.« Sie seufzte. »Mein Chef wollte unbedingt eine schriftliche Ausführung zu meinem blöden Fortbildungsseminar. Lästiger Papierkram.«

»Na dann«, sagte Brigitte ohne allzu viel Mitgefühl. »Dann hast du jetzt ja Zeit für mich.« Sie ließ erneut ihr leicht debiles Grinsen aufblitzen und machte es sich am Esstisch bequem. »Er hat angebissen!«, verkündete sie stolz.

Lale begrüßte Katinka, die ihr um die Beine strich. »So so, du gehst also neuerdings angeln. Und wie ist er so, dein Hecht?«

»Er ist so, so, so… Er ist einfach umwerfend!« Brigitte starrte selig in die Luft. »Er ist so, so, so…«

»Umwerfend. Ich habe es begriffen«, erwiderte Lale grinsend. Sie warf ihr Kuvert auf den Kühlschrank, holte zwei Weingläser aus dem Küchenschrank und nestelte den Korkenzieher aus der Schublade.

»Er ist einfach unbeschreiblich… umwerfend«, erklärte Brigitte. »so was habe ich noch nicht erlebt!« Sie schien die Vokabeln aus der Luft zu saugen. »Weißt du, allein diese Stimme… Mir wird immer ganz schwummerig, wenn ich diese Stimme höre. Und wenn ich ihn dann noch sehe…« Sie schloss genießerisch die Augen.

»Oje.« Lale schraubte den Korkenzieher in die Flasche und entfernte mit einer Hebelbewegung den Korken aus dem

Flaschenhals. »Woher kennst du ihn denn?«, fragte sie und füllte Wein in die Gläser.

»Habe ich dir das denn noch gar nicht erzählt?«, fragte Brigitte. »Er ist mein Professor.«

»Oh, ich wusste gar nicht, dass du neuerdings studierst«, erklärte Lale verwundert. »Wie alt ist er denn?«

»Na, also wirklich«, entgegnete Brigitte empört. »Als ob das eine Rolle spielt!«

»Offensichtlich tut es das nicht.« Lale grinste. »Was ist denn dann so Besonderes an diesem gebildeten Herrn?«

Brigitte griff lässig zum Weinglas und nippte daran. »Ach, weißt du, er ist einfach eine Persönlichkeit, eine umwerfende Persönlichkeit. Er besitzt so eine außergewöhnliche Präsenz.«

Lale schmunzelte. »Na, das ist doch schon mal gut, dass er präsent ist, und dann gleich so umwerfend. Hat er noch irgendwelche Eigenschaften? Oder sind derart profane Fragen unerwünscht?« Sie nippte ebenfalls an ihrem Glas und verzog sogleich das Gesicht. Zu sehr schmeckte jeder Hauch Alkohol nach dem verkaterten Morgen.

»Du sollst dich nicht über mich lustig machen«, sagte Brigitte tadelnd. »Das ist eine ernste Angelegenheit.«

Lales Gedanken wanderten zu Eva Schmitt. Warum hatte sie so oft mit Heribert Pfisterer telefoniert? Hatte sie geschäftlich mit ihm zu tun gehabt? Oder hatten die beiden ein Verhältnis miteinander gehabt? Sie selbst hielt das zwar für eine absurde Idee, aber ihre Erfahrung sagte ihr, dass nichts wirklich absurd war, wenn es um Liebe und Leidenschaft ging.

»...Und dann hat er mich so angesehen, ich sage dir: dieser Blick...«, schwärmte Brigitte vor sich hin. »Und dann habe ich ihn angesehen, mit diesem gewissen Blick, und dann hat er geguckt, und dann habe ich geguckt und er hat zurückgeschaut, und ich habe immer mal wieder hingesehen...«

Lale sah sie mit gerunzelter Stirn an. »So, so. Dramatische Augenblicke also.« Sie schmunzelte.

»Und dann nennt er mich immer Brischitt...« Brigitte betonte ihren Namen auf der zweiten Silbe und hauchte lasziv: »Hallooo Brischitt.«

»Und wenn du dann so guckst, und er dann schaut«, sagte Lale schmunzelnd. »Das kenne ich schon. Wo ist er denn eigentlich, dein faszinierender Professor? Sagtest du nicht, er habe angebissen?«

»Er hat natürlich Vorlesung«, erklärte Brigitte mit leisem Vorwurf in der Stimme.

»Brigitte!« Lale warf einen Blick auf die Uhr. »Es ist Freitagabend. Da hat doch kein Professor Vorlesung. Auch nicht der umwerfendste und faszinierendste aller Professoren!«

Brigitte sah Lale empört an. »Natürlich. Er ist eben ein wahrer Enthusiast, ein sich aufopfernder Geist im Dienste von Wissenschaft und Weisheit.«

»Ach du Schreck!« Lale kicherte. »Es ist ja wirklich noch viel schlimmer als ich dachte.« Sie schenkte der verträumt blickenden Brischitt noch etwas Wein nach, als plötzlich der Schlüssel im Türschloss ging und kurz darauf Pit in der Wohnung stand.

»Guten Abend, Mädels«, sagte Pit fröhlich. »Gibt's was zu feiern?«

»Du musst sagen: ›Hallooo Brischitt‹«, erklärte Lale feixend. »Sonst reagiert sie nicht.«

»Aha!« Pit grinste.

»Es geht um die einzige, wahre und ganz große Liebe«, erklärte Lale pathetisch und setzte ein lakonisches »Mal wieder« hinzu.

»Habe ich euch übrigens schon erzählt, dass ich bei einem Preisausschreiben gewonnen habe?«, fragte Lale. »Seltsamerweise habe ich aber an gar keinem Preisausschreiben teilgenommen!« Lale sah Pit argwöhnisch an.

Pit grinste unbekümmert. »Na, das ist doch Klasse! Dann versuch unbedingt mal, nicht Lotto zu spielen«, schlug er vor. »Vielleicht gewinnst du ja ein Vermögen.«

»Tja, ein Vermögen habe ich leider nicht gewonnen.« Lale musterte Brigitte. »Es war übrigens ein Preisausschreiben deiner Zeitung.«

»Wir haben gewonnen?« Brigitte kreischte fröhlich. »Das ist ja irre!« Sie sah Lale begeistert an. »Freust du dich denn gar nicht? Wir haben die Ballonfahrt gewonnen!« Sie stutzte. »Du nimmst mich doch mit? Bitte, bitte, nimm mich mit! Weißt du, ich darf doch als Verlagsmitarbeiterin nicht an solchen Ausschreiben teilnehmen, deshalb habe ich deinen Namen angegeben. Ich möchte doch so gerne mal in einem Ballon über Dresden schweben!«

»Ich nicht«, sagte Lale säuerlich. »Ich möchte auf keinen Fall über irgendwas schweben!«

»Och, bitte mach mit«, bettelte Brigitte.

»Ich habe furchtbare Flugangst«, erklärte Lale. »Und in irgendeinem wackligen Ballonkorb durch die Luft zu sausen ist wirklich das Letzte, was ich tun möchte!«

»Aber du musst«, quengelte Brigitte. »Du kannst doch nicht an einem Preisausschreiben teilnehmen und dann den Hauptgewinn ablehnen, weil du Flugangst hast.«

»Ich habe an keinem Preisausschreiben teilgenommen«, betonte Lale. »Und ich hätte auch niemals an einem Preisausschreiben teilgenommen, bei dem es so etwas zu gewinnen gibt!«

Brigitte sah sie entsetzt an. »Aber was machen wir denn jetzt? Ich kann doch nicht sagen, dass ich... Ich bin in der Anzeigenredaktion!«

»Ich verstehe«, sagte Lale seufzend. »Wenn der Schwindel auffliegt, machst du auf jeden Fall eine Bruchlandung.«

»Pit, willst du nicht mit?«, fragte Brigitte flehend.

»Im Ballon über Dresden?« Pit schüttelte den Kopf. »Oh nein, kein Bedarf! Wusstet ihr, dass die erste Ballonpilotin unter anderem auch hier in Dresden gestartet ist?« Er sah fragend in die Runde. »Und, was meint ihr, ist ihr dann hier passiert? - Sie ist abgestürzt!«

»Oje«, sagte Brigitte, »Und? Tot?«

»Inzwischen sicher.« Pit grinste. »Der Absturz war 1811.«

Lale seufzte in ihr Weinglas. Es wurde wirklich Zeit, dass dieser durch und durch verkaterte Tag zu Ende ging.

Tod durch Fremdeinwirkung

Lale schüttete die Brötchen aus der Tüte in den Brotkorb, schob die Zeitung zur Seite und blickte auf den Frühstückstisch. Irgendetwas fehlte noch... Genau, die Milch. Pit trank seinen morgendlichen Kaffee immer mit viel Milch. Sie lauschte kurz, doch aus Pits Zimmer war noch nichts zu hören. Auch Katinka schien noch in Katzenträumen zu schwelgen. Sie war nirgends zu sehen.

Als Lale die Milch holte, fiel ihr Blick auf das Kuvert, das auf dem Kühlschrank lag. Hier war er also, der Obduktionsbericht, den Kowalski ihr geschickt hatte. Das war doch eine sehr viel spannendere Lektüre als die Zeitung. Schnell stellte sie die Milch zur Seite und fingerte den Bericht aus dem Umschlag. Ihr Blick wanderte über die Seite... »Tod durch Fremdeinwirkung«... »kreisförmige, horizontale Drosselmarke am Hals«... »Cyanose?« Lale schaute auf die Heftnotiz von Kowalski... »aufgedunsenes Gesicht mit leichter Blaufärbung«. Eva Schmitt war also tatsächlich erdrosselt worden.

Lale ließ sich am Frühstückstisch nieder und überflog die Angaben zur äußeren Inspektion der Leiche. Sie interessierte sich vor allem für den Todeszeitpunkt. Da, da stand etwas zur Körpertemperatur... 36 Grad Celsius zum Zeitpunkt der Todesfeststellung. »Todeszeitpunkt etwa eine Stunde zuvor«, stand da. Kowalskis Klebezettel erklärte, dass die Körpertemperatur nach dem Todeseintritt um etwa ein Grad pro Stunde falle. Lale überlegte. Von Leipzig bis Riesa brauchte der ICE rund 30 Minuten, und dann weitere 40 Minuten bis zum Dresdner Hauptbahnhof. Es war also tatsächlich möglich, dass man Eva Schmitt bereits zwischen Leipzig und Riesa ermordet hatte. Der Mörder hätte so unbemerkt in Riesa den Zug verlassen können. Sie selbst war schließlich auch erst später vom Schaffner kontrolliert worden. Lale studierte eine weitere Anmerkung von Kowalski, die erklärte, dass die Normaltemperatur eines lebenden Menschen durchaus auch etwas unterhalb der durchschnittlichen 37 Grad Celsius liegen konnte... Lale biss sich auf die Unterlippe. Demzufolge wäre es also auch möglich gewesen, dass Eva erst später ermordet worden war. Immerhin hätte der Mörder ja auch im Zug bleiben können, um dann gemütlich am Neustädter Bahnhof oder sogar erst am Hauptbahnhof Dresden auszusteigen.

In diesem Moment ging Pits Zimmertür auf, und bevor Lale ihren Sohn zu Gesicht bekam, sprang Katinka ihr entgegen und landete mit einem wilden Satz auf ihrem Schoß. Lale fuhr zusammen. »Müsst ihr mich so erschrecken? Was soll denn das?«, rief sie empört.

»Stimmt, liebes Muttertier, es ist ein herrlicher Morgen«, grunzte Pit verschlafen. »Die Sonne zwitschert und die Vögel scheinen… oder nee, umgekehrt.« Er raufte sich den Blondschopf und sah ihr über die Schulter. »Was liest du denn da?«

»Einen Obduktionsbericht«, erklärte Lale. »Hier sind auch Fotos.« Sie blätterte weiter.

»Igitt.« Pit wandte sich angewidert ab. »Öffnung der Bauchhöhle… Und das zum Frühstück!«

»Wir haben nicht nur Nierchen, sondern auch Brötchen.« Lale deutete lachend auf den Tisch. »Und die Milch…« Sie sah sich ratlos um. »Die Milch ist irgendwo zwischen Tisch und Kühlschrank.«

Pit schenkte Kaffee ein und nahm sich ein Brötchen, das er langsam erst mit Butter und dann mit Marmelade bestrich.

Lale beobachtete ihn. »Und, was machen deine Verletzungen?«, fragte sie.

»Hmh«, machte Pit und biss in das Marmeladenbrötchen.

»Hast du dich jetzt mit Katinka angefreundet?«, wollte Lale wissen.

»Mhm«, machte Pit und nickte.

»Hast du gesehen? Jetzt steht ein Katzenklo im Bad«, bemühte Lale sich weiter.

Pit nickte.

»Du solltest die Zimmertür also lieber offen lassen«, schlug Lale vor. »Ich meine, falls Katinka nachts mal muss.«

»Mhm.« Pit griff zur Zeitung.

»Gibt es sonst irgendetwas Neues?«, fragte Lale.

»Mhmh«, machte Pit und schüttelte den Kopf.

»Gar nichts?« Lale sah ihn aufmerksam an. Sie dachte an Jobsts plötzliches Auftauchen in Dresden. »Irgendwas, das du mir vielleicht erzählen willst?«

»Nö«, stieß Pit zwischen zwei Bissen hervor.

»Dein Zeugnis?« Lale sah ihren Sohn forschend an.

»Ist O. K.«, murmelte Pit und schien sich in einen Artikel zu vertiefen.

Lale gab ihre Konversationsanläufe auf und wandte sich wieder dem Obduktionsbericht zu. »Normabweichende Veränderungen der inneren Organe«, las sie. Offenbar waren Nieren, Leber und Milz von Eva Schmitt stark geschädigt. Sie betrachtete das Foto, auf dem die Organe sauber aufgereiht auf einem Tisch lagen wie Waren in einer Auslage. »Guck doch mal!« Lale hielt Pit den Bericht vor die Nase.

»Ist ja widerlich!«, sagte Pit und verzog das Gesicht. »Legen die wirklich alle Innereien raus, um sie zu fotografieren?«

»Ja, sie reihen die Organe erst auf und stopfen sie dann in der entsprechenden Reihenfolge wieder zurück.« Sie verzog ebenfalls das Gesicht. »Ordnung muss sein.« Sie fand den Abschnitt über die toxikologische Untersuchung, verstand jedoch kein Wort. Zum Glück hatte Kowalski auch hier einige Notizen ergänzt. »Wie bitte?«, rief Lale aus. »Das kann doch nicht sein!« Dann las sie erneut, was Kowalski dazu notiert hatte. Offenbar hatte man Eva Schmitt bereits über einen längeren Zeitraum Gifte verabreicht, so dass sie ohnehin nicht mehr lange gelebt hätte. Lale runzelte die Stirn. Oder Eva hatte Drogen genommen, doch das war laut Kowalskis Anmerkungen eher unwahrscheinlich bei dieser geringen Dosis. »Ist ja ein Ding!«, entfuhr es Lale.

»Vergiss es«, erklärte Pit. »Du wirst mich nicht für deine Leichenfledderei begeistern.« Er warf einen Blick auf die Uhr. »Ich muss duschen.« Er nahm noch einen Schluck Kaffee und verschwand im Bad.

Achselzuckend wandte sich Lale wieder dem Bericht zu. Vergiftet, erdrosselt… Entweder hatte Eva Schmitt gleich zwei Mörder, oder dem Mörder hatte der Weg bis zum Organversagen zu lange gedauert.

Kaum hörte Lale das Prasseln der Dusche aus dem Bad, klingelte es an der Wohnungstür. Ächzend erhob sie sich in Erwartung eines erneuten schwärmerischen Wortschwalls von Brigitte. Lale riss die Tür auf. »Na, was macht der umwerfende Super-Professor? Oder habe ich zur Abwechslung einen Fallschirmsprung gewonnen… Du?!«

»Ja, ich freue mich auch, dich zu sehen.« Jobst grinste fröhlich. »Es ist wirklich ein wunderschöner Morgen. Die Sonne scheint, die Vögel zwitschern…«

»Oder umgekehrt.« Lale ließ ihn in die Wohnung. Deshalb hatte Pit es also so eilig gehabt. »Pit ist noch unter der Dusche«, sagte sie. »Möchtest du einen Kaffee?«

Jobst nickte. »Da sag ich nicht nein.«

Lale ging in die Küche und Jobst folgte ihr in einigem

Abstand. »Eine schöne Wohnung habt ihr«, sagte er, während er sich umsah. »Ich mag Altbau.«

»Ach, seit wann das denn?« Lale holte eine Tasse aus dem Schrank und ging zum Esstisch.

»Na, immer schon«, erklärte Jobst.

Lale goss Kaffee ein und reichte ihm die Tasse. »Setz dich doch. Milch? Zucker?«

»Nichts, wie immer«, sagte Jobst fröhlich und ließ sich am Tisch nieder.

Die Katze kam langsam näher und musterte Jobst aus sicherem Abstand. In diesem Moment hörte man ein Poltern aus dem Bad und das verhaltene Fluchen von Pit. Katinka ging schnell unter den Tisch in Deckung.

»Ihr habt eine Katze?«, fragte Jobst.

»Nein, das ist ein Hund, der sich verkleidet hat«, entgegnete Lale und hoffte, dass Pit endlich aus dem Bad kam. »Pit? Alles O. K.?«, rief sie in Richtung Bad.

Pit schimpfte noch immer vor sich hin.

»Der Fall ist ja nun weg«, sagte Jobst in seine Kaffeetasse.

»Stimmt.« Lale nickte und versuchte, unauffällig den Obduktionsbericht zur Seite zu schieben.

»Aber dieser Gerste…« Jobst stellte die Tasse hin und lehnte sich über den Tisch. »Dieser Gerste hält ja wirklich viel von dir.«

»Bemüh dich nicht«, sagte Lale schmunzelnd. »Ich weiß, dass er mich nicht leiden kann.«

»Da hatte ich aber einen anderen Eindruck«, erklärte Jobst.

»So ein Mist!« Pit kam schimpfend in Jeans und T-Shirt aus dem Bad. »Ich bin in das blöde Katzenklo gelatscht!« Katinka strich Pit um die nackten Füße, als wolle sie sich für ihre Toilette entschuldigen.

»Nun stell dich mal nicht so an«, verlangte Lale. »Sieh mal, wer da ist!«

Pit sah erstaunt hoch und erblickte Jobst. »Papa? Was machst du denn hier?« Dann sah er ungläubig von einem zum anderen, bis sein Blick an Lale hängen blieb. »Was macht er hier?«, wiederholte er.

»Nun tu mal nicht so überrascht«, sagte Jobst grinsend. »Wir kennen uns. Schließlich sind wir deine Eltern.«

Pit schlüpfte mit flinken Bewegungen in Socken und Turnschuhe. »Ich würde ja gerne noch ein wenig mit euch plaudern«, erklärte er und griff nach seinem Schlüssel. »Aber ich habe es leider sehr eilig!«

»Wie? Du willst jetzt weg?«, fragte Lale. »Ich dachte, ihr wärt verabredet…« Sie deutete zu Jobst hinüber.

Pit schüttelte den Kopf und drückte seiner Mutter einen flüchtigen Schmatz auf die Wange. »Warte heute Abend nicht auf mich, es kann später werden. Du weißt ja, die Band.« Und schon verschwand er durch die Tür. Lale hörte nur noch das sich rasch entfernende Pfeifen draußen im Treppenhaus.

»Pit spielt in einer Band?«, fragte Jobst.

Lale zuckte nur die Achseln. »Das hat er doch gerade gesagt.«

»Und in was für einer Band spielt er?«, fragte Jobst.

Lale zuckte die Achseln.

»Was für Musik machen die?« Jobst ließ nicht locker. »Und welches Instrument spielt er überhaupt?«

»Ihr könnt euch doch jetzt jederzeit treffen«, erklärte Lale unwirsch. »Frag ihn doch selbst!«

»Das heißt, du weißt es gar nicht«, stellte Jobst fest. Dann schüttelte er verständnislos den Kopf. »Aber du wirst doch wohl wissen, welches Instrument dein Sohn spielt!«

»Ach, jetzt ist es auf einmal wieder mein Sohn.« Lale nahm einen Schluck Kaffee. »Meines Wissens spielt Pit gar kein Instrument«, erklärte sie betont gleichgültig. »Das letzte Instrument, mit dem er mir auf die Nerven gegangen ist, war die Blockflöte. Aber das war in der Grundschule.«

»Wie bitte?« Jobst sah sie entgeistert an. »Unser Sohn hat kein Instrument erlernt? Nicht einmal ein bisschen Klavier oder Geige? Musik ist doch ein wichtiges Kulturgut!«

»Ich weiß gar nicht, was du hast.« Lale grinste breit. »Er spielt doch jetzt in einer Band. Im Übrigen glaube ich nicht, dass es hier wirklich um die Band geht.« Das Telefon klingelte und Lale erhob sich langsam. »Ich glaube, er hat eine neue Freundin.« Sie machte sich auf den Weg ins Wohnzimmer.

Dankbar für die Unterbrechung griff Lale zum Telefonhörer. »Petersen.«

Es war Kroko. »Wir haben eine männliche Leiche in der

Innenstadt«, erklärte er. »Bitte kommen Sie umgehend zur Baustelle am Altmarkt.«

»Ist nicht der ganze Altmarkt eine Baustelle?«, fragte Lale.

»Ein Großteil der unbebauten Fläche«, sagte Kroko. »Das ist korrekt. Dennoch erstreckt sich die Fläche der Baustelle nur auf einen, wenn auch recht großen prozentualen Anteil von...«

»Ist ja schon gut«, unterbrach Lale ihn. »Weiß man schon Näheres?«

»Nein«, sagte Kroko. »Das müssen wir vor Ort sehen. Aber...«

»Was aber?«, fragte Lale ungehalten. Krokos umständliche Art ging ihr zunehmend auf den Wecker.

»Aber ich habe ein Problem«, erklärte der Kollege.

»Und welches?« Lale verdrehte die Augen.

»Ich kann den Staatsanwalt einfach nicht erreichen«, erklärte Kroko. »Und wir brauchen doch einen Staatsanwalt vor Ort.«

Lale grinste. »Wissen Sie was? Ich will mal nicht so sein. Ich bringe Ihnen einen mit«, sagte sie.

»Was bringen Sie mir mit?«, fragte Kroko lahm.

»Na, einen Staatsanwalt.« Lale feixte. »Ich habe gerade zufällig einen zur Hand und sowieso keine andere Verwendung für ihn.«

Alles Tote kommt von oben

»Der Verkehr ist hier wirklich schon fast so schlimm wie im Westen«, sagte Jobst und steuerte seinen Geländewagen kurzerhand mitten durch die Baustellenumleitung in der Wilsdruffer Straße vor den Eingang des Kulturpalastes. »Das erinnert mich irgendwie an unsere Fahrt zum Stones-Konzert damals. Weißt du noch?«

Lale nickte. »Stimmt, wenn du nicht auf dem Standstreifen am Stau vorbeigezogen wärst, hätten wir von dem Konzert nicht mehr viel mitbekommen.« Stirnrunzelnd blickte sie auf das Gewühl am Altmarkt. Ein Löschzug der Feuerwehr war angerückt, ein RTW blinkte und Trauben von Menschen standen palavernd und gestikulierend herum.

Sie liefen über die Straße zu den Streifenwagen. Dahinter stand Kroko und war sichtlich gestresst von seinen Bemühungen, mit mehreren drängelnden Passanten gleichzeitig zu kommunizieren. Ein paar Streifenbeamte versuchten, weitere Menschen vom hohen Bretterzaun der Baustelle fernzuhalten.

»Ich glaube, hier müssen wir mal aufräumen«, sagte Lale.

»Das sehe ich auch so«, bestätigte Jobst.

»Kollege, ein Funkgerät bitte!«, verlangte Lale von einem der Uniformierten.

Der sah sie ebenso erstaunt wie dankbar an. »Endlich, die Einsatzleitung«, sagte er seufzend und reichte Lale sein Funkgerät.

»Zentrale, vier weitere Einsatzwagen zur Wilsdruffer«, sagte sie knapp. »Komplettsperrung auf Höhe Pirnaischer Platz, Postplatz und See- und Kreuzstraße. Hier kommt keiner raus und keiner rein, verstanden?!«

In diesem Moment tippte Kroko Lale auf die Schulter. »Was für ein Glück, dass Sie da sind«, sagte er.

»Was ist denn eigentlich los?«, fragte Lale.

»Genau wissen wir das noch nicht«, erklärte Kroko. »Wir warten noch auf den Bauleiter, damit wir hineinkönnen.« Er deutet mit einem Kopfnicken auf den hohen Bretterzaun.

Lale sah hinüber zu den Rettungssanitätern. Zwei Männer in gelb leuchtenden Westen standen rauchend herum, während die Notärztin mit dem Telefon am Ohr auf und ab lief. »Machen Sie hier erst mal weiter«, sagte Lale zu Kroko. »Ich komme dann gleich zu Ihnen.«

»Helikopter ist nicht!«, rief die Notärztin den Sanitätern zu und kam dann auf Lale zu. »Einsatzleitung?«, fragte sie knapp.

Lale nickte nicht weniger knapp. »Was ist Sache?«

»Ich hatte gehofft, wir könnten mit dem Helikopter in die Baustelle«, erklärte die Ärztin. »Aber da drin kann kein Heli landen.«

»Und die Feuerwehr?« Lale deutete auf ein paar Feuerwehrmänner.

»Die warten auf die Bauleitung«, erklärte die Ärztin achselzuckend.

Lale sah Kroko ratlos gestikulieren. Auch er hatte ein Telefon am Ohr.

»Wir sollten die Leute befragen«, sagte Jobst.

Erst jetzt bemerkte Lale, dass er hinter ihr stand. »O. K.«, sagte sie und winkte einen der Streifenbeamten heran. Sogleich durchbrachen mehrere Passanten die Polizistenkette und überrannten Kroko fast samt Telefon. Er bemühte sich hilflos erneut um Ordnung.

»Moment, das haben wir gleich.« Jobst ging zu einem der Streifenwagen und zog ein Megafon hervor. »Achtung! Achtung! Bitte bewahren Sie Ruhe und treten Sie der Reihe nach vor!«, verlangte er mit sonorer Stimme.

Lale fragte sich, wie eine Stimme auch noch durch ein Megafon so klingen konnte. Das taten die Schaulustigen offenbar auch, denn langsam ebbte das Geschnatter etwas ab und neugierige Blicke richteten sich auf Jobst, der nun erneut anhob: »Bitte der Reihe nach! Und behindern Sie nicht die Rettungskräfte!«

»Was gibt's denn da noch zu retten?«, rief ein Mann mittleren Alters. »Der ist doch mausetot!«

»Das überlebt keiner!«, bestätigte eine Frau mit Sonnenhut.

»Erzählen Sie uns doch erst mal, was passiert ist«, verlangte Lale. Der Streifenpolizist an ihrer Seite zückte einen Notizblock. »Bitte, ich höre!«, wandte Lale sich an den Mann mittleren Alters.

»Nu, vom Himmel ist er gefallen. Zack und weg! Ab in die Baustelle. Ich dachte, ich seh ni rischtsch.«

»Vom Himmel gefallen?«, fragte Lale. »Ist er von einem der Dächer gesprungen?« Sie sah sich kurz um, musste aber selbst einsehen, dass kein Sprung von irgendeinem der Hausdächer einen Sturz bis in die Baugrube möglich gemacht hätte.

»Nee, er kam von oben«, sagte die Frau mit dem Hut. »Direkt von ganz da oben.« Sie deutete hinauf zu den wenigen weißen Wattewölkchen.

»Und mitten rein!« Eine andere Frau nickte aufgeregt mit dem Kopf. »Ich komme gerade erst aus dem Hotel und stehe so vor diesem hässlichen alten DDR-Ding…«

»Guldurbalast«, ergänzte der Mann mittleren Alters. »Das ist der Guldurbalast.«

»Also das war so«, mischte sich ihr Mann ein. »Ich sach noch so zur Hilde, was meine Frau is, Hilde, sach ich, dat is dieser Markt, wo se immer den Stritzelmarkt machen, woll…«

»Striezelmarkt heißt das, Striezel«, verbesserte der Mann mittleren Alters.

»Oh, Gott, nee aber auch!« Die Frau mit dem Hut schlug die Hand vors Gesicht. »Was für ein Glück, dass zurzeit kein Striezelmarkt ist!«

»Ist ja doch selten im Hochsommer, so ein Weihnachtsmarkt«, erklärte Lale.

»Dat stimmt«, bestätigte der Tourist. »Aber getz' weiter im Text. Ich sach also noch, Hilde, sach ich, dat is dieser Markt... Plötzlich saust da so'n Bekloppten durche Luft und scheppert voll inne Grube!«

»Höma, ja, nä, kommt einfach direkt von oben wech und peng!« Das war offenbar Hilde. »Ich dacht, ich seh nich richtig. Hab ich noch nich erlebt, sowas!«

Lale schüttelte ungläubig den Kopf, doch die Anwesenden waren sich ganz offensichtlich einig darin, dass ein Mensch vom Himmel in die Baugrube gefallen war.

»Und dann dieses Geräusch...« Hilde schüttelte sich. »Dieser Aufprall!«

»Dat is kein schöner Tod, woll!«, fügte ihr Mann hinzu und löste damit allgemeines betretenes Kopfnicken aus.

Nur Lale schüttelte noch immer zweifelnd ihr Haupt. »Und Sie sind alle sicher, dass das ein Mensch war und nicht...«

»Ein Außerirdischer«, sagte Kroko sachlich. »Ein Augenzeuge schwört, dass es ein Außerirdischer war, mit einer Antenne...«

Lale schnaubte verächtlich. »Klar, und grün war er wahrscheinlich auch. Ein fliegendes grünes Männchen...«

»Grün war er schon«, sagte die Frau mit dem Hut. »Der war ganz in Grün.«

»Korrekt«, sagte der Mann mittleren Alters. »Und er hatte einen Helm auf.«

»Und dick war er«, sagte die Frau mit dem Hut. »Ziemlich dick.«

»Nä, der war nich dick«, sagte Touristen-Hilde. »Dick war der nich.«

»Aber sicher war er dick«, meldete sich ein weiterer Passant zu Wort.

»Nee, der war ni dick, sondern offgebluustert«, erklärte der Mann mittleren Alters. »Rischtsch offgebluustert...«

»Was ist mit dem Bauleiter?«, wandte Lale sich an Kroko. »Gibt es Neuigkeiten? Warum ist denn niemand auf der Baustelle?«

»Am Wochenende wird hier nicht gearbeitet«, erklärte Kroko, drückte eine Taste und hielt sich erneut das Telefon ans Ohr. »Kripo Dresden nochmal. Wo bleibt denn nun Ihr Mann?«, fragte er und sprach dann seitlich zu Lale: »Es ist wieder seine Frau am Telefon. Es ist immer nur seine Frau am Telefon.« Er lauschte in den Apparat. »Wie? Der sitzt auf dem Klo?«

Lale grinste unwillkürlich und sah, dass auch Jobst schmunzelte.

»Hören Sie, dann holen Sie Ihren Mann eben vom Klo«, sagte Kroko streng. »Wir haben hier eine verunfallte Person auf seiner Baustelle! Das ist ein Notfall!« Er hielt seine Hand über das Telefon. »Sie holt ihn vom Klo«, erklärte er. Einen Moment lang herrschte gespanntes Schweigen. »Ja?...«, rief Kroko. »Wie? Er ist weg?...« Kroko machte ein entsetztes Gesicht. »Er ist durchs Fenster abgehauen? Aber warum denn? So geht das doch nicht!« Er lauschte, sagte »Moment!« und wandte sich wieder an Lale. »Er ist abgehauen, weil Polizisten vor der Tür standen. Er dachte wohl, er soll verhaftet werden.«

Jobst räusperte sich. »Das Telefon!«, sagte er und nahm dem erschrockenen Kroko den Apparat aus der Hand. »Petersen. Staatsanwaltschaft. Was ist das für eine alberne Geschichte?« Er wartete kurz. »Jetzt rede ich. Das sind dumme Ausreden. Richten Sie Ihrem Mann aus, dass wir jetzt unverzüglich diese Baustelle begehen werden. Die Kosten für eventuelle Schäden trägt der Bauträger. Und Ihr Mann kann mit diversen Anzeigen rechnen. Unterlassene Hilfeleistung, Behinderung von Ermittlungen, Vereitelung einer Straftat sowie Beihilfe zu was-auch-immer. Und wir werden auch die genaue Prüfung Ihrer Steuerunterlagen der letzten fünf Jahre veranlassen. Guten Tag.« Jobst gab Kroko das Telefon zurück. »Machen Sie den Mund wieder zu«, sagte er zu Kroko. »Wir gehen da jetzt rein, und wenn wir den gesamten Zaun einreißen müssen!« Entschlossenen Schrittes ging er hinüber zu den Feuerwehrleuten.

Kroko sah Lale an. »Ist der immer so?«, fragte er.

»Nicht immer.« Lale grinste. »Aber so hat er mir schon immer gefallen.«

Wenige Augenblicke später hörte man Holz krachen und es klaffte eine Lücke im Zaun, die sogleich wieder mit Plastikplane abgesperrt wurde. Als Lale den Durchgang erreichte, war die Feuerwehr schon wieder mit dem Verstauen ihrer Werkzeuge beschäftigt. Durch die Plane kam ihr die Notärztin entgegen. Sie war leichenblass.

»Wo wollen Sie denn hin?«, fragte Lale.

»Wir werden hier mit Sicherheit nicht mehr gebraucht«, sagte die Ärztin gepresst. Dann sah sie Lale ernst an. »Gehen Sie da besser nicht rein.«

Lale sah ihr irritiert nach. Dann sah sie Paul Winter, den Polizeipressesprecher, von Weitem heraneilen. Eigentlich sah sie nur seine wippende Föhnwelle und das leuchtende Rot seiner markanten Brille. Der musste hier ja noch auftauchen, um irgendwelchen medienwirksamen Unsinn zu verbreiten. Schnell drückte sie sich um die Feuerwehrleute herum durch die Absperrung und betrat die staubige Baustelle.

Doch bevor sie die Sicht auf die Dinge sortieren konnte, stand Jobst vor ihr. »Sieh dir das besser nicht an«, sagte er und versuchte sie zum Umkehren zu bewegen.

»Blödsinn«, schnarrte Lale. »Das ist nicht meine erste Leiche.« Sie ging weiter und hielt in der Bewegung inne. »Ach du Scheiße«, murmelte sie dann. Ein lebloser Körper hing aufgespießt auf einer Mauer. Durch den Rumpf hatten sich zahlreiche Eisenstäbe gebohrt, die offenbar aus einer Betonmauer ragten. Ein widerlicher Anblick. Schnell wandte sie den Blick ab und unterdrückte ein Würgen. Plötzlich fand sie die Sommersonne unerträglich heiß, und es kam ihr so vor, als hinge eine dicke Dunstglocke über dem Altmarkt. Zügig wandte sie ihre Schritte zurück zum Loch im Bauzaun, das nun durch einige Uniformierte geschützt wurde. Sie kämpfte sich durch die herumstehenden Gaffer.

Eine Frau mit Mikrofon in der Hand kam direkt auf sie zu. »Hierher! Hierher!«, rief sie aufgeregt und ruderte mit den Armen.

Kurz darauf wurde es um Lale noch etwas heißer und heller. Sie blinzelte.

»Umdrehen!«, kommandierte die Frauenstimme. »Wir brauchen sie frontal im Licht.«

»RTL-Exzessiv. Erzählen Sie uns, was passiert ist«, sagte die Frau und hielt Lale das Mikrofon unter die Nase.

»Woher soll ich denn das wissen?« Lale legte die Hand über die Augen, weil das Licht so blendete.

»Nehmen Sie doch die Hand da weg, man sieht Sie ja gar nicht«, sagte die Reporterin. »Sie waren doch gerade da drin in der Baustelle. Handelt es sich nun um einen Anschlag? Oder können Sie das zum gegenwärtigen Zeitpunkt bereits ausschließen?«

Lale schüttelte den Kopf. »Anschlag? Was denn für ein Anschlag?«

»Na, auf das Kulturerbe... Oder gegen das Vergessen... Oder für die Brücke...«, faselte die Mikrofonfrau.

»Wie bitte?«, fragte Lale. Sie konnte das Gesicht der Reporterin im Gegenlicht nicht erkennen. »Sie bringen da wohl irgendwas durcheinander.«

»Erklären Sie es mir doch einfach«, sagte die Reporterin unverdrossen. »Es geht doch sonst immer um diese Brücke!«

Lale stöhnte auf. »Also von einer Brücke über den Altmarkt weiß ich nichts.«

»Und die Wettiner«, hob die Reporterin erneut an. »Was haben die Wettiner damit zutun?«

In diesem Moment spürte Lale eine Hand auf ihrer Schulter. Dann hörte sie Jobsts sonore Stimme: »Na, wir hoffen doch mal, dass sie nichts damit zu tun haben. Aber ausschließen kann man das natürlich nicht. Wenden Sie sich doch bitte an den Polizeisprecher. Schönen Tag noch.« Er zog Lale mit sich aus dem gleißenden Licht heraus.

Lale rieb sich die Augen und blinzelte dann vorsichtig auf das Geschehen. »Sind die Jungs vom Technischen Hilfswerk endlich da?«, fragte sie.

»Die Leute vom THW sind eben schon in die Baustelle gefahren. Soweit ich weiß, wollen sie die Leiche mit einem Kran von den Spießen ziehen.«

Lale schnitt eine Grimasse des Unbehagens.

Jobst deutete hinüber zur Baustelle. »Da, es geht schon los.«

Lale beobachtete den verhältnismäßig kleinen Kran, dessen Arm sich jetzt langsam zur Seite drehte. Das allgemeine Gemurmel wurde leiser und man hörte nur den Motor und die metallisch mahlenden Geräusche der Maschine. Eine seltsame Stille lag über dem Altmarkt und der sichtbare Teil des kleinen Krans bewegte sich wie in Zeitlupe. Alles starrte wie gebannt auf das, was Bauzaun und Polizeisperre von den Ereignissen auf der Baustelle preisgaben. Lale schluckte bei der Vorstellung, wie der Kran den Körper von den Stahlspießen rupfte. Da, der Kran wackelte. Er stieß offenbar auf Widerstand.

»Ich glaube nicht, dass das so funktioniert«, raunte Jobst ihr zu.

Lale nickte nur. Was sie wohl machen würden, wenn das nicht klappte. Mussten sie den Körper des Toten dann zersägen? Lale schüttelte sich unter dem Schauer, der ihr über den Rücken lief und rief sich zur Ordnung. Sie war doch sonst nicht so empfindlich.

Sie lauschte dem Summen des Kranmotors. Der Arm fuhr nun wieder ein Stück hinauf und wurde dann erneut heruntergelassen. Plötzlich gab es einen Knall. Ein Raunen ging durch die Menge. Dann gab es einen weiteren Knall und auf einmal blähte sich ein großer grüner Schirm über der Unglücksstelle.

»Ein Fallschirm«, stellte Jobst fest.

»Ein Polizeifallschirm«, konkretisierte Lale und deutete auf das riesige Polizeilogo auf dem Schirm. Dann fiel der Fallschirm in sich zusammen und hing schlaff über dem kleinen Kran.

Endlich kam wieder Leben in die Menge. Die Leute begannen erneut, die Vorkommnisse zu erläutern. Als sie nach Kroko Ausschau hielt, sah sie erneut die RTL-Reporterin herübereilen. Und auch auf der anderen Seite stand jetzt ein Ü-Wagen, und es nahte ein Reporter mit ZDF-Mikrofon.

»Los!« Lale zupfte Jobst am Ärmel. »Nichts wie weg hier!«

Vorsicht Mann!

Lale zerrte ihre Jogginghose aus der Waschmaschine. Und da war ja auch ihr Lieblings-T-Shirt. Raus damit. Die Sachen konnte sie auch morgen noch waschen. Jetzt wollte sie sich wohlfühlen. Sie schlüpfte in die verbeulten Sachen und schlurfte barfuss ins Wohnzimmer, wo schon eine Kanne Eistee auf sie wartete.

Es gab doch nichts Besseres gegen die sommerliche Wärme als einen kühlen Tee. Sie warf sich auf das Sofa und Katinka folgte ihr sogleich, um sich auf ihrem Bauch zusammenzurollen. Lale schnappte sich eine Zeitschrift vom Stapel neben dem Sofa und begann zu blättern. Sie suchte einen Artikel über Flugangst, den sie immer schon hatte lesen wollen. Angesichts der drohenden Ballonfahrt wurde es doch Zeit, sich endlich mal eingehend zu informieren.

Das Telefon klingelte. Ausgerechnet jetzt. Seufzend scheuchte Lale die Katze auf und erhob sich wieder vom Sofa. Wo war denn nur das blöde Telefon?

Nach weiterem Klingeln ortete sie das Telefon nebenan im Schlafzimmer. Es lag zwischen allerhand Klamotten auf dem Sessel neben dem Bett. »Ja? Wer stört?«, grunzte Lale missmutig in den Apparat.

»Hallo, die Mandy«, tönte es am anderen Ende der Leitung. »Hast du den Fernseher an?«

»Nö. Warum?« Lale wanderte mit dem Telefon zurück zum Sofa. »Sollte ich?«

»Mach mal schnell an«, sagte Mandy. »Im Zweiten labert Paul Winter etwas vom Polizei-Sommerfest in Dresden.«

»Moment, ich suche noch die Fernbedienung.« Lale wühlte zwischen den Sofakissen. »Ah, da ist sie.« Sie schaltete den Fernsehapparat ein. Tatsächlich, da wippte Paul Winters Föhntolle über den Bildschirm und im Hintergrund sah man den Bretterzaun der Altmarkt-Baustelle mit dem kleinen Kran. »...Und so sind wir mehr als erschüttert, dass dieser tragische Vorfall die Vorbereitungen für das diesjährige Sommerfest überschattet«, faselte Winter mit dem ihm eigenen Pathos.

»Wovon redet der Mann?«, fragte Mandy. »Was ist denn los?«

»Hör doch einfach zu«, schlug Lale vor.

»Denn es ist eine Tradition, verstehen Sie, eine Tradition...« Paul Winter machte eine theatralische Geste. »Die Fallschirmspringer unseres Polizeisportvereins sind eine besonders hochkarätige Truppe mit grenzenloser Erfahrung und einer Tradition...« Wieder diese Geste. Lale verdrehte unwillkürlich die Augen. »Seit Jahren gibt es technisch ausgereifte, nahezu artistische Kunstsprünge zu diesem Anlass. Und so wurde auch dieses

Jahr wie alle Jahre eine Woche zuvor die Generalprobe zum Kunstspringen am kommenden Wochenende, ähm, geprobt, also ausgeführt…« Lale gähnte und fragte sich, was das sollte. »Und eigentlich sollten sie einige 100 Meter weiter auf dem Festgelände herunterkommen…« Dem Reporter war das offenbar auch zu viel Gefasel, denn er unterbrach den Winterschen Wortschwall: »Aber Tatsache ist doch, einer Ihrer Kollegen ist nun tot. Und nicht nur das…« Der Reporter machte eine bedeutungsschwangere Pause und Lale fand, dass er Paul Winter eigentlich als Gesprächspartner verdient hatte. »Er ist auch noch mitten in der Dresdner Innenstadt einfach vom Himmel gefallen! Auf einen Marktplatz! Auf einen belebten Marktplatz!« Jetzt hielt er Winter wieder das Mikrofon unter die Nase. Der Polizeipressesprecher rückte seine quietschrote Brille zurecht. »Sie haben natürlich vollkommen Recht.« Paul Winter lächelte pastoral. »Und auch wieder nicht.« Seine Gesichtszüge gingen sogleich in deutliche Sorgenfalten über. »Er ist mitten in eine Baustelle gestürzt. Es hätte wirklich schlimmer kommen können… Der Theaterplatz, der Zwinger, die Brühlsche Terrasse, das Schloss oder gar eine Fußgängerzone ohne jede Baustelle…« Lale seufzte. Dieser Paul Winter war wirklich der reinste Kommunikationsclown. »… bedauern wir natürlich sehr den tragischen Tod des Polizeihauptmeisters«, schwadronierte Winter. »Und unser Mitgefühl gilt natürlich vor allem seiner Familie und seinen Angehörigen, und natürlich seinen Eltern, seiner Frau und ganz besonders den Kindern…«

»Oh Mann!«, stöhnte Lale ins Telefon.

»Kein Einspruch.« Mandy seufzte. »Was war denn nun los?«

»Gleich«, sagte Lale und machte den Fernseher etwas lauter. Der Reporter fragte gerade, wie das alles eigentlich hatte passieren können und Winter schüttelte den Kopf, dass die Föhnwelle nur so wippte. »Sie werden verstehen, dass ich dazu zum gegenwärtigen Zeitpunkt noch gar keine Äußerungen tätigen kann. Fest steht: Wir werden den Fall genauestens untersuchen.« Er rückte seine Brille zurecht und blinzelte in die Kamera. »Neben dem technischen Versagen existiert natürlich die Möglichkeit des menschlichen Versagens. So habe ich mir sagen lassen, dass selbst bei erfahrenen Fallschirmspringern ein *Cut away failure* vorkommen kann.« Sichtlich zufrieden ließ Winter sein neues

Expertenwissen wirken. »Und bevor Sie nachfragen… Es handelt sich dabei um einen psychischen Stresszustand, der eine Blockade im Gehirn auslösen kann.«

»Mein Gehirn blockiert auch gleich«, sagte Lale und drehte Winter den Ton ab.

»Was ist denn nu eischendlisch passiert?«, fragte Mandy.

»Na, ein Fallschirmspringer ist in die Baustelle auf dem Altmarkt gekracht«, erklärte Lale. »Ein Polizist. Mehr kann ich dir bisher auch nicht sagen. Diese ganze Polizeifest-Story höre ich auch zum ersten Mal.« Sie seufzte. »Aber du kennst doch Winter. Irgendwas muss er ja quatschen.«

»Ist ja krass«, sagte Mandy. »Aber mal was anderes. Weshalb ich eigentlich anrufe – ich habe nur plötzlich Winter im Fernsehen gesehen… Hast du Lust auf einen kleinen Kneipenbummel?«

»Wann denn?«, fragte Lale und unterdrückte ein Gähnen.

»Na jetzt!«, verkündete Mandy. »Ich könnte in zehn Minuten bei dir sein.«

Lale stöhnte auf. »Bitte nicht. Ich bin hundemüde.«

»Ach, komm schon«, flötete Mandy. »Wir könnten doch ein bisschen in die Neustadt gehen.«

»Heute gehe ich nirgendwo mehr hin«, erklärte Lale. »Ich bin froh, wenn ich meine Ruhe habe.«

»Na, dann…« Mandy klang enttäuscht.

»Hey, was hältst du davon, wenn du morgen zum Frühstück vorbeikommst?« schlug Lale vor.

»Das klingt schon besser«, sagte Mandy. »Dann bringe ich Brötchen mit.«

Lale gähnte verhalten. »Bestens, also bis dann. Tschüss!« Sie warf das Telefon aufs Sofa und gab dem Fernsehprogramm den Ton zurück. Lale gähnte ausgiebig und lümmelte sich in die Kissen. Dann machte sie sich mit der Fernbedienung auf die Suche nach interessanten Programmbeiträgen. Fehlanzeige. Überall liefen entweder alte Krimis oder mehr oder weniger alte Schnulzenfilme. Immer noch besser als diese bescheuerten Quizshows, in denen langweilige Moderatoren noch langweiligeren Kandidaten eine Viertelstunde lang dieselbe Frage stellten, bis diese sich zu einer Antwort durchringen konnten – direkt nach der nächsten Werbung. Da klingelte es an der Wohnungstür.

»Och nee«, murmelte Lale, schubste die protestierende Katze zur Seite, erhob sich ächzend vom Sofa und schlurfte durch die Wohnung, um an der Tür auf eine ganz und gar aufgedrehte Brigitte zu treffen.

»Hallooo«, flötete Brigitte. »Es ist soweit… Komm, komm, komm!« Sie zog an Lales Handgelenk. »Looos, es geht looos…«

»Was?«, fragte Lale missmutig. Dann durchzuckte sie ein jäher Schrecken: Musste sie jetzt in diesen Ballon?

»Nun, komm, komm, komm schon!« Brigitte zerrte weiter an ihr herum und zappelte aufgeregt. Dann quetschte sie zwischen den Zähnen hervor. »Er ist daaaa… Nun mach schon!«

»Wie?«, fragte Lale. »Wer?« Sie hatte große Bedenken, dass es tatsächlich um diese Ballonfahrt ging.

»Na, eeeer…« Brigitte malte mit den Zeigefingern ein Herz in die Luft und schloss kurz genießerisch die Augen. »Komm, komm, komm! Du musst mitkommen.«

Lale grinste einigermaßen erleichtert. »Ach, dein umwerfender Wunderprofessor.«

»Pssst.« Brigitte legte den Finger an die Lippen. »Er sitzt drüben in meinem Wohnzimmer.«

»Ach, noch nicht im Schlafzimmer?« Schmunzelnd pflückte Lale den Schlüssel von dem kleinen Schlüsselbrett, das Pit irgendwann mal im Unterricht gewerkelt hatte. Leider waren von den sechs Haken nur noch zwei übrig, so dass Lale immer viele Schlüssel über einander hängen musste, die sich dann grundsätzlich verhakten. Ungeduldig zog sie einen Wohnungsschlüssel aus der wirren Sammlung. »Na, dann will ich mir deinen umwerfenden Greis mal anschauen.«

Brigitte hüpfte aufgeregt von einem Stöckelschuh auf den anderen. Erst jetzt bemerkte Lale, dass sie sich festlich herausgeputzt hatte. An Ohren, Hals und Handgelenken funkelte und glitzerte es. »Hast du einen Juwelierladen überfallen?«, fragte Lale spöttisch.

»Familienschmuck«, sagte Brigitte leicht indigniert. »Den trage ich immer zu besonderen Anlässen.«

Aus Brigittes Wohnzimmer duftete irgendein Patschuligemisch und irgendwo klimperte eine Vivaldiinterpretation. »Vier Jahreszeiten«, erklärte Brigitte lächelnd und verfiel augenblicklich in einen leicht klebrigen Balztonfall. »Darf ich dir jemanden vorstellen?« säuselte sie über den fünfarmigen Kerzenleuchter hinweg. »Das ist meine Lieblingsnachbarin Lale Petersen.«

Die Kerzenflammen flackerten und Lale musste einen Umweg um den kleinen Tisch machen, um sich beim Shakehands nicht die Finger anzusengen. Eine gepflegte Hand mit unglaublich langen Fingern reckte sich ihr entgegen.

»Hallooo, ich freue mich außerordentlich…«, hörte sie eine tiefe Schmusestimme, die selbst Jobsts sonores Gesumme in den Schatten stellte.

»Hallo.« Lale schüttelte die dargebotene Hand kräftig und suchte die Quelle der Stimme. Sie reckte sich. Wo hörte dieser Mann denn auf? Der war ja riesig.

»Setzt euch doch«, flötete Brigitte. »Ich hole dann schon mal die Beilagen.« Sie kicherte albern.

»Gola Gronski«, schmuste die tiefe Stimme. »Verzeihen Sie…« Er wartete, bis Lale Platz genommen hatte, um sich dann ebenfalls zu setzen.

Endlich auf Augenhöhe, starrte Lale ihn an. Da gab es nichts zu verzeihen. Sie schluckte. Das sollte ein Professor sein? Der Typ sah aus wie ein Filmstar, nur viel sympathischer.

»Ist alles in Ordnung?«, fragte er und lächelte freundlich.

»Ähm, nee.« Lale riss ihren Blick mühsam von ihm los und starrte verlegen auf ihre Fußspitzen. Oje, sie hatte nicht einmal Schuhe an.

»Sie müssen eine wirklich sehr gute Nachbarin sein«, plauderte der Professor und schenkte Rotwein in ein leeres Glas. »Brischitt spricht von Ihnen wie von einer allerbesten Freundin.«

»Ähm, ja?« Lale biss sich auf die Unterlippe. Wo war denn ihr Wortschatz geblieben?

Der Professor reichte ihr das Glas. »Probieren Sie, ein herrlicher Tropfen.«

Lale nahm das Glas entgegen und achtete darauf, es ganz kultiviert am Stiel zu halten. »Danke«, murmelte sie und nahm einen kleinen Schluck. »Toll«, sagte sie lahm. An irgendetwas erinnerte sie dieser Wein…

»Ein Freund von mir importiert ihn aus Frankreich«, erklärte der Professor.

»Wie nett von ihm«, entfuhr es Lale. Sie hielt sich die Hand vor den Mund. Was redete sie denn da? Lale unterdrückte den dringenden Wunsch, sich selbst in den Hintern zu treten und nahm noch einen Schluck Wein, um nicht noch weiteren Unsinn zu reden.

Brigitte kehrte mit einem Silbertablett und allerhand Schüsseln zurück. »So, habt ihr euch schon bekannt gemacht?« Sie strahlte und verteilte die Schüsseln auf dem Tisch, als handele es sich dabei um die eigentliche Mission ihres Lebens. »Lale, hast du Gola erzählt, dass du auf seiner Vernissage warst?«

Genau, daher kannte sie den Wein! Lale runzelte die Stirn. Deshalb kam ihr dieser Name auch so bekannt vor. »Sie sind der Überlebenskünstler«, stellte sie fest. Na, das war doch mal ein ganzer Satz. Lale entspannte sich etwas.

Gola Gronski lächelte bescheiden und nickte. »Sie interessieren sich für Kunst?«

»Nö«, sagte Lale spontan und bemühte sich eilig um eine Richtungskorrektur. »Ich meine, doch. Also, mich hat diese Ausstellung doch ziemlich, ähm, beeindruckt…« Sie räusperte sich. »Waren Sie denn auch da?« Sie konnte sich nicht erinnern, diesem Mann schon einmal begegnet zu sein.

»Erwischt.« Er zwinkerte ihr freundlich zu. »Ich habe geschwänzt. Diese Ausstellungseröffnungen sind einfach nichts für mich.« Er lächelte nicht im Geringsten verlegen. »Mir ist das immer sehr peinlich. Wie war denn Ihr erster Eindruck von meinen Exponaten?« Er strahlte sie aus tiefblauen Augen an.

»Ähm, eklig!« Uups… Lale lächelte schief.

Brigitte sah sie entsetzt an. »Wie meinst du das denn, eklig?« Sie schob aufgeregt eine Schüssel zurecht. »Du meinst schockierend, verstörend, desillusionierend…?«

Lale zupfte an ihrem ungewaschenen T-Shirt herum. »Ich meine eklig«, erklärte sie.

Brigitte korrigierte mit fahrigen Bewegungen eine Tischdekoration. »Du meinst diesen Ausdruck von Qual und Leid, der unmittelbar auf den Betrachter übergeht?«

Gola Gronski lachte. »Nein. Sie meint eklig«, sagte er mit Schmusestimme. »Und sie hat vollkommen recht!« Er zwinkerte Lale erneut zu. »Was meinen Sie wohl, wie man sich fühlt, wenn man diese ganzen authentischen Überlebensabfälle sucht, schließlich findet und sammelt?«

»Eklig«, sagte Lale.

»Danke.« Gola Gronski legte eine seiner gepflegten Hände mit diesen unglaublich langen schlanken Fingern auf Lales Unterarm. »Ich bin noch nie in meinem Leben auf soviel unmittelbares Verständnis gestoßen... Danke.«

»Da nich für.« Lale hatte das seltsame Gefühl, nur noch aus diesem Unterarm zu bestehen. Schnell wandte sie sich an Brigitte. »Wo ist eigentlich dein Hund?«

»Oh, Pit Bull ist bei der Oma«, säuselte Brigitte.

»Du hast noch eine Großmutter?«, fragte Lale erstaunt. »Wie alt ist die denn?« Sie räusperte sich. »Ich meine, sie muss ja noch sehr rüstig sein, wenn sie das mit dem Hund noch schafft. Pit Bull ist ja nicht so leicht zu bändigen...« Lale senkte den Blick auf die ausgebeulten Knie ihrer Jogginghose. Sie quatschte sich hier gerade um Kopf und Kragen. Da waren die Ähms und Nös ja noch besser.

»Ich rede natürlich von meiner Mutter.« Brigitte lächelte säuerlich.

»Noch Wein?«, fragte Gola Gronski mit schmeichelnder Schmusestimme und schenkte nach, ohne eine Antwort abzuwarten. »Sagen Sie, Leila...«

»Sie heißt Lale«, korrigierte Brigitte. »La-le wie La-le-lu.«

»Weiß ich doch.« Gola Gronski lächelte nachsichtig. »Sagen Sie, Leila... Ich darf Sie doch Leila nennen?«

»Klar!«, Lale nickte nur. Mit dieser Stimme konnte er sie nennen wie er wollte, Hauptsache, er benannte sie möglichst oft. Ob Lale, Lara oder Leila war ihr so was von schnurz! Sie griff zum Weinglas und trank.

»Also, meine liebe Leila«, hob der Künstler erneut an. »Ich möchte Ihnen meine neuesten Plastiken zeigen. Kommen Sie nächste Woche in mein Atelier und beschreiben Sie mir dieses Gefühl. Diesen Ekel!«

»Oh.« Lale hustete. Sie hatte sich am Rotwein verschluckt. »Wie?«, rang sie mühsam hervor.

»Ganz genau«, sagte Gola Gronski begeistert. »Ich muss ihn genau kennen lernen, den Ekel, den Sie empfinden.« Er schloss genießerisch die Augen. »Ich muss Sie genau kennen lernen. Ich will das verstehen. Ich will das selbst empfinden können.«

»Mein Hahn in Wein!«, rief Brigitte mit schriller Stimme. »Ich habe Coq au vin vorbereitet.« Sie sprang auf und stöckelte eilig aus dem Raum.

Gola Gronski kramte eine zerknickte Visitenkarte hervor und reichte sie Lale. »Hier ist die Adresse«, erklärte er. »Sie können mich dort am Abend jederzeit antreffen, wann immer Sie wollen!«

»Aha.« Lale sah auf die Visitenkarte, ohne ihren Aufdruck wirklich wahrzunehmen. »Gut.«

In diesem Moment kam Brigitte aus der Küche zurück und hielt Lale eine Casserole voller Hühnerbeine unter die Nase. »Bedient euch«, sagte sie streng wie eine Mutter, die ihre Kinder zum Aufessen ermahnt.

Lale verzog das Gesicht. »Ich muss jetzt gehen«, hörte sie sich mit heiserer Stimme sagen.

»Aber wo wollen Sie denn hin?«, fragte der Künstler betroffen.

»Nach Hause«, sagte Lale und erhob sich.

Sogleich sprang Gola Gronski ebenfalls auf. »Soll ich Sie begleiten?« fragte er beflissen.

»Nicht nötig, sie wohnt gleich nebenan«, erklärte Brigitte schnell. »Lale, ich bringe dich noch zur Tür.«

»Aber nein, ich kenne den Weg«, sagte Lale matt. »Ich habe schließlich die gleiche Wohnung.«

»Genau die gleiche?« Gola Gronski klang, als würde ihn das wirklich interessieren.

»Nun ja, fast«, sagte Lale.

»Genau, fast«, sagte Brigitte spitz. »Lale hat es ja lieber ein bisschen eklig…«

»Ich muss jetzt wirklich los«, murmelte Lale und flüchtete geradezu hinüber in ihre Wohnung. Dieser Kunstprofessor war ja tatsächlich einfach nur umwerfend…

Verdächtige Beziehungen

Am nächsten Morgen betrat Mandy die Wohnung. »Der tote Polizist ist ein gewisser Peter Altmann. Mir hat das keine Ruhe gelassen, und ich habe nachgeschaut…« Sie machte eine Pause und sah Lale mit großen Augen an. »Er steht auf der Liste!«, verkündete Mandy triumphierend.

»So?« Lale nahm einen Schluck Kaffee und sah Mandy ratlos an.

»1978 geboren… geschieden… zwei Kinder… lebt allein, in der Nähe des Flughafens…«

»Moment, da war was«, sagte Lale zögernd.

»Das ist der Typ, der in dem Brief an deine Tote erwähnt wurde«, erklärte Mandy. »Und er steht auf Evas Telefonliste. Sie kannte ihn schon. Oder zumindest hat sie in den letzten Wochen mit ihm telefoniert.«

Lale sah Mandy entgeistert an. »Das ist ja ein Ding!« Sie überlegte kurz. »Und was weißt du noch?«

»Nichts.« Mandy schaufelte Zucker in ihren Kaffee. »Außer dieser Sache mit den Fallschirmspringern. Es war wohl tatsächlich eine Probe für das Sommerfest in der nächsten Woche. Man vermutet, Altmann habe Selbstmord begangen«, erklärte Mandy. »Zu seiner Scheidung kamen wohl noch Streitereien um das Sorgerecht. Seine Frau wollte nicht, dass er die Kinder sieht.«

»Glaubst du das?« Lale legte die Stirn in Falten. »Er hat Kontakt zu Eva Schmitt, sie wird ermordet und nur wenige Tage später stürzt er mit dem Fallschirm ab. Da ist doch etwas faul!«

»Moin Mädels!«, rief Pit fröhlich, als er aus seinem Zimmer kam. Vorsichtig schloss er die Tür hinter sich und knotete seinen Bademantel zu.

»Hi Pit«, sagte Mandy grinsend. »Flotter Bademantel.«

»Danke, danke.« Pit machte eine royale Geste. »Mhm, Frühstück… Das wird hier langsam zur Gewohnheit.«

»Nun ja, Ernährung ist ja etwas ziemlich Grundsätzliches«, sagte Lale. »Warum also nicht gleich morgens damit anfangen.« Sie sah Pit in der Küche hantieren. »Hey, Sohn, was machst du da? Haben wir etwas vergessen?« Sie warf einen prüfenden Blick über den Tisch, konnte jedoch keine Lücke im Angebot entdecken.

»Ich hole nur noch ein Gedeck.« Pit stand mit Teller, Tasse, Glas und Besteck am Tisch. »Wir haben Besuch.«

»Wir?« Lale sah Mandy fragend an.

»Ich«, erklärte Pit und schaffte Platz für das zusätzliche Gedeck. »Ich gehe mich mal rasieren«, sagte er und verschwand im Badezimmer.

Mandy kicherte. »Er sieht seinem Vater unheimlich ähnlich.«

»Und offenbar sind da noch mehr als ein paar optische Gene im Spiel.« Lale grinste ebenfalls.

Mandy nickte. »Ja, Brigitte erzählte schon so etwas.«

»Was hat Brigitte erzählt?« Lale sah Mandy forschend an.

»Na, dass Pit wohl eine Freundin hat«, sagte Mandy.

»Dafür, dass sie ständig betont, sie sage nichts, tratscht die Gute erstaunlich viel«, sagte Lale mürrisch.

»Ach, lass sie doch.« Mandy nahm einen Schluck Orangensaft. »Hast du ihren unglaublichen Professor eigentlich schon mal gesehen?«

»Mhm.« Lale konzentrierte sich extrem auf ihre Kaffeetasse. »Gibt es irgendetwas, das Brigitte dir noch nicht erzählt hat?« fragte sie leicht gereizt.

»Das weiß ich nicht«, erklärte Mandy. »Schließlich hat sie es ja nicht erzählt…« Sie beugte sich neugierig über den Tisch. »Erzähl doch mal, wie isser denn so, der große Biggy-Traummann! Biggy kam ja aus dem Schwärmen gar nicht mehr raus.«

»Wann hat sie dir das eigentlich alles erzählt?« fragte Lale, obwohl sie genau wusste, dass Mandy und Brigitte sich schon seit Jahren kannten, weil Mandy früher einmal mit Brigittes Bruder zusammen gewesen war.

»Ach, irgendwann letztens am Telefon«, sagte Mandy achselzuckend. Sie folgte Lale zurück zum Frühstückstisch.

Pit kam gerade aus dem Bad und guckte prüfend über den Tisch.

»Fehlt noch was?«, fragte Lale.

»Vielleicht ein Strauß Blümchen oder ein paar Kerzen?« Mandy grinste Pit an.

»Wieso?« Pit sah erst zu Mandy und dann zu seiner Mutter. »Findest du nicht, dass Mandy zu viel arbeitet?« fragte er Lale.

»Sie hat Augenringe wie eine alte Nachteule und sie faselt wirres Zeug. Ich geh mich dann mal anziehen.«

Mandy kicherte. »Ist das spannend! Ich weiß noch, als ich meinen ersten Freund mit nach Hause gebracht habe. Am nächsten Tag sind wir zum Zelten gefahren und meine Mutter hat mir extra noch eine Packung Kondome eingepackt. Da war ich 15 oder 14.« Sie blickte verträumt zur Decke.

»Du warst 14 und deine Mutter hat dir Kondome in die Hand gedrückt?« Lale sah sie ungläubig an.

»Mama, Mandy.« Pit hatte inzwischen Jeans und T-Shirt an. »Darf ich euch Robert vorstellen?«

»Robert, das ist meine Mutter«, sagte Pit und deutete auf Lale. »Und das ist Mandy. Die beiden arbeiten zusammen bei der Kripo.«

»Oje, da bekomme ich ja gleich ein schlechtes Gewissen«, sagte der junge Mann fröhlich und reichte der verdutzten Lale seine Rechte. »Ich bin der Robert.«

Lale sah ihn erstaunt an. Der Typ sah aus wie Mitte 20.

Mandy schüttelte ihm ebenfalls die Hand. »Das mit dem schlechten Gewissen ist angebracht«, sagte sie amüsiert. »Sie sehen einfach unverschämt gut aus!«

»Mandy, das reicht jetzt«, sagte Lale gereizt. »Na los, Jungs, setzt euch! Wir sollten uns mal lieber wieder unserer Arbeit widmen!«

»Au ja, wir ermitteln ein bisschen!«, Mandy feixte. »Wo fangen wir an?«

Lale überlegte kurz. »Ich habe da so eine Idee«, murmelte sie und sprang auf. »Aber ich muss erst mit Jobst sprechen.« Sie lief hinüber ins Wohnzimmer, wo sie Katinka vom Sofa scheuchte und zwischen den Kissen nach dem Telefon suchte.

»Hey, noch so ein gut aussehender Mann«, freute sich Mandy. »Nehmen wir den mit?«, rief sie hinter Lale her. »Bitte, bitte, lass ihn uns mitnehmen!«

»Na, Papa wird begeistert sein!« Pit verdrehte die Augen und wandte sich an Robert. »Am Wochenende spielen die beiden gerne Sherlock Holmes und Dr. Watson...«

Halbdunkel

»Da ist er doch.« Mandy seufzte vernehmlich, als sie Jobst leichtfüßig um die Ecke kommen sah. »Mein Gott, sieht der gut aus!«

»Das ist die Fassade«, erklärte Lale trocken. »Dahinter bröckelt und schimmelt es charakterlich gewaltig.« Doch sie musste zugeben, dass Jobst in seinem edelzerknitterten Sommeranzug eine imposante Erscheinung war. Vielleicht etwas overdressed für diesen Anlass.

»Hallo, Frau Schneider, meine liebe Lale…« Er schüttelte Mandy die Hand und sah Lale schmunzelnd an. »Ich bin gespannt, was es so Dringendes gibt, dass du mich vom Brunch mit dem Oberstaatsanwalt weglockst.«

»Sie frühstücken mit dem Oberstaatsanwalt?«, fragte Mandy und starrte Jobst an. »Das ist ja toll!«

»Mandy, er hat sich mit Egon Brenzlig auf einen Kaffee getroffen, mehr nicht«, sagte Lale. »Das ist sein Vorgesetzter und nicht der Innenminister.«

»Stimmt.« Jobst grinste breit. »Mit dem treffe ich mich später zum Golf.«

»Blödmann«, sagte Lale.

»Wer? Der Innenminister oder ich?«, fragte Jobst lachend. »Lale, du weißt doch, wenn du rufst, lasse ich selbst die Queen sitzen.«

Lale nickte. »Aber auch nur, weil sie jenseits der 80 ist!« Sie stupste Mandy in die Seite. »Nun reiß dich mal ein bisschen zusammen, er kommt ja mit. Los, gehen wir!«

Lale ging zum Eingang des Hochhauses in der Pfotenhauerstraße und drückte einige beliebige Klingeln. »Post«, rief sie in die Gegensprechanlage und irgendjemand betätigte den Türöffner.

»Etwas unkonventionell«, bemerkte Jobst und hielt Mandy die Tür auf.

»Aber wirksam«, entgegnete Lale. »Oder willst du jetzt erst irgendjemanden mit dem ganzen Behördengefasel einnebeln?«

Mit dem Aufzug fuhren sie hinauf in den 6. Stock. Inzwischen kündete nur noch der Klapphocker vor der versiegelten Wohnungstür von Eva Schmitt von der Anwesenheit der uniformierten Staatsgewalt.

Lale riss das Siegel durch. »Guck weg!«, sagte sie zu Jobst und zog ein kleines Etui mit winzigen Werkzeugen aus der Tasche.

»Halt!«, rief Mandy. »Ich habe doch den Schlüssel.«

»Na dann.« Lale steckte ihr Werkzeug weg und ließ Mandy den Vortritt. »Nicht fragen!«, raunte sie Jobst zu.

»Ich frage ja gar nicht.« Jobst schloss leise die Wohnungstür hinter sich. Die Wohnung war dunkel. Offenbar waren alle Jalousien heruntergelassen. »Ich frage mich höchstens, wozu ihr beide mich braucht.« Jobst flüsterte auf einmal.

»Na, du wirst uns einen schönen Hausdurchsuchungsbefehl schreiben«, erklärte Lale leise. »Schließlich leitest du die Ermittlungen im Fall Todessprung auf den Altmarkt.«

»Aber das hier ist die Wohnung der anderen Toten«, raunte Jobst.

»Ja, und genau die steht in Verbindung zu unserem Todesspringer«, zischte Lale.

»Sie haben miteinander telefoniert«, sagte Mandy eifrig. »Ich habe das letzte Nacht recherchiert.« Auch sie sprach gedämpft.

»Sie sind ja große Klasse, Frau Schneider!«, lobte Jobst.

Mandy kicherte. »Ich mache mal Licht.«

»Stimmt, im Dunkeln sucht es sich so schlecht.« Lale grinste, als die Lampen angingen und die Umgebung in eine schummrig-rötliche Beleuchtung tauchten. »Viel heller ist das ja nicht.« Sie sprach jetzt wieder in normaler Lautstärke.

»Eine rischtsche Muschebubu-Beleuchtung«, sagte Mandy. »Gemüdlisch…«

»Miefisch«, sagte Lale grinsend und ging kurz entschlossen zum nächstbesten Fenster, zog die Jalousie hoch, schob die gerüschten Gardinchen zur Seite und riss das Fenster auf. »Draußen ist doch genug Licht, das können wir doch hereinlassen. Und ein bisschen Luft kann nicht schaden.«

»Gucke mal, wie süß!« rief Mandy. »Eine Katzenecke.« Sie deutete auf eine Ecke des offenen Wohnraums, in der ein kleines rotes Sofa stand, auf dem zahlreiche Kissen mit Katzenmotiven angeordnet waren. »Mandy nahm eines der Kissen in die Hand. »Ob sie die alle selbst bestickt hat?« Dann betrachtete sie eingehend die Katzenbilder an der Wand, den Katzenkalender und die vielen kleinen Porzellankatzen, die auf einem Sideboard standen. »Gucke mal, ein Kratzbaum«, sagte sie zu Lale. »So was brauchst du auch noch für dein Katzentier!«

Lale zog die Augenbrauen hoch und ging durch eine Schiebetür in eine kleine Küche. Hier lauerten noch weitere Katzenmotive. Es hingen sogar Tassen und Teller mit Katzenköpfen an der Wand. Ansonsten war alles in Weiß und Rosa gehalten. Lale öffnete kurz den Kühlschrank, warf die Tür jedoch sofort wieder zu. Es stank bestialisch darin. »Wer war eigentlich letzte Woche zur Durchsuchung hier drin?«, rief sie hinüber ins Wohnzimmer.

»Kroko war mit der Spurensicherung hier«, antwortete Mandy.

»Na, dann haben wir ja gute Chancen, das wirklich Wichtige noch zu finden«, sagte Lale und ging zurück ins Wohnzimmer.

Jobst stand vor einem zierlichen Sekretär, auf dem rosa Seidenblumen den Staub anzogen. »Den PC haben eure Kollegen schon komplett mitgenommen.« Er deutete auf einige am Boden liegende Kabel. »Was suchen wir denn eigentlich?«

»Tja, wenn ich das so genau wüsste«, sagte Lale. »Lass uns einfach suchen; wenn ich es sehe, weiß ich, was ich gesucht habe.«

»Eine überaus überzeugende Logik.« Jobst sah sie zweifelnd an. »Ich mache mich über das Badezimmer her, hier ist mir zu viel Chichi.« Er deutete auf Rüschen, Plüsch und die vielen verschiedenen Blumenmuster.

»O. K., dann übernehme ich das Schlafzimmer«, sagte Mandy und verschwand durch einen roten Glasperlen-Vorhang in den angrenzenden Raum.

Ein CD-Regal, als Miniatur-Eiffelturm getarnt, weckte Lales Interesse. Sie sah sich die CD-Hüllen an. Die meisten sagten ihr nichts. Eva Schmitt hatte offensichtlich Schlager geliebt, zumindest sahen die Hüllen danach aus. Doch die meisten Namen kannte Lale überhaupt nicht. Lale zog alle CDs aus dem kleinen Eiffelturm. Vielleicht war ja irgendeine CD dazwischen, die gar keine Musik enthielt… Fehlanzeige. Es waren nur bunte CD-Covers mit selig lächelnden Schlagerinterpreten. Der da schien besonders glücklich zu sein über seine neuen Jacketkronen. Lale öffnete die Plastikhülle und stutzte. Darin befand sich eine offenbar selbst gebrannte CD-ROM. Ob das alles Raubkopien waren? Sie sah sich die krakelige Beschriftung an. Nur mit Mühe konnte sie »Klassentreffen 1« entziffern. Das war genau so eine Sauklaue wie in dem Brief aus Hamburg, diesem Brief von einer gewissen Susanne. Lale frohlockte. Das war doch mal etwas. Mit flinken Fingern öffnete sie weitere CD-Hüllen. In den meisten steckten tatsächlich die passenden Tonträger. Halt! Da war noch eine CD-ROM. »Klassentreffen 2« stand darauf. »Na, also!«, rief Lale und stopfte die Tonträger wahllos zurück in die Hüllen.

In diesem Moment kam Jobst aus dem Badezimmer. »Hast du was?«, fragte er und sah Lale über die Schulter.

»Ich weiß nicht.« Lale steckte die beiden CD-ROMs ein. »Wir werden sehen. Und du?«

»Nichts Interessantes.« Jobst schüttelte bedauernd den Kopf. »Überall nur Katzenbildchen und ein pinkfarbenes Katzenklo. Irgendwie traurig, diese alternden Single-Frauen, die ihre Einsamkeit mit Katzen bekämpfen.« Er sah Lale aufmerksam an. »Hast du dir auch eine Katze angeschafft, weil du dich alleine fühlst?«

»Natürlich! Wenn ich allerdings geahnt hätte, dass der göttliche Jobst Petersen hier auftaucht…« Lale grinste spöttisch. »…dann hätte ich mir zur Sicherheit lieber ein Krokodil angeschafft!«

»Ist ja schon gut«, sagte Jobst beleidigt. »Ich habe nur versucht, nett zu sein.«

»Lass das lieber«, schlug Lale gut gelaunt vor. »Dazu hast du einfach kein Talent.«

»Ist das krass!«, schrie Mandy plötzlich aus dem Schlafzimmer. Man hörte sie wild kramen. »Das wird ja immer besser! Wahnsinn!« Ihre Stimme überschlug sich fast vor Begeisterung.

Im Nu waren Lale und Jobst zwischen den roten Glasperlen hindurchgeschlüpft und fanden sich in einem pink-roten Plüschgemach wieder. Auf dem riesigen Bett lag eine glitzernde Tagesdecke, und den Fußboden bedeckten herzförmige rote Flokatis.

Mandy saß vor einer großen Truhe und warf mit allerhand Utensilien um sich. Gerade schleuderte sie irgendwelche Strippen hinter sich, die Jobst reflexartig auffing.

»Was ist das?«, fragte Lale.

»Strapse«, erklärte Jobst.

»Oh.« Lale konnte gerade noch ein buntes Geschoss abwehren, das direkt auf sie zuflog. »Mandy, lass das doch!«, schimpfte sie. »Was war denn das?«

Jobst grinste. »Ein Vibrator«, sagte er und hob das Gerät auf. »Na, der dürfte kaputt sein.«

»Huch, Entschuldigung«, sagte Mandy und nahm Jobst den Vibrator aus der Hand. Das Gerät summte. »Nö, geht noch«, stellte sie fest. »Na, die Dinger müssen ja belastbar sein.«

Lale lächelte, als sie Jobsts blöden Gesichtsausdruck sah. »Hast du denn was Interessantes entdeckt, Mandy?«

»Nu gloar«, rief Mandy begeistert. »Jede Menge Sexspielzeug. Gucke mal, sogar eine Peitsche!« Sie hielt triumphierend eine schwarze Lederpeitsche in die Höhe. »Und Handschellen sind da ooch.« Sie holte weitere Utensilien aus der Kiste und hielt sie hoch. »Und jede Menge Dildos. Wie süß, einer sieht aus wie ein Delfin.«

Jobst räusperte sich. »Ist ja gut…«

»Und echt heiße Wäsche!«, rief Mandy und hielt allerhand Strippen hoch, zwischen denen winzige Stofffetzen mit Raubtiermuster hingen. »Ist das ein BH?« Sie versuchte aus einer Handvoll Stoff und Bändern ein Kleidungsstück zu formen.

»Ist denn irgendwas von dem Zeug für uns von Interesse?«, fragte Lale.

»Sicher«, sagte Jobst. »Sie muss eine Hure gewesen sein.«

»Was?«, fragte Mandy. »Wegen dem bisschen Spielzeug? Das ist doch normal!« Sie warf die Reizwäsche aufs Bett. »Nach der Wende haben wir uns doch alle mit dem Zeug eingedeckt.«

Jobst sah Lale fragend an.

Lale zuckte die Achseln. »Also mein Schlafzimmer ist nicht voller Dildos«, sagte sie. »Auch wenn dich das gar nichts angeht.«

»Was ist das?« Mandy hielt einen schwarzen Kasten in die Höhe, der aussah wie ein dickes Taschenbuch, nur etwas höher und schmaler. Sie reichte ihn Jobst. »Also, das kenne ich nicht.«

»Das muss irgendetwas Technisches sein«, erklärte Jobst. »Es ist aus Metall.«

»Gib mal her!« Lale nahm ihm den Kasten ungeduldig aus der Hand. »Hier.« Sie öffnete eine kleine Klappe. »Das sind Anschlüsse. Das ist irgendein Datenträger… eine externe Festplatte!« Sie sah triumphierend erst Jobst und dann Mandy an. »Das ist genau das, was wir gesucht haben! Mandy, du hattest mal wieder den richtigen Riecher.«

Durch und durch dienstlich

»Wo gehörst du denn nun hin?«, fragte Lale den Stecker am Ende des Kabels, das sie in der Hand hielt. Sie hockte unter ihrem Dienstschreibtisch und prüfte tastend die Anschlüsse an ihrem PC. »Ah, da haben wir es ja.« Sie hatte sich extra von Pit noch die fehlenden Kabel besorgt, um ihre Ausbeute aus der Wohnung von Eva Schmitt auch gebührend auswerten zu können. Solche großen externen Festplatten, hatte Pit ihr erklärt, benötigten zudem eine eigene Stromversorgung. Deshalb steckte sie schnell den Stecker in die Verteilersteckdose und krabbelte zurück auf ihren Drehstuhl. »Na, dann wollen wir doch mal…«

»9 Uhr. Meeting!« Kroko riss die Durchgangstür zu Gerstes Büro auf.

Mandy schnappte sich schnell ein paar Unterlagen und sah Lale eindringlich an. »Nun, los! Sonst hat er wieder den ganzen Tag schlechte Laune.«

Lale erhob sich seufzend. »Immer, wenn es spannend wird«, maulte sie.

Zwei Sekunden später lehnte Lale am Fensterbrett neben Gerstes Schreibtisch. Er quittierte ihre Pünktlichkeit mit einem anerkennenden Nicken. »Sehen Sie, Kollegin Petersen, es geht doch.«

Er räusperte sich. »Ich begrüße Sie alle zur morgendlichen Besprechung nach diesem recht turbulenten Wochenende. Ein Kollege von uns ist auf ungewöhnliche Weise zu Tode gekommen. Kroko, bitte!«

Kollege Krokowszic sortierte wieder einmal allerhand Zettel. Lale wippte ungeduldig mit dem Fuß. »Irgendein Polizist hat als Fallschirmspringer an irgendeiner Übung teilgenommen«, erklärte sie. »Dann hat sich aus irgendeinem Grund der Fallschirm nicht geöffnet und er ist in die Baustelle auf dem Altmarkt gestürzt. Und irgendwer hat behauptet, dass es wohl Selbstmord gewesen sein könnte.«

»Ja«, sagte Gerste tonlos. »Mich interessiert, was sich hinter all diesen Irgendeins und Irgendwers verbirgt.«

»Der Polizist heißt Peter Altmann, die Übung war für das Sommerfest der Polizei am kommenden Wochenende und das mit dem Selbstmord kommt von Paul Winter«, erklärte Mandy, während Kroko immer noch kramte.

»Wo steckt dieser Winter eigentlich?«, fragte Gerste und warf einen prüfenden Blick auf seine Uhr. »Er sollte doch um Punkt 9 Uhr hier sein.«

In diesem Moment klingelte es in Lales Hosentasche. Mist, sie hatte ihr Telefon angelassen. Sie begann danach zu kramen.

»Ich habe hier die Aussagen der Augenzeugen«, sagte Kroko. »Und das sind die Fotos vom Tatort.« Er legte die Unterlagen vor Gerste auf den Schreibtisch.

Als Lale ihr Telefon endlich in der Hand hielt, klingelte es noch immer. Es wurde eine unbekannte Nummer angezeigt.

»Nun gehen Sie schon dran!« Gerste warf ihr einen missbilligenden Blick zu.

Lale nahm das Telefon ans Ohr und stieß sich von der Fensterbank ab. »Ja, hallo?« Sie ging in eine andere Ecke des Raums.

»Oh, hallo. Mit wem spreche ich denn bitte?«, fragte eine männliche Stimme.

»Lale Petersen«, sagte Lale. »Mordkommission Dresden. Und wer sind Sie?«

»Mordkommission. Oje.« Der Anrufer klang nicht im Geringsten verschreckt, sondern vielmehr amüsiert. »Mein Name ist Heribert Pfisterer, Kunst & Krempel, Import-Export… Sie hatten mich unlängst angerufen, aber nur Ihre Nummer hinterlassen.«

»Ich habe nichts hinterlassen«, sagte Lale prompt. Dann begann es in ihrem Gehirn massiv zu arbeiten. Heribert Pfisterer. Das war dieser kleine Runde von der Vernissage. Seine Telefonnummer war auch auf der Schmittschen Telefonliste gewesen. Deshalb hatte sie ihn angeklingelt. »Ähm, ich muss gestehen, dass ich gar nicht mehr so recht weiß, worum es ging.« Sie musste Zeit gewinnen.

»Doch, doch, ich bin mir sicher, dass Sie mich angerufen haben«, insistierte Pfisterer. »Sogar zwei Mal!«

»Oh ja, dann war es sicher etwas Wichtiges…« Lale überlegte. Ob der Typ wusste, dass sie beide sich kannten?

»Sagen Sie mal, Ihre Stimme kommt mir ziemlich bekannt vor«, erklärte der Kunsthändler. »Vielleicht ist es auch mehr Ihre Betonung. Kennen wir uns?«

O. K. Lale entschied zum Angriff überzugehen. »Aber sicher, mein lieber Pfisterer«, sagte sie fröhlich. »Ich dachte schon, Sie erinnern sich gar nicht mehr an mich. Wir haben uns doch letztens erst kennen gelernt, auf dieser Vernissage von diesem Gronski.«

»Aber sicher erinnere ich mich an Sie«, flötete Pfisterer. »Leider waren Sie irgendwann ganz plötzlich verschwunden.«

»Termine, Termine«, sagte Lale betont lässig. »Deshalb habe ich mich ja dann bei Ihnen gemeldet. Was meinen Sie, wie schwierig es war, Ihre Handynummer herauszubekommen.«

»Oh, Sie haben extra recherchiert.« Pfisterer klang sehr geschmeichelt. »Nun ja, als Kommissarin werden Sie da ja andere Möglichkeiten haben als wir Normalsterblichen.« Er freute sich offensichtlich über soviel eigene Erkenntnisse. »Was kann ich denn nun für Sie tun?«

Lale räusperte sich. Eigentlich wollte sie unbedingt wissen, was er mit Eva zu tun gehabt hatte. Sie hielt es aber für unklug, jetzt am Telefon danach zu fragen. »Ich brauche dringend Ihre kompetente Beratung in Sachen Kunst«, log sie. »Vielleicht könnten wir uns noch einmal in dieser Galerie treffen?« Eigentlich konnte sie so vielleicht auch noch mehr über diesen Gronski erfahren. Lale lächelte.

»Eine ganz und gar verlockende Idee«, verkündete Pfisterer. »Was halten Sie von morgen Abend? So gegen 21 Uhr könnte ich dort sein.«

»Hervorragend«, sagte Lale eine Spur zu begeistert. »Morgen Abend. Ich freue mich!«

Als sie das Telefonat beendet hatte und sich umdrehte, sahen Gerste und die Kollegen sie erstaunt an. »Sagen Sie mal, was soll das?«, fragte Gerste gereizt. »Ihr privates Muschebubu können Sie ja nun wirklich zu einer anderen Zeit und an einem anderen Ort betreiben!«

»Wie bitte?«, fragte Lale verblüfft. »Das ist eine durch und durch dienstliche Angelegenheit«, nahm Lale Anlauf. »Herr Gerste, sind Sie denn offen für neue Erkenntnisse in diesem Todesfall?«

»Sicher. Sicher«, erwiderte Gerste.

»Wir haben herausgefunden, das heißt, eigentlich war es Mandy…«, sagte Lale.

»Ja, also, der tote Fallschirmspringer stand auf jeden Fall in Verbindung zu unserer ersten Toten«, erklärte Mandy.

»Wir wissen, dass er mit der Toten aus dem ICE gut, wenn nicht sogar sehr gut bekannt war«, ergänzte Lale.

»Das klingt aber interessant«, sagte Gerste.

»Aber hochinteressant«, sagte Kroko beflissen. »Seid ihr denn sicher?«

»Ja.« Lale nickte knapp.

»Na dann an die Arbeit. Ich werde den Stand der Ermittlungen aus Leipzig anfordern«, verkündete Gerste.

Alte Bekanntschaften?

Lale duckte sich in den Beifahrersitz und umklammerte Eva Schmitts externe Festplatte. Mandy raste in halsbrecherischem Tempo die Grundstraße hinauf. Häuser und Bäume flogen nur so vorüber.

Schimpfend trat Mandy in die Bremse. »Nu guck dir an, wie beglobbt die sich hinstellen!« Sie hupte. »Isch will rechts abbiegen, mach disch weg, du…!«

Lale stöhnte. »Hast du diese runden Schilder gesehen, die mit dem roten Rand und Zahlen in der Mitte?« fragte sie lakonisch. »Das sind Geschwindigkeitsbegrenzungen… 30 heißt nicht, dass du mindestens 30 Autos überholen musst!«

»Du willst doch schnell zu diesem Ingenieur«, hielt Mandy ihr vor. »Immerhin könnte der Mann in Gefahr sein. Er hat schließlich irgendwie mit dieser Eva und mit dem Polizisten zu tun.« Sie hupte anhaltend. »Und wenn du sagst schnell, bin ich schnell…«

Sie hatte es geschafft, sich rechts an den wartenden Autos vorbeizuschlängeln und trat nun wieder richtig aufs Gaspedal. Lale schloss die Augen vor dem Gewirr aus Autos und Straßenbahnen am Ullersdorfer Platz.

»So, du ni!«, rief Mandy und drückte anhaltend auf die Hupe.

Als Lale die Augen wieder öffnete, schossen sie gerade über ein Stück Landstraße, direkt auf einen LKW zu. Mandy setzte zu einem waghalsigen Überholmanöver an.

»Mandy!« Lales Stimme klang ungewohnt schrill. »Da vorne ist doch schon Weißig! Wieso musst du den denn jetzt überholen?«

Mandy scherte knapp vor einem entgegenkommenden Wagen wieder in die Spur ein. »Isch kanns ni leiden, wennschn LKW vor mir hab. Da seh ich nüscht!«

»Links, meine Güte, wir müssen nach links!«, rief Lale.

»Geht gloar.« Mandy bog mit quietschenden Reifen in eine Neubausiedlung ein und nahm endlich den Fuß vom Gas. »Hier sieht ja absolut alles gleich aus.« Sie deutete auf eine Straßenseite voller Reihenhäuser. »Hier würdsch abends gar ni heeme finden.«

»Na ja, wer's mag.« Lales Puls beruhigte sich langsam. »Da, halt an.«

»Fünfzehn Minuten!«, verkündete Mandy stolz. »Wir haben nur 15 Minuten vom Präsidium bis hier raus gebraucht. Das ist eindeutig Bestzeit!«

»Für welche Verfolgungsjagd trainierst du eigentlich?« Lale stieg aus. Sie hatte noch immer leicht zittrige Knie.

»Warte nur ab«, sagte Mandy grinsend. »Irgendwann wird der Tag kommen, an dem du mir dankbar bist für meine überragenden Fahrkünste.«

»Ich bin dir stets dankbar, wenn ich nicht daneben sitzen muss«, erklärte Lale seufzend. »Das nächste Mal fahre ich.«

»Gerne«, sagte Mandy lachend. »Wenn du mir ein Plätzchen zwischen Zeitungsstapeln freischaufelst. Im Moment passt du doch kaum selbst in deinen rollenden Müllcontainer.«

»Ja ja.« Lale drückte auf den Klingelknopf. Dann sah sie sich kurz um. Das Haus wirkte neu und unfertig. Bisher gab es nur einen Schuttcontainer, wo vermutlich einmal der Vorgarten grünen sollte.

»Voll die Baustelle«, kommentierte Mandy. »Hier hätte dein Auto sich wohl gefühlt.«

Eine Frau im Trainingsdress öffnete die Tür. »Hallo.« Sie sah Lale fragend an.

»Guten Tag, wir möchten zu Jörg Fritzkötter«, sagte Lale. »Sind wir hier richtig?«

»Im Prinzip schon«, sagte die Frau. »Aber mein Mann ist nicht da.« Sie musterte erst Mandy und dann Lale kritisch. »Was wollen Sie denn von ihm?«

»Wir sind von der Dresdner Kriminalpolizei«, schaltete sich Mandy ein und zückte ihren Dienstausweis.

Lale schluckte. Ihren Dienstausweis hatte sie noch immer nicht wiedergefunden. »Bitte bekommen Sie keinen Schreck«, sagte sie.

»Ich bekomme keinen Schreck«, sagte Frau Fritzkötter. »Bei meinem Mann wundert mich eigentlich gar nichts mehr.« Sie zuckte die Achseln. »Kommen Sie doch erst mal rein.«

»Wir haben eigentlich nur ein paar Fragen an Ihren Mann«, erklärte Lale, während sie der Frau in ein geräumiges Wohnzimmer folgten. Auch der hintere Garten sollte offenbar erst noch einer werden und erinnerte an eine Baustelle.

»Die hätte ich auch«, sagte Frau Fritzkötter. Sie bot den beiden einen Platz an. »Aber seit drei Tagen ist mein holder Gatte verschwunden.«

»Wie, verschwunden?«, fragte Mandy.

»Na, abgehauen ist er, oder irgendwo versackt«, sagte die Frau grimmig.

»Seit drei Tagen, sagen Sie?« Lale runzelte die Stirn. Das gefiel ihr gar nicht. »Machen Sie sich denn gar keine Sorgen?«

»Sorgen?« Frau Fritzkötter sah sie ungläubig an. »Sorgen? Der wird bei dieser Schlampe sein!«

»Ach so ist das.« Mandy nickte.

»Wie ist das?«, fragte Lale und zückte ein Foto von Eva Schmitt. In diesem Moment betrat eine alte Dame das Wohnzimmer.

»Meine Mutter«, sagte Frau Fritzkötter. »Mutti, die Damen sind von der Kripo. Sie suchen Jörg.«

»Dieser Sauhund«, stieß die alte Dame hervor. »Guten Tag.« Sie ließ sich ebenfalls am Tisch nieder.

Lale reichte Frau Fritzkötter das Foto. »Na, das ist sie doch, diese Schlampe!«, sagte sie und gab das Foto an ihre Mutter weiter.

»Die Stasi-Schlampe«, sagte die alte Frau mit verkniffenem Gesicht. »Die kenne ich.«

Lale horchte auf. Sprach aus diesen Worten nur Verbitterung oder wussten die Frauen tatsächlich etwas, das von Belang war. »Wissen Sie, wie sie heißt?«

»Natürlich.« Die alte Dame nickte. »Sie etwa nicht? Ich denke, Sie sind von der Polizei! Da sollten Sie so was aber wissen.« Sie warf das Foto mit einer verächtlichen Geste auf den Tisch. »Eva wusste so was immer. Eva wusste immer alles. Und Eva hat auch immer alles brav berichtet.«

»Ha, andere Männer verlassen ihre Familie wenigstens wegen einer jüngeren Frau.« Frau Fritzkötter knetete ihre Finger. »Aber Jörg zieht mit dieser alten Schlampe los! Geschäftlich natürlich. Wer's glaubt!«

»Bei Eva ist alles Geschäft«, sagte ihre Mutter. »Meinst du, sie gibt sich umsonst mit so einer Flasche wie Jörg ab?«

Lale und Mandy sahen sich an. »Eva Schmitt ist tot«, erklärte Lale. Mandy nickte ihr zu. »Sie ist ermordet worden.«

»Ha, dass ich darauf nicht selbst gekommen bin!«, rief die alte Frau. »Das hätte man viel früher erledigen sollen.« Dann sah sie Lale an. »Aber das war nicht Jörg Fritzkötter, oder?«

»Das wissen wir nicht«, erklärte Lale und zückte ein weiteres Foto, das den Fallschirmspringer zeigte, natürlich in seiner ursprünglichen Form und nicht als aufgespießte Leichenmasse. »Kennen Sie diesen Mann?«

»Nein«, sagte die alte Frau und stupste ihre Tochter leicht an. »Kennst du den?«

Frau Fritzkötter schüttelte den Kopf. »Nö, kenn ich nicht.«

»Ist der auch verschwunden?«, fragte die alte Dame und blickte erneut auf das Foto.

»Nein«, sagte Mandy. »Beziehungsweise doch. Er ist tot.«

»Wie?« Frau Fritzkötter sah sie entsetzt an. Ihre Augen flackerten. Lale hatte das sichere Gefühl, dass sie den Polizisten doch kannte.

»Meinen Sie jetzt eigentlich, dass Fritzkötter, dieser Versager, die alle umgebracht hat, oder meinen Sie, er ist auch tot?«, fragte die alte Frau.

»Wir meinen erst mal gar nichts«, sagte Lale. »Was wissen Sie denn über Eva Schmitt?«

»Na, eine kleine Stasi-Schlampe war sie«, sagte die alte Frau, während ihre Tochter sichtbar um Fassung bemüht war.

»Geht das etwas genauer?«, fragte Lale. »Was ist das, eine Stasi-Schlampe?«

»Nu, Sie machen mir aber Spaß«, höhnte die alte Frau. »Anschaffen ist sie gegangen. Einsatz an der Sexfront, Intimkontakte zu Personen aus dem NSA.«

»Wie bitte?« Lale sah Mandy ungläubig an, doch die zuckte nur die Achseln.

»Na, Freier aus dem Nichtsozialistischen Ausland«, sagte die alte Dame kopfschüttelnd. »Sie sind wohl nicht von hier. Sie hat sogar ihren Führungsoffizier gelinkt. Geheiratet hat sie ihn, und als er rüber in den Westen ist, hat sie ihn verpfiffen. Das war ein echtes Luder!«

Lale kämpfte gegen das aufkommende Bedürfnis, Eva Schmitt irgendwie zu verteidigen. Sie hatte noch immer ein schlechtes Gewissen, weil sie in ihrer Gegenwart ermordet worden war. »Sie wissen also nicht, wo Ihr Mann sich aufhält?«, wandte sie sich an Frau Fritzkötter. Die schüttelte nur wortlos den Kopf.

»Der soll doch bleiben, wo der Pfeffer wächst«, sagte die alte Frau grimmig. »Wenn Sie ihn finden, können Sie ihm gleich sagen, dass er sich schon mal warm anziehen kann, dieser Sauhund!«

»Wir fürchten, dass ihm etwas zugestoßen ist«, sagte Mandy. »Er könnte in Gefahr sein.«

»Das ist er mit Sicherheit, sobald er einen Fuß in dieses Haus setzt!«, wetterte Fritzkötters Schwiegermutter.

Lale erhob sich und legte eine Visitenkarte auf den Tisch. »Bitte sagen Sie uns Bescheid, sobald er sich bei Ihnen meldet«, sagte sie.

Die alte Dame verzog das Gesicht. »Sicher doch. Sie werden seine Schreie hören.«

Lale verabschiedete sich schnell und Mandy folgte ihr nicht weniger eilig. »Puuh«, machte Mandy und schloss das Auto auf.

»Ob sie ihn vielleicht längst irgendwo hier im Garten vergraben hat…«

Lale runzelte die Stirn. »Zutrauen würde ich es ihr.« Sie sah Mandy eindringlich an. »Ich will fahren.«

»Nein.« Mandy wedelte mit dem Autoschlüssel. »Mein Schlüssel, mein Auto, ich fahre.« Sie grinste. »Aber wenn du nicht mitfahren willst, kannst du dir ja einen gemütlichen Nachmittag mit Oma Fritzkötter machen.«

»Du hast gewonnen.« Lale kletterte auf den Beifahrersitz.

Mandy ließ den Wagen an. »Wetten, diesmal schaffe ich es in zwölf Minuten!«

Lale schüttelte sich. »Dann hast du die nächste Leiche gleich neben dir sitzen. Spontanes Kammerflimmern. Noch einmal überlebe ich das nicht.« Sie schnallte sich sorgfältig an. »Du kannst mich also direkt zu Kowalski in die Rechtsmedizin bringen.«

»Super!« Mandy wendete und gab Gas. »Rechtsmedizin – das schaffe ich sogar in zehn Minuten!«

Unterm Seziertisch

»Wieso willst du eigentlich jetzt zu Onkel Kowalski?«, fragte Mandy, als sie das Auto in der Fiedlerstraße geparkt hatte und ausstieg.

»Die Obduktion des Fallschirmopfers«, sagte Lale knapp. »Ich will wissen, ob es irgendwelche Anhaltspunkte gibt.«

»Willst du dieses externe Speicherding nicht mitnehmen?«, fragte Mandy.

»Nein.« Lale verstaute die Festplatte sorgfältig unter dem Beifahrersitz. »Sonst lasse ich sie nur irgendwo liegen.«

Sie betraten das Gelände des Uniklinikums und gingen zügig den kurzen Weg hinüber zum Gebäude der Rechtsmedizin. Als sie an einer Bushaltestelle vorbeikamen, stutzte Lale. Sie kannte den Mann, der dort in der Sonne saß und döste. Das war dieser Obdachlose, den sie in der Galerie gesehen hatte und dem sie dann noch einmal vor dem kleinen Theater begegnet war. Sie musste unwillkürlich an die Mutter von Eva Schmitt denken.

Ob an den verbitterten Vorwürfen von Fritzkötters Schwiegermutter etwas dran war? Wenn sie sich an die Reaktion des alten Schmitt erinnerte… Das wäre vielleicht eine Erklärung für sein seltsames Gebaren.

»Ich glaube nicht, dass der Ingenieur, dieser Fritzkötter ein Killer ist«, sagte Mandy, während sie die Stufen zur Rechtsmedizin erklommen. »Wenn er ein Killer wäre, hätte er sich als Erstes diese Schwiegermutter vom Hals geschafft.«

»Oder auch nicht«, meinte Lale. »Überleg doch mal, was die angeblich alles weiß! Woher hat sie das denn wohl alles?«

»Du meinst, sie war selbst bei der Stasi?« Mandy sah Lale an.

»Das könnte zumindest bedeuten, dass etwas dran ist an ihren Geschichten«, sagte Lale. »Wir müssen das unbedingt überprüfen!«

Mandy stöhnte auf. »Och nee! Stasiakten wälzen? Wie öde…«

»Ach was!« Lale winkte ab. »Dafür haben wir doch unseren Kroko, den ollen Aktenschieber. Die Aufgabe ist doch wie für ihn geschaffen!«

Inzwischen waren sie im richtigen Flur der Rechtsmedizin angekommen und hielten Ausschau nach Dr. Kowalski. Lale lief schnurstracks in die kleine Küche, in der sie vor wenigen Tagen selbst gebrannten Schnaps getrunken hatten, doch die Küche war leer. Sie liefen den Flur hinunter bis zu den Sektionssälen.

Lale klopfte an die erstbeste Tür und trat ein.

»Oh, die große Kommissarin«, freute sich der Rechtsmediziner und schüttelte Lales Hand. »Und da ist ja auch Mandy, mein Engel!« Er drückte Mandy rechts und links ein Küsschen auf die Wange. »Was verschafft mir diese außergewöhnliche Ehre?«

»Unser neuer, gemeinsamer Kunde«, sagte Lale und stutzte. Aus den Augenwinkeln nahm sie einen Mann am Fenster wahr. Einen lebendigen Mann mit markantem Bürstenhaarschnitt. Gerste… »Hallo Chef!«

Gerste nickte knapp. »Hallo die Damen.«

»Sie haben den Fallschirmspringer doch bereits obduziert?«, fragte Lale den Rechtsmediziner.

Kowalski nickte. »Ein wahrlich unästhetisches Unterfangen«, sagte er betrübt. »Man kann in einem derart zersägten Zustand die äußere und die innere Besichtigung nicht mehr recht voneinander trennen. Die Organe waren zum Teil, nun, ich möchte sagen perforiert...«

»Igitt!« Mandy schüttelte sich.

»Irgendwelche Anomalien, die auf Fremdeinwirkung hindeuten?«, fragte Lale und warf einen argwöhnischen Blick auf Gerste. Warum stand er denn da so stumm herum?

Kowalski wiegte sein kahles Haupt. »Wie man es nimmt.« Er nahm seine Brille ab und begann sie hingebungsvoll mit einem Zipfel seines Kittels zu putzen. »Die Organe sind doch sehr in Mitleidenschaft gezogen.«

»Dr. Kowalski!« Lale senkte die Stimme. »Sagen Sie mir doch bitte einfach, was ich wissen will.«

»Oh, vielleicht weiß ich gar nicht, was Sie wissen wollen.« Auch der Rechtsmediziner sprach jetzt leise.

Lale bemerkte, dass Gerste langsam und bedächtig durch den Saal zu ihnen herüber kam. »Gibt es eine Verbindung zur Leiche von Eva Schmitt?«, zischte sie Kowalski zu.

Kowalski nickte. »Ja, ja.«

»Warum tuscheln Sie denn hier so herum?«, fragte Gerste und sah Mandy an.

Mandy zuckte nur die Achseln. »Ach, das war privat.«

Kowalski grinste. »Meine liebe Elbkommissarin«, wandte er sich an Lale. »Wir sprachen doch unlängst über die Einwirkung mancher Substanzen auf den Organismus. Hatte ich Ihnen nicht noch Fachliteratur übersendet?«

»Ach ja, jetzt erinnere ich mich.« Lale nickte eifrig. »Die Sache mit den Drogen, die auch in geringer Dosis die Organe schädigen.« Sie dachte an die erklärenden Klebezettel in ihrem inoffiziellen Obduktionsbericht und die Hinweise auf Eva Schmitts stark gealterte Organe.

»Sie interessieren sich für Drogen, Frau Petersen?«, fragte Gerste. »Wie kommt's?«

»Herr Gerste«, sagte Mandy in tadelndem Tonfall. »Frau Petersen hat einen 17-jährigen Sohn. Da muss sie sich doch informieren.«

»Ihr Sohn nimmt also Drogen«, stellte Gerste ungerührt fest.

»Aber nein!«, protestierte Mandy. »Pit nimmt doch keine Drogen.«

»Nun, wenn es mal so sein sollte, möchte ich die Anzeichen erkennen«, sagte Lale. Sie fühlte sich unbehaglich. Tatsächlich wusste sie kaum noch, was Pit wirklich machte. Sie wusste nicht, was es mit dieser Band auf sich hatte, oder mit diesem Robert. Schnell wischte sie diese unangenehmen Gedanken beiseite. Sie vertraute Pit und Punkt. Neues Thema. »Sagen Sie mal, Chef, was machen denn eigentlich die Leipziger Ermittlungen in Sachen Eva Schmitt?«

Gerste räusperte sich. »Die Kollegen aus Leipzig haben die Ermittlungen abgeschlossen.«

»Wie abgeschlossen?«, fragte Lale. »Sie haben den Mörder?«

Gerste schüttelte den Kopf. »Nicht direkt. Sie fahnden noch nach ihm.«

»Sie haben die Ermittlungen abgeschlossen und fahnden noch nach dem Mörder?«, bohrte Lale weiter. »Was ist das denn für ein Ermittlungsverfahren?«

»Der Bruder ist offenbar der Mörder«, erklärte Gerste leicht gereizt. »Aber er ist noch immer untergetaucht.«

»Und welches Mordmotiv soll der Bruder haben?« Lale ließ nicht locker. Sie sah, dass Kowalski süffisant lächelte.

»Ich weiß es nicht«, knurrte Gerste. »Ich habe nicht die Ermittlungsakten gelesen, sondern nur kurz mit einem Kollegen aus Leipzig telefoniert.«

»Aha.« Lale verschränkte die Arme vor der Brust. »Und der weiß nicht so genau, was er in den letzten Tagen ermittelt hat.«

Mandy kicherte leise und erntete einen strafenden Blick von Gerste. »Das Ganze ist Angelegenheit der Staatsanwaltschaft«, sagte er. »Die Leiche wurde freigegeben zur Bestattung.«

»Ach so ist das.« Lale sah erst Gerste und dann Kowalski an. Hier war doch etwas faul. Sie schwang ihren Hintern auf den nächstbesten Seziertisch und ließ die Beine baumeln. Sie musste Zeit gewinnen.

»Haben Sie eigentlich nichts zu tun, Frau Petersen?«, fragte Gerste. »Worauf warten Sie denn noch?«

Mandy sah Lale forschend an. »Wir warten auf Dr. Wurm«, erklärte Lale.

Schweigen breitete sich aus im Seziersaal. Gerste wich Lales Blicken aus und Kowalski starrte geistesabwesend vor sich hin. Mandy begann, langsam auf und ab zu gehen. Der Rhythmus ihrer Schritte schien sich dem leisen Ticken der Wanduhr anzupassen. Lale ließ weiter die Beine baumeln. Sie hätte zu gerne gewusst, was Gerste hier wollte. Es war nur allzu offensichtlich, dass er sie loswerden wollte. Sie beobachtete wie Gerste langsam, die Hände auf dem Rücken verschränkt zum Fenster ging. Dort blieb er stehen, starrte hinaus und stieß in regelmäßigen Abständen leicht seine Fersen vom Fußboden ab. Für seine Verhältnisse wirkte er regelrecht nervös.

Plötzlich hüpfte Lale vom Seziertisch und durchschnitt damit unvermittelt die Stille. Mandy und Kowalski zuckten zusammen. »Ich gehe mal eben für kleine Kommissarinnen«, verkündete Lale und verließ den Raum.

Im Vorraum der Damentoilette drehte sie das kalte Wasser auf und schaufelte sich einen Schwall ins Gesicht. Dann sah sie in den Spiegel. Was wollte Gerste hier und warum tat er so geheimnisvoll?

In diesem Moment betrat Mandy den Waschraum. »So, so, wir warten also auf Dr. Wurm«, sagte sie und begann sich ausgiebig die Hände zu waschen.

»Mir ist nichts Besseres eingefallen.« Lale nahm ein Papierhandtuch aus dem Spender und trocknete sich das Gesicht ab. »Ich will wissen, was hier los ist.« Sie zückte ihr Telefon und aktivierte Krokos Nummer. »Petersen, hallo… Kroko können Sie für mich bitte eine Personenabfrage machen?… Oliver Schmitt… Genau der. Ich will alles wissen, was dieser Mensch bisher in seinem Leben gemacht hat… Danke.«

»Ist das der Bruder, der Eva ermordet haben soll?«, fragte Mandy und trocknete sich die Hände sorgfältig ab.

Lale nickte. »Die ganze Geschichte stinkt«, sagte sie grimmig. »Und Gerste weiß mehr, als er uns sagen will.«

»Das kommt mir auch so vor«, stimmte Mandy zu. »Die Frage ist nur: warum?«

Lale grinste. »Das werden wir schon noch herausfinden. Lass uns wieder reingehen.«

Als sie in den Seziersaal zurückkamen stand Gerste noch immer am Fenster. Dr. Kowalski hatte es sich auf einem der Seziertische bequem gemacht.

»Was macht er da?«, fragte Mandy entsetzt.

»Ein Nickerchen«, sagte Gerste tonlos.

Lale schmunzelte, während Kowalski leise schnarchte. Erneut schwang sie sich auf den freien Tisch und ließ die Beine baumeln. »Schrecklich, immer diese Warterei…«, plauderte Lale vor sich hin. »Na, so langsam müsste Dr. Wurm doch hier erscheinen…« Sie sah sich nach Gerste um. »Dann sind Sie uns endlich los, Chef. Nur falls Sie auch ein Nickerchen machen möchten.«

Mandy kniff die Augen zusammen. »Übertreib es nicht«, zischte sie Lale zu.

Gerste zeigte keine Regung.

In diesem Moment flog die Tür auf und Jobst eilte mit wehendem Sommermantel herein. »Ist sie endlich angekommen?«, fragte er und starrte dann Lale an.

»Nein.« Gerste wandte sich um. »Wir warten noch.«

»Was tut sie hier?«, fragte Jobst ungehalten und deutete auf Lale.

»Hat er doch gesagt«, meinte Lale amüsiert. »Wir warten.«

Jobst sah Gerste grimmig an. »Ich hatte doch ausdrücklich verlangt, dass Sie sie da raushalten!«

Gerste nickte. »Ich weiß«, sagte er.

»Und warum tun Sie nicht, was ich Ihnen sage?« Jobst wirkte sichtlich verärgert.

»Nun…« Gerste verschränkte langsam die Arme vor der Brust. »Weil meine Autorität immer genau da endet, wo der Dickkopf der Mitarbeiterin Petersen beginnt.«

Dr. Kowalski schnarchte laut und Jobst fuhr zusammen. Er sah befremdet hinüber zu dem schlafenden Rechtsmediziner. »Warum schläft er auf dem Seziertisch?«

»Weil diese ganze Geheimniskrämerei hier sehr ermüdend ist«, verkündete Lale gut gelaunt. »Also jetzt mal Butter bei die Fische! Wir warten auf… lasst mich raten… Die Leiche von Eva Schmitt?«

»Ja sicher«, schnaubte Jobst.

»Na also, geht doch!« Lale sprang schwungvoll vom Seziertisch. Dann wandte sie sich an Gerste. »Und dafür haben Sie nun die ganze Zeit so stoisch geschwiegen, Chef.« Sie grinste. »Mandy, kommst du?«

Mandy glupschte wie hypnotisiert auf Jobst.

»Mandy!«, versuchte Lale es erneut.

»Wollten Sie nicht zu Dr. Wurm?«, fragte Gerste.

»Ach, das eilt nicht«, meinte Lale leichthin. »Ich kann ihn ja später anrufen. Jetzt brauche ich erst mal dringend ein paar Stasiakten.« Sie hakte Mandy unter und zog sie mit sich. »Schönen Tag noch!«

Kaum waren sie auf dem Gang, schüttelte Mandy sich wie ein junger Hund. »Mein Gott, ist dein Ex sexy, wenn er sauer ist«, sagte sie seufzend. »Mit dem würde ich immer nur streiten.«

»Nun komm schon, wir haben wirklich Wichtigeres zu tun«, drängelte Lale und zog Mandy mit sich hinaus.

Kurz vor der Bushaltestelle auf dem Klinikumgelände blieb Mandy abrupt stehen. »Warum warten die eigentlich auf die Leiche von Eva, wenn der Fall angeblich abgeschlossen ist?«, fragte sie.

»Ich sage doch, die Geschichte stinkt«, sagte Lale triumphierend. »Erst diese lachhafte Sache mit dem Todeszeitpunkt, um den Fall nach Leipzig zu delegieren, dann diese blödsinnige Geschichte mit dem Bruder als Mörder, nur weil er angeblich verschwunden ist.«

»Du meinst, an dieser Stasi-Vergangenheit ist etwas dran?«, fragte Mandy, als sie am Auto ankamen. Sie zog den Schlüssel aus der Tasche, um die Tür aufzuschließen. »Hey, verdammte Sauerei!«, rief sie plötzlich wütend.

»Was ist?«, fragte Lale. »Hat jemand einen Kratzer in dein heiliges Auto gemacht?«

»Aufgebrochen! Die haben mein Auto aufgebrochen!«, rief Mandy erbost. »Guck dir mal die Fahrertür an!«

Lale ging um den Wagen herum. »Stimmt. Das Schloss ist hin«, stellte sie fest. »Aber wenigstens ist das Auto noch da. Fehlt denn etwas?«

Mandy krabbelte im Autos herum. »Aus dem Handschuhfach fehlt nichts, und das Radio ist auch noch da.«

»Na, dann.« Lale ging um den Wagen herum und ließ sich auf den Beifahrersitz fallen.

»Die externe Festplatte«, sagte Mandy. »Ist die noch unter dem Sitz?«

Schnell griff Lale unter ihren Sitz. Nichts. Leere. Die externe Festplatte von Eva Schmitt war verschwunden. Alarmiert sah sie Mandy an. »Sie ist weg!«

Krallen zeigen

Als Lale die Treppenstufen zu ihrer Wohnung hochging, keuchte Brigitte mit zwei großen Einkaufstüten vor ihr her. »Hallo Nachbarin«, sagte sie. »Soll ich dir was abnehmen?«

»Finger weg!«, zischte Brigitte und wuchtete die Einkaufstüten vor ihre Wohnungstür. »Na, heute schon geekelt?«, fragte sie schnippisch und schob ihren Wohnungsschlüssel ins Türschloss.

»Wie bitte?« Lale zückte ebenfalls den Wohnungsschlüssel und öffnete die Tür.

»Leila…«, schnaubte Brigitte verächtlich und warf den Kopf in den Nacken. Sie stieß die Tür auf. In diesem Augenblick schoss Pit Bull hervor und rannte aufgeregt wedelnd und kläffend an Lale vorbei in deren Wohnung.

»Nanu?«, entfuhr es Lale, doch dann hörte sie schon wildes Kläffen, Knurren und Fauchen aus dem Wohnzimmer. Hund und Katze jagten sich durch die halbe Wohnung. Katinka sprang von Schrank zu Schrank, Pit Bull hoppelte zunächst über das Sofa, dann nebenan übers Bett und wieder retour. »Aus! Pit Bull!«, schimpfte Lale. »Lass Katinka in Ruhe!«

»Schrei meinen Hund nicht an!«, blaffte Brigitte, die jetzt ebenfalls in der Wohnzimmertür erschien.

»Hättest du dann vielleicht mal die Güte, deinen Köter einzufangen?«, fragte Lale genervt.

Pit Bull hatte die Vorderpfoten auf dem Sofa und bellte aus Leibeskräften Katinka an, die sich angriffslustig auf die Sofalehne duckte.

»Pit Bull! Hierher!«, schnauzte Brigitte. Der Hund ignorierte sie. Er schob sich weiter auf das Sofa und reckte seine Schnauze neugierig. Plötzlich schnellte eine Katzenpfote vor und schlug ihm mitten auf die Hundenase. Pit Bull jaulte jämmerlich auf.

»Pit Bull!« Lale war mit einem Satz bei dem Hund, der sich zusammenrollte und winselte. »Komm mal her, mein Dicker.«

Brigitte ging wortlos dazwischen, zog Pit Bull zu sich und nahm ihn ächzend auf den Arm.

»Hey, lass dir helfen!« Lale griff nach Pit Bulls herabhängenden Hinterbeinen. »Das ist ein ausgewachsener Pit Bull, kein Chihuahua.«

»Lass das!«, zischte Brigitte böse. »Meinen HUND kriegst du

jedenfalls nicht!« Sie ächzte mit dem jammernden Pit Bull bis zur Tür und stellte ihn wieder auf seine vier unversehrten Pfoten. »Deine Katze, dieses hinterhältige Biest, passt sehr viel besser zu dir!« Auf der Fußmatte drehte sie sich noch mal um. »Du solltest ernsthaft über eine Schlange als Haustier nachdenken!«

Lale stürzte hinter ihr her. »Brigitte, nun warte doch!«

Doch bei Brigitte fiel nur noch die Tür ins Schloss. Lale hielt in der Bewegung inne. Am Treppengeländer lehnte lässig ein grinsender Jobst. »Na, das war aber eine feurige Rothaarige!« Sein Grinsen wurde noch breiter. »Das klang ja fast, als hättest du ihr den Mann ausgespannt.«

Lales Augen wurden zu schmalen Schlitzen. Einen Augenblick lang verspürte sie unbändige Lust, ihn die Treppe hinunterzuschubsen. Doch diese Welle blanker Aggression verebbte schnell wieder. Er konnte ja gar nicht wissen, wie nah er mit diesem blöden Spruch der Wahrheit kam.

»Nur ein dummer Spruch, tut mir leid«, sagte Jobst beschwichtigend. Offenbar war ihre Aggressionswelle erkennbar über ihr Gesicht geschwappt. »Ich weiß ja, dass du dazu gar nicht fähig bist. Das ist wirklich nicht dein Stil.«

»Halt einfach die Klappe, Petersen«, knurrte Lale.

Jobst hob mit gespieltem Bedauern die Schultern. »Das wird nicht funktionieren, denn ich bin hier, um mit dir zu reden.« Er zwinkerte amüsiert. »Oder erwartest du noch weitere eifersüchtige Rivalinnen?«

Lale seufzte. »Was willst du?«

»Wir müssen uns diese Festplatte endlich mal genauer ansehen«, sagte Jobst. »Und am liebsten mache ich das natürlich mit dir gemeinsam.«

Lale seufzte erneut und rieb sich die Schläfe. Musste dem ausgerechnet jetzt noch diese externe Festplatte einfallen? Sie strich sich durch den blonden Haarschopf. »Komm erst mal rein, ich muss dir da etwas erklären.«

»Trotzdem Lale, du musst das verstehen!«, sagte Jobst eindringlich. »Es ist gefährlich!«

»Ich bin Kommissarin, nicht Sachbearbeiterin in der Asservatenkammer!«, schimpfte Lale. »Mein Beruf bringt es mit sich, dass ich zwielichtige Kundschaft habe.«

»Organisierte Kriminalität ist ein sehr heißes Eisen«, beharrte Jobst. »Damit ist nicht zu spaßen.«

»Na klar, Mord und Totschlag sind sonst ja auch ein höchst belustigender Zeitvertreib.« Lale funkelte ihn böse an. »Wenn es interessant wird, kann man das kleine Ex-Frauchen ja mal ausklammern.«

Jobst seufzte vernehmlich. »Du willst doch alles in den falschen Hals kriegen.«

»Ich habe nur einen Hals«, meckerte Lale. »Und der wird sooo dick, wenn ich mir diesen ganzen Quatsch anhöre!« Sie deutete mit der Hand einen ausladenden Kropf an. »Das ist so dämlich. Statt an einem Strang zu ziehen und konsequent und zügig zu handeln, werden Informationen gestreut, gefiltert, beschnitten und verfälscht. Desorganisierte Kommunikation ist bestimmt nicht die geeignete Strategie gegen Organisierte Kriminalität!«

»Du hast wirklich einen unglaublichen Dickkopf«, stellte Jobst fest.

»Nichtsdestotrotz habe ich recht.« Lale verschränkte die Arme vor der Brust. »Im Übrigen kosten deine blöden Spielchen nur Zeit und Nerven. Ich stecke längst mittendrin, sonst hätte man wohl kaum die Festplatte aus Mandys Auto geklaut.«

»Wieso lässt du auch ein so wichtiges Beweismittel im Auto herumliegen?«, Jobst klang verärgert.

»Ich hätte sie bestimmt nicht im Auto gelassen, wenn du mich über diese angeblichen kriminellen Netzwerke rechtzeitig informiert hättest«, sagte Lale patzig.

»Wir wissen doch noch gar nichts«, sagte Jobst. »Brenzlig vermutet nur…«

»Na, wenn Brenzlig nur irgendwas vermutet, musst du mich ja nicht gleich aus allen Ermittlungen ausschließen!«, blaffte Lale. »Im Übrigen wärst du ohne mich gar nicht auf irgendwelche Zusammenhänge gekommen. Du hättest nämlich weder eine externe Festplatte…«

»Die ist ja nun auch weg«, warf Jobst lakonisch ein.

»Ruhe!«, rief Lale. »Du hättest ohne mich weder diese Festplatte gefunden noch die CD-ROMs.« Sie verstummte abrupt und sprang auf. »Moment! Wo ist meine verdammte Tasche?« Sie lief murmelnd um den Tisch herum. »Da war Brigitte, dann der Hund und die Katze auf dem Sofa… Wohnzimmer.« Und tatsächlich fand sie die Tasche mitten im Wohnzimmer auf dem Fußboden. Schnell kramte Lale die CD-ROMs hervor, die sie in der Wohnung von Eva Schmitt eingesteckt hatte. »Ich hab sie, ich hab sie!«, freute Lale sich lautstark. »Klassentreffen 1.« Sie legte die Hülle vor Jobst auf den Tisch. »Und Klassentreffen 2.«

»Na, dann lass uns mal eben hineinschauen«, schlug Jobst vor.

»Geht nicht. Ich habe hier keinen Computer«, sagte Lale.

»Aber Pit hat doch einen Rechner«, sagte Jobst. »Dann sehen wir uns die Sachen eben da an.«

»Aber Pit ist noch gar nicht da«, erklärte Lale. »Da können wir ja nicht einfach an seinen Rechner gehen.«

»Natürlich können wir«, sagte Jobst. »Warum denn nicht?«

»Nein.« Lale schüttelte den Kopf. »Ich gehe auf keinen Fall hinter Pits Rücken an seine Sachen.«

»Nun komm schon!« Jobst zwinkerte ihr zu. »Wir wollen doch nur kurz nachgucken. Wetten, dass ihn das überhaupt nicht juckt!«

»Nein«, sagte Lale. »So geht das nicht! Ich bringe dem Kind nicht 17 Jahre lang Regeln bei, die ich dann selbst bei nächstbester Gelegenheit breche.«

»Warum stellst du dich eigentlich so an?«, fragte Jobst gereizt. »Du wirst doch auch schon mal seine Schultasche kontrolliert haben.«

»Du hast doch einen Knall!« Lale sah Jobst völlig entgeistert an. »Meinst du, Pit zieht hier mit irgendeiner Gang um die Häuser, oder was?!«

»Kannst du das ausschließen?«, fragte Jobst. »Weißt du zum Beispiel, wo er sich jetzt gerade herumtreibt?«

»Ja. Er probt mit seiner Band«, entgegnete Lale patzig.

»Aha!« Jobst beugte sich über den Tisch. »Bist du wirklich so naiv? Die nehmen doch mit Sicherheit Drogen.«

»Das ist mir jetzt echt zu blöde!« Lale schüttelte verärgert den Kopf. »Dir geht es doch überhaupt nicht um Pit. Du willst doch nur an diese Daten!«

»Was ist so verkehrt daran?«, fragte Jobst.

»Es ist eine Vertrauensangelegenheit«, erklärte Lale gereizt. »Wir warten, bis Pit wieder da ist. Dann können wir an seinen Computer gehen.«

»Was soll das denn?« Jobst verzog das Gesicht. »Du bist wirklich stur.«

»Stimmt.« Lale nickte. »Und wenn ich daran erinnern darf, Herr Staatsanwalt, ich habe Hausrecht.« Sie sah Jobst missmutig an. »In der Küche steht noch ein offener Rotwein. Magst du?«

»Da sag ich nicht nein«, sagte Jobst. »Wer weiß, wie lange wir noch vor uns hinstreiten müssen, bevor unser Herr Sohn hier eintrudelt.«

Lale überhörte seine Bemerkung geflissentlich und holte Wein und Gläser aus der Küche. Sie goss die Gläser voll und reichte Jobst eines. »Na, denn Prost.«

»Auf gute Zusammenarbeit!« Jobst zwinkerte vergnügt. »Weißt du, irgendwie beeindruckt mich deine Beharrlichkeit. Kann es sein, dass sich das in den letzten zehn Jahren noch verstärkt hat?«

In diesem Moment waren leise Stimmen im Treppenhaus zu hören und kurz darauf wurde die Wohnungstür aufgeschlossen. Pit und Robert kamen herein.

Pit stutzte. »Du schon wieder?« Er sah seinen Vater erstaunt an.

Robert trat sofort auf Lale zu und reichte ihr wohlerzogen die Hand. »Guten Abend, Frau Petersen.«

»Robert, meine Mutter kennst du ja bereits«, sagte Pit. »Und das da ist mein Vater.«

Robert reichte auch Jobst die Rechte. »Guten Abend.«

»Papa, das ist mein Freund Robert«, erklärte Pit.

Lale beobachtete amüsiert Jobsts ratlosen Gesichtsausdruck.

Robert grinste fröhlich in die Runde. »Ach, und ich dachte, deine Eltern hätten sich getrennt«, sagte er.

Pit lachte. »Hatte ich eigentlich auch gedacht.«

»Na, dann noch einen schönen Abend«, wünschte Robert und verschwand in Pits Zimmer.

»Wünsche ich euch natürlich auch.« Pit zwinkerte Lale zu. »Ach, und es wäre nett, wenn wir nicht gestört würden.« Er zog die Zimmertür hinter sich zu.

Jobst sah Lale mit gerunzelter Stirn an. »Sag mal, was war das denn?«, fragte er. »Ist das sein Freund oder na ja, sein Freund?«

Lale schmunzelte. »Hat er doch gesagt: sein Freund.«

»Und?« Jobst sah sie erwartungsvoll an.

»Was und?« Lale nahm einen Schluck Rotwein. »Du willst doch da jetzt nicht etwa reingehen?«

»Nicht?« Jobst nippte ebenfalls am Wein.

»Nein«, sagte Lale bestimmt.

»Ist ja schon gut.« Jobst hob abwehrend die Hände. »Ich sage ja gar nichts.«

»Es geht mir nur um meinen Sohn«, erklärte Lale.

»Sicher.« Jobst nickte. »Aber dieser Sohn ist auch mein Sohn.« Dann sah er Lale an. »Er ist doch wohl nicht…«

»Was?«, fragte Lale.

»Na, du weißt schon«, druckste Jobst herum.

»Nee, bei dir kann man ja nie wissen.« Lale grinste.

»Du weißt doch genau, was ich meine«, sagte Jobst. »Ich meine, hat er eine Freundin?«

Lale zuckte die Achseln. »Weißt du, ausschließen kann ich das nicht, nur weil er nichts erzählt hat.« Sie führte das Weinglas an die Lippen, setzte es jedoch sogleich wieder ab. »Soll ich vielleicht mal ein bisschen in seinem Tagebuch nachlesen?«

»Meinst du, die haben etwas miteinander?«, fragte Jobst und deutete auf Pits Zimmertür.

»Ach weißt du, wenn man so wenig kontrolliert wie ich…« Sie schmunzelte süffisant. »Vielleicht ist es ja auch sein Drogendealer oder der Waffenschieber.«

»Meinst du etwa, Pit ist schwul?«, Jobsts Stimme klang schrill. »Das ist ja entsetzlich!«

»Geh doch einfach rein und frag nach!«, schlug Lale amüsiert vor. »Aber bitte vorher anklopfen!«

Geheime Dossiers

Um sechs Uhr am frühen Morgen lenkte Lale ihr altes Auto in die Schießgasse. Außer einigen Einsatzwagen herrschte noch gähnende Leere auf dem Polizeiparkplatz. Seufzend drehte Lale eine unentschlossene Runde zwischen den vielen leeren Parkbuchten. Als sie sich jedoch zum dritten Mal gegen die verrutschenden Zeitungsstapel wehren musste, stellte sie ihren Wagen einfach in die nächstbeste Markierung. Es war der für Paul Winter reservierte Parkplatz.

Seit vier Uhr hatte sie sich nur noch im Bett herumgewälzt. Die sommerliche Hitze war inzwischen auch durch die dicken Sandsteinwände des Altbaus gedrungen und Lale hatte alle halbe Stunde den Ventilator an- und ausgestellt, ohne eine angenehme Schlaftemperatur finden zu können. Schließlich hatte sie beschlossen, die frühe Stunde zu nutzen. Ihren ersten Handlungsvorsatz, das Altpapier endlich aus dem Auto zu entsorgen, hatte sie allerdings auf dem Weg ins Präsidium schnell verworfen. Auf den Straßen herrschte eine solche Stille, dass sie sich nur allzu gerne an die Regel hielt, Anwohner nicht vor sieben Uhr mit Lärm gebender Containernutzung zu belästigen. Manchmal waren sonst lästige Regeln doch sehr willkommene Ausreden.

Als sie die Tür zu ihrem Büro aufschloss, wurde sie krächzend von Gräfin Cosel begrüßt, Mandys Wellensittichdame, deren Käfig in einer der zahlreichen Pflanzen um Mandys Schreibtisch hing. »Moin, moin, Gräfin«, sagte Lale und warf einen Blick in die Kaffeedose. Sie war leer. So ein Mist! Lale gähnte kräftig und ließ sich an ihrem Schreibtisch nieder. Oh, Kroko hatte bereits die Unterlagen über Oliver Schmitt zusammengestellt. Mitten auf ihrem Schreibtisch lag ein dicker Papphefter mit der entsprechenden Beschriftung. Lale warf einen kurzen Blick hinein: jede Menge Material. Sie grunzte zufrieden und beschloss, sich erst später diesem Oliver zu widmen. Zunächst wollte sie die frühe Stunde nutzen, um ungestört die CD-ROMs der toten Eva zu sichten. Einen Kaffee konnte sie sich auch danach aus der Kantine holen.

Gebannt starrte Lale auf den Bildschirm, der ihr die Inhalte von »Klassentreffen 1« präsentierte. Es waren etwa zwanzig Vornamen aufgeführt, zu denen es mehr oder weniger umfangreiche Dossiers gab. Da Lale mit keinem der Namen etwas anfangen konnte, klickte sie sich munter durch die Dokumente. Die meisten waren gescannte Akten oder Zeitungsartikel, hier und da wurden recht lückenreiche Lebensläufe referiert. Hier war ein Bericht über eine ehemalige Staatsanwältin... Lale überflog die Zeilen. Oh, das war eine DDR-Staatsanwältin, die jetzt für das Innenministerium arbeitete. Es gab auch einen Auszug aus einer alten Stasiakte, allerdings schwer lesbar und überdies an vielen Stellen geschwärzt. Und da war ein ärztliches Gutachten über einen Mitarbeiter des Verfassungsschutzes. Auch hier gab es nur einen Vornamen, der vermutlich falsch war. Nepomuk klang jedenfalls in diesem Zusammenhang wie ein Tarnname...

Lale stieß einen leisen Pfiff aus. Hatte Eva Schmitt all diese Informationen selbst zusammengetragen? Es war mehr als unwahrscheinlich, dass es sich hierbei um eine Klasse ehemaliger Schüler handelte. Die Leute waren zwar allesamt etwas älter, besaßen allerdings höchst unterschiedliche Schulkarrieren. Außerdem war wohl kaum eine komplette Klasse derart in Polizei- und Staatsbetrieb verwickelt... Oder handelte es sich vielleicht um eine besondere Klasse?

Lale ging die einzelnen Dateien erneut durch. Da waren einige Justizbeschäftigte erwähnt, ein paar Polizeimitarbeiter, meist ehemalige, eine Sekretärin und hier war von einem früheren Leiter der Mordkommission die Rede. Da waren Auszüge aus einem Bericht des Verfassungsschutzes. Der Kommissar war also beobachtet worden. »Unregelmäßigkeiten, Straftaten und Begünstigung«, las Lale. Und hier gab es auch noch einen Zeitungsartikel: »Kriminalhauptkommissar Kurt S. vom Dienst suspendiert« und »Alte Seilschaften aufgedeckt«; diese Überschriften waren gut erkennbar. Der weitere Text war zu klein, um ihn am Bildschirm entziffern zu können. Außerdem fand sie noch ein Organigramm, in dem diverse Namen hervorgehoben waren.

Ganz klar, Eva Schmitt hatte Informationen über alle möglichen Staatsbedienstete gesammelt. Aber warum? Was wollte sie mit all diesen kryptischen Informationen? Kannte sie all diese Leute persönlich? Oder hatte sie die Daten für jemand anderes aufbewahrt? Aber wer sammelte solche langweiligen Aktenausschnitte – wer außer einem Freak wie Kroko?

Lale seufzte. Es war mühsam, all diese Fragmente ohne ein Ziel oder einen Anhaltspunkt zu durchforsten. Sie wollte gerade die zweite CD-ROM hervorziehen, als es in ihrer Tasche klingelte. Das Telefondisplay verriet ihr, dass es Brigitte war, die offenbar mit ihr sprechen wollte. Sie legte das Telefon zur Seite und ließ es klingeln. Nach ihrer letzten unerfreulichen Begegnung hatte sie nun wirklich keine Lust, den Tag mit Brigittes Gezicke zu beginnen. Bevor sie die zweite CD-ROM einlegte, machte Lale sicherheitshalber eine Kopie der Dossiers.

Interessiert betrachtete Lale die weiteren Inhalte. Wieder waren die Inhalte lückenhaft oder nur teilweise lesbar. Allerdings kamen hier Namen vor, die sie kannte. Sie schaute in das »Altmann«-Dossier, in dem sie Angaben zu dem toten Polizisten witterte. Und richtig, bisher schien alles übereinzustimmen. Offenbar war er doch nicht nur so ein kleiner Bulle, wie sie bisher angenommen hatten. Aus diesen Notizen ging hervor, dass er undercover im Drogenmilieu ermittelt hatte. Lale runzelte die Stirn. Wenn Altmann ein V-Mann gewesen war, erklärte das einiges. Allerdings waren gerade in der Drogenszene solche Undercover-Einsätze langfristig angelegt. Normalerweise ging doch kein V-Mann das Risiko ein, derart offensichtlich mit dem Polizeisportverein herumzuhopsen.

Da, da war etwas über Fritzkötter, den Ingenieur mit der griesgrämigen Stasi-Schwiegermutter. Na, der hatte eine typische Wessi-im-Osten-Karriere, die allerdings vor einigen Jahren abrupt geendet hatte. Jetzt arbeitete er als Krankenhaustechniker. Lale warf einen Blick auf die Daten. Alle diese Informationen, die Eva Schmitt da zusammengetragen hatte, waren zwar reichlich lückenhaft, allerdings größtenteils ziemlich aktuell. Fritzkötter war ihr sogar ein kleines psychologisches Gutachten wert gewesen… als »sensibel, labil und introvertiert« wurde er beschrieben. Und da war eine weitere Notiz, nein, es war ein Schuldschein über mehrere Zehntausend Euro. Lale atmete tief durch. Er hatte Schulden, genauer betrachtet offenbar Spielschulden.

Wieder meldete sich das Mobiltelefon. »Och, nee, nicht jetzt«, maulte Lale, denn sie hatte gerade eine Datei über

Pfisterer geöffnet. Dennoch musste sie einen Blick auf das Display riskieren. Gerste. Na, den würde sie ja früher treffen als ihr lieb war.

Pfisterer schien bei diesen so genannten Klassentreffen der einzige Mensch zu sein, der tatsächlich ein Schulfreund von Eva Schmitt sein konnte. Er war ebenfalls 1960 geboren, in Dresden. Allerdings schien er zehn Jahre seines Lebens im Westen verbracht zu haben. Wenn dieser Lebenslauf stimmte, war er erst 1990 in den Osten zurückgekehrt. Offenbar gab es über ihn eine Stasiakte. Zumindest war in diesem Dossier ein Hinweis darauf. Oh... Lale grinste. Heribert Pfisterer war vier Mal verheiratet. Das hätte sie diesem Westentaschen-Casanova gar nicht zugetraut. Nun, sie würde ihm in Sachen Eva heute Abend auf den Zahn fühlen.

Erneut klingelte ein Telefon. Doch diesmal war es ihr Dienstapparat. Lale seufzte vernehmlich, als sie die Durchwahl von Paul Winter sah. Den konnte sie nun wirklich nicht ertragen. Nicht, bevor sie zumindest einen Kaffee getrunken hatte. Lale warf einen Blick auf die Uhr. Dann kopierte sie die Inhalte der zweiten Disk und verstaute beide CD-ROMs sorgfältig in ihrer Tasche und steckte auch ihr Mobiltelefon ein. Noch mal würde sie sich nicht beklauen lassen. Sie nahm die Tasche vorsichtshalber mit, als sie sich jetzt auf den Weg in die Kantine machte.

Kaum hatte sie an der Theke eine dampfende Tasse Kaffee in Empfang genommen, klingelte es ein weiteres Mal in ihrer Tasche. Diesmal leuchtete »Heimat« auf dem Display auf, der Anruf kam von zu Hause. Lale drückte beherzt auf den Annahmeknopf. »Pit? Hallo?«

»Mama?« Pits Stimme klang aufgeregt. Ein langer Piepton war zu hören. »Ist alles in Ordnung?«

»Ja sicher«, sagte Lale. Wieder dieser Piepton. Sie warf einen argwöhnischen Blick auf ihr Telefon. Der Akku leuchtete rot.

»Mama, was ist denn los?«, fragte Pit. Ein Piepton folgte.

»Das frage ich dich!« Lale lauschte kurz. »Du, wenn irgendetwas ist, sag es schnell, mein Akku ist leer.« Piiieeep.

»Papa hat eben angerufen...« Und plötzlich vernahm Lale nur noch Schweigen. Das Gespräch war weg und das Display des Telefons erlosch. Mist, ausgerechnet jetzt. Lale stopfte das Telefon zurück in die Tasche. Ob Jobst Pit irgendwelche Vorhaltungen gemacht hatte? Dann würde er sie aber kennenlernen! Augenblicklich war Lale innerlich in akuter Kampfbereitschaft. Der sollte sich bloß nicht einbilden, er könnte hier auftauchen und an Pit herummeckern. Dann musste er erst mal an ihr vorbei! Dieser Idiot! Jahrelang schickte er nur dicke Schecks und Geschenke und dann nörgelte er an Pit herum... Waffen! Drogen! So ein Blödsinn! Und so was sagte ausgerechnet ein Staatsanwalt! Unwillkürlich schüttelte Lale den Kopf. Sie hatte sich richtig in Rage gegrübelt. Und falls Pit sich tatsächlich in einen Mann verliebt hatte, war das vollkommen in Ordnung... Jawohl. Lale nahm einen großen Schluck Kaffee. Das war ja wohl überhaupt kein Thema, über das man großartig reden musste... Das war doch selbstverständlich!

Sie musste Pit anrufen. Sofort. Schnell nahm Lale noch einen Schluck Kaffee. Sie schmiss die Tasse fast auf das Ablagetablett am Eingang und hinterließ dabei eine Kaffeepfütze. Schnell hechtete sie durch das Treppenhaus. Als sie oben im vierten Stock angekommen war, keuchte sie.

Die Tür zu Gerstes Büro stand offen. Sie warf einen Blick auf die Uhr. Es war inzwischen neun. Sie würde sich kaum unbemerkt vorbeischleichen können. Aufgeregte Stimmen drangen aus Gerstes Büro. Ob sie wollte oder nicht, sie würde erst zur Besprechung antreten müssen. Aber danach, das schwor sie sich, würde sie als erstes Pit anrufen.

»Da ist sie ja!«, hörte sie Kroko rufen.

Irritiert sah Lale viele Augen auf sich gerichtet. Dann erstarrte sie. Paul Winter schoss aus einer Ecke direkt auf sie zu und warf die Arme hoch. Reflexartig bückte Lale sich und Winter flog über ihre Schulter. Dabei riss sie automatisch seine Beine in die Höhe und der Pressesprecher ging mit einem lauten Rums zu Boden. Dort blieb er liegen wie ein Käfer auf dem Rücken und starrte Lale aus großen Augen an.

»Wow«, sagte Kroko tonlos.

Gerstes Mimik schwankte einen Moment lang zwischen Lachen und Wutanfall. Dann siegte das Lachen. »Offenbar haben wir uns umsonst Sorgen gemacht«, sagte er.

»Wie?« Lale war noch immer irritiert.

Erst jetzt bemerkte Lale Jobst. Er stand unschlüssig neben dem ächzenden Winter. Der sah Lale voller Angst an. »Sensationell«, stammelte er. »Machen Sie das immer so?«

Jobst kam auf Lale zu. »Ich würde dir ja auch am liebsten um den Hals fallen«, sagte er lächelnd. »Aber jetzt habe ich doch ein bisschen Angst.« Er streichelte vorsichtig über Lales Arm. »Ich bin froh, dass dir nichts passiert ist.«

»Oh ja!« Kroko nickte eifrig. »Ich habe wirklich einen Moment lang geglaubt, Sie wären tot.«

»Krokowszic, bitte!«, verlangte Gerste streng. »Wir sind alle sehr froh, dass Sie wohlbehalten vor uns stehen.«

»Winter?« Lale sah auf den schwer atmenden Pressesprecher am Boden. Die Tatsache, dass er weniger wohlbehalten vor ihr lag, machte ihr doch Sorgen. Schließlich sprach der Mann kaum etwas, was in seinem Fall ausgesprochen ungewöhnlich war und auf größere Schäden hindeuten konnte. »Winter, so sagen Sie doch etwas!«

»Sensationell!«, verkündete Paul Winter und rappelte sich langsam wieder auf. »Er ist weg!« Der Pressesprecher strahlte. »Mein Hexenschuss ist weg!« Er reichte Lale die Hand. »Danke, Frau Petersen, vielen Dank!«

Gerste schien sich nicht weiter für Winters Befinden zu interessieren. Er blätterte in einer Tageszeitung. »Sagen Sie mal, Frau Petersen, wo waren Sie eigentlich heute Morgen?«, fragte er.

»Ähm, hier im Kommissariat«, erklärte Lale. »Ich habe gearbeitet.«

Gerste sah überrascht von seiner Zeitung auf. »Und warum gehen Sie nicht an Ihr Telefon? Es könnte schließlich etwas Wichtiges sein.«

Lale wusste, dass er recht hatte. Trotzdem hatte sie das unbedingte Bedürfnis, sich zu verteidigen. »Ich hatte keine Bereitschaft«, erklärte sie trotzig. »Was bitte ist denn so wichtig, dass Sie schon vor Dienstbeginn mit mir sprechen müssen?« Lale bekam langsam schlechte Laune. Erst ging ihr dieser Winter fast an die Wäsche, dann sülzten alle herum, wie froh sie seien, sie zu sehen und prompt gab es von Gerste wieder nur Vorwürfe.

»Das hier«, sagte Gerste und deutete auf die aufgeschlagene Zeitungsseite. »Das hat uns allen heute Morgen einen gehörigen Schreck versetzt.«

Lale schluckte. Da stand ihr Name... mitten in einer großen, dick umrandeten Todesanzeige. Sie sah genauer hin. Vielleicht war es ja eine Verwechslung. Aber Name und Geburtsdatum waren korrekt. Sogar ihr zweiter Vorname Louise war aufgeführt. Außerdem war von einem tragischen Unfall die Rede. Der Todestag war mit dem heutigen Datum angegeben. »Hier steht ein Todesdatum von heute«, sagte Lale verblüfft. »Wo bitte erscheinen denn Todesanzeigen exakt zum Todestag?« Sie sah in die entsetzten Gesichter um sich herum. »Ist das denn keinem von euch aufgefallen?«

Totgesagte sind besser als ihr Ruf

»Was willst du denn noch?«, fragte Lale.

Jobst hatte sich einen Stuhl herangezogen und begann, es sich neben Lales Schreibtisch bequem zu machen. »Ein Kaffee wäre jetzt nett.«

Lale verdrehte die Augen. »Der Kaffee ist alle«, sagte sie gereizt. »Aber wenn du schon nichts Besseres zu tun hast als hier herumzuhängen, kannst du dich ja nützlich machen und Kaffeepulver holen!«

»Tut mir leid.« Jobst schüttelte bedauernd den Kopf. »Ich weiche so schnell nicht mehr von deiner Seite. Das habe ich Pit versprochen!«

»Dann tu, was du nicht lassen kannst.« Lale ging zur Tür. »Ich muss jedenfalls arbeiten.« Sie trat hinaus und grölte »Kroko!« über den Gang. »Wo steckt der kleine Aktenfresser denn schon wieder?«, murmelte Lale und machte sich auf den Weg zu Krokos Büro.

Sogleich war Jobst an ihrer Seite. »Ich komme mit!«

Ohne anzuklopfen stürmte Lale in Krokos Büro. »Ist der Bericht vom KTI endlich da?«

Krokowszic zuckte zusammen und sah erschrocken erst Lale an und dann den Staatsanwalt an ihrer Seite. »Sie sind noch da?«

»Ignorieren Sie ihn einfach!«, verlangte Lale barsch. »Er ist manchmal ein bisschen lästig. Den Bericht bitte!« Sie wedelte ungeduldig mit den Fingern.

»Der ist aber noch nicht vervielfältigt«, sagte Kroko und kramte ein paar geheftete Seiten aus einem Ablagekorb.

»Egal, einer reicht mir völlig.« Lale schnappte sich das Papier und machte auf dem Absatz kehrt.

»Darf ich mal sehen?«, fragte Jobst, als sie wieder an Lales Schreibtisch ankamen.

»Mach sitz, du Wachhund«, verlangte Lale und überflog den kriminaltechnischen Bericht. »Ha, ich hab's doch geahnt!«

In diesem Moment schneite Mandy herein. »Hallo, zusammen, da bin ich!«, rief sie fröhlich. Dann sah sie Jobst an und errötete leicht. »Oh, Herr Doktor Petersen… wie nett.«

»Guten Tag, Frau Schneider.« Jobst erhob sich und deutete eine leichte Verbeugung an. »Sagen Sie, haben Sie heute Morgen schon die Zeitung gelesen?«

»Nö«, sagte Mandy unbekümmert. »Dafür haben wir doch Paul…«

Jobst sah sie fragend an und Lale ergänzte: »Sie meint unseren Pressepaul Winter.« Sie grinste. »Mit deinem Auto alles wieder in Ordnung?«

Mandy nickte. »Musste nur das Schloss ausgewechselt werden.« Sie wühlte in ihrem Rucksack. »Ich habe Kaffee mitgebracht!«

»Und was ist mit den Spuren?«, fragte Jobst. »Gibt es Fingerabdrücke?«

»Keine Ahnung«, erklärte Mandy und öffnete die Packung Pulverkaffee. »Meine KFZ-Werkstatt repariert immer nur die Autos.« Dann sah sie Jobst aus großen Kulleraugen an. »Meinen Sie, ich hätte…?«

»Allerdings!« Jobst schüttelte unwillig den Kopf. »So wie die Dinge nun mal liegen, hatte es da jemand nur auf diese Festplatte abgesehen.«

»Oh Gott, wie liegen die Dinge denn?« Mandy guckte entsetzt.

Lale winkte ab. »Er meint, dass wir von der Mafia verfolgt werden«, sagte sie spöttisch. »Ganz besonders ich. Wenn du mich fragst, ist das eine Ausrede, um mir noch mehr auf den Wecker zu gehen.«

»Ach, hören Sie nicht auf sie«, sagte Jobst mit breitem Grinsen. »Sie will mich nur ärgern.«

»Mandy, was hältst du davon, einen Kaffee zu kochen«, schlug Lale vor. »Dabei kann dir unser passionierter Mafiajäger hier seine kruden Theorien erläutern. Und ich kann mal eben in Ruhe unser Supersicherheitsklo aufsuchen.« Lale verzog das Gesicht.

»Mach dich nur über mich lustig«, sagte Jobst. »Ich ziehe die Gesellschaft von Frau Schneider ohnehin deinen blöden Bemerkungen vor.«

Mandy errötete prompt. »Ich mach dann mal Kaffee…«, sagte sie verlegen.

Schnell verschwand Lale hinaus auf den Flur, ließ die Toilette links liegen und lief über den Gang auf die andere Seite des Gebäudes. Ratlos stand sie kurz vor den vielen Türen des Rauschgiftdezernates. Die hatten ja alleine vier einzelne Abteilungen. Sie studierte einige Türschilder. Da, das war das Büro des obersten Rauschgiftheinis. Am besten sprach sie gleich mit dem Chef. Kurz entschlossen klopfte Lale an und wartete sogar ein zackiges »Herein!« ab.

»Moin, moin!« Lale sah einen bulligen Typ mit sehr kurzen Haaren. Er saß hinter seinem Schreibtisch wie eine dicke Kröte. »Lale Petersen, ich gehöre zu Gerstes Truppe.«

»Tach, Frau Petersen«, sagte der Krötenbulle. »Sind Sie nich die, die heute schon tot war.« Er grinste breit.

»Na, im Moment geht es mir ganz lebendig«, sagte Lale. »Weshalb ich mit Ihnen sprechen muss…«

»Das mit dieser Todesanzeige is eine verdammte Sauerei«, unterbrach sie der Krötenbulle. »Ich glaub, da kann Sie irgendeiner gar nich leiden!«

Lale atmete tief durch. »Wird wohl so sein«, sagte sie vage.

»Und?« Der Krötenbulle sah sie an. »Was wollen Sie? Rücken Sie doch endlich raus mit der Sprache!«

Lale schmunzelte. »Es geht um Peter Altmann, den Polizisten, der am Wochenende mit dem Fallschirm abgestürzt ist«, sagte sie. »Ist das richtig, dass er für Ihre Abteilung undercover tätig war?«

Der Krötenbulle nickte grinsend. »Na ja, wir wollen es mal nicht übertreiben… Ja, er hat uns hier und da mal einen Hinweis zugetragen. Mehr nicht.«

»Meinen Informationen zufolge war er als V-Mann eingesetzt«, erklärte Lale. »Und da frage ich mich doch, warum ein V-Mann des Rauschgiftdezernates seine Tarnung mit irgendwelchen Fallschirm-Kunststückchen riskiert.«

»V-Mann… Das hätte er wohl gerne gehabt.« Der Krötenbulle lachte gehässig. »Altmann war ein kleiner Wichtigtuer. Er hat sich ständig mit irgendwelchen absurden Hinweisen lächerlich gemacht!«

Lale rang sich ein möglichst verbindliches Lächeln ab. »Was für Hinweise waren das denn so?« fragte sie und beeilte sich hinzuzusetzen: »Nur damit ich den Grad der Absurdität auch verstehe… Ich bin ja nur bei der Mordkommission.«

»Ich will das mal so sagen…« Der Krötenbulle faltete seine dicken Pranken. »Er hatte da so einiges in petto. Eine seiner Lieblingsthesen war, dass es in Dresden nur so von Waschküchen wimmelt.« Er zwinkerte mit einem seiner Krötenaugen. »Sie wissen natürlich nicht, was das ist. Aber ich will es Ihnen gerne erklären…«

Lale atmete tief durch. Dieser selbstgefällige Krötenbulle war wirklich nur schwer zu ertragen. Allerdings wusste sie tatsächlich nicht, von welchen Waschküchen er sprach.

»Das sind illegale Laboratorien«, erklärte der Krötenbulle mit leisem Schnaufen. »Dort werden synthetische Drogen hergestellt.«

»Und die hat Altmann sich ausgedacht?«, fragte Lale.

»Nein, diese Waschküchen gibt es natürlich«, sagte der Krötenbulle. »Sie glauben gar nicht, was man aus Erkältungsmittelchen und Campingbenzin alles herstellen kann.« Er schnaufte unappetitlich. Dann lehnte er sich ein Stück zurück. »Diese Waschküchen sind allerdings nicht hier bei uns, sondern hinter der Grenze«, erklärte er. »Die osteuropäischen Länder sind für ihre Waschküchen bekannt. Ein Großteil der europäischen Synthetikdrogen kommt von dort, Crystal zum Beispiel.« Er schüttelte sein dickes Krötenhaupt. »Fragen Sie mal die Leute vom Bundesgrenzschutz. Die können ein Liedchen davon zwitschern!«

»Und wie ist Altmann auf die Idee gekommen, dass solche Labore auch in Dresden sind?«, fragte Lale.

»Ach!« Der Krötenbulle winkte ab. »Ich sach doch, der wollte sich nur wichtig machen!«

Lale rieb sich nachdenklich das Kinn. »Ist es denn ausgeschlossen, dass es solche Waschküchen auch in Dresden gibt?«

Der Krötenbulle hustete. »Nein, die kann man mit wenigen Mitteln fast überall aufbauen«, keuchte er. »Aber wenn es die hier in Dresden gäbe, wüssten wir davon!«

»Aha«, meinte Lale. »Und wie würden Sie das mitbekommen?« Sie sah den Krötenbullen forschend an.

»Na, durch einen V-Mann.« Er hustete und schnaufte erneut.

»Einen V-Mann wie Altmann?« Lale ließ nicht locker.

»Ach, dieser Altmann war doch nur ein Wichtigtuer«, keuchte der Krötenbulle.

»Der jetzt allerdings tot ist«, sagte Lale.

»Er hat halt schon immer gerne übertrieben.« Der Krötenbulle grunzte verächtlich. »Na, eigentlich war er 'ne arme Sau...«

»Sie denken, dass er absichtlich in den Tod gesprungen ist«, stellte Lale fest.

Der Krötenbulle nickte schnaufend. »Ich sach ja: arme Sau! Es gab wohl genug Anlass für einen Selbstmord.«

Lale verschränkte die Arme vor der Brust. »Dann lassen Sie doch einfach mal das Selbst weg«, schlug sie freundlich vor. »Es war nämlich Mord. Laut Kriminaltechnik war der Fallschirm so präpariert, dass er erst eine Stunde nach dem Absprung aufgehen würde. Zu spät für einen Sprung aus rund viertausend Metern Höhe.«

Der Krötenbulle glupschte sie erstaunt an. »Das heißt, jemand hat Altmann ermordet?!«

Lale nickte. »Überprüfen Sie mal lieber seine Hinweise«, sagte sie triumphierend. »Wer weiß, wie viele Waschküchen hier tatsächlich Drogen produzieren.«

»Sagen Sie...« Der Krötenbulle stand langsam auf und beugte sich über den Tisch. Er senkte seine Stimme. »Stimmt es eigentlich, was man sich hier erzählt?«

Lale sah ihn stirnrunzelnd an. Wer war hier eigentlich ein Wichtigtuer? Sie zuckte die Achseln. »Ich habe keine Ahnung, was man sich hier erzählt.«

Der Krötenbulle grinste feist. »Man sagt, Sie hätten was mit dem neuen Staatsanwalt...«

Lale nickte grinsend. »So, so. Das sagt man also.« Sie grinste noch breiter. »Im Vertrauen... Ich habe etwas mit dem neuen

Staatsanwalt…« Sie zwinkerte dem Krötenbullen zu. »Einen gemeinsamen Sohn.«

Dann verließ sie schnell das Rauschgiftdezernat und beeilte sich, über den Gang wieder zurück in ihr Büro zu gelangen. Die Frage nach ihrem Verhältnis zu Jobst hatte sie daran erinnert, dass sie ja offiziell nur schnell zur Toilette gegangen war. Wenn sie zu lange weg blieb, brachte Jobst es noch fertig und löste eine Fahndung aus.

Und tatsächlich: Da vorne rannte Jobst nervös vor der Damentoilette auf und ab.

»Und, Herr Staatsanwalt? Irgendetwas Verdächtiges?«, fragte Lale spöttisch. »Ist vielleicht jemand mit einem Grabstein unter dem Arm hier hineingegangen?«

»Da bist du ja endlich!«, sagte Jobst vorwurfsvoll. »Wo hast du denn die ganze Zeit gesteckt?«

Lale ignorierte seine Frage und ging weiter den Gang hinunter zu ihrem Büro.

»Und wo willst du jetzt schon wieder hin?«, Jobst folgte ihr.

»Arbeiten«, erklärte Lale trocken und öffnete die Tür. »Ich will mir ja vom zuständigen Staatsanwalt keinen Rüffel holen.«

Als sie an ihrem Schreibtisch Platz nahm, reichte Mandy ihr sofort eine Tasse frisch aufgebrühten Kaffee. »Also, diese Geschichte mit der Todesanzeige ist ja voll krass!« Sie schüttelte den Kopf, dass die Ohrgehänge nur so klapperten. »Wer macht denn so was?!« Dann schenkte sie Jobst Kaffee nach.

»Das wüssten wir alle gerne«, sagte Jobst und nahm seine Tasse entgegen. »Ihr müsst diesen Schurken schon verflucht nahe gekommen sein, wenn sie zu solchen Mitteln greifen.«

»Vielleicht ein früherer Kunde, der sich schlecht behandelt fühlt.« Lale winkte ab. »Man sollte das nicht überbewerten.«

»Nicht überbewerten?« Mandy sah sie aus großen Kulleraugen an. »Alle machen sich furchtbare Sorgen.«

»Siehst du!«, sagte Jobst zu Lale. »Frau Schneider ist auch meiner Meinung.«

»Welcher Meinung?«, fragte Mandy. »Ich bin keiner Meinung. Ich mache mir nur Sorgen.« Sie stellte die Kaffeekanne zur Seite. »Brigitte übrigens auch. Sie hat eben angerufen. Sie dachte doch tatsächlich, du seiest tot, weil sie dich den ganzen Morgen über nicht erreichen konnte.«

»Brigitte. Soso.« Lale schlürfte am heißen Kaffee. Brigitte arbeitete doch selbst in der Anzeigenredaktion der Zeitung. Sie musste eigentlich vorher wissen, welche Anzeigen erscheinen sollten, zumindest war sie neben den Kontaktanzeigen auch für Todesanzeigen zuständig. Lale dachte missmutig an die Begegnung von gestern Abend.

»Jedenfalls war sie völlig runter mit den Nerven, als sie heute Morgen diese Anzeige gelesen hat«, plapperte Mandy munter weiter. »Wo ihr euch doch gestern Abend noch gesehen habt.«

»Ach, ist Brigitte diese temperamentvolle Rothaarige von gestern Abend?«, schaltete Jobst sich ein. »Die, die so sauer auf dich war?«

»Rothaarig? Wieso rothaarig?«, fragte Mandy.

Lale winkte ab. »Brigitte wechselt ihre Haarfarben ungefähr genauso häufig wie die Männer«, sagte sie.

Mandy nickte. »Das stimmt. Ich habe sie allerdings schon lange nicht mehr gesehen.« Sie sah Lale an. »Jedenfalls konnte ich sie erst mal beruhigen. Sie war so durcheinander. Sie hat nicht einmal etwas von ihrem neuen Traummann erzählt.«

Lale runzelte die Stirn. »Sag mal, Brigitte ist doch unter anderem für die Todesanzeigen zuständig, oder?«

»Richtig.« Mandy nickte. »Deshalb war sie ja so überrascht.«

»Wie?« Jobst sah Mandy forschend an. »Sie betreut die Todesanzeigen bei dieser Zeitung?«

»Genau, und nun will sie sich mal umhorchen, wer diese Anzeige in Auftrag gegeben hat«, erklärte Mandy.

Lale lachte auf. »Na, die macht mir Spaß!« Sie nippte an ihrem Kaffee. »Was meint ihr wohl, wer diese Anzeige in Auftrag gegeben hat?«

Mandy zuckte mit den Schultern. »Keine Ahnung. Mit wem hattest du denn in letzter Zeit Ärger?«

Jobst sah Lale aufmerksam an. »Beziehungsweise, mit wem hattest du keinen Ärger?«

Lale überlegte. War Brigitte wirklich ein solcher Racheakt zuzutrauen? Noch vor einer Woche hätte sie diese Frage entschieden verneint. Doch wenn sie daran dachte, wie Brigitte sich in die Schwärmerei für diesen Künstler hineingesteigert hatte. Und ihr Verhalten gestern Abend war auch äußerst merkwürdig gewesen.

»Na, dann hoffen wir mal, dass eure Freundin uns weiterhelfen kann«, sagte Jobst. »Ich werde jedenfalls auf dich aufpassen!« Er nickte Lale zu.

»Blödsinn!«, entfuhr es Lale. »Sie war das«, erklärte sie. »Brigitte hat diese Anzeige aufgegeben, weil sie maßlos stinkig auf mich war. Das war ein kleiner Racheakt. Jobst, du hast doch gesehen, wie zickig sie gestern war!«

Mandy staunte. »Ihr hattet Streit miteinander? Davon hat sie gar nichts erzählt!«

»Siehst du.« Lale grinste.

Jobst schüttelte unwirsch den Kopf. »Ich weiß zwar, wozu Frauen so fähig sind, aber ich denke, hinter dieser Anzeige steckt etwas anderes. Das ist eine knallharte Drohung!«

»So ein Quatsch!«, rief Lale. »Das ist der kleine Racheakt einer beleidigten Nachbarin.«

»Worüber habt ihr euch denn gestritten?« fragte Mandy. »War es so schlimm?«

»Ach, was!«, sagte Lale ungehalten. »Das war nur eine Kleinigkeit, eigentlich nur ein Missverständnis. Ich habe ihre Reaktion selbst nicht so recht verstanden.« Sie zuckte die Achseln. »Aber du weißt ja selbst, dass Brigitte manchmal seltsame Dinge tut.«

»Ich weiß nicht«, sagte Mandy zweifelnd. »Ich kann mir eigentlich nicht vorstellen, dass Brigitte so was macht. Und besonders bei dir. Sie mag dich doch so gerne.« Sie schien zu überlegen. »Oder du hast irgendwas ganz Schlimmes getan. Aber da müsstest du ihr schon diesen Traummann ausgespannt haben oder so!«

Jobst schüttelte den Kopf. »Nein, nein, das ist eine massive Warnung!« Er sah Lale durchdringend an. »Nimm das nicht auf die leichte Schulter! Das sind skrupellose Verbrecher, die ihre Leute überall sitzen haben.«

Lale schnaufte. »Na klar, du und deine Mafiosi.« Sie lehnte sich in ihrem Schreibtischstuhl zurück. »Ich dachte, die haben Killer, die so was mal eben mit Kopfschuss oder Betonschuhen lösen.« Sie sah Jobst amüsiert an.

»Lale, hör mir doch einfach nur zu«, verlangte Jobst streng. »Du steckst in Schwierigkeiten. Nichts anderes bedeutet diese Todesanzeige.«

Lale nickte grinsend. »Sicher stecke ich in Schwierigkeiten, mit meiner Nachbarin. Aber ich brauche wirklich keinen Helden, der mich vor Brigittes gekränkter Eitelkeit rettet.« Sie war sich jetzt ganz sicher, dass es nur Brigitte sein konnte, die aus einer finsteren Laune heraus diese Anzeige veranlasst hatte. Sie war sauer auf Lale. Sie war enttäuscht von dem Abend mit diesem Künstler. Und sie saß den halben Tag in ihrer Anzeigenklitsche und langweilte sich. Lale rieb sich nachdenklich die Schläfe. Wahrscheinlich tat es Brigitte längst schon wieder leid. Deshalb hatte sie auch immerzu versucht, sie zu erreichen.

»Du hast ihr also den Traummann ausgespannt?«, fragte Mandy. »Wow! Das hätte ich dir gar nicht zugetraut.«

»Ach was!« Lale winkte ab. »Soweit sind wir noch nicht… Ähm, ich meine, das ist wohl eher ein Missverständnis… So von Frau zu Mann zu Frau zu Frau…«

Jobst sprang auf und schlug mit der Faust auf den Schreibtisch. »Nein!«, donnerte er los. »Es ist eine ernst zu nehmende Drohung. Und ich will von diesem blöden Nachbarschaftsgefasel nichts mehr hören!«

»Wenn hier jemand auf diesen Tisch haut, dann bin ich das«, sagte Lale grollend. »Und jetzt werde ich dir beweisen, dass das alles die reinste Farce ist.« Sie griff zum Hörer ihres Diensttelefons. »Ich rufe Brigitte an. Die soll dir das erklären.«

In diesem Augenblick klingelte Jobsts Mobiltelefon. Er sah Lale erwartungsvoll an.

»Nun geh schon ran!« Sie legte ihren Hörer zurück. »Ich kann auch gleich noch telefonieren.« Und als das Telefon weiter klingelte, setzte sie hinzu: »Nun mach schon, vielleicht ist es etwas Wichtiges.«

»Ja!« Jobst hatte sein Telefon bereits am Ohr. »Und da brauchen Sie unbedingt mich?«

Lale warf Mandy einen vielsagenden Blick zu. »Er ist ja so was von wichtig«, zischte sie grimmig.

»Ja, wenn es nicht anders geht«, sagte Jobst sichtlich genervt. Er beendete grußlos das Gespräch und wandte sich an Lale. »Komm, wir müssen los!«

»Ich muss nicht los«, sagte Lale. »Ich muss hier arbeiten.«

»Eine Leiche«, sagte Jobst. »Sie haben eine Leiche gefunden.«

»Mord?«, fragte Lale. »Dann müssen wir wohl.«

»Nein!«, rief Mandy dazwischen. »Auf gar keinen Fall!«

»Wie bitte?« Lale sah sie fragend an.

»Nu, überleg doch mal«, erklärte Mandy. »Wenn er recht hat, dann ist das viel zu gefährlich.« Sie schüttelte bestimmt den Kopf.

»Für wen?«, fragte Jobst.

»Na, wenn Lale im Visier von Verbrechern ist, dann will man sie vielleicht nur hervorlocken«, gab Mandy zu bedenken.

»Ach, so ein Quatsch!«, schnaubte Lale. »Dann würden die doch mich anrufen.« Sie schüttelte unwirsch den Kopf. »Ich sage euch, das war ein blöder kleiner Racheakt von Brigitte, und ich rufe sie jetzt an.«

»Halt!« Jobst rieb sich das Kinn. »Das ist ein berechtigter Einwand von Frau Schneider. Wenn sie es wirklich auf dich abgesehen haben, ist das gut möglich. Immerhin wissen sie eine Menge über dich. Denk nur an die Anzeige: Die kennen sogar deinen zweiten Vornamen!«

»Den kannte ich bisher nicht«, sagte Mandy. »Lale Louise. Da wäre ich nie drauf gekommen. Kennt Brigitte eigentlich deinen zweiten Vornamen?«

Lale zuckte die Achseln. »So was kann man doch herausfinden«, erklärte sie vage.

In diesem Moment klingelte wieder Jobsts Telefon. Er seufzte und nahm den Anruf entgegen. »Ja?... Wie?... Wo ich bleibe?... Wer sind Sie eigentlich?... Und warum rufen Sie ausgerechnet mich an?«

Lale und Mandy lauschten gespannt.

»Ach so.« Jobst begann langsam auf und ab zu laufen. »Na, so ein Quatsch! Die sitzt hier vor mir!... Aber... Ja, sicher... Und wenn ich es Ihnen doch sage... Das kann gar nicht sein!« Er schnappte nach Luft. »Gut, ich komme, sobald es sich einrichten lässt... Ja. Ja. Jaaa!« Er klatschte unsanft sein Telefon auf Lales Schreibtisch.

»Du bist aber gereizt«, stellte Lale nicht ohne Genugtuung fest. »Wo ist denn deine berühmte Souveränität? Schließlich war nicht deine Todesanzeige in der Zeitung.«

Jobst warf ihr einen strafenden Blick zu. »Lale, zeig mir bitte mal deinen Dienstausweis«, verlangte er.

»Meinen Dienstausweis?« Lale war erstaunt. Was wollte Jobst denn mit diesem Ausweis? »Ähm, den habe ich... Ja, wo habe ich den denn?« Sie wühlte eifrig in ihrer Tasche, obwohl sie natürlich wusste, dass sie dort keinen Dienstausweis finden würde. Schließlich war er seit ihrem Seminar in Hamburg wie vom Erdboden verschluckt. »Wozu brauchst du denn jetzt meinen Dienstausweis?«, fragte Lale ausweichend und begann, eine Schreibtischschublade nach der anderen aufzuziehen. Die hatte sie zwar alle längst durchwühlt, aber sie brauchte Zeit, um sich eine Strategie zu überlegen. Sie seufzte vernehmlich. »Erzähl doch lieber mal, was eigentlich los ist!«

Jobst trommelte ungeduldig mit den Fingern auf den Schreibtisch. »Hast du ihn vielleicht zu Hause liegen lassen?«

»Genau. Das wird es sein.« Lale schob schwungvoll die unterste Schublade zu. Die Keksdose darin schepperte.

»Bist du sicher?« Jobst klang misstrauisch. »Schau lieber noch mal nach.«

Lale verdrehte die Augen. Es gab keine wirksame Strategie. Sie hätte den Verlust ihres Dienstausweises längst melden müssen und einen Ersatz beantragen. Sie hatte nur bisher keine Lust auf diesen Papierkram gehabt. »Also gut, er ist weg«, gab sie zu. »Schon seit diesem Seminar in Hamburg kann ich ihn nicht mehr finden.« Sie duckte sich unwillkürlich in der Erwartung eines Kurzvortrags in Sachen Dienst, Pflicht und Moral, als sich Jobsts Miene zu ihrem Erstaunen aufhellte.

»Dann ist er also weg«, stellte Jobst zufrieden fest.

Lale nickte schuldbewusst. »Ich weiß, ich hätte längst...«

»Wann hast du ihn zum ersten Mal vermisst?«, fragte Jobst.

Lale überlegte kurz. »Im Zug. Eva Schmitt war tot, und dieser blöde Kontrolletti wollte mir nicht glauben, dass ich bei der Kripo bin.«

»Dann«, hob Jobst an und rieb sich nachdenklich das Kinn. »Dann hätte Eva Schmitts Mörder also deinen Dienstausweis an sich nehmen können.«

»Wer geht denn so ein Risiko ein?«, fragte Lale. »Ich hätte schließlich wach werden können. Wie kommst du überhaupt darauf?«

»Nun, weil er aufgetaucht ist, dein Dienstausweis«, erklärte Jobst. »Mit einer Leiche.«

»Hä?« Lale sah ihn verständnislos an.

Jobst nickte. »Ja, man hat mich gerade informiert, dass die Kommissarin Lale Petersen bei einem Verkehrsunfall ihr Leben gelassen habe.« Jobst warf einen Blick auf die Uhr. »Wir sollten dann auch langsam mal losfahren«, schlug er vor. »Die warten sicher alle schon.«

»Ohne mich«, verkündete Lale mit triumphierendem Grinsen. »Schließlich bin ich tot.«

»Was soll das denn jetzt?« Jobst wirkte verärgert.

»Na, das ist die beste Tarnung überhaupt!« Lale strahlte. »Sollen sie doch alle denken, dass ich tot bin – sicherer geht es nun wirklich nicht.«

Transplantirgendwas

Als Lale sich am Abend auf den Weg in die Galerie im Kunstviertel machte, waren ihre Gedanken von mulmigen Gefühlen begleitet. Die Todesanzeige, diese Unfalltote, die ihren Dienstausweis bei sich trug ohne jegliche andere Papiere – das war schon alles seltsam. An Zufälle konnte sie selbst nicht mehr glauben. Allerdings konnte sie auch keinen Sinn in vermeintliche Zusammenhänge bringen. Wer sollte ihr drohen, und warum? Wenn es nur darum ging, dass sie ihren Dienst als Kriminalkommissarin verrichtete, so war das eindeutig eine gewaltige Portion zu aufwendig. Das organisierte Verbrechen konnte schließlich nicht sämtliche Staatsdiener für korrektes Arbeiten abstrafen.

In der Straßenbahn fühlte Lale sich beobachtet. Aufmerksam wanderte ihr Blick zwischen den Fahrgästen hin und her. Da saßen zwei ältere Damen, die aber ganz offensichtlich in ein Gespräch vertieft waren. Ein junger Mann spielte mit seinem Handy. Ein Mädchen frischte ihr Make-up vor einem Handspiegel auf. Und dann saß da noch ein Mann, der in sich hineingrinste, als habe er gerade ein erfolgreiches Geschäft abgeschlossen oder gleich eine Verabredung mit seiner Freundin oder auch beides. Niemand schien sie zu beschatten. Trotzdem wurde sie das Gefühl nicht los, dass sie beobachtet wurde.

Als sie die Straßenbahn auf der Höhe vom Goldenen Reiter verließ, hatte sie es eilig. Sie lief durch die Hauptstraße und machte einen Umweg um die Dreikönigskirche. Hin und wieder drehte sie sich um, weil sie meinte, Schritte hinter sich zu hören. Doch da war niemand. Vorsichtig fuhr sie mit der rechten Hand in die Tasche ihrer Lederjacke. Ihre Finger tasteten nach dem kühlen Metall. Ihre Dienstwaffe war noch da. Lale schnaufte. Vielleicht war es doch ganz gut, dass Mandy sie dazu überredet hatte, die Waffe ausnahmsweise mitzunehmen. Es war ungefähr drei Ewigkeiten her, dass sie abends zuletzt mit geladener Waffe durch die Gegend gelaufen war. Doch sie musste feststellen, dass sie dieses Utensil ein bisschen beruhigte. Wenn sie auch fest entschlossen war, es nicht zu gebrauchen, denn ihr letztes Schießtraining lag mindestens vier Ewigkeiten zurück.

Kurz darauf sah sie die Lichter der Galerie vor sich und noch immer niemanden hinter sich. Nur einige Pärchen, vermutlich Touristen, waren in den Gassen unterwegs, und hin und wieder kam ihr eine Gruppe Jugendlicher entgegen. Sie war froh, dass Pit heute Abend zu Hause bleiben wollte und sie genau wusste, wo er war. Sie würde jetzt diesem Pfisterer genauer auf den Goldzahn fühlen und sich dann schleunigst auf den Heimweg machen. Schließlich war es doch recht anstrengend, gleich zwei Mal an einem Tag für tot erklärt zu werden.

Heute gab es keine Türsteher am Eingang der Galerie, und auch die Besucher, die zwischen den Kunstwerken umherschlenderten oder standen und palaverten, waren an zwei Händen abzuzählen. Es herrschte eine angenehme Stille zwischen all der »Überlebenskunst«. Lale stellte sich auf die Zehenspitzen und sah sich nach dem kleinen runden Pfisterer um. Doch der Kunsthändler war noch nicht hier.

Froh, diesmal in bequemem Schuhwerk und Jeans unterwegs zu sein, lenkte sie ihre Schritte in die hinteren Räume der Galerie, die sie noch nicht kannte. Heribert Pfisterer würde sicher enttäuscht sein, wenn er sie in ihrem profanen Alltagsoutfit zu Gesicht bekäme. Was der Kunsthändler sich wohl unter diesem Treffen vorstellte? Sie wollte auf jeden Fall mehr über Eva Schmitt wissen, und sie hielt es für besser, wenn sie sich als Freundin von Eva ausgab.

»Diese Skulpturen haben einfach eine unglaubliche Ausstrahlung«, hörte sie hinter sich eine Frauenstimme schwärmen.

»Liebling, das sind keine Skulpturen«, rügte eine Männerstimme sanft. »Das sind Plastiken.«

»Ach so?« Die Frauenstimme klang überrascht. »Sicher, das ist fast alles Plaste.«

Lales Blick saugte sich an einem recht voluminösen Werk des Künstlers fest. In einem großen durchsichtigen Plastikbehälter, der entfernt an einen Riesenpapierkorb erinnerte, tummelten sich in eigentümlicher Anordnung die typischen Materialien aus dem Labor- und Klinikalltag. Und natürlich waren sie alle bereits benutzt worden. Lale machte einen Schritt zurück. Das war gar keine seltsame Anordnung. Das sollten Menschen sein. Verschiedene Figuren schienen kopfüber in den Abfall gestürzt zu sein. Dabei bestand eine Figur nur aus Wegwerfspritzen, eine andere aus irgendwelchen Tupfern und Binden, und es gab ein Exemplar, das – einer Vogelscheuche nicht unähnlich – aus ausgestopften OP-Klamotten samt Kappe und Mundschutz bestand. Lale warf einen interessierten Blick auf den Titel dieser Plastik: »Human Resources«.

Aus den Augenwinkeln bemerkte sie, dass eine weitere Person hereinkam. Es war noch immer nicht Pfisterer. Dennoch kam ihr der Typ bekannt vor. Sie meinte, ihn vorhin bereits in der Straßenbahn gesehen zu haben. Lale musterte ihn unauffällig. Er sah einfach eine Spur zu durchschnittlich aus für einen Kunstliebhaber. Und er bewegte sich ein bisschen zu schnell zwischen den Exponaten, um sie wirklich zu betrachten. Huch! Lale zuckte zusammen. Doch dann sah sie, dass es nur die »Human Resources« waren, die plötzlich in helles Licht getaucht wurden. Nur einige Augenblicke lang huschte eine Bildprojektion über den Inhalt des überdimensionalen Mülleimers: Bilder von wahllos übereinander gestapelten toten Menschen. Lale bekam eine Gänsehaut. Dieses Kunstwerk verstand sogar sie.

Schnell sah sie sich um. Der Typ schlenderte noch immer zwischen den Kunstwerken herum. Automatisch tastete sie nach ihrer Waffe in der Tasche. Irgendetwas sagte ihr, dass dieser Mensch verdächtig war. Er ignorierte sie allzu offensichtlich, wie es nur ein trainierter Beschatter tat. Lale überlegte und entschied, den Spieß umzudrehen. Als er jetzt in einen weiteren Raum ging, folgte sie ihm. Sie bemühte sich, Interesse für die Kunstwerke zu heucheln, nahm aber in der Tat nichts davon wahr. Als der Mann sich in einen der Ledersessel setzte, war sie kurz versucht, ebenfalls in einem Sessel Platz zu nehmen, griff dann jedoch automatisch zu einem der ausgelegten Galerieheftchen. Sie blätterte darin. Seitenlang wurde über Kunst, Künstler, Moderne und Postmoderne geschwafelt. Eine Vielzahl von Bildern sollte offenbar die sensationellen Künstler darstellen, mit denen die Galerie zusammenarbeitete. Lale blätterte weiter, bemüht, einen realistischen Leserhythmus vorzutäuschen. Da war ein Porträt über Gola Gronski. Sie konnte nicht umhin, etwas genauer hinzuschauen. Ach, dieser entsetzlich smarte Gronski kam also gar nicht aus irgendwelchen entlegenen Regionen Osteuropas, sondern aus Gelsenkirchen. Sie sah aus den Augenwinkeln, dass der verdächtige Durchschnittsmann sich scheinbar der Kontemplation hingab. Das Galerieheft verriet, dass Gronski nach seinem Abitur, das er auf dem zweiten Bildungsweg in Wuppertal absolviert hatte, mindestens sieben Studienfächer belegt, jedoch keines abgeschlossen hatte. Eine illustre Aufzählung skurriler Jobs ergänzte den Lebensweg des Künstlers. Kein Wunder, dass er heute »Überlebenskunst« praktizierte. Damit schien er sich auszukennen.

Ein jäher Schreck durchzuckte Lale, als sie plötzlich eine Hand auf ihrer Schulter spürte! Sie hatte sofort die Hand an der Dienstwaffe und zwang sich zur Ruhe. Vor lauter innerer Anspannung fühlte sie sich einen Moment lang bewegungsunfähig. Sie starrte auf das Galerieheft.

Dann vernahm sie eine vertraute Schmusestimme. »Leila! Wie ich mich freue!«

Lale wandte sich erstaunt um und starrte auf die langen schlanken Finger, die noch immer auf ihrer Schulter ruhten.

»Sie interessieren sich für meinen Werdegang? Sie machen mich ganz verlegen.« Gola Gronski wirkte kein bisschen verlegen, sondern zwinkerte ihr mit seinen strahlend blauen Augen zu.

»Ähm«, sagte Lale mühsam. Ihre Lippen schienen zusammenzukleben und ihr Mund war seltsam trocken. »Hallo.«

»Was führt Sie denn hierher?« Gola Gronski sah sie aufmunternd an. »Ich hoffe, es ist die Kunst.«

»Äh, nein, ich meine, ja.« Lale rang mit den zahlreichen

unsortierten Impulsen in ihrem Gehirn. »Also natürlich nicht, aber doch.« Oje, sie war ja vollkommen aus dem Konzept geraten! Und welches Konzept überhaupt? Sie schluckte. »Also eigentlich bin ich hier verabredet«, sagte sie stumpf und hoffte inständig, dass Pfisterer nicht ausgerechnet jetzt um die Ecke kam. Eigentlich, so musste sie sich eingestehen, hoffte sie plötzlich inständig, dass Pfisterer ihre Verabredung vergessen hatte.

»So, so.« Gola Gronski lächelte gewinnend. »Na, vielleicht können wir die Zeit, bis Ihre Verabredung kommt, gemeinsam nutzen?«

»Oh ja.« Lale nickte. »Oh doch.« Oweia! Sie biss sich auf die Unterlippe.

»Kommen Sie!« Gola Gronski war so begeistert, als habe er nur auf diese Gelegenheit gewartet. »Ich zeige Ihnen etwas!« Er legte ihr einen Arm um die Schultern und erzeugte so eine sofortige Gänsehaut bei Lale. Dann zog er sie mit sich durch die Galerie, bis sie vor diesem Modell mit den Skizzen an der Wand standen. »Das ist mein aktuelles Projekt«, verkündete er. »Es ist eine Installation auf den Elbwiesen, die ich schon seit Wochen plane und nun mit meinen Sommerstudenten umsetze.«

»Ah.« Lale starrte auf die Skizzen und die Schwarz-Weiß-Fotos, die sie bereits von der Vernissage kannte, und von denen Pit so begeistert gewesen war.

»Hier.« Er deutete auf das Modell, das vor den Bildern und Skizzen stand. »Hier am Käthe-Kollwitz-Ufer entsteht sie, die Transplantage.« Er sah Lale mit leuchtenden Augen an. »Oder auch die Trans-Plantage, ebenso lesbar als Transplant-Age. Sie verstehen das inhaltsgeschwängerte Wortspiel?«

Lale nickte vage. Klar verstand sie Plantage, Transplantirgendwas und Age. Es haperte nur an der Inhaltsschwangerschaft. Doch sie wollte sich nicht allzu viel Blöße geben, deshalb wich sie aus. »Und was, ähm, wächst auf Ihrer Plantage?«, fragte sie. »Ich meine, soll da etwas angebaut werden?«

Gola Gronski lachte. »Sie sind so erfrischend unmittelbar. Das ist wundervoll!«, lobte er. »Es wird natürlich eine Plantage aus Plastiken, gleichsam eine Installation.«

»Ach, Sie installieren sozusagen eine künstliche Plantage«, sagte Lale stirnrunzelnd.

»Ja!«, rief Gola Gronski so enthusiastisch, dass die anderen

Ausstellungsbesucher aufmerksam wurden. Einige kamen langsam näher. »Ein dreidimensionales, raumgreifendes und situationsgebundenes Gebilde im lebendigen Außenraum«, erklärte er. »Zeit, Licht, Bewegung, all das sind Situationsfaktoren, die diese Installation beeinflussen, sie verändern und lebendig werden lassen.« Er deutete auf einige Streifen des Modells. »Hier wird die Plantage begehbar für den Betrachter. Erlebbar, fühlbar.« Er lief aufgeregt vor dem Modell auf und ab. »Nur mit dem Klang hadere ich noch. Meinen Sie nicht auch, eine solche Installation sollte klingen?« Er blickte Lale erwartungsvoll an.

»Nein, eigentlich nicht«, sagte Lale. »Ich denke, eine Plantage sollte riechen, also duften.«

Gola Gronski riss die Augen weit auf. »Das ist es!« Er packte Lales Schultern. »Genau das ist es!« Dann drückte er ihr einen begeisterten Kuss auf die Wange.

Lale zuckte erschrocken zusammen.

»Kommen Sie, kommen Sie!« Er zog sie sanft mit sich aus der Galerie. »Lassen Sie uns in Ruhe irgendwo etwas trinken. Sie sind einfach großartig!«

Irritiert stolperte Lale mit dem Künstler hinaus und neben ihm her über die Straße, während Gola Gronski munter vor sich hin plauderte. Sie war zu überrascht, um auch noch seinen Ausführungen zu folgen. Sie hatte genug damit zu tun, sich auf ihren wackligen Knien einigermaßen elegant über das Pflaster zu bewegen.

Kurz darauf fand sie sich an einem hohen runden Tisch in einem holzgetäfelten Weinlokal wieder. Während Lale auf ihren Hocker krabbelte, hörte sie Gola Gronski eine Flasche Rotwein bestellen. Und während der Künstler gleich weiter begeistert auf sie einredete, bemerkte Lale entsetzt, dass sie die Verabredung mit diesem Pfisterer ganz vergessen hatte. Sie warf einen verstohlenen Blick auf die Uhr. Nun war es ohnehin zu spät und die Galerie würde gleich schließen.

»Sie machen nicht gerne viele Worte«, stellte Gola Gronski fest und lächelte Lale an. »Oder täusche ich mich?«

»Oh doch«, sagte sie und musste nun ebenfalls grinsen. »Allerdings machen Sie weitaus mehr Worte. Da fällt mein Gerede nicht mehr so auf.«

»So wird es wohl sein.« Er nahm dem Kellner beherzt die

Weinflasche und den Korkenzieher aus der Hand. »Lassen Sie mich das machen!« Mit wenigen gezielten Bewegungen befreite er den Korken aus dem Flaschenhals und schenkte ein. »Sie müssen das entschuldigen. Ich weiß vor lauter Inspiration gar nicht, wohin mit meiner Energie!«

Lale lächelte. Brigitte hatte recht. Dieser Mann war einfach mitreißend. Brigitte... Sie schluckte. An Brigitte wollte sie jetzt lieber nicht denken. »Sagen Sie mal, warum eigentlich Überlebenskunst?«, fragte Lale schnell.

»Oh, was für eine schöne Frage«, freute sich Gola Gronski. »Nun, Überlebenskunst...« Er drehte nachdenklich das Weinglas zwischen den langen schlanken Fingern. »Unsere Welt, unser ganzes Leben ist so reglementiert, so künstlich systematisiert, dass wir das vergessen, worum es geht: das Überleben. Vermutlich haben wir gerade deshalb so viele Regeln und Systeme, damit wir das vergessen.« Er prostete Lale zu und nahm einen Schluck Rotwein. »Da liefert die abstrakte Kunst eine Sprache, die unser System widerspiegelt. Sie ist gegenstandslose Kunst.«

»Aber Ihre Plastiken leben doch von sehr konkreten Gegenständen«, sagte Lale und nippte ebenfalls am Rotwein.

Gola Gronski nickte. »Sicher. Es sind konkrete Abfälle der Überlebensbranche. Die Plastiken selbst jedoch liefern eine semi-abstrakte Formaussage.« Er blickte Lale versonnen an. »Meine Kunst ist immer streng konstruktivistisch. Ich mache niemals Skulpturen, sondern immer Plastiken!«

Verwirrt versuchte Lale seiner Erklärung Sinn einzuhauchen. Vermutlich verstand sie wirklich zu wenig davon. Sie nahm sich vor, Pit bei nächster Gelegenheit genauestens zu befragen. »Also muss es immer Kunststoff sein?«

Der Künstler lachte. »Nun ja, die Zeiten von Sauerbruchs OP-Utensilien und Holzbeinen sind nun mal vorbei«, erklärte er gut gelaunt. »Im Ernst. Mir geht es um das Additive, das Hinzufügen, das Aufbauen.«

Ach, so meinte er das. Ein Hauch von Verständnis huschte über Lales Gesicht. »Und warum ausgerechnet diese Materialien?«

»Tod, Glück, Leid, Rettung?« Er schien seine Vokabeln aus der Luft zu saugen. »Und Schnelligkeit! Vor allem Schnelligkeit. Tempo! Das bestimmt doch die allgegenwärtige Veränderung unserer Wahrnehmung.«

Lale nickte. So langsam ergab das alles für sie einen Sinn. Sie trank schnell noch etwas Wein. »Und Sie meinen, die Leute, die Ihre Kunstwerke kaufen, verstehen das alles?«, fragte sie.

»Aber nein.« Gola Gronski lachte herzhaft auf. »Wenn sie das wirklich verstehen würden, würden sie ja eine Plastik kaufen und sofort vernichten. Da das aber keiner tut, haben sie nichts verstanden.«

»Eigentlich machen Sie doch wertlose Abfälle gesellschaftsfähig«, stellte Lale fest. »Kein schlechtes Prinzip.«

Gola Gronski verzog das Gesicht zu einer Leidensmiene. »Das sehen leider nicht alle so klar wie Sie, meine liebe Leila.« Er seufzte. »Mein Schaffensakt beginnt mit der beschwerlichen Jagd auf die Materialien.«

Lale sah ihn erstaunt an. »Die Kliniken müssten Ihnen doch dankbar sein für diese kreative Müllverwertung.«

»Vorschriften«, sagte der Künstler. »Nichts als Vorschriften in diesem Land. Aber lassen wir das.« Er schenkte Lale ein Lächeln. »Jedenfalls ist diese Jagd nach dem Material ein Äquivalent zum Tempo der Überlebensbranche. Was ist zu bekommen? Welche Formaussage drängt sich auf? Welche Idee platzt geradezu aus mir hervor? Und die alles überschattende Frage: Wie viel Zeit bleibt?« Gola Gronski tippte sich an die Schläfe. »Das geht soweit, dass ich mich irgendwann hier oben drin frage, ob ich mein aktuelles Projekt selbst überleben werde…«

Erschrocken sah Lale ihn an. »Sind Sie denn krank?«, fragte sie besorgt.

»Aber nein.« Gola Gronski winkte ab. »Es ist nur der ganz normale Wahnsinn, wenn man etwas konsequent durchdenkt.« Er tätschelte ihr unvermittelt die Hand und Lale zuckte leicht zusammen. »Entschuldigen Sie mich einen Moment, liebe Leila.« Dann verschwand er in den hinteren Räumlichkeiten des Lokals.

Lale nahm einen Schluck Rotwein und schnaufte. Was für ein Typ… Geistreich, temperamentvoll, keinesfalls langweilig, humorvoll bis zur Selbstironie, nicht zu vergessen ausgesprochen gut aussehend… Und wie er ›Leila‹ sagte… Oje, ihre Gedanken klangen doch sehr nach Brigitte mit einem Schuss Mandy. ›Schluss jetzt!‹, rief Lale sich selbst zur Ordnung. Sie war ja schon völlig vernebelt.

In diesem Moment bemerkte sie einen Mann, der sie ganz offensichtlich musterte. Als sie ihn ansah, blickte er schnell in die andere Richtung. War das nicht dieser auffallend unauffällige Typ aus der Galerie? Er sah zumindest so aus. Aber das war ja genau das Problem mit diesen Durchschnittstypen. Sie tauchten überall auf und man bemerkte sie nicht. Lale nippte am Wein.

Hey! Lale setzte abrupt ihr Weinglas ab. Dort an der Theke saß eine Frau, die ihr bekannt vorkam. Sie hatte einen Handspiegel gezückt und kontrollierte offenbar ihre Kriegsbemalung. Hatte sie die nicht vorhin schon irgendwo sitzen sehen? Lale überlegte einen Moment lang und musterte die Frau eingehend. Die hatte ihren Blick offenbar bemerkt. Sie steckte ihren Spiegel in die Handtasche und stand auf. Wo ging sie denn hin? Zur Toilette vermutlich. Lale runzelte die Stirn. Wo hatte sie die schon gesehen? – In der Straßenbahn! Sie hatte ebenfalls in der Straßenbahn gesessen.

Das mulmige Gefühl von vorhin war wieder da. Irgendetwas stimmte hier nicht. Warum wurde sie verfolgt? Was war hier los? Lale befühlte ein weiteres Mal vorsichtig die Waffe in ihrer Jackentasche. Dann schob sie das Weinglas ein Stück von sich. Sie sollte wirklich nicht so viel Wein trinken. Sie spürte schon die wohlige Zeitlupenwirkung des Alkohols. Ein matter Watteteppich verklebte ihre Wahrnehmung. Es war kaum ratsam, irgendwann sturzbetrunken durch die Gegend zu ballern. Aufmerksam sah sie sich im Lokal um. Jeder zweite Gast kam ihr verdächtig vor. Dieses seltsame Pärchen da vorne, das nur dasaß und kein Wort miteinander wechselte. Das waren mit Sicherheit irgendwelche Auftragskiller. Sie sahen dermaßen bieder aus, dass sie eigentlich nur bei der Mafia sein konnten.

›Du bist ja paranoid‹, schalt Lale sich selbst, als sie Gola Gronski wieder erblickte. Mit einem strahlenden Lächeln und funkelnden Augen kam er auf sie zu. »Leila!«, rief er verzückt. »Einen unglaublich schrecklichen Augenblick lang habe ich befürchtet, Sie wären verschwunden – oder schlimmer: Sie wären niemals da gewesen.« Er legte ihr vertraulich den Arm um die Schultern. »Wie wunderbar, dass Sie da sind!«

Lale bemerkte, dass sich das Lokal langsam um sie zu drehen begann. Sie nahm all diese Mafia-Killer nur noch verschwommen wahr. Sollten sie sich doch gegenseitig beschatten. »Gola?« Lale sah den Künstler an. »Ich möchte hier weg.«

Wenige Minuten später saßen sie im Taxi und fuhren über die Albertbrücke. »Auch marode«, schimpfte der Taxifahrer und heizte über das Kopfsteinpflaster. »Scheiße!« Er brachte den Wagen gerade noch an der roten Ampel zum Stehen. »Und hier kann man wieder ni links abbiegen. Es wird wirklisch Zeit.«

Lale ertappte sich dabei, wie sie selbst den Taxifahrer misstrauisch beobachtete, während Gola Gronski sich offenbar köstlich amüsierte.

»Die Verkehrsführung in dieser Stadt lässt wirklich zu wünschen übrig«, sagte der Künstler.

»Nu, wem saachn Se das!« Der Taxifahrer rieb sich seinen Schnauzbart. »Und dann der Straßenzustand. Was meinen Se, wie oft ich neue Stoßdämpfer brauche? Dobbelt sooft wie in anderen Städten, das is stadistisch erwiesn. Eine Sauerei is das!«

»Aber der Öffentliche Personennahverkehr ist immerhin gut organisiert«, erklärte Gola Gronski. »Das muss man dieser Stadt lassen.«

»Nu, isch weeßes ni.« Der Taxifahrer schnaubte verächtlich. »Was meinen Sie, wie oft isch Fahrgäste an der Leibzischer hab. Ständisch bleibt irgschendeen Ellgawee in der Oberleidung hängn un dann geht nüscht mehr, ooch für die Bahn!« Die Ampel schaltete auf Grün und der Taxifahrer gab Gas. »Glei sin wer da«, versprach er. »Wenn se denn endlisch die Brügge baun, könntn wers fixer ham…«

Lale sah, dass Gola breit grinste, während der Taxifahrer sein Fahrzeug durch einige Seitenstraßen bis zum Käthe-Kollwitz-Ufer lenkte.

»Nu fahr doch, du Gnaller«, schimpfte der Taxifahrer auf ein vor ihnen fahrendes Auto ein. Auf Höhe des Thomas-Müntzer-Platzes setzte er den Blinker, gab Gas und überholte den anderen Wagen. Lale duckte sich unwillkürlich. Ob dieser Mensch mit Mandy verwandt war?

Plötzlich bremste der Taxifahrer sein Fahrzeug ab und kroch extrem langsam weiter. »Schaun Se sisch das mal an!« Er deutete nach links. »Alles bleibt lieschn auf der Baustelle! Die müssn doch endlisch mal rischtsch loslegn.«

Lale sah nach draußen, konnte aber in der Dunkelheit allenfalls schemenhaft die Umrisse von Baustellenfahrzeugen erkennen. Sie vermutete, dass der Fahrer die diesseitige Baustelle für die Waldschlösschenbrücke meinte und seufzte. Sie hatte diese Diskussionen um die Brücke so satt!

»Es kotzt misch an!«, verkündete der Taxifahrer. »Mal ganz ährlisch, was inderessiert misch das Weltkuldurärbe. Das is mir wurscht! Isch will endlisch eene Brügge!« Er schnaubte verächtlich und bog rechts ab. »Kann isch mir nischt von koofen… Ganz im Geeschendeil!« Dann brachte er den Wagen vor den Werkstätten der Kunsthochschule in der Fetscherstraße zum Stehen und machte das Innenlicht des Taxis an. Er drehte sich um. »Isch bin ja escht ni gegn Obbosition. Aber doch ni gegn die Mehrheit der Bürscher.«

Gola zückte seine Geldbörse. »Das scheint mir insgesamt ein recht komplexes Problem zu sein«, sagte er ausweichend.

»Ach was!« Der Taxifahrer machte eine unwirsche Handbewegung. »Wir Bürscher ham längst entschieden. Un die Unesgogommission wusste von Anfang an, dass diese Brügge gebaut wird. Zwansisch Euro un mir sin Freunde.«

Während Gola bezahlte, öffnete Lale die Taxitür. »Schönen Abend noch«, wünschte sie dem Fahrer. »Und ärgern Sie sich nicht. Das ist der ganze Quatsch nicht wert!«

»Da ham Se ooch wieder rescht«, sagte der Taxifahrer zufrieden. »Die Brügge gommt, das is so sischer wie das Amen in der Kirsche.«

Grinsend entstieg auch Gola dem Taxi und schlug die Tür zu. »Ein Dresdner Original«, sagte er amüsiert. »Herrlich!«

Lale sah sich auf der menschenleeren Straße um. Unwillkürlich fuhr ihre Hand zur Waffe in der Jackentasche. »Na ja, ich denke, für einen Taxifahrer ist so was ein echtes Alltagsproblem. Wo müssen wir hin?«

»Es ist gleich da drüben«, erklärte Gola. »Man hat mir für die Sommerakademie ein Atelier zur Verfügung gestellt.«

Lale folgte ihm in ein relativ niedriges Gebäude und durch zahlreiche Türen. Aufmerksam taxierte sie die Räumlichkeiten. Außer ihnen war kein Mensch hier.

»Moment!« Gola bedeutete Lale mit einem Handzeichen, an der Tür stehen zu bleiben. »Das elektrische Licht ist fürchterlich!« Er tauchte in den dunklen Raum ein. Lale hörte ihn kramen. Kurz darauf erleuchteten einige Kerzen eine Ecke des Ateliers. »Ich habe noch etwas von dem französischen Rotwein da«, sagte er.

Lale entdeckte zwei Gläser auf einer Holzkiste und Gola war erneut damit beschäftigt, mit wenigen geschickten Bewegungen einen Korken aus einem Flaschenhals zu befreien.

Lale sah sich um. Im Kerzenlicht konnte sie nur Figuren erahnen, die stark vergrößerte Schatten an die Wände warfen. Jetzt bemerkte sie, dass Gola mit einem Tuch hinter den Kerzen herumfuchtelte. Die Flammen flackerten und brachten so die Schatten an der Wand zum Tanzen.

»Siehst du das?«, fragte er. »So wird es ungefähr aussehen, wenn der Wind die Transplantage bewegt.«

Jetzt sah Lale, dass diese Schatten tatsächlich die Form von überdimensionalen Gewächsen hatten. Mit ein bisschen Fantasie konnte man verschiedene pflanzenartige Gebilde ausmachen.

»Natürlich werden es viel mehr sein«, erklärte der Künstler. »Wir können hier ja immer nur einige Installationsobjekte herstellen. Insgesamt werden es 600.«

»So viele?«, fragte Lale staunend und näherte sich einem der kaum erkennbaren Pflanzengebilde. Es war fast mannshoch. »Und was passiert mit all diesen… Dingern? Ich meine, sie werden ja wohl kaum auf den Elbwiesen verrotten, oder?«

»Aber nein.« Gola kam zu ihr herüber. »Sie werden alle einzeln versteigert. Für einen guten Zweck.«

»Und warum stecken sie alle in solchen komischen Picknickboxen?« Lale deutete auf einen Plastikbehälter, der aussah wie eine Kühlbox.

Gola lachte. »Das sind keine Picknickboxen, sondern Transportbehälter für menschliche Organe.« Er holte eine Kerze und beleuchtete damit die Aufschrift einer Box. »Siehst du? ›Human Organ for Transplant‹, oder hier ›LHO – Living Human Organ‹.«

Lale verzog das Gesicht. »Die sind doch wohl hoffentlich leer?«

»Aber sicher«, erklärte Gola. »Die Organe sind längst transplantiert!« Er stellte die Kerze zurück zu den anderen auf die Kiste. »Wie findest du sie?«

»Unheimlich…« Lale überlegte. »Irgendwie unheimlich… und eklig.«

Gola lachte. Dann wurde seine Schmusestimme noch eine Spur schmusiger. »Du bist auch irgendwie unheimlich…« Er trat auf sie zu. »Unheimlich faszinierend…« Er umfasste sanft ihre Schultern.

Lale sah irritiert in seine strahlend blauen Augen. Oje, wenn er sie jetzt küssen wollte, würde sie vermutlich umfallen… Sie fühlte sich wie hypnotisiert.

»Leila«, flüsterte er und strich ihr durch den Blondschopf. Dann kamen seine Lippen immer näher… immer näher… Lale schluckte.

In diesem Moment zerriss ein ohrenbetäubender Lärm die Romantik. Stimmen brüllten, überall war Bewegung und Lale wurde unsanft von hinten überrumpelt. Bruchteile von Sekunden später fand sie sich auf dem Boden wieder. Ihre Finger umklammerten ihre Dienstwaffe, die auf eine dunkle Gestalt gerichtet war. Dann gab es plötzlich entsetzlich viel Licht.

»Waffe runter!«, brüllte eine Gestalt mit Helm, die selbst eine Waffe in den Händen hielt. »Ach, Sie sind es selbst.«

Erst jetzt bemerkte Lale, dass der Raum voll von schwarz gekleideten Helmträgern war. Zwei von ihnen hielten Gola fest umklammert. Sie traute ihren Augen nicht. War das ein Sondereinsatzkommando? Die Jungs sahen aus wie die GSG9.

»Nun stecken Sie schon Ihre Dienstwaffe weg!«, verlangte der Typ, der breitbeinig vor Lale stand. Er schob das Visier seines Helms nach oben. »Sie halten sie ohnehin falsch herum.«

Lale blickte auf die Waffe in ihrer Hand. »Oh«, sagte sie tonlos. Sie hielt tatsächlich den Lauf umklammert. Schnell ließ sie die Dienstwaffe wieder in der Jackentasche verschwinden und stand auf. »Was ist hier los?«, fragte sie.

»SEK«, erklärte der Typ, der offenbar der Chef der Truppe war. »Moment.« Er zückte ein Funkgerät. »Zugriff erfolgt. Zielperson gesichert. Zielperson bewaffnet. Erwarte weitere Anweisungen.«

»Ich will wissen, was das soll!«, sagte Lale grimmig. »Und lassen Sie den Mann endlich los!« Sie deutete hinüber zu Gola, der noch immer von zwei SEK-Leuten flankiert wurde.

»Nein. Wir haben die Anweisung, Sie nicht aus den Augen zu

lassen und bei direkten Kontakten unverzüglich einzugreifen«, erklärte der SEK-Chef trocken. »Im Klartext: Wer sich Ihnen nähert, soll sofort verhaftet werden.«

Lale sah ihn ungläubig an. »Sie sind mir also den ganzen Abend schon auf den Fersen?«, fragte sie entsetzt.

»Wir haben von den Kollegen des SEK Rechtselbe übernommen als Sie die Elbseite gewechselt haben«, erklärte der SEK-Chef. »Hier sind wir zuständig.«

Lale schnappte nach Luft. Und sie hatte schon eine Horde Killer gewittert. »Wer zum Geier gibt Ihnen denn solche hirnrissigen Anweisungen?«, rief sie aufgebracht.

»Die Anweisung kommt von der Staatsanwaltschaft.« Der SEK-Chef senkte endlich seine Waffe.

»Wie? Von der Staatsanwaltschaft?«, fragte Lale.

Der SEK-Chef wirkte ungeduldig. »Na, Sie wissen schon… von Ihrem Mann.«

Lale schüttelte ungläubig den Kopf. Sie hörte Gola laut lachen.

»Na, da ist aber einer ganz besonders eifersüchtig!«, rief der Künstler fröhlich.

»Führt den Mann ab!«, rief der SEK-Chef.

Fragwürdig!

Lale hatte unruhig geschlafen in der vergangenen Nacht. Alle zwei Stunden hatte sie nach Pit gesehen, um sich zu vergewissern, dass er friedlich in seinem Bett schlummerte. Es hatte nicht viel gefehlt und sie hätte die Gästeluftmatratze in seinem Zimmer aufgebaut, um ganz neben ihm zu wachen. Wie damals, als er im Alter von vier oder fünf Jahren immer diese schrecklichen Albträume gehabt hatte. Da hätte sie ihn am liebsten mit zu sich ins Bett genommen, doch Jobst war dagegen gewesen. »Da muss er alleine durch«, hatte Jobst gesagt. »Schließlich ist er ein Junge.« Lale schnitt sich im Spiegel des Aufzugs eine Grimasse und äffte Jobst nach. Dieser Blödmann! Alle paar Wochen hatte er seine autoritären fünf Minuten gehabt, und natürlich immer dann, wenn es überhaupt nicht passte. Lale schnaubte verächtlich und machte sich im Stechschritt auf den Weg ins Büro.

Gerade als sie vor Gerstes Schreibtisch ankam, klingelte ihr Mobiltelefon. Sie hatte zum Glück noch daran gedacht, den Akku über Nacht wieder aufzuladen. Der Schreibtisch des Chefs war verwaist. Und natürlich war alles penibel aufgeräumt. Wenn hier jemand schnüffeln wollte, würde er nicht einmal aus Versehen etwas entdecken. Seufzend griff Lale zum Telefon. »Ja?«

»Gerste. Guten Morgen, Frau Petersen.« Der Chef räusperte sich. »Wo sind Sie jetzt?«

»Im Büro«, sagte Lale. »Ich warte vor Ihrem Schreibtisch auf unser morgendliches Meeting. Was ist denn los?«

»Sehr lobenswert.« In Gerstes Stimme schwang Anerkennung.

Ob er eine Fortbildung in Mitarbeitermotivation gemacht hatte? Lale grinste. Dann warf sie schnell einen Blick in den Nebenraum. »Stimmt. Ich bin ein richtig gutes Vorbild. Nur schade, dass sonst keiner da ist.«

»Kommen Sie doch bitte mal herunter in Vernehmungsraum 3«, sagte er. »Wir müssen unser Meeting heute leider etwas verschieben. Sehr zu meinem Leidwesen. Aber vielleicht können Sie ja Licht in die Sache bringen.«

»Sicher, ich suche gerade noch meine Taschenlampe«, sagte sie lachend. »Ich bin gleich da.«

Schnell machte sie sich auf den Weg zum Treppenhaus und stieg hinab in die zweite Etage, wo die Vernehmungsräume lagen. Sie brannte darauf, endlich weiterzukommen im Fall Eva Schmitt oder Peter Altmann oder auch alles zusammen. Nichts würde ihr jetzt besser tun als jede Menge Arbeit. Offenbar hatte man ja jemanden gefunden, der etwas aussagen konnte. Vielleicht sogar diesen Oliver Schmitt?

Schwungvoll stieß Lale die Tür zu dem kleinen Überwachungsraum auf, der mit einer halbdurchlässigen Spiegelwand Einblick in den eigentlichen Vernehmungsraum gewährte. »Moin, moin!«, rief sie den Kollegen zu, die sie dort bereits erwarteten.

»Psst!«, machte Mandy. »Es ist gerade so spannend.« Sie drückte ihre Stupsnase an die durchlässige Seite des Spiegels.

Lale erstarrte. Im Vernehmungsraum sah sie Gola Gronski sitzen. Und vor ihm lief ein sichtlich aufgebrachter Jobst auf und ab. »Ihr habt ihn die ganze Nacht hier festgehalten?«, fragte sie empört. »Das ist ja, das ist ja… Also, ich weiß gar nicht, was ich dazu sagen soll!«

Gerste sah sie an. »Bitte, beruhigen Sie sich, Frau Petersen.« Er winkte Kroko zu sich. »Krokowszic wird mit Ihnen erst mal einen Kaffee trinken gehen und Ihnen den Sachverhalt erklären.«

»Lieber nicht«, sagte Kroko prompt. »Ich fürchte, wenn ich mich zu lange in der Nähe von Frau Petersen aufhalte, werde ich auch noch verhaftet.«

Mandy kicherte und Gerste schmunzelte.

Lale allerdings konnte Krokos Bemerkung nicht komisch finden. »Versuchen Sie jetzt bloß nicht witzig zu sein!«, verlangte sie übellaunig. »Mit welcher Begründung wird Gola Gronski denn hier festgehalten?«

»Gefahr im Verzug«, sagte Gerste. »Gestern Abend war der Haftrichter nicht mehr verfügbar.«

»Soll ich mich noch öfter in Lales Nähe aufhalten?«, bot sich Mandy an. »Ich würde mich gerne von Dr. Petersen verhaften lassen… Und dann stundenlange Gespräche im Vernehmungssaal…« Sie warf einen verträumten Blick durch den Spiegel.

Lale verdrehte die Augen. »Haben hier eigentlich alle einen Hormonkoller?«

»Frau Petersen«, hob Gerste an. »Schildern Sie mir doch einfach mal kurz und knapp, was gestern Abend geschehen ist.«

»Also…« Lale atmete tief durch. »Ich bin in eine Galerie in der Neustadt gefahren, wo ich eigentlich eine Verabredung hatte, die dann jedoch nicht erschien.«

»Logisch«, sagte Kroko. »Wenn jemand gestern die Zeitung gelesen hat, muss er oder sie ja auch denken, Sie seien tot.«

»Sehr hilfreich. Danke, Kroko, und Mund halten!« Gerste nahm ein Schriftstück zur Hand. »Und? Wie ging es weiter? Sind Sie gegangen?«

»Nein, das heißt ja, aber erst etwas später«, erklärte Lale. »Denn in der Galerie traf ich zufällig Gola Gronski, den Künstler, der dort gerade seine Werke ausstellt.«

»Wie? Das ist dieser Künstler?«, fragte Mandy und schaute noch eine Spur neugieriger in den Vernehmungssaal. »Doch nicht etwa der…?«

»Doch.« Lale nickte. »Ich habe Herrn Gronski unlängst bei einer Bekannten von mir kennen gelernt.«

Mandy wirbelte herum. »Jetzt sag nicht, das ist Brigittes Traummann!«

»Doch, er betreut außerdem derzeit als Gastprofessor die Sommerakademie an der HfBK«, erklärte Lale. »Daher kennt Brigitte, also meine Bekannte, ihn.«

»Und da haben Sie ihn tatsächlich zufällig getroffen?« In Gerstes Stimme schwangen Zweifel.

»Ja sicher.« Lale sah ihn verständnislos an.

»Und dann haben Sie sich mit ihm unterhalten?«, fragte Gerste.

»Ja und nein. Eigentlich hat er sich mit mir… Ich meine, eigentlich hat er mich unterhalten.« Lale runzelte die Stirn. »Wir waren jedenfalls noch einen Moment lang da und sind anschließend noch etwas trinken gegangen, da ja meine Verabredung geplatzt war.«

»Wo?« Gerste sah Lale aufmerksam an.

»In irgendeinem Weinlokal«, sagte Lale vage. »Und fragen Sie mich jetzt nicht, in welchem! Ich habe keinen Schimmer.« Sie warf einen kurzen Blick in den Vernehmungssaal. Jobst rannte noch immer wie ein Tiger im Käfig auf und ab und Gola saß lässig auf seinem Stuhl und grinste. Er schien sich köstlich zu amüsieren. Ob ihn die ganze Situation zu weiteren Kunstwerken inspirierte?

»Frau Petersen«, wies Gerste sie sanft zurecht. »Wir sind noch nicht fertig. Wie ging es dann weiter?«

Lale zuckte die Achseln. »Irgendwann sind wir dann in sein Atelier gefahren, mit dem Taxi, und als er mir sein Elbwiesen-Projekt erklärt hat, tauchte plötzlich das SEK auf.«

»Nun.« Gerste legte sein Schriftstück zur Seite. »Das deckt sich soweit mit den Angaben der Kollegen.« Er rieb sich die Nase. »Und eigentlich passt es auch zu den Angaben von Herrn Gronski. Allerdings meint Dr. Petersen…«

»Ach der!«, rief Lale voller Verachtung dazwischen. »Der hat doch den Schuss nicht gehört!«

»Welchen Schuss?«, fragte Kroko aufgeregt. »Bei dem Einsatz fielen Schüsse?«

»Kroko, Sendepause!« Gerste sah ihn strafend an. »Aber da wir gerade beim Thema sind: Was ist das für eine Geschichte mit Ihrer Dienstwaffe? Warum gehen Sie bewaffnet zu einem Rendezvous?«

»Ich hatte gar kein Rendezvous«, sagte Lale grimmig.

»Ich habe ihr geraten, die Dienstwaffe einzustecken«, warf Mandy ein. »Schließlich hat sich Dr. Petersen große Sorgen um Lale gemacht. Hach!« Sie wandte sich wieder dem Vernehmungsszenario zu. »Wenn so einer sich mal Sorgen um MICH machen würde. Aber der Künstler ist auch nicht schlecht!«

»Sie wollten also Ihre Dienstwaffe gar nicht gebrauchen?«, fragte Gerste Lale.

»Natürlich nicht«, sagte sie genervt. »Allerdings war ich ganz froh, sie bei mir zu haben«, räumte sie ein. »Ich wurde ja überall peinlich auffällig beschattet.«

»Das war zu Ihrer Sicherheit«, erklärte Gerste. »Das war nur zu Ihrer Sicherheit.«

»Mich hat das jedenfalls nur verunsichert.« Lale sah, dass Jobst sich jetzt auf einen Stuhl fallen ließ. »Können wir da eigentlich mal reinhören?«

»Na klar!«, rief Mandy begeistert. »Darf ich?« Sie sah Gerste aus großen Kulleraugen an. »Bitte!«

Gerste nickte. »Soweit ich das überblicken kann, stimmen Ihre Angaben mit denen der Ermittler überein. Sie waren um 21 Uhr in der Galerie, Sie haben sich überproportional lange mit einem bestimmten Kunstwerk auseinander gesetzt und Sie haben diesen Gola Gronski getroffen. Er hat das ebenfalls so bestätigt.«

»Warum auch nicht?«, fuhr Lale dazwischen. »Was ist so ungewöhnlich daran, einen Bekannten zu treffen und mit ihm etwas trinken zu gehen?« Sie raufte sich aufgebracht den blonden Haarschopf. »Chef! Ich würde jetzt wirklich gerne wissen, was mein paranoider Ex-Mann da drin so lange treibt!«

»O. K.« Gerste gab Mandy einen Wink, die daraufhin die Sprechanlage einschaltete.

»Und Sie haben sich wirklich keinen Moment lang gefragt,

warum eine Frau, die Sie nach Ihren Angaben nur flüchtig kannten, eine Waffe bei sich trug?«, hörte Lale Jobst fragen.

»Hören Sie«, verlangte Gola gelassen. »Ich habe Ihnen schon mindestens zwölf Mal gesagt, dass ich gar nicht wusste, dass sie eine Waffe in der Tasche hatte.« Er schmunzelte. »Ich wusste auch nicht, dass sie Kommissarin ist.«

»Sie wussten wirklich nicht, dass sie bei der Mordkommission arbeitet?«, bohrte Jobst weiter.

»Nein, woher denn?« Gola wirkte noch immer sehr entspannt. »Ich habe sie nicht nach ihrem Beruf gefragt. Warum auch?« Er setzte sich aufrecht hin. »Ich habe mich spontan in diese Frau verliebt. Da fragt man doch nicht nach dem Beruf.«

Lale spürte, dass sie errötete. Kroko sah verlegen auf seine Schuhspitzen und Mandy grinste sie unvermittelt an. »Arme Brigitte«, sagte sie, zwinkerte Lale jedoch anerkennend zu. »Den würde ich auch nicht von der Bettkante schubsen.«

»Frau Schneider!«, ermahnte Gerste sie.

»Psst!«, machte Lale.

Jobst war inzwischen wieder aufgestanden und ging langsam auf und ab. »Sie küssen also einfach irgendeine Frau, ohne auch nur zu wissen, welchen Beruf sie hat?«, fragte er.

»Die Frage ist doch jetzt nicht Ihr Ernst.« Gola Gronski schmunzelte erneut. »Sicher küsse ich unabhängig vom Beruf…«

»Die Frage ist ja nun wirklich blöde«, kommentierte Mandy.

»Und wenn sie jetzt Krankenschwester wäre?«, insistierte Jobst. »Eine Krankenschwester, die unter Umständen ansteckende Krankheiten überträgt…«

Nun stand auch Gola Gronski auf. »Machen Sie sich doch nicht lächerlich«, sagte er grinsend. »Außerdem ist Leila gewiss keine Krankenschwester. Sie ekelt sich vor meinen Kunstwerken! Sie ist einfach großartig!«

Lale verspürte das unvermittelte Bedürfnis, in den Vernehmungssaal zu rennen und Gola um den Hals zu fallen.

Jobsts Stimme wurde noch amtlicher: »Es würde Sie also nicht stören, wenn sie…«

»Wie viele Krankenschwestern haben Sie schon geküsst?«, fragte Gola.

»Bingo!«, rief Lale. »Hunderte!«

»Darum geht es jetzt doch gar nicht«, sagte Jobst gereizt.

»Eben«, konterte Gola. »Darum geht es nicht. Ich glaube, dass es hier überhaupt um etwas ganz anderes geht.« Er ließ sich wieder auf seinem Stuhl nieder. »Meinetwegen könnte Leila als Putzfrau oder als Callgirl arbeiten. Sie ist einfach Leila.«

»Isch halt's ni aus!«, rief Mandy begeistert. »Das is ja voll die Schnulze!«

In diesem Moment öffnete sich die Tür und ein kleiner älterer Herr trat ein. »Diederich!«, sagte er eine Spur zu laut. »Haftrichter. Ich soll hier meines Amtes walten.«

»Na, endlich«, stöhnte Lale auf.

»Haben Sie Schmerzen?«, fragte der Haftrichter.

»Nein.« Lale schüttelte den Kopf. »Sie sind mit dem Sachverhalt vertraut?«

»Wie bitte?« Der Haftrichter sah sie an.

»Frau Petersen fragt, ob Sie alle Unterlagen kennen!«, rief Gerste.

»Ach, Sie sind Frau Dedersen!«, brüllte der Haftrichter und reichte Lale die Hand. »Sehr schön. Sie sind offenbar doch unversehrt.«

Lale ergriff verblüfft die dargebotene Hand.

»So, dann wollen wir mal!«, brüllte der Haftrichter. Er öffnete die Tür zum Vernehmungssaal und trat ein.

Gerste ließ Lale den Vortritt, als sie ihm folgten. »Er ist ein bisschen schwerhörig«, erklärte er.

»So, wer ist denn hier der Staatsanwalt?«, fragte der Haftrichter.

»Gut, dass Sie kommen«, sagte Jobst und reichte ihm ebenfalls die Hand. »Petersen von der Staatsanwaltschaft.«

»So so, Sie sind das«, stellte der Haftrichter fest. »Sie sollten etwas deutlicher sprechen, wenn Sie Staatsanwalt sind! Wie war der Name?«

»Petersen!«, rief Jobst. Lale konnte deutlich seine Verärgerung erkennen.

»Und wer sind Sie?«, fragte der Haftrichter. »Gola Gronski… steht in meinen Unterlagen! Sind Sie irgendwie verwandt mit diesem Künstler?«

Gola nickte. »Ich bin dieser Künstler«, sagte er laut.

Der Haftrichter reichte ihm die Hand. »Das ist ja wunderbar! Ich bin ein aufrichtiger Verehrer Ihrer Kunst!«

Lale grinste, als sie Jobsts Gesichtsausdruck sah. Auch Gerste wirkte durchaus amüsiert.

»Sie beschämen mich!«, rief Gola fröhlich.

»Das tut doch hier wirklich nichts zur Sache«, sagte Jobst gereizt. »Der Mann hat die Kommissarin Petersen bedroht!«

»Das stimmt doch gar nicht!«, rief Lale erbost dazwischen. »So ein Blödsinn!«

Der Haftrichter blickte erstaunt von einem zum anderen. »Wer hat jetzt wen bedroht?«

»Na, er sie!« ereiferte sich Jobst und deutete zunächst auf Gola und dann auf Lale.

»Nein, Sie mich!«, rief Gola und zeigte auf Jobst.

»Quatsch!«, brüllte Lale. »Er hat uns beschatten lassen!« Sie zeigte erst auf Jobst und dann auf Gola und sich.

Der Haftrichter verzog keine Miene. »Ich stelle also fest, dass Herr Gronski hier völlig grundlos festgehalten wird«, sagte er.

»Aber nein!«, Jobst schüttelte den Kopf. »Herr Haftrichter, es geht hier um Organisierte Kriminalität.« Er atmete heftig. »Frau Petersen wird bedroht. Gestern erst wurde ihr Tod in der Zeitung angekündigt. Kurz darauf fand man eine Frauenleiche mit ihrem Dienstausweis!«

»Sie meinen Frau Dedersen?«, fragte der Haftrichter. »Petersen heißen doch Sie!«

»Nein, sie auch!«, rief Jobst gereizt.

»Stimmt!«, pflichtete ihm Gerste bei. »Sie heißt auch Petersen! Sie waren mal verheiratet.«

»Miteinander!«, ergänzte Lale. »Früher mal!«

»Ach, das ist ja interessant!« Der Haftrichter blickte in seine Unterlagen. »Stimmt! Lale Petersen!« Er kramte Lales Dienstausweis zwischen den Papieren hervor. »Das sind also Sie!« Er nickte Lale zu. »Hat Herr Gronski denn mit dem Unfalltod dieser Frau zu tun?« Er sah Gerste an.

»Nein.« Gerste schüttelte den Kopf. »Wir wissen ja noch nicht einmal, wer sie wirklich ist.«

»Aha!« Der Haftrichter machte sich eine Notiz. »Ich stelle also fest, dass Herr Gronski hier völlig grundlos festgehalten wird«, sagte er.

»Ja!«, rief Lale.

»Nein!«, rief Jobst.

Gola grinste. »Ich denke, es handelt sich hier um eine Verwechslung.«

»Sie wollten also einen Anderen verhaften?«, fragte der Haftrichter Jobst.

»Nein, oder ja.« Jobst rang sichtlich um Beherrschung. »Ich hätte gestern jeden verhaften lassen, der sich meiner Frau nähert! Immerhin geht es um Organisierte Kriminalität!«

»So so.« Der Haftrichter musterte Jobst eindringlich. »Und da lassen Sie also einfach jeden, der mit Ihrer Frau redet mal eben von der Straße weg verhaften!« Er machte erneut eine Notiz.

»Ihnen ist wohl nicht bewusst, dass wir so unter Umständen ein Kapitalverbrechen verhindert haben!«, echauffierte sich Jobst.

Der Haftrichter nickte. »Kapitalverbrechen verhindern können Sie auch, wenn Sie alle Männer zwischen 20 und 50 verhaften lassen! Vermutlich könnten Sie so ungeahnt viele Kapitalverbrechen verhindern!« Er rieb sich eine Augenbraue. »Ich halte das dennoch für eine denkbar ungeeignete Methode.«

Lale konnte sich ein breites Grinsen nicht verkneifen. Selbst Gerste schmunzelte schon wieder in sich hinein.

»Waren Sie denn dienstlich mit Herrn Gronski zusammen?«, brüllte der Haftrichter Lale entgegen.

»Aber nein!«, beeilte Lale sich zurück zu brüllen. »Das war rein privat! Wir sind uns nur zufällig begegnet!«

»Und für private Zufälle tragen Sie Ihre Dienstwaffe mit sich?«, fragte der Haftrichter. »Das erscheint mir ebenfalls unangemessen.«

»Ich fühlte mich verfolgt!«, rief Lale.

»Von Herrn Gronski?«, fragte der Haftrichter und machte sich eine weitere Notiz.

»Nein!«, rief Lale ungehalten. »Ich wurde beschattet! Aber ich wurde zuvor darüber nicht informiert!«

»So so!« Der Haftrichter klemmte sich seine Unterlagen unter den Arm. »Herr Gronski, Sie können gehen! Und entschuldigen Sie bitte die Unannehmlichkeiten!« Er reichte Gola die Hand. Dann wandte er sich Jobst zu. »Und Sie, Herr Dr. Petersen…

Ich habe bereits mit dem Oberstaatsanwalt den Vorgang erörtert. Ich fürchte, Sie müssen mit einer Dienstaufsichtsbeschwerde rechnen!«

Lale konnte sich ein Kichern nicht verkneifen. Das hatte er nun davon! Geschah ihm ganz recht.

»Frau Petersen!« Der Haftrichter nickte Lale zu. »Sie sind bis auf Weiteres vom Dienst beurlaubt!«

»Wie bitte?«, rief Lale entsetzt. »Warum das denn?!«

»Den Berichten entnehme ich, dass Sie nicht nur eine Dienstwaffe mit sich geführt haben. Sie waren auch nicht in der Lage, sie sachgemäß zu verwenden!« Der Haftrichter lächelte milde.

Lale sah ihn verblüfft an. »Hätte ich denn jemanden anschießen sollen?«

Der Haftrichter schüttelte seinen Kopf. »Wenn Sie eine Dienstwaffe tragen, sollten Sie damit umgehen können!«, erklärte er lautstark. »Sie werden also ein Training auf dem Schießstand absolvieren! Danach dürfen Sie wieder zum Dienst erscheinen!«

Gerste grinste Lale an. »Morgen früh um 7 Uhr geht es los. Ich habe Sie schon avisiert.«

Hiob & Kollegen

»Ach, du kleiner Stubentiger hast es gut.« Seufzend kraulte Lale Katinka, die sich auf ihrem Schoß räkelte. Sie sortierte die Kuverts, die sie gerade aus dem Briefkasten gefischt hatte. Sie warf die Werbung, die sie trotz »Bitte-keine-Werbung«-Aufkleber ständig erhielt, auf den Fußboden. Die Rechnungen stapelte sie ungeöffnet auf dem nächstbesten Stuhl. Dann riss sie ein paar nicht zuzuordnende Umschläge auf.

Entsetzt starrte Lale auf ein Schreiben, dem ein Ticket beigefügt war. »Was ist das?«, murmelte sie und erfasste im selben Moment die ganze Tragweite dieses Briefes. Darin wurde ihr der offizielle Ballonstart am kommenden Tag angekündigt. Sie sollte sich mit einer Begleitperson ihrer Wahl um 15 Uhr auf irgendeiner Wiese einfinden. Die Buchstaben verschwammen vor Lales Augen. Augenblicklich war ihr übel. Man entschuldigte sich wortreich für die kurzfristige Terminverlegung, da man mit ungünstigen Wetterverhältnissen am kommenden Wochenende zu rechnen hätte und somit den Ballonstart vorverlegt habe. Das hatte ihr jetzt gerade noch gefehlt. Sie hatte diese Ballonfahrt die ganze Zeit erfolgreich verdrängt. Lale kraulte zitternd an Katinka herum. Die Katze räkelte sich wohlig.

»Na, Katinka, was meinst du?«, fragte Lale. »Vielleicht ist Brigitte ja noch furchtbar sauer auf mich, und ich komme um diesen ganzen Ballonquatsch herum. Ich meine, sie will doch bestimmt nicht mit einer solch hinterhältigen Nachbarin über dem Elbtal schweben.« Sie seufzte erneut. Außerdem hatte unter Umständen irgendein fieser Serienmörder Mitleid mit ihr und präsentierte ihr morgen um 14 Uhr ein Mordopfer, dem sie als Kommissarin nun wirklich nicht davonfliegen durfte. »Quatsch!« Die Katze sah auf. »Ich bin ja auch noch vom Dienst beurlaubt.« Als habe sie es verstanden, rückte Katinka noch etwas dichter an Lales Bauch. Sie schnurrte zufrieden. »Ja, du hast es gut«, sagte Lale leise. »Soo gut…«

Das Telefonklingeln riss Lale aus ihrem Selbstmitleid. Ob das Gola war? In freudiger Erwartung griff Lale zum Telefon. Dann hielt sie inne. Nein, sie sollte es erst zwei bis drei Mal klingeln lassen. Gola musste ja nicht sofort merken, dass sie auf seinen Anruf wartete. Sie starrte auf das Telefon in ihrer Hand. Ihr war bisher nie aufgefallen, wie viel Zeit zwischen den einzelnen Klingeltönen lag. Direkt mit Beginn des dritten Klingeltons riss Lale das Telefon ans Ohr. »Jaha? Hallooo?«

»Ja, aber Hallo! Sie haben eine wundervolle Telefonstimme«, säuselte ein offenbar männlicher Gesprächspartner. »Sagen Sie, ärgern Sie sich nicht auch oft über unser kompliziertes Steuersystem?«

»Nö«, entgegnete Lale. »Sollte ich?«

»Aber sicher«, säuselte der Mann. »Sie ahnen ja gar nicht, wie viel Geld Sie verschenken… Haben Sie nicht schon einmal darüber nachgedacht, wie viel einfacher Ihr Leben sein könnte ohne…«

»Wer sind Sie?«, fragte Lale dazwischen.

»Oh, ich habe mich noch gar nicht vorgestellt«, stellte die männliche Säuselstimme bedauernd fest. »Mein Name ist Maik Zschertnitz, ich bin Call Center Agent Assistent und widme mich dem Business Knowledge Programming der Consulting Group of Further Edutainment.«

»Na, dann!« Lale verdrehte genervt die Augen. »Und?«

»Nun, ich wollte Sie fragen, ob Sie Interesse haben…« Der Call Center Säusel Agent machte eine bedeutungsschwangere Pause. »Sie möchten doch Ihr Leben vereinfachen, habe ich recht?«

»Nein«, sagte Lale. »Schönen Tag noch.« Sie beendete die Verbindung und fixierte das Telefon. Warum rief Gola nicht an? Gleich, gleich würde dieses Telefon klingeln und dann wäre Gola in der Leitung… Gleich würde er anrufen.

Sicherheitshalber nahm sie das Telefon mit in die Küche, wo sie die Kaffeemaschine befüllte. Mit jeder Handbewegung warf sie einen unruhigen Blick auf das Display. »Nun mach schon!«, verlangte sie, als sie die Kaffeemaschine einschaltete. »Klingle!«

Und prompt klingelte es. Doch was sie vernahm, war nicht das Klingeln des Telefons, sondern das der Wohnungstür. Lale zuckte zusammen. Gola! Natürlich, er kam einfach vorbei. Vermutlich kannte er ihre Telefonnummer gar nicht. Wer sonst sollte um diese Zeit vor ihrer Tür stehen?

Sie zwang sich zur Ruhe und schritt betont gelassen zur Tür. Nur nicht hektisch werden! Sie durfte sich nicht schon wieder so konfus benehmen. Also, immer mit der Ruhe.

Bevor sie die Tür öffnete, vergewisserte sie sich, dass sie diesmal Schuhe trug und das luftige Oberteil vorteilhaft das bisschen Busen betonte. Soweit sie das in der kurzen Zeit erkennen konnte, saß alles am richtigen Platz. Mit einem erwartungsvollen Lächeln öffnete sie die Tür.

»Na, Gott sei Dank! Du lebst!« Mit einem dramatischen Seufzer fiel ihr Brigitte um den Hals. »Ich habe mir ja solche Sorgen gemacht«, seufzte Brigitte über Lales Schulter. »Lass dich mal richtig drücken!«

Lale erstarrte und ließ Brigittes ungewohntes Bedürfnis nach Tuchfühlung geduldig über sich ergehen.

Brigitte strahlte sie an. »Mandy sagte zwar, mit dir sei alles O. K., aber als ich dich gestern den ganzen Abend lang nicht erreichen konnte, war ich doch immer noch unruhig«, erklärte Brigitte mit besorgtem Gesicht. »Geht es dir auch wirklich gut? Du bist so blass um die Nase.«

»Alles O. K.«, sagte Lale und sah Brigitte verwundert an. »Ähm, ich hatte unlängst den Eindruck, dass dir mein Wohlergehen nicht so sehr am Herzen liegt. Es wirkte, als ob du irgendwie sauer bist.«

»Ach, was!« Brigitte winkte ab. »Oh, es duftet nach Kaffee.«

»Läuft gerade durch«, sagte Lale. »Möchtest du einen?«

»Gerne.« Brigitte machte ein betroffenes Gesicht. »Weißt du, ich muss mit dir reden. Es tut mir ehrlich leid wie ich mich benommen habe!«

Lale ging in die Küche und schob ein paar schmutzige Teller ziellos über die Arbeitsplatte. Sie schielte unwillkürlich zum Telefon.

»Ich habe mich echt blöd benommen«, sagte Brigitte mit zerknirschtem Gesichtsausdruck. »Ich bin schon irgendwie sauer. Aber ich bin sauer auf Gola!«

Lale holte zwei Tassen aus dem Schrank. Das Telefon schwieg.

»Ja, ich bin eigentlich nur sauer auf Gola«, erklärte Brigitte. »Ich meine, du kannst ja gar nichts dafür!«

Lale räumte weiteres schmutziges Geschirr ziellos von einer Ecke in die andere. Wann war denn der Kaffee endlich durch? Sie warf einen bangen Blick aufs Telefon. So sehr sie auf einen Anruf von Gola wartete, so unpassend wäre er gerade jetzt gewesen.

»Aber weißt du…« Brigitte lehnte im Türrahmen. »Gola hat den ganzen Abend nur noch von dir gesprochen. Das hat mich total genervt!«

»Mhm.« Lale zog einfach die Kaffeekanne von der Heizplatte und goss ein. Einige Tropfen verglühten prompt auf der heißen Platte. Schnell stellte sie die Kanne wieder zurück.

Brigitte seufzte. »Er hat mich regelrecht nach dir ausgefragt«, erzählte sie. »Du hast ihn wohl sehr beeindruckt. Aber du hast ja eigentlich gar nichts gemacht.«

»Was hat er denn gefragt?«, fragte Lale so beiläufig wie möglich. Sie reichte Brigitte eine Tasse.

»Ach, so das Übliche«, erklärte Brigitte ausweichend.

»Aha.« Lale nippte an ihrem Kaffee. Autsch, war der heiß! »Was ist denn so üblich? Ich meine, was fragt man denn so?«

Brigitte verzog das Gesicht zu einer wahren Leidensmiene.

»Männer!«, stieß sie patzig hervor. »Er wollte alles Mögliche wissen: Was du machst, mit wem und warum. Ich kam mir völlig überflüssig vor!«

»Und deshalb hast du ihm nichts erzählt, richtig?« Lale versuchte es mit einem Grinsen. Sie fühlte sich ausgesprochen unwohl in dieser Situation. Doch solange Brigitte redete, kam sie nicht in die Verlegenheit, etwas erzählen zu müssen. »Oder hast du ihm einen Bären aufgebunden?«

»Ich bitte dich!«, rief Brigitte empört. »Das habe ich nicht nötig. Du glaubst doch wohl nicht, dass ich schlecht von dir gesprochen habe!«

»Nein, nein, so habe ich das auch gar nicht gemeint«, beeilte Lale sich zu versichern.

»Ich habe ihm, selbstlos wie ich nun einmal bin, sogar deine Telefonnummer gegeben«, brüstete sich Brigitte. »Er hat dich wohl noch nicht angerufen, was?«

»Nein.« Lale zog die Augenbrauen hoch. »Er hat mich nicht angerufen. Ich bin aber auch kaum zu Hause gewesen.«

»Nicht deine Privatnummer«, erklärte Brigitte. »Die kenne ich doch gar nicht. Wann rufe ich dich hier schon mal an? Ich kann ja jederzeit bei dir klingeln. Ich habe ihm deine Nummer auf der Arbeit gegeben, im Kommissariat.«

»Ach so?« Lale sah Brigitte erstaunt an.

»Ja«, berichtete Brigitte. »Weißt du, ich habe ihm so viel von deinem Job erzählt und was für ein aufregendes und gefährliches Leben du so hast. Da fand ich das irgendwie passender.« Sie grinste. »Schließlich habe ich dir ja auch schon das eine oder andere Mal weiterhelfen können.«

Lale starrte Brigitte an. »Du hast ihm von meinem Job erzählt?«

Brigitte sah Lale zweifelnd an. »War das falsch? Deine Handynummer habe ich nicht rausgerückt, keine Angst!«

»Nein, nein.« Lale spielte mit ihrer Kaffeetasse. Hatte Gola nicht zu Jobst gesagt, er wisse überhaupt nichts über sie und ihren Beruf? Sie bemerkte, dass Brigitte verlegen mit ihren Haarspitzen spielte. »Du hast nichts falsch gemacht«, sagte Lale beruhigend. »Aber gib's zu, du hast schon vermutet, dass diese ganzen Mordgeschichten eine Künstlerseele wie Gronski abschrecken würden!«

Brigitte nickte kaum merklich. »Und wie man sieht, habe ich richtig vermutet«, verkündete sie nicht ohne Triumph.

Lale biss sich auf die Unterlippe. »Nun ja…« Sie nahm schnell einen Schluck Kaffee.

Plötzlich stieß Brigitte einen spitzen Schrei aus. Lale zuckte zusammen und heißer Kaffee ergoss sich über ihre Finger. »Mist!«, schimpfte Lale.

»Das ist ja supi! Morgen schon!«, rief Brigitte begeistert. Sie hielt das Schreiben ihrer Zeitung in der Hand. »Morgen schweben wir im Ballon über Dresden! Ich freue mich so!«

Lale stand auf und holte grummelnd einen Lappen aus der Küche. Dann wischte sie die kleine Kaffeepfütze vom Tisch. »Mhm«, meinte sie lahm, ging in die Küche und warf den Lappen zurück in die Spüle, nicht ohne einen verstohlenen Blick auf das Telefondisplay zu werfen.

»Du nimmst mich doch mit?«, fragte Brigitte ängstlich. »Bitte, bitte! Oder bist du noch sauer auf mich?«

»Nein, nein«, beschwichtigte Lale. »Ich bin nur wenig begeistert von diesem Hauptgewinn«, erklärte sie. »Ich habe einfach furchtbaren Schiss.«

»Musst du nicht!« Brigitte strahlte. »Du wirst sehen, es wird ganz toll! Nur du und ich, und irgendein junger knackiger Pilot.« Brigitte guckte verträumt imaginären Wattewölkchen nach. »Und wenn wir über die Elbwiesen fliegen, spucke ich Gola auf seine blöde Transplantage!« Sie kicherte.

Lale lächelte gequält bei dem Gedanken an Vogelperspektiven. Morgen um diese Zeit würde sie vermutlich in diesem Ballon vor sich hin bibbern.

In diesem Moment öffnete sich die Wohnungstür und Pit erlöste Lale aus ihren düsteren Zukunftsprognosen. »Oh, meine Lala-Mama!« Er umarmte sie stürmisch.

»Was ist?«, fragte Lale prompt. »Willst du mich anpumpen?«

»Nicht doch, dafür habe ich jetzt Papa«, erwiderte Pit fröhlich. »Sein schlechtes Gewissen kann ich erst mal in Ruhe melken.«

»Was hast du eigentlich für eine Kinderstube?« Lale sah ihren Sohn streng an.

»Ich freue mich einfach nur, dich zu sehen«, erklärte Pit. »Nach dem Schock gestern mit der Todesanzeige.«

»Ach ja, konntest du eigentlich etwas herausfinden?«, wandte Lale sich an Brigitte. »Mandy meinte, du wolltest mit deinen Kollegen sprechen.«

Brigitte wackelte betrübt mit dem Kopf. »Nicht wirklich. Die Todesanzeigen werden ja in der Regel von Bestattungsunternehmen aufgegeben.« Sie nahm einen Schluck Kaffee und stellte ihre Tasse ab.

»Und?«, begehrte Lale zu wissen. »Nun mach es doch nicht so spannend! Wer wollte mich denn unter die Erde bringen?«

»Das weiß ich nicht«, sagte Brigitte. »Aber es wurde eine Kopie des Totenscheins übermittelt.«

»So was kann doch jeder Arzt ausstellen«, warf Pit ein. »Allerdings müsste er dann doch auch den Tod feststellen… Oder?«

»Richtig«, sagte Lale. »Aber eine Tote mit meinen Personalien gab es ja auch.«

»Wie?«, rief Brigitte.

»Was?«, fragte Pit.

»Ja«, sagte Lale. »Aber lassen wir das. Da kümmert sich Kroko drum. Der macht das sehr gewissenhaft, aber es kann natürlich dauern.« Sie seufzte. »Viel mehr Sorgen macht mir, ob ich den morgigen Tag überlebe.«

Das Telefonklingeln unterbrach sie. Ein Adrenalinstoß durchzuckte Lale.

Pit schlurfte in die Küche. »Lass nur, ich geh schon ran!«, rief er. »Ich will mir sowieso was zu trinken holen.«

»Mach dir wegen der Ballonfahrt mal keine Sorgen«, sagte Brigitte. »Runtergekommen sind sie bisher alle…«

»Toller Spruch!« Lale sah Brigitte vorwurfsvoll an.

Brigitte tätschelte ihre Hand. »Hör mal, du hast einen tollen Sohn fast alleine groß gezogen und du jagst täglich völlig unerschrocken die schlimmsten Killer! Da wirst du dich doch von so einem aufgeblasenen Ballon nicht einschüchtern lassen!«

Lale musste unwillkürlich schmunzeln. Dann hatte ihr nagendes Gewissen sie wieder eingeholt, denn Pit stand mit dem Telefon in der Hand vor ihr. »Es ist für dich. Irgendein Mann. Klingt aber nett«, sagte er.

Lale blickte verwirrt auf den Apparat und sah dann Brigitte an. Oje, das war bestimmt Gola.

»Ich muss sowieso gehen«, erklärte Brigitte und erhob sich. »Pit Bull muss mal Gassi.« An der Tür drehte sie sich noch mal um. »Holst du mich morgen ab?«

Lale nickte und fuhr sich dann nervös durch die Haare. »Sicher! Tschüss!« Sie riss Pit den Hörer aus der Hand.

»Ist ja schon gut«, sagte Pit lachend und verzog sich in sein Zimmer.

»Petersen!«, rief Lale aufgeregt. »Halloo…«

»Hallo, ich rufe im Auftrag der Data Management Social Development Research an, mein Name ist Steve Möller«, sagte eine freundliche Männerstimme.

»Lassen Sie mich raten: Und Sie sind Call Center Agent«, stellte Lale knurrend fest.

»Sie sind aber gut informiert«, lobt er. »Wir machen eine Befragung zum Konsumverhalten von Singles über 40. Sie sind doch Single und über 40?«

»Und Sie sind Callboy und eine Nervensäge!« Lale drückte erbost das Gespräch weg und ließ das Telefon auf den Tisch scheppern. Übellaunig begann sie auf und ab zu gehen. Warum wusste Gola alles Mögliche über sie und hatte kein Wort davon gesagt? Lale knabberte angestrengt an ihrer Unterlippe. Dass er Jobst gegenüber den Ahnungslosen gab, war vielleicht nach diesem saublöden SEK-Einsatz noch zu verstehen, aber dass er auch ihr gegenüber so getan hatte, als sei sie für ihn ein völlig unbeschriebenes Blatt. Er hatte allerdings nicht ein Mal nach ihrer Arbeit oder anderen persönlichen Dingen gefragt. Er hatte sich eigentlich für gar nichts interessiert, sondern immer nur von seinem Kunstprojekt gefaselt. So ein Blödmann… Lale grübelte sich langsam in Rage. Sie lief nun schneller auf und ab. Wieder klingelte das Telefon. Lale schnaufte und nahm das Gespräch an. »Ja!«, brüllte sie unfreundlich in den Hörer.

»Guten Tag«, schepperte eine elektronische Stimme. »Bitte gedulden Sie sich einen Moment. Wenn Sie eine Kreuzfahrt in die Karibik gewinnen möchten, drücken Sie bitte die Taste…«

»Nein!«, brüllte Lale und drückte die rote Taste. Nicht zu fassen, diese Telefonterroristen! Und irgendetwas gewinnen wollte sie mit Sicherheit nie wieder. Diese blöde Ballonfahrt reichte für die nächsten zwanzig Jahre! Das Telefon klingelte schon wieder. Lales Augen wurden zu Schlitzen. »Na wartet, ihr kleinen

Kommunikationsknilche«, knurrte sie. Sie räusperte sich und nahm das Gespräch an: »Hallo, mein Name ist Schweinchen Dick. Ich bin Ihr Callgirl Assistent of Killing Management… Wenn Sie eine Frau sind, drücken Sie bitte die Eins, wenn Sie Fragen haben, drücken Sie bitte die Zwei, und wenn Sie mir auf die Nerven gehen wollen, drücken Sie am besten ganz schnell 1,2,3,4,5 und verschwinden aus meiner Leitung!«

»Ähm? Wie?«, hörte Lale eine verwirrte Männerstimme.

Ha, hatte sie einen von diesen blöden Callboys erwischt! »Achtung, unser System konnte Sie leider nicht vollständig identifizieren. Bitte nennen Sie Ihren Namen in einzelnen Buchstaben.«

Lale vernahm zunächst ein Räuspern und dann eine nicht ganz unbekannte Stimme. »G – E – R – S – T – E – Sagen Sie mal, sind Sie jetzt total durchgedreht?!«

Lale schnappte nach Luft. »Ja«, sagte sie tonlos.

»Na, dann bin ich also richtig, bei Petersen«, stellte Gerste fest. »Frau Petersen, ich möchte Sie nur daran erinnern, morgen früh unbedingt dieses Schießtraining wahrzunehmen«, ermahnte der Chef. »Übermorgen ist die Beerdigung der Toten Schmitt. Ich brauche Sie so schnell wie möglich wieder im Dienst! Vielleicht stoßen wir ja dort noch auf einen interessanten Hinweis.«

»Ja, ich gehe ja morgen in diesen blöden Schützenverein«, sagte Lale. »Aber bevor ich wieder zum Dienst antreten kann, muss ich, fürchte ich, erst noch mit einem Ballon vom Himmel stürzen und mir das Genick brechen.« Sie seufzte und setzte dann in plötzlicher Hoffnung hinzu: »Wenn ich allerdings unabkömmlich bin, kann ich diesen albernen Ballonausflug natürlich absagen.«

»Oh, nein, nein!« Gerste klang ausgesprochen zufrieden. »Ich finde es großartig, dass Sie so aktiv gegen Ihre Flugangst ankämpfen! Weiter so! Ich bin stolz auf Sie.«

Lale guckte verblüfft auf den Hörer. Der Chef hatte aufgelegt. Schnell öffnete sie das kleine Fach auf der Rückseite des schnurlosen Apparats und entfernte die Batterien. Heute würde sie niemand mehr zutexten.

Schuss ins Blaue – Treffer ins Schwarze

Lale balancierte den halbvollen Kaffeebecher zwischen den Knien und kramte nach ihrem Stadtplan. So ein Mist! Sie war doch die Königsbrücker Straße hinaufgefahren. Aber irgendwie war sie hier falsch. Sie manövrierte ihr Auto in eine Seitenstraße voller alter Industriegebäude. Was war das hier nur für eine verlassene Gegend? Irgendwie hatte sie einen Abzweig verpasst. Sie stoppte den Wagen und prompt schwappte Kaffee durch die kleine Öffnung des dünnen Plastikdeckels und sickerte durch ihre Jeans. Hu, war das heiß! Sie rieb sich das Knie und stellte den Kaffeebecher zwischen die Altpapierstapel auf den Beifahrersitz. Dann fingerte sie ihren Stadtplan aus der Ablage. Mit dem Zeigefinger fuhr sie den Verlauf der Königsbrücker Straße entlang. Weiter im Norden wurde die Straße zur Königsbrücker Landstraße. Na, prima! Lale seufzte. Der Stadtplan endete genau da, wo es für sie interessant wurde. Sie hatte tatsächlich einen Abzweig verpasst, aber welchen?

Blöde Schießbude! Sie ließ den Wagen wieder an und steuerte ihn weiter durch das menschenleere Industriegebiet. Irgendwann musste sie ja zurück auf die Hauptstraße finden. Oder fuhr sie gar nicht mehr im Kreis? Sie bremste abrupt ab und brachte so Bewegung in Altpapier und Kaffeebecher. »Och, nee!«, schimpfte Lale und versuchte den Kaffeebecher aufzufangen. Doch er hatte sich bereits mit Schwung seines Deckels entledigt und so plätscherten die Kaffeereste dampfend zwischen das Altpapier. »Shit!« Das hatte sie nun davon, wenn sie vor dem Wecken schon in irgendwelchen Schießbuden zum Ballern erscheinen sollte. So eine saublöde Aktion!

Der Kaffeeduft vermengte sich mit dem feuchten Altpapier zu einem modrigen Mief. Lale verzog das Gesicht und fuhr langsam weiter. Immerhin konnte sie ja zwischen diesen verlassenen Industrieschuppen vielleicht ihren Müll loswerden. Da standen diverse Container. Sie sahen zwar nicht wie offizielle Recyclingstellen aus, konnten aber sicherlich ein bisschen frisches Pappmaché verkraften.

Als sie aus dem Wagen ausstieg, rümpfte Lale die Nase. Igitt! Was war das nur für ein Gestank? Das war weitaus schlimmer, als der Mief in ihrem Auto. Das roch wie faule Eier mit ranzigem Öl, nur irgendwie noch giftiger. Lale verzog das Gesicht. Schnell lief sie um den Wagen herum, öffnete die Beifahrertür und klaubte das kaffeekontaminierte Papier vom Sitz. Sie stopfte alles in den nächstbesten Container. Dann warf sie einen skeptischen Blick auf den Rücksitz ihres Autos. Ob sie den Rest auch gleich hierlassen sollte. Halbherzig schnappte sie sich einen weiteren Arm voll und trat an den nächsten Container heran. Er war zugesperrt. Aber daneben stand noch ein offenes Exemplar, das aber offensichtlich Plastikmüll enthielt. Lale warf einen neugierigen Blick hinein. Plastikflaschen, jede Menge Plastikflaschen mit ausländischem Etikett. Sie konnte weder Schrift noch Sprache lesen. Doch die Flaschen wirkten ausgesprochen giftig, wie Putzmittel oder Blumendünger. Schnell warf sie einen Blick über die Schulter und ließ dann das Altpapier einfach in den Container gleiten. Sie musste schleunigst hier weg! Dieser Gestank war einfach nicht mehr zu ertragen. Ein Blick auf die Uhr bestätigte sie in ihrem Fluchtbedürfnis. Es war bereits 7 Uhr. Bestimmt gab es Ärger, wenn sie nicht pünktlich auf dem Schießstand erschien.

Sie wendete den Wagen und machte sich auf den Rückweg. Konfus kurvte sie durch die Seitenstraßen. Sie kurbelte ihr Fenster ein Stück herunter. Ih! Immer noch diese Giftwolke. Das ganze Industrieareal stank einfach nur zum Himmel. Dabei sahen auch die anderen Seitenstraßen völlig verlassen aus. Hier produzierte doch niemand mehr! Erleichtert entdeckte Lale die Ausfahrt zur Hauptstraße, bog links ab und kroch im Schneckentempo zurück Richtung Dresden. Irgendwo musste diese Schießbude doch ausgeschildert sein. Da, ein Wegweiser verwies auf Langebrück. Irgendwo in dieser Richtung musste es sein. Lale bog ab und erreichte nach einigen wenigen Kurven einen Parkplatz, dessen Schild auf irgendeine Schützenvereinigung hindeutete. Es ging durch ein Stück Wald und plötzlich spielten ein paar halb verwitterte Betonplatten Straße bis zu einem Vereinsheim. Hier war sie offensichtlich richtig. Nur wenige Autos parkten auf dem Gelände, doch das waren immer noch erstaunlich viele, um bereits vor dem Frühstück herumzuballern.

Missmutig und müde betrat sie das Gebäude mit seinem 50er-Jahre-Charme.

»Ach, die berühmte Kollegin!« Ein Typ, der vom Erscheinungsbild ein Bruder von Gerste hätte sein können, kam auf sie zu und verabreichte ihr einen kräftigen Händedruck. Er warf einen missbilligenden Blick auf die große Uhr an der Wand. »Das ist ja nicht gerade Punkt sieben.«

»Moin«, grunzte Lale. »Ein Schild in beiden Fahrtrichtungen könnte Wunder wirken.«

»Auf Wunder verlassen wir uns hier lieber nicht«, erklärte der Gerste-Bruder. »Wir setzen hier auf hartes Training. Kommen Sie, wir drehen erst mal eine Runde über den Platz.«

Lale folgte ihm. Warum hatte es dieser Typ nur so eilig? Jetzt fing er sogar noch an zu rennen.

»Nun kommen Sie schon!«, rief er und setzte seinen Trab fort durch eine Tür nach draußen.

Lale folgte ihm schnaufend.

»Schneller!«, feuerte der Gerste-Bruder sie an.

Am Rand des Sportplatzes hinter dem Haus blieb Lale stehen. »Was wird das denn, wenn's fertig ist?«, fragte sie argwöhnisch. »Ich dachte, ich bin zum Schießen hier.«

»Sind Sie auch.« Der Typ trabte auf der Stelle. »Aber wir müssen uns doch erst mal warm machen. Sie holen sich ja eine Muskelzerrung, wenn Sie plötzlich 50 Schuss hintereinander abgeben.«

»Och, nö«, maulte Lale.

»Na, kommen Sie, nur vier Runden um den Platz«, rief der Typ.

Er trabte los und Lale blieb gar nichts anderes übrig, als ihm keuchend zu folgen. Schnell gab sie ihr inneres Fluchen auf, denn sie benötigte ihre Energie zum Weiterlaufen. Sie konnte sich nicht erinnern, wann sie das letzte Mal ernsthaft an ihrer Kondition gearbeitet hatte. Und genau so fühlte sich das Laufen jetzt auch an. Egal, weitermachen! Sie würde bei diesem Straftraining auf keinen Fall klein beigeben.

Bereits nach der ersten Runde stand ihr der Schweiß auf der Stirn, und nach der zweiten Runde hatte sie das Gefühl, dass ihr T-Shirt völlig durchnässt war. Mit zusammengebissenen Zähnen kämpfte sie sich eine weitere Runde um den Platz. Sie wurde den Verdacht nicht los, dass dies ein außergewöhnlich großer Sportplatz war... Gerade als sie dachte, sie müsse sich im nächsten Moment einfach fallen lassen, spürte sie, dass ihre Beine automatisch weiterliefen. Fast leichtfüßig meisterte sie die letzte Runde, als sie plötzlich Mandy winken sah.

»Na, so eingerostet sind Sie ja gar nicht.« Der Gerste-Bruder schnaufte und ließ die Arme baumeln.

Froh über den unerwarteten Erfolg ließ auch Lale die Arme baumeln. Sie grinste zu Mandy hinüber.

»Was machst du hier? Hat Gerste dich geschickt, um mich zu kontrollieren?«, fragte sie Mandy.

»Nö.« Mandy grinste.

»Ihre Waffe?«, fragte der Gerste-Bruder.

»Wie?« Lale sah ihn erstaunt an. Dann schlug sie sich mit der Hand vor die Stirn. »Ach du Scheiße! Die liegt noch…«

»In meinen Händen!« Mandy hielt triumphierend Lales Dienstwaffe in die Höhe. »Als ich die auf deinem Schreibtisch liegen sah, dachte ich mir, du könntest sie vielleicht zum Schießtraining brauchen.«

Lale atmete erleichtert auf.

»Gönnen Sie der Dame eine 5-Minuten-Pause bevor es so richtig zur Sache geht«, schlug Mandy vor.

»Aber die Waffe bleibt bei mir«, sagte der Trainer seufzend. Er nahm Lale die Dienstwaffe ab. »Fünf Minuten!«

»Geht klar!«, rief Mandy und zog Lale mit nach draußen. »Ich habe mir nämlich mal deine Akte vorgenommen«, erklärte sie.

»Meine Akte?« Lale stutzte. »Du meinst jetzt nicht meine Personalakte?«

»Ach was, ich meine die, die auf deinem Tisch rumlag«, erklärte Mandy. »Die Sachen, die Kroko über diesen Bruder, diesen Oliver Schmitt, zusammengetragen hat.«

»Ach die«, sagte Lale leichthin. »Du sammelst offenbar alles ein, was auf meinem Schreibtisch herumliegt.«

»Nur in deinem Interesse!« Mandy kicherte.

Lale ließ sich auf die Wiese sinken. »Na, dann schieß mal los!« Sie mussten beide lachen.

»Also, der gute Oliver Schmitt hat Ende der Achtziger eine Ausbildung zum Werbegrafiker gemacht, bei der DEWAG«, erklärte Mandy.

»Er war bei der DREWAG?« fragte Lale irritiert. »Wozu brauchen die denn Grafiker?«

»DEWAG«, korrigierte Mandy. »Das war die staatliche Werbeagentur der DDR.«

»Ach so«, sagte Lale. »Dann war er also Parteimitglied?«

»Vermutlich.« Mandy schien zu überlegen. »Bestimmt. Schließlich war das ein SED-Parteibetrieb, der direkt der Abteilung Agitation des Zentralkomitees der SED unterstellt war. Muss ein Riesenladen gewesen sein.«

»Sag mal, woher kennst du dich denn da so gut aus?«, fragte Lale. »Du bist doch eigentlich zu jung für profundes DDR-Wissen.«

»Kroko!« Mandy lachte. »Er hat voll den historischen Abriss geliefert. Diese Deutsche Werbe- und Anzeigengesellschaft, also die DEWAG wurde 1945 in Dresden gegründet. Allerdings wurde der Hauptsitz der DEWAG auch ziemlich schnell nach Berlin verlegt. Betriebe hatten die wohl fast überall. Immerhin hatten sie insgesamt mehr als 5.000 Mitarbeiter. Kroko hat das natürlich alles genau aufgelistet. Ich weiß nur noch, dass auf jeden Fall auch Dresden und Leipzig dabei waren.«

»Und was für Werbung wurde in der DDR gemacht?«, fragte Lale neugierig. »Nenn mich Blödwessi, aber ich dachte, in einer Planwirtschaft wäre Werbung nicht gerade eine wichtige Branche.«

»Sichtagitation nannte man das.« Mandy grinste. »Ist ja wohl so was wie Werbung. Es ging mehr um politische Propaganda für Parteitage, Maidemos und lauter solchen Kram. War mehr eine sekundäre Rohstoffproduktion. Die haben tonnenweise irgendwelche Wandzeitungen und andere Werbemittel hergestellt, die dann hinterher von den Pionieren in die Altstoffhandlungen geschleppt wurden.«

»Aber jetzt mal weiter im Text. Wir haben nur noch ein paar Minuten Schießpause. Was hat der gute Oliver denn bei dem Werbeladen so getrieben?«, fragte Lale.

»Na, offenbar haben alle bei der DEWAG immer auf irgendwelche Beschlüsse von oben gewartet, oder auf Material«, erklärte Mandy. »Und schließlich hat dann irgendjemand, der dieses Aussitzen besonders gut praktiziert hat, einen ›Sieg des Sozialismus‹ errungen und einen Orden bekommen.«

»Und, wie viele Orden hat unser Oliver?«, fragte Lale.

»Wohl eher keinen.« Mandy wackelte mit dem Kopf. »Laut

Kroko muss sich Schmittchen eher unbeliebt gemacht haben, indem er einfach drauflos arbeitete. Er muss aber ein echt guter Grafiker gewesen sein. Außerdem war er beim Leipziger Messebau dabei, zumindest 1988.«

»Und was ist aus dieser DEWAG und aus Schmitts Oliver nach der Wende geworden?« Lale sah Mandy fragend an.

»1990 wurde die DEWAG in eine Holding umgewandelt und Betriebe ausgegründet«, sagte Mandy. »Kroko hat da tausend Firmen aufgezählt. Es sind wohl ziemlich viele schnell wieder verschwunden oder von Westfirmen übernommen worden.«

»Und Oliver?«, fragte Lale. »Was hat er gemacht?«

»Er hat selbst eine Agentur gegründet und war zwei Jahre später schon pleite«, erklärte Mandy. »Dann reißt seine Biografie einen Moment lang ab. Er muss ein paar Jahre im Ausland gewesen sein. Und als er wieder auftauchte, wurde er Immobilienverwalter in Leipzig.«

»Bei seiner großen Schwester.« Lale nickte. »Gibt es sonst irgendwas Privates über ihn? Hat er Familie?«

»Zumindest steht davon nichts in Krokos Recherchen«, sagte Mandy. »Allerdings gibt es einen uralten Stasibericht über illegalen Rauschmittelkonsum, von einem inoffiziellen Mitarbeiter namens Katinka.«

»Wo bleibt ihr denn?«, unterbrach der Schießtrainer ihr Gespräch.

Lale rappelte sich auf. »Also los, schließlich sind wir nicht zum Vergnügen hier.«

Der Trainer schüttelte den Kopf und bedeutete ihnen, ihm zu folgen. »Jetzt geht es erst mal nicht darum, herumzuballern«, erklärte er. »Wir werden uns den Bereitschaftspositionen widmen, bevor wir zum Schießen und den verschiedenen Schießpositionen kommen. Was machen Sie denn, wenn der Aggressor hinter Ihnen lauert?«

»Was ich immer mache«, erklärte Lale. »Ich habe gar keine geladene Waffe bei mir und haue ihn um.«

Sie waren inzwischen an den Schießplätzen angekommen und der Schießtrainer griff nach den Ohrenschützern. »Sie meinen, Sie haben trotz Ihrer katastrophalen Waffennutzung bisher nicht nur ganz zufällig überlebt?« Er nahm eine Waffe zur Hand. »Na, dann zeigen Sie mal, was Sie können«, schlug er vor. »Ich bin der Aggressor und überfalle Sie von hinten… Geiselnahme.« Er legte ihr von hinten den Arm um den Hals und hielt ihr seine Waffe an den Kopf.

Lale wartete einen Moment. Dann ließ sie sich plötzlich in die Knie sacken, rammte ihm einen Ellenbogen in den Waffenarm, duckte sich und ließ den Trainer in einer schnellen Bewegung über ihren Rücken nach vorne rollen. Er schepperte zu Boden, Lale griff ihm in den Haarschopf, riss seinen Kopf nach hinten und trat gezielt nach seiner Waffenhand. Ein Schuss löste sich aus der Waffe und traf einen Papp-Aggressor ins Bein. Sie trat erneut nach der Waffenhand und die Waffe purzelte zu Boden.

Der Schießtrainer stöhnte auf und Lale drückte ihn erneut auf den Boden und verdrehte ihm einen Arm auf den Rücken. »Nun lassen Sie mich doch endlich aufstehen«, verlangte er.

Lale grinste breit. »Nee, Täuschungsmanöver sind nicht«, sagte sie. »Jetzt warte ich darauf, dass meine Kollegin Sie festsetzt. Ich lasse doch meinen Geiselnehmer nicht in Ruhe aufstehen.« Sie nickte Mandy zu, ließ sich die Handschellen geben und klickte sie an eines seiner Handgelenke. Dann riss sie ihm den Arm, der die Waffe gehalten hatte auf den Rücken und umschloss auch dieses Handgelenk mit einer Handschelle. »Und jetzt schön langsam aufstehen!«

»O. K.« Der Schießtrainer stöhnte erneut und erhob sich mühsam. Dann stand er mit auf dem Rücken gefesselten Händen vor ihr. »Also wirklich hilflos wirken Sie nicht«, gab er grinsend zu.

»Na ja«, sagte Lale stirnrunzelnd. »Bei einer Geiselnahme ist das ein bisschen viel Personengefährdung.« Sie deutete auf den getroffenen Papp-Aggressor. »Das könnte schließlich ein Passant sein. Aber immerhin treffen Sie offenbar in jeder Lebenslage.«

»Ich bin beeindruckt«, sagte der Trainer noch immer grinsend. »Sie sind ja eine echte Nahkampfexpertin. Sie sollten sich mal bei Kurti melden.«

»Gerne, wenn Sie mir verraten, wer Kurti ist«, sagte Lale.

»Kurt Sieger. Er ist ein ehemaliger Kripomann, der jetzt einen Sicherheitsdienst hat«, erklärte der Schießtrainer. »Er sucht immer gute Leute für Personen- und Objektschutz.

Vielleicht kennen Sie ihn ja? Er war früher Leiter der Mordkommission.«

»Nö«, sagte Mandy achselzuckend. »Ich kenne nur Gerste.«

»Ja, der ist sein Nachfolger.« Der Ballistiker nickte. »Vorher hatte Kurti dort das Kommando. Ein netter Typ.«

»Ach, und warum ist er nicht mehr bei uns?« fragte Lale interessiert. Sie musste an die Dossiers denken, die sie in Eva Schmitts Wohnung gefunden hatte. Gab es da nicht auch irgendetwas über einen ehemaligen Kommissar… »Hatte er keine Lust mehr auf die Polizei? Oder hatte die Polizei keine Lust mehr auf ihn?«

Der Schießtrainer seufzte. »Nun, eher Letzteres. Man munkelte etwas über Stasi-Vergangenheit und alte Seilschaften«, sagte er achselzuckend. »Jedenfalls wurde er solange vom Verfassungsschutz beobachtet, bis man ihm angeblich Unregelmäßigkeiten nachweisen konnte. Begünstigungen, Straftatvereitelung… Die wollten ihn halt loswerden! Da waren irgendwelche vermeintlichen Seilschaften zu Ost-Zeiten ja immer schon ganz praktisch!« Er schnaubte verächtlich. »Kurti jedenfalls hat einfach seinen Hut genommen und neu angefangen. Er hat nie wieder über die Sache gesprochen.« Er grinste Lale an. »Na ja, wenn es Ihnen irgendwann mal so ergehen sollte, können Sie bestimmt bei Kurti jederzeit einen Job bekommen.«

Alles heiße Luft?

»Ach, ich freue mich ja so!«, rief Brigitte begeistert. Im Nu war sie in den Korb des Ballons geklettert und winkte. Sie sah skurril aus mit dicker Jacke, Mütze und Schal bei diesem heißen Sommerwetter. Doch auch Lale trug, wie verlangt, eine windundurchlässige Jacke und hatte sich einen Schal um den Hals gewickelt. Sie schwitzte, was jedoch weniger den äußeren Temperaturen zuzuschreiben war als den äußeren Umständen. Sie wischte sich ihre feuchten Handflächen an der Jeans ab. Dann stülpte sie sich eine Mütze auf den Haarschopf. Majestätisch wölbte sich der Ballon über der Wiese. Ein ganzer

Trupp von Helfern war hier bereits seit einer Stunde mit den Startvorbereitungen beschäftigt. Nur wenige Schaulustige hatten sich aus dem nahe gelegenen Dorf auf der Wiese eingefunden. Von den Presseleuten war keiner gekommen. Immerhin… Lale seufzte und warf einen skeptischen Blick nach oben. Sie traute diesem Ungetüm nicht. Sie traute eigentlich nichts, das fliegen konnte, außer vielleicht einem Vogel. Mit zitternden Knien legte sie die letzten Schritte zurück und stieg mit eckigen Bewegungen über die kleine Leiter in den Korb.

»Nich von der schnellen Truppe, wa?!«, meinte der Pilot belustigt. »Na, nu aber holla! Ich hab heut aamt noch wat vor.«

Lale warf ihm einen bösen Blick zu. Warum musste sie ihr Schicksal ausgerechnet in die Hände dieser Nervensäge legen? Hoffentlich konnte dieser Mensch mit dem Ballon besser umgehen als mit Menschen. Sie klammerte sich von innen an den Korb und schluckte. Ihr war jetzt schon speiübel. Wie sollte sie das nur durchstehen?

Brigitte steckte ihre Finger in rosa Handschuhe und winkte begeistert. »Es geht loos! Jetzt geht es los!« Sie strahlte. »Ich bin ja so aufgeregt!«

»So, festhalten, die Damen!«, rief der Pilot. Dann tauschte er ein paar unverständliche Kommandos mit seinen Helfern aus und plötzlich ging alles ganz schnell. »Glück ab!«

Lale sah, wie die Stricke, die den Ballon am Boden hielten, gelöst wurden. Der Korb wackelte. Sie klammerte sich noch fester an den Rand und schloss die Augen. Nur nicht hinsehen. Brigittes entzückte Ausrufe gingen im Getöse des Brenners unter.

Lale riskierte einen Blick. Oje, die waren ja alle schon ganz klein. Sie schloss erneut die Augen. Ihre Finger schmerzten. Dann hatte sie plötzlich das Gefühl, dass sich alles um sie herum drehte. Ihre Knie fühlten sich an wie Wackelpudding. Langsam und vorsichtig ließ sie sich am Rand des Korbes hinunter gleiten, bis sie in einer Sitzposition war. So verharrte sie einen Moment lang. Sie hörte Brigitte quietschen und den Piloten irgendetwas grummeln. Dann rauschte wieder der Brenner. Lale hockte sich vorsichtig in eine Ecke des Ballonkorbes. Es würde vorüber gehen… Irgendwann würde auch dieser Albtraum vorbei sein… Sie versuchte, tief durchzuatmen.

»Mein Gott, das sieht ja toll aus!«, rief Brigitte. »Ist das da schon die Elbe?««

»Nee, dat is nur die Autobahn«, erklärte der Pilot. »Die Elbe kommt erst da hinten.«

Lale kämpfte gegen ihre Übelkeit an. Vorsichtig öffnete sie ein Auge, dann auch das andere. Was sie sehen konnte waren eigentlich nur die Hinterteile von Brigitte und dem Piloten. Die beiden hatten ihre Anwesenheit offenbar ganz vergessen. Gut so. Sie wollte nur, dass das hier bald vorbei war. Lale blinzelte hinauf zu dem Koloss von einem Ballon. Na, der wirkte doch ganz rund und prall. Dann blinzelte sie in die Wolken hinaus. Vor dem blauen Himmel mit diesen einzelnen Wattewölkchen wirkten der Ballonkorb, Brigitte und der Pilotenhintern wie ein Filmtrick. Vielleicht sollte sie sich einfach vorstellen, sie säße in einem Studio, und um sie herum liefe nur ein Film von einem Flug über das Elbtal.

»Hey, is wat mit Ihnen?«, grölte der Pilot.

Lale zuckte zusammen. Sie schüttelte matt den Kopf.

»Ihnen wird schlecht, wenn Se da unten rumsitzn«, erklärte der Pilot. »Sie müssn rausguckn!«

Lale schüttelte den Kopf und zog die Schultern hoch. Sie würde bestimmt nicht mehr aufstehen, ehe sie wieder festen Boden unter den Füßen hatte.

»Hörn Se mal! Nich dass Se mir hier hinkotzn!«, schnauzte der Pilot.

Lale schüttelte den Kopf. »Mach ich nicht. Versprochen!«

»Sie könnn aba och nich einfach rauskotzn«, sagte der Pilot verärgert. »Stelln Se sich vor, Sie stehn am Terrassenufer und plötzlich kotzt eener über Ihnen ausm Ballong.«

Lale verzog angewidert das Gesicht. »Ich kotze nicht aufs Terrassenufer.«

»Na dann is ja jut.« Der Pilot widmete sich wieder seinen Apparaturen.

Lale versuchte gleichmäßig zu atmen. Immerhin hatte man hier wirklich frische Luft.

»Da! Die Elbe!«, rief Brigitte.

Lale riskierte einen vorsichtigen Blick durch das Korbgeflecht. Sie sah Fetzen von Grün, ein paar Häuser. Es wirkte alles nicht sehr echt. Zum Glück!

»Hey, Lale, das musst du dir anschauen!«, rief Brigitte begeistert. »Ich hätte nicht gedacht, dass die Altstadt von oben so türkis aussieht.«

Lale ging vorsichtig in die Hocke. »Türkis? Wieso türkis?«, fragte sie.

»Keene Angst, wir sind noch nich inna Südsee«, schnodderte der Pilot. »Det is Kupfer, wa. Allet Kupferdächer. Die wern denn eem türkis…«

Lale zog sich vorsichtig am Korbrand hoch und lugte wie ein schlechter Spion über die Reling.

»Herrlich!« Brigitte winkte mit ihren Händen. »Die gucken alle! Huhu!«

Lale kroch ein bisschen weiter nach oben. Tatsächlich, da unten waren Menschen und winkten.

»Na, det is wohln bisschen tief, wa.« Der Pilot ließ erneut den Gasbrenner tösen.

Lale richtete sich auf und klammerte sich an die Korbreling. Sie konnte ja immer noch die Augen schließen. Langsam gewann der Ballon wieder an Höhe. Und wenn sie den Blick nicht nach unten richtete, musste sie zugeben, dass die Aussicht schon recht beeindruckend war. Allerdings war die Luft nicht mehr so gut wie noch zuvor. Der Mief der Stadt stieg hier stärker auf, und auch die Geräusche von Autos und Straßenbahnen waren zu hören.

»So, dann wolln wa mal die Kurve kratzn«, rief der Pilot und schien irgendwas am Ballon zu steuern.

Lale wollte gar nicht so genau wissen, was er da tat. Sie tastete sich vorsichtig, immer beide Hände an der Reling hinüber zu Brigitte.

»Guck mal, der Altmarkt!« Brigitte deutete nach unten.

Lale erstarrte. Sie schwebten direkt über der großen Baustelle auf dem Altmarkt. Das musste die letzte Perspektive im Leben von Peter Altmann gewesen sein – kurz bevor er… Lale schluckte.

»Hey, gehnse mal zurück in Ihre Ecke, Lady«, verlangte der Pilot. »Alle uff eene Seite rumturnen is nich!«

Lale starrte wie gebannt hinunter in die Krater der Baustelle. Sie konnte sich überhaupt nicht mehr bewegen.

»Hey, wat isn nu?«, fragte der Pilot schroff. »Ab in die Ecke! Aber holla!«

Brigitte sah Lale besorgt an. »Was ist denn los mit dir? Du bist so blass.«

»Nüscht is los mit ihr! Kotzn musse!« Der Pilot zog eine Papiertüte aus der Tasche und hielt sie Lale hin.

»Danke.« Sie nahm die Tüte und tastete sich zurück in ihre Ecke. »Aber kotzen muss ich nicht.«

»Na, denn is ja jut«, sagte der Pilot.

Brigitte wandte sich dem Piloten zu. »Können wir nicht wieder ein Stück Richtung Elbe fahren?«

Lale versuchte, nicht an die Entfernung zwischen sich und dem Erdboden zu denken. Es gab noch so viel zu tun, dass sie es sich gar nicht erlauben konnte, hier in der Luft herum zu schwächeln. Da waren die tote Eva und ihr verschwundener Bruder, den sie noch immer nicht einschätzen konnte. Nur irgendein Gefühl sagte ihr, was dieser Oliver Schmitt nicht war: Evas Mörder. Dann gab es den toten Polizisten. Sogleich sah Lale wieder den Altmarkt aus der Vogelperspektive vor ihrem geistigen Auge und schwindelte. Schnell schloss sie die Augen. Nun, also Altmann, dann der verschwundene Fritzkötter mit seiner Gruselschwiegermutter, die aber bisher erstaunlich interessante Informationen geliefert hatte. So absurd und missgünstig ihre Anschuldigungen auch klangen, je mehr man darüber nachdachte, desto plausibler wurde das alles. Schließlich hatte Eva jede Menge Daten gesammelt. Woher sollte sie die haben, wenn sie nicht Leute bespitzelt hatte? Aber warum? Wozu waren solche Informationen gut? Seltsam erschienen Lale vor allem die Informationen über diesen ehemaligen Kriminalkommissar, diesen Kurt S. – das konnte doch nur Kurt Sieger sein, von dem der Ballistiker gesprochen hatte, dieser Sicherheits-Kurt…

»Da, da, da!« Brigitte war schon wieder aufgeregt. »Steuern Sie dieses Ding doch mal da hin!«

»Wat denn? Zu dieser dusselign Baustelle?« Der Ballonpilot schüttelte verständnislos den Kopf. »Det is ooch so ne Geschichte…«

»Nee, weiter rüber«, sagte Brigitte. »Ich will da draufspucken. Können Sie nicht mal anhalten? Ich will da zu der Transplantage.«

»Wat is los? Ne Plantage?« Der Pilot sah Brigitte fragend an.

»Lale, nun schau doch mal! Golas Kunstprojekt!« Brigitte

zappelte aufgeregt. »Wir müssen weiter runter! Sonst kann man nichts erkennen. Es ist ja erst halbfertig.«

»Die komischn Dinga da?«, fragte der Pilot.

»Ja, nun gehen Sie doch mal näher ran!«, verlangte Brigitte.

»Det isn Ballon, keen Zielfernrohr«, maulte der Pilot. »Ick muss echt uffpassn. Im Elbtal jibt's öfter Luftschneisen und denn hängn wa in den Seilen. Oder ditt jibt'n Ufftrieb und wir sitzn da drübn im Kran. Die haltn uns glatt noch für irjendwelche Robin-Hood-Aktivisten!«

»Robin Wood, die heißen Robin Wood«, korrigierte Brigitte und spitzte die Lippen.

»Mir ooch recht.« Der Pilot war mit seinen Steuerungsgeräten beschäftigt.

Der Ballonkorb zuckte etwas. Lale hielt die Luft an und beobachtete angestrengt Brigitte.

»Achtung, ich spucke jetzt!«, verkündete sie und spitzte erneut die Lippen.

»Nu mach schon Mädel!«, rief der Pilot. Dann hob sich der Ballon plötzlich und driftete zur Seite ab. Lale duckte sich automatisch.

»Scheiße, wat solln dette!«, schimpfte der Pilot und fuhr sich mit der Hand übers Gesicht. »Wat rotzte mir denn an?«

»Oh, Entschuldigung!« Brigitte wirbelte herum.

Doch der Pilot war mit dem Steuern des Ballons beschäftigt. »Da ham wa den Salat!«, fluchte er. »Wir müssen rauf, sonst hängn wer im Kran!«

Er feuerte ausgiebig, der Ballon stieg weiter nach oben und Lale hielt den Atem an. Was war denn nun los?

»Mensch, det war knapp.« Der Pilot wischte sich erneut durchs Gesicht.

In diesem Moment wurde der Ballon offenbar von einer Windböe erfasst und bewegte sich nun wieder in die entgegengesetzte Richtung. Lale riskierte einen Blick über die Korbreling. Sie hatte inzwischen jede Orientierung verloren.

»Det jibt ne kleene Extratour für die Damen«, sagte der Pilot. »Da kann man nüscht machn.«

»Ist doch Klasse!«, freute sich Brigitte.

Lale seufzte. Konnte das nicht endlich mal aufhören? Für ihren Geschmack hatte sie genug Mut bewiesen. Schlimm genug, dass demnächst noch die Landung anstand. Sie wollte wirklich keinen Augenblick länger als nötig in diesem Ding verbringen. »Wo sind wir denn jetzt eigentlich?«

»Wir fahren Richtung Süd, Süd-Ost«, sagte der Pilot. »Gucken Se doch selber!«

»Ich wusste gar nicht, dass Dresden so viele Kleingärten hat«, sagte Brigitte. »Da vorne, da hinten, und hier kommt auch gleich wieder eine ganze Siedlung.«

»Na toll«, murmelte Lale und vergrub den Kopf zwischen den Knien.

»Ick muss mal eemd Bescheid sagen.« Der Pilot nahm das Funkgerät. »Ey, hallo Boden, hier Luft...« Das Funkgerät rauschte. »Elbufer? Da warn wa doch gerade erst...«

Lale stöhnte.

»Det is aber riskant«, nörgelte der Pilot in sein Funkgerät. »Nee klar, versuch ick det punktjenau... Over.«

In diesem Moment kreischte Brigitte unvermittelt los. »Oh, mein Gott! Die bringen ihn ja um!« Ihre Stimme wurde noch schriller. »Lale! Sieh dir das an! Die bringen da unten einen um!« Dann wandte sie sich an den Piloten. »So tun Sie doch irgendwas!«

Lale schreckte auf. Sie versuchte, durch das Korbgeflecht zu spähen, konnte aber nur verschwommenes Grün erkennen.

»Nun los!« Brigitte zerrte an dem Piloten herum.

»Nich hüpfn!«, rief der Pilot. »Sind Se irre!« Er versuchte sich aus Brigittes Umklammerung frei zu machen.

Brigitte lehnte sich über die Korbreling. »Halt! Stehen bleiben! Hier ist die Polizei!«, grölte sie aus Leibeskräften.

Lale krabbelte vorsichtig hinüber zu Brigitte. »Was ist denn los?«

»Da unten!« Brigittes Stimme schien sich zu überschlagen. »Da, in dem Garten! Da sind zwei Männer! Die bringen einen um!«

Lale konnte noch immer nichts erkennen und zog sich vorsichtig am Korb ein Stück hoch. Als sie dann endlich hinunterblicken konnte, sah sie zwei Männer in dunklen Anzügen durch Kleingärten rennen.

»Da war eben noch einer!«, kreischte Brigitte. »Die haben ihn einfach umgebracht!«

»Und wo ist die angebliche Leiche?«, stieß Lale mühsam hervor. Sie kämpfte mit Angst und Übelkeit.

»Geben Sie mir mal das Funkgerät!«, verlangte Brigitte energisch.

»Nee«, entgegnete der Pilot. »Ditt darf ick jar nich aus da Hand jebn.«

»Sie müssen mir das Gerät geben!«, schrie Brigitte aufgebracht und griff nach dem Arm des Piloten.

»Nein!!« Er riss den Arm mit samt Funkgerät in die Höhe.

Brigitte sprang ihn an.

Der Pilot riss seinen Arm herunter und ließ vor Schreck das Funkgerät los. Brigitte griff danach, konnte es aber nur mit den Fingern berühren. Das Gerät beschrieb einen kleinen Bogen und fiel dann über die Reling aus dem Ballonkorb.

Einen Moment lang herrschte völlige Ruhe. Nur das Gemurmel des Straßenverkehrs drang gedämpft zu ihnen herauf. Selbst Lale vergaß vor Schreck für einen Augenblick ihre Angst, jedoch nur, um sie dann noch viel heftiger zu spüren. Das Funkgerät war weg! Bedeutete das jetzt, dass sie irgendwo ganz ohne jede Hilfe notlanden mussten?

»Sie dusselige Kuh!«, schnauzte der Pilot Brigitte an.

Brigitte starrte ihn an. Lale befürchtete einen wortreichen Tobsuchtsanfall, doch Brigitte schnappte nur nach Luft. Dann drehte sie sich wortlos um, stellte sich in die entgegengesetzte Ecke des Ballonkorbes und sah demonstrativ in die andere Richtung.

»Und jetzt?«, fragte Lale kläglich.

»Nüscht«, grummelte der Pilot. »Mund halten.«

Lale duckte sich. Noch immer schien sich alles um sie herum zu drehen, allerdings sehr viel langsamer, und das Wackeln hatte auch aufgehört. Sie schnaufte. Sie musste nur noch durchhalten. Bald war dieser Albtraum vorbei. Sie fröstelte, doch nicht vor Kälte. Grund war die enorme Anstrengung, die darin steckte, stets bis zur halbwegs ertragbaren Form gegen diese Angst anzukämpfen. Dann wurde ihr wieder unerträglich heiß und sie glaubte, hohes Fieber zu haben. Lale atmete tief durch. Das Schlimmste an dieser Angst war, dass man ihr verstandesmäßig nichts entgegensetzen konnte. Gegen andere Ängste konnte man einigermaßen vernünftig vorgehen, indem man sich vor

Augen führte, was als Schlimmstes passieren könnte, um dann festzustellen, dass dieser Ernstfall kein Weltuntergang war. Anders bei Todesängsten wie der Flug- oder Höhenangst: Der Ernstfall wäre tatsächlich der Untergang! Sie sah Brigitte an, die trotzig die Nase in den Wind hielt, das Kinn reckte und schmollte.

»Und jetzt mal jut festhaltn, die Damen!«, rief der Pilot und zog an irgendwelchen Strippen. »Jetzt wird's ernst!«

Lale schnaufte. Machte er sich über sie lustig? Sie hockte verkrampft in ihrer Ecke und umklammerte rechts und links die Korbreling.

»Festhalten hab ick jesacht!«, schnauzte der Pilot Brigitte an. »Wird's bald, Frollein?«

Brigitte warf ihm einen verächtlichen Blick zu, hielt sich jedoch brav fest.

»Wenn wa uffsetzen, bleiben Se so, bis ick Bescheid jebe, klar?« Der Pilot konzentrierte sich auf seine Instrumente. »Meistens setzter zwei bis dreimal uff, bevor er richtich steht.«

Plötzlich kam wieder Leben in Brigitte. Ihr Schmollen war wie weggeblasen. »Hey, die vielen Leute da sind unsretwegen hier!«, freute sie sich und begann zu winken. »Huhu!«

Lale äugte vorsichtig durch das Korbgeflecht. Tatsächlich schien eine unüberschaubare Menge an Menschen dort zu stehen und zu warten. Sie hörte begeistertes Gejohle und offenbar wurde auch geklatscht. Auch Lale spürte ein leise aufkeimendes Hochgefühl. Es schien absehbar, dass sie in kurzer Zeit wieder festen Boden unter den Füßen haben würde. Wenn nicht noch irgendetwas schiefging… Sie seufzte.

Der Pilot warf Seile aus dem Ballonkorb und grölte irgendwelche für Lale unverständlichen Kommandos. Dann drehte er die Flamme im Brenner kleiner. Zumindest vermutete Lale das, denn sie konnte die Flamme von unten nicht wirklich erkennen. Allerdings wurde das bisherige Getöse des Gerätes zu einem fast leisen Zischen.

»Hinstelln!«, kommandierte er. »Sonst purzeln Se hier gleich herum.«

Vorsichtig versuchte Lale, sich ein Stück aus der Hocke in die Höhe zu ziehen, doch es ging nicht. Ihre Beine kribbelten schmerzhaft. Offensichtlich waren sie in dieser verkrampften

Haltung eingeschlafen. Lale stöhnte. Na, dann purzelte sie eben herum. Hauptsache, sie purzelte auf festem Grund.

Mit einem kräftigen Ruck berührte der Ballonkorb den Boden. Hoppla! Lale hing wie ein Äffchen an der Reling. Dann wurde der Korb wieder ein Stück gehoben. Brigitte kicherte. Nun schien der Korb ein Stück über die Wiese zu stolpern. Lale hing nur noch mit einem Arm am Korb und suchte baumelnd ihr Gleichgewicht. Sie biss die Zähne aufeinander. Nicht loslassen! Einfach nicht loslassen. Der Korb schien auf Widerstand zu stoßen.

»Fix!«, grölte der Pilot.

»Gut Land!«, grölte es zurück.

Jetzt kippte der Korb ein Stück zurück und blieb stehen. Lale purzelte hinüber in die entgegengesetzte Ecke. »Autsch«, murmelte sie. Noch immer schien sich alles zu bewegen. Oder bildete sie sich das nur ein. Aus einer seltsam schrägen Perspektive sah sie Brigitte huldvoll winken. Erst jetzt bemerkte Lale das Klatschen und Gejohle wieder. Es war um einiges lauter als zuvor. Dann sah sie plötzlich zwei blonde Köpfe, die sich über die Korbreling beugten.

»Mama! Wo bist du? Ist alles O. K.?«, rief Pit besorgt.

»Da liegt sie doch«, sagte Jobsts sonore Stimme. »Na, da bin ich aber erleichtert.«

»Und ich erst mal!« Lale krabbelte zurück in die aufrechte Position. Ihre Beine waren noch reichlich wacklig, aber als sie nun sah, dass sie mitten auf einer Wiese standen, beruhigte sich ihr Organismus ebenso schnell wieder wie ihr Nervenkostüm.

Pit griff nach ihrer Hand. »Mama, du bist ja ganz grünlich um die Nase. Komm raus da!«

»Wir hätten sie wirklich nicht fahren lassen dürfen«, sagte Jobst. »Warum tust du dir überhaupt so etwas an bei deiner Höhenangst?« Er schüttelte tadelnd den Kopf. »Das muss doch wirklich nicht sein.«

»Doch, das musste es«, erklärte Lale. »Und ich finde, das geht dich überhaupt nichts an!« Sie kletterte die kleine Leiter herunter aus dem Ballonkorb, als ihr auch schon ein Glas Sekt von einem Mitglied der Balloncrew in die Hand gedrückt wurde.

Auch Brigitte hielt jetzt ein Sektglas in den Fingern. »Mein Gott, war das aufregend! Prost, Lale!«

Lale setzte das Glas an und trank es auf einmal aus. »So, das tut gut.« Sie atmete tief durch.

»Willst du uns nicht mal vorstellen?« Brigitte trat nervös von einem Bein auf das andere. Dann reichte sie Jobst die Hand. »Halloo! Ich bin die Brigitte, die Nachbarin von Lale.«

»Das, meine liebe Brigitte, ist Dr. Jobst Petersen, der neue Staatsanwalt…«

»Was?« Brigitte riss die Augen weit auf. »Sie sind Staatsanwalt UND Arzt? Das ist ja toll!«

Lale räusperte sich. »Brigitte! Den Doktortitel hat er natürlich in Jura.«

»Es freut mich jedenfalls außerordentlich, Sie kennen zu lernen«, sagte Jobst brav und lächelte Brigitte freundlich an.

Bevor Brigitte antworten konnte, drängelte sich die Journalistin dazwischen, die Lale unlängst mit der frohen Botschaft vom Hauptgewinn überfallen hatte. »Ach, Frau Petersen, da sind Sie ja«, sagte sie schnaufend. »Das ist aber auch ein Gewühle hier! Und? Wie war's?«

»Toll!«, rief Brigitte. »Umwerfend, inspirierend… Und wissen Sie, was wir beobachten konnten?«

Die Journalistin ignorierte Brigitte einfach und nickte Lale aufmunternd zu. »Mich interessiert besonders, was Sie am meisten beeindruckt hat.«

»Nichts«, entgegnete Lale tonlos. »Wenn Sie es genau wissen wollen: Es war entsetzlich! Es war ungefähr genau so entsetzlich, wie ich es mir vorgestellt hatte. Und ich werde mit Sicherheit nie wieder mit irgendetwas fliegen! Schon gar nicht mit einem Ballon!«

»Äähm«, machte die Pressefrau irritiert. »Und es hat Ihnen wirklich keinen Moment lang gefallen?«

»Doch.« Lale grinste. »Als ich eben endlich wieder aus diesem Ding heraus konnte, hat mir das unheimlich gut gefallen…«

»Lassen Sie meine Frau doch bitte in Ruhe«, mischte Jobst sich ein. »Sie sehen doch, dass es nichts Wichtiges zu berichten gibt.«

»Sagten Sie nicht, Sie seien geschieden?«, fragte die Zeitungstante verblüfft.

»Sie sollten wirklich nicht alles auf die Goldwaage legen, was sie im Moment erzählt«, riet Jobst väterlich und zog Lale mit sich. »Schreiben Sie einfach, dass das Elbtal von oben noch besser aussieht als von unten und gut.«

»Sag mal, was hat dich denn gebissen?«, fragte Lale gereizt. »Willst du wieder alle verhaften, die mit mir sprechen?«

»Ich habe mir große Sorgen gemacht«, sagte Jobst mit Grabesstimme. »Sehr große Sorgen. Seit deines Schießtrainings heute morgen wusste kein Mensch, wo du steckst.«

»Du hattest eine Schießerei?« Brigitte war ihnen eilig gefolgt. »Das ist ja schrecklich!«

»Ach was«, sagte Lale verärgert.

»Können wir das an anderer Stelle klären?«, fragte Jobst energisch. »Ich möchte hier nicht länger auf dem Präsentierteller herumstehen. Was haltet ihr davon, wenn ich euch zum Essen einlade?«

Brigitte glupschte ihn bewundernd an. »Das ist eine ganz und gar entzückende Idee, Herr Doktor!«

»Der Herr Doktor hat aber auch immer verrückte Ideen…« Lale verdrehte die Augen. »Also Jobst, ich habe echt überhaupt keine Lust auf einen deiner bevorzugten Gourmettempel. Ich will nach Hause!«

»Sehr gut«, sagte Pit. »Wir können ja Pizza bestellen.«

»Auch gut«, sagte Jobst. »Mich werdet ihr jedenfalls so schnell nicht wieder los!«

»Mich auch nicht«, verkündete Brigitte. »Ich beschütze dich natürlich mit! Eine für alle, alle für Eine!«

Jobst blickte irritiert in die Runde und Lale schmunzelte.

Pit grinste breit. »Oh, das ist unter Umständen ziemlich nützlich… Brigitte hat da jede Menge Erfahrung. Sie hat schon so manchen in die Flucht geschlagen!«

Zwischentöne

»Nein, Sie haben aber auch einen tollen Wagen, Herr Doktor Petersen!« Brigitte sah sich bewundernd in Jobsts dickem Geländewagen um. »Er ist so schick und gleichzeitig so extravagant, elegant und originell. Dieser Wagen passt richtig zu Ihnen!«

Lale nickte grinsend. »Das stimmt! Arschteuer, ein echter Angeber und so richtig ätzend für die Umwelt«, sagte sie. »Dieses Auto passt wirklich zu dir.«

»Stimmt, das ist eine der größten Abgasschleudern überhaupt«, bestätigte Pit fröhlich. »Du schaffst auch den Klimawandel noch ganz alleine …«

Jobst parkte seufzend den Wagen vor Lales Haus. »Warten Sie, ich helfe Ihnen«, sagte er zu Brigitte und stieg aus. Er eilte um den Wagen herum zur Beifahrertür und riss sie auf, um dann Brigitte beflissen aus dem Auto zu helfen.

»Formvollendet«, konstatierte Brigitte entzückt.

»Wirklich nett von dir, unseren älteren Mitmenschen zu helfen.« Pit grinste breit und sprang aus dem Wagen. »Brigitte, wo war noch gleich deine Gehhilfe? Im Fahrradkeller?«

Lale kicherte und Brigitte verzog blasiert das Gesicht. »Du könntest dir ruhig mal ein Beispiel an deinem Vater nehmen. Der weiß, was sich gehört.«

»Das bestreitet doch niemand«, feixte Lale. »Nur leider kann er dieses Wissen in manchen Situationen schon mal spontan vergessen.«

»Ja, ja, diese älteren Herrschaften werden eben langsam vergesslich«, sagte Pit und schüttelte scheinbar betrübt den Kopf.

Lale lächelte ihn breit an. »Wer sind SIE eigentlich, junger Mann?«

»Und Sie meinen also, dass Lale wirklich in Gefahr ist?«, fragte Brigitte, als sie gemeinsam die Treppen hinaufstiegen.

»Allerdings«, bestätigte Jobst. »Und ich werde nicht mehr von ihrer Seite weichen.«

»Fragt sich also, wer mich hier bedroht«, sagte Lale lakonisch.

»Was für ein Mann!« Brigitte seufzte. »Sie haben wirklich Größe! Dass Sie das für eine Frau tun, die Sie verlassen hat.«

Lale schloss die Wohnungstür auf. »Na, dann immer herein in die gute Stube.«

Katinka erwartete sie bereits mitten auf dem Esstisch thronend und wippte abenteuerlustig mit ihrem Schwanz. Sie ließ sich zunächst von Pit freundlich begrüßen, wich aber entschieden zurück, als Brigitte ihre Hand nach ihr ausstreckte. Pit lachte. »Also, ich glaube, unsere Katinka Kalaschnikowa hier ist die beste Geheimwaffe.« Prompt fauchte Katinka Jobst an.

»Ist ja gut«, sagte Jobst beschwichtigend. »Du wirst dich wohl an mich gewöhnen müssen.«

»Das glaube ich kaum«, entgegnete Lale. »Du glaubst doch nicht wirklich, du könntest hier bleiben.«

Brigitte sah Lale vorwurfsvoll an. »Du bist aber nicht gerade eine gute Gastgeberin!«

»Ich habe ja auch keinen Gast«, konterte Lale. »Jedenfalls keinen, den ich eingeladen habe.« Sie ging in die Küche und griff nach einer bereits geöffneten Flasche Wein. »Irgendjemand Rotwein?« Sie fischte Gläser aus der Spülmaschine und prüfte, ob sie wirklich sauber waren. »Naja…«, murmelte Lale leise.

»Also für mich nicht«, sagte Brigitte. »Ich muss noch fahren.«

»Gut.« Lale nahm eine Flasche Wasser aus dem Kühlschrank. Dann goss sie zwei Gläser voll Wasser und stellte erst Brigitte eines hin und dann Jobst. Anschließend füllte sie für Pit und sich je ein Glas mit Rotwein.

»Ich nehme auch gerne einen Schluck Wein«, erklärte Jobst und griff nach der Flasche, um das Etikett zu studieren. »Der ist doch sogar ganz passabel.«

Lale grinste. »Du musst noch fahren! Wir wollen doch nicht, dass der Herr Staatsanwalt mit Promille angehalten wird.«

Pit lachte. »Obwohl das Mackerauto sicher einen Autopiloten hat.«

Jobst legte die Stirn in Falten. »Habe ich mich etwa unklar ausgedrückt? Ich werde euch in dieser Situation bestimmt nicht alleine lassen!«, sagte er deutlich verärgert.

»Habe ICH mich etwa unklar ausgedrückt?«, fragte Lale gereizt. »Ich lege keinen gesteigerten Wert auf deine wie auch immer begründete Anwesenheit.« Sie prostete Pit zu. Lieber würde sie diesen Sicherheitsdienst von diesem Ex-Kommissar engagieren als ausgerechnet Jobst ihre Gästematratze anzubieten. »Und?«, wandte sie sich demonstrativ an Brigitte. »Wo willst du heute noch hin?«

»Na, ich habe noch meinen Uni-Kurs der Bildenden Künste«, sagte Brigitte und ihre Augen blitzten kurz auf. »Wir müssen doch mit unserer Transplantage weiterkommen.«

»Wie?«, rief Pit begeistert. »Dein Uni-Kurs ist die Sommerakademie bei Gola Gronski? Das ist ja scharf!«

Lale hustete. Der Wein schien sich plötzlich in ihrer Kehle aufzubäumen.

»Den wollte ich schon immer mal kennen lernen, diesen Gronski. Der macht echt tolle Sachen! Kann ich nicht einfach mitkommen?«, fragte Pit und sah Brigitte mit Hundeblick an. »Kannst du mich nicht mitnehmen?«

»Nun sei mal nicht genauso aufdringlich wie dein Vater«, sagte Lale und versuchte zu lachen. Doch irgendwie klang ihre Bemerkung kein bisschen komisch.

»Also, meinetwegen…« Brigitte lächelte. »Ich wüsste nicht, warum du nicht mitkommen solltest. Wir bauen heute weitere Plastiken auf. Da können wir eigentlich jemanden gebrauchen, der mit anfasst.«

»Au ja!«, rief Pit jubelnd. »Astrein!«

»Auf gar keinen Fall!«, sagte Jobst streng. »Du bleibst zu Hause.«

»Unbedingt«, stimmte Lale zu. »Du gehst auf gar keinen Fall da hin.«

»Wie bitte? Warum das denn?!« Pit sah seine Eltern entgeistert an. »Und ihr seid euch auch noch einig!?« Er schüttelte verwirrt den Kopf. »Los! Raus mit der Sprache! Warum wollt ihr nicht, dass ich Gola Gronski kennen lerne?« Er sah erst Lale an und dann Jobst. »Ist Gronski schwul, oder was?!«

Jobst schüttelte energisch den Kopf und Lale sagte schnell: »Aber nein!«

»Nein!«, rief Brigitte empört. »Das ist er nicht!«

»Ach du Scheiße!« Pit wirkte konsterniert. »Jetzt seid ihr schon zu dritt.«

»Gola Gronski ist nicht der Grund«, erklärte Lale lahm. »Er ist… er ist…«

»Mit Sicherheit nicht schwul«, erklärte Brigitte.

»Bestimmt nicht«, sagte Jobst. »Frag deine Mutter!«

»Hä?« Pit sah Lale skeptisch an.

Lale winkte ab.

»Ja, frag sie nur!«, sagte Jobst gereizt. »Sie muss es wissen. Schließlich hat sie ein Verhältnis mit diesem Gronski«

»Was?« Brigittes Stimme klang schrill. »Was hast du?« Sie sah Lale entsetzt an.

»Blödsinn!«, schnaubte Lale.

»Mit DEM Gola Gronski?«, fragte Pit. »Das ist ja geil!«

Jobst wirkte verärgert. »Ich musste ihn unlängst sogar verhaften lassen.«

»Was? Wieso denn verhaftet?« Brigittes Stimme klang nun noch schriller.

»Blödsinn«, schnaubte Lale erneut, wenn auch leiser. »Er hat einfach alles gejagt, was gerade in meiner Nähe war. Und das war unter anderem Gola Gronski. Ein Zufall!« Sie bemühte sich, Brigitte lächelnd anzusehen. »Ein Wunder, dass das Untersuchungsgefängnis an jenem Abend nicht noch voller Kellner und Taxifahrer war.« Dann wandte sie sich an Jobst. »Oder waren das auch alles deine Spitzel?«

»Oh Mann!« Pit lachte auf. »Also ihr beide auf einmal seid mir echt zu viel!«

»Mir auch«, knurrte Lale. »Meinetwegen kann er gehen…« Sie warf Jobst einen finsteren Blick zu.

In Brigittes Gesicht leuchteten rote Flecken der Aufregung. Sie sah mit flackerndem Blick von Jobst zu Lale. »Hat er…« Sie schluckte. »Ich meine, hat Gola… Hat er dich belästigt?« Sie sah Lale betroffen an.

»Nein!«, stieß Lale wütend hervor.

»Ja!«, sagte Jobst düster.

»Wie jetzt?«, fragte Pit.

»Na ja…« Lale schluckte.

»Also doch!«, rief Brigitte.

»Er hat mich nicht belästigt«, sagte Lale mit Nachdruck. »Brigitte, ich denke, wir sollten uns mal unterhalten.« Sie sah Jobst an und nickte in Richtung Tür.

»Und ich denke, ich sollte mich mal mit Gola unterhalten!« Brigitte erhob sich und warf den Kopf in den Nacken. »Der hält uns wohl für blöde.« Sie war mit einigen energischen Schritten an der Wohnungstür und riss sie genau in dem Moment auf, als es klingelte. »Hallo!« Sie musterte den zurückweichenden Überraschungsbesuch und nickte wohlwollend. »Ähm, ich bin…« Sie strich sich eine rot getönte Strähne aus dem Gesicht. »Ach was! Ich bin… jetzt weg.«

Lale stöhnte auf. Vor der Tür stand niemand anderes als Dr. Wurm.

»Guten Abend, entschuldigen Sie bitte die Störung.« Dr.

Wurm wedelte mit einem Papphefter. »Ich bin gebeten worden, das hier… Pit? Sie? Hallo!«

»Hallo, Herr Dr. Wurm!« Pit sprang auf und reichte dem Rechtsmediziner die Hand. »Das ist ja eine Überraschung! Ist das für mich?« Er deutete auf den Papphefter.

»Aber nein.« Dr. Wurm schüttelte bedauernd den Kopf. »Das ist für Frau Petersen.«

Lale trat hinzu und nahm den Papphefter entgegen. »Danke.« Sie sah Pit irritiert an.

»Paul Winter hat mich gebeten, Ihnen das vorbei zu bringen«, erklärte Dr. Wurm. »Es ist eine Ermittlungsakte.« Er wirkte eine Spur verlegen. »Ich wusste ja gar nicht… Ist Pit Ihr Sohn?«

»Allerdings«, sagte Lale. »Und das da ist sein Vater.« Sie deutete auf Jobst. »Wenn Sie schon den Kurierdienst spielen, können Sie den eigentlich gleich mitnehmen.«

Tot, toter, Friedhof

Lale parkte das Auto vor einem Eingang des Trinitatisfriedhofs. Direkt dahinter lag die Trauerhalle, aus der man jetzt tragende Orgelklänge und einige dünne Singstimmchen hörte. Kaum hatte Lale den Motor ausgestellt, warf sich Pit Bull vom Beifahrersitz zu ihr herüber und forderte Streicheleinheiten.

»Ja, bist ja ein gutes Hundchen«, sagte Lale. »Guck mal da, die Onkels.« Sie deutete auf den Friedhofseingang. »Die sehen aber groß aus, was…« Lale warf einen prüfenden Blick auf einige kräftige Männer, die in dunklen Anzügen am Friedhofstor zu warten schienen. Einige rauchten, andere unterhielten sich. Sie sahen alle aus wie die Türsteher, die zur Ausstellungseröffnung die Galerie bewacht hatten. Ob das alles Bodyguards waren? Vielleicht gehörten die ja auch zur nächsten Trauergesellschaft. Wenn man die Todesanzeigen in der Zeitung betrachtete – was sie seit ihrer eigenen häufiger tat –, dann herrschte auf Friedhöfen doch ein ziemlicher Andrang. Sie warf einen prüfenden Blick auf den Eingang der Trauerhalle. Da tat sich noch nichts. Schnell nahm sie die Akte zur Hand, die ihr Dr. Wurm gestern Abend im Auftrag von Paul Winter gebracht hatte. Sie hatte bisher nur einen kurzen Blick hinein geworfen. Offenbar handelte es sich um Erkenntnisse des Verfassungsschutzes, die hier zusammengetragen waren. Lale blätterte in dem vollen Papphefter und staunte. Da waren fast die gleichen Informationen wie auf den CD-ROMs, die sie aus Evas Wohnung hatte mitgehen lassen: Dossiers von allen möglichen Personen. Hier stand ebenfalls etwas über diese ehemalige Staatsanwältin, über verschiedene Leute der Polizei und der Justizbehörden. Lale war sich nicht ganz sicher, ob das wirklich dieselben Namen waren wie in Evas Dossiers. Da! Sie blätterte aufgeregt weiter. Hier wurden auch Fritzkötter und Altmann genannt! Und dort gab es etwas über Pfisterer. Lale überflog die wenigen Blätter Papier und schnaufte. Es waren wirklich fast die gleichen Inhalte wie auf den »Klassentreffen«-CD-ROMs. Allerdings waren diese Notizen und Berichte weit weniger ausführlich. Aber wie kam Paul Winter an diese Akte? Und warum wusste er, dass sie sich dafür interessierte? Lale schlug den Pappordner zu und blickte auf das mehrstellige Aktenzeichen. Sie konnte mit diesen Buchstaben und Nummerncodes nicht viel anfangen. Das da konnten vielleicht Jahreszahlen sein. Sie musste bei Evas Dateien dringend überprüfen, wann sie angelegt worden waren. Sie blätterte weiter in der Akte. Ha! Da gab es ein Dossier über Eva Schmitt, und auch eines über ihren Bruder.

Pit Bull kläffte plötzlich aufgeregt. Als Lale aufsah, bemerkte sie, dass bereits ein ganzer Zug von Trauergästen aus der kleinen Halle gekommen war. Schnell warf sie die Akte hinter sich auf die Zeitungsstapel, schnappte sich Pit Bulls Leine und sprang aus dem alten klapprigen Auto. Dann lief sie mit dem Hund zum Friedhofseingang und beobachtete den Zug der Trauernden. Weiter vorne sah sie die hoch aufragenden dunklen Anzüge der Muskelmänner. Einige von ihnen schienen den Sarg zu tragen. Lale staunte über den unheimlichen Andrang. Das konnten unmöglich alles Verwandte von Eva Schmitt sein. Wie hatten die nur alle in die kleine Trauerhalle gepasst? Pit Bull wedelte aufgeregt. Lale wartete, bis auch die letzten dunklen Gestalten die Trauerhalle verlassen hatten. Dann sah sie Gerste am Ende des Zuges. Lale schloss sich dem Ende des Trauermarsches an. Gerste nickte ihr knapp zu und lief mit großen Schritten rechts an den Trauernden vorbei, um sich weiter vorne wieder der

Menschenschlange anzuschließen. Nanu, was hatte er denn? Hatte er einen Bekannten entdeckt? Lale sah, dass er sich mit einem älteren Herrn unterhielt.

»Hallo, Frau Petersen«, zischte Kroko neben ihr. »Ganz schön voll, was?«

Lale nickte und zog Pit Bull zurück, der Kroko stürmisch begrüßen wollte.

»Oh, Sie haben sich Verstärkung mitgebracht.« Kroko tätschelte den Hundekopf. »Niedlich.«

Langsam und schweigend ging es über die staubigen Wege des Friedhofs. Die Sonne brannte auf die schwarzen Anzüge und Kostüme herab. In den Bäumen zwitscherten einige Vögel und von weitem hörte man gedämpften Straßenlärm. Beklemmend, dachte Lale. Beklemmend war das richtige Wort für diese Atmosphäre. Aber man konnte von einer Beerdigung wohl kaum gelöste Stimmung erwarten.

»Haben Sie die Akte erhalten?«, fragte Kroko leise.

»Ja, sicher«, sagte Lale.

»Und?«, fragte Kroko erneut. »Wollen Sie nicht wissen, wie ich das gemacht habe? Ich meine, dass ich an diese Akte gekommen bin.«

Lale sah ihn mit hochgezogenen Brauen an. »Doch. Ich brenne darauf.«

»Also, ich habe einen Bekannten«, hob Kroko an. »Und der hat wiederum einen Schwager, der unter anderem mit einem Polizisten befreundet ist, der früher mal…«

Lale verdrehte unwillkürlich die Augen. »Schaffen Sie es noch vor Sonnenuntergang?« Sie blinzelte ins grelle Sonnenlicht.

»Wie?« Kroko sah sie irritiert an. »Na gut. Also, ich habe einen guten Draht zu einem Mitarbeiter vom Verfassungsschutz…«

»Psst!« Eine Frau, die schräg vor Lale stand, drehte sich empört um. »Ruhe«, zischte sie. »Nun nehmen Sie doch Ihren unmöglichen Hund da weg! Der knabbert ja meine Füße an.«

»Pit Bull, lass das!«, verlangte Lale grinsend und beschloss, sich der Situation zu beugen. Lale zog Pit Bull mit sich zur Seite. Ach, da war ja auch Gerste.

»Hallo Chef«, zischte Lale. Doch Gerste wich zurück und lief zwischen den Trauergästen hindurch weiter nach vorne. Was sollte das denn jetzt? Hatte er sie gar nicht gesehen? Lale unternahm einen weiteren Versuch, Gerste zu folgen. Doch der drehte sich um und machte eine abwehrende Handbewegung. Gesehen hatte er sie also… Seltsam. Lale stand jetzt hinter zwei von diesen edel bezwirnten Schrankformaten und überlegte. Sehen konnte sie von hier aus sowieso nicht viel. In diesem Moment tippte ihr jemand von hinten auf die Schulter. Lale fuhr herum. »Och Mensch, Kroko! Müssen Sie mich so erschrecken?«

»Er hat Angst«, sagte Kroko grinsend.

»Wer hat Angst?«, fragte Lale.

»Na, der Chef«, erklärte Kroko. »Er hat Angst vor diesem niedlichen Hundchen.« Er tätschelte erneut Pit Bulls breite Stirn.

»Ach so.« Lale lächelte.

»Wir wissen jetzt übrigens, wer die Unfalltote ist, die mit Ihrem Dienstausweis unterwegs war«, sagte Krokowszic.

»Aha?« Lale sah ihn neugierig an. »Das klingt, als wäre es eine Bekannte.«

Kroko nickte. »Oh ja«, sagte er mit blasiertem Gesichtsausdruck. »Sie war eine Mitarbeiterin des Innenministeriums und gehörte zur Sonderermittlungseinheit.«

»Ilse?«, fragte Lale verblüfft.

»Nein, Ines«, korrigierte Kroko. »Das steht für ›Integrierte Ermittlungseinheit Sachsen‹.«

»Ja, meine ich ja!« Lale winkte ab. »Dann müsste Jobst sie eigentlich kennen.« Sie rieb sich das Kinn. »Sagen Sie mal, ist das die, die in den Akten als DDR-Staatsanwältin auftaucht?«

»In DER Akte.« Kroko nickte.

»Wurde der Wagen manipuliert?«, fragte Lale.

Kroko schüttelte den Kopf und sah sich um. »Nein.«

»Aber das war doch kein Unfall, oder?« Sie sah ihn forschend an.

Kroko schüttelte erneut den Kopf. Dann flüsterte er hinter vorgehaltener Hand: »Sie ist am Steuer tot zusammengebrochen und dann von der Straße abgekommen.«

»Und?«, drängelte Lale. »Todesursache? Natürlich? Unnatürlich? Was ergab die Obduktion?«

»Dr. Wurm will sich heute noch melden«, erklärte Kroko. »Er ist gestern nicht mehr zum Sezieren gekommen.«

Pit Bull zog heftig an seiner Leine und winselte leise. Lale hatte Mühe, ihn zu halten, denn er wollte offenbar unbedingt an einer bestimmten Stelle des Friedhofs schnuppern. »Oh, ich glaube, Pit Bull muss mal.«

Kroko nickte. »Gehen Sie ruhig mit dem Hundchen eine Runde, Frau Petersen«, sagte er beflissen. »Ich werde mal zum Chef hinüber gehen. Wir haben hier ja alles im Griff.«

Lale grinste spöttisch. »Da bin ich aber beruhigt…« Sie gab Pit Bulls Drängen nach und ließ sich bis zu einem Gebüsch hinüberziehen, das nur einen Steinwurf von der Friedhofsmauer entfernt wucherte. Gedämpft hörte Lale die Stimme eines der Grabredner.

»Dieser Tod, dieser grausame Gewaltakt, hinterlässt viele Fragen… lasst uns gemeinsam die Antworten finden für diesen ach so sinnlosen Tod…«

Lale seufzte und folgte gedankenverloren dem schnüffelnden Hund. Also, für sinnlos hielt sie Evas Tod auf gar keinen Fall. Dieser Tod war für irgendjemanden ausgesprochen sinnvoll. Und vielleicht nicht nur für einen, sondern gleich für einige. Sie musste einfach… Huah! Beinahe hätte Lale laut geschrien. Vor ihr im Gebüsch stand ein alter Mann und legte beschwichtigend den Zeigefinger auf die Lippen.

»Leise«, sagte er. »Ich möchte nicht bemerkt werden.«

Erst jetzt erkannte Lale, dass der Mann Carlo Schmitt war, der Vater von Eva, der behauptete, keine Tochter zu haben. Sie musterte ihn neugierig. Er sah alt und grau aus und wirkte sehr viel weniger imposant als bei ihrer ersten Begegnung. Sie sah, dass er Tränen in den Augen hatte.

Er beugte sich hinunter zu Pit Bull und klopfte ihm wie automatisch den Rücken. »Sie hat ihr Leben weggeworfen. Sie hat es einfach weggeworfen«, sagte er leise.

»Wie meinen Sie das?« Lale trat näher. Die anderen Trauergäste standen einige Meter weit entfernt und drehten ihnen den Rücken zu. Offenbar hatte ihn noch niemand außer ihr bemerkt.

»Sie hat es schon sehr früh weggeworfen.« Er schien um Fassung zu ringen. »Sie hat sich mit diesen Verbrechern verbündet… Prostitution. Für die Stasi.« Er wischte sich mit dem Handrücken über die Augen.

Lale schluckte. Dann war also etwas dran, an den wüsten Beschimpfungen, die Fritzkötters Schwiegermutter losgelassen hatte. »Aber das ist doch ewig her«, versuchte Lale zu beschwichtigen.

Carlo Schmitt schüttelte den Kopf. »Ach was«, stieß er grimmig hervor. Er schnaufte. »Und trotzdem... Ich weiß, dass ich hart war, vielleicht zu hart, aber ich konnte es einfach nicht ertragen.« Er schluchzte leise. »Und trotzdem... Glauben Sie mir! Wenn ich könnte, würde ich mich an ihrer Stelle in dieses Grab legen.«

Plötzlich spürte Lale einen Schlag von hinten. Sie verlor das Gleichgewicht und fand sich auf einmal zwischen staubiger Friedhofserde und vertrocknetem Gras wieder. Neben sich gewahrte sie einen der Muskelmänner. »Unten bleiben!«, kommandierte er und drückte ihren Kopf in den Dreck. Lale hörte ein leises Pfeifen über sich und spürte vage einen leichten Lufthauch. Sekundenlang verharrte sie so. Dann hörte sie laute Rufe und spürte Bewegung um sich herum. Sie richtete sich auf und der Muskelmann half ihr auf die Füße. »Das war knapp«, sagte er tonlos.

»Es kam von dort! Von der Mauer!« Sie sah einen älteren fast kahlköpfigen Herrn, der auf die Friedhofsmauer deutete. »Was ist hier los?«

»Hier ist geschossen worden«, erklärte der Mann, der Lale zu Boden gedrückt hatte. »Sie hat noch mal Glück gehabt.«

»Gute Arbeit, Manni!« Das war wieder der Ältere. Er nickte dem Muskelmann anerkennend zu.

Lale wirbelte herum. »Herr Schmitt?«

Carlo Schmitt war im Gebüsch zusammengesackt. Lale griff nach seinem Handgelenk. Sein Puls war schwach. Er röchelte. Tränen liefen über seine Wangen. »Nach der Wende ist vor der Wende«, stieß er mühsam hervor. Dann sackte sein Kopf zur Seite und er war tot.

»Hey, es hat doch einen erwischt!«, rief einer der Muskelmänner.

Lale sprang auf. Pit Bull! Sie erstarrte. Wo war der Hund? Er hatte sich offenbar samt Leine von ihr losgerissen. »Ruhe!«, rief Lale und sah in die verdutzten Gesichter der Umstehenden. Sie lauschte. Da, da hinten kläffte es aufgeregt... »Weitermachen!«, rief sie und rannte quer über den Friedhof. »Pit Bull! Bei Fuß!« Lale sprang über einzelne Gräber, um den direktesten Weg zu nehmen. Schließlich war der Hund sicherlich nicht die Wege entlanggelaufen. Hoffentlich rannte er nicht hinaus auf die Straße. Sie schwang sich über eine kleine Mauer und hüpfte über eine niedrige Hecke. Dann hörte sie schon Pit Bulls wütendes Knurren. Es kam von der seitlichen Friedhofsmauer und klang nicht gerade freundlich. »Pit Bull! Kommst du wohl her!«, stieß Lale keuchend hervor. Dann sah sie, dass Pit Bull sein beeindruckendes Gebiss fest in ein Hosenbein gehauen hatte. In der schmutzigen und ohnehin schon recht zerrissenen Hose steckte ein nicht weniger schmutziger Mann und starrte sie angsterfüllt an. Sie erkannte das etwas aufgedunsene Gesicht und die wachen blauen Augen des Obdachlosen, der ihr zum ersten Mal in der Galerie aufgefallen war.

»Bitte! Nehmen Sie doch diese Bestie weg«, jammerte er. »Ich habe doch niemandem etwas getan.«

»Wer sind Sie?«, fragte Lale. »Und was machen Sie hier? Und was hatten Sie mit Eva Schmitt zu tun?«

»Bitte, so nehmen Sie doch diesen Hund weg!«, flehte der Fremde.

»Erst, wenn Sie mir antworten«, erklärte Lale.

»Bitte nehmen Sie erst die Bestie weg«, jammerte der Fremde. »Ich mache mir gleich in die Hose vor Angst.«

»Na gut.« Lale griff nach Pit Bulls Halsband und zog ihn zu sich. Der Hund wehrte sich störrisch und Lale hatte alle Hände voll damit zu tun, ihn festzuhalten. »Aus, mein Dicker! Mit dem Onkel werde ich alleine fertig!«

Pit Bull knurrte, als wolle er seine Zweifel artikulieren. Und just in diesem Moment setzte der Fremde mit einem langen Satz über die Friedhofsmauer und verschwand. Lale sah ihm staunend hinterher. Soviel Wendigkeit hatte sie dem Kerl gar nicht zugetraut. Sie beugte sich zu Pit Bull hinunter und streichelte ihn. »Na, wenigstens ist dir nichts passiert«, sagte sie seufzend. »Du bist wirklich ein toller Wachhund.«

Stallwache

Eine halbe Stunde später stürmte Lale mit Pit Bull in Gerstes Büro. »Ich bin dann da!«, flötete sie fröhlich durch den Raum.

»Können Sie nicht einfach mal pünktlich sein?«, fragte Gerste barsch und erstarrte. »Was ist das?« Er zeigte entsetzt auf Pit Bull.

»Ein Hund«, sagte Mandy freundlich. »Und ein ganz lieber.« Sie hielt Pit Bull die Hand vor die Nase und er schob sofort seine Schnauze auf ihre Hand, so dass sie ihm das Kinn kraulen konnte. »Er sieht nur so gefährlich aus.«

»Und er eignet sich wirklich hervorragend als Wachhund«, bestätigte Lale. »Vor einem Pit Bull haben doch die meisten Leute Respekt.« Sie lächelte betont freundlich. »Es soll sogar Leute geben, die vor ihm richtig Angst haben. Und Sie haben doch gesagt, dass ich…«

»Ich weiß, was ich gesagt habe«, knurrte Gerste und rollte mit seinem Schreibtischsessel ein Stück zurück. »Behalten Sie dieses Vieh bloß an der Leine!« Gerstes Blick flackerte unruhig. »Sie haben es ja selbst erlebt, dass er bei einem bewaffneten Angreifer nicht wirklich hilft.«

»Das würde ich so nicht sagen«, widersprach Lale. »Pit Bull war vermutlich der Einzige von uns, der diesen schallgedämpften Schuss gehört hat.«

»Sie werden jedenfalls heute Innendienst schieben«, ordnete Gerste an. »Egal, was passiert!« Er warf einen misstrauischen Blick auf Pit Bull.

»Kein Problem Chef«, sagte Lale grinsend. »Wenn er mal muss, können SIE dann ja mit Pit Bull ums Bäumchen gehen.«

Mandy kicherte leise und auch Kroko schmunzelte.

»Was soll das?«, polterte Gerste los. »Sie wissen ganz genau, dass ich Angst vor dieser Kreatur habe.«

»›Gegen Ängste muss man vorgehen, bevor sie zu viel Macht erhalten‹«, zitierte Lale. »Das waren Ihre Worte.« Sie sah ihn herausfordernd an. »Ich habe mörderische Flugangst und Höhenangst und war gestern stundenlang mit einem Ballon unterwegs.«

Gerste sah sie verständnislos an.

»Da werden Sie sich doch wohl mit diesem ausgesprochen friedlichen Kampfhund arrangieren«, sagte Lale. »Mein Ballon war da weniger zugänglich.«

»Ballon ist ein gutes Stichwort«, sagte Gerste missmutig. »Was ist das für eine Geschichte mit einem Tötungsdelikt im Kleingarten? Sie sind als Zeugin benannt.«

Natürlich! Lale fasste sich an den Kopf. Brigitte hatte doch behauptet, vom Ballon aus einen Mord gesehen zu haben! Das hatte sie ja völlig vergessen. Sie sah Gerste betroffen an.

»Brigitte hat das gemeldet«, mischte sich Mandy ein. »Sie sagte, sie habe während eurer Ballonfahrt einen Mord beobachtet.«

»Stimmt«, sagte Lale. »Ich erinnere mich, dass sie tierisch Alarm gemacht hat.«

»Und mehr fällt Ihnen nicht dazu ein?«, fragte Gerste vorwurfsvoll. »Sie waren doch dabei!«

»Schon, aber ich war mit meiner Angst beschäftigt«, erklärte Lale lahm. »Als ich dann tatsächlich runtergeguckt habe, rannten zwei Typen in dunklen Anzügen weg.« Sie überlegte kurz. »Sie sahen aus wie diese Muskelmänner auf der Beerdigung vorhin. Sie passten wirklich nicht in diese Kleingärten.«

»Welche Kleingärten?«, fragte Gerste und warf einen misstrauischen Blick auf Pit Bull.

»Keine Ahnung«, gab Lale zu. »Dresdner Kleingärten eben, irgendwo Richtung Süd-Südost.«

Gerste schüttelte bekümmert den Kopf. »Das darf doch wohl nicht wahr sein«, sagte er matt. »Sie gondeln gemütlich in einem Ballon an einem Mord vorbei.«

»Über ein mutmaßliches Tötungsdelikt hinweg«, korrigierte Kroko.

»Unterbrechen Sie mich nicht!«, herrschte Gerste ihn an. Pit Bull knurrte. Gerste zuckte zusammen. »Darf ich Sie daran erinnern, dass Sie Kommissarin sind?«

»Dürfen Sie.« Lale nickte großzügig. »Das hilft nur nicht, wenn ich mich zitternd in eine Ecke eines Ballonkorbs ducke und nur noch hoffe, möglichst bald möglichst heile wieder Boden unter die Füße zu bekommen.« Sie sah den Chef herausfordernd an. »Es war eben ein Versuch. Meine Angst ist geblieben.«

»Es war doch auch keine Dienstfahrt«, warf Mandy ein. »Wer rechnet denn mit so was?«

»Was hat der Pilot denn gesagt?«, fragte Lale. »Der hat auf keinen Fall Höhenangst.«

»Welcher Pilot?«, fragte Gerste mürrisch.

»Na, der Ballonpilot«, erklärte Lale. »Der war ja auch dabei und müsste etwas gesehen haben. Brigitte hat einen Riesenradau gemacht.« Dann grinste sie verschmitzt. »Außerdem können Sie gerne Pit Bull als Spürnase mitnehmen. Dann sehen Sie ja, wie professionell SIE unter Angst arbeiten.«

»Schluss jetzt!« Gerste erhob sich langsam und starrte auf Pit Bull, der prompt leise vor sich hin grollte.

»Sie sollten ihn nicht so anstarren«, mahnte Kroko. »Hunde mögen das nicht.«

Gerste sah ihn böse an. »Sie machen mir diesen Piloten ausfindig«, grunzte er. »Und wir…« Er nickte Mandy zu. »Wir werden uns mal ein paar Kleingärten vornehmen.«

»Und ich?«, fragte Lale.

»Sie schieben Stallwache«, sagte Gerste bestimmt. »Ich verdonnere Sie zum Telefondienst. Und ich werde alle halbe Stunde anrufen, um zu kontrollieren, ob Sie brav die Stellung halten!«

»Ist ja gut«, meinte Lale beschwichtigend.

»Ach, Frau Petersen«, meldete sich Kroko erneut zu Wort. »Da war vorhin ein Anruf für Sie, von diesem Künstler, diesem Ronski.«

»Gronski?«, rief Lale. »Gola Gronski?«

»Ich glaube schon«, sagte Kroko. »Warten Sie, ich habe die Nummer notiert.« Er wühlte zwischen seinen obligatorischen Zettelstapeln und zog ein Blatt hervor. »Hier! Er bittet um Rückruf.«

»Na dann!« Lale schnappte sich schnell Krokos Notizzettel. »Dann mal husch, husch an die Arbeit! Wer weiß schon, wie viele Leichen in den Dresdner Kleingärten so herumliegen!«

Lale zog den verdutzten Pit Bull schnell mit hinüber in ihr Büro. Dann schloss sie die Tür und befreite den Hund von seiner Leine. Lale flitzte um ihren Schreibtisch herum. Den Telefonhörer bereits in der Hand, ließ sie sich im Sessel zurücksinken. Jetzt nur nichts überstürzen. Sie gemahnte sich zur

Ruhe, legte den Hörer zurück auf den Apparat und fuhr erst einmal ihren Computer hoch. Sie sollte sich wirklich erst einen Kaffee kochen. Also stand sie auf, holte die Kaffeedose aus dem Schrank und begann, Pulver in den Filter der Kaffeemaschine zu löffeln. Ach was! Sie schüttete einfach einen ansehnlichen Haufen Kaffee aus der Dose in den Filter, stellte die Dose zur Seite und flitzte zurück an den Schreibtisch. Sie wollte überhaupt keinen Kaffee! Sie wollte mit Gola sprechen! Wieder hatte sie den Hörer in der Hand. Sie wählte die ersten Ziffern der notierten Telefonnummer. Nein! So nicht. Lale sprang erneut auf. Dann schnappte sie sich die Kaffeekanne und lief hinaus auf den Flur. Pit Bull folgte ihr aufgeregt schnüffelnd. Im Vorraum der Toilette stellte sie die Kanne ins Waschbecken und ließ Wasser hineinlaufen. Oh Gott, wie sah sie denn aus!? Lale beäugte sich kritisch im Spiegel. Ihr Gesicht hatte eine seltsame rote Färbung und die Strähnen ihres Blondschopfes bedienten alle Himmelsrichtungen. Sie war verschwitzt, zerzaust und völlig verstaubt. Kein Wunder! Noch vor einer Stunde hatte sie mit der Nase im Friedhofsdreck gelegen. So konnte sie doch unmöglich Gola anrufen!

Wildes Plätschern unterbrach ihre Überlegungen. Die Kanne lief über. Schnell stellte sie das Wasser ab und goss einen Teil des Wassers ab. Dann grinste sie sich im Spiegel an. War sie denn bescheuert? Natürlich konnte sie Gola anrufen. Schließlich waren nicht ihre Stimmbänder verschwitzt und verstaubt. Mit einem breiten Grinsen auf dem Gesicht und einem fröhlichen Pit Bull bei Fuß ging sie zurück ins Büro.

So, nun aber! Schwungvoll ließ sich Lale in ihren Schreibtischsessel plumpsen und griff gerade beherzt zum Telefonhörer, als der Apparat klingelte. Sie riss den Hörer an sich: »Halloooo…«

»Ich höre, Sie sind auf Position.« Gerstes Stimme knarrte leicht. »Das freut mich außerordentlich«, sagte er außerordentlich freudlos.

»Ja, sicher.« Lale seufzte. Der machte ja wirklich Ernst mit seiner Telefonkontrolle. »Sagen Sie mal, trauen Sie mir nicht?«

»Richtig«, bestätigte Gerste. »Ich traue Ihnen absolut nicht. Ich melde mich wieder.« Ein Klack beendete das Gespräch.

»Blödmann«, knurrte Lale.

Pit Bull kläffte fröhlich und Gräfin Cosel krächzte erschrocken auf. Sie flatterte eine kleine Runde in ihrem Käfig.

»Nicht du«, sagte Lale. Sie warf einen Blick hinüber zur dampfenden und blubbernden Kaffeemaschine. Dann atmete sie tief durch, griff zum Telefonhörer und tippte die notierte Nummer ein.

Ein lang gezogenes Tuuut ertönte. Pause. Dann machte es wieder Tuuuut. Pause. Lale verdrehte die Augen. Tuuuuut! Sie schnaufte. Tuuut! Sie seufzte. Tuuuuuut! Sie verzog das Gesicht. Das war ja ein widerlicher Ton. Tuuuuuuut! Und er wurde immer länger. Tuuuuuuuut! So, das reichte aber! Doch gerade als sie auflegen wollte, ertönte Golas Stimme.

»Gronski!«, rief er etwas gehetzt in den Hörer.

»Ähm, ja, hallooo«, stammelte Lale. Sie gab sich einen Ruck. »Ich bin es, Lale, ähm, du hattest… Rückruf oder so.« Oh nein! Ihr Sprachzentrum war mal wieder auf den Notbetrieb reduziert.

»Leila«, hauchte jetzt wieder die gewohnte Schmusestimme. »Ich bin ja so froh, dass du anrufst.«

›Und ich erst…‹ schoss es Lale durch den Kopf. »Ähm, na dann«, sagte sie und griff sich an den Kopf. »Was gibt's?«

»Du kannst dir nicht vorstellen, was passiert ist!«, rief Gola.

»Ähm, nö.« Lale biss sich auf die Unterlippe. »Ich meine… War wieder ein Sondereinsatzkommando bei dir?« Na also, das konnte noch in etwa als so was wie Humor durchgehen.

»Schlimmer!«, rief Gola. »Man hat versucht, mich meiner Kunst zu berauben.«

»Man hat bei dir eingebrochen?«, fragte Lale. »Das ist ja schrecklich.«

»Nein, das nicht. Aber es ist durchaus schrecklich«, ließ Gola verlauten. »Auf die Transplantage wurde ein Attentat verübt!«

»Oh«, sagte Lale ratlos.

»Du musst unbedingt ganz schnell kommen«, bat Gola mit inbrünstiger Schmusestimme. »Geht das?«

»Nun ja…« Lale zögerte. »Eigentlich nicht.«

»Bitte!«, flehte Gola. »Es geht um Leben und Tod!«

»Na dann«, sagte Lale. »Ich bin gleich da.«

Entschlossen warf sie den Hörer auf den Apparat. Gerste würde toben, wenn sie jetzt einfach das Büro verließ. Andererseits war das schließlich ein Notfall. Vielleicht konnte sie einfach das Telefon auf ihr Handy umstellen. Aber wie machte man das noch gleich? Sie zog eine Schreibtischschublade auf und wühlte nach der Bedienungsanleitung des Telefons. Irgendwo hatte sie so etwas gesehen. Aber wer konnte schon ahnen, dass man so etwas tatsächlich mal brauchen würde?

Blödsinn! Sie schmiss wütend die Schublade zu. Das dauerte alles viel zu lange. Sie überlegte kurz. Telefondienst. Gerste hatte doch gesagt, sie habe Stallwache mit Telefondienst. Wer Telefondienst hatte, telefonierte für gewöhnlich. Sie nahm den Hörer ab und legte ihn neben den Apparat. Sie führte einfach offiziell ein mehrstündiges Recherchetelefonat.

Zerquetschte Träume

Lale hatte bereits zwei Runden um das Uniklinikum gedreht, bis sie den Wagen endlich am Rande der Fetscherstraße in der sengenden Mittagshitze parken konnte. Zum allgemeinen Platzmangel kamen auch noch diverse Baustellenabschnitte in Richtung Elbufer mit einer zur kompletten Verwirrung geeigneten Straßenführung.

»Na, dann hast du wenigstens einen kleinen Spaziergang«, sagte Lale zu Pit Bull, der sie fröhlich über den holprigen Gehweg zog.

Sie kletterten durch verschiedene Absperrungen und Sandhaufen an dem HfBK-Gebäude vorbei, in dem auch Golas Gast-Atelier lag. Einen Moment lang zögerte Lale. Dann ging sie weiter. Der arme Gola war sicherlich bei seinem angegriffenen Kunstwerk auf den Elbwiesen. Pit Bull hatte offenbar seine wichtigsten Geschäfte erledigt, denn er tänzelte nun sehr viel entspannter neben ihr her.

Lale staunte, als sie am Käthe-Kollwitz-Ufer auf eine große Menschenmenge stieß. Waren die alle wegen Golas Transplantage da? Solche Ansammlungen flößten ihr immer ein gewisses Unbehagen ein. Sie konnte es nicht leiden, sich durch Menschenmengen zu drängeln und mit wildfremden Leuten zwangsläufig auf Tuchfühlung zu gehen. Dabei fehlte ihr einfach der situative Überblick. Aber nichtsdestotrotz musste sie hier wohl durch, um zu Gola zu gelangen.

Pit Bull schienen die vielen Leute nichts auszumachen. Er reckte seine Nase, um all die Gerüche aufzufangen. Vermutlich witterte er schon einige interessante Hundedamen. Und schnell konnte Lale bemerken, dass ihr kleiner Begleiter mit seinem gefährlichen Aussehen für den nötigen Bewegungsspielraum sorgte. Man wich ihr zuvorkommend aus und ließ sie überall passieren.

»Das waren bestimmt diese Brückengegner«, hörte sie einen älteren Herrn schimpfen. »Denen ist doch jedes Mittel recht!«

»Ach was«, schnaubte eine junge Mutter, die sich ihr Jüngstes auf den Rücken geschnallt hatte und zwei kleine Mädchen an den Händen hielt. »Alkmene, lass den Wauwau!«, sagte sie streng, als eines ihrer Mädchen versuchte, Pit Bull zu streicheln. Sie sah Lale misstrauisch an, um sich dann wieder an den älteren Herrn zu wenden. »Das war bestimmt einer von diesen Brückenfanatikern, die unbedingt eine Schnellstraße mitten durch das Elbtal wollen. Diese ganzen Sabotageakte auf der Baustelle sollen uns doch nur in Misskredit bringen!«

Lale ging weiter. Wo war Gola überhaupt? Sie reckte sich, denn bisher sah sie nur, dass sie und Pit Bull sich langsam auf einen Bagger zubewegten. Wie seltsam. Die Baustelle musste doch ein Stück weiter elbaufwärts liegen. Schnell ging sie weiter. Da vorne schien sich die Menschenmenge etwas zu verlaufen. Fetzen eines alten Songs drangen an ihr Ohr. Von wem war das gleich noch? ›Ton, Steine, Scherben‹, genau. Und jetzt sah sie eine Gruppe junger Leute um einen Bierkasten sitzen. Voller Inbrunst grölten sie »Keine Macht für niemand!«.

Lale schüttelte den Kopf. Was war hier eigentlich los? Bisher wirkte das hier alles wie ein collagenhaftes Revival-Happening. Dann sah sie Gola. Er stand vor dem Bagger, der schon von Weitem zu erkennen gewesen war und sprach mit irgendeiner Frau. Und da waren ja auch einige dieser Plastiken. Die Sonne zauberte eigenartige Reflexe auf die Plastikgebilde.

In diesem Moment klingelte ihr Mobiltelefon. Schnell nahm sie den Anruf entgegen. »Ja?«

»Endlich erreiche ich dich«, schimpfte Jobst. »Wo steckst du denn bloß?«

Lale verdrehte die Augen. »Na, sollst du mich bewachen?«, fragte sie gedehnt.

»Bewachen? Wieso denn?«, fragte Jobst unwirsch. »Ich brauche dich! Du bist nicht in deinem Büro, du bist nicht zu Hause. Meine Güte, wo treibst du dich denn herum? Wir haben einen neuen Fall. Einen heiklen Fall, wenn du verstehst, was ich meine!«

»Morde sind immer heikel«, entgegnete Lale. Dann sah sie plötzlich ein paar Kriminaltechniker mit dicken Koffern vorbeigehen.

»Ich brauche dich für wichtige Ermittlungen«, erklärte Jobst gereizt. »Und das ist bestimmt nicht meine Idee! Aber der Rest deiner Truppe ist nicht verfügbar.«

»Stimmt.« Lale nickte mit dem Telefon am Ohr. »Die ermitteln auch.«

»Lale?«, Jobsts Stimme wurde lauter.

»Ja, ich bin noch dran«, sagte Lale.

»Was weißt du über die Geschichte?«, fragte Jobst.

»Über welche Geschichte?«, fragte Lale.

»Na, die Geschichte mit dem Bagger auf Geisterfahrt«, sagte Jobst, doch er klang nun weniger gereizt.

Lale runzelte die Stirn. »Wovon sprichst du eigentlich?«

»Na, davon.« Jobsts Stimme drang jetzt an ihr freies Ohr und Lale spürte eine Hand auf ihrer linken Schulter. Er grinste sie an. »Das hätte ich mir ja denken können, dass du schon vor mir hier bist.«

Lale sah ihn erstaunt an und steckte das Telefon weg. Nun hatte auch Pit Bull Jobst bemerkt und holte sich wedelnd ein paar Streicheleinheiten zur Begrüßung ab.

Sie hielt erneut Ausschau nach Gola und sah, dass er gerade sein Gespräch beendete. Sie winkte kurz.

»Leila!«, hörte Lale Golas Schmusetimme. Er kam auf sie zu und nahm sie herzlich in den Arm. »Endlich.«

Gola wandte sich an Jobst. »Und der Herr Staatsanwalt ist auch da«, sagte er spöttisch. »Wo bleibt denn Ihre Hundertschaft?«

Lale grinste. »Oh, heute sitzen ihm die Handschellen nicht mehr ganz so locker.«

»Wir ermitteln«, erklärte Jobst und deutete erst auf Lale und dann auf sich. »Ich komme direkt vom Innenminister.«

»Hört, hört!« sagte Lale feixend. »Wart ihr wieder golfen?

Vielleicht hat er dich nur loswerden wollen, weil er gemerkt hat, dass er nicht gewinnen kann.« Sie wandte sich an Gola. »Du musst nämlich wissen, dass Jobst ein begnadeter Golfer ist. Und er lässt niemanden gewinnen! Nicht einmal einen Innenminister!«

»Ich möchte die näheren Umstände an dieser Stelle nicht erläutern«, sagte Jobst. »Nun zeigen Sie uns mal, was passiert ist!«

»Stimmt.« Gola zwinkerte Lale zu. »Eigentlich habe ich ja auch noch etwas gut bei Ihnen. Kommen Sie!«

Gola führte sie ein Stück die Wiese hinunter zu dem Bagger. Erst jetzt bemerkte Lale, dass er offensichtlich einen Teil der Plastiken platt gewalzt hatte. Die provisorische Umzäunung der Transplantage war auf breiter Fläche eingerissen, und die Elbwiese wies tiefe Radspuren auf.

»Der Bagger muss von der Brückenbaustelle dort drüben gekommen sein.« Gola zeigte nach Westen, wo man die Gerätschaften der Baustelle gut erkennen konnte. »Dort ist ebenfalls der Zaun durchbrochen. Und hier ist er etwa bis zur Hälfte der noch unfertigen Transplantage gefahren.« Er deutet auf den Plastikmatsch.

»Ist denn irgendwer zu Schaden gekommen?«, fragte Lale und ging langsam zur anderen Seite des Baggers. »Nur die Transplantage«, sagte Gola.

»Ach, das bisschen Plastik!«, Jobst winkte ab. »Dann basteln Sie eben noch ein paar von diesen Dingern da.«

Lale sah ihn empört an. »Was sind das denn für neue Töne? Der Herr Staatsanwalt lässt doch sonst so gerne den Kulturmenschen heraushängen.«

»Wann ist das mit dem Bagger denn passiert?«, fragte Lale. Gola zuckte die Achseln. »Tja, wenn ich das wüsste. Vermutlich heute Nacht oder am frühen Morgen.« Er rieb sich das Kinn. »Ich bin zwar schon seit acht Uhr bei der Arbeit, aber ich war erst eine Weile drüben im Atelier.«

»Und was heißt das Ganze jetzt für dein Projekt?«, wollte Lale wissen, denn kurz und unangenehm durchzuckte sie der Gedanke, dass Gola jetzt vielleicht unverrichteter Transplantagen Dresden verlassen könnte. »Ist die Transplantage jetzt gestorben?«

»Du brauchst wohl immer eine Leiche?«, fragte Gola amüsiert. »Natürlich nicht. Ich lasse mir doch von so einem Attentat nicht die Inspiration rauben.« Dann wurde er nachdenklich. »Schade nur, dass es jetzt wohl insgesamt weniger als 600 Plastiken werden. Wo sie doch alle für einen guten Zweck versteigert werden.«

»So so, für einen guten Zweck«, sagte Jobst gedehnt. »Für die heldenhafte Bestechung von Kulturpolitikern, oder gehen die Gewinne direkt an die Galeristen, die Ihren Kram an verirrte Sammler mit bedauernswert dicken Portemonnaies verscherbeln.«

Lale sah Jobst böse an, verkniff sich jedoch eine Bemerkung. Was sollte sie zu diesem Blödsinn auch sagen?

»Auch wenn ich Ihre sorgsam gepflegten Vorurteile empfindlich störe, Herr Staatsanwalt«, erklärte Gola gelassen. »Der Erlös der Versteigerung kommt Drogenopfern zu Gute.«

Lale nickte anerkennend. »Das ist doch eine gute Aktion.«

»Ja, ja.« Jobst winkte einem der Kriminaltechniker. »Sind Sie so weit fertig? Ich erwarte Ihren Bericht in...« Jobst warf einen Blick auf seine pompöse Armbanduhr. »Sagen wir mal, zwei Stunden!« Dann wandte er sich an Lale. »Komm, wir gehen!«

»Na dann tschüss«, sagte Lale. »Du kannst mich ja anrufen, wenn du Ergebnisse hast.«

»Ich sagte, WIR gehen«, wiederholte Jobst.

»Ich höre immer ›wir‹«, sagte Lale. »Wie kommt das?«

»Ich habe ja auch ›wir‹ gesagt«, erklärte Jobst gereizt. »Und ich meine ›wir‹.« Er atmete tief durch. »Ich habe Gerste versprochen, dich persönlich im Präsidium abzuliefern.«

»Ich glaube, ich höre nicht richtig«, maulte Lale. »Wieso benehmt ihr euch eigentlich alle, als sei ich ein Pflegefall?!«

»Schon gut«, beruhigte Gola sie. »So sind diese kleinen Spießer eben. Sie müssen sich immer wichtig machen.« Er grinste Jobst frech an. »Sonst merkt ja keiner, wie wichtig sie sind.« Dann umarmte er Lale demonstrativ. »Heute Abend habe ich noch eine Verabredung. Ich bekomme eine Materiallieferung«, erklärte er unvermittelt. »Können wir uns vielleicht morgen sehen?«

Lale lächelte. »Von mir aus gerne. Falls ich denn morgen Ausgang bekomme!«

Besondere Fundstücke

Seufzend sah Lale auf das Papierchaos in ihrem Auto und gab dem nächstbesten Stapel einen Schubs. Zum Glück war sie Jobst schnell wieder losgeworden, denn er hatte sich in den Kopf gesetzt, den Kriminaltechnikern auf den Keks zu gehen. Allerdings hatte sie den Rest der Arbeitszeit alleine im Büro verbracht. Von den Kollegen war keiner mehr aufgetaucht. Und Lale hatte sich schon dabei ertappt, sich nach Gesellschaft zu sehnen. Sie hatte alle vorhandenen Dateien von Eva Schmitt noch einmal durchgeschaut, jedoch nichts Neues gefunden und schließlich pünktlich Feierabend gemacht.

Lale seufzte erneut und lehnte sich zurück. Wo Pit sich nur herumtrieb? Zu Hause jedenfalls hatte sie ihn nicht angetroffen und auch keine Nachricht von ihm gefunden. Da hatte man nun einen Jungen auf über 1,90 Meter hochgepäppelt, und wenn man mal ein bisschen quatschen wollte, war der mutierte Zwerg nicht da. Lale lächelte versonnen. Sie wurde ja richtig melancholisch von soviel Einsamkeit! Es war ihr allerdings noch genug Pragmatismus übrig geblieben, um die Einladung von Brigitte abzulehnen. Sie hatte ihr nur Pit Bull gebracht und etwas von einem dringenden Termin gemurmelt. Deshalb saß sie ja jetzt hier im Auto und fragte sich, wohin sie fahren sollte! Aber ausgerechnet jetzt mit Brigitte ausführlich zu plaudern. Das ging einfach nicht!

Lale ließ den Wagen an und fuhr los. Sie würde ja sehen, was ihr unterwegs einfiel. Sie schaltete das Radio ein und bog ganz nach Lust und Laune mal rechts, mal links herum ab. Im Radio dudelte irgendein Sommerhit, von dem sie nicht sagen konnte, ob er aktuell war oder aus einem der vergangenen Sommer. Das war ja das Eigentümliche an Sommerhits – dass sie alle gleich klangen oder zumindest in etwa die gleiche Stimmung verbreiteten.

Nach kurzer Zeit fand Lale sich auf der Fetscherstraße wieder. Sie stand an einer Ampel in Fahrtrichtung Elbe. Als die Ampel Grün zeigte, zögerte sie kurz. Golas Gast-Atelier war nicht weit von hier. Sollte sie wirklich jetzt dort hinfahren? Gola hatte doch gesagt, heute habe er noch… Ja, was eigentlich? Lale überlegte kurz. Sie war sich ziemlich sicher, dass er von einer

Materiallieferung gesprochen hatte. Hatte er nicht auch gesagt, es sei unheimlich schwer, an diese gebrauchten medizinischen Utensilien heranzukommen?

Auf Höhe der Fiedlerstraße trat Lale in die Bremse und legte den Rückwärtsgang ein. Dann blinkte sie unter lautem Hupen ihrer Hintermänner und bog nach rechts ab. Sie würde Dr. Kowalski in der Rechtsmedizin einen kleinen Besuch abstatten.

Bereits am Eingang zur Rechtsmedizin vernahm Lale laute klassische Musik, und als sie den oberen Flur erreichte, bemerkte sie, dass die monumentalen Töne aus einem der Seziersäle drangen. Die Tür stand einen Spalt weit offen und Licht drang heraus auf den nur spärlich beleuchteten Flur. Es roch ausgesprochen sauber und kein bisschen nach Tod. Eine gespenstische Atmosphäre.

Klopfenden Herzens ging Lale auf die Tür zu. »Dr. Kowalski?«

Sie sah, dass der kleine kahlköpfige Rechtsmediziner mit dem Rücken zu ihr auf einer kleinen Fußbank vor einem der Seziertische stand. Jetzt hatte er sie wahrgenommen. »Oh, was für eine angenehme Überraschung!«, rief er in seinem eigenwilligen Akzent. »Die große Kommissarin. Ich bin entzückt!« Er stieg von seinem Treppchen herunter, streifte die Handschuhe ab und kam auf sie zu, um ihr herzlich die Hand zu schütteln.

Lale sah etwas befremdet auf die blitzsaubere Hand, die gerade noch an einer Leiche herumgeschnippelt hatte. »Störe ich?«, fragte sie.

»Aber nein, nicht doch«, sagte Kowalski. »Ich muss ihn nur noch vernähen.« Der kleine, alte Mann wuselte zurück auf sein Fußbänkchen. »Ich bin gleich so weit.«

Lale machte einen großen Bogen um den Seziertisch und warf einen vorsichtigen Blick auf die Leiche. »Carlo Schmitt«, stellte sie fest. »Das ist der Vater von Eva.«

Kowalski nickte bekümmert. »Oh, ja. Ein kerngesunder, alter Kerl. Aber leider ein Schuss mitten ins Herz. Das überlebt auch der Gesündeste nicht.« Er sah Lale neugierig an. »Stimmt das, was man sich erzählt?«

Lale zuckte die Achseln. »Keine Ahnung! Was erzählt man sich denn?«

»Na, dass er dieses tödliche Geschoss abbekommen hat, das

eigentlich Ihnen galt?« Kowalski legte das Gesicht in Sorgenfalten.

»Das kann ich Ihnen nicht sagen«, erklärte Lale. »Das weiß nur der Schütze.«

»Und der wurde vom Erdboden verschlungen.« Kowalski nickte wissend. »So ist das mit diesen Mördern. Es bleibt mir noch immer unbegreiflich, dass Menschen mit so wenig Unrechtsbewusstsein so viel verdrehte Moral besitzen, sich selbst vor allem zu schützen.«

»Eine interessante Betrachtungsweise«, sagte Lale. Sie beobachtete wie Kowalski routiniert die Naht auf dem Brustkorb des Toten schloss. ›Als würde er einen Socken stopfen‹, schoss es Lale durch den Kopf.

»Geben Sie mir die Informationen, die ich brauche«, sagte Kowalski im Verschwörerton. Dann lächelte er über sein ganzes breites Gesicht. »Ihre Nasenspitze flüstert mir zu, dass Sie etwas auf Ihrem zum Glück unversehrten Herzen haben.«

Lale grinste verschmitzt. »Wie man es nimmt.«

»Kommen Sie, wir lassen den armen Carlo in Frieden ruhen und gesellen uns zu einem guten Tröpfchen in der Küche.« Er hielt ihr die Tür auf und löschte das Licht hinter sich.

»Sagen Sie mal«, hob Lale an, als sie sich in der kleinen Küche niederließen. »Sie haben hier doch sicher viel Müll?«

Kowalski holte Gläser aus dem Schrank und stellte sie auf den Tisch. »Oh natürlich! Wir nehmen alle unsere Mahlzeiten hier ein.« Dann fischte er eine unbeschriftete Flasche mit Korken aus dem Schrank.

»Nein, ich meine keine Haushalts- oder Küchenabfälle«, erklärte Lale. »Ich meine den Müll des Klinikums. Speziellen Müll, verstehen Sie?«

Der Rechtsmediziner sah sie amüsiert an. »Worauf wollen Sie hinaus? Heraus mit den wahren Worten!«

»Nun ja, ich meine…« Lale drehte das Glas zwischen den Fingern. »Ich wollte mal fragen, ob ich nicht ein bisschen Müll bekommen kann.« Sie hielt Kowalski das Glas hin, damit er einschenken konnte. »Ich meine, das Zeug muss doch sowieso weg.«

Kowalski schenkte grinsend Selbstgebrannten in die viel zu großen Gläser. »Ich befürchte, Sie nicht wirklich zu verstehen.«

»Natürlich verstehen Sie mich«, sagte Lale. »Ich möchte ein bisschen echten Klinikmüll haben. Nicht für mich. Ich möchte jemandem eine Freude machen.«

»So so, Sie wollen also mit Klinikmüll Freude bereiten«, stellte Kowalski sichtlich amüsiert fest. »Vielleicht könnten Sie sich in der Chirurgischen Abteilung einige amputierte Gliedmaßen als Geschenk einwickeln lassen!«

Lale grinste ebenfalls und prostete Kowalski zu. »Ich dachte da mehr an ein paar alte Spritzen und Schläuche und weniger an Organteile.«

Kowalski nahm einen kräftigen Schluck Schnaps. »Ahne ich recht? Handelt es sich um einen neuen Trend in der Damenoberbekleidung?« Er trank erneut.

Lale nickte. »Eine schöne Idee«, sagte sie. »Aber ich brauche diese Abfälle nicht für eine Frau, sondern für einen Mann.«

»Ach so!« Kowalski grinste verschmitzt. »Ein Mann. Dann geht es wohl weit weniger um Mode und Design. Ist es denn ein besonderer Mann?«

Lale spürte plötzlich eine seltsame Wärme in ihrem Gesicht. Kam das von dem Schnaps oder errötete sie etwa? »Es ist ein ganz außergewöhnlich besonderer Mann.« Sie stockte und beeilte sich hinzuzufügen: »Und es geht nicht um Mode, sondern um Kunst.«

»Sie sprechen doch nicht etwa von diesem Kunst-Notfall?«, fragte Kowalski grinsend. »Von diesem Rettungskünstler, der allen weismachen will, er fertige seine Werke aus OP-Müll und solcherlei Unappetitlichkeiten?«

»Ähm ja«, sagte Lale und war nun sicher, rot wie eine Tomate zu leuchten. Sie nahm schnell noch einen Schluck von dem widerlich bitteren Schnaps. »Ich meine Gola Gronski.«

Kowalski lächelte wissend. »Glauben Sie mir, meine verehrte Kommissarin, dieser Gronski mag künstlerisches Talent zu seinen Eigenschaften zählen. Ich selbst empfinde seine neue Kunstform als ausgesprochen originell.« Er trank und schenkte erneut Schnaps nach. »Sie ist aber keinesfalls originär!«

Lale schluckte. »Wie meinen Sie das denn?«

»Nun.« Kowalski verschränkte seine erstaunlich jung wirkenden Hände und knetete sie vorsichtig. »Diese Kunst ist alles, aber nicht echt.«

Lale sah ihn erstaunt an. »Sie meinen, er tut nur so als ob?«

Kowalski nickte. »Natürlich. Es herrschen rigide bürokratische Vorschriften, die solche Abfälle in die Schranken weisen«, erklärte er. »Niemand kann irgendwelche Spritzen und Schläuche in eine x-beliebige Mülltonne werfen. Und ebenso wenig kann irgendwer sie wieder dort herausangeln.« Er sah Lale eindringlich an. »Denken Sie doch nur an die ungeheuren Summen von Gefahren, die sich so anhäufen könnten! Alleine die wahrscheinlichen Kontaminierungen durch Infektionserreger.«

Lale nahm schnell einen tiefen Schluck aus ihrem Glas. »Das ist ja... Das ist ja... ein Ding!«

»Aber nein!« Kowalski tätschelte ihr großväterlich den Arm. »Das ist eine Marketingstrategie.«

»Meinen Sie wirklich?« Lale sah ihn entsetzt an. Hatte Gola sie die ganze Zeit belogen?

»Nun, meine liebe Kommissarin«, sagte Kowalski beschwichtigend. »Dieser Mann ist Künstler. Er kann so etwas inszenieren. Und er hat die Erlaubnis, das zu tun. Ich selbst finde, dass er es ausgezeichnet gut tut. Doch in ganz Deutschland überwachen Hygieniker das Geschehen in Krankenhäusern und Labors. Dazu gehört in diesem ökologisch geradezu verbissenen Land auch die Entsorgung der Abfälle.« Er überlegte kurz. »Verstehen Sie mich nicht falsch! Ich denke, man muss sich ökologisch sozusagen verbeißen, um überhaupt...«

»Sie meinen, es gibt an jeder Klinik und jedem Labor jemanden, der sich nur um den Müll kümmert?«, unterbrach Lale ihn. »Echt?«

»Sicher«, bestätigte Kowalski. »Es gibt ganze Teams, die sich um die Hygiene kümmern. Soweit mir bekannt ist, besitzt gerade unser schönes Sachsen sogar zusätzliche Regeln für die Krankenhaushygiene.« Er nippte an seinem Schnaps. »Es war damals die Rede von einer sächsischen Rahmenverordnung und einer speziellen Seuchenmeldeverordnung.«

»Damals?«, fragte Lale. »Sie haben sich mit diesen Dingen beschäftigt?«

Kowalski wiegte seinen großen kahlen Kopf hin und her. »Ein ganz geringes Bisschen«, sagte er. »Ich habe vor einer gar nicht allzu langen Zeitspanne ein Seminar zu diesem Thema besucht, hier in der Uniklinik. Dabei ging es vor allem um technische Belange, die uns ein Krankenhaustechniker anschaulich gemacht hat.« Er rieb sich das Kinn. »Ein erstaunlich lebhafter Vortrag, den dieser Mann gehalten hat. Er sprach ein bisschen so wie Sie, meine liebe Kommissarin.« Der Rechtsmediziner schien mit angestrengtem Gesichtsausdruck ins Nichts zu blicken. »Es gibt da ein besonderes Recycling-Verfahren für die Kunststoffe, das irgendwie mit Kälte und Gas funktioniert. Wenn ich doch nur noch wüsste, wie das hieß!« Er schüttelte enttäuscht den Kopf. »Ich erinnere mich einfach nicht! Ich erinnere mich ja nicht einmal mehr an den Namen dieses Technikers.«

Lale nahm noch einen Schluck von dem Selbstgebrannten und schüttelte sich. Sie war verwirrt. Sollte Gola mit seiner Überlebenskunst wirklich nur allen eine Komödie vorspielen? Oder war es nicht vielmehr eine Tragödie? Denn lustiger wurden seine künstlerischen Aussagen dadurch nicht, nur etwas unglaubwürdiger.

In diesem Augenblick klopfte es an der Küchentür und Dr. Wurm erschien im Türrahmen. »Einen wunderschönen guten Abend, die Herrschaften«, verkündete er strahlend.

»Der Herr Kollege«, sagte Kowalski. »Da trifft man sich ja vortrefflich! Kollege Wurm, erinnern Sie sich noch an den Namen unseres Seminarleiters? Ich meine dieses Seminar zu Hygienetechnik und Müllrecycling.«

Dr. Wurm runzelte nachdenklich die Stirn. Dann nickte er langsam. »War das nicht dieses Seminar zur DIN 1801-irgendwas und zum Kryo-Recycling?«

»Kryo-Recycling, genau«, nickte Kowalski. »Sie wissen wohl nicht mehr, wie der Seminarleiter hieß?«

Dr. Wurm zog die Augenbrauen hoch. »Ich fürchte… Das war doch der Krankenhaustechniker, oder?«

»Ja«, sagte Kowalski. »Aber der Name?«

»Tut mir leid.« Wurm zuckte die Achseln.

»Finden Sie nicht auch, dass er ein bisschen so gesprochen hat wie unsere große Frau Kommissarin?«, fragte Kowalski und tätschelte Lale erneut großväterlich den Arm.

Lale sah verständnislos von einem zum anderen. Das war ihr nun wirklich egal! Sie schnaufte verärgert. Na gut, dann würde sie dem großen Inszenator eben kein Material besorgen. Im Großhandel bestellen konnte er seinen Kram alleine.

»Stimmt, der war auf keinen Fall von hier«, sagte Wurm. »Nur schade, dass sie ihm von heute auf morgen gekündigt haben!«

»Ach? Man hat ihm gekündigt?«, fragte Kowalski interessiert. »Wissen Sie etwas Genaueres?«

»Nein, eigentlich nicht«, erklärte Wurm. »Angeblich sind ein paar Container mit bioorganischem Abfall auf dem Weg zur Mülldeponie verschwunden.« Er warf einen langen Blick auf die Uhr an der Wand. »So, ich muss nun aber mal los und meine Leiche für die Vorlesung morgen präparieren.«

»Oh, Sie haben am Wochenende eine Vorlesung, Herr Kollege?«, fragte Kowalski sichtlich beeindruckt. »Das lobe ich mir aber außerordentlich.«

Wurm grinste schief. »Nun ja, eigentlich ist es mehr eine Übung«, sagte er. »Ich werde dann also mal. Einen schönen Abend noch!« Er klopfte an den Türrahmen und verschwand in der Dämmerung des Flurs.

Lale sah ihm kurz nach und seufzte in ihr Glas. Der Schnaps hing bereits bleiern in ihrer Blutbahn. Sie hatte das dringende Bedürfnis, den Kopf aufzustützen.

»Nun lassen Sie aber mal Ihr hübsches Köpfchen nicht so hängen, Frau Kommissarin«, verlangte Kowalski.

Draußen auf dem Flur polterte es. Dann hörte man eine Frauenstimme schimpfen. »Verdammter Mist!«

Im nächsten Moment erschien Mandy in der Küchentür. »Na Gott sei Dank!«, rief sie und zückte ein Funkgerät. Ihr Gesicht war völlig verdreckt.

Lale sah sie verwundert an und blickte dann zu Dr. Kowalski, der ratlos die Achseln zuckte.

»Operation Maulwurf. Maulwurf 3 an Maulwurf 2!«, rief Mandy in ihr Funkgerät. »Maulwurf 2, bitte kommen!«

Aus dem Funkgerät knisterte eine nahezu unverständliche Stimme.

»Habe Zielperson gefunden!«, rief Mandy. »Zielperson geortet! Maulwurf 1 informieren!« Sie trat näher an den Tisch und beäugte die unbeschriftete Flasche. »Zielperson trinkt Schnaps mit… Ähm, Zielperson trinkt Schnaps. Over und Ende!« Mandy ließ sich auf einen freien Stuhl sinken.

»Maulwurf?« Lale betrachtete grinsend ihre mit Dreck

beschmierte Kollegin. »Du siehst tatsächlich aus, als hättest du dich hierher gegraben. Gibt's jetzt statt der Brücke doch einen Tunnel?«

»Ha, ha«, machte Mandy und deutete auf die Flasche. »Ich will auch einen!«

»Oh, Mandy, mein Engel, verzeih mir!« Kowalski erhob sich und sah sie lachend an. »Ich war nicht sicher, ob du es wirklich selbst bist.« Er holte ein weiteres Glas aus dem Schrank und füllte es großzügig.

Mandy schnappte sich das Glas und nahm einen riesigen Schluck. Dann japste sie und keuchte: »Was für ein Teufelszeug!« Sie verdrehte die Kulleraugen und nahm gleich noch einen Schluck.

»So, Maulwurf 3, dann leg mal los!«, verlangte Lale grinsend. »Was habt ihr ausgegraben?«

»Oh Gott! Frag misch ni!« Mandy fuhr sich über die Stirn, was den Dreck in ihrem Gesicht noch etwas gleichmäßiger verteilte. »Ich bin nur froh, dass ich dich endlich gefunden habe.«

»Was ist denn nun los?«, fragte Lale.

Mandy trank erneut und beugte sich zu Lale herüber. »Im Büro warst du ni, bei dir zu Hause warst du ni, und Pit war ooch ni dort. Und als du dann nichemal bei Brigitte warst, fiel mir fast nischt mehr ein. Außer hier.« Sie schnaufte.

»Mandy, ICH weiß, wo ich war, bin oder vielleicht gerne wäre«, sagte Lale leicht gereizt. »Aber was ist mit dir?«

»Och, wir haben die Kleingärten abgeglabbert«, erzählte Mandy. »Wahrscheinlich kenne ich jetzt jeden noch so kleinen Kleingarten in Dresden, vor allem in Kleinzschachwitz.«

»Und die habt ihr dann netterweise alle ein bisschen umgegraben?«, fragte Lale spöttisch. »Die Polizei, dein Freund und Gärtner.«

»Noch eenen!« Mandy hielt Kowalski ihr leeres Glas hin. »Isch muss misch erstemal beruischn.«

»Wohl eher besaufen«, merkte Lale halbernst an, doch Mandy schien ihre Bemerkung zu ignorieren.

»So, jetzt ist es aber erst mal genug«, sagte Dr. Kowalski freundlich. »Sonst bist du gleich nicht mehr in der sprachlichen Verfassung, uns an deinen aufwühlenden Erlebnissen teilhaben zu lassen.«

»Aufwühlend is gudd.« Mandy versuchte es mit einem schiefen Grinsen. »Horror, sage ich euch, blanker Horror.« Sie setzte sich in Positur und sah mit Verschwörermiene von einem zum anderen. »Wir kommen also zu dieser letzten Kleingartensiedlung, in Kleinzschachwitz, Freitagabend, und natürlich überall Party, Urlaubsstimmung, Familien mit Kindern. Das muss man sich mal vorstellen! Da rennen überall Kinder herum!« In Mandys Stimmung schwang eine gehörige Portion Empörung mit.

»Das halte ich jetzt für nicht ganz so ungewöhnlich«, stellte Lale irritiert fest.

»Aber was machst du mit Horden von Kindern, wenn du auf der Suche nach einer Leiche bist?«, fragte Mandy. »Nun?«

»Ich weiß nicht«, gab Lale zu. »Evakuieren?«

»Quatsch«, entgegnete Mandy. »Gerste hat zwei Streifenwagen bestellt, und die Kollegen haben dann mit den Kindern Polizei gespielt.«

»Kinder wollen sinnvoll beschäftigt werden«, lobte Kowalski lächelnd. »Das sehe ich ebenso.«

»Na, und wir haben uns ein bisschen umgeschaut und mit den Leutn balavert«, berichtete Mandy. »Das war auch rischtsch nett, so mit Bier und Würstschn, und der Chef hat dann noch eine Cousine getroffen, und ich habe mich mit einer unterhalten, die mit Brigittes Bruder früher mal zur Schule gegangen ist.«

»Mandy, komm bitte zur Sache«, ermahnte Lale.

»Mach ich doch«, maulte Mandy. »Jedenfalls war es escht nett. Ich hatte fast vergessen, warum wir da waren, und es war ja auch nichts verdächtig und so. Und dann…«

Lale verdrehte die Augen. »Was dann?«

»Na, dann musst isch mal bullern«, verkündete Mandy.

»Ich muss auch mal«, sagte Lale. »Also, zum Punkt!«

»Nu, denk isch, es is inzwischen dunkel, gehste mal in die Büsche«, erzählte Mandy mit ahnungsvollem Unterton. »Isch geh also ins Gebüsch, da hin, wo jetzt keine Blumenbeete oder so waren. Isch denk also, besser gehste tiefer rein, nicht dass dich noch eener sieht. Wär ja beinlisch!«

»Unbedingt.« Kowalski nickte grinsend.

Mandy nahm noch einen hastigen Schluck von dem Selbstgebrannten. »Isch also weiter durch die Büsche. Plötzlisch fall isch hin!«

»Oh Mann!«, stöhnte Lale auf.

Doch Mandy ließ sich in ihrer Erzählung nicht beirren. »Isch rabbel misch also wieder uff, guck nochmal, damit isch mir den Baumstamm oder was merke, und auf dem Rückweg ni wieder strauchel, seh isch da zwei Gummistiefel.«

»Und?« Lale rutschte unruhig auf ihrem Stuhl hin und her. »So was braucht ein Gärtner wohl.«

»Jaaa«, sagte Mandy mit leicht blasiertem Gesichtsausdruck. »Aber die steckten falsch rum in der Erde!« Sie blickte triumphierend in die kleine Runde. »Also guck isch genauer hin. Isch, also, greif mir so eenen Stiefel. Und was meint ihr? Steckt da ein Fuß drin! Mit nem ganzen Bein dran! Und das ragt aus dem Boden!«

»Wie? Da steckte ein einzelnes Bein verkehrt herum im Boden?«, fragte Lale ungläubig.

»Nee, zweie«, erklärte Mandy. »Isch hab misch so was von erschreckt!«

»Ach? Und wo war der Rest?« In Kowalski erwachte offenbar professionelles Interesse.

»Der hing dann auch noch dran«, sagte Mandy beiläufig, als sei diese Feststellung für sie etwas enttäuschend gewesen.

»Das heißt, man hat einen Menschen kopfüber verscharrt?«, resümierte Lale.

»Genau«, bestätigte Mandy. »Operation Maulwurf.«

»Dann hat also Brigitte tatsächlich etwas gesehen, vom Ballon aus.« Lale rieb sich die Stirn.

»Es kommt aber noch besser!«, triumphierte Mandy.

»Was? Noch eine Leiche?« Lale sah sie neugierig an.

»Nee.« Mandy schüttelte den Kopf. »Aber nu rate mal, wer das war!«

Lales Gehirnwindungen schienen zu rattern. »Oliver Schmitt!«, platzte sie heraus.

»Ach was«, winkte Mandy ab. »Es war dieser verschwundene Ingenieur! Jörg Fritzkötter, der mit der ekligen Schwiegermutter.«

»Fritzkötter?«, fragte Dr. Kowalski und fuhr sich mit der Hand über den kahlen Schädel. »Ja, natürlich, Fritzkötter lautete der Name. So hieß unser Krankenhaustechniker!«

Elternsorgen

Lale erwachte neben ihrem Bett. Vor ihr saß die Katze, starrte sie kurz an und begann, sich hingebungsvoll eine Vorderpfote zu lecken. Es schrillte fürchterlich, und Lale stöhnte. Die Türklingel! »Moment«, murmelte sie müde und rappelte sich auf. »Ich komme ja schon.«

Ächzend schleppte sie sich zur Wohnungstür, rieb sich die Augen und öffnete. Vor ihr stand Jobst. »Oh nein!« Lale stöhnte erneut laut auf.

Sein Gesicht nahm einen strengen Ausdruck an. »Ist dir eigentlich klar, dass ich seit einer Stunde versuche, dich telefonisch zu erreichen? Ich habe mir schon Sorgen gemacht, weil hier niemand ans Telefon ging. Deshalb bin ich hergekommen!«

Lale gähnte ausgiebig. »Soso.«

»Du gehst nicht ans Telefon, Pit geht nicht ans Telefon«, sagte Jobst vorwurfsvoll. »Was wollt ihr denn machen, wenn es mal brennt?«

»Jedenfalls nicht mit dir telefonieren«, entgegnete Lale müde. »Aber wie du siehst, brennt hier nichts. Du kannst also wieder gehen! Tschüss!« Sie schickte sich an, Jobst wieder hinaus zu komplimentieren.

»Nein, nein!« rief Jobst schnell. »So war das doch nicht gemeint!« Er warf einen Blick auf seine Protzuhr. »Es ist schon acht Uhr durch.«

»Na und?« Lale gab sich einen Schubs und stapfte barfuss in die Küche. »Ich habe keinen Dienst, ich habe keine Bereitschaft und… ich habe noch keinen Kaffee!« Sie kramte Kaffee aus dem Schrank und begann, die Kaffeemaschine zu befüllen.

Jobst folgte ihr. »Jetzt habe ich ihn am Wickel!«, verkündete er triumphierend.

Lale zählte Kaffeelöffel in den Filter. »…vier, fünf…«

»Würdest du mir jetzt bitte mal zuhören?«, verlangte Jobst. »Ich habe ihn. Diesmal nagel ich ihn fest!«

»Wie?«, fragte Lale. »… sieben, zwölf, ähm…«

»Ich habe den Bericht bekommen. Jetzt ist er dran!« Jobst grinste zufrieden.

»Mist«, maulte Lale. »Jetzt habe ich mich verzählt!« Sie schob den Filter über die Kanne und stellte die Kaffeemaschine an. »Und deshalb schmeißt du mich aus dem Bett?«

Jobst sah sie empört an. »Ja, interessiert dich das denn gar nicht?«

Lale gähnte erneut. »Ich weiß nicht. Das kann ich erst entscheiden, wenn ich wach bin.« Sie ging zurück in die Diele.

Jobst folgte ihr dozierend. »Erst dachte ich ja, diese Geschichte sei nur ein Werbegag. Doch inzwischen muss ich feststellen, dass das Ganze eine Riesensache ist.« Er rieb sich zufrieden die Hände. »Und ich möchte, dass du dir das selbst ansiehst. Sonst glaubst du mir nachher wieder nicht!«

»Ich glaube dir sowieso nichts.« Lale ließ sich auf einen Stuhl sinken.

»Der Mensch ist gefährlich, glaub mir!«, verkündete Jobst stolz.

»Das scheint dich ja mächtig anzutörnen.« Lale verschränkte ihre Unterarme auf dem Tisch. »Aber wenn du schon hier rumhängst und mir auf die Nerven gehst, mach dich wenigstens nützlich und hol mal Tassen aus dem Schrank!« Sie ließ den Kopf auf die Arme sinken und seufzte.

Kurz darauf hörte sie Jobst in der Küche wurschteln. »Hier sind keine Tassen im Schrank«, sagte er vorwurfsvoll.

»Dann spül halt welche ab«, verlangte Lale schläfrig. »Du weißt doch, dass ich nicht mehr alle Tassen im Schrank habe.«

»Dir wird deine gute Laune schon noch vergehen, wenn du hörst, was es mit dieser ganzen Geschichte auf sich hat«, prognostizierte Jobst.

»Meine gute Laune ist weg, seit du vor der Tür gestanden hast«, entgegnete Lale. »Genau genommen war sie gar nicht erst da: keine Chance für gute Laune!«

»Er ist ein Killer!« Jobst stellte Lale eine dampfende Kaffeetasse vor die Nase.

»Oh, sehr gut!« Lale räkelte sich genüsslich und griff dann zur Kaffeetasse.

»Hörst du mir überhaupt zu?« Jobst nahm jetzt ebenfalls mit einer Kaffeetasse in der Hand am Tisch Platz. »Ein Killer!«

Lale reckte sich. »Na, und? Davon gibt's doch viele.« Sie gähnte ausgiebig. »Ist jetzt nicht so wirklich neu für jemanden, der in der Mordkommission arbeitet.«

»Und ich kann es beweisen!« Jobst schlug mit der flachen Hand auf den Tisch.

Lale sah ihn mit hochgezogenen Brauen an. »Auch das ist nicht wirklich ungewöhnlich für einen Staatsanwalt.« Sie nippte an ihrer Kaffeetasse. »Von wem redest du eigentlich?«

»Von deinem Möchtegernkünstler, deinem Gola Gronski!«, rief Jobst. »Diesmal habe ich ihn.«

»Och, nee, nicht schon wieder«, sagte Lale unwirsch. »Jobst, du machst dich total lächerlich!«

»Lies doch selbst«, verlangte Jobst. Er zog ein Blatt Papier aus der Sakkotasche und entfaltete es feierlich auf dem Tisch. »Die Kriminaltechniker sind auf Blutreste und andere menschliche Spuren gestoßen.«

»Ach?« Lale horchte auf, griff interessiert nach dem Papier und überflog ein paar Zeilen. Man hatte tatsächlich Blut, DNA-Spuren und menschlichen Urin gefunden. Lale grinste. Dann stimmte Kowalskis Vermutung also nicht und Gola verwendete wirklich authentische Materialien. Sie hatte es doch gleich gewusst! »Ich weiß gar nicht, was du hast«, sagte sie. »Dann ist doch alles in Ordnung.«

»Alles in Ordnung?«, fragte Jobst aufgebracht. »Was ist da bitte schön in Ordnung? Das ist doch mehr als verdächtig!«

»Ja klar«, sagte Lale schmunzelnd. »Gola Gronski fährt heimlich nachts mit dem Bagger Amok und ausgerechnet du bist ihm jetzt auf die Schliche gekommen.«

»Mach dich nur lustig«, schnaubte Jobst. »Ich sage dir: Da ist etwas faul!«

Lale nahm einen kräftigen Schluck Kaffee. »Jobst, denk doch mal nach«, verlangte sie. »Gola Gronski macht Überlebenskunst. Seine Objekte bestehen aus benutzten Materialien.«

»Du willst mich doch…« Jobst verstummte und sah sie vorwurfsvoll an.

»Verarschen?« Lale grinste. »Wenn du mir nicht glaubst, frag doch Pit! Der hat nicht umsonst Kunst-Leistungskurs. Außerdem weißt du ja, dass er ein Fan von Gola ist.« Lale trank noch einen kräftigen Schluck Kaffee und erhob sich. »Ich denke, um diese Zeit ist er schon ansprechbar.« Sie öffnete vorsichtig Pits Zimmertür. »Hallo? Guten Morgen, mein Großer«, säuselte sie freundlich in den verdunkelten Raum. »Hallo, mach mal ein Äuglein auf, mein Sohn! Wir brauchen deine kompetente Hilfe.«

»Lass mich das mal machen!«, sagte Jobst energisch und betrat Pits Zimmer. »Pit! Aufstehen! Wer abends lange feiern kann, der kann auch morgens früh aufstehen!«

»Na, so ein Blödsinn!«, stieß Lale hervor. »Wenn ich später ins Bett komme, soll ich früher aufstehen? Tolle Logik!«

»Ach, was«, erwiderte Jobst. »Das hat mein Vater schon immer gesagt.«

»Dein Vater hat auch irgendwann mal gesagt, dass ich nicht die richtige Frau für dich bin«, sagte Lale genervt. »Weil ich arbeiten wollte und nicht kochen kann.«

»Und?«, entgegnete Jobst. »Damit hat er doch auch recht gehabt!«

Lale schnaubte kurz. »Pit! Steh bitte auf, bevor ich deinem Vater den Kopf abreiße!« Sie tastete sich vorsichtig durch das dunkle Zimmer zum Bett vor.

Jobst hatte den Lichtschalter gefunden und gedrückt. »Los jetzt! Raus aus den Federn! Der frühe Vogel fängt den Wurm!«

Lale starrte auf Pits zerwühltes Bettzeug. »Er ist gar nicht da«, stellte sie fest und ließ sich auf die Bettkante sinken.

Jobst sah sich im Zimmer um. »Na, wenigstens hat er den Ordnungssinn von mir. Wo steckt der Junge denn?«

Lale sah ihn verblüfft an. »Das weiß ich doch nicht!«

»Wann ist er denn gestern Abend nach Hause gekommen?«, fragte Jobst.

Lale zuckte die Achseln. Sie überlegte angestrengt. Sie hatte Pit Bull bei Brigitte abgeliefert, zu Hause kurz Katinka gefüttert und war dann zu Kowalski gefahren, um einem Gespräch mit Brigitte zu entgehen.

»Kann es sein, dass der Junge die ganze Nacht nicht zu Hause war?«, fragte Jobst streng.

Lale seufzte. »Als ich am späten Abend nach Hause kam, habe ich noch einmal nach ihm gesehen, kurz…«

»Wie kurz?« Jobsts Stimme klang schneidend.

»Na ja, ich habe die Tür aufgemacht und gesehen, dass alles dunkel war«, sagte Lale gedehnt.

»Du hast also nicht mehr mit ihm gesprochen?«, fragte Jobst. »Du hast dich nicht wirklich seiner Anwesenheit vergewissert?«

»Also, mit ihm gesprochen habe ich nicht«, erinnerte sich Lale. »Ich bin davon ausgegangen, dass er im Bett liegt und schläft.«

»Das heißt, er bleibt nicht öfter mal eine Nacht lang weg?«, hakte Jobst nach.

Lale schüttelte den Kopf. »Jedenfalls nicht einfach so. Wenn er bei einem Freund übernachtet, sagt er immer vorher Bescheid.«

Jobst machte ein ernstes Gesicht. »Wann hast du Pit denn zum letzten Mal gesehen?«, fragte er.

Lale rieb sich die Schläfen. »Ich bin mir nicht sicher«, sagte sie leise. »Ich bin mir einfach nicht sicher...«

»Wie bitte?« Jobst sah sie entsetzt an. »Das heißt, der Junge könnte seit Tagen verschwunden sein und seine Mutter bekommt es nicht einmal mit?!«

»Ich bin mir nicht sicher, ob ich ihn gestern Morgen noch gesehen habe oder nicht«, sagte Lale gereizt. »Mehr nicht!«

»Mehr nicht?« Jobst schnappte nach Luft. »Darf ich dich daran erinnern, dass man dich bedroht hat? Die Todesanzeige, die Tote mit deinem Dienstausweis, und gestern wurdest du beinahe erschossen!« Er schnaufte. »Und jetzt ist dein Sohn verschwunden und du weißt nicht einmal, wann du ihn zuletzt gesehen hast?!« Er schüttelte den Kopf. »Meine liebe Lale, ich bin einigermaßen fassungslos.«

»Du meinst...?«, fragte Lale vorsichtig. »Du meinst...? Ja, was meinst du eigentlich?«

»Entführung«, stieß Jobst grimmig hervor. »Jedenfalls kann man das unter diesen Umständen nicht ausschließen.«

»Aber wer sollte denn Pit entführen, um Himmels willen!?« In Lales Stimme mischte sich ein aufgeregtes Quietschen. Ihre Gedanken rasten. Hatte sie wirklich irgendeine konkrete Bedrohung übersehen?

»Nun«, sagte Jobst ernst. »Irgendjemandem bist du bei deinen Ermittlungen in letzter Zeit zu nahe gekommen.« Er schien nachzudenken. »Man will dich stoppen.«

Lale schüttelte vehement den Kopf. »Das passt doch nicht zusammen! Warum ausgerechnet mich?«

Jobst rieb sich das Kinn. »Oder man verspricht sich davon, die Ermittlungen insgesamt zu verhindern.«

»Nein, nein, nein!« Lale sprang auf. »Selbst wenn du recht

hast. Wenn mich jemand wirklich aus dem Weg hätte schaffen wollen, dann hatte er dazu genug Gelegenheit.« Sie rieb sich die Schläfen. »Aber selbst wenn mich jemand aus dem Verkehr ziehen würde, das ändert doch nichts an den allgemeinen Ermittlungen!«

»Das stimmt«, gab Jobst zu. »Doch offenbar glaubt jemand, dein Verschwinden könnte die Ermittlungen verhindern.«

»Oder du!«, platzte Lale heraus. »Das halte ich für die einzig plausible Erklärung: Dass man nicht so sehr mich meint, sondern vielmehr dich. Du hast doch einen ganz anderen Einfluss auf die Ermittlungen, als Staatsanwalt!«

»Mhm?«, machte Jobst und rieb sich erneut das Kinn. »Jedenfalls müssen wir handeln. Wo ist das Telefon?«

»Ich glaube, es liegt im Wohnzimmer«, sagte Lale und folgte Jobst, der sofort durch die Wohnung lief. »Aber wen willst du jetzt anrufen?«

Jobst hatte inzwischen das Telefon vom Wohnzimmertisch gepflückt. »Ich gebe eine Fahndung raus!«, sagte er und tippte auf die Tastatur ein. »Wir müssen unbedingt…« Er hielt sich den Apparat ans Ohr. »Was ist denn das?« Er hielt den Hörer in der Hand und starrte verdutzt darauf. »Das Telefon ist tot.«

Lale trat verwundert hinzu. »Gib mal her!« Sie drückte eine Taste und hielt sich ebenfalls den Apparat ans Ohr. Das Telefon gab keinen Ton von sich. Das Display war grau. »Komisch«, murmelte Lale. Dann sah sie die Batterien auf dem Tisch liegen. »Ach, richtig. Ich habe die Batterien entfernt«, sagte sie matt.

»Du hast was?« Jobst sah sie ungläubig an. »Na, dann ist es ja kein Wunder, dass ich dich telefonisch nicht erreichen konnte.«

Lale erinnerte sich, dass in den letzten Tagen ständig diese Marketing-Anrufe gekommen waren. Irgendwann hatte sie einfach erbost die Batterien aus dem Telefon genommen.

»Das heißt ja, dass ein mutmaßlicher Entführer dich bisher nicht einmal erreichen konnte«, stellte Jobst fest. Er schüttelte missbilligend den Kopf. »Wir müssen unbedingt los!«

»Wohin?« Lale sah ihn an.

»Na, wir müssen Pit suchen!«, rief Jobst. »Wir müssen ihn unbedingt finden, bevor…«

»Oh nein!« Lale sah Jobst mit schreckgeweiteten Augen an. »Du glaubst also wirklich, dass man ihn…«

»Hast du eine bessere Erklärung?«, fragte Jobst.

»Na ja.« Lale verspürte das dringende Bedürfnis, sich Mut zuzusprechen. »Vielleicht hat er ja nur bei einem Freund übernachtet und verschlafen. Oder sie proben neuerdings rund um die Uhr mit der Band. Oder er hat irgendetwas vor.«

»Lass das, Lale!«, herrschte Jobst sie an. »Du hast dir schon die ganze Zeit die Situation schöngeredet. Doch jetzt geht es um Pit! Sieh endlich den Tatsachen ins Auge!« Er stapfte wütend zur Tür. »Los jetzt! Wir dürfen keine Zeit verlieren!«

»Ich glaube das nicht«, sagte Lale bestimmt. »Und überhaupt, wo willst du ihn denn suchen?«

Jobst sah an Lale hinunter. »O. K.«, sagte er. »Du ziehst dich an und ich suche nach Pits Adressbuch.«

Bevor Lale Einwände vorbringen konnte, war Jobst im Zimmer ihres Sohnes verschwunden. Lale klaubte ihre Jeans und ein T-Shirt vom Sessel, schlüpfte im Gehen hinein und griff im Badezimmer nach ihrer Zahnbürste. Mit der Bürste im Mund stieg sie in irgendwelche Schuhe und schrubbte fahrig ihre Zähne. Sie konnte einfach nicht glauben, dass Pit in der Hand irgendwelcher Verbrecher war. Aber was, wenn doch? Schreckliche Bilder tauchten vor ihrem geistigen Auge auf, von einem gefesselten Pit, der in irgendeinem Loch gefangen gehalten wurde. Sie schrubbte energischer mit der Zahnbürste. ›Nein, nein, nein!‹, schoss es ihr durch den Kopf. Das durfte nicht sein und das konnte nicht sein! »Du blöde Ziege!«, schnauzte sie ihr Bild im Spiegel an und lief zurück ins Wohnzimmer, um die Batterien zurück ins Telefon zu stopfen.

»Sieh mal, was ich gefunden habe!« Jobst kam eilig angelaufen. In der Hand hielt er Pits kleines Adressbuch, das sie ihm mal zum 14. Geburtstag geschenkt hatte.

»Vielleicht hat er ja wirklich eine Freundin, und er ist nur bei ihr versackt und deshalb nicht nach Hause gekommen.« Sie spürte eine gewisse Erleichterung bei dieser Vorstellung. Lale kramte Schlüssel und Portemonnaie zusammen und stand bereits an der Wohnungstür.

»Nun komm schon, sonst läuft mir die Katze noch weg!«, rief Lale und schob Jobst durch die Tür ins Treppenhaus. Dann lief sie schnell die Treppe hinunter.

Jobst stand noch immer auf dem Treppenabsatz.

»Was ist denn?«, rief Lale ungeduldig. »Eben hattest du es doch noch so eilig?«

Jobst hatte sein Gesicht in Falten gelegt, rieb sich das Kinn und sah sie dann an. »Du bleibst hier!«, sagte er im Kommandoton.

»Wie bitte?«, fragte Lale empört. »Ich höre ja wohl nicht richtig!«

»Du bleibst hier!«, wiederholte Jobst bestimmt. »Falls sich einer der Entführer meldet oder Pit selbst. Außerdem…«

»Bei dir piept es wohl mächtig im Gehirn!«, schnauzte Lale ihn an. »Du glaubst doch wohl nicht, dass ich hier herumsitze, während Pit…«

»Und ob ich das glaube!« Jobsts Stimme wurde laut. »Es ist keinem geholfen, wenn dir auch noch etwas passiert. Ich schicke dir ein paar Beamte vorbei, Fangschaltung und so weiter.«

»Und dann?«, rief Lale aufgebracht. »Dann sitze ich hier und drehe Däumchen bis ich durchdrehe?!«

»Hör mir zu!«, verlangte Jobst zackig. »Es ist besser, wenn die Kollegen sich um die Suche kümmern.«

»Ich sitze hier mit irgendwelchen Telefonanzapffuzzis und lasse eine Horde von Dilettanten da draußen herumstolpern?« Lale schnappte nach Luft. »Du hast doch den Schuss nicht gehört, Petersen!!«

In diesem Moment ging Brigittes Wohnungstür auf. »Was ist denn hier los?« Brigitte stand in einem wallenden hellblauen Morgenmantel auf der Matte und sah verwundert Jobst an. »Oh, Herr Dr. Petersen«, säuselte sie und zupfte an ihren hochgesteckten Haaren herum. »Gibt es Probleme?«

Bevor Jobst antworten konnte, legte Lale los: »Pit ist verschwunden! Und der liebe Herr Staatsanwalt will mich zum Nichtstun am Telefon verdonnern!«

»Ist ja schon gut«, versuchte Jobst zu beschwichtigen. »Immerhin könntest du seine Freunde durchtelefonieren.« Er hielt das kleine Adressbuch in die Höhe.

»Verschwunden?« Brigitte sah Lale entsetzt an. »Kann ich vielleicht helfen?«

»Na klar!«, rief Lale prompt und sprang die Stufen zum Treppenabsatz hinauf. »Du telefonierst doch so gerne!« Sie riss dem verdutzten Jobst das Adressbuch aus der Hand. »Du könntest mein Telefon bewachen und nebenbei die Dresdner

Nummern hier drin durchtelefonieren. Vielleicht ist Pit ja einfach nur bei einem Freund versackt.«

»Oder bei seiner Freundin.« Brigitte lächelte und blätterte in dem Adressbuch. »Mache ich doch gerne.«

»Super!« Lale hauchte einen Handkuss durchs Treppenhaus. »Den Schlüssel hast du ja. Und wenn sich etwas ergibt, kannst du mich jederzeit auf dem Handy erreichen!« Sie sprang zwei Stufen auf einmal nehmend die Treppe hinunter. »Hey, komm schon, Petersen!«

»Vielen Dank, Frau, äh… Brigitte!« Jobst lief schnell hinter Lale her. »Hast du schon in der Post nachgesehen?«

Schnell zog Lale ihren Schlüssel hervor und nestelte damit am Briefkasten herum. »Mistding! Klemmt schon wieder!« Sie schlug mit der Faust vor den Metallkasten und sogleich sprang die Klappe auf. »Leer«, stellte sie fest und drückte die Metallklappe mit Wucht zu. »Ein sehr gutes Zeichen. Dann muss Pit ihn gestern Nachmittag noch geleert haben.«

»Das heißt, er ist noch keine 24 Stunden weg?«, fragte Jobst.

»Genau.« Lale spürte ein leises Hochgefühl in sich aufsteigen.

»Dann können wir noch keine Fahndung rausgeben«, erklärte Jobst. »Das ist schlecht.«

»Eben!«, entgegnete Lale schroff. »Stell dir vor, er ist nur auf einer Party versackt und du rückst gleich wieder mit einem SEK an!«

»Jetzt lenk mal nicht ab!« Jobst sah sie böse an. »Tatsache ist, dass du deiner Aufsichtspflicht nicht nachgekommen bist!«

»Was?!« Lale stemmte die Hände in die Hüften und holte tief Luft. »Soll ich dir mal sagen, wer hier zehn Jahre lang das Wort Aufsichtspflicht nicht einmal buchstabieren konnte? Von den sieben Jahren zuvor will ich gar nicht reden!«

»Na, dann sag mir doch mal, wo dein Sohn jetzt ist, du aufopfernde Übermutter!«, schnauzte Jobst zurück. »Du weißt doch gar nicht, wo du anfangen sollst zu suchen!«

»Und ob ich das weiß!« Lale blitzte ihn böse an, obwohl sie tatsächlich nicht wusste, wo genau sie nach Pit suchen sollte. Doch ihr würde schon noch etwas einfallen. Und sie hatte natürlich Angst. Angst, dass Jobst recht haben könnte.

»Also, wo fangen wir an?«, fragte er schnippisch und zückte seinen Autoschlüssel. »Steig ein!«

»Ich denke nicht daran!« Lale zückte ebenfalls ihren Autoschlüssel und hielt Ausschau nach ihrem alten Audi. Ein Vorteil an der alten Rostlaube war, dass man sie in den Reihen der vielen parkenden Autos stets schnell fand. Oder auch nicht. Sie suchte mit Blicken die andere Straßenseite ab. Dann schlug sie sich mit der Hand vor die Stirn. Ihr Auto stand ja noch vor der Uniklinik! Sie hatte es gestern Abend nach zwei Gläsern Selbstgebranntem mit Kowalski lieber stehen lassen.

»Na, hat endlich jemand deinen alten Rostkübel verschrotten lassen?«, höhnte Jobst. »Ein solches Wrack sollte man nicht an der Straße stehen lassen. Das nimmt der nächste Müllwagen einfach mit!«

»Halt die Klappe, Petersen!«, schnaubte Lale und krabbelte auf den Beifahrersitz von Jobsts Geländewagen.

Jobst parkte den Wagen aus und sah sie erwartungsvoll an. »Und? Wohin fahren wir zuerst?«

»Da lang«, sagte Lale düster, nur, um irgendetwas zu sagen.

»Nun gut.« Jobst gab Gas und bremste daraufhin sofort abrupt. »Was ist das denn für ein Idiot?«

Lale sah auf. Ein Wagen stand quer vor ihnen auf der Straße. Dann sah sie, dass jemand ausstieg und ihnen zuwinkte. Es war Mandy. Lale war sichtlich erleichtert. Die kam ja wie gerufen. Schnell sprang Lale aus dem Geländewagen. »Moin, moin, Mandy!«

»Hallöchen!«, freute sich Mandy. »Brigitte meinte, du brauchst Unterstützung?«

Lale nickte. »Fahr uns einfach nach!«, sagte sie zu dem verdutzt dreinblickenden Jobst und stieg in Mandys Dienstwagen.

»Du fährst mit mir mit?«, fragte Mandy leicht ironisch. »Freiwillig?«

»Freiwillig«, bestätigte Lale.

»Und wo soll's hingehen?«, fragte Mandy und ließ den Motor aufheulen.

»Egal. Hauptsache, weg!« Lale schnallte sich sorgfältig an und klammerte sich am Sitz fest. »Fahr los und häng ihn ab!«

Mandy strahlte. »Super! Endlich mal eine Dienstfahrt nach meinem Geschmack.«

»So, ich glaube, den sind wir los«, sagte Mandy seufzend. »Dein Ex ist aber auch ein harter Brocken. Ich habe jetzt fast eine Stunde gebraucht, um ihn abzuhängen.« Sie brachte den Wagen vor einer roten Ampel zum Stehen.

»Was soll ich denn sagen?« Lale fuhr sich durch den Blondschopf. »Seit zehn Jahren geschieden – und ich werde ihn nicht los.«

»Ich tue das hier nur für dich«, erklärte Mandy grinsend. »Normalerweise würde ich so ein attraktives Stück Mann nicht um jeden Preis abhängen!«

»Es ist ja für einen guten Zweck.« Lale kurbelte die Scheibe der Beifahrertür herunter. »Bieg mal da hinten rechts ab!« Lale lehnte sich aus dem Fenster.

»Jawohl, Chefin!«, rief Mandy. »Wo willst du denn hin?«

»Und da gleich noch mal rechts in die kleine Straße«, sagte Lale. »Ich habe da so eine Idee.«

»Du meinst, Pit ist hier irgendwo?« Mandy sah sich mit skeptischem Blick um. »Ich finde das hier zu schick. Wenn ich 17 wäre, wäre ich eher an anderen Stellen der Neustadt unterwegs.«

»Halt mal da vorne, vor der Galerie«, verlangte Lale.

»Erstaunlich viele Parkplätze hier«, stellte Mandy fest. »Meinst du, hier ist überhaupt schon Betrieb?«

Lale nickte und deutete auf den Eingang der Galerie. Darüber prangte noch immer das Transparent mit dem Titel von Gola Gronskis Ausstellung: ›Spuren von Menschlichkeit‹. Die Türen standen offen. Sie sprang aus dem Auto und sah sich um. Es war wirklich noch leer in der Umgebung. In dieser Gegend herrschte vermutlich eher in den Abendstunden Betrieb. Dass Pit vielleicht hier sein könnte, war zwar nur eine spontane Idee, doch sie hielt diese Möglichkeit keineswegs für ausgeschlossen. Schließlich war er von der Ausstellung ziemlich begeistert gewesen und hatte sie nur ihretwegen an jenem Abend so früh verlassen. Lale lächelte bei dem Gedanken an Pits Enthusiasmus für das Transplantage-Projekt. Sie musste ihn unbedingt mal mit Gola Gronski zusammenbringen. Natürlich der Kunst wegen, nur wegen der Kunst!

Mandy folgte Lale in die Galerie. »Und du meinst also, Pit treibt sich am Wochenende, nach einer versumpften Nacht ausgerechnet hier herum?«

Lale nickte. »Klar. Oder fällt dir was Besseres ein?«

»Na sicher!« Mandy lachte. »Aber bei den Eltern kann man nie wissen! Ihr seid eine echt schräge Familie.« Dann sah sie sich nach den Plastiken um. Sie wandte sich der »In Vitro«-Plastik zu. »Abgefahren! So was hätte ich auch gerne in meinem Wohnzimmer!«

Lale grinste. »Da hast du Pech. Die ist schon verkauft«, sagte Lale und erinnerte sich an die Bemerkungen von Heribert Pfisterer.

»Wie viel so was wohl kostet?«, fragte Mandy. »Es stehen gar keine Preise dran.«

»Der Kunsthändler will es für über hunderttausend Euro verkaufen«, sagte Lale stirnrunzelnd. »Wenn ich mich recht erinnere.«

»Hey, guck mal die!«, rief Mandy und deutete auf eine mannshohe Gestalt, die Lale bislang noch gar nicht aufgefallen war, weil sie etwas abseits in einer Nische stand. »Soziophobia«, las Mandy laut. »Guck mal, die sieht aus wie eine Mumie. Was sind denn das für Schläuche?«

»Och, Infusionsschläuche, Beatmungsschläuche und lauter so'n Kram«, sagte Lale beiläufig. »Das sind alles irgendwelche medizinischen Utensilien.«

»Ich wusste gar nicht, dass Kunst so abgefahren ist«, stellte Mandy fest und sah sich weiter um.

Lale besann sich auf ihre Mission. Schnell lief sie in einen der hinteren Räume zum Modell der Transplantage. Sicher würde Pit sich dieses Modell besonders intensiv ansehen. Überhaupt, es war kaum jemand in der Galerie. Nicht einmal die imposante Galeristin war zu hören oder gar zu sehen. »Mandy, komm! Ich zeige dir mal das Elbwiesen-Projekt!« Lale erstarrte. Direkt vor dem Zugang zum Modell der Transplantage standen drei Männer und unterhielten sich angeregt. Sie hatten sie offensichtlich noch gar nicht bemerkt. Lale erkannte sofort Gola Gronski, dann sah sie Heribert Pfisterer, den kleinen runden Kunsthändler und einen älteren fast kahlköpfigen Mann, der ihr auch irgendwie bekannt vorkam.

Mandy kam atemlos angelaufen. »Lale, ich kann Pit hier nirgendwo finden!«

Die Köpfe der drei Männer flogen herum. »Leila!«, rief Gola Gronski erfreut und breitete seine Arme aus.

Der kleine runde Kunsthändler sah sie erstaunt an. »Frau Petersen!«

Lale gab sich einen Schubs und ging auf die kleine Gruppe zu. »Guten Morgen, die Herren.« Sie wich Golas Umarmungsversuch aus, indem sie zunächst Pfisterer und dann ihm die Hand schüttelte.

Der Fastkahlkopf streckte ihr die Rechte hin. »Hallo, Frau Petersen«, sagte er. »Wir sind uns gestern bereits begegnet. Mein Name ist Sieger wie Verlierer, Kurt Sieger.«

Lale stutzte einen Moment lang. »Ach, dann sind Sie der Vorgänger von Gerste«, kombinierte sie.

»Richtig.« Kurt Sieger nickte. »Sie sind gut informiert. Gerste hat offenbar ein gutes Team.«

»Das ist meine Kollegin Frau Schneider«, sagte Lale und wandte sich zu Mandy um. Wo war sie denn?

»Das ist ja so abgefahren!«, ließ Mandy vernehmen. Sie stand ein paar Meter weiter vor einem der Kunstwerke und betrachtete es verzückt.

»›Abgefahren‹ ist bei Mandy eine besondere Auszeichnung«, erklärte Lale zu Gola gewandt. »Sie ist ausgesprochen PS- und geschwindigkeitsfixiert.«

Gola Gronski grinste. »Es freut mich, wenn Sie Gefallen an den Plastiken haben«, rief er zu Mandy hinüber.

»Was heißt das hier?«, fragte Mandy. »Bio-Haz-Ard…«

»Oh, es heißt Biohazard und steht für Biological Hazard«, erklärte der Künstler und ging zu Mandy hinüber. »Sehen Sie dieses Zeichen, ein Kreis und drei Halbkreise?« Er deutete auf sich wiederholende Gebilde, die aus verschiedenen Kunststoffutensilien geformt waren. »Es ist das internationale Kennzeichen für biologische Gefahr wie sie zum Beispiel von bestimmten Substanzen und Organismen ausgehen.«

»Quasi medizinische Abfälle«, ergänzte Lale.

»Genau«, sagte Gola. »Die biologische Gefahr besteht in ihrer möglichen pathogenen Wirkung auf Menschen, Pflanzen und Tiere.«

»Sie machen also krank«, ergänzte Lale erneut.

»Lale, du musst nicht alles übersetzen«, beschwerte sich Mandy und gesellte sich zu der illustren Runde. »Ich bin doch nicht blöd!«

Gola Gronski lächelte gewinnend. »Das wollte Leila gewiss nicht ausdrücken. Sie ist nur immer so erfrischend unmittelbar und direkt«, sagte er mit Schmusestimme. »Jedenfalls durfte ich sie bisher so erleben.«

»Sie haben also den gestrigen Vorfall gut überstanden?«, mischte sich Kurt Sieger ein. »Na ja, Sie sind ja ein Profi.«

»Was für ein Vorfall?« Gola Gronski kam wieder zu ihnen herüber. »Ist denn noch etwas passiert?«

»Ja, mein lieber Gola, es gibt Schlimmeres als eine Baggerattacke auf deine Kunstwerke«, erklärte Kurt Sieger. »Auf die arme Frau Petersen ist gestern geschossen worden.«

»Nein?!«, rief Pfisterer. »Das ist ja entsetzlich!«

»Wie bitte?«, fragte Gola Gronski sichtlich empört. »Wer hat das getan?«

»Wenn wir das wüssten«, sagte Kurt Sieger mit Sorgenfalten auf der hohen Stirn. Dann entspannte sich seine Mimik wieder. »Aber zum Glück hat einer meiner Männer rechtzeitig reagiert!«

Lale sah irritiert von einem zum anderen. »Stimmt«, sagte sie. »Allerdings gab es dennoch einen Toten.«

»Leider«, sagte Kurt Sieger betrübt. »Ein tragischer Fall.«

»Was ist denn passiert?« Gola legte vertrauensvoll den Arm um Lales Schulter. »Warum hast du denn nichts davon erzählt?«

Lale sah ihn an. Der tat ja so, als würden sie sich ständig treffen. Dann wanderte ihr Blick zu Pfisterer, der bisher ausgesprochen wortkarg war. »Warum waren Sie eigentlich gestern nicht auf Evas Beerdigung?«, fragte sie ihn. »Sie haben sie doch so gut gekannt.«

Pfisterer räusperte sich. »Nun ja… Sie kannten die arme Eva ebenfalls persönlich?«

»Aber sicher.« Lale warf einen Seitenblick auf Mandy. »Wir sind schließlich gemeinsam von Hamburg nach Dresden gefahren, kurz vor ihrem Tod.« Sie ließ Pfisterer nicht aus den Augen. »Sie hat ja immer gerne viel geplaudert.«

Pfisterer räusperte sich erneut. »Ihr Tod hat mich doch sehr mitgenommen«, erklärte er. »Und dann musste ich gestern die Lieferung für meinen Freund hier zusammenstellen.« Er deutete auf Gola Gronski. »Schließlich musste er sie spätestens am Abend haben!«

»Ach«, sagte Lale überrascht. »Soviel Aufwand wegen ein bisschen Wein?«

»Nein, nicht Wein«, erklärte Gola mit Schmusestimme. »Heribert besorgt mir manchmal auch Arbeitsmaterial. Du weißt ja, wie schwierig es ist, an authentische Materialien zu kommen.« Er lächelte ein bisschen verlegen. »Nicht, dass du mich noch für einen Trinker hältst!« Die drei Männer lachten. »Jedenfalls freue ich mich außerordentlich, dass du vorbei gekommen bist, wo ich doch gestern Abend keine Zeit für dich hatte«, sagte Gola Gronski, jetzt wieder ganz und gar selbstgewiss.

»Ähm, ich bin gar nicht deinetwegen hier«, erklärte Lale prompt. »Ich bin auf der Suche nach meinem Sohn.«

»Ach, dieser nette wohlerzogene Junge?«, fragte Pfisterer. »Ein wirklich gut geratener Bursche.«

»Und unheimlich interessiert an allem«, fügte Mandy hinzu. »Und dabei ist er auch noch so angenehm!«

»Na, das scheint mir ja ein wahrer Musterknabe zu sein«, sagte Gola. In seiner Schmusestimme schwang ein leichter Vorwurf. »Du hast gar nicht von ihm erzählt.«

»Wenn er hier wäre, würdest du ihn sofort erkennen«, erklärte Pfisterer. »Er ist seiner Mutter wie aus dem Gesicht geschnitten!«

»Aber nein«, widersprach Mandy. »Er sieht aus wie sein Vater!«

»Bedauere, aber seinen Vater kenne ich wohl nicht«, sagte Pfisterer. »Zumindest nehme ich das an.«

»Wenn ja, wüssten Sie es«, erklärte Mandy. »Schließlich sieht er aus wie Pit!«

»Aha, Pit heißt er also.« Gola Gronski sah Lale neugierig an. »Und wie alt ist der Kleine?«

»Also, ich würde sagen…«, hob Pfisterer an.

»Er sieht älter aus!«, unterbrach Mandy ihn.

»Lasst ihr mich vielleicht auch mal zu Wort kommen?«, sagte

Lale. »Ich denke, ich weiß es am besten!« Sie wandte sich an Gola. »Pit ist 17.«

»Nein«, sagte Gola.

»Doch.« Mandy sah den Künstler an. »Obwohl man ihn durchaus für 20 halten könnte, wenn man ihn so reden hört.«

»Das kann gar nicht sein«, sagte Gola mit einem Augenzwinkern. »Dann müsste Leila ja über 30 sein.«

»Schleimer«, sagte Lale lachend.

»Ist sie nicht herrlich unmittelbar?!« Gola tätschelte Lales Arm.

»Genau«, sagte Lale. »Wir haben genug geplaudert. Ich muss Pit finden. Hier war er offenbar nicht?«

Pfisterer schüttelte den Kopf. »Bedaure.«

»Aber wie kommen Sie darauf, einen Kerl in diesem Alter ausgerechnet in einer Kunstgalerie zu suchen?«, fragte Kurt Sieger. »Ich meine, ich habe mit 17 meine Wochenenden bestimmt nicht in Kunstgalerien verbracht!« Er lachte dröhnend.

»Du bist doch auch jetzt kaum wegen des Kunstgenusses hier, Kurt«, sagte Pfisterer.

»Ach?« Mandy sah den Ex-Kommissar neugierig an. »Weshalb sind Sie denn dann hier, Herr Sieger?«

»Geschäfte, Geschäfte.« Kurt Sieger lachte zufrieden. »Wir haben einen Trupp von zehn Mann auf den Elbwiesen. Die lassen keinen mehr ran an die Plantage. Und jetzt suchen wir nach einer Möglichkeit, die Galerie unauffällig zu sichern.«

Gola Gronski seufzte vernehmlich. »Ich finde es tragisch, dass man zu solchen Mitteln greifen muss.«

»Ich nicht«, sagte Kurt Sieger. »Schließlich verdiene ich damit meine Brötchen.« Er lachte scheppernd. »Nach Jahren bei der Polizei hat man sich damit abgefunden, dass nicht das Gute diese Welt bestimmt. Fragen Sie nur die Frau Kommissarin, Gronski! Sie wird es Ihnen bestätigen.«

Lale legte die Stirn in Falten. »Darüber möchte ich im Moment gar nicht so genau nachdenken«, sagte sie vage.

»Pit ist nämlich schon seit gestern verschwunden«, erklärte Mandy. »Wir machen uns ein bisschen Sorgen um ihn…«

Pfisterer rieb sich nachdenklich sein Doppelkinn. »Nun ja, mit 17 kann man schon mal ein bisschen über die Stränge schlagen.« Er lächelte Lale versonnen an. »Wie ein Langweiler wirkte er eigentlich nicht, Ihr Sohn!«

»Vielleicht können wir Ihnen behilflich sein«, schlug Kurt Sieger vor. »Meine Jungs könnten sich ja mal ein bisschen umschauen.«

»Ich weiß nicht«, sagte Lale zögernd.

»Auf gar keinen Fall!«, hörte sie plötzlich hinter sich eine wohlbekannte Stimme schimpfen. »So weit kommt es noch, dass die Polizei mit Ihrer Schlägertruppe zusammenarbeitet!«

Jobst… Lale stöhnte auf und sah wie Mandys Gesicht von einem zarten Rosé überzogen wurde.

»Ach, wie nett, der Herr Staatsanwalt«, sagte Gola mit breitem Grinsen. »Es ist wirklich reizend, wie sehr Sie sich bemühen. Ich hatte schon fast so etwas wie Sehnsucht nach Ihnen.«

»Vorsicht, Gronski!« Jobst hob drohend den Zeigefinger. »Ich habe Sie im Visier.« Dann grüßte er Kurt Sieger mit einem knappen Kopfnicken und wandte sich an Lale. »Das hätte ich mir ja denken können, dass du hier herumscharwenzelst, statt nach Pit zu suchen. ICH bin die ganze Zeit auf der Suche nach ihm!«

»Und die hat Sie ganz offenbar zu uns in die Galerie geführt«, stellte Gola amüsiert fest. »Dann war Leila doch nur etwas schneller als Sie.«

»Quatsch«, schnaubte Jobst. »Das Auto hat mich in die Galerie geführt.« Er bedachte Mandy mit einem langen Blick. »Das hätte ich wirklich nicht von Ihnen gedacht, Frau Schneider.«

»Tja, Mandy, ich auch nicht«, sagte Lale ironisch. »Normalerweise hängt sie ihre Verfolger immer gründlich ab. Aber du Jobst, bist eben einfach ein unglaublich toller Hecht, dem keiner etwas vormachen kann!«

Pfisterer grinste über seine beiden vollen Wangen. Und Kurt Sieger lachte laut. »Wenn ich bei euch Sohn wäre, würde ich auch abhauen!«, verkündete er. »Macht euch mal keine Sorgen, der Bengel wird schon wieder auftauchen!«

In diesem Moment meldete sich Lales Mobiltelefon mit lautem Klingeln zu Wort. Sie zuckte zusammen. Dann zog sie mit hektischen Bewegungen das Telefon aus der Tasche und nahm schnell den Anruf an. »Pit??!«

Die Umstehenden sahen Lale erwartungsvoll an.

»Ach, Brigitte…«, sagte Lale lahm. Schnell ging sie mit dem Telefon am Ohr in einen der hinteren Räume der Galerie. »Gibt es was Neues? Hat Pit sich gemeldet, oder…« Sie stockte. »Oder irgendjemand anders?«

»Nein«, sagte Brigitte in bedauerndem Tonfall. »Das nicht. Aber ich habe mit einem gewissen Robert oder so telefoniert und der meinte, Pit habe gestern von einer Vorlesung gesprochen, die er sich anhören wolle.«

»Was denn für eine Vorlesung?«, fragte Lale irritiert.

»Das wusste sein Freund auch nicht«, erwiderte Brigitte.

»Hmh«, machte Lale. Was sollte sie dazu auch sagen? Eine Vorlesung. Vermutlich gab es selbst in einer Universitätsstadt wie Dresden am Wochenende nicht viele Lehrveranstaltungen dieser Art. Zur Not mussten sie die halt alle abklappern.

»Ach, und was ich dich noch fragen wollte«, sagte Brigitte. »Ich bin jetzt mit dem Adressbuch fast durch. Die meisten Nummern sind ja aus Hamburg. Nur unter ›W‹ steht noch ein gewisser Dr. Wurm in Dresden. Ist das euer Hausarzt, oder kann ich da auch etwas rausfinden?«

»Dr. Wurm, bist du sicher? Warte mal!«, verlangte Lale. Als Wurm letztens diese Akte vorbeigebracht hatte, hatte sie selbst sich gewundert, dass er und Pit sich offenbar kannten. Sie hatte nur in dem allgemeinen Trubel vergessen nachzufragen. »Brigitte, erinnerst du dich an den Mann, der letztens abends bei uns vor der Tür stand?«, fragte sie.

Brigitte seufzte vernehmlich. »Geh mir weg mit Männern!«, grummelte sie. »Mit dem Thema bin ich erstmal durch!«

»Na dann… Tschüss!« Lale legte auf. Hatte Dr. Wurm gestern Abend nicht sogar selbst von einer Vorlesung geredet? Mit verschränkten Armen stand sie in der Galerie und starrte an eine der wenigen freien Wände. Robert – Band – Vorlesung – Dr. Wurm. Die letzten beiden Begriffe ließen sich als einzige plausibel verbinden. Einen Versuch war es also wert. Außerdem stand ihr Auto ohnehin noch vor dem Uniklinikum. Sie steckte ihr Telefon ein und stutzte. Nanu? Lale rieb sich die Augen. Hatte dort vorne nicht dieser große durchsichtige Plastikbehälter gestanden, der sie an einen Riesenpapierkorb erinnert hatte? Natürlich, hier hatte er gestanden, der Riesenpapierkorb, in den verschiedene Figuren gestürzt worden waren. Da war ja auch noch das Schildchen an der Wand: »Human Resources«. Ob Gola diese Plastik schon verkauft hatte?

Lale riss sich vom Anblick der kahlen Ecke los und ging zurück zu den anderen. Sie wollte so schnell wie möglich weitersuchen, aber natürlich nicht gemeinsam mit Jobst. Mit Entsetzen musste sie feststellen, dass Mandy ganz verzückt an Jobsts Lippen hing und keinesfalls so wirkte, als wolle sie jemals wieder ohne ihn irgendwo hingehen. Immerhin schien Jobst ganz und gar in seinen Vortrag vertieft zu sein.

»Frau Schneider«, sagte Lale streng. »Wir haben einen Einsatz!«

»Jetzt?«, fragte Mandy mit großen Kulleraugen. »Och nö...«

»Och doch.« Lale fasste Mandy entschlossen am Arm und zog sie mit sich. »Auf geht's! Hopphopp! Der schnelle Vogel schnappt sich den Wurm.«

Organversagen

»Und lass bloß nichts im Auto liegen!« Mandy warf die Fahrertür ins Schloss. »Ich habe keine Lust, dass sie mir den Wagen schon wieder aufbrechen.«

Lale deutete hinüber zur anderen Straßenseite, wo ihr alter klappriger Audi voller Altpapier stand. »Komisch, dass in mein Auto nie jemand einbricht«, sagte sie schmunzelnd. »Dabei wäre da so viel zu holen.«

»Unter deinen Müllstapeln könntest du die Inhalte des Grünen Gewölbes in aller Ruhe außer Landes bringen«, sagte Mandy. »Kein Mensch würde dich kontrollieren, das ist einfach zu eklig!«

»Du hast ja keine Ahnung, wie eng Kunst und Ekel zusammenhängen«, entgegnete Lale lachend. »Zumindest habe ich mir das sagen lassen.«

Sie gingen durch den Flur der Rechtsmedizin. Hier war es trotz der sommerlichen Hitze angenehm kühl.

Mandy studierte die Raumtafel. »Der Hörsaal muss irgendwo da hinten sein«, sagte sie und folgte Lale, die bereits weitergelaufen war.

Lale öffnete die Tür zu dem Hörsaal, aus welchem sie ein Stimmengewirr vernahmen. Die Vorlesung schien gerade beendet und in die Reihen kam Bewegung. Lale hielt angestrengt nach Pit Ausschau.

»Oho«, sagte Mandy. »Das nenne ich mal ein nettes Angebot.« Sie stupste Lale in die Seite. »Guck mal, was hier für niedliche Jungs herumrennen. Aber Pit ist nicht dabei!«

Lale nickte betrübt. »Ja, ich kann ihn auch nicht finden. Komm mit!« Sie hüpfte eilig die breiten Stufen hinunter. »Dr. Wurm!«

Der Rechtsmediziner drehte sich um und lächelte, als er sie erkannte. »Frau Kommissarin, wie nett! Was führt Sie denn hierher?«

»Also, eigentlich…«, hob Lale an, als sie plötzlich Mandy hinter sich schreien hörte. Sie drehte sich um. »Was ist denn los?«

Mandy stand auf der untersten Treppenstufe, hatte die eine Hand vor den Mund geschlagen und deutete mit dem anderen Arm auf den Seziertisch. Ihre Kulleraugen waren schreckgeweitet.

Lale schüttelte den Kopf. Dann wanderte ihr Blick ebenfalls zum Seziertisch und ein kurzer Schauer huschte über ihren Rücken.

»Die sieht ja aus wie du!«, rief Mandy. »Mein Gott, habe ich einen Schreck bekommen!«

Dr. Wurm nickte. »Ja, im ersten Moment ging es mir genau so. Aber auf den zweiten Blick. Sie besitzen typmäßig eine große Ähnlichkeit. Aber die Dame ist – pardon, sie war – wohl etwas älter.«

Lale trat näher an den Tisch heran. »Ist das die Unfalltote? Sie sieht so unversehrt aus.«

»Stimmt«, bestätigte Mandy. »Sie sieht nicht nach einem saftigen Crash aus.«

»Also, dieser kleine Blechschaden hätte sie auch kaum getötet«, erklärte Dr. Wurm. »Sie ist offensichtlich erst auf Grund ihres Ablebens von der Straße abgekommen.«

»Aha, und was war der Grund ihres Ablebens?«, fragte Lale.

»Organversagen.« Über Dr. Wurms Gesicht huschte der Anflug eines Lächelns. »Organversagen in einem so plakativen und enormen Ausmaß, dass ich sie mir einfach für meine heutige Vorlesung aufheben musste.« Er machte eine bedauernde Geste. »Entschuldigen Sie also bitte die Verzögerung. Aber wann bekommen Studenten schon mal so was zu Gesicht? Alle lebenswichtigen Organe sind etwa 20 Jahre älter als der Rest der Toten!«

Lale schüttelte unwirsch den Kopf. »Wie kommt denn so was? Waren nicht bei Eva Schmitt auch einige Organe bereits in fortgeschrittenem Alterungsprozess begriffen?«

Dr. Wurm nickte. »Wir können uns das nur durch Drogenkonsum erklären. Die Proben sind allerdings noch im Labor.«

»Aber sie hat doch im Innenministerium gearbeitet«, sagte Mandy. »Ich kann mir nicht vorstellen, dass man dort als Junkie Karriere macht.«

»Da gebe ich Ihnen recht«, sagte Dr. Wurm. »Eine abstruse Vorstellung.«

»Eigentlich bin ich hier, weil ich meinen Sohn suche«, sagte Lale schnell. »Sie kennen doch Pit, nicht wahr?«

»Aber sicher«, erklärte der Rechtsmediziner. »Ich kenne ihn schon seit einiger Zeit. Ich wusste allerdings gar nicht, dass er Ihr Sohn ist.«

»Und woher kennen Sie ihn, wenn ich fragen darf?« Lale wippte ungeduldig mit dem rechten Fuß.

»Er hat bei mir Unterricht genommen.« Dr. Wurm winkte den letzten Studenten, die den Hörsaal verließen. »Hat er denn davon gar nichts erzählt, ich dachte die Pralinen kommen von Ihnen?«

»Was für Pralinen? Was denn für Unterricht?« Lales Stimme bekam einen sehr gereizten Unterton. »Ich kann mir nicht vorstellen, dass mein Sohn sich für das Tranchieren menschlicher Körper interessiert!«

»Aber nein, natürlich nicht«, sagte der Rechtsmediziner sanft. »Gesangsunterricht. Ich habe ihm Gesangsunterricht gegeben. Er hat eine schöne Stimme. Sie bedarf jedoch konsequenter Ausbildung.« Er sah Lale besorgt an. »Es wäre ein Jammer, dieses Talent verkümmern zu lassen.«

»Ich lasse bei meinem Sohn bestimmt nichts verkümmern«, schnaubte Lale verärgert. »Und? Wissen Sie, wo Pit sein könnte? Nun sagen Sie schon!« Lales Gesicht lief hochrot an.

»Nein, bedaure. Beruhigen Sie sich doch bitte. Sie befinden sich in einem sehr kritischen mentalen Zustand.«

»Das ist bei ihr immer so«, warf Mandy ein und winkte ab. »Das kenne ich schon.«

Lale schüttelte genervt die Hand des Mediziners von der Schulter. »Mentaler Zustand!«, schnaubte sie. »Ich bekomme hier gleich Zustände, wenn nicht sofort mein Sohn wieder auftaucht!«

Familien-Bande

»Meine Güte, wo bleiben Sie denn?!«, schnauzte Gerste, als Mandy und Lale kurz nach Mittag das Chefbüro betraten.

»Nicht in dem Ton!«, schnauzte Lale zurück. »Ich habe überhaupt keinen Dienst.«

»Wer spricht denn mit Ihnen?«, fragte Gerste gereizt. »Ich meine Frau Schneider.«

»Die hat auch keinen Dienst«, knurrte Lale.

»Das sehe ich aber anders«, erwiderte Gerste und wandte sich an Mandy. »Sie bestellen sich Leute zur Vernehmung ins Präsidium, und wer nicht da ist, sind Sie!«

»Oh!« Mandy duckte sich unwillkürlich. »Das habe ich ja total vergessen!« Sie machte ein schuldbewusstes Gesicht.

»Die Witwe Fritzkötter wartet in Ihrem Büro auf Sie«, erklärte Gerste sachlich. »Die üblichen Formalitäten habe ich bereits erledigt. Sie sollten sich allerdings zügig an die Vernehmung machen.« Er räusperte sich leise. »Die Dame hat nur für begrenzte Zeit einen Babysitter.«

»Na so was«, sagte Lale. »Sie hat doch die Oma direkt im Haus.«

»Sie meinen die Schwiegermutter des Toten?«, fragte Gerste. »Die sitzt nebenan bei Krokowszic.«

»Stimmt, die habe ich ja auch herbestellt!« Mandy schlug sich vor den Kopf. In aller Eile lief sie hinüber in ihr gemeinsames Büro. Lale wollte ihr folgen, als sie von Gerste zurückgepfiffen wurde.

»Ach, Frau Petersen, für Sie war da ein Anruf«, sagte er, als das Telefon gerade zu klingeln begann. Gerste nahm das Gespräch entgegen. »Wie? Ja, jetzt ist sie da.« Er reichte Lale den Hörer über den Schreibtisch. »Es ist für Sie. Die Staatsanwaltschaft.«

»Was willst du denn schon wieder?!«, blaffte Lale in den

Apparat. Jobst war wirklich lästig. Sie hatte ihn heute insgesamt gerade mal für drei Stunden abschütteln können. Aber woher wusste er, dass sie im Präsidium war?

»Egon Brenzlig. Hallo, Frau Petersen«, sagte die ihr durchaus vertraute Stimme des Oberstaatsanwalts. »Endlich erreichen wir Sie!« Er klang nicht im Geringsten verärgert, sondern eher besorgt. »Ihr Mann hat mir Ihre Situation geschildert. Hat sich denn inzwischen ein Erpresser bei Ihnen gemeldet?«

»Ein Erpresser? Nein.« Lale holte tief Luft.

»Frau Petersen!«, sagte der Oberstaatsanwalt ermahnend. »Sie wissen, dass Sie offen mit uns sein müssen.«

»Ja sicher!« Lale schüttelte verständnislos den Kopf.

»Gut, dann sind wir uns also einig?«, fragte Brenzlig. »Sie informieren mich sofort, wenn sich etwas Neues ergibt?«

»Ja, das kann ich gerne tun«, sagte Lale. »Aber sagen Sie mal, worauf wollen Sie eigentlich hinaus? Wissen Sie irgendetwas, was ich nicht weiß?«

»Na, die Frage ist doch vielmehr, ob Sie mehr wissen als Sie uns mitteilen«, sagte Brenzlig in einem Therapeutentonfall. »Ich sagte doch bereits: Ihr Mann hat mir Ihre Situation geschildert.«

»Na, wer weiß, was der wieder blubbert!«, entfuhr es Lale. »Ähm, ich meine, mein Mann bzw. der Staatsanwalt, also Ex…« Sie seufzte. »Also mein Ex-Staatsmann quatscht viel, wenn der Tag lang ist.«

»Was ist denn nur mit Ihnen los?« fragte der Oberstaatsanwalt besorgt. »So kenne ich Sie ja gar nicht.« Dann räusperte er sich und sprach besonders eindringlich: »Frau Petersen, bitte unternehmen Sie keine Alleingänge! Diese Leute sind gefährlich. Sie helfen Ihrem Jungen nicht, indem Sie die Ermittlungsbehörden da raushalten und die Heldin spielen!«

Lale schnaubte. »Was reden Sie da eigentlich, Brenzlig?!« Gerste sah sie erschrocken an. »Meinen Sie etwa, ich kehre eine Entführung unter den Teppich und befreie in einer Django-Nummer eine Geisel?« Sie schnappte empört nach Luft. »Außerdem: Wie kommen Sie darauf, dass Pit entführt wurde?«

»Ähm, ich… Ihr Mann hat doch…«, stammelte Egon Brenzlig offenbar überrascht.

»Jetzt rede mal ich«, schnaubte Lale. Sie war gut in Fahrt. »Weil mein Sohn mal nicht alle drei Stunden anruft oder auf der Matte steht, macht dieser Idiot von einem Feiertags-Papa ein Fass auf, das jetzt mir um die Ohren fliegt!« Sie schnaufte. »Und wenn er sich nicht bei Papa meldet, ist er natürlich entführt worden!« Sie ballte die freie Faust. »Und wenn dann diese Entführungsnummer nicht so richtig in Gang kommt, ist da ja noch die Ex-Frau! Die hat natürlich nichts Besseres zu tun als die Entführung zu verschleiern. Warum eigentlich? – Halt, sagen Sie nichts! Diese arme verwirrte Ex-Frau, leider ist sie ja etwas leicht reizbar. Nun, diese Ex-Frau hat natürlich eine Affäre mit einem von diesen notorischen Verbrechern, die schon qua ihrer Existenz unheimlich verdächtig sind.« Sie lachte süffisant auf. »Und natürlich muss die Ex-Frau alles verschleiern, weil ja ganz sicher dieser unglaublich verdächtige Verbrecher hinter der Entführung des Sohnes steckt. Stimmt's?«

Egon Brenzlig schnaufte vernehmlich. »Nun, er hat es mit anderen Worten gesagt.« Er schien zu überlegen. »Aber von der Sache her… Sie meinen also nicht, dass wir eine Fahndung rausgeben sollten?«

»Ich meine unbedingt, dass Sie eine Fahndung rausgeben sollten«, sagte Lale erbost. »Fahnden Sie nach diesem kranken Staatsanwalt und setzen Sie ihn in die nächste Gummizelle! Schönen Tag noch.« Sie legte schwungvoll auf.

»War das denn jetzt nötig?«, fragte Gerste.

»Ja«, schnaubte Lale. »Das war es.« Mit energischen Schritten ging sie auf ihr Büro zu, wo Mandy mit der Witwe des Ingenieurs saß. Kurz vor der Tür zögerte Lale. »Die Alte sitzt bei Kroko? Also dann!« Lale lief hinüber zur anderen Seitentür, hinter der Krokos kleines Büro lag. Ohne Umschweife öffnete sie die Tür. Der Kollege und die Schwiegermutter des Toten fuhren zusammen.

»Was soll denn das?«, fragte Fritzkötters Schwiegermutter empört.

Lale ignorierte ihren Protest. »Los! Erzählen Sie mal, was Sie über Ihren toten Schwiegersohn wissen!«

Die ältere Frau musterte sie argwöhnisch. »Sie waren doch vor ein paar Tagen bei uns«, stellte sie fest.

Lale nickte. »Und?«

»Nun, ich habe Ihnen doch schon erzählt, dass er ein Idiot war«, erklärte sie gereizt.

»Das ist ja nun wahrlich kein Mordmotiv«, schaltete sich Kroko ein. »Was passierte denn, nachdem sein Ingenieurbüro Insolvenz anmelden musste?«

»Na, runtergewirtschaftet hat er es«, stieß die Schwiegermutter empört hervor. »Keine Ahnung wie er das geschafft hat! Der Laden hat jahrelang nur so gebrummt.«

»Nun, die Baubranche ist ja irgendwann ziemlich eingebrochen.« Kroko machte sich eine Notiz.

»Er hat die Kohle verzockt!« Lale verschränkte die Arme vor der Brust. »Richtig?«

»Haus und Hof hat er verspielt, der Saftsack!« Die Schwiegermutter schlug mit der Faust auf den Schreibtisch. »Und meine Tochter, die blöde Kuh, hat sich immer wieder von ihm einwickeln lassen!«

»Und was hat er dann beruflich gemacht?«, fragte Kroko. »Wie ging es weiter?«

»Er hat als Techniker oder so in der Uniklinik angefangen«, knurrte die Schwiegermutter. »Ein promovierter Ingenieur! Das muss man sich mal vorstellen!«

»Kroko, überprüfen Sie das!«, verlangte Lale. »Wenn meine Informationen stimmen, hat man ihn da vor einigen Wochen gefeuert. Ich will wissen, warum!«

»Das ist doch alles nur wegen dieser Schlampe passiert«, schimpfte die Schwiegermutter.

»Sie meinen Eva Schmitt.« Lale begann, langsam auf und ab zu gehen. »Erzählen Sie mir, was Sie über Eva Schmitt wissen!«

Die Schwiegermutter sah sie verärgert an. »Das habe ich Ihnen doch schon erzählt. Sie war eine echte Stasi-Schlampe. Sie hat sogar ihren Führungsoffizier vernascht, was echt zu Problemen führen konnte.«

»Oh ja!« Kroko nickte wissend. »Und? Was ist aus ihm geworden?«

»Oh, die Gute hat es verstanden, jeden gegen jeden auszuspielen«, sagte die Schwiegermutter. »Sie hat ihn geheiratet, zur Republikflucht angestiftet und dann verpfiffen.«

»Und? Das heißt?« Lale wippte ungeduldig mit dem rechten Fuß. Das kannte sie schließlich alles schon.

»Vermutlich hat man ihn eliminiert«, erklärte Kroko sachlich.

Die Schwiegermutter zuckte die Achseln. »Ich nehme es an. Ist das wichtig?«

»Vielleicht«, sagte Lale, der plötzlich die Postkarte aus Eva Schmitts Briefkasten einfiel und ihre Bemerkungen über Paris. Immerhin war es doch möglich, dass ihr Ex-Gatte untergetaucht war und sich an Eva hatte rächen wollen. Sie schob ihre Gedanken mit einer Handbewegung zur Seite. »Lassen wir das. Was hatte Fritzkötter denn mit Eva Schmitt zu tun?«

»Na, was man mit einer Bordsteinschwalbe so zu tun hat, nehme ich an«, knurrte die Schwiegermutter. »Nach der Wende ist vor der Wende. Das kennen wir doch!«

»Hat sie ihm vielleicht diesen Job vermittelt?«, fragte Lale nachdenklich. Wo hatte sie diesen Wende-Spruch denn unlängst noch gehört?

»Das weiß ich nicht«, erklärte die Schwiegermutter grimmig. »Das hätte er uns wohl kaum auf die Nase gebunden.«

Auf dem Friedhof! Lale nahm die Frau genau ins Visier. »Eine Frage habe ich noch«, kündigte sie an. »Kannten Sie Carlo Schmitt?«

»Hmh.« Die Frau rieb sich nachdenklich die Nase. »Ich… ähm, ich bin mir nicht sicher.«

»Dann denken Sie mal scharf nach!«, verlangte Lale barsch und verließ eilig Krokos Büro, um hinüber zu der anderen Vernehmung zu laufen.

Lale stieß die Tür auf.

Mandy schreckte auf. »Ach, du bist's!«

»Moin, Frau Fritzkötter«, sagte Lale. »Mein Beileid zum Tod Ihres Mannes. Ich hätte da noch ein paar Fragen.«

Frau Fritztkötter sah sie aus verquollenen Augen an. »Ich habe ihn nicht umgebracht«, sagte sie tonlos.

»Davon gehe ich aus.« Lale zog sich einen Stuhl heran und setzte sich rittlings darauf. »Sagen Sie, diesen Job im Uniklinikum, wer hat ihm den vermittelt? Eva Schmitt?«

Mandy sah Lale erstaunt an.

»Ja.« Frau Fritzkötter ließ die Schultern hängen. »Leider. Aber wir brauchten das Geld dringend. Er hat mir immer wieder versichert, dass er das alles nur für uns getan hat.«

»Was hat er nur für Sie getan?«, fragte Lale streng.

»Diese Frau…« Frau Fritzkötter raufte sich die strähnigen Haare. »Es war lange vorbei. Er hat das nicht freiwillig getan.« Sie schluchzte.

»Was hat er nicht freiwillig getan?«, bohrte Lale weiter.

»Diese ganze Geschichte mit dieser Frau«, sagte sie schniefend. »Sie hat ihn erpresst.«

»Und deshalb hat er sie dann umgebracht?«, fragte Mandy mit großen Augen.

»Was?« Frau Fritzkötter sah erschrocken auf. »Nein! Er hat sie bestimmt nicht umgebracht! Er brauchte sie ja.«

»Und warum wurde er vor einigen Wochen gekündigt?«, fragte Lale.

»Er wurde gekündigt?«, fragte Frau Friztkötter mit schriller Stimme. Dann sackte sie wieder wie ein Häufchen Elend in sich zusammen. »Davon weiß ich gar nichts.«

»O. K.«, sagte Lale und schwang sich von ihrem Stuhl. »Dann kommen wir jetzt mal zu Ihnen. Was hatten Sie für ein Verhältnis zu Peter Altmann?«

»Wie?« Frau Fritzkötter sah sie entsetzt an.

»Oder sollte ich fragen, was für ein Verhältnis Sie MIT Peter Altmann hatten?« Lale beobachtete die Frau aufmerksam.

»Ähm, ich, also…« Ihr Blick verfinsterte sich.

»Sie hatten also eine Affäre mit diesem toten Polizisten?«, fragte Mandy.

»Eine Affäre… Ähm, wie?« Die Frau sah verwirrt von einer Kommissarin zur anderen.

»Na, so ein nettes kleines Muschebubu«, half Mandy nach. »Oder war es was Ernstes?«

»Hat er sich Ihretwegen scheiden lassen?«, setzte Lale nach. »Musste er womöglich Ihretwegen sterben?«

»Aber nein!«, rief Frau Fritzkötter entsetzt. Dann schien sie sich langsam zu besinnen. »Sie haben recht! Ich hatte eine Affäre mit ihm.«

»Und woher kannten Sie Altmann?«, fragte Mandy.

»Er sprach mich eines Tages beim Einkaufen an«, berichtete die Witwe matt. »Wir haben einen Kaffee zusammen getrunken. Dann haben wir uns zufällig wieder getroffen, einen Rotwein zusammen getrunken, irgendwann hat er mich geküsst. Sie wissen doch, wie das so läuft!«

In diesem Augenblick erschien Gerste in der Tür. »Frau Petersen, kommen Sie mal!«, verlangte er.

Lale machte Mandy ein Zeichen fortzufahren und folgte Gerste. »Ja?« Sie schloss die Bürotür hinter sich.

»Noch ein Anruf für Sie.« Gerste hielt ihr erneut den Telefonhörer hin. »Möller vom Revier Altstadt.« Lale riss den Hörer an sich. »Petersen.«

»Frau Kollegin, wir haben Ihren Sohn festnehmen müssen«, erklärte der Beamte. »Er hat...«

»Sie haben Pit?«, rief Lale aufgeregt.

»Jawohl«, sagte Möller. »Er hat gegen die Polizeiverordnung verstoßen.«

»Das ist ja fabelhaft«, stieß Lale hervor. »Großartig!«

»Also, Frau Kollegin«, tadelte Möller. »Ich weiß nicht, was so fabelhaft daran ist, wenn ein Minderjähriger ohne Ausweispapiere auf der Straße aufgegriffen wird.« Er räusperte sich vernehmlich. »Er hat doch tatsächlich in einer Verbotszone wild musiziert!«

»Er hat was?«, Lale strahlte Gerste an.

»Er hat in einem nicht dafür freigegebenen Bereich mit anderen Jugendlichen öffentlich Musik gemacht. An der Brühlschen Terrasse!«

»Wie?«, Lale unterdrückte ein Kichern. »Das ist ja unfassbar!«

»In der Tat«, sagte Möller streng. »Sie werden verstehen, dass wir ihn festnehmen mussten.«

»Unbedingt«, sagte Lale.

»Wir haben ihn einer eingehenden Belehrung unterzogen«, erklärte Möller. »Was soll ich jetzt mit ihm machen?«

»Geben Sie ihm einen dicken Kuss von mir!«, rief Lale fröhlich. »Ich bin in fünf Minuten bei Ihnen.«

Richtungswechsel

»Keine pubertäre Bettflucht mehr!, sagte Lale und warf die Wohnungstür ins Schloss. »Und, ehe ich's vergesse: keine Waffengeschäfte und nicht so viele Drogen!«

»Geht klar.« Pit grinste. »Hat Papa wieder Alarm geschlagen?«

Lale nickte. »Die Kriminalstatistik ist offenbar seine Offenbarung.«

»Ich glaube nicht, dass ihm sein Beruf wirklich gut tut«, sagte Pit.

Lale nickte erneut. »Und ich glaube vor allem, dass MIR sein Beruf nicht gut tut.«

»Und was tut dir gut, wenn ich fragen darf?« Pit sah sie erwartungsvoll an. »Gola Gronski?«

Lale merkte, dass ihr plötzlich heiß wurde. Sie versuchte krampfhaft, nicht zu erröten, was natürlich das Gegenteil zur Folge hatte. »Nun ja…«

»Erzähl doch mal!«

»Mmh«, machte Lale nachdenklich. »Da gibt es eigentlich nichts zu erzählen.«

»Och, schade«, sagte Pit. »Aber Papa sagte doch…«

»Er übertreibt maßlos!«, ging Lale schnell dazwischen.

»Also kennst du Gola Gronski gar nicht?« Pit machte ein enttäuschtes Gesicht.

»Doch, doch.« Lale musste unwillkürlich lächeln. »Und er ist schon ein außergewöhnlicher… ähm, Mensch.«

»Dann gefällt er dir also doch?«, fragte Pit interessiert. »Ich meine, so als Mann.«

Lale nickte, und ein unbändiges Lächeln zerrte an ihren Mundwinkeln.

Pit nahm die Füße vom Tisch und setzte sich aufrecht hin. »Triffst du dich mit ihm?«

»Ähm, nö…« Lale legte die Stirn in Falten.

»Mama, es ist Samstagabend«, sagte Pit schmunzelnd. »Du solltest dir wirklich mal ein Rendezvous gönnen!«

Lale sah ihn argwöhnisch an. »Was willst du mir mitteilen?«

»Dass du dich mit diesem Mann treffen solltest«, sagte Pit lakonisch. »Du stehst auf ihn.«

»Wir sind aber nicht verabredet«, stellte Lale klar.

»Na, und?«, meinte Pit.

Lale lächelte. »Da hast du nun auch wieder recht!« Sie sprang auf und lief in die Küche, um eine Flasche Rotwein aus der Speisekammer zu holen. Zögernd blickte sie auf das Etikett einer französischen Sorte und griff dann doch zu einer

Flasche aus Spanien. Französischen Wein hatte Gola schließlich mehr als genug. Als sie zurück an den Tisch in der Diele kam, bemerkte sie Pits zufriedenen Gesichtsausdruck.

»Du willst ihn also besuchen?«, fragte Pit. »Jetzt gleich?«

»Ja.« Lale fuhr sich durch den Schopf. »Das heißt, ich werde mal in seinem Atelier vorbeischauen.«

»Au ja, bring ihn mit!«, schlug Pit vor. »Dann kann ich mit dem großen Gronski frühstücken!«

»Ach, darum geht es«, stellte Lale fest. »Nicht um das Glück deiner armen, alten Mutter. Du willst nur den Künstler persönlich kennen lernen und dann überall damit angeben.«

»Das ist nicht wahr«, protestierte Pit lachend. »Du bist gar nicht arm und alt!«

»Na, dann werde ich mich mal mit einem kleinen Fußmarsch fit halten«, erklärte Lale. »Und du, mein Lieber bleibst heute Abend hier!«

Lale klemmte sich die Flasche unter den Arm und griff zur Türklinke. »Ruf bitte deinen Vater an, damit er weiß, dass du wieder aufgetaucht bist!«

»Warum?«, fragte Pit erstaunt. »Meinst du, er macht sich Sorgen?«

»Das kann ich nicht ausschließen.« Lale öffnete die Tür.

Schnell sprang sie die Treppen hinunter, lief vorbei an ihrem alten Auto über die Straße und machte sich auf den Weg in Richtung Elbe. Es war schwül und die Tageshitze klebte an Wegen und Hauswänden. Die Abendluft war ein schwerer Geruchsmix aus Gegrilltem, Abgasen und Sonnencremerückständen auf verschwitzter Haut. Lale verzog das Gesicht. Das war die richtige Atmosphäre, um sich warm zu ekeln für Golas Kunstwerke. Sie musste schon wieder lächeln. Sie war unglaublich erleichtert, dass dem Jungen nichts passiert war! Und sie merkte erst jetzt, welch eine Anspannung von ihr abfiel.

Beschwingt wanderte Lale weiter. Es dämmerte bereits. Dort war gleich das Gelände des Uniklinikums. Ob es eine Abkürzung war, hier durchzulaufen? – Nun, das war im Prinzip egal. Sie wurde ja nicht wirklich erwartet. Also konnte sie auch nicht zu spät kommen. Trotzdem hatte sie es eilig – je schneller sie ankam, desto weniger würde sie wieder umkehren. Lale seufzte. Da, das musste das Atelier von Gola sein! Hinter den großen, alten Fenstern war Licht. Schnell lief sie um die Ecke zum Eingang des Kunsthochschulgebäudes und versuchte, die Tür zu öffnen. Verschlossen! Na, das hätte sie sich auch denken können. Wie gut, dass es ein niedriges Gebäude war und Golas Atelierräume ebenerdig lagen. Sie schlug sich durch die Büsche in ein Stück ziemlich verwilderten Garten. Sie konnte ja einfach ans Fenster klopfen. Eilig kämpfte Lale sich vorwärts und kicherte in sich hinein. Wenn Jobst wieder ein Sondereinsatzkommando hier postiert hätte, wäre sie längst als potenzieller Kunsträuber verhaftet worden. Die Weinflasche fest im Griff, pirschte sie langsam durch das dichter werdende Dickicht aus Büschen und Sträuchern. Da vorne war schon das erste Fenster. Immer wieder bremsten Äste und Gestrüpp ihren Vorwärtsdrang. Lale brauchte eine kleine Verschnaufpause und wischte sich ein paar Schweißperlen von der Stirn. Nanu? Was war das? Waren das Stimmen? Alarmiert lauschte Lale. Hatte Gola bereits Besuch? Womöglich von einer Frau? Sie duckte sich unter das nächstbeste erleuchtete Fenster und hielt die Weinflasche umklammert.

»Nicht schon wieder diese Gutmenschen-Leier! Werd endlich erwachsen, Gola! Ohne Kompromisse hättest du niemals so bahnbrechenden Erfolg!« Das war eindeutig eine Männerstimme, die da lauthals herumschimpfte. »Nicht ohne solche Kompromisse und vor allem nicht ohne mich!«

Lale überlegte angestrengt, wo sie diese Stimme schon einmal gehört hatte. Sie kannte diesen Tonfall, da war sie ganz sicher. Allerdings schien der offensichtliche Ärger dieses Mannes seine Stimmlage zu verzerren.

»Ich habe dir ja gesagt, lass uns die Dinger vorher präparieren! Aber du hast dich ja strikt dagegen gewehrt!«, motzte die Männerstimme.

»Und ich habe dir gesagt, dass ich da nicht mitmachen will!« Das war Gola. Auch er klang gereizt. »Also, sag schon, wann soll ›Human Resources‹ weggehen?«

Sprachen sie etwa über die Plastik, die Lale am Vormittag bereits in der Galerie vermisst hatte? Sie umklammerte die Weinflasche und kämpfte sich vorsichtig weiter vor zum Fenster. Sie wollte unbedingt sehen, mit wem Gola da stritt. Und natürlich wollte sie wissen, warum.

»Morgen Nachmittag ist die Auktion.« Der andere wirkte ungehalten. »Da wird mein Kunde bieten und den Zuschlag bekommen. Das ist eine todsichere Sache! Da kann nichts schiefgehen.«

»Ich habe trotzdem kein gutes Gefühl.« Gola klang kein bisschen nach Schmusestimme, sondern fast schon ängstlich. Lale schluckte.

»Steck deine Moral in deine Kunstwerke und lass mich unsere Geschäfte regeln«, verlangte die andere Stimme barsch. »Schließlich habe ich ›In Vitro‹ für Zweihunderttausend verkauft!« Er lachte dreckig. »Und das ausgerechnet an den Innenminister.«

›In Vitro‹? Das war doch das Kunstwerk mit dem Reagenzglasmenschen am Infusionskreuz. Pfisterer hatte das gekauft und sich noch vor ihr damit gebrüstet. Pfisterer war der Typ, der Gola da drinnen Ärger machte.

»Kein Mensch wundert sich mehr, dass irgendwelche Leute für deinen Ramsch soviel Geld zahlen.« Pfisterer lachte erneut.

»Trotzdem habe ich kein gutes Gefühl.« Gola sprach jetzt wieder etwas ruhiger.

»Was soll denn schiefgehen? Heb dir deine Gefühlsduselei mal lieber für deine Kommissarin auf.« Der Kunsthändler lachte noch dreckiger. »Die scheint ja ziemlich anspruchsvoll zu sein.«

»Lass Leila aus dem Spiel!«, entgegnete Gola mit einer Schärfe, die Lale ihm gar nicht zugetraut hätte. Sie schnappte nach Luft. Einen Augenblick lang war sie versucht, einfach wegzulaufen. Doch natürlich siegte gleich darauf ihre Neugier, zumal Gola und Pfisterer nun über sie zu sprechen schienen.

»Es läuft doch alles bestens für uns«, schwadronierte Pfisterer selbstzufrieden. »Diese Kommissarin hätte mir zwar auch gefallen, aber ich denke, du hast sie noch besser im Griff. Sie scheint ja voll auf dich zu stehen!«

Lales Füße schmerzten und sie reckte sich ein Stück empor. Doch sie konnte nichts erkennen. Schnell duckte sie sich wieder in ihre unbequeme Hockstellung. Die beiden durften sie auf keinen Fall entdecken.

»Du solltest dich bei der Petersen wirklich ein bisschen mehr ins Zeug legen!«, dröhnte Pfisterer. »Das ist doch ein Selbstläufer.

Und dass der Staatsanwalt auch noch ihr Ex-Mann ist.« Er lachte erneut und Lale meinte, auch Gola lachen zu hören.

»Stimmt, dieser Staatsanwalt macht sich so lächerlich, dass er kaum gefährlich werden kann«, sagte Gola. »Aber wie läuft das denn nun mit der Plastik?«

»Wir werden das Ganze jetzt präparieren«, erklärte Pfisterer. »Und dann sorgst du dafür, dass unsere kleine Manipulation nicht auffällt. Schließlich verkaufen wir nur echte Gronskis.«

»Und du hast das Zeug dabei?«, fragte Gola.

Lale lauschte angespannt, jetzt wurden die Stimmen etwas leiser. Sie hörte nur noch Satzfetzen wie »Lieferung von gestern« und »kleinere Mengen« und geschäftiges Rascheln. Wahrscheinlich waren sie in den hinteren Teil des Ateliers gegangen.

»Und du meinst wirklich, ich soll sie mitnehmen?«, hörte sie Gola fragen. »Wo ist denn diese Auktion?«

»Im Hygienemuseum«, sagte Pfisterer. »Na klar nimmst du sie mit. Der Künstler mit Herzdame. Das mag die Öffentlichkeit.«

Lale reckte sich erneut ein Stück. Sie hätte zu gerne gewusst, was die beiden mit Golas Kunstwerk machten. Sie riskierte einen Blick. Die beiden Männer standen ganz in der Nähe des Fensters. Schnell ging sie wieder in die Hocke. Doch ihr rechter Fuß kribbelte fürchterlich und knickte einfach weg. Sie sackte zur Seite, versuchte, das Gleichgewicht zu halten und konnte sich gerade so an einem Ast festhalten. In diesem Moment glitt die Weinflasche aus ihrer Hand. Als sie sie fallen sah, hörte sie auch schon den Aufprall auf einem Kellerfensterrost. Die Flasche zerbarst und spanischer Rotwein tränkte die Umgebung. Lale hielt den Atem an. Plötzlich war es furchtbar still im Atelier. Dann hörte sie Stimmen, doch die kamen von der Straße her. Es klirrte erneut.

»Hey, kannste ni offpassen!«, grölte eine jugendliche Stimme.

Lale sah zwischen dem Gartengestrüpp hindurch eine Gruppe Jugendlicher in Richtung Elbe ziehen. Es schepperte schon wieder.

»Also gut, dann lass uns loslegen!«, sagte Gola.

Seine Stimme klang ganz nah. Lale hielt den Atem an. Erst jetzt bemerkte sie, dass er direkt am Fenster stand. Dann wurde das Fenster über ihr geschlossen und sie hörte nur noch von Ferne die Jugendlichen palavern. Sie atmete tief ein. Das war ja gerade noch mal gut gegangen. Ein kalter Schauer lief ihr über den Rücken. Sie hatte noch nicht wirklich begriffen, was hier los war. Aber sie hatte begriffen, dass hier etwas faul war. Und sie fühlte sich schwach, schutzlos, machtlos. Im Moment wollte sie nur noch weg. Sie musste sich in Ruhe darüber klar werden, was sie gerade erfahren hatte und was nun zu tun war.

Geduckt trat Lale den Rückzug durch den Garten an. Diesmal nahm sie nicht den ganzen Weg bis zum Eingang auf sich, sondern schwang sich schon vorher über den Zaun auf die Straße. Uff, geschafft! Ein bisschen Anspannung fiel von ihr ab. Trotzdem wollte sie so schnell wie möglich weg.

Plötzlich spürte sie eine Berührung an der Schulter. Sie erstarrte. Doch dann siegten ihre Reflexe. Sie wirbelte herum und trat einmal kräftig zu. Sie spürte nicht, wen oder was sie getroffen hatte, sie spürte nur, dass sie getroffen hatte. Sie hörte ein entsetzliches Stöhnen hinter sich und rannte los. Nichts wie weg hier! Das war der einzige Satz, den sie noch denken konnte. Alle weiteren Impulse aus dem Gehirn gingen in reine Motorik über. Sie rannte wie eine Irre die Fetscherstraße hinauf, knickte um, rannte weiter und hoffte nur, dass diese endlose einsame Mauer um die Uniklinik herum bald ein Ende nehmen würde. Ein Königreich für eine belebte Straße! Ein Kaiserreich für einen grölenden Kegelclub auf Wandertour. Lale versuchte, ihre Atmung zu kontrollieren, doch sie war zu aufgeregt. Sie wandte sich nicht um, aber sie vernahm deutlich schnelle Laufschritte hinter sich. Da! Da war eine Kreuzung und auf der Blasewitzer Straße näherte sich eine Straßenbahn. Lale lief weiter. Sie musste! Sie wollte! Ihre Seite schmerzte. Sie sollte unbedingt wieder regelmäßiger Sport treiben. Jetzt! Sie sprang in die Bahn und just ertönte das Signal und die Türen schlossen sich. Die Bahn fuhr glücklicherweise sofort an. Lale ließ sich in einen der Schalensitze sinken und spähte hinaus in die Dunkelheit. Aus der hell erleuchteten Bahn konnte man draußen nicht allzu viel erkennen. Doch sie wollte unbedingt wissen, wer ihr Verfolger war. Sie drückte die Nase an die Scheibe. Da! Da stand der Obdachlose, atmete schwer und sah sich suchend um. Der war also doch gefährlich! Sie würde auf jeden Fall so schnell diese

Bahn nicht verlassen. Ihr prüfender Blick offenbarte ihr, dass sie die Linie 6 erwischt hatte und in Richtung Neustadt fuhr. Mist, das war natürlich genau die falsche Richtung!

Eine Hand schmiert die andere

Das Klingeln des Mobiltelefons riss Lale aus dem Schlaf. Lale sprang auf und lief ins Bad, wo ihre Klamotten vom Vortag ein unübersichtliches Knäuel auf dem Boden bildeten. Irgendwo da drin musste ihr Telefon stecken. Sie griff nach Ärmeln und Hosenbeinen und zerrte solange daran herum, bis das Mobiltelefon mit einem satten Plopp auf dem Boden landete. Es bimmelte unverdrossen. »Ja, Petersen! Moin moin!«

»Hallooo, Leila!«, tönte eine wohlbekannte Schmusestimme aus dem Apparat. »Ich hoffe, ich habe dich nicht geweckt?«

»Aber nein«, entgegnete Lale. »Ich bin doch gerade erst aufgestanden. Wach werde ich frühestens in einer Stunde. Bis dahin kann mich gar nichts stören.« Sie stakste, das Telefon am Ohr, in die Küche. »Was gibt's denn?«

»Du warst gestern in der Galerie so schnell verschwunden«, sagte Gola mit leichtem Vorwurf in der Stimme. »Seitdem vermisse ich dich schrecklich!«

›Klar, vor allem gestern Abend!‹, schoss es Lale durch den Kopf. »Soso«, sagte sie.

»Ich möchte…« Gola machte eine Pause. »Ist alles in Ordnung bei dir? Was ist mit deinem Sohn?«

»Der sitzt vor mir und streichelt unsere Katze«, erklärte Lale.

»Da bin ich aber froh«, sagte Gola in mitfühlendem Ton. »Dann kann ich hoffen, dass du heute ein bisschen Zeit für mich hast?«

»Hoffen ist immer erlaubt.« Lale räusperte sich. »Was liegt denn an?«

»Nun, ich wollte mit dir einen kleinen Ausflug unternehmen«, versprach Golas Schmusestimme. »Dann in einem lauschigen Lokal zu Mittag essen und am Nachmittag…«

»Tut mir leid«, unterbrach Lale ihn. Sie hatte Mühe, nicht schadenfroh zu klingen. »Ich bin gleich auf dem Sommerfest der

Polizei. Das kann ich nicht schwänzen. Aber am Nachmittag...« Sie machte eine Pause. »Am späteren Nachmittag hätte ich vielleicht Zeit.«

»Sehr schön«, freute sich Gola. »Am Nachmittag würde ich dich gerne mitnehmen auf eine Kunstauktion. Weißt du, eines meiner Kunstwerke aus der Ausstellung wird versteigert und ich sollte dabei sein.« Er seufzte vernehmlich. »Allerdings ist mir eine solche Situation immer unangenehm, denn dann bin ich furchtbar aufgeregt. Kurzum: Ich brauche deinen Beistand!«

Lale schluckte. Sie musste sich die Situation des gestrigen Abends vergegenwärtigen, um nicht dahin zu schmelzen. »Den kannst du natürlich haben«, sagte sie so neutral wie möglich. »Wann geht das Ganze denn los?«

»Oh, schon am Mittag«, erklärte Gola mit leisem Bedauern. »Die zeitgenössische Bildende Kunst ist allerdings erst später dran, so gegen 16 Uhr, nehme ich an.«

»Gut«, sagte Lale. »Dann schlage ich vor, wir treffen uns im Hygienemuseum.«

»Ach?« Gola klang erstaunt. »Du weißt, wo die Auktion stattfindet?«

Uups! Lale biss sich auf die Unterlippe. »Na, ich nehme es doch mal an«, sagte sie ausweichend. »Die großen Auktionen finden doch immer dort statt.«

»Du bist einfach unglaublich!«, schmuste Gola galant ins Telefon. »Also abgemacht. Um vier vor dem Museum. Ich danke dir für deine Unterstützung!«

»Da nich für«, sagte Lale. Als sie das Telefon zur Seite legte, hatte sie gemischte Gefühle. Hatte sie da gestern vielleicht etwas falsch verstanden? Vielleicht hatten sich die beiden Männer über etwas ganz anderes unterhalten?

Katinka sprang auf Lales Schoß und maunzte sie vorwurfsvoll an. Sie streichelte versonnen die Katze und warf einen langen Blick auf ihr Mobiltelefon. Moment mal! Das Handy! Woher hatte Gola denn eigentlich ihre Handynummer? Sie hatte sie ihm nicht gegeben, da war sie ganz sicher. Und Brigitte hatte extra noch betont, dass sie ihre Handynummer nicht einfach weitergab. Er musste die Nummer von Pfisterer haben.

»Mama? Hallo?« Pit wedelte mit einem Croissant vor ihrer Nase herum. »Was ist los? War er das?«

Lale nickte. Ihre Stirn lag in Falten. Sie griff nach dem Croissant und biss hinein. Sofort richtete Katinka sich auf und meldete ihre Ansprüche auf einen Anteil an. Lale fütterte gedankenverloren die Katze. Sie musste sich unbedingt etwas einfallen lassen.

Als die Türklingel kurz darauf schrillte, zuckte Lale zusammen.

»Ich geh schon«, sagte Pit und öffnete.

»Mein Sohn!«, tönte es großspurig an der Tür.

Und schon stand Jobst in der Wohnung. Lale schob sich den Rest des Croissants in den Mund und kaute.

Dann fiel Jobst Pit so euphorisch um den Hals, dass dieser erschrocken zurückwich.

»Ich bin ja so froh, dass dir nichts zugestoßen ist«, verkündete Jobst und warf einen Blick auf den Frühstückstisch. »Ach, wie rührend. Ihr habt mich erwartet!«

»Irrtum!«, stieß Lale zwischen Croissantkrümeln hervor.

»Ich hatte Gola Gronski erwartet«, erklärte Pit wahrheitsgemäß.

Jobsts Miene verfinsterte sich. »Ach so«, knurrte er.

Lale musterte ihn amüsiert. Sie wusste nicht, wann sie Jobst zuletzt in Jeans und T-Shirt gesehen hatte. »Du siehst so salopp aus«, stellte sie fest und deutete auf den blauen Seesack, den er über der Schulter trug. »Hast du nichts Ordentliches mehr zum Anziehen und hoffst, dass dir hier jemand deine Schmutzwäsche wäscht?«

Pit lächelte und nahm seinem Vater den Seesack ab. »Gib her! Ich stopfe gleich alles in die Waschmaschine.«

»Nein!«, rief Jobst entsetzt. »Ich, ähm, ich wollte dich fragen, ob ich den hier eine Weile bei euch deponieren kann«, wandte er sich an Lale.

»Deine dreckigen Unterhosen?«, fragte sie lachend. »Oder was ist da drin?«

»Geld«, antwortete Pit erstaunt. Er starrte auf den offenen Seesack. Dann grinste er. »Das wäre ja beinahe eine handfeste Geldwäsche geworden.«

»Geld nehmen wir doch gerne!« Lale lachte.

Jobst räusperte sich. »Es sind 500.000 Euro.«

»Wie bitte?« Lale sprang auf und warf nun ebenfalls einen

Blick in den Seesack. »Du spazierst hier mit 500.000 Euro durch die Gegend?«

Jobst zog den Seesack schnell zu. »Ja. Es war wegen der Entführung. Ich hatte vorsichtshalber schon mal möglichst viel Bargeld besorgt.«

»Oh, Mann«, sagte Pit. »Du kannst mal eben 500.000 in Bar locker machen? Jetzt bekomme ich aber selbst langsam Angst vor Kidnappern!«

»Möchtest du einen Kaffee?«, fragte Lale.

»Nein, nein«, sagte Jobst. »Ich muss los. Wir haben nachher einen wichtigen Einsatz.«

»Ach so?« Lale grinste. »Findet parallel zum Polizeifest das große Um-die-Wette-Brunchen der Staatsanwälte statt?«

»Nein.« Jobst schüttelte den Kopf. »Es geht um... einen wichtigen Einsatz eben. Eine Razzia.« Er räusperte sich. »Aber ich habe nichts gesagt, verstanden?«

»Heute?« Lale sah Jobst ungläubig an. »Was wird das denn? Eine Razzia ohne Beamte?«

Jobst schüttelte den Kopf. »Natürlich nicht. Aber deine Reaktion gibt uns recht! Es existiert einfach kein günstigerer Zeitpunkt für eine Großrazzia als solche offiziellen Polizeifeste.«

»Da ist was dran«, sagte Lale. »Das haben wir unserem Presse-Paul zu verdanken. Er hat dieses popelige Sommerfest ja dermaßen in den Medien bequatscht, dass nun die ganze Republik weiß, dass die Dresdner Polizei heute betrunken in der Sonne sitzt.«

»Na, dann viel Spaß«, sagte Jobst und wandte sich zum Gehen. »Und denk dran: Kein Wort zu niemandem!«

»Worüber jetzt eigentlich?«, fragte Lale. »Geld oder Razzia?« Doch Jobst hatte schon die Tür hinter sich zugeworfen. Lale zuckte die Achseln. »Dann eben nicht«, murmelte sie und verzog sich unter die Dusche.

Als sie zehn Minuten später in einer frischen Jeans und einem zerknitterten Hemd aus dem Bad kam, stand Mandy vor ihr und sah sie überrascht von oben bis unten an.

»Wie siehst du denn aus?«, fragte Mandy entgeistert.

»Das könnte ich dich auch fragen«, sagte Lale und deutete auf Mandys grün-beigefarbenes Outfit. »Warum trägst du Uniform?«

»Wir müssen doch zum Sommerfest«, erklärte Mandy. »Repräsentative Funktion.«

»Wir repräsentieren unseren Laden doch ständig«, gab Lale zu bedenken. »Allerdings ohne diese alberne Kluft.«

»Ich finde Frauen in Uniform sexy«, sagte Pit lachend. »Mandy sieht doch klasse aus!«

»Ähm, ich will ja nicht drängeln, aber wir müssten langsam mal los«, sagte Mandy seufzend. »In einer halben Stunde beginnt der offizielle Teil.« Sie musterte Lale erneut kritisch. »Also, wo ist deine Uniform?«

»Im Schrank«, sagte Lale düster und lief hinüber ins Schlafzimmer. Kurz darauf kam sie mit der Mütze auf dem Kopf und der Uniform in Plastikhülle zurück.

»Hattest du die noch gar nicht an?«, fragte Mandy.

»Hast du mich je in Uniform gesehen, seit wir uns kennen?«, konterte Lale. Sie schälte sich aus ihren frischen Klamotten und warf sich das kurzärmelige beigefarbene Hemd über. »In der Farbe sehe ich aus wie ein Stück Käsekuchen«, schimpfte sie.

»Mit Spinat!« Pit warf ihr die Jacke zu.

Dann stieg Lale in die Uniformhose und stöhnte. Sie zog und zerrte daran und fluchte leise vor sich hin. »Die Dinger sind aber auch unbequem. Schweißperlen bildeten sich auf ihrer Stirn, nachdem sie zum wiederholten Male den Haken zum Schließen der Hose verfehlt hatte. »Die muss in der Reinigung eingelaufen sein!«

»Ich fürchte, damit kommst du bei Gerste nicht durch«, sagte Mandy und klopfte auf ihre Uhr. »Der steht bestimmt schon am Eingang und hält Ausschau nach uns.«

»Moment!« Lale zupfte ächzend am Hosenbund herum. »Ich… hab's… gleich.« Uff! Sie hatte die Hose endlich zubekommen und zurrte nun am Reißverschluss. Der ließ sich, zwar nur mit Mühe, aber immerhin auf Anhieb schließen. »Und? Wie sehe ich aus?«

»Wie eine Hochstaplerin, die sich eine Uniform in der falschen Größe geklaut hat«, stellte Pit trocken fest. »Die Hose ist zu kurz.«

Lale sah an sich herunter und warf dann einen Blick in den großen Spiegel im Flur. Mit ihren nackten Füßen und der zu kurzen, schlecht sitzenden Hose sah sie aus wie Pumuckl. »Das geht nicht«, stieß Lale hervor. »Von der optischen Wirkung mal ganz abgesehen, bekomme ich auch kaum Luft!« Schnell schlüpfte sie aus der Hose heraus und zurück in ihre Jeans. Bluse. Tasche. Schuhe. Fertig. »Es kann losgehen!«, flötete Lale. Dann begann sie, in ihrer Tasche herumzukramen.

»Was suchst du denn noch?«, fragte Mandy. »Deinen Dienstausweis hast du doch jetzt wieder. Außerdem brauchst du den heute bestimmt nicht.«

»Aber meine Dienstwaffe«, erklärte Lale. »Ah, da ist sie ja.«

»Wozu brauchst du denn deine Dienstwaffe?«, fragte Mandy.

»Erzähle ich dir unterwegs«, versprach Lale.

Kurz darauf duckte sich Lale auf dem Beifahrersitz von Mandys Dienstwagen. Sie suchte fieberhaft nach einer zündenden Idee für die Kunstauktion am Nachmittag. Irgendetwas musste ihr einfallen, um herauszufinden, in was für ein Spiel Gola und seine Kunstwerke verwickelt waren.

»Also, warum brauchst du zum Sommerfest deine Dienstwaffe?«, fragte Mandy, und fuhr kurz vor dem Landtag eine gewagte Linkskurve. Die Reifen quietschten.

»Ich habe da was läuten hören von einem großen Einsatz«, sagte Lale. »Irgendeine Razzia.«

»Doch nicht heute!« Mandy trat in die Bremsen.

Sie bog nach rechts ab und fluchte mal wieder vor sich hin, während Lales Gedanken wieder zu der bevorstehenden Kunstauktion abwanderten. Sie musste jemanden finden, der ihr half. Jemanden, den Pfisterer und Gola nicht kannten.

Als sie kurz darauf den Einlass zum Festgelände passierten, wartete Gerste schon hinter der Sperre. Auch er war in Uniform. Lale atmete tief durch in Erwartung eines gehörigen Anschisses und nahm sich vor, einfach gar nichts zu sagen.

»Frau Petersen, da bin ich aber froh«, sagte Gerste. »Was ist mit Ihrem Sohn? Alles in Ordnung? Dann ist er wohlbehalten wieder zu Hause angekommen?« Er rang sich so etwas Ähnliches wie ein Lächeln ab. »Da bin ich aber froh!«, wiederholte er.

Lale beäugte Gerste argwöhnisch. Was waren das denn für neue Töne?

In was für Machenschaften Gola wohl verstrickt war? Ha, ›Human Resources‹, also doch ›Menschenmaterial‹! Wie sollte sie sich auf dieser Kunstauktion nur verhalten? Sie würde doch irgendetwas unternehmen müssen.

Sie folgte Mandy und Gerste zu einer Reihe von Plätzen, die Kroko offenbar frei gehalten hatte. Vor sich sah Lale nur ein Meer aus Polizeimützen im Sonnenlicht. Kroko hatte seine Mütze zur Seite gelegt, und er balancierte einen Stapel Unterlagen auf dem Schoß, wie immer.

»Spricht er schon lange?«, fragte Lale leise und deutete auf die kleine Bühne, auf der sich der Polizeipräsident an ein Rednerpult klammerte. Daneben stand Paul Winter und lächelte huldvoll in die Menge.

Kroko schüttelte den Kopf. »Nein, er hat nur etwa zehn Minuten lang alle Abteilungen begrüßt.« Er sah sie von der Seite an. »Mit Ihrem Sohn alles O. K.?«

»Ja, alles bestens«, flüsterte Lale. »Danke der Nachfrage.«

Das Mikro quietschte kurz. Dann hörte man die klare Stimme des Polizeipräsidenten. »Und so möchte ich dieses traditionsreiche Zusammentreffen zum Anlass nehmen, all jenen Kolleginnen und Kollegen zu gedenken, die in der Vergangenheit ihr Leben lassen mussten für ihre dankenswerte und aufopferungswürdige Tätigkeit bei der Polizei. Ihnen gebührt unser besonderer Dank. Sie alle haben an das Gute im Menschen geglaubt. Sie alle sind Helden.«

Lale musste an Peter Altmann denken. Kein Mensch schien ihm irgendwas zu danken. Im Gegenteil, statt seinen Hinweisen nachzugehen, stellte man ihn als verzweifelten Selbstmörder hin, den ohnehin nie jemand ernst genommen hatte. Leise grummelte der Groll in ihr hoch.

Lale sah ungläubig auf das wogende Meer der Polizeimützen vor sich. Die Mützen schienen betroffen zu nicken. Oder bildete sie sich das nur ein?

»Von den über 60 Millionen Euro Schaden, die durch kriminelle Machenschaften im vergangenen Jahr entstanden sind, gehen über 40 Millionen Euro auf das Konto der Wirtschaftskriminalität«, erklärte der Polizeipräsident grimmig. »Das ist allein im vergangenen Jahr ein Anstieg von rund 35 Millionen. Das können und wollen wir so nicht akzeptieren!« Er schnaufte ins Mikrofon, das erneut quietschte. »Wir können das nicht hinnehmen, denn es geht um Korruption, um Vorteilsnahme, um strukturelle Gewalt, die alle Deliktbereiche erfasst!«, rief der Polizeipräsident so erbost, dass Paul Winter unwillkürlich neben ihm in Deckung ging. »Es geht um Organisierte Kriminalität, gelenkt von intelligenten und skrupellosen Geschöpfen und ihren Horden von rückgratlosen, käuflichen Helfershelfern, die den Nährboden für diese unglaubliche Verfilzung düngen!«

Kroko sah Lale erschrocken an. Sie lächelte schief und zischte: »Er ist gut in Fahrt, was?«

»Hier und jetzt fällt der Startschuss für eine neue Ära der Polizeiarbeit«, keuchte der Polizeipräsident. »Wir werden auf allen Ebenen enger zusammenrücken – mit den Kolleginnen und Kollegen vom Landeskriminalamt und mit den Kolleginnen und Kollegen vom Verfassungsschutz! Wir werden uns enger denn je vernetzen!« Er hob erneut die geballte Faust. »Wir fangen in diesem unserem eng geknüpften Netz jeden noch so kleinen Fisch bis hinauf zum Hai!« Der Polizeipräsident blickte entschlossen auf sein Publikum, und zwischen den wogenden Mützenwellen erhob sich vereinzelt Applaus.

Lale hätte wetten können, dass das Redeskript des Polizeipräsidenten von Paul Winter verzapft worden war.

»Meine lieben Kolleginnen und Kollegen«, hob der Polizeipräsident erneut an, nachdem der Applaus doch noch nicht so recht tosen wollte. »Es wird nicht einfach werden. Denn wir kämpfen nicht nur gegen die Organisierte Kriminalität, wir kämpfen auch gegen den geplanten Stellenabbau.« Verschiedentlich hob Gemurmel unter den Mützen an. »Denn was uns droht, sind zusätzlich über 2.400 Stellen weniger als weiterer Abbau, weniger Zuwachs durch fehlenden zusätzlichen Nachwuchs, doch immer mehr altgediente Kollegen, die sich früher in den verdienten Ruhestand zurückziehen.«

»Na, solange die Kollegen noch Zeit haben, die begehbaren Dresdner Denkmale auf künstlerische Darbietungen zu kontrollieren, wird es wohl nicht so schlimm sein«, sagte Lale schnippisch und dachte an Möller, diesen überkorrekten Polizeiverordnungswächter, der Pit auf dem Revier festgehalten hatte. Sie gähnte demonstrativ, als auf einmal Bewegung auf die Bühne kam.

»Aber trotz aller Schwierigkeiten, gibt es auch erfreuliche

Neuigkeiten«, freute sich der Polizeipräsident. »Ich freue mich, Ihnen heute schon einige Modelle unserer neuen Uniformen präsentieren zu dürfen.« Er klatschte begeistert in die Hände, während mehrere menschliche Models in dunkler Kleidung nach vorne traten.

»Die Polizei wird blau!«, rief Paul Winter ins Mikrofon seines Chefs und klatschte begeistert mit.

Die Models spazierten nun in dunkelblauen Uniformen über die Bühne. Nicht zuletzt durch die Musik erinnerte ihre Kluft an Uniformen aus amerikanischen Krimiserien.

»Hey, ich glaube, du hattest recht!« Mandy beugte sich zu Lale herüber. Sie flüsterte. »Dreh dich mal um!«

Als Lale sich umwandte, erkannte sie, dass die hinteren Reihen des Publikums nur noch spärlich besetzt waren. Eine ganze Traube von Beamten strömte auf den Ausgang zu. Sie versuchte, ein bekanntes Gesicht unter den Uniformierten zu erkennen. Doch der einzige Beamte, der ihr bekannt vorkam, war der Chef des Rauschgiftdezernats, der dicke Krötenkommissar.

»Weißt du, was die vorhaben?«, flüsterte Mandy.

»Nein«, zischte Lale zurück. »Aber ich will das wissen!« Sie warf einen Blick auf Gerste, der einige Sitze entfernt saß. Wenn sie gehen wollte, musste sie an ihm vorbei, und das möglichst unbemerkt.

»Dann sollten wir uns den Jungs einfach unauffällig anschließen«, schlug Mandy hinter vorgehaltener Hand vor.

»Psst«, machte Lale. »So in etwa habe ich mir das vorgestellt.« Sie deutete mit einem Kopfnicken hinüber zu Gerste und überlegte. Dann hatte sie eine Idee. »Kollege Krokowszic, Sie müssen mir bitte einen Gefallen tun!« Lale legte Kroko eine Hand auf den Arm. »Wären Sie wohl so nett und würden uns allen etwas zu trinken holen, es ist so schrecklich heiß.« Sie wischte sich ächzend über die Stirn.

»Aber gerne!« Kroko legte seine Unterlagen zur Seite und griff zur Dienstmütze. »Was möchten Sie denn haben?«

»Oh, für mich bitte ein Wasser und ein Gläschen Wein, zum Anstoßen«, flötete Lale.

Mandy sah sie forschend an. »Ja, für mich bitte auch.«

»Und für Sie auch.« Lale lächelte Kroko an. »Sie sind natürlich eingeladen!«

Kroko grinste zufrieden, doch dann verfinsterte sich seine Miene. »Das kann ich doch gar nicht alles tragen.«

»Ach, dann nehmen Sie doch den Chef mit«, schlug Lale lächelnd vor. »Der hilft Ihnen sicher gerne.«

»Ich weiß nicht.« Kroko trat unschlüssig von einem Bein auf das andere.

»Na los, nun geben Sie sich mal einen Ruck«, sagte Lale. »Ich möchte doch endlich mal mit Ihnen Brüderschaft trinken!«

»Na, wenn das so ist!« Kroko strahlte über das ganze Gesicht. »Ich beeile mich auch.« Weg war er.

Lale beobachtete wie er mit Gerste sprach, der sich gleich darauf erhob und zu ihnen herüberwinkte. Dann machten sich der hünenhafte Chef und der kleine Kroko auf den Weg über das Festgelände.

»Du bist ein richtig schlechter Mensch!«, sagte Mandy fröhlich.

»Warte mal ab«, sagte Lale. »Ich laufe gerade erst warm.«

Sie verließen ihre Plätze und liefen zum Ausgang, wo sich die Beamtentrauben schon auf verschiedene Einsatzfahrzeuge verteilten. Der Rauschgiftchef sprach mit einem der Fahrer.

»Sollen wir die Jungs mal fragen, wo es hingeht?«, fragte Mandy.

»Das werden die genau so wenig wissen wie wir!« Lale beschleunigte ihre Schritte. »Komm, wir fahren einfach hinterher.«

»Super!« Mandy klimperte mit dem Schlüsselbund. »Endlich mal etwas Action.«

»Aber denk dran, dass du die Mannschaftswagen nicht überholen sollst«, ermahnte Lale, als sie am Dienstwagen ankamen. »Wir halten uns schön im Hintergrund.«

Schweigend saßen sie im Wagen und beobachteten den Start der Einsatzfahrzeuge. Allen voran fuhr ein Streifenwagen mit dem Rauschgiftchef, dann folgten mehrere voll besetzte Mannschaftswagen und zwei fast leere Einsatzbusse.

»Nanu?«, meinte Mandy. »Haben die ein paar Leute vergessen? Oder schwänzen da welche?«

Lale zog die Augenbrauen hoch. »Die werden wohl ein paar Leute hops nehmen wollen«, sagte sie. »Ich glaube, das wird noch spannend. Fahr los!«

Mandy folgte sichtlich erfreut dem Polizeikorso durch die Innenstadt. Es ging zunächst über die Marienbrücke, dann vorbei am Goldenen Reiter und kurz vor der Staatskanzlei nach links Richtung Albertplatz und weiter die Königsbrücker Straße hinauf.

Lale gähnte. »Mach doch mal den Polizeifunk an«, schlug sie vor. »Die werden doch irgendwie kommunizieren.«

Mandy drehte an ein paar Knöpfen herum, es knisterte und knackte.

Jetzt waren erste Stimmen aus dem Funkrauschen zu erkennen. »Operation angelaufen. Ich wiederhole: Operation Waschbär angelaufen«, knarzte eine männliche Stimme.

»Achtung! Die biegen rechts ab!« Lale deutete auf die vor ihnen fahrenden Einsatzwagen.

Die Funkverbindung knisterte. »Einsatzleitung an Leitstelle. Operation Waschbär hat Käfig erreicht.«

Lale grinste. »Halt mal da vorne neben diesen Müllcontainern an. Wir wollen uns ja nicht aufdrängen.«

Mandy brachte den Wagen zum Stehen. »Und jetzt?«

»Jetzt warten wir ab, was passiert«, sagte Lale und beobachtete die Reihe der Einsatzfahrzeuge. Etwa eine Minute lang schien sich niemand zu bewegen oder auch nur zu atmen. Dann durchschnitt das Knistern der Funkfrequenz die Stille.

»Einsatzleitung an alle Einheiten. Operation Waschbär läuft an. Eigensicherung unbedingt beachten. Ich wiederhole Operation Waschbär läuft an. Uuund Zugriff!«

Lale und Mandy duckten sich unwillkürlich, als in einer irren Geschwindigkeit Polizeibeamte aus den Wagen sprangen und sich um das vor ihnen liegende Industriegrundstück verteilten. Sie verschwanden schnell zwischen den wild wuchernden Büschen und Sträuchern. Die Rauschgift-Kröte betrat mit einer Gruppe von Uniformierten das Gelände. Sie verschwanden hinter einem schäbigen, rostigen Metalltor. Einer der Torflügel knallte scheppernd gegen eine Wand. Putz bröckelte und es war gespenstisch still.

»Und jetzt?«, flüsterte Mandy.

Lale zuckte die Achseln. »Abwarten.«

Sie starrte angestrengt auf den Eingang zu dem vergammelten Industriegelände.

Mandy stieß angestrengt Luft aus und pustete ihren Pony hoch. »Mir wird langsam warm.«

»Stimmt, mir auch.« Lale rieb sich den Nacken. Er war kaltfeucht. »Kannst du die Klimaanlage nicht noch mal anmachen?«

»Dann muss ich den Wagen laufen lassen«, erklärte Mandy. »Das stinkt und ist laut. Wir wollen doch nicht auffallen.«

Lale lächelte ironisch. »Oh ja, nachher hält man uns noch für den Fluchtwagen.« Sie nestelte an der Beifahrertür herum. »Ich gehe mich mal ein bisschen umsehen.« Lale öffnete die Tür und schwang sich gerade hinaus, als sie die Hand vor Mund und Nase hielt und sich zurück ins Auto sinken ließ. Schnell schloss sie die Beifahrertür.

»Ihh!« Mandy hielt sich die Nase zu. »Was ist das denn für ein übelst übler Gestank?«

»Entsetzlich«, stieß Lale gepresst hervor. Sie schnaufte. Diese Mischung aus Schwefel und vergammeltem Fett mit giftigem Scheuermittel. Der Gestank biss in die Nasenschleimhäute, als wolle er sie wegätzen. Ekelhaft! Sie hatte diesen Geruch schon einmal in der Nase gehabt als sie sich auf der Suche nach dem Schießstand verfahren hatte. Ob sie an dem Morgen auch hier gelandet war? Sie warf einen prüfenden Blick auf die Umgebung. Möglich war das schon, aber diese verlassenen Industriegelände sahen eben alle gleich aus. Vielleicht roch es überall nach solchen Chemieabfällen. Allerdings war sie sich sicher, dass der Gestank heute intensiver war als an jenem Morgen, an dem sie die kaffeegetränkten Zeitungen in den nächstbesten Container geworfen hatte. Vielleicht lag das an den hohen Temperaturen. In den letzten Tagen war es heißer geworden, außerdem war bald Mittagszeit, und die Sonne schien unerbittlich. Die Container direkt vor ihnen sahen jedenfalls genau so aus wie die Container letztens. Aber Abfallcontainer sahen nicht nur in Industriegebieten alle gleich aus. Lale seufzte. Die Hitze im Wagen wurde wirklich unerträglich. »Ich muss hier raus«, sagte sie. »Lieber ertrage ich den Gestank im Schatten als hier in der Blechkiste gegart zu werden.« Sie öffnete die Tür und stieg aus.

»Du hast recht.« Mandy war jetzt ebenfalls ausgestiegen. »Wenn man vorgewarnt ist, geht es eigentlich mit dem Gestank. Wahrscheinlich gewöhnt man sich dran.«

Von der Hauptstraße her näherte sich auf einmal ein Motorengeräusch. Es klang, als ob ein LKW mittlerer Größe in die kleine Seitenstraße eingebogen war. Lale und Mandy sahen sich fragend an. »Los, hinter die Müllcontainer!«, zischte Lale.

Sie duckten sich schnell hinter die Abfallcontainer. In diesem Moment knirschten auch schon die Reifen auf dem bröckeligen Asphalt. Ein Wagen hielt. Lale riskierte einen Blick, erkannte einen dunklen Geländewagen und duckte sich schnell wieder. »Ach, du Scheiße«, raunte sie. »Das ist Jobsts Angeberkutsche.«

Mandy richtete sich ein Stück auf und duckte sich dann schnell wieder. »Der sieht echt verdammt gut aus«, seufzte sie leise. »Er hat noch jemanden dabei.«

»Wen?«, fragte Lale leise.

»Keene Ahnung«, flüsterte Mandy. »Konnt isch so schnell ni sehn.«

»So, und nun wird hier mal aufgeräumt«, hörte Lale Jobst sagen.

Sie spähte zwischen den Containern hindurch. »Das ist Brenzlig«, zischte sie Mandy zu. »Er hat seinen Chef dabei.«

Mandy grinste. »Nu, isch hab ooch meene Schefin dabei.«

»Psst«, machte Lale und legte den Zeigefinger an die Lippen. Sie lauschte angespannt.

»Na, dann mal hinein ins Vergnügen!« Das war der Oberstaatsanwalt. »Unsere Leute sind überall postiert?«

»Sicher«, bestätigte Jobst.

Die beiden verschwanden aus Lales eingeschränktem Blickfeld. Vorsichtig hob sie den Kopf und wagte einen Blick über die Container hinweg. Sie sah nur noch, wie Jobst und Brenzlig hinter dem rostigen Metalltor verschwanden. Wieder krachte ein Flügel gegen die Wand und Putz blätterte ab.

»Hast du deine Waffe dabei?«, fragte Lale leise.

Mandy nickte, öffnete ihre Uniformjacke und deutete auf das Halfter.

»Ach, deshalb trägst du trotz der Hitze die ganze Zeit die Jacke«, stellte Lale fest.

»Was hast du vor?« Mandy betrachtete sie misstrauisch. »Du willst die doch wohl nicht benutzen.«

»Natürlich nicht«, sagte Lale. »Aber ich will da rein! Ich will wissen, was hier los ist.«

In diesem Moment ertönten Schüsse aus der Industrieruine. Dann wurden Kommandos geschrien und es wurde erneut geschossen. In die Beamten, die nahezu unsichtbar in den Büschen rund um das Gelände ausgeharrt hatten, kam blitzschnell Bewegung. Sie stiegen über Zäune und Mäuerchen und drangen tiefer in das Gelände ein. Offenbar hatten sie die Anweisung, auf ein Zeichen hin die Schlinge zuzuziehen. Wieder waren Schüsse von drinnen zu hören. Jemand öffnete die Metalltür. Sofort feuerten einige Beamte und das Tor wurde sogleich wieder geschlossen.

»In Deckung bleiben!«, zischte Lale, als sie sah, dass Mandy sich anschickte, um die Container herumzukrabbeln.

»Achtung!«, quietschte Mandy. »Da kommt einer direkt auf uns zu!«

Lale spähte über die Container. Tatsächlich, da rannte ein hünenhafter Mann in dunklem Anzug aus einem der seitlichen Gebäude. Es sah aus, als hielte er eine Waffe in der Hand.

»Warum machen die denn nüscht?«, fragte Mandy. »Oder gehört der zu uns?«

»Kein Ahnung«, sagte Lale. »Aber ich denke, wir können ihn gleich selbst fragen. Duck dich!«

Der Riesenmensch wurde langsamer, am Eingang des Industriegeländes sah er sich kurz um. Dann nahm er Anlauf und hechtete in einem langen kraftvollen Sprung über die Müllcontainer und die beiden Kommissarinnen hinweg.

Sofort sprang Lale von hinten auf den Mann, riss seinen Arm auf den Rücken und zog mit einem festen Griff in seine Haare den Kopf in den Nacken. Mandy nahm ihm die Waffe ab und schnappte sich den anderen Arm. Der Mann stöhnte auf.

»Hinsetzen!«, kommandierte Lale. Der Mann rappelte sich geschickt seitlich in Sitzposition. Nanu? Den kannte sie doch. Das war doch einer von diesen Sicherheitsmenschen!

»Sie?« Er sah Lale an.

»Was tun Sie hier?«, fragte Lale streng. »Und warum rennen Sie mit der Waffe in der Hand herum?«

»Ich arbeite«, antwortete der Wachmann. »Habe ich Sie nicht vor kurzem erst vor einer Kugel bewahrt?«

»Dann waren Sie das auf dem Friedhof…« Lale musterte ihn misstrauisch.

Er nickte. »Sie erinnern sich nicht mal an Ihren Lebensretter?«

»Ihr seht doch alle gleich aus in diesen Anzügen«, sagte sie.

»Kann ich ihn dann jetzt loslassen?«, fragte Mandy.

»Aber ja«, sagte der Wachmann.

»Auf keinen Fall«, sagte Lale. »Er hat heute bestimmt noch eine Verabredung mit dem Staatsanwalt, nicht wahr?«

»Diese linke Ratte«, stieß der Wachmann gepresst hervor.

»Sie besitzen offenbar neben Muskelkraft auch Menschenkenntnis«, sagte Lale mit breitem Grinsen. »Das heißt aber noch lange nicht, dass Sie hier herumballern können, wie es Ihnen Spaß macht.« Sie fasste etwas kräftiger zu. »Also, was wird hier gespielt?«

»Objektschutz«, stieß der Wachmann zähneknirschend hervor. »Wir bewachen das Objekt.«

»Und was gibt es hier zu bewachen?«, schaltete sich Mandy ein. »Waschbären?«

»Hä?« Der Wachmann sah sie erstaunt an. »Quatsch.«

»Also, was ist da drinnen los?«, fragte Lale barsch.

»IHR macht hier doch die Razzia!« Der Wachmann schnaubte. »Ihr müsstet das doch besser wissen als ich.«

»Erzählen Sie mal noch ein bisschen was über unseren gemeinsamen Freund, den Staatsanwalt«, forderte Lale ihn auf.

»Habe ich doch schon gesagt. Eine linke Ratte ist er!«, knurrte der Wachmann.

»Und was tut eine linke Ratte, nur so zum Beispiel?« Lale zog seinen Arm noch etwas höher.

Der Wachmann stöhnte auf. »Ist ja schon gut!« Er ächzte. »Eine halbe Million hat er kassiert! Dieses Schwein! Und jetzt das!«

»Wie?« Lale legte die Stirn in Falten. »Er hat Geld genommen? Wofür? Und von wem?«

»Von meinem Chef«, schnaubte der Wachmann. »Sie haben einen Deal. Wir sorgen dafür, dass alles glatt geht, und der Staatsanwalt lässt uns in Ruhe.«

»Hey, sie kommen!« Mandy deutete hinüber zum Industriegelände.

»Aufstehen!«, kommandierte Lale. »Und keine Mätzchen! Die Gegend ist von Polizisten geradezu durchtränkt.«

»Moment!«, rief Mandy und zog ein Paar Handschellen hervor. »Ich krieg ja sonst noch einen Krampf in den Fingern.« Sie ließ die Handschellen um die Handgelenke des Wachmanns zuschnappen. »So ist er doch etwas handlicher.«

Grimmig beobachtete Lale die Beamten, die pärchenweise Leute abführten. Darunter waren noch mehr von diesen schwarz befrackten Bodyguards, die mit unbewegter Miene vor sich hin schwitzten. Außerdem war da eine Handvoll Leute in weißen Kitteln, die ebenfalls zu den Einsatzwagen geleitet wurden. Einige von ihnen hatten sich ihre Kittel über den Kopf gestülpt, als erwarteten sie Fernsehkameras oder Fotografen vor dem Gelände. Erst ganz zum Schluss kamen Egon Brenzlig, der Chef des Rauschgiftdezernats und Jobst. Lales Augen verengten sich zu Schlitzen. Eine halbe Million Euro. Das ganze Getue um ihre Sicherheit. Das ganze Hin und Her mit den Ermittlungen. Die angebliche Entführung. Der hatte nur versucht, sie aus allem rauszuhalten. Sie sah den Wachmann an. »Was sollte das auf dem Friedhof? Warum haben Sie mich aus der Schusslinie gerissen?« Sie knurrte gefährlich. »War das auch die Idee des Staatsanwaltes? Oder sollte ich erschossen werden?«

Der Wachmann schüttelte den Kopf. »Nein. Sie sollten nur einen Schreck bekommen«, sagte er.

»Ach, und dass Carlo Schmitt dabei erschossen wurde, interessiert keinen!«, stieß Lale wütend hervor. Sie nahm Jobst ins Visier. »So Freundchen! Wir unterhalten uns jetzt mal sofort mit dem Herrn Staatsanwalt!«

Mandy schüttelte den Kopf. »Isch gloob es ni.«

Jetzt hatten die Herren auch die Kommissarinnen und ihren Anhang entdeckt. Jobst sah Lale entsetzt an. »Was tust du denn hier?«, fragte er ungläubig.

»Wir haben hier ein singendes Vögelchen eingefangen«, erklärte Lale höhnisch und sah erst Jobst, dann Brenzlig und schließlich die Rauschgiftkröte an. Dann wandte sie sich an den Wachmann. »So, jetzt erzählen Sie den Herren bitte noch einmal, was Sie uns eben erzählt haben!«

Der Wachmann glotzte stur vor sich hin.

Lale griff in die Handschellen und riss sie samt Handgelenken abrupt ein Stück nach oben. Der Wachmann verzog das Gesicht. »Na, los! Spuck's aus!«, kommandierte sie erbost.

Alle starrten ihn erwartungsvoll an. Der Wachmann spitzte die Lippen. Und dann spuckte er tatsächlich. Mitten in das Gesicht von Egon Brenzlig!

Der Oberstaatsanwalt wischte sich den Sabber aus dem Gesicht und grinste. »Nur keine übereilten Sympathiebekundungen.« Er klopfte dem Rauschgiftchef jovial auf die Schulter. »Sehr gut, dass Sie Gerste seine besten Männer für die Aktion heute aus dem Kreuz geleiert haben!« Er nickte Lale und Mandy zu. »Zumal Gerstes beste Männer Frauen sind.« Er winkte zwei Uniformierte zu sich, die den Wachmann abführten.

Lale sah irritiert von einem zum anderen. In ihrem Kopf flogen die Gedanken nur so durcheinander. An schnelles und schlüssiges Kombinieren war im Moment nicht zu denken. Sie musste Zeit gewinnen. Und sie brauchte mehr Informationen. »Was war denn da drin los?«, fragte sie so neutral wie möglich.

Der Rauschgiftchef sonderte einen breiten Krötenseufzer ab. »Die Labors haben sie längst abgebaut«, sagte er grimmig. »Alles, was wir gefunden haben, sind Campingbenzin, ein bisschen Blumendünger und Nagellackentferner und ein paar handelsübliche Erkältungsmittel. Natürlich deutet das alles auf die Produktion von synthetischen Drogen hin, aber die Substanzen an sich sind legal. Die können Sie ja überall kaufen.« Er reichte Lale eine Plastiktüte mit hellen, fast durchsichtigen Bröckchen. »Das ist der letzte Rest. Crystal. Ein wahres Teufelszeug!«

»Sie meinen, hier sind diese Waschküchen, diese Drogenlabors?«, fragte Lale. »So wie Altmann gesagt hatte?«

Der Rauschgiftchef nickte. »Alles deutet drauf hin, dass hier bis vor kurzem noch produziert wurde. Der Gestank. Die Zutaten, die überall verstreut herumliegen.« Er schnaufte. »Allerdings wurde hier ganz offenbar aufgeräumt. Das heißt, die Waschküchen sind nicht mehr wirklich nachweisbar!«

»Und die Leute?«, fragte Mandy. »Was haben die Leute denn gesagt?«

»Natürlich nichts«, sagte Jobst. »Aber wenn sie selbst Konsumenten sind, halten die das nicht lange durch.«

»Stimmt.« Über das Krötengesicht des Rauschgiftchefs huschte ein hoffnungsvolles Lächeln.

»Welchen Wert hat diese Menge da denn?« Lale deutete auf die Plastiktüte.

»Das dürften etwas über 100 Gramm sein«, erklärte der Krötenkommissar. »Das kann auf dem Markt bis zu 10.000 Euro bringen.«

»Und man muss da nur irgendwelche Putzmittel zusammenschütten?«, fragte Mandy. »Das ist ja krass!«

»Ganz so einfach ist es nicht«, räumte er ein. »Aber im Prinzip kann das jeder Hobbychemiker mit etwas Übung zusammenpantschen. Allerdings gibt es eine Schwierigkeit: Man braucht Ephedrin. Geringe Mengen reichen zwar aus, aber an Ephedrin kommt man in Deutschland nicht unbemerkt heran.«

Lale runzelte die Stirn. »Es gibt etwas, an das man nicht herankommt? Das glaube ich nicht!«

»Ephedrin ist eine Grundsubstanz für Asthmamittel«, erklärte Jobst. »Es wird nur kontrolliert und mit entsprechender Genehmigung an Apotheken geliefert.«

»Man bekommt es natürlich auf dem Schwarzmarkt, vor allem in Osteuropa«, ergänzte die Rauschgiftkröte. »Für bis zu 10.000 Euro pro Kilo. Allerdings braucht man auch nicht viel mehr als ein Gramm, um ein Kilo Crystal herzustellen.«

»Das heißt, die Produktion von Crystal lohnt sich eigentlich nur im großen Stil«, stellte Lale fest.

»So kann man es ausdrücken.« Der Drogenchef nickte bekümmert. »Und wir haben bis auf das Tütchen hier nichts in der Hand. Die ganzen Laborgerätschaften und Utensilien, an denen man Substanzen wie eben Ephedrin nachweisen könnte, sind verschwunden.«

»Warten Sie doch erst mal die Aussagen der festgenommenen Mitarbeiter ab«, schlug Jobst vor. »Vielleicht führen die uns zu den Hintermännern. Es sind immerhin Drogenabhängige auf Entzug.«

»Die wir nur 24 Stunden festhalten können, wenn wir nicht Beweise auftreiben«, unterbrach ihn der Oberstaatsanwalt. »Mit dem Tütchen da kommen wir nicht weit.«

»Dann sollten wir uns beeilen«, sagte der Chef des Rauschgiftdezernats.

»Nichts wie ran an die Vernehmung!«, sagte Brenzlig und nickte. »Petersen, Sie übernehmen dann heute Abend!« Er klopfte Jobst auf die Schulter und grinste Lale an. »Sie können sich ja wieder Verstärkung mitbringen.«

»Na klar!«, rief Mandy diensteifrig. »Da sind wir doch sofort dabei!«

Lale warf ihr einen missbilligenden Blick zu. »Jobst. Du kommst erstmal mit aufs Polizeisommerfest«, sagte sie streng.

»Auf keinen Fall abhängen«, sagte Lale, sobald sie mit Mandy im Auto saß. »Das ist die heutige Anweisung von oben!«

Lale klappte die Sichtblende herunter und warf einen Blick in den Kosmetikspiegel. »Nun fahr schon! Er ist hinter uns.«

Mandy gab Gas und brauste die Königsbrücker Straße in Richtung Innenstadt hinunter, dicht gefolgt vom Geländewagen. »Sag mal, was ist das eigentlich für eine Droge, dieses Crystal?«, fragte Mandy. »Was für eine Wirkung hat denn so eine Droge?«

Lale zog die Augenbrauen hoch. »Jedenfalls auf Dauer keine gute«, sagte sie. »Soweit ich weiß, weicht das Zeug das Gehirn auf und macht extrem aggressiv.«

»Na, das gehört ja meistens irgendwie zusammen.« Mandy hielt mit quietschenden Bremsen bei Gelb an der Kreuzung Stauffenbergallee. »Macht es denn abhängig?«

Lale nickte. »Man soll von dem Zeug so schnell verblöden, dass man sowieso nicht mehr gegen eine psychische Abhängigkeit ankommt.« Sie überlegte einen Moment lang. »In Hamburg hatten wir mal einige Crystaltote, die das Zeug mit anderen Drogen kombiniert haben.« Lale raufte sich den blonden Schopf. »Wenn ich mich recht erinnere, kann schon das Zusammenwirken mit Alkohol tödlich sein.«

Sie hatten inzwischen die Marienbrücke erreicht. Mandy seufzte. »Gut, dass dieser Drogenkram nicht unsere Baustelle ist«, sagte sie.

»Ich weiß nicht, ich weiß nicht.« Lale warf erneut einen Blick in den Kosmetikspiegel ihrer Sichtblende. Jobst hing ihnen treu an der Stoßstange. »Altmann hatte auf die Waschküchen hingewiesen, und jetzt ist er tot. Vielleicht ist das schon länger unsere Baustelle, als wir denken. Und dann dieser Wachmann.«

»Ja. Das war seltsam«, sagte Mandy. »Mist, wann kann ich denn hier mal rechts abbiegen?« Sie schaltete in den zweiten Gang zurück. »Meinst du echt, die wollten ein Attentat auf dich simulieren?«

Lale zuckte die Achseln. »Möglich ist es schon. Denk nur an die blöde Todesanzeige. Ich glaube, wir sollten uns diesen Kurt

Sieger mal genauer anschauen. Er taucht immerhin auch in Evas Dossiers auf.«

»Wir haben schon eine ganze Menge Tote«, stellte Mandy fest und bog rechts ab. »Erst Eva Schmitt, dann Peter Altmann, Carlo Schmitt und Jörg Fritzkötter.« Sie bog noch einmal rechts ab.

»Du vergisst die Mitarbeiterin des Innenministeriums«, gab Lale zu bedenken. »Auch die ist in Evas Dateien.«

»Wir sind da.« Mandy lenkte den Wagen an den Straßenrand und dreht sich um. »Nanu? Wo ist denn unser attraktiver Herr Staatsanwalt abgeblieben?«

Lale sprang aus dem Auto und warf einen langen Blick auf die Straße. »Na warte, Petersen«, knurrte sie.

Als sie kurz darauf an den Eingang des Festgeländes kamen, wartete Jobst bereits auf sie. »Na, Mädels, wo bleibt ihr denn so lange? Ich dachte, wir hätten es so eilig und da habe ich eine Abkürzung genommen.«

Mandy klapperte mit ihren Wimpern. »Das ist aber nicht legal.«

»Nun seien Sie aber mal nicht päpstlicher als der Papst«, verlangte Jobst fröhlich. »Das passt gar nicht zu Ihnen, Frau Schneider!«

Lale schnaubte verächtlich. »Genau. Jobst sieht das nicht so eng. So ein bisschen falschrum durch die Einbahnstraße fahren, hier und da ein bisschen Schmiergeld kassieren und ab und zu mal einen V-Mann verpfeifen.« Sie funkelte ihn böse an. »Wir wollen ja nicht pingelig werden, nicht wahr, Herr Staatsanwalt!«

»Ach Lale.« Mandy zog eine Schnute. »Nun fang doch ni schon wieder an zu streiten.«

Kaum hatten sie das Festgelände betreten, kam Gerste auf sie zu. Lale schwante nichts Gutes.

»Haben die Damen ihre wichtige Mission erfüllt?«, fragte Gerste mit unbewegter Miene. Dann wandte er sich an Jobst. »Ich würde es doch sehr schätzen, wenn ich in Zukunft über solche Einsätze meiner Mitarbeiterinnen in Kenntnis gesetzt werde.« Er sah kurz zu Lale und dann wieder zu Jobst. »Eine gewisse Eigenmächtigkeit scheint ja bei den Petersens in der Familie zu liegen.«

»Ich fürchte, da liegt ein Missverständnis vor«, entgegnete Jobst. »Ihre Abteilung hat schließlich mit den Ermittlungen des Rauschgiftdezernats rein gar nichts zu tun. Daher habe ich auch niemanden…«

»Herr Dr. Petersen, nur damit wir uns richtig verstehen«, stieß Gerste unwillig hervor. »Ich billige dieses Verhalten nicht. Wir haben Dienstwege, die einzuhalten sind. Und ich möchte nicht, dass meine Mitarbeiter auf Trampelpfaden in unabsehbare Gefahrensituationen geraten!«

»Aber ich versichere Ihnen«, hob Jobst an. »Es war gar nicht meine Absicht…«

»Der Herr Dr. Petersen kann gar nichts dafür«, beeilte sich Mandy zu sagen. »Wir wollten doch nur…«

Jetzt war es an Lale, Mandy zu unterbrechen. »Wir wollten nur mal zusehen und haben uns dann ein bisschen nützlich gemacht«, sagte sie bestimmt.

Dr. Wurm tauchte plötzlich aus der Menge auf. Augenblicklich sah Lale wieder das Sondereinsatzkommando vor sich, das Gola Gronskis Atelier stürmte. Und sie hörte Jobsts idiotische Vernehmungsfragen. Doch gleich darauf hatte sie auch wieder Pfisterers Stimme im Ohr, die Gola Anweisungen für ein weiteres Date mit ihr gab. Und sie hörte dieses schmusige »Leila« von Gronski. Sie wandte sich abrupt an Dr. Wurm. »Kommen Sie mal mit!« Dann zog sie ihn mit sich ein Stück zur Seite. »Herr Dr. Wurm, ich brauche Ihre Hilfe«, erklärte Lale.

Der Rechtsmediziner sah sie verwundert an. »Wollen Sie auch singen?«

»Ach was«, wehrte Lale ab. »Ich brauche Sie höchstpersönlich und sofort. Herr Dr. Wurm, Sie sind genau der Köder, der mir noch gefehlt hat!«

Zum Ersten, zum Zweiten, zum Kotzen!

Als Lale gegen 16 Uhr in der Empfangshalle des Hygienemuseums ankam, staunte sie über die vielen Auktionsbesucher. Sie hatte nicht gedacht, dass eine Kunstauktion so viel Laufkundschaft anziehen würde. Und wie feinsinnige Kunstexperten oder solvente Auktionskunden sah die Mehrzahl der Leute wahrlich nicht aus. Forschend ließ sie ihren Blick über die Sitzreihen wandern.

»Leila, endlich!« Gola Gronski kam ihr mit ausgebreiteten Armen und einem fast genauso breiten Lächeln entgegen. »Ich bin ja so froh, dass du da bist!«

»Hallo«, sagte Lale lahm und suchte mit Blicken die Reihen vor der Auktionsbühne ab. Gerade wurde ein modernes Kunstwerk abtransportiert, das aussah wie ein außerirdisches Wesen, das auf einer handelsüblichen Erden-Toilette saß. »Was ist das denn?«, fragte Lale irritiert und deutete auf das Kunstwerk. »Intergalaktischer Durchfall?«

Gola lachte gewinnend. »Meine Güte, ich hatte schon fast wieder vergessen wie witzig du bist!« Er legte ihr einen Arm um die Schulter. »Es ist mehr als 24 Stunden her, dass wir uns gesehen haben. Wie habe ich das nur ausgehalten?«

»Ist das da nicht dein Exponat?«, fragte Lale und deutete auf das gerade hereinfahrende Objekt. »Es kommt mir so bekannt vor.«

»Du hast recht. Das ist ›Human Resources‹«, sagte er und zog sie mit sich. »Komm, ich habe uns die besten Plätze reserviert. Es geht gleich los!«

Da! War das Dr. Wurm? Lale kniff die Augen zusammen und musterte den Mann, der zwischen den Stuhlreihen hindurch schritt. Ja, er war es! Sie erkannte Jobsts blauen Seesack, den er lässig über der Schulter trug. Lale grinste. Der Rechtsmediziner hatte ihren Hinweis auf optische Tarnung offenbar sehr ernst genommen. Seine Erscheinung konnte man als skurril bezeichnen. Der lange wehende Regenmantel, der kunterbunte Schal und die tropfenförmige Sonnenbrille waren wirklich ein kühnes modisches Experiment. An seinem angewinkelten Arm baumelte ein Schirm. Immerhin verkündete er aller Welt, dass er auf so ziemlich jede Wetterlage vorbereitet war. Als Dr. Wurm jetzt weiter vorne Platz nahm, sah sie, dass er eine Bieterkarte in den Händen hielt. Hoffentlich lief alles wie geplant.

»Warum guckst du so eigenartig?«, fragte Gola. »Habe ich etwas Falsches gesagt?«

»Nein, nein.« Wo steckte eigentlich Pfisterer? Sie sah sich in der Halle um, konnte ihn aber nicht entdecken. Sie war sehr gespannt, wer sein Kunde war, der das Kunstwerk ersteigern sollte.

»Zur Versteigerung kommt eine Plastik von Gronski mit dem Titel ›Human Resources‹«, kündigte der Auktionator an. »Sie sehen hier den Grundkorpus des Kunstwerks, zu dem ebenfalls eine Lichtanlage sowie ein Projektor mit Dias gehören.« Er deutete auf einen Mitarbeiter, der zwei Pilotenkoffer herein trug. »Das Mindestgebot liegt bei 65.000 Euro. Höre ich andere Gebote?«

Gespanntes Schweigen. Lale sah sich um und sah eine Bieterkarte in die Höhe schnellen.

»100.000 Euro«, sagte der Auktionator. »100.000 Euro sind geboten. 150.000 Euro.«

Der Auktionator nickte einem Herrn zu und Lale erstarrte. Das war der Typ mit der Prinz-Eisenherz-Frisur, den sie sowohl auf der Vernissage als auch im Theater gesehen hatte. Neben ihm saß die obligatorische Blondine, von der Lale vermutete, dass es jedes Mal eine andere war.

»Meine Damen und Herren, 150.000 Euro sind geboten«, stellte der Auktionator fest. »Ah, ich sehe 200.000 Euro.« Er deutete auf einen dicken Mann im augenscheinlich teuren Zwirn. »200.000 Euro.«

Gola drückte Lales Hand. »Das ist ja so aufregend«, flüsterte er.

»Weißt du denn, wer alles Interesse daran hat?«, zischte Lale zurück.

Gola schüttelte den Kopf.

Prinz Eisenherz zückte erneut die Bieterkarte. »250.000 Euro«, sagte der Auktionator.

Lale warf einen empörten Blick hinüber zu Dr. Wurm. Wollte er denn nicht endlich handeln? Da! Seine Bieterkarte schnellte in die Höhe.

»300.000 Euro«, stellte der Auktionator zufrieden fest. »Damit liegt das Gebot bei 300.000 Euro. Möchte noch jemand mehr bieten?« Er schien überzeugt davon, das Ende der Gebote erreicht zu haben.

Lale sah, dass der Dicke im edlen Zwirn sichtlich nervös wurde. Er schien mit sich zu ringen.

»Wenn es keine weiteren Gebote gibt.« Der Auktionator machte eine Pause. »Dann liegt das Höchstgebot bei 300.000.

300.000 zum Ersten… Oh, 350.000 Euro. Das Höchstgebot liegt bei 350.000 Euro.«

Dr. Wurm schien kurz zu zögern. Dann reckte er seine Bieterkarte in die Höhe.

»400.000! Das aktuelle Höchstgebot liegt bei 400.000 Euro«, verkündete der Auktionator.

Jetzt sah Lale, dass Pfisterer an der Seite der Empfangshalle stand, direkt neben dem Treppenaufgang zur Dauerausstellung. Leider konnte sie sein Gesicht nicht genau erkennen.

Ein Raunen ging durch die Menge der Auktionsbesucher, als der Auktionator bereits zum Hammer griff. »400.000 zum Ersten, zum Zweiten und…«

Der Edelzwirn riss seine Bieterkarte in die Höhe. Gola stöhnte auf. Dann sah er Lale an und schien sich auf seine Künstlerrolle zu besinnen. »Ich hasse es, wenn meine Kunstwerke Werte erzielen, die ich selbst nie aufbringen könnte.« Er legte seine Hand auf ihren Arm. »Weißt du, ich lebe in der Illusion, mir meine Lieblinge irgendwann wieder zurückkaufen zu können, um sie alle wieder bei mir zu haben. Doch bei solchen Summen wird das utopisch.« Er sah sie traurig an. »Ich bin kein Kunsthändler. Für mich besitzen diese Plastiken einen anderen Wert, einen ideellen, einen fast intimen.«

Lale musterte Gola. Entweder war er ein ausgesprochen guter Schauspieler oder doch eine wirklich arme Sau. Sie empfand augenblicklich so etwas wie Mitleid für ihn, schob dieses Gefühl aber schnell beiseite. »Du bist der erste Künstler, der dieser Welt die eigenen Werke nicht gönnt und das nicht als Ausrede für ihre Unverkäuflichkeit benutzt«, stellte sie fest.

»450.000?«, der Auktionator wirkte etwas erstaunt. »Das aktuelle Höchstgebot liegt bei 450.000 Euro. Er warf einen prüfenden Blick über seine tief sitzende Lesebrille. »Damit kommen wir also…«

In diesem Moment hob Dr. Wurm konzentriert seine Bieterkarte in die Luft, wie ein Verkehrspolizist, der einen Verkehrssünder herauswinkt und ganz und gar sicher ist, das Richtige zu tun.

Ruhe im Saal. Lale atmete tief durch. Sie hörte Gola leise vor sich hin fluchen. Der Typ im Edelzwirn schien in sich zusammenzusacken.

»500.000 Euro sind das letzte Gebot«, sagte der Auktionator. »500.000 zum Ersten… 500.000 zum Zweiten…«

»Oh nein, oh nein!«, Gola jammerte kläglich.

Lale hielt den Atem an. Ihr Puls raste. Sie schloss die Augen.

»Und 500.000 zum Dritten!«, rief der Auktionator. Plopp. Der Hammer fiel. »Damit geht ›Human Resources‹ an den Bieter mit der Nummer 46!«

»Nein! Nein! Nein!«, hörte sie Gola neben sich schreien.

Als sie die Augen wieder öffnete, war er bereits aufgesprungen und zur Auktionsbühne gerannt. »So war das nicht vorgesehen!«, rief er. »Das ist ganz und gar grauenhaft…« Er sank vor ›Human Resources‹ nieder, als wolle er beten.

Lale folgte Gola und prallte vor dem Kunstwerk fast mit Dr. Wurm zusammen. Der wedelte fröhlich mit dem blauen Seesack und drückte ihn dann dem verblüfften Auktionator in die Hand. »Bitte, zählen Sie nach«, sagte er freundlich.

»So geht das aber nicht«, protestierte der Auktionator.

»Sie entschuldigen mich einen Moment?« Dr. Wurm machte eine elegante Drehung, griff zu seinem Schirm, holte kräftig aus und begann auf die Figuren in dem großen papierkorbähnlichen Plastikbehälter einzuschlagen. Einwegspritzen und Tupfer sausten durch die Luft, Binden entwickelten sich und Schläuche gerieten aus der Fassung. Gola wich entsetzt zurück und duckte sich unter den fliegenden Überlebensresten, während Dr. Wurm weiter ruhig, regelmäßig und kraftvoll auf das Kunstwerk einschlug.

»So tun Sie doch was!«, schnauzte Gola den Auktionator an. »Er zerstört ja alles!«

»Aber Gola«, schaltete Lale sich ein. »War das hier nicht deine Idealvorstellung? Du hast doch selbst gesagt, wenn die Leute deine Kunst wirklich verstehen würden, müssten sie eine Plastik kaufen und sofort zerstören.«

»Aber…« Gola sah sie starr an.

»Dr. Wurm, machen Sie weiter!«, rief Lale. »Und vergessen Sie vor allem nicht diese ausgestopften OP-Klamotten!«

Der Rechtsmediziner drosch auf die Figur ein und augenblicklich rieselten Plastiksäckchen mit durchsichtigen Steinen heraus.

»Ich rufe jetzt die Polizei!« Der Auktionator schwenkte den Seesack.

»Die ist schon da!«, hörte Lale Mandys Stimme hinter sich. Sie hob eines der Säckchen auf. »Oh, ist das das, was ich vermute?«

Lale griff ebenfalls zu. »Crystal«, stellte sie tonlos fest.

Gola starrte Lale an. Er öffnete seine Lippen, schien jedoch kein Wort hervorzubringen und schloss sie wieder.

»Her damit!«, hörte Lale eine vertraute Stimme und fuhr herum.

»Nein!«, rief der Auktionator und klammerte sich an den Seesack. »Da ist Geld drin.«

»Eben«, sagte Jobst. »Das ist ein Beweismittel.«

Jobst nahm dem verblüfften Auktionator den Seesack ab. Dann ging er auf Gola Gronski zu. »So, mein Lieber…« Jobst lachte selbstgefällig. »Ich wusste doch, dass ich Sie noch drankriege.« Er klopfte Lale lässig auf die Schulter. »Ich finde ja, dass wir beide ein Spitzenteam sind.«

»Ja, ja«, sagte Lale grinsend. »Viel Spitze, wenig Team. Bedank dich lieber bei Dr. Wurm!« Dann wirbelte sie herum. »Pfisterer!« Sie sah hinüber zu der Stelle, an der er gestanden hatte. Der war natürlich weg. »Mist!« Lale stampfte mit dem Fuß auf.

»Hängt der da auch mit drin?«, fragte Mandy. »War er hier?«

Lale nickte. »Er war hier, und er hängt. Bis über beide Ohren.«

Katinka auf Abwegen

Als sie ihre Wohnungstür öffnete und das Licht anknipste, staunte Lale nicht schlecht. Hatte sie ihren eigenen Geburtstag vergessen? Auf dem Tisch stand ein dicker Strauß Blumen neben einer Flasche Rotwein, an der ein Kuvert lehnte. Hastig griff sie nach dem Umschlag und zerriss ihn beim Öffnen fast vollständig. Auf dem Papier erkannte sie Pits steile Handschrift. »Liebe Lala-Mama, ich hatte gehofft, dich noch anzutreffen. Die Blumen sind für dich und den Wein habe ich selbst in der Speisekammer nur für dich gefunden!« Lale lächelte und ließ sich auf einen Stuhl sinken. Katinka strich ihr um die Beine und maunzte um Aufmerksamkeit. »Ich möchte mich noch einmal entschuldigen«, schrieb Pit weiter. »Es tut mir leid, dass du dir meinetwegen solche Sorgen gemacht hast. Deshalb habe ich eine Überraschung für dich. Allerdings muss ich dich vorwarnen, damit du dein Auto auch wiedererkennst. Es ist zwar immer noch dieser klapprige alte Audi, aber ohne Altpapier! Liebe Grüße und Küsse, dein Pit.« Katinka maunzte erneut vorwurfsvoll um Beachtung.

In diesem Moment sprang Katinka fauchend vom Tisch. Lale fuhr herum. »Was hast du?« Doch sie sah nur noch Katinkas Hinterteil durch die Wohnungstür verschwinden. »Mist!«, stieß Lale hervor. Jetzt durfte sie auch noch die Katze einfangen. Schnell griff sie nach ihrem Schlüssel und folgte dem Tier ins dunkle Treppenhaus. Als sie endlich den Lichtschalter für die Treppenbeleuchtung gefunden hatte, war natürlich von Katinka nichts mehr zu sehen.

Lale zögerte kurz. Wohin lief eine Katze zuerst, wenn sie Freiheit schnupperte? Hinauf aufs Dach oder hinunter ins Erdgeschoss? Lale entschied sich für die erdnahe Variante. Über die Dächer der Stadt würde sie Katinka ohnehin nicht folgen. Also lief sie zügig durchs Treppenhaus. Vielleicht saß Katinka ja auch nur vor einer Tür, hinter der sie einen attraktiven Kater vermutete. Doch Fehlanzeige. Keine Katze weit und breit.

Lale lief hinunter ins Erdgeschoss. Vielleicht sollte sie ihr Fressen holen, um sie anzulocken? Nein, sie wollte sich jetzt lieber nicht damit aufhalten, irgendwelche Leckerchen aus dem Schrank zu kramen. Falls im Erdgeschoss oder Keller ein Fenster offenstand, war Katinka sonst womöglich weg.

Lale ging langsam über den breiten Flur im Erdgeschoss. Hier gab es einige Ecken und Winkel. Sie macht Schnalzlaute mit der Zunge. »Katinka!«, rief sie möglichst einschmeichelnd. »Komm her, du süßer Stubentiger.« Weiter hinten führten ein paar Stufen hinunter zum Hof. Doch hatte Lale die Treppe zum Hinterausgang noch nicht erreicht, da erstarb erneut die Beleuchtung. »Och nö«, nörgelte Lale und suchte Halt an der Wand. Sie konnte sich nicht mehr erinnern, ob es hier überhaupt ein Geländer gab. Vorsichtig tapste sie ein paar Stufen hinunter. Ob das schon alle waren? Sie wusste nicht, wie viele Stufen diese Treppe hatte. Also bewegte sie sich vorsichtig weiter. Da, das fühlte sich an wie ein Geländer. Sie umklammerte kühles Metall, das jedoch erschreckend schnell nachgab und scheppernd zu Boden ging. »Verfluchte Scheiße!«, schimpfte Lale und verlor das Gleichgewicht. Halt suchend griff sie um sich und bekam wieder etwas Metallisches zu fassen. Sie riss etwas mit sich und kam unsanft mit dem Hintern auf kühlem Boden auf. Um sie herum schepperte es fürchterlich. Kurz darauf hatte sie irgendetwas Unhandliches im Arm.

»Was ist denn da unten los?«, hörte sie eine Männerstimme aus dem Treppenhaus rufen.

Dann ging das Licht an. Lale saß inmitten eines Berges von Fahrrädern, die offenbar an der Treppe zum Hinterhof gestanden hatten. Sie musste mit ihrem Gestolper eine Kettenreaktion ausgelöst haben. »Alles in Ordnung!«, rief sie hinauf und hievte den Drahtesel, der auf ihr lag zur Seite. Zum Glück war es nur ein Kinderfahrrad. Sie rieb sich das Knie, das offenbar hart mit den Stützrädern kollidiert war.

»Katinka!«, rief sie leise. »Katinka-Katze! Wo steckst du?« Mit ihrem Geschepper hatte sie die arme Katze vermutlich endgültig in die Flucht geschlagen. Immerhin stand hier unten keine Tür offen, und auch die Fenster waren fest geschlossen.

Zack! Und wieder war das Licht weg. Lale tat die wenigen auswendig gelernten Schritte zum Lichtschalter und hielt inne. War da nicht ein Schnurren? »Katinka?«, flüsterte sie. »Bist du hier?« Lale lauschte. Das war eindeutig das Schnurren einer Katze. Schnell drückte sie den Lichtschalter. Dann sah sie sich um und zuckte zusammen. »Haah!«

»Pssst!«, machte der Mann, der vor ihr stand.

Lale war trotz ihres schmerzenden Knies augenblicklich zum Nahkampf bereit. Was sie vom sofortigen Angriff abhielt, war die Tatsache, dass er Katinka auf dem Arm trug, die verzückt vor sich hin schnurrte. Erst jetzt bemerkte Lale, wer der Mann war: Es war dieser Obdachlose, vor dem sie zuletzt in eine Straßenbahn geflüchtet war. »Was tun Sie mit meiner Katze?«, fuhr Lale ihn an. »Was tun Sie überhaupt hier?« Schnell peilte sie die Lage. Zur Treppe hin gab es nur noch einen schmalen Durchgang zwischen den kreuz und quer hängenden Fahrrädern. Die Tür zum Hof war gewiss offen, doch der Hof bot keinen Ausgang, also keinerlei Fluchtmöglichkeit. Allerdings auch nicht für ihn. Lale starrte den Mann böse an.

»Ich wollte zu Ihnen«, erklärte der Mann leise. »Und dann kam mir im Treppenhaus Katinka entgegen.« Er streichelte lächelnd die Katze. »Ich bin sehr froh, dass sie bei Ihnen ist und dass es ihr gut geht.«

»Wieso kennen Sie Katinka?«, fragte Lale prompt. Es war offensichtlich, dass die Katze die Streicheleinheiten genoss und sich auf dem Arm des Mannes ausgesprochen wohl fühlte.

Der Fremde schien ihre Gedanken zu erraten. »Keine Angst, Sie will bestimmt nicht vor Ihnen flüchten«, sagte er lächelnd. »Unsere Katinka hat einen sehr ausgeprägten Willen. Und anscheinend fühlt sie sich sehr wohl bei Ihnen.«

»Hören Sie, ich habe heute schon eine akute Überdosis an Expertentum«, entgegnete Lale genervt. »Und blödes Gequatsche habe ich auch ausreichend inhaliert. Also: was wollen Sie?« Zack! Das Licht war wieder aus. Schnell drückte Lale den Lichtschalter. »Ach was, kommen Sie einfach mit nach oben. Von diesem Lichtgeorgele habe ich ebenfalls die Schnauze voll.«

Als sie kurz darauf Lales Wohnung betraten, setzte der Mann die Katze ab und sah Lale mit seinen wachen blauen Augen vertrauensvoll an. »Sie müssen bitte entschuldigen«, sagte er förmlich. »Ich wollte Sie gestern nicht erschrecken.«

»Ach? Und deshalb haben Sie mich quer durch Johannstadt gejagt?« Lale deutete auf sein zerrissenes Hosenbein. »Na ja, eigentlich sind wir in Sachen Jagd ja quitt. Warum sind Sie denn erst vor mir weg- und dann hinter mir hergelaufen?«

»Ich… Nun, ich wusste nicht, ob ich Ihnen trauen kann«, sagte der Mann zögernd. »Erst als ich Sie gestern gesehen habe, als Sie bei Gronski auf der Lauer lagen…«

»Sie haben mich die ganze Zeit beobachtet?« Lale sah ihn groß an.

Der fremde Mann nickte. »Ja, und erst als ich Sie gestern Abend bei Gronski am Fenster gesehen habe, wusste ich, dass Sie… Nun ja, dass Sie nicht dazugehören.«

»Ich gehöre also nicht dazu«, stellte Lale mit gerunzelter Stirn fest. »Wenn Sie mir den Gefallen tun, sich weniger unklar auszudrücken, tue ich uns den Gefallen und öffne den Rotwein da. Setzen Sie sich!«

Der Obdachlose grinste schief und nahm vorsichtig am Tisch Platz.

»Haben Sie Hunger?«, fragte Lale und beantwortete sich die Frage gleich selbst. »Sicher haben Sie Hunger.« Sie lief in die Küche und riss die Kühlschranktür auf. Das Angebot war wenig überzeugend; offenbar hatte Pit heute Morgen noch recht ausgiebig gefrühstückt. Sie warf die Tür wieder zu, zückte ihr Mobiltelefon und drückte die Kurzwahl des Pizzaservices. Sie beobachtete, wie Katinka es sich auf dem Schoß des Fremden gemütlich machte. Sie mochte ihn offensichtlich außerordentlich.

»Ja, Petersen«, meldete sich Lale. »Genau… Nein, nicht dasselbe wie immer. Nur für mich doppelt Käse und Sardellen. Und dann eine Jumbopizza mit allem, was Sie in der Küche haben. Und einen großen Salat. Ciao!«

Sie schnappte sich Gläser und Korkenzieher und gesellte sich zu ihrem unverhofften Besuch. »Na, dann schießen Sie mal los!«, verlangte sie neugierig. »Ich bin sehr gespannt.«

»Ich möchte mit Ihnen über Eva Schmitt sprechen«, sagte er und strich der Katze über den Rücken. »Haben Sie schon eine Spur, die zu ihrem Mörder führt?«

Lale drehte den Korkenzieher in den Flaschenhals. »Also, offen gestanden…« Sie dachte nach. »Offen gestanden haben wir ein verwirrendes Netz aus Personen, toten und lebendigen.« Sie stemmte den Korken mit einem leisen Plopp aus der Flasche. »Und wir haben so einige mutmaßliche Zusammenhänge, aber…« Sie sah ihn mit hochgezogenen Brauen an. »Aber im Mordfall Eva sind wir nicht wirklich weiter gekommen.« Lale schenkte Wein in die Gläser.

»Meine Mutter sagt immer: Der Mensch an sich ist nicht schlecht – er wird von seiner Umwelt geprägt«, erklärte der Mann und erhob sein Glas. »Prost! Auf Eva.«

Lale prostete ihm ebenfalls zu und trank. Sie sah ihn erwartungsvoll an.

»Und mein Vater sagte immer: Der Mensch ist nichts als seine Moral.« Der fremde Mann machte ein trauriges Gesicht. »Er hatte zu viel davon. Er hat sich und seine Moral gegen unmoralische Einflüsse abgekapselt.«

»Das klingt nicht so, als seien Ihre Eltern sich da einig«, sagte Lale. »Und Eva? Nach allem, was ich gehört habe, hatte sie so ihre Probleme mit dem üblichen Moralverständnis.«

Der fremde Mann nickte. »Ich würde jetzt gerne sagen, dass sie da irgendwie reingerutscht ist, oder dass sie in einer Notsituation nicht anders handeln konnte«, erklärte er schleppend. »Ich habe das lange so gesehen. Viel zu lange habe ich das so gesehen. Aber so war es nicht!« Er nahm seufzend noch einen Schluck Wein. »Schlecht war sie trotzdem nicht. Sie war nicht schlecht«, erklärte er bestimmt.

»Nun aber mal raus mit der Sprache!«, verlangte Lale gereizt. Sie verspürte Hunger, und sie war müde. Wann kam denn endlich diese blöde Pizza? »Wer sind Sie eigentlich?«

»Ich bin ihr kleiner Bruder«, nuschelte der fremde Mann.

»Wie bitte?« Lale war sich nicht sicher, ob sie ihn richtig verstanden hatte. »Wer sind Sie?«

»Ich bin ihr kleiner Bruder«, sagte er nun deutlicher.

»Oliver?«, fragte Lale. »Oliver Schmitt?«

Der Mann nickte.

Lale lehnte sich zurück und sah ihn erwartungsvoll an. Sie schenkte Wein nach.

»Eva studierte damals«, erzählte er. »In Leipzig. Und ich…«

»Sie waren bei dieser Werbeagentur, bei der DEWAG«, ergänzte Lale. »Oder?«

»Ja.« Oliver Schmitt nickte. »Ich war in der Ausbildung. Ich sollte Messebau machen, in Leipzig. Und ich freute mich auf meine Schwester. Sie müssen wissen, dass wir uns immer gut verstanden haben. Und wir haben uns immer alles erzählt. Das dachte ich zumindest damals.« Er nahm einen großen Schluck Wein. »Und dann bekam ich mit, was sie wirklich in Leipzig tat.«

Lale beugte sich vor. »Sie verdiente sich als Prostituierte etwas dazu.«

Oliver Schmitt nickte betrübt. »Wissen Sie, ich dachte, es handle sich um ein bisschen Abenteuer, einen Hauch von verruchtem Westmilieu zu Messezeiten.« Er verzog das Gesicht. »Einige von den Studentinnen besserten sich saisonweise im Gunstgewerbe die Kasse auf. Aber Eva.« Er nahm einen Schluck Wein. »Was immer sie angepackt hat, hat sie gründlich getan: Sie hat für die Stasi gearbeitet, IM Katinka.«

»Ach?« Lale fuhr sich durch den Blondschopf.

»Ja, ach!«, sagte Oliver Schmitt grimmig. »6000 Westmarkt

im Monat, fabrikneuer Wartburg. Sie hat es richtig weit gebracht.« Er lachte bitter. »Doch nicht, dass sie sich damit zufrieden gegeben hätte. Nein. Sie hat sich dann auch noch ihren Führungsoffizier geschnappt. Heute würde man sagen: ein absolutes No-Go. Aber das hat Eva ja noch nie interessiert!« Er trank hastig noch einen Schluck Wein. »Ein Jahr nach ihrer Hochzeit hat sich der Typ in den Westen abgesetzt. ›So ein Schwein!‹, dachte ich und wollte Eva beistehen. Doch sie hatte bereits ihre Leute auf ihn angesetzt. Sie hat ihn verpfiffen!«

Lale sah ihn irritiert an. Diese alten Stasi-Geschichten kamen ihr immer wie schlechte Agententhriller aus den 70ern vor. »Aber da war er dann doch schon in Sicherheit«, gab sie zu bedenken. »Vielleicht musste sie sich gegen Sanktionen schützen.«

»In Sicherheit?« Oliver Schmitt lachte höhnisch. »Na, Sie machen mir Spaß! Sie hat ihren verabredeten Treffpunkt genannt, und dann hat die Stasi ihn dort erwartet. Und bestimmt nicht, um ihm eine Entlassungsurkunde zu überreichen! Der Mann war Geheimnisträger.«

»Das heißt, er wurde…?« Lale legte die Stirn in Falten.

»Liquidiert.« Oliver Schmitt nickte. »Zumindest ist das anzunehmen. Es existieren keinerlei Dokumente zu diesem Vorgang. Aber Eva war von dem Erfolg ihrer Mission überzeugt.«

»Wie? Sie hatte genau das so gewollt?«, fragte Lale ungläubig. »Ich meine, es gibt doch genug Methoden, lästige Ehemänner loszuwerden.« Sie musste an Jobst denken und fügte ein leises »Oder auch nicht.« hinzu.

»Lästige Ehemänner?« Oliver Schmitt schüttelte den Kopf. »Das Ganze war ein präziser Plan, um langfristig diesen Führungsoffizier auszunutzen. Heiraten, abzocken, Flucht planen, liquidieren lassen, Ende.«

Lale sah ihn erstaunt an. »Und Sie wussten das alles?«

»Nicht alles«, erklärte Oliver Schmitt. »Ich kannte nur Evas Version. Und mir fehlte natürlich der Überblick. Schließlich war sie meine Schwester!«

»In Evas Lebenslauf taucht diese Heirat nirgendwo auf«, sagte Lale. »Allerdings erwähnte sie kurz vor ihrem Tod mir gegenüber einen Ex-Ehemann.«

»Sie haben Eva gekannt?« Oliver Schmitt sah sie verblüfft an.

»Das wusste ich ja gar nicht! Und sie hat mit Ihnen über Pierre gesprochen?«

In diesem Moment klingelte es an der Wohnungstür und Oliver Schmitt sprang erschrocken auf. Er klammerte sich an die Katze und sah sich gehetzt um. Sein Blick flackerte wild.

»Ganz ruhig«, sagte Lale. »Das ist doch nur die Pizza!«

»Ich habe Angst«, flüsterte er.

»Das sehe ich«, stellte Lale fest. »Wenn es Sie beruhigt, können Sie sich ja im Bad verstecken.« Sie schob Oliver Schmitt samt Katinka durch die Badezimmertür.

»Sie müssen aufpassen!«, zischte er. »Sie sind selbst in Gefahr!«

»Im Moment laufe ich Gefahr zu verhungern«, sagte Lale. »Mund halten!« Sie schloss die Tür zum Bad und ging zur Wohnungstür. Die Hand an der Klinke, zögerte sie tatsächlich einen Moment lang. Was, wenn das tatsächlich eine Falle war?

Es klingelte erneut. »Ja doch.« Lale öffnete. Vor ihr stand eine zierliche junge Frau und zog zwei Pizzakartons aus einem Styroporbehälter.

»Hier zwei Mal Mafiatorte für Petersen!«, rief sie fröhlich und drückte Lale die Kartons in die Hand.

»Mafiatorte?« Lale stutzte und zückte einen Geldschein.

»Wollen Sie das alles alleine essen?«, fragte die junge Frau grinsend und stellte noch eine Plastikschüssel mit Salat auf die Pizzakartons.

»Nö«, sagte Lale trocken. »Ich erwarte heute noch zwei Cousins der Camorra.« Sie drückte ihr den Geldschein in die Hand. »Der Rest ist Schweigegeld.«

Die Pizzafahrerin zog lachend ihres Weges, während Lale Kartons und Salat auf den Tisch beförderte und schnell in die Küche lief, um Besteck und Servietten zu holen. »Sie können rauskommen, kleiner Bruder!«, rief sie. Doch aus dem Badezimmer kam keine Antwort. »Herr Schmitt?« Lale riss die Tür auf und sofort sprang Katinka aus dem Bad. Lale sah sich um. Wo steckte er denn? Dann bemerkte sie, dass der Duschvorhang zugezogen war. Beherzt griff sie zu und zog ihn zur Seite.

»Nein!«, schrie Oliver Schmitt entsetzt. Er kauerte zitternd in der Duschtasse.

»Doch«, sagte Lale. »Nun kommen Sie schon! Die Pizza ist da.« Sie wandte sich um und scheuchte Katinka vom Tisch, die interessiert die Kartons beschnupperte. »Du bekommst später etwas! Troll dich!« Gierig biss Lale in ihr erstes Stück Pizza. Sie hatte seit ihrem dürftigen Frühstück völlig das Essen vergessen.

Kurz darauf kam Oliver Schmitt aus dem Bad geschlichen und ließ sich erschöpft auf seinen Stuhl sinken. »Können Sie sich vorstellen, wie es ist, wenn man sich nur noch nach einem furchtbar langweiligen Alltagsleben sehnt? Das glaubt einem zwar niemand, aber es tut richtig weh, nie die Aussicht auf ein halbwegs durchschnittliches Leben zu haben.« Er seufzte abgrundtief. »Ich würde so gerne aussteigen aus diesem ganzen Karussell. Einfach abspringen und irgendwo auf der Wiese liegen und in den Himmel schauen.« Katinka maunzte ihn an. Offenbar spekulierte sie auf ein Stück Pizza. Er kraulte flüchtig über den Katzenkopf. »Ich kann mir ja nicht mal ein Haustier anschaffen, ohne mit Erpressung, Tierquälerei und ähnlichem Unbill rechnen zu müssen. Keiner Maus möchte ich ein Haustierdasein bei einem wie mir wünschen!« Dann wandte er sich Lale zu. »Ich bin wirklich sehr froh, dass Sie Katinka genommen haben und sich um sie kümmern!«

Lale kaute. »Beruhigen Sie sich. Sie sind hier sicher«, stieß sie zwischen zwei Pizzabissen hervor. »Sie können heute Nacht hier bleiben. Vorausgesetzt, Sie erzählen mir, wovor Sie solche Angst haben.«

Oliver Schmitt nickte dankbar und griff zu Messer und Gabel.

»Aber nun erst mal der Reihe nach: Wie ging es denn damals weiter nach der Wende?«, fragte Lale kauend. »Sie waren doch bei einem SED-Betrieb?«

»Es war Schluss mit den werbegrafischen Siegen des Sozialismus.« Oliver Schmitt grinste schief. »Und glauben Sie mir, das Ganze hat mir nicht gefehlt. Wir waren schon vor der Wende immer nur damit beschäftigt, das Chaos halbwegs schadlos zu überstehen. Ohne einen obersten Beschluss fing gar nicht erst einer an zu arbeiten. Und wenn dann Beschlüsse gefasst wurden, waren sie jenseits von verfügbaren Materialien und Zeitplan.« Er nahm einen Schluck Rotwein. »Natürlich waren die meisten Dinge abzusehen, es wurden ohnehin Stereotypen gefordert.

Aber nachdem ich einmal gewagt hatte, Werbemittel für den 1. Mai vor Beschlussfassung der Parteispitze vorzubereiten, gab es mächtig Ärger. Man hatte abzuwarten. Und schließlich gab es dann Orden für doch noch Vollbrachtes. Die bekamen immer die Aussitzer!« Er schob sich ein Stück Pizza in den Mund und kaute eilig. »Mit der Wende dachte ich: Jetzt wird alles anders. Jetzt werde ich kreativ und bin mein eigener Chef.« Er lachte höhnisch auf. »Klar, ich wusste, wie man es besser machen kann, aber ich wusste nach dem Gehampel in diesem Werbemonopol-Betrieb doch nicht, wie so was auf dem freien Markt funktioniert!«

»Aber der Osten muss doch Anfang der 90er Jahre ein idealer Werbemarkt gewesen sein«, sagte Lale nachdenklich. »Überall neue Produkte und massenhaft Menschen, die die ganze Werbeberieselung als abwechslungsreich und aufregend empfanden.«

»Nur, dass sich diesen erweiterten Markt dann die großen Westagenturen untereinander aufgeteilt haben«, sagte Oliver Schmitt. »Und ich war einfach nur jung und naiv. Ein bisschen Geld bekam ich von Eva. Sie hatte ja genug!«

»Und was hat sie nach der Wende gemacht?« Lale griff zur Weinflasche und stellte fest, dass sie fast leer war. Sie verteilte den Rest auf die beiden Gläser. »Kam sie aus dem ganzen Stasi-Sumpf heraus?«

Oliver Schmitt schüttelte nur den Kopf. »Das wollte sie gar nicht. Ihre Kontakte waren doch ihr Kapital. Und natürlich ihre Informationen. Sie konnte endlich nur auf eigene Rechnung arbeiten.« Er schüttelte den Kopf. »Irgendwie verrückt, aber nach der Wende war vor der Wende. Und Eva hat das sofort gecheckt!«

»Eva hat also weiter als Prostituierte gearbeitet und Sie haben sich selbstständig gemacht?«, forschte Lale nach.

»Genau.« Oliver Schmitt lächelte. »Es war eigentlich eine schöne Zeit. Denn ich hatte zwar kaum Aufträge, machte mir aber auch nicht wirklich Sorgen. Ich dachte immer, das brauche halt noch mehr Anlauf. Bis es dann in den 90er Jahren selbst für die großen Werbefirmen schwierig wurde.« Er seufzte. »Innerhalb weniger Monate war ich weg vom Fenster!«

»Und dann hat Ihre Schwester Sie zum Immobilienverwalter gemacht?«, fragte Lale.

»Nicht sofort«, erklärte Oliver Schmitt. »Erst übernahm ein Immobilienmensch meine Schulden. Im Gegenzug sollte ich ihm Informationen vor Ort besorgen. Er wollte in Leipzig im großen Stil Immobilien erwerben. Und er wollte mich als Strohmann.«

»Und wer war dieser Immobilienmensch?«, fragte Lale.

»Ein gewisser Lederer aus München«, sagte Oliver Schmitt. »Er wurde Ende der 90er in einem Leipziger Nachtclub bei einer Razzia erschossen.« Er legte das Besteck zur Seite. »Kurz vor unserem ersten großen Deal ging etwas schief. Offenbar waren Informationen durchgesickert.«

»Haben Sie denn mit irgendjemandem über Ihre Geschäfte gesprochen?« Lale beugte sich neugierig über den Pizzakarton.

»Eva«, sagte er tonlos. »Aber dass sie wirklich dahinter steckte, bekam ich erst mit, als sie mir den Job als Verwalter besorgte.«

»Sie selbst hatte also die Immobilien erworben?« Lale griff nach der leeren Weinflasche.

»Nein.« Oliver Schmitt schüttelte betrübt den Kopf. »Die wurden ihr später »geschenkt«.« Er markierte mit den Zeigefingern Gänsefüßchen. »Von Pfisterer.«

Lale schnappte nach Luft. Natürlich war ihr längst klar, dass es da eine Verbindung gab. Aber erst langsam begriff sie, um was es hier offenbar ging.

»Jedenfalls steckte Pfisterer dahinter«, erklärte Oliver Schmitt. »Die Immobilien liefen auf einen anderen Namen. Er selbst sorgt immer sorgfältig dafür, dass sein Name nicht in den Unterlagen auftaucht.«

Lale nickte. »Er ist schließlich offiziell Kunsthändler.«

»Kunsthändler!« Oliver Schmitt lachte bitter auf. »Die einzige Kunst, mit der er sich auskennt, ist die Kunst der Verschleierung. Im Handeln ist er allerdings unschlagbar: Drogenhandel, Menschenhandel…«

»Also hat Ihre Schwester ihn erpresst?«, fragte Lale. »Und Sie haben ihre Dossiers gefunden.«

Oliver Schmitt schüttelte vehement den Kopf. »Nicht ihre! Meine! Es sind meine Recherchen, die Sie so vornehm als Dossiers bezeichnen! Schmutzige Recherchen, das gebe ich zu. Aber mit ganz sauberen Methoden kommen Sie beim Verfassungsschutz nicht weit.« Er seufzte. »Haben Sie vielleicht einen Schnaps für mich?«

Lale starrte ihn an. »Den brauche ich jetzt, glaube ich, auch.« Verwirrt lief sie in die Küche und kramte eine Flasche Cognac aus dem Schrank. Ob man den noch trinken konnte? Die Flasche hatte sie bereits vor Monaten angebrochen. Egal. Sie fingerte zwei Gläser aus dem Schrank und lief zurück zum Tisch. Während sie eingoss, überlegte sie angestrengt. »Erklären Sie mir das noch mal ganz langsam!«, verlangte sie und blickte ihn konzentriert an. »Sie arbeiten für den Verfassungsschutz?«

»Ja«, sagte Oliver Schmitt. »Als diese ganzen Immobiliengeschichten anfingen, wurde mir das schnell zu heiß. Also bin ich zur Polizei gegangen und schließlich beim Verfassungsschutz gelandet.« Er nahm einen Schluck Cognac.

Lale genehmigte sich ebenfalls einen. Sie schüttelte sich. »Huh, ist ja gruselig.«

»Ich habe also Informationen zusammengetragen und ein Profil dieser ganzen Netzwerke zusammengestellt«, berichtete Oliver Schmitt. »Aber wann immer wir zuschlagen wollten, schlugen wir ins Leere.« Er seufzte. »Der einzige Teilerfolg war dieser korrupte Kommissar, dieser Kurt Sieger.«

»Sie haben also dafür gesorgt, dass er aus dem Polizeidienst entlassen wurde?« Lale sah ihn an.

»Ja, aber das war's auch schon.« Oliver Schmitt seufzte. »Solche Typen kommen immer wieder auf die Füße. »Und jetzt mischt er mehr mit denn je. Seine Jungs erledigen für die anderen die Drecksarbeit!«

»Und welche Rolle spielte Eva in diesem ganzen Gefüge?«, fragte Lale.

»Wenn ich das wüsste«, sagte der kleine Bruder stirnrunzelnd. »Von mir hatte sie keinerlei Informationen. Das wäre viel zu gefährlich gewesen! Für sie und für mich.«

»Und die Dossiers?«, fragte Lale ungläubig. »Sie hatte doch die ganzen Dossiers in ihrer Wohnung!«

»Vor ein paar Wochen habe ich einen Tipp aus dem Innenministerium bekommen«, erklärte Oliver Schmitt. »In Leipzig wurde mir das Pflaster zu heiß. Ich musste untertauchen. Deshalb habe ich meine Daten auf einer externen Festplatte gesichert und sie in Evas Wohnung versteckt.« Er sah sie neugierig an. »Wie haben Sie es eigentlich geschafft, die Festplatte zu knacken?«

»Gar nicht«, sagte Lale. »Sie ist uns geklaut worden, bevor wir darauf zugreifen konnten.«

»Ach…« Oliver Schmitt sah sie mit einem seltsamen Gesichtsausdruck an. »Woher wissen Sie denn dann von den Dossiers?«

»Klassentreffen! Ich habe brisante Daten auf zwei CD-ROMs gefunden«, erklärte Lale.

»Das ist unmöglich!«, sagte Oliver Schmitt. »Die Daten waren alle verschlüsselt. Die kann man nicht einfach so auf eine CD-ROM brennen.«

»Offenbar doch«, sagte Lale. »Und ich vermute, Eva hat genau das getan.«

»Sie meinen…?« Oliver Schmitt sah Lale an.

»Ich meine, dass Eva Ihre Daten genutzt hat, um gezielt Leute zu erpressen«, erklärte Lale. »Sie hat in dem ganzen Muschebubu offenbar munter mitgemischt.« Sie nahm noch einen Schluck Cognac. »Wir müssen an diese Festplatte rankommen, bevor sie in falsche Hände gerät.«

Oliver Schmitt grinste verwegen. »Schon passiert.«

»Wie? Sie ist schon in falschen Händen?«, fragte Lale. »Wer hat sie?«

»Ich habe sie«, sagte er und zog ein schuldbewusstes Gesicht. »Ich habe Sie Ihnen aus dem Auto geklaut.«

»Und wo ist sie jetzt?«, fragte Lale.

»Genau da, wo keiner mehr danach suchen wird«, erklärte Oliver Schmitt. »In Evas Schlafzimmer in der Sexspielkiste.«

Lale musterte ihn. »Moment mal! Wenn Sie in das Auto eingebrochen sind, um was auch immer zu stehlen, dann könnte ich Sie doch einfach festnehmen.« Sie grinste. »Und schon sind Sie in Sicherheit!«

»Bloß nicht!«, wehrte Oliver Schmitt ab. »Im Knast würde ich keine drei Tage überleben. Da ist doch alles voll von Siegers Leuten!«

Lale goss noch einmal Cognak nach und prostete ihm zu. »Sagen Sie mal, sind Sie bereit, das, was Sie mir jetzt erzählt haben, morgen beim Staatsanwalt zu wiederholen?«

»Vergessen Sie es!«, schnaubte Oliver Schmitt. »Der Staatsanwalt ist gekauft!«

»Für eine halbe Million?«, fragte Lale lauernd.

Oliver Schmitt nickte und trank. »Da bin ich hops, bevor Sie Kronzeugenregelung auch nur buchstabiert haben…«

Lale schnaufte. »Heute bleiben Sie jedenfalls erst mal hier. Sie können mein Bett haben. Sie sehen aus, als wenn Sie mal wieder eine Mütze voll Schlaf gebrauchen könnten.«

»Da haben Sie recht«, sagte Oliver Schmitt. »Aber, wenn ich mir die Bemerkung erlauben darf. Sie wirken auch etwas mitgenommen.«

Lale gähnte. »Stimmt. Ich fühle mich auch hundeelend. Immerhin habe ich heute Gola Gronski verhaftet. Salute!« Sie erhob ihr Glas und trank.

»Was? Sie haben Ihren Verehrer verhaftet?«, fragte Oliver Schmitt. »Ich dachte, Sie hätten was mit ihm?«

»Tja, so ist das mit dem Muschebubu«, sagte Lale seufzend. »Jeder hat irgendwas mit jedem. Oder eben auch nicht. Wer weiß das schon?«

Vermummungsgebot

Ein lautes Klirren riss Lale am frühen Morgen aus dem Schlaf. Was war das? Sie sah sich um. Wo war sie? Sie setzte sich verwirrt auf und rieb sich die Augen. Dann erkannte sie, dass sie in Pits Zimmer war. Schnell sprang sie aus dem Bett. Sie musste dem Klirren auf den Grund gehen. An der Tür besann sie sich. Sie sollte sich besser etwas überziehen. Lale ging zum Schrank, öffnete ihn, schnappte sich eins von seinen T-Shirts und schlüpfte hinein. Es hing ihr bis zu den Knien hinunter. Das musste als Morgengarderobe reichen. An der Zimmertür lauschte sie kurz, doch es war alles ruhig. Als sie vorsichtig hinausging, wäre sie fast in eine der vielen Scherben auf dem Boden getreten. Außerdem lagen überall Blumen herum und eine Wasserlache zierte den Fußboden. Die Vase! Das war also das Klirren gewesen. Und von Katinka war weit und breit keine Spur. Bestimmt hatte die Katze ein schlechtes Gewissen.

Stöhnend setzte Lale zunächst Kaffee auf und holte dann Besen und Schaufel aus der Küche, um die Sauerei in der Diele notdürftig zu beseitigen. Sicherheitshalber holte sie sich ein paar

Latschen aus Pits Zimmer, als sie einen Schlüsselbund klappern hörte. Kurz darauf stand Pit in der Wohnung.

»Moin, moin«, sagte er fröhlich und grinste wie ein Honigkuchenpferd. Dann verschwand er in der Küche.

Lale ließ sich auf einen Stuhl fallen. »Immer diese penetrant gute Laune am frühen Morgen«, nörgelte sie vor sich hin. Nun begann Pit in der Küche auch noch zu pfeifen. »Ruhe«, maulte Lale. »Andere Leute schwelgen noch in gründlicher Morgenmuffelei.« Lale schnupperte. »Aber ich erahne Kaffee!«

»Ich hole dir gleich einen.« Schon war Pit wieder in der Küche verschwunden und kehrte kurz darauf mit einer halb vollen Tasse zurück. »Hier mein Muttertier!«

»Kannst du mit diesem blöden Herumgezirpe nicht mal aufhören?« Lale nippte an ihrer Tasse. »Au! Mann ist der heiß. Ich weiß wirklich nicht, was an diesem Morgen so außergewöhnlich sein soll!«

Lale steckte ihre Nase tief in die Kaffeetasse, als hinter ihr die Schlafzimmertür aufging und sie ein freundliches »Guten Morgen!« vernahm. Sie drehte sich um und wünschte ebenfalls einen guten Morgen.

Auch Pit grüßte wohlerzogen, als Oliver Schmitt an ihnen vorbei ins Badezimmer ging. »Sag mal, täusche ich mich, oder ging da gerade mein Bademantel an uns vorbei?«, fragte Pit grinsend.

»Mehr!« Lale hielt ihm ihre Kaffeetasse vor die Nase. »Kein Kommentar.«

Pit sprang sofort auf und holte die Kaffeekanne. Er brachte gleich noch eine dritte Tasse mit. Er schenkte Kaffee ein und reichte Lale augenzwinkernd ihre Tasse.

Gerade als Lale genüsslich ihren Kaffee schlürfen wollte, klingelte es an der Tür. Sie zuckte zusammen und bekleckerte sich. »Mist!« Als Pit jetzt die Tür öffnete und Jobst eintrat, schickte Lale gleich noch ein weiteres »Mist!« hinterher.

Das Grinsen von Pit wurde noch breiter. »Na, das ist ja eine nette Überraschung!«

»Oh, ich sehe, mein Sohn ist ja doch kein Langschläfer«, stellte Jobst fest.

»Vergiss es«, meinte Lale. »Du kannst ihn nicht ärgern.«

»Aber wie käme ich denn dazu, jemanden zu ärgern?« Jobst

lachte sonor und nahm sich ungefragt die dritte Kaffeetasse. »Oh, sehr nett.« Er trank einen kleinen Schluck. »Pit, wusstest du eigentlich, dass deine Mutter wirklich großartig ist?«

»Sicher«, erwiderte Pit. »Von irgendwem muss ich ihn ja haben, meinen hinreißenden Charme.«

»Friedlich bleiben«, ermahnte Lale.

»Sie hat Gola Gronski überführt!«, verkündete Jobst strahlend. »Respekt, meine liebe Lale! Und ich dachte doch tatsächlich, du hättest Interesse an diesem schmierigen Kunstheini.«

In diesem Moment öffnete sich die Badezimmertür und Oliver Schmitt kam in Pits Bademantel aus dem Bad. »Oh, guten Morgen!«, grüßte er freundlich und lief quer durch die Diele hinüber ins Schlafzimmer.

Lale beobachtete voller Schadenfreude Jobsts dämliches Gesicht. Er schüttelte verständnislos den Kopf. »Was war das?«

»Das war Mamas Kein-Montagmorgen-Kommentar«, erklärte Pit feixend.

»Na, dann.« Jobst stellte beleidigt seine Kaffeetasse auf den Tisch zurück. »Können wir los? Gleich ist Pressekonferenz.«

»Oh!« Lale sprang auf. »Gib mir fünf Minuten!« Sie schnappte sich ihre Jeans und verschwand im Badezimmer. Mit der Zahnbürste im Mund hüpfte sie unter die Dusche. Sie spürte, wie das lauwarme Wasser ihre Sinne belebte. Schnell seifte sie sich ein und spülte mit eiskaltem Wasser nach. Brrr! Diese Pressekonferenz versprach spannend zu werden. Wenn Oliver Schmitt tatsächlich recht hatte, dann mussten sie wirklich vorsichtig sein. So, rein in die Klamotten und nichts wie los! Lale stürmte aus dem Badezimmer. »Fertig, kann losgehen!«

Als sie kurz darauf neben Jobst im Auto saß, war ihr etwas mulmig. Er wirkte noch immer irgendwie beleidigt, oder täuschte sie sich.

»Der Mann, der eben bei dir war…« Jobst machte eine Pause. »Dieser Mann…«

»Ja, was ist mit ihm?«, fragte Lale.

»Er kam mir irgendwie bekannt vor«, sagte Jobst.

Lale schmunzelte. »Vermutlich kamst du ihm auch irgendwie bekannt vor.«

»Ach, und woher?« Jobst brachte den großen Geländewagen an einer Ampel zum Stehen und sah Lale forschend an.

»Genau weiß ich das nicht«, sagte Lale wahrheitsgemäß. »Es ist nur so eine Vermutung, weil er von einer halben Million Euro für den Staatsanwalt gesprochen hat.«

Die Ampel schaltete auf Grün um und Jobst fuhr schweigend weiter.

»Außerdem ist mir auch zu Ohren gekommen, wer das Geld gezahlt hat.« Lale beobachtete Jobsts Gesichtsausdruck. »Und dann erinnere ich mich an einen gewissen Staatsanwalt mit einem Seesack voller Geld.«

»Na gut«, sagte Jobst seufzend. »Du gibst ja doch keine Ruhe!« Er lenkte den Wagen durch die Schießgasse und bog auf den großen Parkplatz vor dem Polizeipräsidium ein.

»Also, woher hast du die Kohle?«, fragte Lale.

Jobst fuhr in eine Parkbucht und hielt an. »Ich habe sie gefunden«, sagte er ernst.

»Wie bitte?«, fragte Lale lauernd. »Wo?«

»In einem Koffer«, erwiderte Jobst zögernd.

»Und wo war dieser Koffer?«, fragte Lale gereizt.

»Hinter einem Schrank«, sagte Jobst und presste die Lippen zusammen.

»Ach, der Schrank!« Lale verdrehte genervt die Augen. »Jobst, Butter bei die Fische! Wo hast du diesen Koffer voller Geld gefunden?«

Jobst seufzte. »Ich will dich da nicht mit hineinziehen.«

»Jobst, ich stecke bereits mittendrin«, ereiferte sich Lale. »Diese dämliche Verschleierungstaktik macht den ganzen Korruptionsmist doch erst möglich!«

Jobst sah angestrengt aus dem Fenster. »In meinem Büro.«

Lale stieß einen leisen Pfiff aus. »Und du meinst, Brenzlig…?«

»Es war vorher sein Büro«, sagte Jobst. »Aber…«

»Eben.« Lale nickte. »Welcher korrupte Staatsanwalt versteckt sein Schmiergeld denn im eigenen Büro? Und dann vergisst er es auch noch dort?« Sie schüttelte den Kopf. »Da stimmt etwas nicht.«

»Los, lass uns mal reingehen!« Jobst öffnete die Fahrertür. »Die haben bestimmt schon angefangen.«

Intensive Wärme schlug Lale außerhalb des klimatisierten Autos entgegen. Sie stöhnte und folgte Jobst über den Parkplatz ins Polizeipräsidium. Der hatte vielleicht einen Zahn drauf! Im Eilschritt ging es in den großen Saal, in dem sie vor lauter Medienvertretern kaum das Podium erkennen konnten.

»Wir nehmen den hinteren Eingang!« Jobst machte kehrt und lief wieder aus dem Saal hinaus, den Gang entlang.

Lale hetzte hinter ihm her. »Sag mal, und der Koffer steht noch an seinem Platz?«

»Ja«, knurrte Jobst.

»Und ist er präpariert?« Lale schnaufte.

»Nicht jetzt und nicht hier!«, zischte Jobst und schob sie durch die Tür neben das Podium, wo ein quietschfideler Paul Winter ganz in seinem Element zu sein schien.

»Und so rücken wir mit vereinten Kräften der Drogenkriminalität zu Leibe«, schwadronierte Winter. »Jetzt und hier, bevor es uns so geht wie den USA, wo bereits 70 Prozent aller Verbrechen unter dem Einfluss von Drogen, vornehmlich synthetischen Drogen wie Methamphetamin, bekannter unter der Bezeichnung Crystal… ähm, begangen werden.«

»Ersparen Sie uns doch diese unsinnigen Vergleiche!«, rief eine Journalistin. »Wir kennen doch die Statistiken! Wo bleiben die harten Fakten? Wo ist denn die Neuigkeit?«

»Nun, dieser Schlag gegen die Drogenmafia ist gleichzeitig auch ein Schlag gegen die Organisierte Kriminalität in Europa«, sagte der Pressepaul voller Begeisterung. »Ja, bitte!« Er nickte huldvoll vom Podium.

»Eine Frage an den Herrn Innenminister«, kündigte der Journalist an. »Es gibt also Organisierte Kriminalität hier bei uns in Sachsen?«

»Nun, lassen Sie es mich so sagen«, hob der Innenminister an. »Es ist natürlich nicht auszuschließen, dass es so etwas gibt. Nun ja, es geht um Organisation und Kriminalität. Das sind Dinge, die es immer gibt. In Sachsen, um Sachsen herum sowieso. Also, anderswo ist es eigentlich schlimmer. Viel schlimmer. Man braucht erfahrenes Personal auch aus anderen Ländern, also Thüringen, Sachsen-Anhalt, Brandenburg…«

»Oder Hamburg!«, rief ein Journalist. »Warum wurde denn ein neuer Staatsanwalt aus Hamburg geholt?«

»Ähm, ja«, stammelte der Innenminister. »Warum eigentlich, Herr Oberstaatsanwalt?«

Erst jetzt bemerkte Lale, dass auch Brenzlig auf dem Podium saß, und zwar neben einer vermummten Gestalt.

»Nun ja«, sagte Egon Brenzlig mit einem breiten Grinsen. »Wir brauchten einen neuen. Also einen neuen Staatsanwalt.«

»Stimmt es, dass sein Vorgänger den Posten räumen musste?«, rief die ungeduldige Journalistin.

Brenzlig nickte. »Das ist korrekt.«

»Warum?«, rief eine andere Journalistin.

»Er hatte ein, ähm, anderes Angebot«, erklärte Brenzlig grinsend.

»Von der Jobagentur oder was?«, rief ein Journalist. »Verkaufen Sie uns doch nicht für blöde! Wurde er verhaftet?«

Brenzlig sah sich um. Auf dem Podium wurde vereinzelt gelacht. »Er ist jetzt Oberstaatsanwalt. Er sitzt hier vor Ihnen«, sagte Brenzlig wohlgefällig.

»Ein korrupter Staatsanwalt wird also konsequenterweise Oberstaatsanwalt?« Ein Journalist war aufgesprungen. »Wo gibt es denn so was?«

»Also bitte!«, fuhr Paul Winter dazwischen.

»Lassen Sie nur, Winter«, bremste ihn Brenzlig. »Dazu sind wir ja hier. Also der Vorwurf der Korruption ist natürlich unbegründet, sonst säße ich nicht hier.« Er lachte. »Wenn Ihnen allerdings meine Antworten nicht gefallen, verkaufe ich Ihnen gerne ein paar andere.«

Allgemeines Gelächter hob an. Jobst warf einen Seitenblick auf Lale. Sie atmete tief durch.

»Und warum jetzt der Hamburger?«, insistierte der Journalist von vorhin.

»Er hat sich um den Posten beworben und hat ihn bekommen«, erklärte Brenzlig freundlich.

»Was ist denn nun mit diesen ganzen ungeklärten Mordfällen?«, rief ein Journalist dazwischen. »Wir werden hier abgespeist mit irgendwelchen angeblichen Drogenfunden und diesem albernen Personalkarussell. Wo sind die Mörder? Und was hat das alles mit diesen geheimen Akten zu tun?«

»Es gibt keine geheimen Akten«, entgegnete der Innenminister prompt. Etwas zu schnell, wie Lale fand. Er räusperte sich. »Alle unsere Akten sind uns bekannt. Und wenn es keine geheimen Akten gibt, können auch keine verschwunden sein.«

Lale bemerkte, wie Paul Winters Mundwinkel nach unten sackten.

Der Journalist lachte zufrieden. »Also geheim sind sie nicht, diese besonderen Akten, aber verschwunden sind sie schon.« Er sah sich triumphierend nach seinen Kollegen und Konkurrenten um. »Herr Minister, Sie haben mir sehr geholfen. Vielen Dank!«

»Ich vermute, meine Damen und Herren, Sie spielen auf bestimmte Akten an«, ergriff der Oberstaatsanwalt das Wort. »Es gibt in der Tat Hinweise darauf, dass sich Ermittlungsergebnisse der ermittelnden Kriminalbeamten mit Erkenntnissen der Verfassungsschützer decken.« Er hob beschwichtigend die Hand. »Aber Sie erwarten doch wohl nicht, dass wir den Datenschutz mit Füßen treten.«

»Also sind die Verfassungsschutzakten doch geheim?«, fragte eine Pressefrau.

»Ermittlungsergebnisse des Verfassungsschutzes unterliegen natürlich dem Datenschutz«, mischte sich Jobst ein. »Das heißt auch, dass sie nach gesetzlich geregelten Fristen vernichtet werden.«

»Dann sind sie also nicht nur verschwunden, sondern geschreddert worden?«, fragte die Pressefrau ungläubig. Vereinzelt wurde empörtes Gemurmel laut.

»Aber nein«, sagte Brenzlig. »Ich habe sie gesehen. Sie waren da.«

»Und wo sind sie jetzt?«, rief ein Journalist. »Bei der Polizei?«

»Aber nein«, sagte Egon Brenzlig. Doch Lale sah, wie der vermummte Verfassungsschützer neben ihm eifrig mit dem Kopf nickte.

»Sie dürfen mir glauben«, hob Jobst erneut an. »Wenn sich die Hinweise auf Organisierte Kriminalität erhärten, werden wir auf alle Quellen zurückgreifen, die zur Verfügung stehen. Und natürlich werden bis dahin keinerlei brisante Materialien vernichtet! Wir gehen davon aus, dass Zusammenhänge zwischen einigen der jüngsten Verbrechen bestehen«, erklärte Jobst sachlich. »Und neueste Erkenntnisse deuten auf eine Verwicklung mit dem Drogenhandel hin.«

»So ist es!« Paul Winter strahlte, als sei Drogenhandel das

schönste Verbrechen überhaupt. »Meine Damen und Herren, wir sprechen hier immerhin von Crystal, einer Droge, die bei regelmäßigem Konsum die Gehirnzellen sowie lebenswichtige Organe zerstört und unglaubliches Agressionspotential auslöst.« Er rieb sich selbstgefällig die Hände. »Wir sprechen hier nicht von ein bisschen Marihuana für den Eigenbedarf, sondern von kriminellem Großhandel!«

»Den ganzen Drogenmist kennen wir doch schon!«, rief ein Journalist ungehalten. »Geht es denn nun um Korruption, oder was?«

»Wir rechnen mit korrupten Machenschaften«, sagte Jobst. »Organisierte Kriminalität zieht verschiedene Delikte nach sich. Korruption und Geldwäsche sind da auf keinen Fall auszuschließen.« Er räusperte sich. »Wir arbeiten daran.«

»Und wie wir daran arbeiten!«, verkündete Paul Winter. »Unser Herr Staatsanwalt ist doch Mitglied einer Sonderermittlungseinheit. Außerdem haben wir in allen Dienststellen und Behörden interne Korruptionsbeauftragte.« Er breitete die Arme aus, wie ein Schlagersänger, der zum Refrain ausholt. Lale lächelte, bis sie bemerkte, zu welchem Refrain Winters Paulchen gerade ausholte. »Und dann haben wir natürlich noch eine Expertin in Sachen verdeckte Ermittlungen. Die Korruptionsbeauftragte der Dresdner Kriminalpolizei, Kriminalhauptkommissarin Lale Petersen.«

»Ach?« Jobst sah Lale mit hochgezogenen Brauen an. »Davon wusste ich ja gar nichts«, flüsterte er.

Lale verdrehte die Augen. »Ich auch nicht«, zischte sie.

»Wurde ja auch Zeit, dass endlich mal eine Frau in diesem Männergemauschel aufräumt«, meinte eine Pressefrau. Sie nickte Lale anerkennend zu.

»Und was ist nun mit diesen Akten?«, fragte ein Journalist gereizt.

»Nun, angesichts der Brisanz der Informationen«, sagte Winter milde lächelnd. »Haben wir natürlich die Akten in Sicherheit gebracht und sie vertrauensvoll in die Hände unserer absolut untadeligen Korruptionsbeauftragten Frau Petersen gelegt.«

»Was?«, entfuhr es Lale. »Wovon redet der da?«, zischte sie Jobst zu.

»Er sagt, dass du die Akten vom Verfassungsschutz hast«, flüsterte Jobst und grinste. »Der kommt auf Ideen. Stell dir vor, man würde ausgerechnet dir solche Akten anvertrauen.« Er lachte leise.

Lale runzelte die Stirn. Warum sagte Winter so etwas? Wie kam er nur darauf? Und warum war ihr das Wort Verfassungsschutzakte so eigenartig geläufig. Kroko! Er hatte auf Evas Beerdigung davon gesprochen. Diese Akte mit den Dossiers über alle möglichen Leute wie bei den CD-ROMs. Und dann hatte es auch noch Dossiers zu Eva und Oliver darin gegeben. Natürlich! Winter meinte diese Akte, mit der er Dr. Wurm bei ihr vorbeigeschickt hatte. Aber wo steckte die jetzt? Lale überlegte angestrengt, auch noch, als sich der Saal jetzt langsam zu leeren begann. Wo hatte sie zuletzt diese Akte gehabt?

»In mein Büro!«, kommandierte Gerste im Vorbeigehen. »Besprechung.«

Wo kam der denn auf einmal her? Lale sah ihren Chef irritiert an.

»Ich komme mit«, erklärte Jobst. Er hakte Lale unter.

»Oh, da wird Mandy sich aber freuen«, sagte Lale und beobachtete, wie Gerste vor ihnen den vermummten Verfassungsschützer in den Aufzug schob. Sie schlüpften ebenfalls mit hinein. Lale drückte die Taste für das vierte Stockwerk. Schweigend standen sie in der engen Kabine. Lale versuchte sich immer noch zu erinnern, wann sie zuletzt die Akte in der Hand gehalten hatte, und vor allem wo. Der Aufzug hielt und spuckte seine Fracht auf den Gang der vierten Etage. Der Vermummte, Jobst und Lale folgten Gerste in dessen Büro.

Gerste baute sich hinter seinem Schreibtisch auf. »So, kann mir jetzt mal bitte jemand erklären, was hier los ist?« Er verschränkte die Arme vor der Brust.

»Friedhof!« entfuhr es Lale. »Es war vor dem Friedhof! Da hatte ich die Akte zuletzt!« Sie grinste, als alle sie anstarrten. »Was gibt's?«

»Das frage ich Sie, Frau Petersen«, sagte Gerste. »Wie kommen Sie an Akten vom Verfassungsschutz?«

»Fragen Sie doch ihn«, schlug Lale vor und deutete auf Paul Winter, der gerade zur Tür hereinstolperte.

»Winter!«, schnauzte Gerste. »Was soll dieses Gerede von Verfassungsschutzakten? Und wieso verteilen Sie die an meine Mitarbeiter?«

Paul Winter sah ihn verwundert an. »Ich? Wieso ich? Ich habe sie lediglich weitergegeben an Dr. Wurm, den Rechtsmediziner, damit er sie Frau Petersen persönlich vorbeibringt.« Er lächelte jovial. »Ich hielt das für eine gute Idee. Es lag schließlich auf seinem Weg und war sicherer als mit der Post.«

»Schwafeln Sie nicht herum!«, verlangte Gerste. »Woher haben Sie diese Akten? Vom Verfassungsschutz?«

»Nein. Und es war auch nur eine.« Der Pressesprecher lächelte. »Vom Kollegen Krokowszic.« Er sah sich um. »Wo ist er denn überhaupt?«

»Wahrscheinlich am Kopierer«, sagte Gerste und winkte ab.

»Und wo ist nun diese eine Akte?«, fragte Jobst ungeduldig. Er sah Gerste durchdringend an. »Sie sind doch sonst so erpicht auf korrekte Dienstwege!«

»Bei mir ist die Akte«, sagte Lale leichthin. »Sie liegt in meinem Auto.«

»Na dann liegt sie da sicherlich noch länger«, warf Jobst ein. »In diesem Altpapiercontainer auf vier Rädern vermutet wirklich niemand brisante Unterlagen!«

»Hör mal!«, widersprach Lale. »Das stimmt gar nicht! Pit hat am Wochenende das ganze Papier in den Container gebracht. Mein Auto ist blitzblank!« Sie schluckte. »Oh«, sagte sie dann tonlos. »Ich fürchte, die Akte ist dann auch weg.«

»Du meinst, Pit hat das gesamte Papier aus deinem Auto entsorgt?«, fragte Jobst entsetzt. »Du meinst, Pit hat Zeitungen, Zeitschriften und Akten gleichermaßen in irgendeinen x-beliebigen Papiercontainer befördert?«

Lale schluckte erneut. »In mehrere verschiedene, fürchte ich. Es war verdammt viel Altpapier.«

»Und das hat er bestimmt gründlich getan«, sagte Jobst seufzend. »Nun könnte der Bengel ein Mal ein paar Gene seiner Mutter gebrauchen… Aber nein, da ist er auf einmal ganz der Vater!« Jobst schnaufte.

»Pit kann doch nichts dafür«, sagte Lale und drehte sich zu dem vermummten Verfassungsschützer um, der etwas abseits stand. »Sie müssten doch wissen, was drinsteht in der Akte!«

Der Vermummte nickte erst und schüttelte dann entschieden den Kopf.

»Nun nehmen Sie doch mal die Maske ab!«, verlangte Lale

unwirsch. »Hier sind wir doch unter uns.« Sie begann an dem dunklen Stoff zu ziehen. Der Verfassungsschützer wehrte sich kurz, gab dann aber nach. Er war immerhin ein Stück kleiner als Lale. Sie riss die Maske herunter und staunte: »Kroko!!!«

Alle starrten in Krokos rotes schweißfeuchtes Gesicht, um das seine nass geschwitzten Haare klebten.

»Krokowszic, was soll das?«, fragte Gerste barsch. »Wo ist der Mann vom Verfassungsschutz, den Sie abholen sollten? Wo ist Nepomuk?«

Kroko senkte schuldbewusst den Blick. »Den habe ich verbummelt«, stammelte er. »An der Tankstelle.«

»Und was um Himmels Willen tun Sie mit Nepomuk im Auto an einer Tankstelle?« Gerste schnaubte vor Zorn.

»Ähm, tanken«, sagte Kroko kleinlaut. »Ich weiß, es war nicht der beste Zeitpunkt dafür. Aber als wir heute Morgen die Bautzner Straße entlang fuhren und ich sah, dass das Benzin so günstig war. Da dachte ich, bei den üblichen Benzinpreisen bin ich es dem Steuerzahler schuldig, ein solches Angebot wahrzunehmen!«

Lale beobachtete, wie Jobst den Kopf schüttelte.

»Es ging ja auch eigentlich ganz schnell«, erklärte Kroko. »Nur als ich dann wiederkam, war er weg. Und dabei hatte ich ihm noch diesen Schokoriegel mitgebracht.« Kroko ließ die Schultern hängen.

»Schokoriegel?« Gerste sah ihn zweifelnd an.

»Ja«, sagte Kroko. »Mit Nugat.«

Lale lachte auf. »Na dann! Ich dachte schon mit Kokos oder Karamell.«

Jobst warf ihr einen langen Blick zu. Dann sah er Gerste kopfschüttelnd an. »Lassen Sie mich einmal zusammenfassen.« Er atmete tief ein. »Es gibt eine Akte des Verfassungsschutzes, die wie auch immer in Ihre Abteilung gelangt und verschwunden ist. Es gibt einen Verfassungsschützer, der einem Ihrer Mitarbeiter abhanden gekommen ist. Und…« Jobst schnaufte heftig. »Und es gibt fünf ungeklärte Mordfälle, während Ihre Kriminalhauptkommissarin…« Er deutete auf Lale. »Während sie sich um die Ermittlungserfolge des Rauschgiftdezernats kümmert.« Jobst schien noch ein Stück zu wachsen. »Gerste, ich gelange langsam zu der Erkenntnis, dass Sie Ihren Laden nicht im Griff haben«, sagte er drohend. »Organisierte Kriminalität! Sie sollten bei denen lieber ein Praktikum machen! Dann lernen Sie immerhin mal etwas in Sachen Organisation!« Jobst wurde immer lauter. »Ich spiele mit dem Gedanken, Sie vom Dienst zu suspendieren!«

Lale beobachtete Gerste. Er schien sehr um Ruhe bemüht. Doch die geschwollene Ader an seiner Schläfe verriet, wie es tatsächlich um seine Gemütsverfassung stand. Er sah Jobst böse an. »Wieso mich?«, fragte er gepresst. »Warum nicht sie?« Er deutete auf Lale. »Sie hat die Akte verschlampt. Und sie hat sich in die Ermittlungen der Rauschgiftler eingemischt. Warum suspendieren Sie nicht sie? Weil sie Ihre Ex-Frau ist?«

»Blödsinn«, knurrte Jobst. »Weil es überhaupt keinen Sinn hat, sie zu suspendieren. Sie ermittelt sowieso weiter.«

Über Gerstes gerade noch so angespannte Züge huschte der Anflug eines Lächelns. »Dann gelange ich zu der Erkenntnis, dass Sie als Staatsanwalt Ihre ermittelnde Exekutive ebenfalls nicht im Griff haben. Oder sollte ich besser sagen: Ihre Ex-Frau?«

Lale schmunzelte. »Ach Chef, nehmen Sie es ihm nicht übel!«, verlangte sie. »Er hat bloß schlechte Laune, weil heute Nacht unser Hauptbelastungszeuge bei mir übernachtet hat.«

Gerste und Jobst sahen sie groß an. Dann war es Kroko, der fragte: »Und wer ist das?«

»Oliver Schmitt«, erklärte Lale gut gelaunt. »Er arbeitet übrigens auch für den Verfassungsschutz.« Sie warf einen triumphierenden Blick in die Runde. »Außerdem hat unser Herr Staatsanwalt Geldsorgen. Er hat einfach zuviel davon.«

»Wie darf ich das verstehen?«, fragte Gerste.

»Es gibt Hinweise auf Bestechung sowie Bestechlichkeit innerhalb der Staatsanwaltschaft«, sagte Jobst. »Wir sollten dem nachgehen.«

»Und wir müssen Pfisterer finden«, erklärte Lale. »Am besten nehmen wir uns gleich mal unseren Überlebenskünstler zur Brust!«

Nackte Tatsachen

»Leila! Endlich! Ich dachte schon, du kommst gar nicht mehr!«, rief Gola Gronski, als Lale mit Jobst den Vernehmungsraum stürmte.

Mandy sah auf und errötete leicht. »Hallo, Herr Doktor Petersen!«

Jobst grüßte grinsend und deutete auf Gola Gronski. »Er gibt nicht auf«, stellte er fest. »Er will es einfach nicht begreifen!«

»Wo waren wir stehen geblieben?« Mandy sortierte kurz ihre Gedanken, dann fragte sie streng: »Also, wie ist das Rauschgift in Ihr Kunstobjekt geraten?«

Lale betrachtete das laufende Aufnahmegerät. Offensichtlich war diese Vernehmung schon eine Weile im Gange und Mandy hatte Gola bereits kräftig eingeheizt. Er wirkte außerordentlich beansprucht.

»Das habe ich Ihnen doch schon gesagt«, jammerte Gola. »Ich weiß es nicht!«

»Ach, du weißt gar nicht, wie die Drogen in ›Human Resources‹ geraten sind?«, fragte Lale.

»Ja, ich habe keine Ahnung!« Gola zuckte die Achseln. »Leila, erklär ihnen bitte, dass mir hier übel mitgespielt wird! Erst dieses Attentat auf meine Transplantage. Dann versteckt man Rauschgift in meinen Kunstwerken. Wer weiß, vielleicht ist die gesamte Ausstellung kontaminiert!«

»Ja, ja, das böse Attentat.« Zum Glück hat sich das inzwischen aufgeklärt. Brigitte hatte ihr gestern gestanden, dass sie den Bagger in Gronskis Transplantage gesteuert hat, um sich an ihm zu rächen. Frauenherzen brechen verursacht eben meist schmerzhafte Nebenwirkungen.

Lale hockte sich auf die Tischkante und sah Gola aufmerksam an. »Wo ist denn dein Freund Pfisterer?«, fragte sie.

»Pfisterer?« Gola schaute erstaunt. »Keine Ahnung! Warum willst du das wissen?«

»Wir stellen hier die Fragen, Gronski!«, wies Mandy ihn zurecht. »Also, wo ist er?«

»Ich sagte doch schon: Ich habe keine Ahnung.« Gola Gronski sah Lale hilflos an.

»Ich finde, Sie sind erschreckend ahnungslos«, warf Jobst ein.

»Dann fragen wir ihn doch nach Dingen, mit denen er sich auskennt«, schlug Lale vor. »Woher bekommst du deine Materialien, Gola?«

»Na ja, du weißt doch, dass das ziemlich schwierig ist.« Gola wand sich sichtlich.

Lale zog die Augenbrauen hoch. »Woher?«, fragte sie mit Nachdruck.

»Nun ja, mal hier, mal da«, meinte er ausweichend. »Wie es sich so ergibt.«

»Und wie hat es sich letzten Freitag so ergeben?«, hakte Lale nach. »Da hast du doch eine Lieferung bekommen.«

»Aber Leila.« Gola versuchte es im Schmuseton. »Können wir darüber nicht in Ruhe sprechen?« Er sah sich um. »Du und ich?«

»Sicher«, sagte Lale knapp. »Das tun wir ja gerade. Du und ich. Ich bin völlig ruhig.«

»Das stimmt«, sagte Jobst amüsiert. »Sie ist wirklich erstaunlich ruhig. Viel ruhiger als sonst.«

Lale bedeutete ihm zu schweigen und wandte sich Gola zu. »Du hast am Freitagabend eine Lieferung von Pfisterer bekommen. Das hat er selbst in deinem Beisein erzählt.«

»Ach ja? Dann wird es wohl so gewesen sein«, sagte Gola Gronski. »So wichtig war es nun wirklich nicht.«

»Es war immerhin so wichtig, dass Pfisterer die Beerdigung von Eva Schmitt schwänzen musste«, erklärte Lale sachlich. »Also, was hat er dir geliefert? Crystal?«

»Nicht doch! Nein!«, protestierte Gola.

»Stimmt«, sagte Lale. »Das hat er ja erst am Samstag mitgebracht, damit ihr das Kunstwerk präparieren konntet. Natürlich ganz und gar konstruktivistisch und streng additiv!«

»Wie kommst du denn darauf?«, fragte Gola entsetzt.

»Jetzt fragt der schon wieder!«, schnaubte Mandy. »Isch fasses ni!«

»›In Vitro‹ ist für 200.000 an den Innenminister gegangen«, sagte Lale. »Kommt dir das bekannt vor?«

Jobst sah sie erstaunt an. »…›Der Kunde ersteigert das, es kann gar nichts schiefgehen. Wir müssen nur die Plastik präparieren‹…?« Lale fixierte Gola. »…›Du musst die Plastik dann nachbearbeiten, damit die Manipulation nicht auffällt, schließlich verkaufen wir nur echte Gronskis‹…?«

Gronski rutschte unbehaglich auf seinem Stuhl herum.

»Ich habe alles mit angehört«, erklärte Lale. »Du musst dir also gar nicht erst irgendwelche Geschichten einfallen lassen.«

»Er hat mich gezwungen«, sagte Gola Gronski matt. »Ich, ich wollte das doch gar nicht.«

»Stimmt, das hast du gesagt.« Lale nickte. »Allerdings hast du dich nicht lange bitten lassen.«

»Er hat Sie also unter Druck gesetzt«, sagte Jobst. »Womit?«

»Nein, nicht ganz«, erklärte Lale. »Er hat dir regelmäßig Material besorgt. Er hat dir die medizinischen und labortechnischen Materialien besorgt, an die du sonst nie und nimmer herangekommen wärst. Illegale Materialen!«

Gola Gronski ließ den Kopf hängen. »Ja, er hat mir das Material besorgt. Weiß der Geier, wie er das geschafft hat.«

»Und Sie haben sich nie gefragt, woher das Zeug stammt?«, fragte Jobst.

Gola schüttelte betrübt den Kopf. »Offen gestanden: nein.«

»Soll isch jetz noch Gaffee und Guchen holen?«, rief Mandy empört. »Was isn das hier fürn Gaffeekränzschen?« Sie baute sich drohend vor Gola Gronski auf. »Wo ist dieser Pfisterer? Oder sollen wir Sie jetzt gleich vor die Tür setzen, damit Sie sich bei lebendigem Leib verbuddeln lassen können wie Jörg Fritzkötter? Na, los! Kommen Sie, gehen wir!«

»Wie?«, fragte Gola entsetzt. »Was ist denn mit Fritzkötter?«

Lale nickte Mandy anerkennend zu. »Tot ist er«, sagte sie. »Kein schöner Tod, das muss ich sagen.«

Gola starrte Lale an. »Aber warum denn? Er hat doch…« Er verstummte.

»Warum denn?! Warum denn?!« Mandy sah ihn böse an. »Sach es uns, du Lackaffe!«

Gola Gronski zuckte hilflos die Schultern. »Fritzkötter. Ein netter Mensch. Er arbeitet in einem Krankenhaus und liefert regelmäßig das beste Material.«

»Nicht mehr«, sagte Lale. »Und vorher wohl auch nicht ganz freiwillig. Jedenfalls hat er sich erwischen lassen.«

»Ich weiß nur, dass er Geldsorgen hatte«, sagte Gola schlapp. »Hat er nicht Familie?«

»Nu!« Mandy blitzte Gola Gronski böse an. »Zwee kleene Kinder und ne Frau, die sisch was Neues zum Poppen gesucht hat.«

»Also, Frau Schneider!«, sagte Jobst mit gespielter Entrüstung.

»Is doch wahr!«, rief Mandy aufgebracht. »Un das arme Schwein, ihren Lover, ham se dann uffm Altmarkt zermatscht!«

»Was?«, fragte Gola alarmiert. »Wen?«

»Peter Altmann.« Jobst zögerte. »Sagt Ihnen der Name etwas?«

Gola Gronski schluckte. »Ich weiß nicht…«

»Er war Polizist«, erklärte Jobst. »Wir vermuten, dass er für beide Seiten gearbeitet und dann die Kontrolle verloren hat.«

»So?«, fragte Lale spitz. »Vermuten wir das?« Sie funkelte Jobst böse an. »Was vermuten wir denn sonst noch so, Herr Staatsanwalt?«

»Ni schon wieder«, stöhnte Mandy. »Es reicht schon, dass der da nervt!« Sie deutete auf Gola Gronski.

»Die Typen auf dieser Auktion«, hob Lale an. »Welcher von denen sollte ›Human Resources‹ eigentlich ersteigern?«

»Ich weiß es wirklich nicht.« Gola klang armselig.

»Der mit der Prinz-Eisenherz-Frisur?«, insistierte Lale.

Gola zuckte die Achseln. »Ich weiß nicht, wer er genau ist. Aber ich habe ihn schon öfter gesehen«, gab er zu.

»Wo ist Pfisterer?«, fragte Jobst mit Nachdruck. »Wohin könnte er sich absetzen, wenn es heiß wird?«

Gola Gronski guckte verstört. »Woher soll ausgerechnet ich das wissen?« Dann schien er zu überlegen. »Er hat mal von einem Refugium in Frankreich gesprochen.«

»Frankreich ist groß! Wo in Frankreich?«, fragte Lale gereizt.

»Ich weiß es nicht genau«, jammerte Gola. »Er sprach von einem alten Weingut. Ich nehme an, aus der Region bezieht er auch den Wein, mit dem er handelt.«

»Und Eva Schmitt?« Lale raufte sich den Blondschopf. »Was weißt du über Eva Schmitt?«

Jobst zog sein Mobiltelefon aus der Tasche und starrte angespannt auf das Display. »Es geht los«, sagte er. »Der Koffer wurde bewegt.« Er nickte Lale zu. «Kommst du?«

Lale schob sich mit Schwung von der Tischkante. »Mit Vergnügen!«

»Un isch darf misch mit dem hier rumärgern?« Mandy stemmte empört die Hände in die Hüften.

»Frau Schneider, Sie sind einfach unschlagbar!« Jobst strahlte Mandy an und zeigte auf Gola Gronski wie auf ein überflüssiges Möbelstück. »Am besten verstauen Sie ihn in einer Einzelzelle. Man kann ja nie wissen!«

Lale nickte. »Richtig. Angeblich hat Kurt Sieger seine Schlägertypen ja überall…«

»Leila!«, schrie Gronski. »Du willst mich doch nicht diesen Leuten ausliefern?«

Lale drehte sich nach Gola um. »Damit Eines mal klar ist: Du hast dich diesen Verbrechern ganz und gar selbst ausgeliefert!« Sie sah ihn mitleidig an. »Außerdem, was willst du? DU bist hier doch der Überlebenskünstler!« Dann folgte sie Jobst. Sie brannte darauf zu erfahren, was es mit diesem Geldkoffer auf sich hatte. Erst im Aufzug holte sie den zufrieden ausschauenden Jobst ein.

»Was ist los?«, fragte Lale keuchend, während der Aufzug ins Erdgeschoss fuhr.

»Der Koffer wurde bewegt«, erklärte Jobst und deutete auf das Display seines Telefons.

»Ach, hat dein Koffer dich angerufen?«, fragte Lale amüsiert.

»Es ist nicht MEIN Koffer«, stellte Jobst klar. »Angerufen hat mich der Sender im Koffer, und jetzt können wir ihn verfolgen. Wir sollten uns nur ein bisschen beeilen.« Die Aufzugtüren öffneten sich, Jobst verließ zügig das Gebäude und lief im Eilschritt über den Parkplatz.

»Was ist eigentlich im Koffer drin? Außer dem Sender natürlich?«

»Mach dir mal keine Sorgen«, sagte Jobst. »Das Geld habe ich wieder zurückgelegt. Das erschien mir sicherer.« Er gab Gas und schaffte es gerade noch bei Grün über die große Kreuzung am Rathenauplatz. Dann bog er links ab. »Wir brauchen höchstens fünf Minuten bis zum Gericht!«

Lale betrachtete die nahezu menschenleere Straße. Dann sah sie zwischen den Bäumen auf der linken Straßenseite jemanden stehen. »Hey, guck mal! Der ist ja nackt!«, rief sie.

»Vielleicht will er baden«, sagte Jobst lächelnd. »Die Ossis stehen doch so auf FKK.«

»Aber doch nicht am Terrassenufer«, sagte Lale und beobachtete, wie der Mann sich offenbar verschämt zwischen die Büsche duckte. Jetzt erkannte sie ihn. Das war der Typ mit der Prinz-Eisenherz-Frisur! »Hey, halt an!«, rief sie.

»Doch nicht jetzt!«, entgegnete Jobst. »Wir haben wirklich Wichtigeres zu tun als irgendwelche Exhibitionisten aufzugabeln.«

»Nein! Stopp!« Lale hatte die Beifahrertür bereits halb aufgerissen.

Notgedrungen hielt Jobst am Straßenrand. Lale sprang hinaus und lief über die Straße, direkt auf den nackten Prinz Eisenherz zu. Zum Glück hatte er diese markante Frisur, sonst hätte sie ihn bestimmt nicht wiedererkannt. »Warten Sie!«

Der Typ blieb stehen, sah sie erschrocken an und hielt sich verschämt die Hände vor sein Geschlechtsteil.

»Was ist los?«, fragte Lale und musterte ihn. Er wirkte ziemlich verstört.

»Ich, ähm, man hat, also ich…«, stammelte er. »Entschuldigen Sie bitte.« Er seufzte. »Ich bin noch ganz verwirrt.«

»Sieht man«, sagte Lale trocken. »Sie haben sogar wesentliche Bestandteile Ihrer Kleidung vergessen.«

»Ich bin eben hier zwischen den Büschen aufgewacht«, erklärte er. »Nackt.«

»Und Sie wissen nicht mehr, wie Sie hierher gekommen sind?«, fragte Lale.

Er schüttelte den Kopf. »Ich kann mich an gar nichts erinnern.«

»Na, dann kommen Sie mal mit«, sagte Lale. »So können Sie hier ja nicht bleiben, ohne Ärger zu bekommen.« Sie führte ihn über die Straße zu Jobsts Auto.

»Ich kenne Sie«, sagte der Nackte. »Sie sind diese Kommissarin.«

»Korrekt«, sagte Lale. »Aber jetzt kommen Sie. Plaudern können wir später noch ausgiebig. Wir haben nämlich gerade einen Einsatz. Los, einsteigen!« Sie warf die Tür hinter ihm zu und nahm selbst wieder auf dem Beifahrersitz Platz.

»Der scheint immer geradeaus zu gehen«, sagte Jobst, als er den Wagen wieder anließ und weiterfuhr.

»Na, dann fahren wir eben immer geradeaus hinter ihm her«, schlug Lale vor. »Du machst das schon!« Sie klopfte Jobst gönnerhaft auf die Schulter. Dann drehte sie sich zum neuen Passagier auf der Rückbank um. »Und nun zu Ihnen! Wer sind Sie eigentlich? Über den Weg gelaufen sind wir uns ja schon öfter.«

»Das Letzte, woran ich mich erinnere, ist eine Tankstelle«, sagte er. »Ich saß an einer Tankstelle in einem Auto.«

»Ach? Lassen Sie mich raten!«, rief Lale. »Sie waren mit meinem Kollegen Krokowszic unterwegs!«

Jobst zog die Augenbrauen hoch. »Sie sind das? Warum sind Sie denn abgehauen?«

»Ich bin nicht abgehauen«, entgegnete der Nackte. »Man hat mich entführt.«

»Wer?«, fragte Lale. »Und warum?«

»Wer kann ich nicht sagen«, meinte der nackte Mann. »Warum kann ich nur vermuten.«

»Sie arbeiten für den Verfassungsschutz«, stellte Lale fest. »Wer sind Sie?«

»Nepomuk«, antwortete Jobst an seiner Stelle.

»Waren Sie auf Eva Schmitt angesetzt?«, fragte Lale.

»Ich kann über so was nicht sprechen«, erwiderte Nepomuk.

»Klar, das müssen Sie auch nicht«, gestand Lale ihm zu. »Sie müssen doch nur nicken oder den Kopf schütteln.«

Jobst warf ihr einen Seitenblick zu. »Lale, also wirklich.«

Lale beobachtete den Kopf mit der Prinz-Eisenherz-Frisur. Na also, er nickte.

»Ha, der Koffer ruht wieder«, stellte Jobst zufrieden fest. »Und zwar da hinten irgendwo.« Er reichte Lale sein Mobiltelefon.

»Die Adresse kennen wir doch«, freute sich Lale. »In dem Haus ist Evas Wohnung.«

Kurz darauf brachte Jobst den Geländewagen in der Pfotenhauerstraße vor dem Hochhaus Nr. 5 zum Stehen.

»Ähm, haben Sie zufällig irgendetwas zum Anziehen im Auto?«, fragte Nepomuk, als Jobst und Lale schon aussteigen wollten. »Etwas zum Einwickeln tut's auch, eine Decke oder so.«

Jobst überlegte. »Im Kofferraum müsste noch meine Golftasche sein. Ich schaue mal nach.« Er lief um den Wagen herum und zog eine edle Reisetasche aus dem Kofferraum. »Hier.« Er stellte die Tasche auf die Rückbank neben den nackten Nepomuk. »Da ist alles drin, was Sie brauchen. Also Golfhose, Polohemd, Golfsocken. Nur keine Unterwäsche.«

»Golfsocken?« Lale sah Jobst grinsend an. »Es gibt extra Golfsocken?«

»Natürlich«, sagte Jobst und warf einen neugierigen Blick hoch zu den Fenstern von Evas Wohnung. Die Rollos waren halb geschlossen. Von außen wirkte alles unverändert. Dann sah er ins Wageninnere. »Sind Sie so weit?«

»Ja«, sagte Nepomuk und krabbelte von der Rückbank.

Lale pfiff begeistert, als sie ihn und seine Frisur mit pinkfarbenem Polohemd und viel zu weiter Knickerbocker im Glencheck-Muster sah. »Und wo sind die Spezialsocken mit den 18 Löchern?« Sie lachte, und selbst der immer noch etwas verschreckt wirkende Verfassungsschützer schmunzelte.

»Ich störe eure modischen Ambitionen nur ungerne, aber wir haben einen dringenden Einsatz«, sagte Jobst verärgert. »Lale, wir sollten mal ein bisschen Dampf machen.«

»Sicher.« Lale setzte sich sogleich in Bewegung und der Verfassungsschützer folgte ihr.

»Sie nicht!«, sagte Jobst streng. »Sie warten hier!«

Nepomuk guckte erschrocken. »Hier im Auto?« Sein Blick wanderte zu Lale. »Bitte! Nicht schon wieder!«

Lale sah ihn mitfühlend an. Sie konnte verstehen, dass er heute keine Lust mehr hatte, im Auto auf andere zu warten. »Jobst, wir können ihn doch mitnehmen«, schlug sie vor.

»Auf keinen Fall«, entgegnete Jobst. »Wir wissen doch gar nicht, was uns da oben erwartet.«

»Eben«, sagte Lale. »Vielleicht können wir ein bisschen Verstärkung brauchen. Außerdem…« Sie sah Nepomuk von oben bis unten an. »Außerdem kann er immer noch abschrecken.« Sie lächelte den ängstlichen Verfassungsschützer aufmunternd an.

»Na gut.« Jobst seufzte. »Bevor wir hier noch länger herumtrödeln. Aber jetzt mal hopphopp!«

Im Laufschritt ging es durch die offen stehende Haustür ins Treppenhaus zum Lift. Auf dem Weg hinauf in den sechsten Stock beobachtete Lale Nepomuk aufmerksam. Er wirkte nervös.

»Wovor haben Sie Angst?«, fragte sie.

Er schwieg.

»Gut, dann anders.« Lale überlegte kurz. »Warum haben Sie auf dieser Auktion mitgeboten?«

Er wich ihrem Blick aus. »Ich dachte mir, dass mit diesem Kunstobjekt irgendetwas faul war«, sagte er.

»Und woher haben Sie soviel Geld?«, fragte Lale.

Er zuckte die Achseln.

»Und Sie sind sich im Klaren darüber, auf wessen Gehaltsliste Sie stehen?«, fragte Jobst mit süffisantem Unterton. »Ich meine, Sie sind sicher, dass es nur eine ist?«

Der Aufzug hielt und die Türen öffneten sich. Die langen Flure waren menschenleer. Als sie sich der Wohnung von Eva Schmitt näherten, machte Jobst ein Zeichen, nicht zu sprechen, obwohl sowieso niemand etwas sagte. Von drinnen war nichts zu hören. Jobst legte ein Ohr an die Tür und lauschte.

Lale sah ihn kopfschüttelnd an und drückte auf den Klingelknopf.

»Lass das doch!«, zischte Jobst. »Jetzt ist er oder sie doch gewarnt.«

»Na, und«, meinte Lale. »Meinst du hier oben setzt sich jemand über den Balkon ab?«

Dann waren Schritte zu hören. Lale merkte, dass jemand durch den Spion sah, denn der kleine kreisrunde Ausschnitt wurde plötzlich dunkel und gleich darauf wieder hell. Die Tür öffnete sich.

»Heute ist aber richtig was los!«, freute sich Oliver Schmitt. »Immer hereinspaziert!« Dann gewahrte er Nepomuk und stutzte kurz.

»Wo ist der Koffer?« fragte Jobst scharf.

»Der ist da hinten. Folgen Sie mir!«, sagte Oliver Schmitt. Er ging ins Schlafzimmer, wo der Koffer mitten auf dem Bett lag.

»Erklärung!«, forderte Jobst.

»Gerne«, sagte Oliver Schmitt gut gelaunt und zwinkerte Lale zu. »Sie werden nicht glauben, wer eben hier war!«

»Das wird sich dann ja zeigen, was wir Ihnen glauben und was nicht«, sagte Jobst und nahm den Koffer genauer in Augenschein. Er öffnete ihn kurz und warf einen prüfenden Blick hinein. »Scheint noch alles da zu sein«, sagte er.

Oliver Schmitt grinste noch immer. »Den hat mir gerade Herr Dr. Brenzlig vorbei gebracht.«

»Echt?« Lale sah ihn an. »Einfach so?«

Oliver Schmitt schüttelte den Kopf. »Natürlich nicht. Er hat sich dafür eine neue externe Festplatte geleistet«, erklärte er breit grinsend.

»Dr. Brenzlig also?« Jobst sah ihn misstrauisch an. »Das kann ja jeder behaupten! Woher weiß ich denn, dass Sie den Koffer nicht selbst geholt haben! Vielleicht wollen Sie das Ganze Brenzlig nur in die Schuhe schieben – oder sogar mir!«

»Warum sollte ich Ihnen etwas in Ihre schicken italienischen Treter schieben?« Oliver Schmitt schaute schmunzelnd auf Jobsts edles Schuhwerk.

»Was hat er denn gesagt?«, fragte Lale.

»Dass er die Daten haben will.«, erklärte Oliver Schmitt.

»Und die rücken Sie einfach so heraus?« Lale sah ihn verwundert an.

»Na, also anfangen kann er damit nichts«, entgegnete Oliver Schmitt. »Und außerdem haben Sie ja alles auf CD-ROM.«

»Ach?« Jobst sah Lale aus schmalen Augen an. »Du hast die Akten also doch?«

»Wenn Sie mir nicht glauben…« Oliver Schmitt griff zu einer Fernbedienung, die ebenfalls auf dem Bett lag. »Ich habe alles aufgezeichnet. Schließlich hat Eva hier Kameras.«

»Hier sind Kameras installiert?«, fragte Jobst verblüfft. »Warum hat die Spurensicherung die denn nicht entdeckt?«

»Weil sie gar nicht erst danach gesucht hat«, vermutete Lale.

Oliver Schmitt betätigte die Fernbedienung, und auf dem Bildschirm in der Ecke erschienen Bilder von ihm und dem Oberstaatsanwalt. In Nahaufnahme waren die Übergabe der externen Festplatte und des Koffers festgehalten. Jobst schüttelte den Kopf und Lale starrte gebannt auf die durchaus scharfen Bilder. Der Ton war einwandfrei:

»Ich wusste doch, dass Sie irgendwann zur Vernunft kommen, Schmitt«, sagte Brenzlig.

»Woher kommt das Geld?«, fragte Oliver Schmitt und warf einen Blick in den Koffer.

»Das hat Sie nicht zu interessieren«, erklärte Brenzlig. »Wenn ich Ihnen einen Rat geben darf. Nehmen Sie das Geld und bauen Sie sich irgendwo anders eine Existenz auf. Sie sind doch Werbegrafiker, Sie können doch etwas!«

Oliver Schmitt übergab ihm die Festplatte. »Und Pfisterer?«

»Machen Sie sich mal keine Gedanken«, sagte Brenzlig.

»Pfisterer ist derzeit damit beschäftigt, seinen eigenen Arsch zu retten.«

Oliver Schmitt stoppte die Aufnahme, so dass nur noch Brenzlig im Standbild zu sehen war. »Nun?«, fragte er. »Habe ich Ihnen zu viel versprochen?« Dann sah er Nepomuk an, der die ganze Zeit über schweigend auf der Bettkante gekauert hatte. »Was ist mit ihm?«, fragte er Lale.

Lale sah nachdenklich auf Nepomuk hinunter. »Wir müssen uns erst noch eingehend unterhalten«, erklärte sie. »Bisher weiß ich nur, dass er ein Kollege von Ihnen ist.«

»Kollege!«, rief Oliver Schmitt. »Na, Sie machen mir Spaß! Der Mann arbeitet auch für den Verfassungsschutz, das ist aber auch alles.« Er sah Lale amüsiert an. »Das Gespräch mit ihm können Sie sich schenken. Ich kann Ihnen sagen, was Sie wissen wollen: Er ist Pfisterers rechte Hand!«

»Ach?« Jobst sah Oliver Schmitt neugierig an. »Ich dachte, das sei dieser Ex-Polizist, dieser Kurt Sieger.«

»Der ist wohl eher seine linke Hand!« Oliver Schmitt wirkte amüsiert.

»Na los, Nepomuk«, verlangte Lale. »Wer sind Sie wirklich?«

Nepomuk starrte vor sich hin und schwieg.

»Gestern bei der Auktion«, hob Lale an. »Was genau war da Ihre Aufgabe?«

Nepomuk schwieg beharrlich.

»Sie sollten den Preis in die Höhe treiben«, mutmaßte Lale. »Habe ich recht?«

Jobst rieb sich das Kinn. »Wir müssen ihn auf jeden Fall mitnehmen«, sagte er. »Wenn er nicht redet, müssen wir wohl davon ausgehen, dass er der Drogenhändler ist, der den Stoff erwerben wollte.«

Nepomuk sah Jobst entsetzt an. Dann schaute er zu Lale.

»Ach, wir können ihn auch laufen lassen«, sagte Lale leichthin. »Pfisterers und Kurtis Leute werden sich schon um ihn kümmern.« Sie lachte gehässig.

Nepomuk sah sie an. »Bitte nicht«, sagte er tonlos. »Ich bin wirklich nur ein ganz kleiner Fisch.«

»Der mit den Haien mitschwimmt, um nicht von ihnen gefressen zu werden.« Oliver Schmitt sah ihn abschätzend an. »Sie hatten ihn auf Eva angesetzt.«

»Ich habe mitbekommen, dass Kurt Sieger einen V-Mann gerochen hat«, erklärte Nepomuk. »Sie haben alle durchgecheckt, um mit Verdächtigen kurzen Prozess zu machen.« Er schnaufte. »Der kleinste Fehler wäre tödlich gewesen.«

»Feigling!«, stieß Oliver Schmitt hervor. »Das wäre der richtige Zeitpunkt gewesen, um endlich deine Arbeit zu machen, du Null! Stattdessen schaust du seelenruhig zu.«

»Aber das ist doch meine Aufgabe«, sagte Nepomuk mit dünner Stimme. »Ich bin kein Polizist. Altmann, der war Polizist. Und jetzt ist er tot.«

»Was du wahrscheinlich hättest verhindern können!«, warf Oliver Schmitt ihm vor.

»Schluss jetzt!«, ging Lale dazwischen. »Euer Berufsethos könnt ihr ein andermal diskutieren.« Sie sah Nepomuk an. »Sie bekommen jetzt Gelegenheit, Ihr professionelles Können unter Beweis zu stellen.« Sie wandte sich an Jobst. »Dein Telefon, bitte!«

»Was hast du vor?«, fragte er und reichte ihr sein Handy.

»Ich? Nichts.« Lale grinste. »Unser neuer Freund hier wird sich für morgen Früh mit Pfisterer verabreden.« Sie drückte Nepomuk das Telefon in die Hand. »Morgen 8 Uhr im Atelier von Gola Gronski! Los!«

Nepomuk sah sie verängstigt an.

»Nun machen Sie schon!«, drängte Lale. »Sagen Sie ihm, Sie müssten noch Beweismittel entfernen oder so was.«

Der Verfassungsschützer griff zögernd zum Telefon.

Jobst sah Lale neugierig an. »Was hast du vor?«

Sie deutete mit einem Kopfnicken auf den Koffer, während Nepomuk wählte. Der Schweiß stand ihm auf der Stirn und auch das pinkfarbene Polohemd zeigte feuchte Stellen an Bauch und Achseln. Jobst verzog angewidert das Gesicht.

»Heribert?« – »Ja, ich bin's!« – »Ähm, es ist so: Wir müssen uns treffen.« Nepomuk wirkte konzentriert.

Lale wippte ungeduldig mit dem Fuß und begann auf und ab zu gehen.

»Ja... Nein. Gleich morgen früh«, sagte Nepomuk. »In Gronskis Atelier!« – »Genau. Es ist besser...« Nepomuk sah aufs Telefon. »Aufgelegt«, sagte er. »Aber er kommt.«

»Sehr schön!« Lale nickte zufrieden.

»Was soll das werden?«, fragte Oliver Schmitt.

»Nicht jetzt«, sagte Lale. Sie deutete auf den Bildschirm. »Gibt es hier noch mehr Aufzeichnungen?«

Oliver Schmitt nickte. »Aber das sind wahrhaft andere Situationen.« Er schmunzelte. »Die wollen Sie sich nicht wirklich anschauen.«

»Ich nicht«, sagte Lale. »Aber mein Kollege wird das tun müssen. Wer weiß, wen wir hier noch alles entdecken!«

»Nehmen Sie die Filme einfach mit.« Oliver Schmitt seufzte. »Ich gucke mir das bestimmt nicht noch einmal an.« Er sah zu Jobst. »Und was machen wir jetzt mit Brenzlig?«

Jobst rieb sich das Kinn. »Ich fürchte, die Bilder von Ihrer Übergabe haben vor Gericht keine ausreichende Beweiskraft. Sie könnten schließlich manipuliert sein.«

»Aber wir haben sie alle gesehen«, gab Lale zu bedenken. »In der Kürze der Zeit hätten sie ja gar nicht zusammengeschnitten werden können.«

»Doch«, sagte Oliver Schmitt. »Aber dann hätte ich das vorbereitet haben müssen. Gesetzt den Fall, ich hätte das alles fingieren wollen, wäre das durchaus möglich gewesen. Der Knackpunkt ist das Geld!«

»Nun ja«, sagte Lale. »Ich weiß, wer das Geld an wen gezahlt hat und er weiß, wo das Geld versteckt war.« Sie deutete auf Jobst.

»Trotzdem ist das, wenn es hart auf hart kommt, ein bisschen dünne«, sagte Jobst stirnrunzelnd. »Brenzlig ist ein Rechtsprofi. Es war ein geschickter Schachzug, das Geld in meinem Büro zu verstecken!«

»Oh!« Oliver Schmitt sah ihn erstaunt an. »Allerdings. So könnte man das Ganze tatsächlich Ihnen in die Edeltreter schieben!«

Lale überlegte angestrengt. »Dann muss jetzt eben Ilse ran, oder Inge?«

»Ach, du meinst Ines?« Jobst grinste. »Aber du hast recht. Mit einer offiziellen Untersuchung der Internen Ermittlungseinheit...«

»Also los!«, rief Lale. »Rufen wir die Denunzianten-Hotline an!«

»Sie meint das Sondertelefon im Innenministerium für anonyme Korruptionsanzeigen«, erklärte Jobst.

Der Weisheit letzter Schuss

Etwa eine Stunde später hielt Jobsts Geländewagen vor Lales Haustür. Die Fenster ihrer Wohnung waren dunkel. Pit war also noch nicht da.

»Und du bist sicher, dass du das morgen durchziehen willst?«, fragte Jobst. Er deutete auf den Koffer auf Lales Schoß.

»Aber klar!«, sagte Lale.

»Ich habe kein gutes Gefühl dabei.« Jobst sah sie sorgenvoll an. »Aber das interessiert dich ja nicht.«

»Stimmt«, erklärte Lale. »Mit deinen Gefühlen musst du selbst klarkommen.« Sie stieß die Beifahrertür auf. »Der Peilsender funktioniert morgen doch noch?«

»Die Batterien halten quasi ewig«, erklärte Jobst. »Und vergiss bitte nicht deine Dienstwaffe! Ich denke, die wirst du brauchen.«

»Geht klar, Herr Staatsanwalt. Bis morgen!« Lale stieg aus und lief mit dem Koffer im Arm ins Haus. Müde erklomm sie die Stufen bis zum zweiten Stock. Sie war nicht nur müde, sie war hundemüde. Lale gähnte. Während sie die Wohnungstür aufschloss, überlegte sie kurz, ob sie den Koffer irgendwo verstecken sollte. »Ach was!«, sagte sie zu sich selbst und stieß die Tür auf, um sie gleich darauf wieder hinter sich zu schließen; sie wollte nicht riskieren, dass Katinka ein weiteres Mal türmte. Sie stellte den Koffer ab und schleuderte die Schuhe von den Füßen. Warum roch es denn hier so komisch? Ob Pit etwas angebrannt war?

»Katinka!«, rief sie, doch die Katze reagierte nicht. »Dickkopf«, murmelte Lale und fing an sich aus ihren Klamotten zu schälen.

»Bevor Sie sich ausziehen, machen Sie doch bitte das Licht an«, sagte eine Stimme aus der Dunkelheit. »Damit wir beide etwas davon haben.«

Lale zuckte zusammen und drückte den Lichtschalter. Pfisterer! Da saß der Wein-, Kunst-, Drogen- und Was-auch-immer-Händler, qualmte eine dicke Zigarre und hielt eine Waffe in der Hand. Ihre Dienstwaffe! Lale atmete tief durch.

»Setzen Sie sich doch«, sagte Pfisterer und lächelte schmierig. »Ich habe uns etwas Schönes mitgebracht.« Er deutete auf die

Rotweinflasche auf dem Tisch. »Einen roten Burgunder, Pinot Noir Jahrgang 2005.«

Lale blieb schweigend stehen und starrte ihn an.

»Setzen Sie sich!«, schnauzte Pfisterer plötzlich und fuchtelte mit der Dienstwaffe herum.

Lale ließ sich betont langsam auf dem Stuhl ihm gegenüber nieder.

»Sie wollten mich treffen? Nun, hier bin ich.«

Lale sah ihn unverwandt an.

Pfisterer paffte dicke Qualmwolken. »Ich bin etwas unter Zeitdruck.«

»Legen Sie die Waffe weg«, sagte Lale ruhig. »Sie können damit ebenso wenig umgehen wie ich.«

Pfisterer betrachtete die Waffe in seiner Hand. »Da haben Sie vermutlich recht.« Er legte sie direkt vor sich auf den Tisch. »Dafür habe ich normalerweise meine Leute.«

»Und die haben schon Feierabend«, sagte Lale spöttisch. »Immer dieser Ärger mit der Gewerkschaft. Da muss man schon mal selbst Hand anlegen, um eine Lieferung Crystal ästhetisch ansprechend zu verpacken, nicht wahr?«

Pfisterer paffte vor sich hin.

»Die Überlebenskunst, die den schleichenden Tod in sich trägt.« Lale nickte ihm zu. »Das plastische Bild von der Zerstörung der Zellen durch die Inkarnation der Droge im Mantel des Heilers. Ich bin beeindruckt.«

Pfisterer sah sie irritiert an. »Hat Gronski das gesagt?«

Lale schüttelte den Kopf. »Nein. Das sage ich.« Sie faltete die Hände und stützte ihr Kinn darauf. »Gronski stammelt nur noch ziemlich armselig vor sich hin. Ich glaube, Fritzkötters tragisches Schicksal lässt seine Künstlerseele nicht kalt.« Sie lächelte süffisant. »Und auch Altmanns Ableben hat ihm vermutlich ebenso zugesetzt wie dem armen Nepomuk.«

Pfisterer sah sie lauernd an. »Wie meinen Sie das?«

»Wie ich es sage.« Lale seufzte demonstrativ. »Meine Kollegen kommen gar nicht mehr damit klar, so viele Informationen auf einmal zu verwalten. Aber zum Glück haben wir ja all diese informativen Dossiers.« In diesem Moment klingelte es in Lales Hosentasche.

Pfisterer griff zur Waffe und richtete sie auf Lale.

»Ganz ruhig«, sagte Lale. »Wenn ich nicht rangehe, stürmt hier vermutlich binnen Minuten ein Sondereinsatzkommando herein. Sie wissen, mein Ex-Mann ist ein verdammt scharfer Hund!«

»Sagen Sie kein falsches Wort«, knurrte Pfisterer.

Lale nahm das Gespräch entgegen. Es war Gerste. »Hallo Chef! Was gibt es Neues?«

»Ich habe Kurt Sieger in die Mangel genommen«, erklärte der Chef. »Ein hartes Stück Arbeit. Aber er ist weichgeklopft.«

»Wie haben Sie Kurti denn weichgeklopft?« Lale warf einen Blick auf Pfisterer.

»Zwei seiner Schläger haben gestanden, Altmann und Fritzkötter ermordet zu haben«, sagte Gerste. »In Siegers Auftrag.« Gerste räusperte sich. »Das wollte er so nicht auf sich sitzen lassen und hat Pfisterer als Auftraggeber ausgespuckt.«

»Das hat Kurti gesagt?«, fragte Lale grinsend. »Pfisterer hat also die Morde an Altmann und Fritzkötter in Auftrag gegeben.«

Pfisterer schnaufte leise.

»Haben Sie die Aussage von diesem Mann?«, fragte Lale. »Sie wissen schon. Die Schießerei auf dem Friedhof, bei der man mich heroisch retten wollte und dann Carlo Schmitt getötet hat?«

»Ja, ist protokolliert«, sagte Gerste. »Wir wissen zwar noch nicht, wer genau der Schütze war, aber es war einer von Siegers Männern.« Lale hörte in Gerstes Büro eine Tür klappen. »Hören Sie, ich muss Schluss machen. Ich knöpfe mir jetzt diesen V-Mann vor, diesen Nepomuk. Ende.«

Lale legte das Telefon zur Seite. »Er knöpft sich jetzt Nepomuk vor«, sagte sie zu Pfisterer.

Der qualmte mürrisch vor sich hin.

»So, jetzt sind Sie aber mal dran mit ein paar Neuigkeiten«, sagte Lale. Sie warf einen Blick auf die Uhr und erschrak. Jeden Moment konnte Pit zur Tür hereinkommen. »Na los!«, forderte sie Pfisterer auf. »Warum mussten Kurtis Männer Altmanns Fallschirm manipulieren?«

»Mussten sie gar nicht«, stieß Pfisterer mürrisch hervor. »K. O.-Tropfen.« Er paffte und schüttelte ein bisschen Asche auf den Boden. »Der Blödmann war ein Spitzel. Und dann hat er sich an die Alte von Fritzkötter rangemacht. Er war einfach ein Sicherheitsrisiko.«

Lale warf erneut einen nervösen Blick auf die Uhr. »Als Spitzel konnte er Ihnen wohl kaum gefährlich werden«, erklärte sie. »Er war für die Ordnungshüter der Depp der Abteilung. Aber wieso hat er sich an Frau Fritzkötter herangemacht? Er hatte doch schon genug Probleme?«

Pfisterer lachte heiser. »Er sollte Fritzkötter aus dem Weg schaffen. Fritzkötter! Dieser Idiot!« Er fuchtelte mit der Dienstwaffe herum. »Erst verzockt er Haus und Hof, dann greift Eva ihm unter die Arme und besorgt ihm den Job, und dann fängt er mit dem Saufen an. Er hat es einfach gründlich vermasselt!«

Lale nickte. »Ich verstehe. Die Geschichte mit dem Klinikmüll. Aber…« Erneut klingelte das Telefon.

Pfisterer zuckte kurz zusammen und richtete schnell die Waffe auf Lale. »Los, rangehen!«

Lale hoffte inständig, dass es Pit war, doch das Display meldete ihren Kollegen Kroko. »Ja, Kroko, was gibt's?«

»Mir ist schlecht!«, stöhnte Kroko ins Telefon.

»Dann gehen Sie kotzen und geben die Leitung frei«, sagte Lale unwirsch.

»Sie glauben gar nicht, was die auf diesen Filmchen alles treiben«, sagte Kroko missmutig.

»Ach, die Filme von Eva Schmitt?« Lale schaute Pfisterer an. »Erzählen Sie doch mal! Wer ist denn so drauf?«

»Die meisten kenne ich nicht«, erklärte Kroko. »Und das kann auch ruhig so bleiben! Da ist wieder und wieder so ein kleiner Dicker, der lässt sich immer auspeitschen.«

Lales Grinsen wurde noch breiter. »Ach, ein kleiner Dicker lässt sich gerne auspeitschen?«

Pfisterer hustete leise.

»Dann habe ich noch diesen Verfassungsmenschen erkannt«, berichtete Kroko. »Den, den ich an der Tankstelle verbummelt habe.«

»Oh, Nepomuk«, sagte Lale. »Den habe ich auch erst kürzlich nackt gesehen!«

»Nee, nicht nackt.« Kroko grunzte verächtlich. »In Frauenunterwäsche.« Er raschelte mit seinem obligatorischen Papierstapel und Lale fragte sich, ob er wohl alles detailliert notiert hatte. »Aber der Hammer ist: Der Innenminister war auch öfter zu Gast bei dieser Frau.«

»Unser Herr Innenminister!« Lale warf Pfisterer einen vielsagenden Blick zu. »Lässt der sich auch so gerne schlagen?«

»Nein«, sagte Kroko diensteifrig. »Der hat es am liebsten, wenn man ihm…«

»Verschonen Sie mich!«, ging Lale schnell dazwischen. »Sonst noch was?«

»Moment!« Kroko raschelte mit seinen Notizen. »Namentlich war da noch der Herr Dr. Brenzlig.«

»Der Oberstaatsanwalt, sieh an!« Lale schielte zur Uhr.

»Sehr gut«, lobte Lale und beendete das Gespräch.

»Sagen Sie mal, Pfisterer, haben Sie eigentlich mit oder gegen Eva gearbeitet?«

Er schnaubte verächtlich. »Dieses Luder!«

»Den Eindruck habe ich allerdings auch«, sagte Lale. Dann lauschte sie angestrengt auf Geräusche aus dem Treppenhaus. Sie musste diese Situation unbedingt beenden, bevor Pit nach Hause kam. Aber wie?

Pfisterer legte die Waffe wieder direkt vor sich auf den Tisch und stieß ein paar ärgerliche Rauchwolken aus. »Naja. Eva hat bekommen, was sie verdient hat.« Er lachte gehässig. »Das müssen selbst Sie zugeben.«

Lale runzelte die Stirn. »Nun ja, Prostitution und Erpressung sind nicht meine Lieblingsdelikte, aber sie deshalb gleich umzubringen, und das auch noch doppelt… Ich halte das für übertrieben!«

Pfisterer lachte. »Sie hat uns alle an der Nase herumgeführt! Allesamt!« Dann sah er Lale grimmig an. »Sie wollte mein Geschäft übernehmen und Kurti abzocken! Sie wollte die komplette Kontrolle! Und wissen Sie, wie?« Er beugte sich vor. »Sie wollte uns alle an den Verfassungsschutz verkaufen! Sie hätte alle hochgehen lassen!«

»Und deshalb haben Sie sie gemeinsam liquidiert?«, fragte Lale und horchte unauffällig. War das Pit? Sie hörte Stimmen im Treppenhaus. Dann ging ein Stockwerk tiefer eine Tür. Glück gehabt! »Aber warum doppelt? Dauerte ihr Sterben durch die Vergiftung zu lang? Haben Sie ihr Substanzen aus Ihren Waschküchen verabreicht?«

»Sieh an, sieh an!«, sagte Pfisterer anerkennend. »Auf den Kopf gefallen sind Sie jedenfalls nicht!«

Das Telefon klingelte. Lale atmete tief ein. Pits Nummer stand auf dem Display.

»Na, machen Sie schon«, sagte Pfisterer und griff zur Waffe.

»Pit!«, rief Lale entzückt.

»Hallo Mama«, sagte Pit. »Du, ist es O. K., wenn ich heute ein bisschen später komme?«

»Gar kein Problem, bleib ruhig so lang du willst weg«, sagte Lale fröhlich.

»Jetzt ist aber Schluss!«, zischte Pfisterer böse über den Tisch.

»Mama, hast du dein Muschebubu da?«, fragte Pit lachend.

»Mein Muschebubu?« Lale grinste. »Genau! Mein Muschebubu. Kümmere du dich um dein Muschebubu, und ich kümmere mich um mein Muschebubu.« Sie drückte erleichtert das Gespräch weg. »So, jetzt sind wir ungestört«, versprach Lale. »Wo waren wir stehen geblieben? Sie haben Eva also vergiftet?«

Pfisterer ließ die Waffe sinken. »Na gut. Ja. Ich will Ihnen reinen Wein einschenken.«

Lales Blick wanderte zur Weinflasche. »Das ist doch mal eine gute Idee«, sagte sie. »Soll ich die mal öffnen?«

Pfisterer nickte grinsend und zielte mit der Waffe auf sie. »Nur damit Sie nicht auf dumme Gedanken kommen.«

Lale stand langsam auf und ging in die Küche, ohne Pfisterer aus den Augen zu lassen. Als sie den Korkenzieher aus der Schublade nahm, blieb ihr Blick kurz an einem der großen Messer hängen. Schnell schob sie die Schublade wieder zu und angelte zwei Gläser aus dem Schrank.

Plötzlich stand Pfisterer hinter ihr. »Lassen Sie mich das machen!«, verlangte er barsch und nahm ihr den Korkenzieher ab.

Lale setzte sich langsam wieder auf ihren Platz. Jetzt musste er die Waffe zur Seite legen. Sie beobachtete jede seiner Bewegungen genau. Sie waren weniger geschmeidig als die von Gola Gronski, aber ebenso präzise. Formvollendet goss Pfisterer sich den ersten Schluck ein, um dann Lales Glas zu füllen.

Pfisterer setzte sich ebenfalls, nahm die Zigarre aus dem Mund und griff zum Glas. »A votre santé, Madame!«

Lale grinste ihn herausfordernd an. »Nich lang schnacken, Kopp inn Nacken!« Sie führte das Glas zum Mund und hielt inne. »Lassen wir ihn doch erst sein Aroma voll entfalten.« Lale grinste süffisant. »Sie haben Eva speziellen Wein geliefert, nicht wahr?«

»Touché.« Pfisterer nickte ihr anerkennend zu. »Sie sind ein helles Köpfchen.«

»Sie haben den Wein gepantscht?«, sagte Lale.

»Aber nicht doch!«, rief Pfisterer mit gespielter Empörung. »Ich doch nicht!«

»Gut, sagen wir, der Wein wurde...« Lale überlegte. »Er wurde etwas aufgepeppt, um den Absatz anzukurbeln.«

Pfisterer wiegte seinen kugelrunden Kopf leicht hin und her. »Nun ja, ein angenehmer kleiner Rausch, ganz ohne Kopfschmerzen oder Katerwirkung. Das erhöht die Kauflust.« Er sah sie triumphierend an. »Nur ein Hauch Amphetamine, nichts Gefährliches!«

Lale musterte ihn. »Aber man kann bei der einen oder anderen Lieferung die Dosis etwas erhöhen oder ergänzen?«

Pfisterer lächelte versonnen.

»Kurzfristige Resultate erreicht man damit allerdings nicht, wenn man jemanden loswerden will, oder?« fragte Lale gespannt. »Wie haben Sie das bei meiner Doppelgängerin geschafft, der Mitarbeiterin aus dem Innenministerium?«

»Methamphetamin und Vollrausch«, sagte Pfisterer. »Sie hat gemeinsame Sache mit Eva gemacht.«

»Der Brief aus Hamburg!«, entfuhr es Lale.

»Was für ein Brief?«, fragte Pfisterer.

Lale dachte nach. Die Tote war eine ehemalige Staatsanwältin, die zuletzt im Innenministerium gearbeitet hatte. Durch diese komische Spezialeinheit hatte sie vermutlich aktuelle Informationen für Eva.

»Was für ein Brief?«, fragte Pfisterer ungehalten.

»Stören Sie mich nicht!«, verlangte Lale gereizt. »Ich denke nach.« Vielleicht hatte diese Frau dic Informationen nach Hamburg geschickt und Eva hatte sich den Brief dann selbst zustellen lassen. »Warum haben Sie die Frau denn gleich umgebracht?«, fragte sie.

»Sie war eine Komplizin von Eva«, erklärte er. »Den Rest

haben Sie ja selbst erlebt.« Er grinste schmierig. »Aber es ist gar nicht so einfach, Ihnen mal ein bisschen Angst einzujagen!«

Lale sah ihn stirnrunzelnd an. »Eva war völlig überdreht«, sagte sie. »Und laut Obduktion hätte sie ohnehin nicht mehr lange gelebt. Zumindest hätte sie so nicht weitermachen können. Warum musste es auf einmal so schnell gehen?«

Pfisterer paffte seine inzwischen erheblich geschrumpfte Zigarre. »Ich weiß es nicht.« Er sah auf die Waffe. »Da hatte wohl noch jemand eine Rechnung mit ihr offen.«

Lale beobachtete ihn. »Kennen Sie ihren Mann, der sich damals in den Westen abgesetzt hat?« Das war zwar ein Schuss ins Blaue, doch dieser ehemalige Stasioffizier war der einzige Mensch, der ihr in diesem ganzen Kuddelmuddel noch einfiel.

Pfisterer nickte und betrachtete seine Zigarre. »Flüchtig.« Er schmunzelte.

»Dann lebt er noch und wurde nicht von irgendwelchen Agenten liquidiert?«, fragte Lale aufgeregt. Das war doch endlich mal eine heiße Spur. »Wie hat er das geschafft?«

Pfisterer sah sie an. Dann steckte er die Zigarre in den Mund und paffte aus vollen Wangen. Er sah aus wie eine Dampflok mit Gesicht aus einem Disneyfilm. »Er hat sich eine neue Identität zugelegt, damit ihn keiner von der alten Riege finden konnte«, sagte er und stieß neue Rauchwölkchen in die Luft. »Genauer gesagt hat er seine Identität mit einem anderen getauscht, der dann bedauerlicherweise auf die Stasileute traf.«

»Skrupellos«, stellte Lale fest ohne mit der Wimper zu zucken. »Und was haben Sie damit zu tun?«

Pfisterer lehnte sich zurück, legte ein Bein über das andere und klopfte mit selbstzufriedenem Grinsen auf den Tisch. »Das bedauernswerte Opfer war einer meiner Geschäftspartner.«

Lale stieß einen leisen Pfiff aus. »Sie verfügen wirklich über interessante Verbindungen!«

»Danke!« Pfisterer deutete mit dem Kopf eine kleine Verbeugung an. »Ich weiß ein Kompliment von Ihnen durchaus zu schätzen!« Er spielte mit der Dienstwaffe.

Lale sah ihn mit gefurchter Stirn an. »Sie sind doch gewiss nicht nur hier, um ein bisschen anzugeben«, mutmaßte sie. »Und Sie sind auch nicht hier, um mich zu erschießen.« Sie rang sich ein breites Lächeln ab. »Dazu ist es erstens zu spät, und zweitens haben Sie meine Dienstwaffe nur per Zufall hier in der Wohnung gefunden. Streng genommen mussten Sie sogar damit rechnen, dass ich mit gezückter Waffe nach Hause komme.« Ihre Augen verengten sich zu Schlitzen. »Was wollen Sie, Pfisterer?«

Er saugte an seiner zum Stummel geschrumpften Zigarre. »Sie wollten sich mit mir treffen!«, erklärte er. »Zumindest musste ich davon ausgehen, wenn Nepomuk auf dem Handy des Staatsanwalts anruft und dämlich herumstammelt.«

»Stimmt.« Lale verspürte das unangenehm drängende Gefühl, eine Toilette aufsuchen zu müssen. Ausgerechnet jetzt! Sie überlegte fieberhaft. Ihr eigentlicher Plan war noch nicht ganz ausgereift, so dass sie jetzt notgedrungen improvisieren musste. »Ich will Ihnen einen Deal vorschlagen.«

»Nur zu.« Pfisterer nickte zufrieden. »Viel habe ich im Moment nicht zu verlieren.«

»So sehe ich das auch«, sagte Lale. »Sie müssen untertauchen und zwar gründlich, und dazu brauchen Sie Geld. Eine Menge Geld. Bargeld.« Sie warf einen demonstrativen Blick auf den Koffer, der an der Wohnungstür stand. »Und wie es der Zufall so will, habe ich Geld, das keiner mehr wirklich haben will!« Sie grinste betont süffisant. »500.000.«

Pfisterer sah sie verblüfft an. »Warum behalten Sie es nicht einfach?«, fragte er. »Ihr Staatsdiener werdet ja nicht gerade üppig bezahlt.«

Lale lächelte milde. »Ach, wissen Sie, für amphetaminfreien Rotwein reicht es gerade noch. Also, was ist?« Pfisterer beäugte sie misstrauisch. Dann begann er wieder mit der Waffe zu spielen. Er schien ihr nicht über den Weg zu trauen. Also musste sie nachlegen. »Sie glauben mir nicht? Dann überlegen Sie mal! Brenzlig hat nur noch den Hauch einer Chance, aus dieser Geschichte wieder herauszukommen, wenn der Vorwurf der Bestechlichkeit haltlos versickert. Das Geld allerdings ist ein Beweismittel!« Sie sah ihn lauernd an. »Außerdem ist mit diesem Geld die Gefahr zu groß, dass Brenzlig die Kohle meinem Ex-Mann unterschiebt.«

Pfisterer nickte. »Das leuchtet mir sogar ein.«

»Na, und außerdem…« Lale bemühte sich um ein charmantes Grinsen. »Außerdem wäre es mir persönlich ganz lieb, wenn Sie als der große Strippenzieher verschwinden und Gola glimpflich aus der Nummer herauskommt!«

Pfisterer grinste unverschämt. »Ach, so ist das!«

Lale lächelte. »Sie müssen mir aber versprechen, nicht einfach nur ins Ausland zu gehen«, sagte sie. »Denken Sie an den skrupellosen Pierre.«

»Sie kennen sogar seinen Namen?« Pfisterer sah sie groß an.

»Sicher.« Lale nickte. »Suchen Sie sich eine neue Identität!«, verlangte sie. »Ein gut inszenierter Selbstmord und man fühlt sich wie neu geboren!«

Pfisterer lachte auf. »Sie sind ja eine ganz und gar perfide Person!«, freute er sich.

»So«, sagte Lale und kämpfte mit dem Druck auf ihrer Blase. »Und jetzt schnappen Sie sich den Koffer mit dem Geld und hauen Sie ab, solange noch Zeit dazu ist!«

Pfisterer musterte sie argwöhnisch. Dann warf er seinen Zigarrenstummel auf den Boden und erhob sich. Die Waffe auf Lale gerichtet ging er langsam zur Tür und griff nach dem Koffer. »Keine Mätzchen, verstanden?« Er öffnete die Tür und ging rückwärts hinaus.

Lale beobachtete ihn aufmerksam, als draußen im Treppenhaus eine Tür klappte und kurz darauf das Licht anging. Sie hörte, wie sich Schritte von oben näherten. »Geben Sie mir die Waffe!«, zischte Lale.

Pfisterer sah sie an und zögerte einen Moment lang.

»Guten Abend!«, rief Lale, als einer der Nachbarn die Treppe herunterkam. Er grüßte ebenfalls freundlich.

Pfisterer grüßte auch und drückte Lale die Waffe in die Hand, die sie sogleich hinter ihrem Rücken verschwinden ließ. Sie grinste. Die Waffe war nicht einmal entsichert.

»Also, tschüss, bis zum nächsten Mal«, sagte Lale und sah Pfisterer nach, der mit dem Koffer in der Hand die Treppe hinunterlief. Uff! Sie fuhr sich über die Stirn. Den war sie hoffentlich für alle Zeiten los. Sie schloss erschöpft die Tür hinter sich und griff dann gleich zum Telefon. Sie wählte Jobsts Nummer aus dem elektronischen Telefonbuch. Sekundenlang tat sich nichts. Dann meldete der Apparat das Besetztzeichen. Offenbar sendete der Peilsender bereits, dass der Koffer bewegt wurde.

So, jetzt aber. Lale setzte sich aufs Klo und gähnte. Wo war eigentlich die Katze die ganze Zeit? Sie kontrollierte das Katzenklo. Es schien unbenutzt zu sein. Zumindest gab es weder etwas zu sehen noch zu riechen. Seltsam… »Katinka!« Lale machte sich auf die Suche. Doch weder im Wohnzimmer noch im Schlafzimmer konnte sie die Katze entdecken. Ein jäher Schreck durchzuckte Lale. Er hatte ihr doch wohl nichts angetan, dieser miese Sack!

Hektisch begann Lale, alles erneut abzusuchen. Sie guckte in jeden Schrank und hinter jede Kiste, bis sie vor Pits Tür stand. Mit zitternden Fingern drückte sie die Klinke herunter und schob dann langsam die Tür auf. Sie tastete nervös nach dem Lichtschalter. Jetzt hatte sie ihn und es wurde hell im Raum.

»Was ist denn hier los?«, rief Lale verblüfft, als sie das heillose Chaos erspähte. Das Zimmer sah aus, als habe eine Bombe eingeschlagen. Und inmitten des ganzen Durcheinanders lag eine quietschvergnügte Katinka. Dann sprang sie auf und flitzte an Lale vorbei wie der Blitz hinüber in die Küche. Lale atmete auf. Puh! Dann rümpfte sie die Nase. Offenbar war Katinka heute schon etwas länger in diesem Zimmer eingesperrt. Denn so ungenutzt das Katzenklo auch war, so zweckentfremdet hatte sie mal wieder Pits kleinen Zen-Garten auf dem Schreibtisch genutzt.

Sie wollte gerade ebenfalls in die Küche gehen, als sie bemerkte, dass sich jemand an ihrer Wohnungstür zu schaffen machte. Pfisterer! Lale wirbelte herum. Wo hatte sie denn nun wieder ihre Dienstwaffe? Da! Sie lag auf dem Tisch. Schnell griff Lale zu und entsicherte die Waffe. Diesmal war Schluss mit lustig! Lale ging neben dem Tisch in Deckung. An der Tür wurde immer noch gekratzt und geschabt. Was machte der denn da? der musste doch wissen, wie die Tür aufging.

In diesem Moment sprang die Tür auf. Lale zielte, zählte bis drei und… feuerte!

Mit eincm »Aua-Scheiße-Verdammt!« ging der Eindringling zu Boden.

Lale sprang auf und zielte nun mit der Waffe auf den am Boden Liegenden. »Keine Bewegung!« Dann erstarrte sie. »Jobst! Warum brichst du mitten in der Nacht bei mir ein?«, fragte Lale.

Jobst stöhnte. »Plötzlich hat sich mein Handy gemeldet... der Koffer«, stieß er hervor. »Dann haben wir ihn geortet und...«

»Pfisterer«, sagte Lale.

»Genau.« Jobst verzog das Gesicht. »Mann, tut das weh!«

Lale riss das blutgetränkte Hosenbein auf. Sie verzog das Gesicht.

»Ich habe mir wahnsinnige Sorgen um dich gemacht«, keuchte Jobst. »Ich dachte, du liegst hier schwer verletzt in der Wohnung.«

»Und jetzt liegst du hier schwer verletzt in der Wohnung«, sagte Lale und zückte ein Taschentuch. Sie musste gegen die aufkommende Übelkeit ankämpfen. »Es ist nur ein Streifschuss.«

»Ist es sehr eklig?«, fragte er, als er Lales Gesicht sah.

»Sicher«, erwiderte Lale. »Du hättest dir ruhig mal die Beine rasieren können!« Sie tupfte zaghaft etwas Blut von seinem Bein.

Jobst versuchte zu lächeln. »Jedenfalls haben wir Pfisterer jetzt«, stieß er hervor. »Was uns allerdings immer noch fehlt, ist der Mörder von Eva Schmitt.«

Lale schüttelte den Kopf und wandte schnell den Blick von der blutenden Wunde ab. »Wir haben ihn zwar noch nicht, aber das ist eine reine Formalität«, erklärte sie. »Ich weiß, wer sie ermordet hat.«

»Ach?« Jobst versuchte sich ein Stück aufzurichten. »Wer?«

»Ihr Ex-Mann!«, verkündete Lale nicht ohne Triumph in der Stimme.

»Das erklärt vermutlich deine paranoide Reaktion auf DEINEN Ex-Mann.« Jobst ächzte.

Lale sah ihn verlegen an. »Es tut mir wirklich sehr, sehr leid.«

»Mir nicht«, sagte Jobst mit schiefem Grinsen. »Jetzt wirst du mich eben ein paar Wochen bei dir aufnehmen und pflegen müssen.«

Christine Sylvester

Barocke Engel

96 Seiten
Format 11,5 cm x 18,7 cm
Paperback
ISBN 978-3-938916-02-5

Vor den Augen von Lale Petersen bricht mitten auf der Augustusbrücke ihr Stadtführer zusammen und ist tot. Wenige Stunden später liegt schon die nächste Leiche in der Dresdner Altstadt. Für die eben aus Hamburg nach Dresden gewechselte Kommissarin Lale beginnt ihr erster Fall gleich mit einem Serienmord. Während sich die kühle Hamburgerin in ihr neues Team und in eine neue Stadt einfinden muss, macht ihr Sohn Pit eine merkwürdige Wandlung durch, ihre Assistentin Mandy sorgt für eine immer volle Keksdose im Schreibtisch und ihren Chef Gerste bringt sie regelmäßig zur Weißglut.

»Lale ist eine sympathische Figur, und der Krimileser könnte sich sicher mehr Fälle mit ihr vorstellen. Ihre Übersiedlung nach Dresden ist ein gekonnter Kunstgriff, um einiges Wissenswertes über Elbflorenz einzubringen.« *Sächsische Zeitung*

krimi kahl

Romy Fölck
Blutspur

256 Seiten
Format 11,5 cm x 18,7 cm
Paperback
ISBN 978-3-938916-04-9

Nach einer Razzia wird die Rechtsreferendarin Anne West brutal erschlagen in ihrer Wohnung aufgefunden. Keinerlei Spuren geben Aufschluss über den Hergang, geschweige denn das Motiv, dieser unerklärlichen Tat. Die Dresdner Mordkommission tappt im Dunkeln und auch der private Umkreis der Toten gibt rätselhafte Fragen auf. Allein macht sich Lissy Santhen, eine enge Freundin der Toten, auf die Suche nach dem möglichen Mörder. Bei ihren Nachforschungen muss sie erfahren, dass Anne Geheimnisse vor ihr hatte und auch der ausbildende Staatsanwalt Dr. Martin scheint etwas zu verbergen. Als in ihrem Leben mysteriöse Dinge passieren, ahnt Lissy Santhen, dass sie mit ihren Fragen in ein Wespennest gestochen hat.

Romy Fölck

Täubchenjagd

272 Seiten
Format 11,5 cm x 18,7 cm
Paperback
ISBN 978-3-938916-07-0

An einem kühlen Märzmorgen wird in den Elbwiesen ein verstümmelter Taubenkadaver entdeckt. In der Folgezeit kommt es wiederholt zu ähnlich abscheulichen Funden, bis in der Nähe eines zu Tode gequälten Schäferhundes der mutmaßliche Täter Hans Nowotny aufgegriffen wird. Doch der Strafrichter Raik Winter spricht ihn unerwartet und entgegen der öffentlichen Meinung frei. Kurz darauf wird in der Dresdner Heide der entstellte Leichnam eines Mädchens im Laub gefunden. Alles deutet darauf hin, dass auch hier der Taubenschlächter seine Hand im Spiel hatte. Es beginnt eine Hetzjagd auf Nowotny und für den jungen Richter eine gefährliche Suche nach der Wahrheit.

krim|kahl

Beatrice und Philipp Beng

kurz vor danach und gegenüber von immer

376 Seiten
Format 12 x 18,6 cm
Klappenbroschur
ISBN 978-3-938916-11-7

Mutter und Sohn: Figuren dieses Romans. Mutter und Sohn: Autoren dieses Romans. Der siebzehnjährige Vincent will als Austauschschüler drei Monate am anderen Ende der Welt verbringen. Als er Berlin und seine Familie verlässt, ahnt niemand, dass von einer erholsamen Verlängerung der Sommerferien unter der Sonne Argentiniens keine Rede sein kann. Stattdessen muss er sich mit Hilfe seiner Mutter Lena auf die Suche nach seinem verschwunden Freund begeben. Und dann ist da noch dieses Mädchen, das tot im Heizungskeller des Colegio Wagner gefunden wurde.

krimi|kahl